THE OBELISK GATE

THE BROKEN EARTH Trilogy 2

오벨리스크의 문

THE OBELISK GATE:
THE BROKEN EARTH: Book Two
by N. K. Jemisin

Korean translation edition is published by arrangement with
N. K. Jemisin c/o The Knight Agency through Duran Kim Agency.

오벨리스크의 문

N. K. 제미신
박슬라 옮김

THE OBELISK GATE

THE BROKEN EARTH Trilogy 2

황금가지

차례

자식들이 전장(戰場)에 대비하도록

가르쳐야 하는 이들에게

1장

위기에 봉착한 나쑨

흐음. 아냐. 내가 이야기를 잘못 하고 있는 것 같다.

어쨌든 사람이란 자기 자신과 남들로 구성된다. 하나의 존재를 최종적인 형태로 빚는 것은 타인과의 관계다. 나는 나고, 나는 너다. 다마야는 다마야였고, 그 아이를 거부하고 버린 가족이었고, 그 아이를 최종적으로 완성시킨 펄크럼 사람들이었다. 시에나이트는 알라배스터였고, 이논이었고, 지금은 이 세상에 없는 가엾은 알리아와 메오브 주민들이었다. 이제 너는 티리모이자 회색 재가 날리는 도로 위를 걷는 수많은 사람들이자 죽은 네 자식들이다…… 그리고 살아남은 자식이기도 하다. 언젠가 다시 찾게 될 아이.

이야기의 재미를 망치는 게 아니다. 너는 에쑨이니까. 넌 벌써 다 알고 있지. 안 그래?

이번에는 나쑨의 차례다. 나쑨. 세상이 끝났을 때 고작 여덟 살이었던 어린 여자아이.

그날 오후 나쑨이 도제 수업을 마치고 돌아와 바닥에 죽어 나뒹

굴고 있는 동생과 그 옆에서 동생의 죽은 몸뚱이를 내려다보고 있는 아버지를 발견했을 때, 아이의 머릿속에 무슨 생각이 떠올랐는지는 아무도 알 수 없는 일이다. 나쑨이 어떤 생각을 했고 어떤 감정을 느꼈고 어떤 행동을 했는지, 우리는 그저 짐작만 할 뿐. 상상하고 추측만 할 수 있을 뿐이다. 결코 알 수는 없다. 어쩌면 그 편이 나을 것이다.

내가 확실히 아는 것은 단 한 가지뿐이다. 아까 나쑨이 도제 수업을 받고 있다고 했지? 아이는 전승가가 되고 싶어 수련 중이었다.

고요 대륙은 자칭 돌의 가르침을 계승하는 자들과 기묘한 관계를 맺고 있다. 전승가에 대한 기록은 오랜 속설로만 전해 오는 '약골(弱骨)의 계절'까지 거슬러 올라간다. 약골의 계절이란 일종의 가스가 공기 중에 누출되어 그 후 여러 해 동안 북극권에서 출생한 아이들이 약간의 충격만 받아도 부러지거나 나이 들어 성장할수록(운 좋아 성장을 하게 된다면) 휘는 연약한 뼈대를 갖게 된 시기를 말한다.(유메네스 고하학자들은 그러한 현상의 원인이 스트론튬인지 비소인지, 그리고 북부 툰드라 지대의 희멀겋고 왜소한 야만족 몇십만 명이 피해를 입었다고 이를 공식적인 계절로 인정해야 할지를 두고 수백 년간 논쟁을 벌였다. 하지만 북극인이 허약하다는 평판을 얻게 된 것은 바로 그 일 때문이다.) 약 2만 5000년 전, 전승가들의 주장에 따르면 말이다. 하지만 대부분의 사람들은 그게 뻔뻔스러운 거짓말이라고 생각한다. 사실을 말하자면 전승가는 그보다도 더 오랫동안 고요 대륙의 일부로 살아왔다. 2만 5000년 전이라는 건 그저 그들의 역할이 무용지물에 가깝게 곡해된 시기에 불과하다.

그럼에도 그들은 여전히 이 땅에 존재한다. 자신들이 얼마나 많은 것을 잊었는지조차 잊어버린 채로. 전승가 계층은(과연 이들을 '계층'이라고 불러도 될까?) 제1대학부터 제7대학에 이르기까지 학계가 그들의 작품을 거짓되고 허황되고 부정확하다고 폄훼했음에도, 이제껏 존재한 모든 시대의 정부들이 그들의 지식을 정치적 선전으로 이용하고 망가뜨리고 훼손했음에도 불구하고 끈질기게 살아남았다. 그리고 물론, 무수한 계절을 거치면서도. 옛날 옛적에 모든 전승가는 '레그워'라는 민족이었다. 이들은 서부해안인들로 황적색 피부와 검은 입술을 갖고 있었고, 다른 이들이 삶의 힘겨움이 덜할 때면 신을 숭배하듯이 역사를 보존하고 계승하는 행위를 숭배했다. 그들은 하늘 높이 솟은 바위 벽에 돌의 가르침을 새겨 모두가 생존에 필요한 지혜의 말씀을 보고 기억할 수 있게 하였다. 아, 그러나 고요 대륙에서 산을 무너뜨리는 것은 오로진 어린애가 발을 구르며 강짜를 부리는 것만큼이나 쉽고 간단한 일이다. 한 민족을 멸망시키는 것은 그보다 약간 더 노력이 필요할 뿐이고.

그래서 이제 전승가들은 레그워 족이 아니지만 대부분의 전승가가 그들을 기리는 의미로 입술을 검게 물들인다. 다만 그 이유를 기억하는 자가 더는 존재하지 않을 따름이다. 사람들은 그렇게 입술 색깔로 전승가를 알아본다. 그리고 그들이 갖고 다니는 고분자(高分子) 서판 더미와 몸에 걸친 추레한 옷가지와 진짜 향명을 갖고 있지 않다는 사실을 통해서. 하지만 그들은 무향민이 아니다. 이론적으로 계절이 발생하면 고향으로 돌아가면 되기 때문이다. 다만 직업의 특성상 귀향하기엔 너무 멀리에 있는 경우가 대부분일 뿐이다.

계절이 왔을 때에도 많은 향이 기꺼이 그들을 받아들이는데, 아무리 엄숙하고 금욕적인 공동체라 한들 길고 추운 밤에는 오락거리가 필요하기 때문이다. 그래서 대부분의 전승가가 악기를 배우거나 만담을 익힌다. 그들은 또한 향이 어린애를 가르칠 교사나 돌보미까지 신경 쓸 여유가 없을 때면 그 역할을 대신 맡기도 하고, 무엇보다 인류가 과거에, 이보다 더 힘든 시기에도 살아남았음을 끊임없이 일깨워 주는 살아 있는 화신이다. 모든 공동체에는 그런 확신이 필요하다.

티리모를 찾아온 전승가는 렌스리, 스톤의 전승가다.(모든 전승가는 스톤[石]이라는 향명과 전승가라는 쓰임새명을 사용하는데, 이는 가장 희귀한 쓰임새신분이기도 하다.) 평소라면 별로 중요하지 않은 인물이지만 네게는 그녀를 눈여겨봐야 할 중요한 이유가 있다. 과거에 렌스리는 렌스리, 텐틱의 번식사였다. 하지만 그건 그녀가 텐틱에 들른 한 전승가와 사랑에 빠지기 전의 이야기다. 아직 나이 어렸던 렌스리는 그이의 꼬임에 넘어가 유리 세공인의 지루한 삶에서 도망쳤다. 만일 렌스리가 계절이 시작된 후에 가출했다면 좀 더 흥미로운 삶을 살 수도 있었을 텐데. 다섯 번째 계절에 번식사의 의무란 빤하니까. 어쩌면 렌스리가 도망친 것도 그래서인지 모른다. 아니면 단순히 사랑에 빠진 젊은이의 치기였을 수도 있고. 알 수 없는 일이다. 결론을 말하자면 렌스리의 연인은 펜펜이라는 적도권 도시 외곽에서 그녀에게 상심한 가슴과 돌의 가르침으로 채워진 머리, 그리고 여러 개의 비취 조각과 알보석, 그리고 발에 밟힌 흔적이 남은 마름모꼴 자개 하나가 든 지갑만을 남기고 떠나 버렸다. 렌스리는 자개 편으로 쇄공인에게 서판을 주문하고, 비취 조각으로 여행용 장비와 물자를 구입하고 쇄공인이 주문받은 일을 마칠 때까지 숙박비를 냈으며, 알보석은 독한 술을 연거푸 들이켜는 데 탕진했다. 그런 다음 전승가에게 어울리는 새 복장을 갖추고 상처를 핥고 치유한 뒤, 홀로서기를 시작했다. 전승가는 이런 식으로 대물림된다.

렌스리가 공연장을 차린 중간역(中間驛)에 나쑨이 나타났을 때, 어쩌면 그녀는 자신의 옛 모습을 떠올렸을지도 모르겠다.(물론 유혹 부분은 빼고. 렌스리는 성숙한 여성을 좋아하고 특히 '여성'에 방점이 찍혀 있다. 내가 뜻한 건 어리석은 몽상가라는 부분이다.) 렌스리는 어제 티리모에 들러 시장에서 물건을 사고, 검게 물들인 입술로 밝고 명랑한 미소를 지으며 사람들에게 전승가의 존재를 피력했다. 하지만 나쑨을 보지는 못했다. 그때 나쑨은 보육학교에서 집으로 돌아가던 중에 발을 멈추고 돌연 가슴 가득 희망이 부푸는 것을 느끼며 렌스리를 바라보고 있었다.

나쑨은 오늘 보육학교를 빼먹고 렌스리를 찾아왔고, 잊지 않고 헌납물(獻納物)도 챙겨 왔다. 그건 전통이다. 교사의 딸이 학교를 빼먹는 것 말고 전승가에게 헌납물을 주는 것 말이다. 티리모에 사는 어른 두 명이 벌써 중간역에 도착해 벤치에 앉아 렌스리의 이야기를 듣고 있었다. 렌스리의 헌납그릇은 벌써 사향주 표식이 찍힌 밝은 색 조각들로 채워져 있다. 나쑨을 본 렌스리가 놀라 눈을 깜박인다. 얼굴보다 눈이 더 크고 몸통보다 다리가 더 길듯이 껑충하고 깡마른 이 어린 여자아이는 지금처럼 추수철이 아닌 시기에는 아직 보육학교에 있어야 할 나이다.

나쑨은 중간역 입구에 서서 헐떡거리며 가쁜 숨을 고른 덕분에 꽤 극적인 등장을 연출한다. 두 손님이 고개를 돌려 평소에는 얌전한 지자의 큰딸을 쳐다본다. 나쑨이 왜 전승가를 찾아왔는지 곧장 렌스리에게 털어놓지 않은 것은 그 어른들 때문이다. 어머니는 나쑨에게 늘 매사에 신중해야 한다고 가르쳤다.(나중에 어머니는 나쑨이 학교를 빼먹었다는 걸 알게 되겠지만 나쑨은 신경 쓰지 않는다.) 아이는 침을 꼴깍 삼킨 다음, 뚜벅뚜벅 렌스리에게 다가가 손에 쥔 것을 불쑥 내민다. 검은 돌멩이다. 하지만 그 속에는 조그마한, 어쩌면 네모난 다이아몬드일지도 모를 덩어리가 들어 있다.

너도 알겠지만 나쑨은 얼마 안 되는 용돈 말고는 여윳돈이 없고, 티리모에 전승가가 왔다는 소문이 퍼졌을 때는 책과 군것질거리에 용돈마저 몽땅 써 버린 뒤다. 하지만 티리모 향민들은 이 근방에 매우 질 좋은 다이아몬드 광맥이 있다는 사실을 모른다. 오로진만 빼고. 그리고 오로진이 광맥을 찾아 나서지만 않는다면 말이다. 몇천 년 동안 굳이 그 광맥을 찾아 나선 오로진은 나쑨뿐이다. 나쑨은 자신이 이 다이아몬드를 발견해서는 안 된다는 사실을 안다. 나쑨의 어머니는 조산력이 있다는 것을 절대로 들켜서는 안 된다고 가르쳤고, 몇 주일에 한 번씩 인근 계곡에서 둘이 비밀리에 연습을 할 때 외에는 힘을 사용해선 안 된다고 단단히 당부했다. 다이아몬드를 화폐로 사용하는 사람은 없다. 워낙 단단해서 교환을 위해 쪼개기가 어렵기 때문이다. 그렇지만 다이아몬드는 채광이나 다른 산업 분야에서 유용하게 사용되는 자원이다. 나쑨은 그게 꽤 값어치가 나간다는 건 알지만 방금 렌스리에게 건넨 예쁜 돌멩이가 집 한두 채 가격에 버금간다는 사실은 짐작조차 못 한다. 겨우 여덟 살인걸.

그래서 나쑨은 검은 돌멩이 속에서 빼꼼히 빛나는 알맹이를 보고 렌스리의 눈이 휘둥그레지는 걸 보고는 잔뜩 흥분한 나머지 다른 사람들이 있다는 사실조차 깜박 잊고 냅다 내뱉는다.

"나도 전승가가 되고 싶어요!"

나쑨은 사실 전승가가 뭔지 잘 모른다. 아이는 그저 간절히, 아주 간절히 티리모에서 벗어나고 싶을 뿐이다.

그 이야기는 나중에 더 자세히.

렌스리는 헌납물을 거절할 정도로 바보가 아니고, 그래서 거절하지 않는다. 그렇지만 나쑨에게 즉답을 해 주지도 않는다. 그런 나쑨이 귀엽기도 하고, 어린 시절에 으레 그렇듯 잠시 지나가는 소망일 뿐이라고 생각하기 때문이다.(사실 어느 정도는 그 짐작이 옳다. 지난달까지 나쑨의 꿈은 지공학자였다.) 대신에 렌스리는 나쑨에게 앉으라고 이른 다음 몇 안 되는 관객들에게 노래를 들려준다. 그날 오후가 다 가도록, 태양이 비탈진 계곡과 수목들 사이로 기다란 그림자를 드리울 때까지. 두 손님이 자리에서 일어나 집에 돌아갈 채비를 하며 나쑨에게 눈짓을 보내자 아이는 한참 뒤에야 그 속뜻을 눈치 채고 마지못해 꾸물거리며 일어난다. 티리모 주민들은 마을 어린애가 밤새도록 쓸데없이 조잘거리며 전승가를 귀찮게 했다는 뒷말이 퍼지게 하고 싶지 않다.

방문객들이 떠난 뒤, 렌스리는 불을 피우고 전날 티리모에서 구입한 돼지뱃살 약간과 채소, 그리고 옥수수 가루로 저녁 식사를 준비한다. 음식이 조리되기를 기다리는 동안 불가에 앉아 사과를 씹으며 나쑨이 가져온 돌멩이를 황홀한 눈빛으로, 동시에 불안한 심정으로 응시하며 손가락 사이로 굴려 본다.

아침이 되자 렌스리는 티리모로 향한다. 조심스럽게 묻고 물어 나쑨의 집에 도착한다. 에쑨은 보육학교 교사로서 마지막이 될 수업을 하러 출근했다. 나쑨도 보육학교에 갔다. 또다시 전승가를 몰래 만나러 갈 생각으로 점심시간이 되기만을 초조하게 기다리고 있을 뿐이지만. 낮 동안에 지자는 그가 "작업실"이라고 부르는 지하실에서 시끄러운 연장을 땅땅거리며 의뢰받은 물건을 제작한다. 우체는 같은 방에 깔린 짚깔개 위에 잠들어 있다. 아이는 어떤 소리를 들으면서도 잘 수 있다. 우체에게는 대지의 노래가 자장가다.

렌스리가 현관문을 두드리자 지자가 문을 연다. 그녀는 순간적으로 멈칫한다. 지자는 에쑨처럼 중위도 출신 잡종이지만 산제인의 피가 짙게 섞여 있다. 커다란 체구에 갈색 피부, 몸은 근육질이고 머리는 반질하게 밀었다. 그는 위협적이다. 하지만 지자의 얼굴에 떠오른 미소는 따뜻하고 진심에서 우러나온 것이라 렌스리는 찾아온 게 다행이라고 생각한다. 이 사내는 좋은 사람 같다. 이런 사람을 속일 수는 없다.

"여기요."

렌스리가 다이아몬드 돌멩이를 내민다. 세상 물정 모르는 어린애에게서 몇 안 되는 옛이야기와 몇 달 후면 틀림없이 마음을 바꿀 도제 수업에 대한 보답으로 이런 비싼 선물을 받을 수는 없다. 지자는 이맛살을 찌푸리며 돌멩이를 받아들고는 렌스리에게서 연유를 듣더니 연신 고맙다고 말한다. 그는 렌스리가 얼마나 너그럽고 정직한 성품을 지녔는지 모두에게 알리겠다고 약속하고, 그 덕에 렌스리는 마을을 떠나기 전에 재주와 기량을 뽐낼 기회를 더 많이 누릴 수 있을 것이다.

렌스리는 몸을 돌려 떠나고, 이 이야기에서 그녀가 맡은 역할은 여기까지다. 하지만 렌스리의 역할은 몹시 중요하다. 그래서 내가 이 이야기를 들려주는 것이니까.

알겠지만, 지자가 아들을 내친 것은 단순히 한 가지 사건 때문이 아니다. 그는 지난 세월 동안 아내와 자식들에게서 몇 가지 낌새를 눈치 챘고 천천히 의혹이 피어오르기 시작했다. 작은 흔들림은 껄끄러움을 자아냈고 이 이야기가 시작될 즈음에는 커다란 종기로 여물어 있었지만, 심적인 부인(否認)은 그가 더 깊이 고민하지 못하게 가로막았다. 어쨌든 지자는 가족을 사랑했고, 그건…… 상상조차 할 수 없는 일이었기 때문이다. 말 그대로.

언젠가는 지자도, 어떤 방법을 통해서든 결국 알게 되었을 것이다. 다시 말한다. 언젠가는 그도 알게 되었을 것이다. 여기서 탓해야 할 사람은 지자뿐이다.

하지만 간단히 말해 지자가 한계점에 달하게 된 계기, 마지막 지푸라기 한 가닥, 마그마를 분출시킨 작은 틈새 하나가 있다면 그건 바로 그 작은 돌멩이였다. 왜냐하면 지자는 돌에 관해서라면 전문가였기 때문이다. 그는 유능한 쇄공인이었다. 그는 돌을 알았고, 티리모를 알았고, 고대 화산이 만들어 낸 화성암 암맥이 주변 지역을 지나고 있다는 것도 알았다. 대개는 지하에 묻혀 있지만 나쑨이 우연히 아무나 다이아몬드를 집어들 수 있는 광맥을 발견했을지도 모른다. 가능성은 낮지만 불가능한 일은 아니다.

렌스리가 떠난 후 지자의 마음 위에는 하루 종일 그 생각이 떠돌고 있다. 진실은 늘 수면 아래 숨어 있고 언제든 거대한 괴물이 뛰쳐나올 준비를 하고 있지만, 지자의 생각의 수면(水面)은 지금으로서는 잔잔하다. 부정(否定)은 늘 강력하다.

하지만 그때 우체가 잠에서 깬다. 지자는 아이를 거실로 데려가며 배가 고프냐고 묻는다. 우체는 아니라고 대답한다. 그러고는 방싯 웃으면서 강력한 꼬마 오로진의 정확하고 예민한 감각으로 지자의 주머니 속에 든 것을 감지하고 이렇게 묻는다.

"아빠, 거기 왜 반짝여?"

어린애의 귀여운 혀짤배기소리. 하지만 우체가 죽은 것은 바로 그 말 때문이다. 왜냐하면 지자의 주머니 안에는 정말로 돌멩이가 들어 있고, 우체는 그것을 알 리가 없기 때문이다.

나쑨은 이 모든 사달이 바로 그 돌멩이 때문에 시작되었다는 것을 모른다. 나중에 그 애를 만나더라도 절대 말해 주지 말렴.

그날 오후 나쑨이 집에 돌아왔을 때 우체는 죽어 있다. 지자는 바닥에서 차갑게 식어 가는 아들의 주검을 내려다보며 거친 숨을 씨근덕거린다. 세 살 난 어린애를 때려 죽이는 건 별로 힘든 일이 아니지만 그는 가쁜 호흡을 주체할 수가 없다. 나쑨이 거실에 들어섰을 때 지자의 혈관에는 아직도 이산화탄소가 충분하지 않아, 어지럽고 식은땀이 나고 경련이 인다. 그래서 나쑨이 거실 입구에 우뚝 서서 눈앞의 광경을 멍하니 바라보며 저게 뭔지 서서히 깨닫고 있을 때, 지자가 덜컥 내뱉는다.

"너도 그거냐?"

지자는 커다란 사내다. 우렁차고 날카로운 목소리에 나쑨은 순간 펄쩍 놀란다. 아이의 시선이 우체의 시신을 떠나 지자에게 향하고, 그 덕에 나쑨은 목숨을 구한다. 아이의 회색 눈동자는 어머니에게서 물려받은 것이지만 얼굴 생김새는 지자를 꼭 닮았다. 딸의 얼굴을 보는 것만으로도 남자는 한없이 추락했던 원초적 공황 상태에서 한 발짝 빠져나온다.

나쑨은 정직하게 대답한다. 그 또한 다행이다. 왜냐하면 지자는 어차피 다른 대답은 믿지 않았을 테니까.

"네."

나쑨은 별로 무섭지 않다. 무의식중에 동생의 시신과 눈앞의 광경을 해석하길 거부한 까닭에 인지 능력이 꽁꽁 마비되었기 때문이다. 아이는 지자가 뭘 묻고 있는지도 잘 모르겠다. 질문의 맥락을 이해하려면 아버지의 주먹에 묻은 것이 핏자국임을 알아야 하고 바닥에 누워 있는 동생이 실은 잠을 자고 있는 게 아님을 눈치 채야 하기 때문이다. 나쑨은 그럴 수가 없다. 어쨌든 지금은 안 된다. 논리적인 사고가 불가능한 까닭에, 그리고 극한의 상황에 처한 어린애들이 간혹 그렇듯이 나쑨은…… 순간적으로 퇴행한다. 나쑨은 자신이 지금 뭘 보고 있는지도 모르면서 겁을 먹는다. 게다가 나쑨은 두 부모 중에 지자와 더 가깝고 애틋한 사이다. 지자도 우체보다 나쑨을 더 아낀다. 첫 아이. 전혀 기대하지도 않았던, 자신의 얼굴과 유머 감각을 쏙 빼닮은 딸. 나쑨은 좋아하는 음식마저 지자와 똑같다. 지자는 딸이 그의 뒤를 이어 쇄공인이 될 거라고 막연히 기대하고 있었다.

그래서 나쑨은 울음을 터트리면서도 자신이 왜 우는지 알지 못한다. 머릿속 가득 온갖 생각이 울부짖고 마음속 가득 비명이 퍼지는 것을 들으며, 아이는 아버지에게 다가선다. 지자의 주먹에 불끈 힘이 들어가지만 나쑨은 아버지를 위험한 존재로 인식하지 않는다. 그는 나쑨의 아버지다. 아이는 위로를 받고 싶다.

"아빠."

지자가 움찔 어깨를 떤다. 눈을 깜박인다. 마치 딸을 처음 본 사람처럼 나쑨을 망연히 응시한다.

그러고는 깨닫는다. 그는 딸을 죽일 수 없다. 설령 이 아이가…… 아니야. 나쑨은 그의 작고 사랑스러운 딸이다.

나쑨이 한 발짝 더 내딛으며 팔을 뻗는다. 지자가 무심결에 손을 마주 내민다. 그러나 앞으로 다가가지는 않는다. 나쑨이 그의 손목을 붙든다. 우체가 지자의 다리 사이에 누워 있어서, 나쑨은 아버지의 허리를 한 아름 껴안지는 못한다. 하지만 아이는 지자의 팔 근육에 얼굴을 묻는다. 든든하고 편안하다. 나쑨이 파르르 몸을 떨자 지자는 피부 위로 딸의 눈물이 흘러내리는 것을 느낀다.

그는 그렇게 한참을 서 있다. 나쑨이 흐느끼는 동안 거친 숨결이 조금씩 차분해지고 주먹은 천천히 느슨해진다. 한참 뒤에 지자가 고개를 돌려 딸을 자세히 마주 본다. 나쑨이 그의 허리를 두 팔로 힘껏 껴안는다. 고개를 돌려 나쑨을 본다는 것은 그가 우체에게 한 짓을 더는 쳐다볼 필요가 없다는 뜻이다. 그렇게 하는 것은 쉽다.

지자가 중얼거린다.

"가서 짐을 싸라. 할머니 댁에 놀러갔을 때처럼."

지자의 모친은 몇 년 전에 재혼해서 이웃 골짜기에 있는, 며칠 후면 흔적도 없이 사라질 숲에 살고 있다.

"우리, 할머니 댁에 가요?"

나쑨이 그의 배에 얼굴을 누른 채 묻는다.

지자는 딸의 뒤통수를 쓰다듬는다. 여느 때처럼. 나쑨은 늘 아버지가 이렇게 해 주는 걸 좋아했다. 갓난아기 적에도 머리 뒤쪽을 손바닥으로 감싸 주면 만족스럽게 가르랑거리곤 했다. 그것은 나쑨의 보님기관이 그 부근에 위치하고 있고, 그래서 지자가 그 부위를 만질 때마다 오로진인 나쑨은 그를 더 완전하게 인지할 수 있기 때문이다. 하지만 나쑨이 그것을 왜 그렇게 좋아하는지는 두 사람 다 이유를 알지 못한다.

"너를 낫게 해 줄 곳에 갈 거다." 지자가 부드럽게 말한다. "전에 들은 적이 있어. 거기 사람들이 널 도와줄 거야."

나쑨을 다시 사랑스러운 딸로 되돌려 줄 곳, 그런 괴무…… 지자는 재빨리 생각을 피해 달아난다.

나쑨이 침을 삼키고, 고개를 끄덕이고, 한 발짝 뒤로 물러나 아버지의 얼굴을 올려다본다.

"엄마도 같이 가요?"

뭔가가 지자의 얼굴 위를 잽싸게 스쳐 지나간다. 지진처럼 미묘한 무언가가.

"아니."

낯선 전승가와 함께 석양 속으로 떠나고 싶었던, 어머니에게서 벗어나려 집에서 달아날 계획을 세우고 있었던 나쑨은 그제야 긴장을 푼다.

"네, 아빠." 나쑨은 그렇게 대답하고 짐을 싸러 방으로 간다.

지자는 숨을 쉬는 것도 잊은 채 한참 동안 나쑨의 뒷모습을 바라본다. 다시금 우체를 외면하고, 자신의 물건을 챙기고, 말에 수레를 매러 밖으로 나간다. 한 시간 후, 두 사람은 길 위에 있다. 세상의 종말을 발끝에 매단 채 남쪽으로, 남쪽으로.

수몰된 사막의 계절에 멸망한 쟈마리아에서는
가장 나이 어린 자식을 바다에 바치면 바다가 넘쳐
다른 자식을 데려가는 것을 막을 수 있다고 믿었다.
—「번식사의 고집」, 하늘 사향주에서 기록된 전승,
브로크오프 반도 근방 서부 해안지역, 작자 미상

2장

네 이야기는 계속되고

"뭐요?" 너는 묻는다.

"달 말이야."

알라배스터. 사랑스러운 괴물, 제정신인 광인. 고요 대륙에서 가장 강력한 오로진이자 스톤이터의 간식거리인 그가 너를 응시한다. 그 익숙하고도 강렬한 눈빛 속에서 너는 알라배스터를 불가항력의 존재로 만들어 주는 강인한 의지를 거의 물리적인 힘에 가깝게 느낄 수 있다. 그를 한순간이라도 길들였다고 착각했다니 수호자들은 전부 머저리다.

"위성(衛星)이라고도 하지."

"뭐라고요?"

알라배스터가 기가 찬다는 듯이 끙 하고 탄식한다. 그는 몸이 돌로 변하고 있다는 사실을 빼면 전혀 변하지 않았다. 너와 연인이라기보다 친구에 가까웠던 시절. 10년 전. 네가 다른 삶을 살던 시절에 비해.

"천측학(天測學)은 허황된 소리가 아냐. 네가 그렇게 배운 건 안다. 고요 사람들은 하늘을 연구하는 건 쓸데없는 헛짓거리라고 생각하지. 우리의 생존을 위협하는 건 땅이니까. 하지만 대지불이여, 시엔, 너도 지금쯤이면 현 상황에 의문을 제기하는 것에 대해 많이 배웠을 줄 알았는데 말이다."

"그거 말고도 할 일이 많았거든요?"

너는 날카롭게 쏘아붙인다. 옛날에 그랬듯이. 하지만 과거에 대한 기억은 하릴없이 네가 그동안 어떻게 살았는지 떠올리게 하고, 아직 살아 있을 네 딸과 죽은 아들과 곧 전 남편이 될 작자를 생각나게 한다. 너는 흠칫 몸을 움츠린다.

"그리고 내 이름은 이제 에쑨이에요. 아까 말했잖아요."

"뭐가 됐건." 알라배스터가 괴로운 듯 한숨을 내쉬며 조심스레 몸을 벽에 기대앉는다. "지하학자랑 같이 다닌다고 했지? 그 사람한테 물어봐라. 난 요즘 힘이 부쳐서." 스톤이터에게 먹히는 게 힘들긴 하겠지. "아직 내 질문에 대답을 안 했다. 지금은 할 수 있니?"

네가 부르면 오벨리스크가 오느냐? 처음 들었을 때는 그게 무슨 소리냐고 생각했다. 그때 너는 알라배스터가 1)살아 있고 2)몸뚱이가 돌로 변하고 있으며 3)대륙을 찢어 갈라 영원히 끝나지 않을 계절을 초래한 범인이라는 사실을 알고 머릿속이 온통 뒤죽박죽이었으니까.

"오벨리스크요?"

너는 고개를 가로젓는다. 부정의 의미가 아니라 당혹감의 표시다. 네 시선이 알라배스터의 침대 옆에 세워져 있는 이상한 물체 위를 떠돈다. 지나치게 기다란 분홍색 유리검 같은 모양새에 느낌은 꼭 오벨리스크 같지만, 그런 건 불가능하다.

"그게 무슨 뜻…… 아뇨. 모르겠어요. 메오브를 떠난 뒤로는 시도도 안 해 봐서."

알라배스터가 작게 신음을 뱉으며 눈을 질끈 감는다.

"삭아빠지게 쓸모없는 녀석. 시엔, 에쑨, 하여간 자기 능력을 중히 여길 줄을 몰라."

"충분히 중요하게 생각하고 있거든요. 난 그냥……."

"할 수 있는 정도에만 만족하는 거겠지. 남들보다 뛰어나지만 그걸로 딱 이득을 볼 수 있을 정도까지만. 놈들이 시키는 대로 재주나 부려서 좋은 숙소나 반지만 얻으면 그만이지……."

"사생활을 갖고 싶어서거든요, 이 멍청아. 그리고 내 삶에 대한 결정권과 삭아빠질 존중과……."

"수호자 말에는 꼬박꼬박 순종하면서 다른 사람 말은 들어 처먹을 줄도 모르고……."

"이봐요." 10년간 선생질을 하다 보니 너는 흑요석처럼 첨예한 목소리를 낼 수 있게 되었다. 알라배스터가 투덜거리던 입을 다물고 두 눈을 깜박이며 너를 올려다본다. 너는 나지막이 말한다. "내가 왜 그 사람 말을 잘 들었는지는 당신도 알잖아요."

적막이 흐른다. 이때를 틈타 너희는 둘 다 마음을 다독인다.

"네 말이 옳다." 이윽고 알라배스터가 입을 연다. "미안."

왜냐하면 모든 제국 오로진은 그들에게 배정된 수호자의 말을 듣기(들었기) 때문이다. 죽지 않았거나 노드로 쫓겨나지 않은 이들이라면 전부. 물론 알라배스터는 예외다. 알라배스터가 그의 수호자를 어떻게 처리했는지, 너는 끝내 알아내지 못했다.

너는 어색하게 고개를 끄덕이며 휴전을 제안한다.

"그 사과 받아들이죠."

알라배스터가 피곤한 얼굴로 힘겹게 숨을 들이켠다.

"한번 해 봐라, 에쑨. 오벨리스크에 접속해 봐. 오늘 당장. 난 알아야겠다."

"왜요? 그 휘성이라는 게 뭔데요? 그게 뭐가……."

"위성이야. 그리고 오벨리스크를 조종할 줄 모른다면 너하곤 상관없는 일이다."

알라배스터가 맥없이 눈을 감는다. 어쩌면 이건 좋은 일인지도 모른다. 그의 몸 상태를 생각하면 조금이라도 오래 버티기 위해서라도 기운을 최대한 아껴야 한다. 그런 게 가능하다면 말이다.

"그보다 더 나쁘지. 내가 처음에 왜 오벨리스크에 대해 말해 주지 않았는지 기억하니?"

기억한다. 예전에 네가 하늘 높이 부유하는 그 거대하고 비현실적인 수정 조각에 관심을 갖게 되기 전에, 너는 알라배스터에게 어떻게 조산술을 그런 놀라운 경지까지 끌어올릴 수 있는지 물은 적이 있다. 그는 대답을 거부했고 그래서 너는 그를 미워했지만, 이제 너는 그 지식이 얼마나 위험한 것인지 안다. 만일 네가 오벨리스크가 일종의 증폭기라는 사실을, 다름 아닌 조산력 증폭기라는 사실을 몰랐다면 너는 수호자가 공격했을 때 살기 위해 가넷에 손을 뻗지 않았을 것이다. 그리고 (깨지고 금 가고 안에 스톤이터가 잠들어 있는)

가넷 오벨리스크가 반쯤 죽은 상태가 아니었다면 너는 거기서 죽었을 것이다. 너는 너를 통째로 튀겨 버릴 수 있는 그 막대한 힘을 통제할 힘도, 자제력도 없었다.

그런데도 지금 알라배스터는 네게 오벨리스크에 접속하라고, 무슨 일이 일어날지 알아보자고 말하는 것이다.

알라배스터는 네가 어떤 표정을 짓고 있는지 안다.

"한번 해 보렴." 그가 말한다. 두 눈을 꼭 닫은 채로. 숨소리에 희미하게 덜그럭거리는 소리가 섞여 나온다. 마치 허파 속에 작은 자갈들이 가득 차 서로 부딪치는 것처럼. "토파즈가 근처에 와 있다. 오늘 밤에 그걸 불러 봐라. 아침이 되면……." 그러더니 갑작스레 기력이 다한 듯 허물어진다. "다가오는지 확인할 수 있을 거야. 그게 부름에 답하지 않으면 내게 말해 주렴. 다른 사람을 찾아볼 테니까. 아니면 내가 직접 할 수 있는 방법을 알아봐야지."

누굴 찾겠다는 건지, 뭘 하겠다는 건지, 너는 짐작도 가지 않는다.

"도대체 무슨 일인지 말 안 해 줄 거예요?"

"그래. 왜냐하면 그동안 무슨 일이 있었든 간에 에쑨, 난 네가 죽는 건 바라지 않거든." 알라배스터가 숨을 깊게 들이켰다가 천천히 내뱉는다. 그러고는 유난히 다정한 말투로 덧붙인다. "다시 보니 정말 반갑다."

너는 어금니를 꽉 깨문다.

"그래요."

알라배스터는 그 이상 아무 말도 하지 않고, 너희 둘에게 그건 작별 인사로 충분하다.

너는 자리에서 일어나 옆에 서 있는 스톤이터를 노려본다. 알라배스터는 그이를 안티모니라고 부른다. 그녀는 스톤이터답게 석상처럼 한 자리에 꼼짝 않고 서서 새까만 눈동자로 너를 면밀히 주시하고 있다. 전형적인 조각상 자세가 왠지 비아냥대는 느낌이 난다. 고개를 한쪽으로 우아하게 기울인 채 한 손은 허리에, 다른 한 손은 손가락에 힘을 빼고 가볍게 들어 올리고 있는데 마치 누군가에게 손짓을 하는 것 같다. 이리 오라는 손짓일 수도 있고 잘 가라는 의미일 수도 있다. 아니면 뭔가 비밀을 알고 있는데, 상대방이 알아주길 바라면서 직접 말해 주고 싶지는 않을 때 흔히 하는 동작처럼 보이기도 한다.

"이 사람을 잘 보살펴 줘." 너는 안티모니에게 말한다.

"다른 모든 소중한 것처럼."

그녀가 입술을 달싹이지 않고 대답한다.

너는 그게 무슨 뜻인지 해석하려 굳이 애쓰지 않는다. 병원 입구를 향해 발을 옮긴다. 호아가 거기서 너를 기다리고 있다. 호아. 특이하게 생긴 인간 소년 같은 모습을 하고 있지만 실은 스톤이터이고, 너를 그의 소중한 것으로 취급하는 호아.

호아가 풀죽은 얼굴로 너를 쳐다본다. 네가 그의 정체를 알게 된 후로 줄곧 이렇다. 너는 고개를 저으며 그의 옆을 지나 밖으로 향한다. 호아가 네 뒤를 종종 따라온다.

카스트리마 향의 시간으로는 이른 저녁이다. 지상 위의 진짜 시간대가 언제인지는 알 수가 없다. 커다란 정동 안을 뒤덮은 무수한 수정기둥이 언제나 밝고 은은한 빛을 발산하고 있기 때문이다. 부산하게 돌아다니는 사람들이 뭔가를 옮기거나 서로에게 고함을 지르며, 햇빛이 사그라질 시간이면 다른 향에서 일손을 멈추는 것과는 달리 할 일을 계속 이어 간다. 며칠간은 잠을 설칠 것 같다. 적어도 네가 이런 환경에 익숙해질 때까진 그럴 거다. 상관없다. 오벨리스크는 시간에 구애받지 않는다.

호아와 네가 알라배스터와 안티모니를 만나는 동안, 러나는 밖에서 얌전히 기다리고 있다. 네가 병원에서 나오자 그가 기대에 찬 표정으로 자세를 바로잡는다.

"지상에 올라가야 해." 네가 말한다.

러나가 미간을 찌푸린다.

"보초가 안 보내 줄걸요. 신참들은 믿을 수 없으니까요. 카스트리마의 생존 여부가 비밀 유지에 달려 있잖아요."

알라배스터와의 재회는 수많은 옛 기억과 과거의 심술 맞은 성격을 끄집어낸다.

"어디 해 보라지."

러나가 발을 멈춘다.

"티리모에서처럼 하려고요?"

제기랄. 너는 느닷없는 충격에 휘청거리며 발을 멈춘다. 호아도 마찬가지다. 그가 러나를 지그시 쳐다본다. 러나는 너를 쏘아보고 있지 않다. 그러기엔 너무 담담한 표정이다. 젠장할.

잠시 후 러나가 한숨을 쉬며 다가온다.

"이카한테 가요. 가서 뭘 할 건지 말해요. 이카한테 지상에 올라가게 해 달라고 부탁하고 필요하다면 경비병을 붙여도 좋다고 해요. 알겠죠?”

러나의 제안은 반론의 여지가 없을 만큼 합리적이라 왜 진즉에 그 생각을 못 했는지 의아할 지경이다. 아니지, 너는 그 이유를 안다. 이카는 너와 똑같은 오로진이고 너는 펄크럼에서 같은 오로진에게 수없이 괴롭힘당하거나 배신당한 경험이 있기 때문이다. 이카가 네 동족이라고 해서 믿을 수 있는 것은 아니다. 하지만 동시에 그녀는 네 동족이므로 기회를 주어야 한다.

“좋아.” 너는 러나를 따라 이카의 숙소로 간다.

이카가 사는 집은 향장의 집인데도 네가 배정받은 집과 별반 다르지도 않고 딱히 크지도 않다. 흰색으로 빛나는 높고 거대한 수정 기둥을 미지의 방식으로 파내어 만든 또 다른 평범한 공동 주택일 뿐이다. 하지만 문 앞에 두 사람이 서 있다. 한 명은 수정 벽에 몸을 기대서 있고, 다른 한 명은 난간 너머로 널따란 카스트리마를 내려다보는 중이다. 러나가 그들 뒤에 자리 잡더니 네게도 똑같이 하라고 이른다. 네 차례가 올 때까지 기다리는 게 좋겠지. 어차피 그동안 오벨리스크가 도망가는 것도 아닐 테니.

아래쪽 풍경을 내다보고 있던 여자가 너를 위아래로 찬찬히 훑어본다. 나이가 다소 있어 보이는 산제인이다. 다른 산제인보다 피부색이 어둡고, 풍성한 머리카락은 곱슬기가 섞인 회발이라 단순히 머리숱이 많은 게 아니라 머리 주위를 구름처럼 넓게 덮고 있다. 동해안인의 피가 섞여 있는 게 틀림없다. 그리고 서해안인의 혈통도. 몽고주름이 있는 눈꺼풀 밑으로 너를 재보듯이 훑는 눈빛은 냉담하고, 신중하고, 경계심이 어려 있다.

"새로 왔군."

그건 질문이 아니다.

너는 고개를 끄덕인다.

"에쑨이야."

여자가 입술을 삐딱하게 올리며 히죽 웃자, 너는 두 눈을 끔벅인다. 여자의 이빨은 끝이 뾰족하게 갈려 있다. 산제인의 풍습이지만 벌써 수 세기 전에 사라졌다고 들었다. 이빨의 계절 이후 인식이 안 좋아졌기 때문이다.

"햐르카, 카스트리마의 지도층이야. 우리네 작은 땅구멍에 온 걸 환영해."

여자가 아까보다 더 환하게 웃음 짓는다. 너는 여자의 말장난에 얼굴을 찌푸리지 않으려 하지만, 여자의 이름을 듣고 나니 영 탐탁치가 않다. 향에 권력 없는 지도층 신분이 있다는 것은 대부분 안 좋은 소식이다. 자신의 지위에 불만을 품은 지도자는 중대한 시국에 쿠데타를 일으키는 고약한 버릇이 있기 때문이다. 하지만 이건 이카의 골칫거리지 너하곤 상관없는 일이다.

수정기둥에 기대어 있는 남자는 너를 쳐다보지 않지만, 그렇다고 딱히 눈동자를 움직이며 뭘 보고 있지도 않다. 남자는 말랐고, 너보다 키가 작고, 건초 더미 사이에서 자라는 딸기와 비슷한 색깔의 머리칼과 턱수염을 지니고 있다. 남자의 간접적인 관심에서 발산되는 미묘한 압박감은 그저 네 상상일 뿐이다. 그러나 그가 네 동족임을 알려 주는 본능적인 감각은 너의 상상이 아니다. 남자는 너에게 아는 척하지 않고, 그래서 너도 그에게 말을 걸지 않는다.

"그 사람은 여기 몇 달 전에 왔어요."

러나의 말에 너는 새로 알게 된 이웃들에게서 관심을 돌린다. 너는 무심코 러나가 붉은빛이 도는 건초색 머리칼의 남자에 대해 말하고 있나 생각했다가 이내 그가 말하는 사람이 알라배스터라는 사실을 깨닫는다.

"어느 날 갑자기 정동 안에 불쑥 나타났어요. 마을 광장인 납작마루 한복판에요."

러나가 네 뒤쪽을 향해 고개를 까딱이자 너는 그의 말뜻을 이해하려 고개를 돌린다. 아. 저기, 카스트리마의 수많은 뾰족한 수정기둥들 사이에 마치 기둥을 중간에서 잘라 낸 것처럼 넓고 평평한 육각형 모양의 높은 단이 향의 중앙에 우뚝 서 있다. 계단 다리가 여럿 연결되어 있고 의자와 난간도 있다. 평평하고 높은 곳. 납작마루.

러나가 말을 잇는다.

"아무도 그 사람이 오는 걸 못 봤어요. 오로진들도 아무것도 못 보녔고 보초를 서고 있던 둔치들도 아무것도 못 봤대요. 그 사람과 그 사람 스톤이터는 그냥…… 어느 순간 갑자기 거기 있었어요."

러나는 네가 놀라 눈살을 찌푸리는 것을 보지 못한다. 너는 둔치가 제 입으로 둔치라고 말하는 것을 처음 듣는다.

"어쩌면 스톤이터들은 알았을지도 모르죠. 하지만 걔네들은 자기 사람이 아니면 말도 안 거니까요. 그런데 그땐 자기 사람한테도 아무 말도 안 했대요." 러나의 시선이 호아에게 향하지만 호아는 그 순간 일부러 러나의 시선을 외면한다. 러나가 고개를 젓는다. "처음에 이카는 그 사람을 쫓아내려고 했어요. 원한다면 편안하게 죽여 주겠다고도 했고요. 어차피 어떻게 될지 뻔하니까요. 진통제와 누울 곳을 베풀어 준다면 그것만으로도 엄청난 친절이죠. 그런데 이카가 완력꾼을 소집하자 그 사람이 뭔가를 했는데, 불이 나가 버렸어요. 공기 순환도, 수도관도 멈춰 버렸고요. 잠깐 동안이었는데 꼭 1년처럼 느껴지더라고요. 잠시 후에 그 사람이 모든 걸 정상으로 되돌려 놨을 땐 다들 당황했죠. 그래서 이카가 그 사람에게 여기 있어도 된다고 했어요, 우리가 상처를 치료해 주겠다고."

그럴듯하네.

"그 사람은 열 반지야. 그리고 꼴통이지. 친절하게 대해 주고, 원하는 게 있으면 다 들어줘."

"펄크럼 사람이라고요?" 러나가 감탄한 듯 숨을 삼킨다. "대지불이여, 제국 오로진이 살아 있을 줄은 상상도 못 했는데."

너는 그를 쳐다본다. 신기하다기보다는 놀라서. 하지만 생각해 보면, 러나가 어찌 알겠는가? 그때 퍼뜩 떠오른 생각에 다시 정신을 차린다.

"돌로 변하고 있어." 너는 나직하게 말한다.

"맞아요." 러나가 안쓰럽다는 듯 말한다. "그런 건 나도 처음 봐요. 점점 악화되고 있고요. 처음 봤을 땐 손가락만 그랬는데…… 그 스톤이터가…… 가져가 버렸어요. 어떤 식으로 몸이 변하는지는 나도 아직 못 봤어요. 나나 조수가 옆에 없을 때만 그러거든요. 스톤이터가 그렇게 만드는 건지, 아니면 그 사람 자신이 그러는 건지 아니면……." 러나가 고개를 젓는다. "내가 물어보니까 웃으면서 이러더군요. 조금만 기다려. 기다리는 사람이 있으니까."

러나가 생각에 잠겨 얼굴을 찡그린다.

그렇다. 어찌된 건지 알라배스터는 네가 이곳으로 오고 있다는 것을 알았다. 어쩌면 몰랐을 수도 있다. 그저 누가 오기만을 막연하게, 누구든 좋으니 필요한 능력과 솜씨를 가진 사람이 오기를 기다리고 있었는지도 모른다. 사실 그랬을 공산이 더 크다. 이카가 근방에 있는 로가들을 불러 모으고 있었으니까. 너는 오벨리스크를 소환할 수 있을 때에야 비로소 그가 기다리던 사람이 될 것이다.

얼마 후, 이카가 입구의 가림천 사이로 고개를 내민다. 햐르카에게 고개를 끄덕인 다음, 붉은건초색 머리 사내를 노려보자 그가 한숨을 내쉬며 이카를 쳐다본다. 이카가 그제야 너와 러나, 호아를 발견한다.

"아. 어서 와. 잘됐네. 다 같이 들어오면 되겠어."

너는 반항한다.

"둘이서만 얘기하고 싶은데."

이카가 너를 빤히 쏘아본다. 너는 놀라고 당황하고 언짢은 마음에 두 눈을 깜박인다. 그녀가 계속해서 너를 뚫어져라 응시한다. 무언의 압박에 눌린 러나가 바닥에서 발을 거북하게 옴죽댄다. 호아는 널 쳐다보며 기다리고 있다. 마침내 너는 그녀의 의도를 이해한다. 이카의 향. 이카의 규칙. 여기서 살고 싶다면……. 너는 한숨을 내쉬며 다른 사람들을 따라 안으로 들어간다.

이카의 집은 카스트리마에 있는 대부분의 집들보다 따뜻하고 어둡다. 빛나는 벽을 가림막으로 가려 놓은 탓이다. 꼭 밤이 된 것 같다. 어쩌면 지상은 정말로 밤일지도. 탐나는 집이네. 하지만 너는 퍼뜩 그 생각을 떨친다. 장기적인 계획을 생각해선 안 되니까. 그러고는 또다시 그 생각을 떨쳐 버린다. 왜냐하면 너는 나쑨과 지자의 흔적을 잃었고, 그러니 이젠 장기적인 관점에서 생각을 해야 하기 때문이다. 그리고……

"좋아." 이카가 지겹다는 투로 말하며 투박하고 낮은 긴 침대의자에 앉아, 다리를 꼬고, 주먹 위에 턱을 기댄다. 다른 사람들도 전부 앉을 곳을 찾아 앉지만 이카가 주목하고 있는 것은 너다. "안 그래도 몇 가지 변화를 줄까 하고 있었어. 너희 둘이 정말 때마침 와줬지 뭐야."

순간 너는 "너희 둘"이 너와 러나를 가리킨다고 생각하지만, 러나가 침대의자에 이카와 가까이 붙어 앉아 있고 왠지 몸짓도 태도도 편안하고 태평한 데가 있는 걸 보니 전에도 이 이야기를 들은 적이 있는 모양이다. 그렇다면 이카는 호아를 말하는 것이다. 호아는 바닥에 앉아 있다. 저렇게 앉아 있는 걸 보면 평범한 어린애 같은데…… 하지만 저 애는 인간이 아니다. 그걸 상기하는 게 어렵다는 게 얼마나 이상한지.

너는 조심스럽게 자리에 앉는다.

"뭐가 때마침이야?"

"난 아직도 그 생각 별로야." 붉은건초 머리가 말한다. 눈은 너를 쳐다보고 있지만 얼굴은 이카 쪽을 향하고 있다. "이 사람들에 대해 아는 게 하나도 없잖아, 이크."

"어제까지 바깥에서 살아남았다는 걸 알지." 햐르카가 몸을 비스듬히 기울이며 팔걸이에 팔꿈치를 기댄다. "그건 굉장한 거라고."

"별것도 아냐." 붉은건초 머리가(너는 빨리 그의 이름을 알고 싶다.) 턱에 힘을 주며 이를 사리문다. "우리 사냥꾼들도 그 정도는 한다고."

사냥꾼. 너는 눈을 깜박인다. 사냥꾼은 오래된 쓰임새신분 중 하나다. 제국 법에 의해 쓸모없는 것으로 치부된 이래 더는 아무도 그 쓰임새신분으로 태어나지 않는다. 문명사회에는 사냥-채집꾼이 필요하지 않다. 카스트리마가 사냥꾼 쓰임새신분을 필요로 하고 있다는 사실은 이카가 네게 말해 준 것보다 향의 현 상황에 대해 훨씬 많은 정보를 알려 준다.

"우리 사냥꾼들은 이 지역에 대해 잘 알지. 완력꾼도 그렇고." 햐르카가 말을 잇는다. "하지만 그건 인근 지역이야. 신참들은 그 너머의 바깥 상황을 알아. 사람들, 위험 요소, 그리고 다른 것들까지 전부."

"별로 유용한 건 없을 거야."

네가 입을 연다. 그러나 너는 그렇게 말하면서도 얼굴을 찡그린다. 왜냐하면 그동안 몇몇 노변집을 지나오면서 목격한 것들이 몇 가지 기억났기 때문이다. 지나치게 많은 적도인들이 손목에 두르고 있던 고급 비단 천 조각이나 장식띠. 그들이 네게 보내던 배타적인 눈빛. 다른 이들이 충격에서 헤어 나오지 못하는 동안에도 그들은 명확한 목적의식을 지니고 있었다. 너는 야영지에 들를 때마다 그들이 다른 생존자들을 면밀히 관찰하며 충분한 물자를 갖고 있거나 신체가 건강하거나 유독 잘 버티고 있는 듯 보이는 산제인들을 골라내는 것을 보았다. 그렇게 신중하게 선택한 이들과 나직하게 대화를 나누는 것을 보았다. 다음 날 아침이 되면 그들은 전보다 더 큰 무리가 되어 함께 길을 떠났다.

그건 어떤 의미일까? 비슷한 집단끼리 뭉치는 것은 오래된 생존 방식이지만 인종이나 국가는 이미 그 의미가 사라진 지 오래다. 구 산제 제국이 입증했듯이 같은 목적과 다양한 기술과 전문 지식을 가진 사람들로 구성된 공동체야말로 가장 효율적이기 때문이다. 그러나 유메네스는 거대한 틈새 균열 밑바닥에 눌어붙은 검댕이 되었고, 옛 제국의 법률과 방식은 더는 아무 쓸모도 없다. 어쩌면 이건 변화의 징조인지도 모른다. 어쩌면 너는 몇 년 후면 카스트리마에서 나와 너처럼 피부가 갈색이되 너무 짙지는 않고, 몸집이 건장하지만 너무 크지는 않고, 회발도 아니고 직모도 아닌 곱슬머리 중위도인으로 가득한 향을 찾아가야 할지도 모른다. 그렇게 되면 나쑨도 너와 같이 살 수 있을 것이다.

하지만 너와 나쑨의 정체가 발각되는 데에는 얼마나 걸릴까? 로가를 원하는 향은 없다. 카스트리마를 제외하고는.

"그래도 우리보다는 아는 게 많겠지." 멍하니 상념에 잠겨 있는 너를 일깨운 건 이카다. "나도 이젠 티격태격할 기운 없으니까 몇 주일 전에 저 사람한테 한 말을 그대로 해 줄게." 이카가 러나를 향해 고개를 까딱인다. "날 도와줄 참모들이 필요해. 땅부터 하늘까지 계절에 대해 속속들이 아는 사람들 말이야. 내가 그만두라고 할 때까지 너도 그중 한 명이 될 거야."

너는 보통 크게 놀란 게 아니다.

"이 향에 대해 아는 게 삭을 쥐뿔만큼도 없는데?"

"그건 나랑, 애랑, 얘가 할 일이고." 이카가 고갯짓으로 붉은건초머리와 햐르카를 차례대로 가리킨다. "게다가 앞으로 배우면 되지."

너는 입을 쩍 벌린다. 그러다 문득, 이카가 이제껏 너뿐만 아니라 호아까지 포함해 말하고 있다는 사실을 깨닫는다.

“녹슬어죽을 대지불이여, 지금 스톤이터에게 자문을 구하겠다는 소리야?”

“안 될 건 또 뭔데? 어차피 벌써 같이 살고 있잖아. 머릿수도 생각보다 더 많고.” 이카가 호아를 쳐다본다. 호아는 속내를 알 수 없는 표정으로 이카를 바라보고 있다. “네 말대로라면 말이야.”

“내 말은 사실이야.” 호아가 조용하게 대답한다. “하지만 난 그들을 대변할 수 없어. 그리고 우린 너희 향에 속해 있지 않아.”

이카가 몸을 숙이며 호아를 매섭게 쏘아본다. 적대적인 것과 방어적인 것의 중간쯤에 해당하는 표정이다.

“너희는 우리 향에 영향력을 갖고 있어. 잠재적인 위험이긴 해도.” 이카의 시선이 다시 너를 향해 번득인다. “그리고 너희들이, 어, 애착을 가진 사람들이 우리 향에 속해 있잖아. 적어도 그 사람들을 소중하게 여기는 건 맞지?”

너는 이카의 스톤이터인 루비색 머리 여자를 벌써 몇 시간째 못 봤다는 사실을 기억해 낸다. 하지만 그게 그녀가 가까이 있지 않다는 의미는 아니다. 너는 안티모니가 네 눈에 안 보인다고 해서 진짜로 근처에 없다고 생각해선 안 된다는 걸 안다. 호아는 이카에게 대꾸하지 않는다. 너는 문득, 왠지 모르게, 호아가 네가 볼 수 있는 모습으로 있어 준다는 게 고맙게 느껴진다.

“그리고 왜 하필 너와 의사 양반을 선택했냐면.” 이카가 허리를 세우며 네게 말하지만, 시선은 호아에게 고정된 채다. “다양한 관점을 가진 사람들의 다양한 의견이 필요하거든. 일단 본인은 별로 우두머리가 되고 싶어 하지 않는 지도자." 이카가 햐르카를 눈짓한다. "그리고 내가 멍청한 짓을 하고 있다고 생각하면 거리낌없이 독설을 퍼부을 동향 출신 로가도 있지." 이카가 붉은건초 머리를 향해 고개를 까딱이자 그가 한숨을 내쉰다. "길 위에서 살아남은 내항자 겸 의사. 스톤이터. 나. 그리고 너, 에쑨, 우리 모두를 죽일 능력을 가진 사람까지." 이카가 엷게 미소 짓는다. "그러니까 그러지 않을 이유를 줘야 하잖아?"

너는 그 말에 뭐라고 응수해야 할지 모르겠다. 카스트리마를 파괴할 능력이 있는 게 자격 요건이라면 알라배스터를 자문단에 영입해야 한다고 언뜻 생각한다. 하지만 그랬다간 꽤 골치 아픈 질문으로 이어질 것이다.

그래서 너는 햐르카와 붉은건초 머리에게 묻는다.

"둘 다 여기 출신이야?"

"아니." 햐르카가 대답한다.

"그래." 이카의 대답에 햐르카가 그녀를 노려본다. "젊었을 때부터 여기 살았잖아, 햐르카."

햐르카가 어깨를 으쓱한다.

"너 말곤 아무도 기억도 못 하는데, 이크."

붉은건초 머리가 말한다.

"난 여기서 나고 자랐어."

두 오로진이 나고 자라 무사히 성인이 된 공동체.

"네 이름은 뭐지?"

"커터 완력꾼."

너는 기다린다. 남자의 입은 반쯤 웃고 있지만 눈에는 웃음기가 없다.

"커터의 비밀은 엄밀히 말해 공식적으로 밝혀진 건 아냐." 이카는 침대의자 뒤쪽 벽에 등을 기대고 피곤한지 눈을 비비적거리고 있다. "그래도 어렸을 때부터 다들 짐작은 어느 정도 했지. 소문 때문에 향에 정식으로 입적되지도 못했고. 전 향장이 마을을 통솔했을 때 일이야. 물론 나야 벌써 몇 번이나 쓰임새명을 주겠다고 했지만."

"완력꾼을 버린다는 조건으로 말이지."

커터가 입을 연다. 얼굴에는 아직도 옅은 미소가 남아 있다.

이카가 눈을 비비던 손을 내린다. 턱에 힘이 팽팽하게 들어가 있다.

"네 본질을 부인한다고 해서 사람들이 네가 진짜 뭔지 모를 것 같아?"

"그걸 과시해서 살아남을 수 있는 것도 아니지."

이카가 숨을 깊이 들이마신다. 턱 근육이 팽팽하게 당겨졌다가 다시 이완한다.

"그래서 너한테 이 자리를 제안한 거야, 커터. 하지만 그건 넘어가자."

그래서 넘어간다.

회의가 진행되는 내내, 너는 가만히 앉아 귀에 들리는 말들의 숨은 진의(眞儀)를 파헤치려고 안간힘을 쓴다. 네가 지금 이 자리에 있다는 게 아직도 믿기지 않는다. 이카는 지금 카스트리마가 직면하고 있는 문제들을 늘어놓고 있다. 너는 이제껏 한 번도 생각해 본 적이 없는 것들이다. 공용 욕탕의 온수가 미지근하다는 불평. 옹기장이는 심각하게 부족한데 목수는 지나치게 넘쳐난다는 이야기. 곡물 저장고 한 곳에 곰팡이가 번지고 있어서 다른 저장고에 전염되는 걸 막으려면 몇 달분 식량을 소각해야 한다는 것. 육류 부족. 지금까지 네가 오직 한 사람에 대한 생각에만 사로잡혀 있었다면 이제는 수많은 사람들을 고려해야 한다. 이건 좀 많이 갑작스럽다.

"난 방금 목욕을 했어." 네가 불쑥 말한다. 멍한 상태에서 어떻게든 빠져나와야 한다. "물이 좋던데."

"너야 그렇겠지. 요 몇 달간 얼음장 같은 강물에서 말곤 몸을 못 씻었을 테니까. 카스트리마 사람들은 상당수가 지력발전과 온수 시설이 없는 데선 살아 본 적도 없다고." 이카가 눈두덩을 문지른다. 회의를 시작한 지 한 시간 남짓밖에 안 되었는데 이상하게 훨씬 길게 느껴진다. "다들 나름대로 계절에 적응하고 있는 중이야."

별것도 아닌 일에 불평을 해 대는 건 적응하고는 거리가 멀어 보인다. 하지만 그럴 수도 있겠지.

"고기가 부족하다는 건 심각한 문제입니다." 러나가 미간을 찌푸리며 말한다. "내가 지나온 많은 향에서 이제 고기는커녕 달걀도 없었어요."

이카의 얼굴이 어두워진다.

"그래, 그게 문제야." 그러고는 다행히도 설명을 덧붙인다. "혹시 모를까 봐 말해 주는데, 우리 향엔 녹지가 없어. 요 근방은 토질이 별로라 정원은 몰라도 풀이나 건초를 재배하기엔 적합하지 않거든. 게다가 계절이 시작되기 몇 년 전부터는 질식의 계절 전부터 있던 오래된 장벽을 다시 올리는 문제를 놓고 싸우느라 바빠서 농업 향에서 질 좋은 흙 몇 수레를 사 오면 된다는 걸 아무도 생각도 못 한 거야." 이카가 한숨을 내쉬며 손가락으로 콧잔등을 집는다. "그렇다고 살아 있는 가축을 탄광로와 계단으로 몰고 내려올 수도 없지. 애초에 이런 지하에서 살 생각을 하다니 대체 뭔 정신머리였담? 바로 이래서 내가 도움이 필요한 거야."

이카가 지쳐 있다는 사실은 별로 놀랍지 않지만, 자기 잘못을 인정할 줄 안다는 건 조금 뜻밖이다. 그리고 동시에 상당히 걱정스러운 일이기도 하다. 너는 말한다.

"향을 이끌 지도자는 한 명이면 충분해. 특히 계절에는 더욱 그렇고."

"그래. 그리고 그건 나지. 그것만은 절대 잊지 마."

경고의 말일 수도 있지만 그렇게 들리지는 않는다. 이카는 그저 카스트리마에서 자신의 위치를 있는 그대로 받아들이고 있는 것뿐이다. 카스트리마 향민들은 이카를 지도자로 선택했고 당분간은 그녀를 믿고 따를 것이다. 그들은 너나 러나, 호아에 대해서는 아무것도 모르고 하르카와 커터는 신뢰하지 않는다. 너는 이카가 너희를 필요로 하는 것보다 훨씬 더 절실하게 그녀의 도움이 필요하다. 하지만 그때 이카가 고개를 흔든다.

"젠장, 이딴 얘기도 이젠 지겨워."

다행이다. 왜냐하면 너도 정신이 둘로 분리되는 느낌이라(오늘 아침만 해도 너는 길과 생존과 나쑨에 대해 생각하고 있었다.) 더는 감당하기 힘들기 때문이다.

"나 지상에 올라가야겠어."

뜬금없이 튀어나온 소리에 순간 모두가 너를 얼빠진 표정으로 쳐다본다.

"녹병삭을, 대체 뭐하러?" 이카가 묻는다.

"알라배스터 때문에." 이카는 전혀 모르겠다는 표정이다. "병원에 있는 열 반지 말이야. 나한테 부탁한 일이 있어."

이카가 얼굴을 찡그린다.

"아, 그 사람." 이카의 반응에 너도 모르게 웃음이 삐져나온다. "그거 재밌네. 그 사람은 여기 와서 아무하고도 말을 한 적이 없는데. 병실에 들어앉아서 우리 항생제랑 식량만 펑펑 축내고 있지."

"얼마 전에 페니실린을 새로 만들었는데요, 이카."

러나가 눈동자를 굴린다.

"원칙의 문제라고."

너는 알라배스터가 카스트리마 주변의 잔흔들과 북쪽에서 내려오는 여진을 잠재우고 있다고 생각한다. 그는 그것만으로도 여기 있을 자격이 충분하다. 그렇지만 이카가 그걸 직접 보니지 못한다면 설명해 봤자 아무 소용도 없을 것이다. 그리고 너는 알라배스터에 대해 말할 수 있을 정도로 이카를 아직 완전히 신뢰하지는 않는다.

"그 사람은 오랜 친구야."

이 정도로만 해 두자. 완전하진 않아도 나쁘지 않은 설명이다.

"친구가 있을 성격 같진 않던데. 너도 그렇고." 이카가 너를 빤히 응시한다. "너도 열 반지야?"

손가락이 저절로 꿈틀거린다.

"여섯 반지였지. 한때는." 러나가 고개를 번쩍 들고 너를 뚫어져라 쳐다본다. 흠. 커터의 얼굴 근육이 실룩인다. 저걸 어떻게 해석해야 할지 모르겠다. 네가 잽싸게 덧붙인다. "알라배스터는 펄크럼에 있을 때 내 조언자였어."

"아하. 그 사람이 너더러 지상에 올라가서 뭘 하라는 건데?"

너는 입을 뻐끔 열었다가, 닫는다. 무심코 햐르카에게 시선을 보낸다. 그녀가 가볍게 코웃음을 치더니 자리에서 일어난다. 네가 제 앞에서는 말하고 싶어 하지 않는다는 걸 깨닫자 러나의 표정이 딱딱하게 굳는다. 그는 이보다 더 나은 대접을 받을 자격이 있다. 하지만 그래도…… 그는 둔치다. 마침내 네가 말한다.

"오로진 일이야."

그것만으론 부족하다. 러나의 얼굴에서 표정이 사라지지만 눈빛은 날카롭다. 햐르카가 가림천 쪽으로 손과 머리를 까딱인다.

"그럼 난 빠져 주지. 너도 와, 커터. 넌 완력꾼이잖아."

그러고는 와락 웃음을 터트린다.

커터는 몸을 굳히지만, 놀랍게도 앉은 자리에서 일어나 햐르카의 뒤를 따라 나간다. 너는 러나를 바라본다. 그는 가슴 앞에 팔짱을 낀다. 꼼짝도 하지 않는다. 별수 없지. 이카는 다소 미심쩍은 눈치다.

"무슨 소리야, 옛 스승이 마지막으로 가르침이라도 내려 주겠대? 살날도 별로 안 남은 것 같던데."

너는 울컥 어금니를 깨문다.

“두고 보면 알겠지.”

이카는 잠시 생각에 잠기는가 하더니 결심한 듯 고개를 끄덕이며 자리에서 일어난다.

“그럼 좋아. 완력꾼을 몇 명 불러올 테니 이따 같이 출발해.”

“잠깐만. 너도 간다고? 왜?”

“궁금해서. 펄크럼의 여섯 반지가 어떤 일을 할 수 있을지 보고 싶거든.” 이카가 씨익 웃더니 처음 만났을 때 입고 있던 긴 모피 조끼를 집어 든다. “나도 할 수 있을지도 알아보고.”

너는 혼자 배운 야생 오로진이 오벨리스크에 접속한다는 생각만으로도 흠칫 놀란다.

“안 돼.”

이카의 표정이 싸늘해진다. 러나가 원하는 걸 얻자마자 걷어차 버리다니 어떻게 그렇게 한심할 수가 있는지 믿을 수가 없다는 양 너를 빤히 쳐다본다. 너는 재빨리 고쳐 말한다.

“너무 위험해. 하물며 나도 그런걸. 전에 해 본 적이 있는데도 말이야.”

“뭘?”

이젠 별수 없다. 모르는 편이 이카에게도 안전하겠지만, 러나가 옳다. 이카가 이끄는 향에 살 거라면 그녀의 신뢰를 얻어야 한다.

“내가 말해 주더라도 절대로 시도하지 않겠다고 먼저 약속해.”

“그런 삭아빠질 건 약속할 수 없어. 난 아직 널 모른다고.”

이카가 팔짱을 낀다. 너는 몸집이 큰 편이지만 이카는 너보다 약간 더 크고, 머리 모양마저 도움이 안 된다. 많은 산제인이 이카처럼 회발을 크게 부풀린 갈기처럼 기르는 것을 좋아한다. 그런 외양은 야생동물들이 몸을 부풀릴 때처럼 위압감을 풍기고, 그걸 뒷받침할 자신감까지 충분하다면 꽤 훌륭한 효과를 발휘한다. 이카의 자신감은 필요한 수준을 넘어 차고 넘친다.

하지만 대신에 네게는 지식이 있다. 너는 천천히 일어나 이카의 눈을 똑바로 마주 본다.

"넌 할 수 없어." 너는 이카가 네 말을 믿길 바라며 힘주어 말한다. "넌 훈련을 받은 적이 없으니까."

"내가 어떤 훈련을 받았는지 넌 모르잖아."

너는 눈을 깜박이며 지상에서 있었던 일을 떠올린다. 더 이상 나쑨을 찾을 길이 없다는 사실을 깨닫고 정신을 놨을 때 너를 쓸듯이 지나간 이카의 이상하고 생소한 힘. 상냥하게 따귀를 올려붙이는 것과 비슷한 느낌이었지만 그건 분명히 조산술이었다. 그리고 수 킬로미터 밖에 있는 오로진을 카스트리마로 유인하는 작지만 오묘한 재주. 이카는 반지를 갖고 있지는 않지만 조산술은 등급이 중요한 게 아니다.

그렇다면 어쩔 수 없지.

"오벨리스크야." 너는 마지못해 털어놓는다. 러나를 쳐다보자, 그는 두 눈을 끔벅이며 얼굴을 찌푸린다. "알라배스터가 오벨리스크를 불러 보라고 부탁했어. 그래서 해 보려고."

놀랍게도 이카가 두 눈을 반짝이며 고개를 열렬히 끄덕인다.

"어쩐지! 그것들에 뭔가 있을 줄 알았어. 그럼 빨리 가자. 나 꼭 그 모습을 봐야겠어."

아. 빌어먹을.

이카가 조끼를 입는다.

"30분 뒤에 전망대에서 만나."

전망대는 카스트리마 입구에 있는 작은 암반이다. 이 거대한 정동 안에 세워진 신기한 지하향을 처음 마주한 신출내기들이 입을 헤벌린 채 넋을 잃고 눈앞의 광경을 내려다보게 되는 곳 말이다. 옷을 다 입은 이카가 재빨리 네 옆을 지나 집 밖으로 나간다.

너는 고개를 저으며 러나를 쳐다본다. 그가 무뚝뚝하게 고개를 끄덕인다. 같이 가고 싶은 게 틀림없다. 호아? 호아는 늘 그렇듯이 지정석이나 다름없는 네 뒤에서 당연한 거 아냐?라는 표정으로 너를 말없이 쳐다보고 있다. 아무래도 단체 여행이 될 모양이다.

30분 뒤에 이카가 전망대에 나타난다. 그녀가 데려온 네 명의 카스트리마인은 모두 무장을 하고 지상의 환경에 녹아들 수 있게 회색이나 흐릿한 색깔의 옷을 입고 있다. 지상으로 올라가는 길은 내려올 때보다 더 힘들고 어렵다. 수많은 오르막과 끝없이 나타나는 계단들. 목적지에 도착할 무렵에도 너는 다른 일행들과는 달리 별로 숨이 차지도 않고 쌩쌩하다. 하지만 생각해 보면 그들이 지하향에서 편안하고 안전한 삶을 누리는 동안 너는 밤낮으로 길을 걸었다.(이카는 평소보다 조금 더 쌕쌕거리는 정도다. 몸 관리를 아주 잘하고 있다.) 마침내 위장용 집 아래 있는 가짜 지하실에 도착한다. 네가 카스트리마로 들어올 때 사용한 입구는 아니지만 별로 놀랍지는 않다. 카스트리마의 "문"은 당연히 출입구가 하나가 아닐 것이다. 하지만 지하 통로는 네가 생각했던 것보다 훨씬 더 복잡하다. 급하게 떠날 경우를 대비해 잘 기억해 두는 게 좋겠다.

이 위장용 집은 네가 본 다른 집과 마찬가지로 완력꾼 보초가 지하실 입구를 지키고 있고, 위층 현관에서도 몇 명이 외부로 이어지는 길을 감시하고 있다. 위층 보초병이 안전하다는 신호를 보내자 너는 어두운 밤 자욱한 낙진 속으로 발을 내딛는다.

카스트리마의 지하 정동에서 보낸 시간이라고 해 봤자 고작 만 하루도 안 될 텐데 벌써 지상의 풍경이 얼마나 낯설게 느껴지는지. 너는 요 근래 처음으로 시큼한 유황 냄새와 뿌연 안개, 땅바닥과 죽은 이파리 위에 두텁게 쌓여 쉴 새 없이 후두두 떨어지는 화산재를 실감한다. 그리고 그 고요한 적막. 너는 지하 카스트리마가 얼마나 시끄러운 곳인지 새삼 깨닫는다. 시끌시끌한 사람 목소리와 삐걱거리는 도르래 소리, 대장장이들의 망치 소리와 보이지 않는 곳에 숨겨진 이상한 기계 장치가 내는 부드러운 웅웅거림. 그러나 이곳, 땅 위에는 아무것도 없다. 나무들은 잎새를 전부 떨궜다. 부석부석 비틀고 마른 낙엽 위에 살아 움직이는 거라곤 아무것도 없다. 새 소리 하나도 들리지 않는다. 계절이 되면 새들은 영역 표시를 그만두고 짝을 짓지도 않는다. 울음소리는 포식자를 유인할 뿐이니까. 다른 동물들의 소리도 들리지 않는다. 길 위를 걷는 여행자도 없다. 하지만 도로에 쌓인 재는 다른 곳보다 더 얄팍하다. 최근에 사람들이 지나간 게 틀림없다. 하지만 그 외에는, 심지어 바람마저 불지 않는다. 해는 졌지만 하늘은 아직도 꽤 밝다. 이렇게 먼 남쪽에서마저 구름이 유메네스 열개(裂開, Rifting)에서 들끓고 있는 화염 빛을 반사하고 있다.

"지나간 사람은?" 이카가 보초에게 묻는다.

"40분쯤 전에 가족으로 보이는 일행이 지나갔습니다." 남자가 대답한다. 현명하게도 목소리를 낮추고 속삭인다. "적절한 복장과 장비, 숫자는 약 스물 정도. 연령대는 다양하고 전부 산제인이었습니다. 북쪽으로 갔습니다."

그 말에 모두가 고개를 번쩍 들고 남자를 쳐다본다. 이카가 되묻는다.

"북쪽으로 갔다고?"

"네, 북쪽으로요." 보초가 네가 본 중 가장 아름답고 긴 속눈썹을 깜박이며 이카에게 어깨를 으쓱한다. "목적지가 있는 것 같던데요."

"흠."

이카가 팔짱을 끼더니 몸을 부르르 떤다. 별로 추운 편도 아닌데. 다섯 번째 계절의 추위가 완연히 찾아오려면 몇 달은 걸린다. 지하 카스트리마가 워낙 따뜻하기 때문에 거기 익숙해진 사람들에게는 지상 카스트리마가 춥게 느껴지는 것이다. 아니면 이카는 황량한 풍경에 진저리를 치는 것인지도 모른다. 적막한 집, 죽어 버린 정원과 한때는 사람들이 지나다녔지만 지금은 회색 재에 묻힌 길. 너는 지상에 있는 카스트리마 향이 일종의 미끼라고 생각했고, 실제로도 그렇다. 필요한 이들을 유혹하고 적대적인 이들의 관심을 딴 데로 돌리는 꿀단지. 그렇지만 과거에 이곳은 진짜 향이었다. 절대로 이렇게 고요하지 않고, 밝고 활기 넘치는 곳이었다.

"어때?" 이카가 숨을 깊이 들이마시며 씨익 웃는다. 하지만 그녀의 미소는 왠지 부자연스럽게 느껴진다. 이카가 밤하늘에 낮게 걸려 있는 잿구름을 고갯짓으로 까딱한다. "눈으로 봐야 한다면 한동안은 힘들 것 같은데."

이카의 말이 옳다. 공기는 짙은 화산재 연무로 덮여 있고, 몽글몽글한 붉은빛 구름 뒤편으로는 염병할 아무것도 보이지가 않는다. 너는 현관에서 터벅터벅 걸어 나와 하늘을 쳐다본다. 어떻게 시작해야 할지 감도 안 잡힌다. 솔직히 말하자면 그걸 정말로 해야 하는지도 모르겠다. 어쨌든 너는 오벨리스크와 처음 접속했을 때, 그리고 두 번째에도 하마터면 죽을 뻔했으니까. 알라배스터가 원하는 일이라는 것도 마음에 걸린다. 그는 세상을 멸망시킨 사람이다. 어쩌면 그가 부탁한 일이니 하지 말아야 할지도 모른다.

하지만 알라배스터는 이제껏 네게 상처를 준 적이 없다. 세상은 그러했을망정 그는 네게 그런 적이 없다. 어쩌면 이 세상은 멸망할 법했는지도 모른다. 그리고 어쩌면, 지난 세월 동안 그도 조금은 네 신뢰를 얻었는지도 모른다.

그래서 너는 눈을 감고 생각을 가라앉힌다. 그제야 주변에서 다양한 소리의 존재를 느낀다. 지상 카스트리마의 목재기둥이 머리 위에 켜켜이 쌓인 재의 무게를 못 이겨, 또는 기온 변화 때문에 삐걱거리며 신음한다. 저 옆 가정용 텃밭에서는 퍼석하게 마른 식물 줄기 사이로 뭔가가 바스락거리며 허둥지둥 움직인다. 쥐나 다른 작은 짐승일 것이다. 별로 걱정할 것은 아니다. 카스트리마인 하나는 유독 숨소리가 커다랗다.

그리고 네 발밑에 느껴지는 대지의 따스한 진동. 아니야. 이 방향이 아니다.

하늘에 가득한 화산재는 네가 정신력으로 구름을 움켜쥘 수도 있을 정도다. 어쨌든 화산재란 곱게 부서진 돌가루니까. 하지만 네가 원하는 건 구름이 아니다. 너는 지층을 보니듯이 구름 사이를 더듬는다. 뭘 찾아야 하는지도 모르면서 막연하게……

"얼마나 걸릴까요?" 카스트리마 향민 하나가 한숨을 내쉰다.

"왜, 데이트라도 있어?" 이카가 농을 건다.

그는 중요하지 않다. 그는……

그 사람은……

갑자기 뭔가가 서쪽에서 너를 홱 잡아챈다. 깜짝 놀라 그쪽으로 고개를 돌린다. 숨을 들이켜며 아주 오래전 알리아라는 향에서 있었던 어느 밤, 또 다른 오벨리스크를 떠올린다. 자수정. 그는 눈으로 볼 필요가 없었다. 그쪽을 향하기만 하면 됐을 뿐이다. 시선이 미치는 방향, 힘이 미치는 방향으로. 그래. 저기, 네 집중력이 미치는 길을 따라 너의 의식이 뭔가 무겁고 그리고…… 아주 어두운 것을 향해 끌려가는 게 보녀진다.

어둡다. 너무 어둡다. 알라배스터는 토파즈일 거라고 말했다. 그렇지? 하지만 이건 토파즈가 아니다. 어딘가 친숙한 느낌이 가넷을 생각나게 한다. 자수정은 아니다. 왜지? 가넷은 깨졌고 미쳐 있었지만(왜 이 단어가 생각나는지 모르겠다.) 왠지 그 이상으로 강력했다. 하지만 힘이란 오벨리스크가 담고 있는 것을 묘사하기엔 지나치게 단순한 단어다. 농후함. 기이함. 어둡고 짙은 색, 더 깊은 잠재력? 하지만 그렇다면……

"오닉스." 너는 두 눈을 번쩍 뜨며 소리 내어 말한다.

시야 가장자리에서 다른 오벨리스크들이 웅웅 진동한다. 아마 더 가까이 있는 것들일 것이다. 하지만 이들은 이 본능에 가까운 네 부름에 응답하지 않는다. 검은 오벨리스크는 아주 먼 곳에 있다. 서해안 너머 미지의 바다[未知洋] 위 어딘가에. 아무리 하늘을 날아온대도 여기까지 오려면 여러 달이 걸릴 것이다. 하지만.

하지만. 오닉스는 네 부름을 듣는다. 너는 안다. 예전에 네 말을 들은 체도 안 하던 네 자식들이 실은 다 듣고 있다는 걸 알던 것처럼. 육중한 동작으로 그것이 몸을 돌린다. 수 킬로미터 아래 바다를 뒤흔드는 무시무시한 굉음과 진동과 함께, 대지의 시대가 시작된 이래 처음으로 고대의 신비(神祕)한 과정이 깨어난다.(네가 이런 걸 어떻게 아는 걸까? 심지어 지금은 보니고 있지도 않은데. 하지만 너는 그냥 안다.)

그러고는 이쪽으로 움직이기 시작한다. 오, 세상에, 얼어죽을 사악한 대지여.

너는 움찔거리며 네 몸과 이어진 길을 따라 다시 돌아오기 시작한다. 그러던 중 뭔가 네 관심을 붙잡고, 그제야 너는 뒤늦게 그것을 부른다. 토파즈. 더 밝고, 활기차고, 훨씬 가까이 있고, 왠지 적극적인 반응. 어쩌면 푸짐한 요리 위에 장식용으로 뿌려 놓은 가느다란 감귤 껍질 같은 그 미세한 틈새 속에서 알라배스터의 기운이 느껴지기 때문인지도 모른다. 그가 너를 위해 미리 준비해 두었던 것이다.

다음 순간 너는 다시 네 몸으로 돌아와 고개를 돌려 이카를 바라본다. 그녀는 얼굴을 찡그린 채 너를 응시하고 있다.

"알겠어?"

이카는 천천히 고개를 젓는다. 그러나 부정의 의미가 아니다. 이카는 네가 무슨 일을 했는지 어느 정도 이해하고 있다. 그녀의 표정을 보면 알 수 있다.

"나는…… 저건…… 굉장하네. 잘은 모르겠지만."

"저것들이 여기 오더라도 절대 접촉하지 마." 너는 그것들이 가정이 아니라 정말로 오고 있다고 확신한다. "둘 다 건드리면 안 돼. 절대로."

너는 오벨리스크라는 단어를 입 밖에 내지 않는다. 주변에 둔치들이 너무 많다. 그들이 너를 아직 죽이지 않았다고 해도 오로진을 지금보다 더 위험하게 만들 수 있는 존재에 대해 둔치들이 알 필요는 없다.

"건드리면 어떻게 되는데?"

네게 반항하거나 도전하는 게 아니라 순수한 호기심에서 나온 질문이다. 하지만 어떤 질문은 위험하다.

너는 솔직하게 대답하기로 한다.

"죽어. 어떤 식으로 죽을지는 모르지만."

아, 너는 이카가 그 즉시 눈부신 화염과 거대한 힘을 내뿜는 기둥과 하나가 되어 활활 불타올라 카스트리마의 전 주민을 집어삼키리라 거의 확신한다. 하지만 절대적으로 확신할 수는 없으니 네가 아는 만큼만 말해 주기로 한다.

"그…… 저것들은 적도권 향에서 사용하는 축전지(蓄電池)와 비슷해." 젠장. "사용했었던이라고 해야겠군. 너도 들어 본 적 있지? 에너지를 저장해서 수력이나 지력 발전기가 돌아가지 않을 때도 전기를 사용할 수 있게 해 주는 건데……."

이카는 느닷없이 모욕이라도 받은 표정이다. 어쨌든 그녀는 산제인이다. 전지를 발명한 것도 그들이다.

"삭아죽을 전지가 뭔지는 나도 알아! 흔들이 와서 안에 든 액체가 조금이라도 새어 나오면 산화상(酸火傷)을 입잖아." 이카가 고개를 젓는다. "우리가 얘기하고 있는 건 전지가 아니야."

"내가 유메네스를 떠날 때만 해도 설탕전지를 만들고 있었는데." 네가 말한다. 이카도 오벨리스크라는 단어를 피하고 있다. 좋아. 눈치가 빠르네. "산이랑 금속을 이용하는 것보다 안전했거든. 전지를 만드는 방식은 여러 가지야. 하지만 전지가 거기 연결된 회로보다 너무 강하면……."

이 정도로 설명하면 충분히 알아들을 것이다.

이카가 다시 천천히 고개를 가로젓는다. 하지만 네 설명을 믿는 것 같다. 이카가 몸을 돌려 혼자 생각에 잠긴 채 느릿하게 서성이기 시작하고, 너는 그제야 러나에게 관심이 미친다. 그는 옆에서 묵묵히 너와 이카의 대화를 듣고 있다. 그도 역시 깊은 생각에 잠겨 있어서 신경에 거슬린다. 둔치가 이 문제에 대해 진중하게 생각하는 건 불안한 일이다.

다음 순간 너는 난데없이 튀어나온 러나의 말에 깜짝 놀란다.

"이카. 카스트리마가 얼마나 오래됐을까요?"

이카가 발을 멈추더니 미간을 찡그리며 러나를 쳐다본다. 다른 카스트리마 사람들도 마음이 불편한지 몸을 들썩인다. 죽은 문명이 남긴 유적지에 살고 있다는 사실을 떠올리는 것 자체가 찝찝한 모양이다.

“전혀 모르겠는데. 왜?”

러나가 어깨를 으쓱한다.

“왠지 느낌이 비슷해서요.”

무슨 뜻인지 너도 알 것 같다. 전혀 짐작도 가지 않는 원리로 빛을 발하는 지하 카스트리마의 수정기둥. 마찬가지로 전혀 짐작도 가지 않는 원리로 높은 하늘 위를 둥둥 떠다니는 거대한 수정기둥. 두 가지 모두 오로지 오로진만 사용할 수 있다.

그리고 그것들을 사용할 수 있는 오로진에게 과도한 관심을 보이는 스톤이터들. 너는 힐끗 호아를 쳐다본다.

하지만 호아는 하늘도 너도 보고 있지 않다. 그는 현관에서 내려와 길에서 조금 떨어진 재투성이 바닥에 쪼그려 앉아 뭔가를 유심히 관찰하고 있다. 너는 그의 시선을 좇는다. 한때 이웃집 앞마당이었던 곳에 작은 흙더미가 솟아 있다. 모든 것이 그렇듯이 회색 재로 덮여 있고 높이는 1미터가 약간 못 돼 보이는데, 이내 너는 그 둥근 둔덕의 한쪽 끝에 들짐승의 작고 바싹 마른 발 하나가 삐죽이 나와 있는 것을 발견한다. 아마 고양이나 토끼일 것이다. 요 근방의 회색 재 밑에는 그런 작은 동물들의 사체가 수없이 묻혀 있겠지. 계절이 시작되면 무수한 생명들이 죽는다. 하지만 짐승 사체가 단순히 낙진에 덮인 게 아니라 흙무더기 아래 묻혀 있다는 게 좀 이상하긴 하다.

“그건 못 먹어, 꼬마야.”

호아가 뭘 보고 있는지 알아차린 카스트리마인 남자가 말한다. “꼬마”의 정체를 모르는 게 분명하다. 호아가 눈을 깜박이더니 불안한 기색을 드러내는 완벽한 솜씨로 입술을 살짝 깨문다. 어린애 흉내라면 아주 도가 텄다. 다리를 펴고 일어나 너에게 다가온다. 너는 그제야 호아가 연기를 하고 있는 게 아님을 깨닫는다. 그는 지금 굉장히 심기가 불편하다.

“다른 것들이 먹겠지.” 호아가 아주 부드러운 말투로 네게 말한다. “우린 가야 해.”

뭐라고?

“넌 두려운 게 없잖아.”

그러자 호아의 턱에 힘이 들어간다. 다이아몬드 이빨이 가득 박힌 턱. 근육 밑에 있는 뼈도 다이아몬드일까? 호아가 네가 안아 주는 걸 거부한 것도 이해가 간다. 그의 몸뚱이는 아마 대리석 덩어리만큼이나 무거울 것이다. 하지만 호아가 말한다.

“난 너를 해칠 것들이 두려워.”

그리고…… 너는 그의 말을 믿는다. 왜냐하면 너는 문득, 이제껏 호아가 보여 준 수많은 이상한 행동들의 공통점을 깨달았기 때문이다. 네가 조산술로 대항하기에는 너무 빠른 커쿠사에게 맞섰을 때. 다른 스톤이터에게 내보인 맹렬한 적개심. 호아는 너를 보호하고 있다. 지금껏 살아온 동안 너를 보호하려는 사람은 거의 없었다. 너는 무심코 손을 들어 호아의 이상한 흰색 머리를 쓰다듬는다. 아이가 눈을 깜박인다. 그 눈에 떠오른 것은 인간적인 것과는 거리가 멀다. 너는 이걸 어떻게 받아들여야 할지 모르겠다. 하지만 그게 바로 네가 호아의 말에 귀를 기울이는 이유이기도 하다.

"가자."

너는 이카와 일행들에게 말한다. 너는 알라배스터가 부탁한 일을 마쳤다. 덤으로 다른 오벨리스크까지 불렀다고 전한다면 그도 불만은 없을 것이다. 어쩌면 벌써 알고 있을지도 모른다. 그리고 드디어, 어쩌면, 마침내, 뭔 녹병삭을 짓이 일어나고 있는지 말해 줄지도 모른다.

먼저 안정적인 암반 지대에 인구 1인당 1년분의 식량을 적재한다.
곡류 10룰렛, 콩류 5룰렛, 말린 과일 1/4 트라뎃, 그리고 수지(獸脂)와 치즈,
절인 고기 1/2 스토렛이다. 여기에 생존을 유지할 햇수를 곱하라.
이후에는 각 비축고당 완력이 뛰어난 사람들을 최소 세 명씩 배치해
경비한다. 한 명은 비축고를, 다른 두 사람은 그 한 명을 지킨다.
— 첫 번째 석판, 「생존」, 제4절

3장

샤파는 망각 속에서

그래. 너는 또한 그 사람이기도 하다. 적어도 메오브 사건 때까지는 그랬다. 하지만 이제 그는 다른 사람이다.

***

클랄수 호를 무참히 박살낸 힘은 공기를 활용한 조산력이다. 원래 조산력은 대기를 통해 발휘되는 것은 아니지만 딱히 그러지 말라는 법도 없다. 시에나이트는 이미 알리아에서, 그리고 그 뒤로도 물을 이용한 적이 있다. 물에는 미네랄이 함유돼 있고 마찬가지로 공기 중에도 무수한 분진과 입자가 섞여 있다. 또 공기에는 땅과 마찬가지로 열과 저항력과 질량과 운동력이 있다. 공기 분자는 단순히 분자 간의 간격이 더 넓고 구성 원자의 형태가 다를 뿐이다. 어쨌든 오벨리스크가 개입되면 전부 탁상공론에 불과하다.

샤파는 오벨리스크의 진동을 느끼자마자 다음에 무슨 일이 일어날지 안다. 시에나이트의 수호자는 나이가 아주, 아주 많다. 그는 참으로 오래 살았다. 샤파는 스톤이터가 기회만 잡으면 강력한 오로진에게 무슨 짓을 하는지도 알고, 왜 오로진의 관심을 지상에만 붙들어 놓고 하늘을 쳐다볼 수 없게 해야 하는지도 안다. 그는 네 반지가(샤파에게 시에나이트는 아직도 네 반지다.) 오벨리스크에 접속하면 어떤 일이 생기는지도 안다. 너도 알다시피(하지만 시에나이트는 모른다.), 샤파는 진심으로 시엔을 소중히 생각하고 아낀다. 그녀를 통제하기 위해서가 아니다. 시에나이트는 샤파의 사랑스러운 작은 아이이고, 그는 그녀가 아는 것보다 훨씬 다양한 방식으로 지금껏 그녀를 보호해 왔다. 그 아이가 고통스럽게 죽을 거라고 생각하면 도무지 견딜 수가 없다. 그 후에 실제로 일어난 일을 생각하면 참으로 아이러니한 일이다.

시에나이트의 몸이 긴장으로 굳으며 빛기둥과 결합한 순간, 클랄수 호의 선수(船首)에 있던 작은 방 안의 공기가 파르르 떨리더니 그 무엇도 막을 수 없는 강력한 힘으로 뭉친 단단한 벽처럼 변한다. 마침 샤파는 벽에 붙어 있는 짧은 격벽 앞이 아니라 그 옆에 서 있다. 방금 시에나이트의 야생 출신 연인을 죽인 동료 수호자는 그만큼 운이 좋지 못하다. 매서운 바람이 그를 뒤로 날려 보내자 딱 맞는 높이와 각도로 벽에서 돌출돼 있던 격벽의 끝부분에 수호자의 머리가 깔끔하게 절단된다. 하지만 샤파는 아무 장애물에도 부딪치지 않고 널찍하고 텅 빈 화물칸까지 곧장 날려간다. 클랄수 호가 한동안 해적질에 나서지 않은 덕분에 넉넉한 공간을 가로지르는 샤파의 몸뚱이는 이내 속도를 잃고, 그래서 시에나이트가 만들어

낸 무시무시한 바람의 압력이 그를 추월해 지나간다. 샤파가 마침내 반대쪽 벽에 부딪쳤을 때, 그는 뼈가 으스러지거나 가루가 되기보다 그저 뼈가 부러지는 정도의 충격밖에 받지 않았다. 그가 충돌했을 때 격벽이 배의 다른 부분과 마찬가지로 이미 심하게 찌그러지고 휘어지고 부서져 있다는 것도 큰 도움이 되었다.

해저 바닥에서 일어난 날카롭고 뾰족한 암석 기둥이 여기저기서 부서져 비상하는 파편들 사이로 불쑥불쑥 솟기 시작했을 때에도 샤파는 운이 좋다. 그는 어떤 암석 창에도 맞지 않았다. 이 시점에서 시에나이트는 이미 오벨리스크의 내부로, 이후에 에쑨으로 살아가는 내내 여진(餘震)을 일으킬 최초의 비통함에 휘말려 사라진다.(샤파는 시엔의 손이 아이의 얼굴을, 작은 입과 코를 덮고 있는 것을 보았다. 이해할 수가 없다. 시엔은 샤파가 그녀의 아들을 시엔에게 그랬던 것처럼 지극히 사랑하리라는 걸 몰랐던 걸까? 그는 그 어여쁘고 사랑스러운 아이를 상냥한 손길로 조심조심 철사 의자에 누일 것이다.) 이제 시엔은 뭔가 더욱 거대하고 강력한 전체의 일부가 되었고, 한때 그녀에게 세상에서 가장 중요한 사람이었던 샤파는 더 이상 관심조차 받을 수 없는 존재가 되었다. 그는 폭풍에 휩쓸려 추락하면서도 그 사실을 깨닫고, 이는 그의 가슴에 깊고 쓰라린 상흔을 남긴다. 그리고 다음 순간, 그는 물속에서 죽어 가고 있다.

수호자를 죽이기는 몹시 어렵다. 뼈가 여러 군데 부러지고 오장육부가 망가져도 그 목적을 달성하기엔 충분치 않다. 심지어 수면 아래로 가라앉고 있다는 사실조차 평소에는 별문제가 되지 않는다. 수호자는 평범한 사람들과는 다르다. 그러나 이들에게도 한계는 있다. 익사와 장기부전과 심각한 외상이 합쳐지면 그들도 파기될 수 있다. 샤파는 물속에서 날카로운 돌 부스러기와 침몰한 선박의 파편 사이를 헤치고 허우적거리며 이 사실을 깨닫는다. 어디가 위인지도 모르겠다. 다만 한쪽 방향이 다른 쪽보다 어렴풋이 더 밝게 느껴지는 것 같기도 하다. 그는 몸을 둥글게 말았다가, 발로 암반을 걷어차며 몸을 뻗는다. 부러진 한쪽 팔을 안고 밑으로 끌어당기는 해류를 밀어내며 어떻게든 앞으로 나아가려고 절박하게 발장구 친다. 그의 허파는 텅 비어 있다. 공기는 전부 빠져나갔고, 샤파는 물을 들이켜지 않으려고 안간힘을 다하는 중이다. 그랬다간 죽을 게 확실하기 때문이다. 그는 죽을 수 없다. 아직 해야 할 일이 많다.

하지만 샤파는 (적어도 대부분은) 인간에 불과하다. 수압이 온몸을 짓누르고 검은 반점이 시야를 침식해 들어오고 물먹은 몸뚱이가 무겁게 늘어지기 시작하자, 그는 결국 입을 벌리고 가슴 가득 물을 들이마시고 만다. 고통스럽다. 폐부를 찌르는 시고 짠 기운, 목구멍은 불붙은 듯 화끈거리고 호흡할 공기는 여전히 없다. 무엇보다 (다른 건 참을 수 있다. 그는 지독히도 긴 생을 사는 동안 이보다 더 나쁜 일도 겪어봤다.) 지금까지 샤파의 정신을 인도하고 보호해 왔던 질서정연하고 면밀한 이성이 갑작스럽게 절규하며 무너진다.

그는 극심한 공황에 빠진다.

수호자는 절대로 당황해서는 안 된다. 샤파도 안다. 거기에는 타당한 이유가 있다. 하지만 그럼에도 그는 팔다리를 휘젓고 미친 듯이 몸부림치며 비명과 함께 차고 검은 물속으로 가라앉기 시작한다. 그는 살고 싶다. 그것은 샤파와 같은 부류의 이들에게 가장 무겁고 심각한 죄악이다.

그러더니 돌연, 공포심이 사라진다. 나쁜 징조다. 잠시 후 뜨거운 분노가 다른 모든 감정을 밀어내고 그 자리를 가득 채운다. 샤파는 비명을 멈추고 노여움에 몸을 떨지만, 그는 알고 있다. 이 분노는 그의 것이 아니다. 두려움에 굴복한 나머지 그보다 더 위험한 것에게 문을 열어 자리를 내주고 만 것이다. 그가 세상 무엇보다 무서워하는 그 위험한 것이 벌써 제집인 양 성큼성큼 안으로 걸어 들어오고 있다.

그것이 말한다. 살고 싶다면 살게 해 줄 수 있지.

오, 사악한 대지여.

더 많은 제안과 약속, 암시와 보상. 샤파는 더 큰 힘을 가질 수 있다. 해류를 거스르고 고통에 맞서고 산소 부족과 싸워 이길 수 있는 막강한 힘. 그는 살 수 있을 것이다…… 대가를 치른다면.

아냐, 안 된다. 그는 그 대가가 뭔지 안다. 그걸 치르느니 차라리 죽는 게 낫다. 그렇지만 죽기로 결심하는 것과, 실제로 죽어 가는 중에 그 결심을 지키는 것은 꽤 다른 이야기다.

샤파의 뒤통수가 화끈거린다. 마치 차가운 불꽃이 붙은 것처럼. 코와 목구멍과 가슴에서 느껴지는 뜨거운 기운과는 또 다르다. 거기 존재하던 뭔가가 깨어나, 준비하며, 모여들고 있다. 그의 저항을 무너뜨리려 하고 있다.

우리는 모두 해야 할 일을 한다. 유혹의 속삭임이 들린다. 그것은 샤파가 지금껏 수없이 스스로를 설득한 논리이기도 하다. 수백 년이 넘는 세월 동안. 셀 수 없이 많은 잔혹 행위를 하면서. 우리는 해야 할 일을 하는 것뿐이다. 임무를 완수하기 위해. 삶을 위해.

드디어 끝이다. 차고 냉혹한 존재가 그를 차지한다.

팔다리를 타고 강렬한 힘이 퍼져 나간다. 심장이 몇 번 뛰자마자 부러진 뼈들이 제자리를 찾고 산소가 부족한데도 몇 번의 시동만으로 망가진 장기들이 작동하기 시작한다. 그는 물속에서 몸을 비틀어, 왠지 가야 한다는 느낌이 드는 쪽으로 헤엄을 치기 시작한다. 수면 위로 올라가는 게 아니다. 더는 아니다. 이제 그는 해수(海水)에 함유된 산소를 골라내 숨을 쉰다. 아가미는 없지만 지금 그의 허파꽈리는 정상보다 더 많은 양의 산소를 흡수하고 있다. 하지만 충분한 양은 아니다. 그의 몸에 필요한 양의 산소를 공급하기엔 한참 부족하다. 세포가 죽어 간다. 특히 뇌의 특정 부위에 있는 세포들이. 그는 이 사실을 끔찍할 정도로 잘 알고 있다. 그는 자신을 샤파로 만들어 주는 모든 것이 천천히 죽어 가는 것을 느낀다. 그러나 그것이야말로 그가 치러야 할 대가.

당연히 그는 저항한다. 분노가 그를 계속 수면 아래에서 나아가게 밀어내지만, 그는 그 충동에 따른다면 자신의 모든 것이 죽을 것임을 안다. 그래서 그는 앞쪽으로 나아가는 동시에 위로 헤엄친다. 침침한 어둠을 가로질러 빛을 향해서. 죽음에 이르는 시간은 길다. 그러나 그가 품고 있는 분노의 일부는 그 자신의 것이기도 하다. 이런 상황에 처하게 됐다는 데 따른 울분, 굴복해 버린 자기 자신에 대한 분노. 이런 감정이야말로 손과 발이 따끔하고 얼얼해질 때까지 끊임없이 전진하게 만드는 원동력이다. 그러나……

마침내 수면에 도달한다. 해수면을 뚫고 고개를 내민다. 공황에 빠져선 안 된다고 타이르며 배 속에 든 물을 토해 내고, 쿨럭쿨럭 기침을 뱉고, 공기를 들이켠다. 아프다. 너무 아프다. 그러나 첫 들숨으로 공기를 허파에 주입하자마자 죽음의 진행이 중단된다. 뇌와 육신이 필요한 것을 흡수한다. 눈앞에는 여전히 검은 반점이 떠다니고 머리 뒤쪽에서는 불쾌한 찬 기운이 느껴지지만 그래도 그는 샤파다. 샤파. 그는 거기에 매달린다. 손톱을 박아 넣고, 자신을 시시각각 갉아먹으며 침투하는 냉기를 몰아낸다. 오, 대지불이여, 그는 여전히 샤파다. 그리고 그는 그 사실을 결코 잊지 않을 것이다.

(하지만 그는 너무나도 많은 것을 잃었다. 이걸 알아 두렴. 우리가 지금까지 알던 샤파, 다마야가 두려움을 배우고 시에나이트가 대들었던 샤파는 죽었다. 남은 것은 미소 짓는 버릇과 왜곡된 부성애, 그리고 지금 이 순간부터 그가 하는 모든 행동의 기반이되 온전히 그의 것은 아닌 분노로 이뤄진 남자다.

어쩌면 너는 이제는 사라지고 없는 샤파를 애도할지도 모르겠다. 그래도 괜찮다. 그도 한때는 너의 일부였으니까.)

샤파는 다시 헤엄치기 시작한다. 일곱 시간쯤 뒤, 그의 기억이 되돌려준 힘 덕분에 수평선 위로 볼록하게 튀어나와 연기를 뿜어내고 있는 알리아를 발견한다. 가장 가까운 해안보다 더 멀리 있는데도 그는 그쪽으로 방향을 바꾼다. 저기 가면 도움을 구할 수 있다. 왠지 몰라도 그는 알 수 있다.

석양이 지고, 사위가 완연히 어두워진다. 바닷물은 차고 목이 마르다. 그리고 아프다. 다행히도 심해에 사는 해양괴물들은 그를 공격하지 않는다. 샤파를 위협하는 유일하고도 진정한 적은 바로 그의 의지이다. 바다와의 사투에서 꺾일 것인가, 아니면 그의 정신을 잠식하는 차가운 분노에 굴복할 것인가의 문제일 뿐이다. 하늘 위에 무심하게 떠 있는 별들 외에는 이 망망대해에 홀로 있다는 사실 또한 아무 도움도 되지 않는다. 그리고…… 오벨리스크도. 딱 한 번, 그는 오벨리스크를 힐끗 올려다본다. 별 무리가 반짝이는 밤하늘 속에서 색을 잃고 흔들리고 있는 물체. 저것을 뱃전에서 처음 발견했을 때, 그리고 임무에 집중하느라 무시했을 때보다 더 멀어진 것 같지도 않다. 그때 관심을 기울였어야 했다. 가까이 다가오고 있는지 주의 깊게 관찰하면서 상황만 맞아떨어진다면 네 반지도 위협이 될 수 있다는 사실을 염두에 둬야 했었다. 그리고……

샤파는 얼굴을 구기며 몸에서 힘을 빼고 물 위에 누워 둥둥 부유한다.(이건 위험한 일이다. 잠시 후 온몸에 피곤이 몰려온다. 그를 지탱하고 있는 힘이 할 수 있는 일은 여기까지다.) 그는 오벨리스크를 바라본다. 네 반지. 그게 누구지? 기억을 떠올리려 애쓴다. 누군가 있었는데…… 중요한 사람이.

아니야. 그는 샤파다. 중요한 건 그것뿐이다. 그는 다시 헤엄치기 시작한다.

새벽녘이 되었을 무렵, 발바닥에 검은 모래알이 느껴진다. 그는 비틀거리며 물 밖으로 나와 어색한 동작으로 반쯤 기다시피 어기적어기적 모래사장 위를 걸어간다. 등 뒤로 파도가 멀어져 간다. 눈앞에 나무가 보인다. 그는 그 아래 풀썩 쓰러져 잠과 유사한 상태에 빠져든다. 거의 혼수상태에 가깝다.

다시 눈을 떴을 때는 태양이 높이 떠 있고, 다종각색의 통증이 온

몸을 엄습한다. 가슴은 욱신거리고, 팔다리는 쑤시고, 덜 중요해 아직 낫지 않은 뼈마디가 시큰거리고, 목구멍은 쓰라리고 피부는 갈라져 있다.(그리고 보다 깊숙이 느껴지는 또 다른 통증.) 샤파가 소리내어 신음하자 얼굴 위로 그림자가 드리운다.

"괜찮으시오?"

샤파는 목소리를 듣기보다 느낀다. 거칠고, 건조하고, 낮다.

간신히 눈을 뜨니 한 노인이 앞에 쪼그리고 앉아 그를 바라보고 있다. 남자는 동부해안인이다. 몸은 말랐고 피부는 햇빛과 비바람에 거칠게 바랬으며, 뒤통수 가장자리에 조금 남은 곱슬곱슬한 흰머리를 제외하면 머리카락이 거의 없다. 주위를 둘러보니 이곳은 나무 그림자가 드리워진 작은 만이다. 노인의 것인 듯한 작은 배가 해변에 정박되어 있고 낚싯대가 불쑥 튀어나와 있다. 근처에 보이는 나무는 전부 죽었고 샤파가 깔고 앉아 있는 모래에서는 회색 재가 날린다. 그들은 옛날에 알리아였던 화산에서 그리 멀지 않은 곳에 있다.

여기까지 어떻게 왔더라? 헤엄을 쳤던 게 기억난다. 어쩌다 물에 빠졌지? 그 부분은 기억나지 않는다.

"난……."

샤파는 입을 열지만 바싹 마르고 퉁퉁 부은 혀가 목구멍을 막는다. 노인이 그를 부축해 일으켜 세우더니 입에 물통을 대 준다. 소금기가 섞인 비린내가 나는 물이지만 이보다 더 달콤할 수가 없다. 몇 모금 꼴깍이자 노인이 물통을 뒤로 물린다. 샤파는 그게 현명한 처사라는 걸 알면서도 불만스러운 신음을 뱉으며 손을 내민다. 하지만 딱 한 번뿐이다. 그는 애원할 정도로 나약하지는 않다.

(그가 느끼는 공허함은 갈증 때문이 아니다.)

샤파는 애써 집중력을 그러모은다.

"나는." 이번에는 말하기가 조금 수월하다. "내가 괜찮은지 모르겠군요."

"배가 난파했소?"

노인이 목을 길게 빼고 주위를 둘러본다. 근방에는 해적들이 살던 섬에서부터 대륙 본토에 이르기까지, 시에나이트가 세워 올린 뾰족한 바위 칼날들이 즐비하게 늘어서 있다.

"저기서 왔소? 저게 뭐요? 흔들이 일어난 거요?"

저게 뭔지 모른다는 건 불가능해 보이지만, 샤파는 늘 평범한 사람들이 그들이 사는 세상에 대해 얼마나 무지한지 신기했었다.(늘? 그가 늘 신기해했다고? 정말로?)

"로가."

지금 상태로는 경멸조로 일컫지 않는 세 글자를 말하는 것조차 너무 버겁다. 하지만 이것만으로도 충분하다. 노인의 얼굴이 싸늘하게 굳는다.

"대지가 싸지른 추잡한 괴물새끼들. 이래서 로가는 태어나자마자 물에 빠트려 죽여야 해." 노인이 고개를 휘휘 젓더니 다시 샤파에게 말한다. "덩치가 크다 보니 내가 안아 나르기는 너무 힘들고, 그렇다고 끌고 가면 부상이 더 심해질 거요. 일어날 수 있겠소?"

샤파는 노인의 부축을 받아 간신히 두 발로 일어나 그의 배까지 휘청휘청 걷는다. 샤파가 부들부들 떨리는 허약한 몸을 뱃머리에 앉히자, 노인이 해변의 남쪽을 향해 노를 젓기 시작한다. 샤파가 몸을 떠는 이유는 일단 춥기 때문이고(그의 옷은 아직 젖어 있다.) 일부는 아직까지 가시지 않은 극심한 충격 때문이다. 그리고 또 다른 이유는 그 둘과는 전혀 관계가 없다.

(다마야! 각고의 노력 끝에 마침내 이름과 인상을 기억해 낸다. 잔뜩 겁에 질린 아담한 중위도인 꼬마 여자아이가 키 크고 반항적인 중위도 여인의 모습과 겹쳐진다. 그녀의 눈에는 사랑과 공포심이, 그의 가슴에는 서글픔이 있다. 그가 그녀를 아프게 했다. 항상 그의 정신에 새겨져 있는 여자아이의 존재를 찾아 감각을 펼치지만, 거기에는 아무것도 없다. 그 아이도 다른 모든 것들과 함께 사라져 버렸다.)

노인은 배를 타고 가는 내내 말을 붙인다. 그는 리츠, 메터의 완력꾼이고 메터는 알리아에서 몇 킬로미터 남쪽에 있는 작은 어촌 마을이다. 알리아 사태가 일어난 후에 메터는 다른 곳으로 향을 옮겨야 할지 논의 중이었는데 그러다 갑자기 화산이 휴면에 들어갔고, 그러니 어쩌면 이번에는 사악한 대지에게 잡아먹히지 않고 넘어갈 수 있을지도 모른다. 그에게는 두 자식이 있는데 하나는 멍청하고 하나는 이기적이다. 세 손주는 전부 멍청한 녀석의 자식들인데 부모만큼 멍청하지 않기만을 바랄 뿐이다. 그들은 가진 것이 별로 없다. 메터는 평범한 해안지방 향이고 나무와 말뚝 말고는 그럴듯한 장벽도 없지만 사람은 그저 도리대로 살아야 하는 법이고, 마을에 가면 모두들 잘 보살펴 줄 테니 아무 걱정도 하지 말라고 한다.

(“당신 이름은 뭐요?” 마구 수다를 떠는 중에 노인이 묻자 샤파는 샤파라고 말해 준다. 노인이 다른 이름은 없냐고 묻지만 샤파에게 이름은 하나뿐이다. “거기서 뭘 하고 있었던 거요?” 샤파의 마음속 정적이 대답하는 대신 하품 짓는다.)

메테르는 해안가 향치고도 몹시 불안해 보이는 곳이다. 절반은 해변에 그리고 나머지 절반은 물 위에 지어져 있고 선상가옥과 수상가옥 들이 둑과 잔교로 연결되어 있다. 리츠가 샤파를 부축하며 배에서 내리자 향민들이 와글와글 모여든다. 샤파는 사람들의 손이 몸에 닿는 것을 느끼고 움찔하지만 그들은 그저 도우려는 것뿐이다. 그들의 내부에 그가 필요로 하는 것이 거의 없고 온통 잘못된 듯이 느껴지는 건 그 사람들의 잘못이 아니다. 향민들이 그의 등을 떠밀며 길을 안내한다. 샤파는 소금기 없는 차가운 민물로 샤워를 하고 짧은 바지와 올이 굵직한 소박한 민소매 셔츠를 받아 입는다. 머리를 감으려고 긴 머리채를 걷어 올리자 모두가 그의 목에 난 커다란 흉터 자국을 보고 깜짝 놀란다. 꿰맨 자국이 선명한 두꺼운 흉터가 머리선 안쪽까지 이어져 있다.(샤파 자신도 신기하다.) 샤파의 옷을 둘러싸고도 궁금증이 많다. 햇빛과 소금물에 바래 색이 거의 빠져 버렸는데 대충 갈색이 감도는 회색에 가까워 보인다.(원래는 진홍색이었던 것 같은 느낌도 들지만 왜 그런 생각이 드는지는 샤파도 모른다.)

물을 더 마신다. 이번에는 맛이 좋다. 샤파는 받은 물을 다 마신다. 음식은 조금밖에 먹지 않는다. 그런 다음 몇 시간 동안 내리 잠만 잔다. 마음속 한구석에서 끊임없이 소곤거리는 성난 목소리를 들으면서.

눈을 떴을 때는 한밤중이고, 침대 앞에 작고 어린 소년이 하나 서 있다. 등잔 심지가 짧게 타긴 했지만 소년에 손에 들린 것이 깨끗하게 세탁해 잘 말린 그의 옷이라는 정도는 알아볼 수 있다. 주머니 하나가 뒤집혀 있다. 그것만이 유일하게 원래의 옷 색깔을 간직하고 있다. 진홍색.

샤파는 한쪽 팔꿈치를 세운다. 이 아이의 뭔가가…… 어쩌면.

"안녕."

소년은 몇십 년 더 나이를 먹고 머리숱만 줄면 리츠와 쌍둥이라고 해도 좋을 정도로 꼭 닮았다. 그러나 아이의 눈빛에는 리츠와는 너무나도 다른 간절한 소망이 담겨 있다. 리츠는 세상에서 자신의 자리가 어딘지 안다. 열한두 살쯤 되어 보이는 이 소년은 분명 향명을 받을 나이인데도…… 왠지 붕 떠 있는 분위기가 있고 샤파는 그게 뭔지 알 것 같다.

"옷을 가져왔어요." 아이가 개어진 옷을 내밀며 말한다.

"그래."

"아저씨는 수호자인가요?"

기억 같은 것이 스쳐 지나간다.

"그게 뭐지?"

소년은 샤파만큼이나 어리둥절해 보인다. 침대를 향해 한 발짝 다가왔다가, 발을 멈춘다.(더 가까이 오렴. 더 가까이.)

"사람들이 그러는데 기억을 잃었다면서요? 살아 있는 게 다행이래요." 아이가 초조하게 입술을 핥는다. "수호자는 지키고 보호하는 사람이에요."

"뭘?"

의아함이 아이의 두려움을 씻어 낸다. 소년이 조금 더 다가온다.

"오로진이요. 그러니까, 음, 수호자는 오로진한테서 사람들을 지켜 줘요. 다른 사람들을 해치지 못하게요. 사람들한테서 오로진을 보호하기도 하고요. 이야기에 따르면 그래요."

샤파는 팔에 힘을 주며 몸을 일으킨다. 침대 가장자리에서 다리가 덜렁거린다. 부상으로 인한 통증은 거의 사라졌고, 상처는 그에게 내재된 분노의 힘 덕분에 평범한 사람들보다 더 빨리 회복되고 있다. 사실 그는 꽤 괜찮은 상태다. 딱 한 가지만 빼면.

"'오로진을 지켜 준다'라." 샤파는 생각에 잠겨 중얼거린다. "그래?"

소년이 작게 웃음을 터트리지만 미소는 금세 사라진다. 아이는 무서워하고 있다. 이유는 몰라도 샤파를 무서워하는 건 아니다.

"사람들은 오로진을 죽여요." 아이가 나지막이 말한다. "오로진이라는 걸 알면요. 옆에 수호자가 있을 때만 빼고요."

"그래?"

몹시 야만적인 행동처럼 들린다. 하지만 곧 샤파는 바닷물 한가운데 사방에서 솟구치는 뾰족하고 무시무시한 바위 창들을 기억해낸다. 그리고 그것이 오로진의 짓이라는 확고한 느낌도. 로가는 태어나자마자 물에 빠트려 죽여야 해. 리츠는 그렇게 말했다.

하지만 하나를 빠트렸군. 샤파는 소리 높여 웃고 싶은 충동을 애써 참는다.

"난 아무도 다치게 하고 싶지 않아요. 하지만 언젠간 그렇게 되겠죠. 내가…… 훈련을 받지 않으면요. 화산이 터졌을 때도 하마터면 그럴 뻔했어요. 참는 게 너무 어려웠거든요."

"그랬다면 너는 물론이고 다른 사람들도 많이 죽었을 거다." 샤파가 말한다. 그러고는 눈을 깜박인다. 그가 이런 것을 어떻게 아는 걸까. "열점은 네가 진정시키기엔 너무 변덕스럽거든."

아이의 눈이 활짝 커진다.

"정말로 아는군요." 소년이 한층 가까이 다가와 샤파의 무릎 옆에 쪼그리고 앉는다. 속삭인다. "제발 도와주세요. 내 생각엔 어머니가…… 날 봤거든요. 화산이 터졌을 때…… 아무렇지도 않은 척하려고 했는데 그럴 수가 없었어요. 아무래도 아시는 것 같아요. 할아버지한테 말하기라도 하면……."

소년이 갑자기, 목구멍이 막힌 사람처럼 숨을 흡 들이켠다. 울음을 애써 억누르고 있는 모양새이지만 우는 것과 뭐가 다른지 모르겠다.

샤파는 숨을 쉴 수 없어 죽어 간다는 게 어떤 느낌인지 안다. 그는 손을 내밀어 아이의 풍성한 구름 같은 머리카락을 정수리와 목 뒤까지 부드럽게 쓸어내리고는 잠시 손가락을 그 자리에 올려 둔다.

"내가 할 일이 있다."

그렇다. 그에게는 해야 할 일이 있다. 그의 내부에 존재하는 분노와 속삭임에는 목적이 있고, 그것은 그의 목적이다. 그들을 모으고, 훈련시켜, 정해진 운명대로 무기로 만들어라.

"나와 함께 간다면 아주 멀리 떠나야 한다. 다시는 가족을 보지 못할 거야."

소년이 시선을 아득히 돌리며 씁쓸한 표정을 짓는다.

"어차피 사실을 알게 되면 날 죽일걸요."

"그래."

샤파는 손가락을 누른다. 살포시 가볍게, 그러고는 소년에게서 첫 번째 분량을(무언가를) 빼내 흡수한다. 이게 뭐지? 그는 이것을 뭐라고 부르는지 기억할 수가 없다. 어쩌면 이름이 없는지도 모른다. 중요한 것은 그것이 거기 있고, 그가 그것을 필요로 한다는 것뿐이다. 어찌된 일인지는 몰라도, 그는 알 수 있다. 그게 있으면 샤파는 자신(이었던 것)의 흩어진 파편들을 더욱 단단히 모아 붙잡아 둘 수 있다. 그래서 그는 그것을 마신다. 그 첫 모금은 마치 해수 속에서 타는 듯한 갈증을 느낄 때 들이켜는 깨끗하고 달콤하고 신선한 물과도 같다. 전부 다 마셔 버리고 싶다. 리츠의 물통을 갈구했을 때처럼 나머지도 전부 삼켜 버리고 싶지만, 그때와 똑같은 이유로 억지로 멈춘다. 지금 받은 것만으로 버텨야 한다. 그가 인내한다면 나중에 소년이 더 많이 줄 수 있을 것이다.

그래. 이제 샤파는 더욱 명확히 사고할 수 있다. 속삭임을 들으면서도 뚜렷하게 생각할 수 있게 되었다. 그에게는 이 소년이 필요하다. 그리고 이 아이와 비슷한 다른 아이들도. 그는 아이들을 찾아야 한다. 그리고 그 아이들의 도움을 받으면, 그는 할 수 있……

무엇을?

흠. 모든 게 선명해진 건 아니다. 어떤 것들은 다시는 돌아오지 않을 것이다. 하지만 이걸로도 그럭저럭 견딜 수 있겠지.

소년이 샤파의 얼굴을 지그시 살핀다. 그가 부서진 자아(自我)의 조각들을 끼워 맞추려 애쓰는 사이, 아이는 자신의 미래를 놓고 고전하는 중이다. 그들은 서로에게 완벽하다.

“같이 갈래요.” 고민한 기색을 역력히 드러내며 소년이 말한다. 마치 자신에게 선택의 여지가 있기라도 한 듯이. “어디든 좋아요.

다른 사람을 해치고 싶지 않아요. 내가 죽고 싶지도 않고요."

며칠 전 선상에서, 전혀 다른 상황에서 전혀 다른 사람에게 그랬을 때 이후 처음으로, 샤파는 싱긋 웃음 짓는다. 소년의 머리를 쓰다듬어 준다.

"착한 아이다. 내가 힘닿는 한 최선을 다해 도와주마." 그 순간 소년의 긴장이 탁 풀리고, 눈가에 눈물이 고인다. "가서 길을 떠날 때 필요한 물건을 챙겨 오렴. 나는 너희 부모님과 얘기를 해 볼 테니."

너무나도 자연스럽게 말이 쏟아져 나온다. 샤파는 전에도 이런 말을 한 적이 있다. 언제인지는 기억나지 않지만. 하지만 때때로 일이 말처럼 순조롭게 풀리지 않은 적도 있었다는 것을 기억해 낸다.

소년이 고맙다고 속삭이고, 감사의 표시로 샤파의 무릎을 한 번 꼭 쥐어 보인 다음 빠른 걸음으로 사라진다. 샤파는 천천히 바닥에 발을 딛고 일어난다. 아이가 색 바랜 제복을 두고 갔기에 그것을 입는다. 샤파의 손가락은 어떻게 그 옷을 단정하게 갖춰 입는지 기억하고 있다. 망토도 있어야 하는데 지금은 없다. 어디 갔는지는 기억나지 않는다. 앞으로 걸어가는 중에 벽면에 붙어 있는 거울이 시선을 잡아끈다. 샤파는 멈춰 선다. 바르르 전율한다. 이번에는 기뻐서가 아니다.

뭔가 잘못됐다. 아주 잘못됐다. 길고 숱 많은 머리카락은 태양빛과 소금물에 시달려 피폐해졌다. 검고 보기 좋은 윤기가 흘러야 하지만 색은 옅고 숱은 성기고 머릿결은 부석부석하다. 제복도 품이 남아 헐렁하다. 신체의 구성 성분을 해변에 닿기 위한 연료로 변환해 소비했기 때문이다. 제복 색깔은 잘못되었고 거기에는 그가 누구인지, 누가 되어야 하는지 알려 주는 아무런 언질도 없다. 그리고 그의 눈은……

사악무도한 대지여. 샤파는 얼음장처럼 희고 차가운 눈동자를 바라보며 생각한다. 그는 자신의 눈이 이렇게 생겼는지 미처 몰랐다.

문 근처 마룻바닥에서 삐걱거리는 소리가 나자, 그의 이질적인 눈동자가 스르륵 움직인다. 소년의 어머니가 손에 등불을 들고 눈을 깜박이며 서 있다.

"샤파. 잠에서 깬 것 같아 와 봤어요. 에이츠의 목소리도 들렸고요."

소년의 이름이 틀림없다.

"이걸 가져다주러 왔더군요."

샤파가 입고 있는 옷을 만지작거리며 대답한다.

여자가 방으로 들어온다.

"흠. 빨아서 말려 놓고 보니 무슨 제복같이 생겼네요."

샤파가 고개를 끄덕인다.

"나에 대해 새로운 걸 알게 되었답니다. 난 수호자예요."

여자의 눈이 동그래진다.

"진짜요?" 그러나 의심의 눈초리를 보낸다. "그런데 에이츠가 귀찮게 한 거군요."

"전혀 귀찮지 않았답니다."

샤파가 미소를 짓는다. 여자를 안심시키려 한 일이지만 왠지 여자는 움찔거리며 얼굴을 더 깊이 찌푸린다. 아, 그렇군. 그는 사람을 매혹시키는 방법도 잊어버린 모양이다. 샤파가 몸을 돌려 여자에게 다가가자 여자가 뒤로 주춤 물러난다. 샤파는 여자가 겁을 먹은 걸 보고 우스워서 발을 멈춘다.

"그리고 에이츠도 자신에 대해 뭔가를 알게 됐지요. 아이는 내가 데려가겠습니다."

여자가 눈을 크게 뜬다. 소리 없이 입을 뻐끔거리다가 다문다.

"알고 있었어요."

"그래요?"

"알고 싶지 않았지만요." 여자가 마른침을 삼키고, 손을 굳게 쥔다. 등불이 그녀의 감정을 대변하듯 불안하게 흔들린다. "제발 그 아이를 데려가지 말아 줘요."

샤파는 고개를 갸웃 기울인다.

"왜요?"

"그 애 아버지가 상심할 테니까요."

"할아버지가 아니라요?" 샤파가 여자에게 한 발짝 다가간다.(조금만 더.) "삼촌과 숙모와 사촌들은요? 당신은요?"

여자가 또다시 몸을 움찔 떤다.

"나…… 나는 어떻게 받아들일지 모르겠어요. 지금은요."

여자가 고개를 흔든다.

"아, 가여운 것." 샤파가 나지막이 중얼거린다. 자동적으로 측은함이 느껴진다. 뼛속 깊이 비통함을 느낀다. "내가 그 아이를 데려가지 않으면 당신이 보호해 줄 겁니까?"

"뭐라고요?" 여자가 화들짝 놀라 샤파를 쳐다본다. 정말로 그런 생각을 해 본 적이 없었던 걸까? 그런 게 분명하다. "그 애를…… 보호해요?"

그렇게 묻는다는 것만으로도 여자는 이 일에 적합하지 않다.

그래서 샤파는 한숨을 내쉬며 마치 여자의 어깨를 다독이려는 듯이 손을 들어 올린다. 유감이라고 말하려는 듯이 고개를 절레절레 젓는다. 긴장이 풀린 여자는 샤파의 손바닥이 방향을 바꿔 그녀의 목을 움켜쥐는 것을 알아차리지 못한다. 샤파의 손가락이 닿자 여자는 곧장 몸을 경직시킨다.

"뭐……." 그러고는 곧 축어 나자빠진다.

샤파는 그녀의 몸이 마룻바닥으로 쓰러지는 순간 두 눈을 깜박인다. 어찌된 영문인지 알 수가 없다. 원래 이런 건가? 그리고 그때, 여자가 전달해 준 약간의 무언가에 힘입어 머리가 한층 더 맑아진다. 에이츠에 비하면 굉장히 작은 양이긴 하지만…… 이제야 알 것 같다. 이건 오직 오로진에게만, 그에게 나눠 줄 수 있을 만큼 충분한 양을 보유하고 있는 오로진에게만 해야 하는 일이다. 이 여자는 둔치인 게 틀림없다. 하지만 샤파는 이제 아까보다 기분이 더 좋아진다. 사실은……

더 많이. 마음속 한 켠에 웅크려 있는 분노가 속삭인다. 다른 사람들에게서도 빼앗아. 그들은 아이에게 위험해. 그러면 네게도 위험해.

그래. 그러는 게 현명할 것 같다.

그래서 샤파는 몸을 일으켜 조용하고 어두침침한 집 안을 돌아다니며 에이츠의 가족들을 한 명씩 만져 그들의 일부를 마신다. 대부분은 잠에서 깨지도 않는다. 그에게 가장 많이 나눠 주는 사람은 멍청한 아들이다.(거의 수호자와 비슷한 수준이다.) 줄 게 가장 적은 사람은 리츠다. 아마 나이가 많기 때문일 거다. 그게 아니라면 그가 마침 깨어 있었고 샤파가 코와 입을 틀어막자 격렬하게 저항하기 때문인지도 모른다. 그는 베개 밑에 넣어 둔 생선칼을 꺼내 샤파에게 휘두르기까지 한다. 쓸데없이 두려움을 느끼다니 가엾게도! 샤파는 리츠의 목 뒤쪽을 만지기 위해 그의 목을 돌려 꺾어 버린다. 뚜두둑 하는 소리가 나지만, 리츠에게서 흘러나오는 그것이 약해지고 멈춰 버려 쓸모없게 될 때까지도 자신이 무슨 짓을 했는지 깨닫지 못한다. 아, 그렇지. 그제야 샤파는 죽은 사람에게는 이 방법이 소용없다는 것을 기억해 낸다. 앞으론 더 조심해야겠다.

하지만 이제는 몸도 정신도 훨씬 좋아졌다. 속에서 항상 느껴지던 팽팽한 통증도 고요해졌다. 그는…… 온전하지 않다. 샤파는 다시는 온전하다는 느낌을 받지 못할 것이다. 하지만 그의 안에 다른 존재가 이토록 크게 자라 있을 때에는 약간의 영역을 되찾아온 것만으로도 감사하지 않을 수 없다.

"나는 샤파…… 수호자이며…… 워런트?"

그는 마침내 마지막 단어가 떠오르자 두 눈을 깜박이며 중얼거린다. 워런트는 어디에 있는 향이지? 기억나지 않는다. 자신의 이름을 끝까지 전부 생각해 냈다는 게 반가울 따름이다.

"나는 해야 할 일을 했다. 세상을 위해 최선의 일을."

그래. 바로 이거다. 옳고도 타당한 말이다. 그에게는 목적의식이 필요했고, 이제 그것은 머리 뒤쪽에 묵직하게 앉아 있다. 이제껏 그게 없었다는 게 신기하다. 이젠 어떻게 하지?

"이제 나는 할 일이 있다."

에이츠는 거실에서 샤파를 발견한다. 소년은 작은 배낭을 메고 상기된 얼굴로 숨을 할딱인다.

"엄마랑 얘기하는 걸 들었어요. 엄마한테…… 말했나요?"

샤파는 허리를 구부려 소년과 시선을 맞춘다. 두 손으로 아이의 어깨를 지그시 쥔다.

"그래. 어떻게 받아들여야 할지 모르겠다고 하더니…… 더는 아무 말도 않더구나."

에이츠의 얼굴이 구겨진다. 소년은 어른들의 방으로 연결된 복도로 눈길을 돌린다. 그 복도에 있는 사람은 전부 죽었다. 문은 닫혀 있고 집 안은 고요하다. 하지만 샤파는 에이츠의 형제자매와 사촌들에게는 손을 대지 않았다. 그는 그 정도로 끔찍한 괴물은 아니다.

"엄마한테 작별 인사 해도 돼요?" 에이츠가 조용히 묻는다.

"그러면 위험할 것 같구나." 그건 진심이다. 샤파는 소년을 죽이고 싶지 않다. 아직은. "이런 일은 깔끔하게 마무리 짓는 게 좋아. 그만 가자꾸나. 이젠 내가 있잖니. 난 절대로 널 떠나지 않을 거란다."

샤파의 말에 소년이 눈을 깜박이며 몸을 조금 세운 다음, 고개를 열렬히 끄덕인다. 그 말에 큰 감명을 받기엔 나이가 약간 많은데도. 하지만 지난 몇 달간 에이츠는 가족들과 함께 살며 늘 불안과 두려움에 떨었을 테고, 그래서 샤파는 자신의 말이 큰 효과를 발휘했다고 생각한다. 그렇게 외롭고 지치고 불안한 정신을 뜻대로 다루는 것은 일도 아니다. 그리고 그 말은 거짓말이 아니다.

두 사람은 죽은 자들이 가득한 집을 뒤로하고 떠난다. 샤파는 소년을…… 어디론가 데려가야 한다는 것을 안다. 흑요석 벽과 도금

한 빗장이 걸려 있는 곳, 그로부터 10년 뒤에 대격변에 휘말려 사라질 곳. 그러니 어쩌면 샤파가 너무 망가진 나머지 그 장소를 기억하지 못하는 것이 다행일지도 모른다. 어쨌든 마음속에서 속삭이는 성난 목소리가 그를 다른 방향으로 가도록 인도한다. 남쪽으로. 그가 해야 할 일이 있는 곳으로.

샤파는 에이츠의 어깨에 손을 얹는다. 소년을 위안하려, 어쩌면 그 자신을 안심시키기 위해서인지도 모른다. 아직 동이 트지 않아 어두운 바깥세상으로, 두 사람은 함께 걸어 나간다.

속으면 안 된다. 수호자는 구 산제보다 훨씬,
훨씬 나이가 많을 뿐만 아니라 우리를 위해 일하는 게 아니다.
—뭇샤티 황제가 처형 전에 남긴 마지막 말

4장

너는 도전을 마주한다

오벨리스크를 부르고 나니 피곤이 몰려온다. 너는 배정받은 집에 딸려 온 짚자리 위에 침구도 없이 몸을 펴고 눕자마자 자각할 새도 없이 단잠에 빠져든다. 한밤중에(어쨌든 네 신체 시계에 의하면 그렇다. 이곳의 수정 벽은 밤낮 구분 없이 환하니까.) 눈을 번쩍 떴을 때는 마치 그동안 시간이 멈춰 있었던 것처럼 느껴진다. 하지만 네 옆에 몸을 말고 누워 있는 호아는 놀랍게도 진짜 잠을 자고 있는 것 같고, 건넌방에서는 희미하게 통키의 코골이 소리가 나고 있으며, 몸도 훨씬 가뿐하다. 배는 좀 고프지만. 간만에 정말 푹 잔 것 같다.

너는 허기에 떠밀려 거실로 나간다. 탁자 위에 작은 천가방이 놓여 있다. 아마 통키가 받아 온 것일 테다. 입구가 열려 있어 버섯과 말린 콩, 다른 비축식량이 들어 있는 게 보인다. 그렇다. 카스트리마 향민이 되었으니 너는 이제 향의 비축고를 나눠 받을 수 있게 되었다. 야참으로 먹을 만한 음식은 아니다. 버섯은 가능하겠지만. 하지만 이 버섯은 네가 처음 보는 종류고, 어떤 버섯은 반드시 조리를 해야만 먹을 수 있다. 마음은 동하는데…… 설마 카스트리마가 신참들에게 위험한 음식을 경고도 하지 않고 나눠 주는 향은 아니겠지?

흠. 맞다. 너는 네 비상자루를 열어 아직 남은 식량이 없는지 뒤져 본다. 말린 오렌지와 저장빵 부스러기, 마지막으로 들렀던 향에서 교환한 고약한 맛이 나는 육포 한 덩어리(너는 이게 하수구에서 잡은 생쥐 고기일 거라고 짐작하고 있다.)를 꺼내 요리를 한다. 음식이란 영양가가 있으면 그만이라고, 전승가들은 전한다.

힘겹게 육포를 씹어 삼키고 난 뒤, 아직도 졸려 몽롱한 머리로 단지 오벨리스크를 부른 것뿐인데 얼마나 힘들고 고단한지 생각한다. 오벨리스크와 관련된 일에 단지라는 부사는 어울리지 않을 테지만. 그때 갑자기 밖에서 신경을 긁는 높고 날카로운 소리가 일정한 간격으로 울리기 시작한다. 너는 아무 생각 없이 무시한다. 도대체 이 향은 말이 되는 게 하나도 없다. 저런 이상한 소리에 익숙해지려면 몇 주일, 아니 몇 달이 걸릴지도 모르겠다.(몇 달이라고? 나쑨을 그렇게 쉽게 포기할 거야?) 그래서 너는 그 소리가 점점 더 크고 가까이 다가오는데도 여전히 관심 두지 않고, 하품을 쩍 하고, 의자에서 일어나 침실로 돌아간다. 그러고는 그제야 뒤늦게 그게 사람의 비명이라는 사실을 깨닫는다.

너는 얼굴을 찌푸리며 문 앞에 쳐 놓은 얇은 가림천을 밀치고 밖으로 나간다. 별로 걱정스럽지는 않다. 네 보님기관은 꿈쩍도 않고, 만약에 지하 카스트리마에 흔들이 온다면 아무리 잽싸고 날랜 사람이라도 피신은커녕 눈 깜짝할 사이에 전부 깔려 죽어 버릴 것이다. 집 밖에는 돌아다니는 사람이 많다. 한 여자가 조금 전에 네가 먹을까 말까 고민한 버섯이 잔뜩 담긴 커다란 바구니를 들고 문 앞을 지나간다. 네가 나오는 걸 보고 고개를 끄덕이며 알은체하고는 다시 비명이 들리는 쪽으로 몸을 돌리다가 하마터면 어떤 남자와 부딪쳐 바구니를 놓칠 뻔한다. 남자는 바퀴가 달리고 뚜껑이 덮인 커다란 통을 밀고 있는데, 고약한 냄새가 코를 찌르는 것으로 보아 변소 통인 것 같다. 밤낮 구분이 없는 카스트리마는 실질적으로 잠들지 않는 향이고, 이곳 사람들은 일반적인 3교대가 아니라 6교대로 일한다. 네가 그 사실을 아는 이유는 너도 노동 시간을 배정받았기 때문이다. 너는 카스트리마 사람들이 열두종(鍾)이라고 부르는 정오에 일을 시작하는데, 대장간 근처에 사는 아티스라는 여자를 찾아가라는 지시를 들었다.

하지만 지금 일어나는 일은 그것과는 아무 상관도 없다. 왜냐하면 카스트리마 전체에 빽빽하게 솟아 있는 수정기둥 사이로, 터널과 이어진 크고 네모난 정동 입구에서 한 무리의 사람들이 쏟아져 들어오는 것이 보이기 때문이다. 황급히 달려오고 있고, 누군가를 실어 나르고 있다. 비명을 질러 대고 있는 건 그 사람이다.

그 장면을 본 후에도 너는 궁금증을 외면하고 다시 집으로 돌아가 잠을 청할 생각이다. 지금은 계절이다. 사람들은 죽는다. 거기에 대해 네가 할 수 있는 일은 없다. 게다가 이들은 너와 가까운 사람들도 아니다. 네가 관심을 가져야 할 이유는 아무것도 없다.

그때 누군가 소리친다.

"러나!"

너무나도 절박하고 겁에 질린 목소리에 너는 움찔 놀란다. 너희 집 발코니에서는 러나의 집이 있는 야트막한 회색 수정기둥이 보인다. 수정기둥 세 개 건너, 너희 집보다 약간 아래쪽에 있다. 문 가림천이 펄럭 젖혀지더니 러나가 급히 달려 나와 허둥지둥 셔츠를 꿰어 입으며 가장 가까운 계단을 날듯이 뛰어 내려간다. 그가 가는 쪽에는 병원이 있고, 새로 들어온 무리가 향하는 곳도 병원인 것 같다.

너는 왠지 모를 기분에 휩싸여 너희 집 문간을 돌아본다. 한번 잠들면 화석목(化石木)처럼 깰 줄 모르는 통키는 아무 소식도 없지만, 호아가 거기 서 있다. 석상처럼 꼼짝도 않고 굳은 자세로 서서 너를 바라본다. 너는 그 표정을 보고 얼굴을 찡그린다. 호아는 그의 동족들과는 달리, 감정이 드러나지 않는 무표정한 얼굴을 할 줄 모르는 것 같다. 어쩌면 그들처럼 돌로 이뤄져 있지 않아서인지도 모른다. 어쨌든 네가 그의 표정에서 가장 먼저 읽어 낸 감정은…… 연민이다.

다음 순간 네 몸이 저절로 움직여 집에서 빠져나와 바닥층으로 달려 내려가기 시작한다.(너는 달리면서 생각한다. 인간인 척하고 있는 스톤이터가 보여 준 연민의 감정은 같은 인간의 비명을 듣고도 무심한 네게 마치 찬물을 끼얹은 듯한 충격을 안겨 준다.) 카스트리마는 여느 때처럼 짜증스러울 정도로 혼잡하지만, 다른 사람들이 벌써 소동의 원인을 따라 밧줄다리와 통로를 뛰어다니고 있는 덕분에 너는 그저 인파의 뒤를 따라가기만 하면 된다.

네가 병원에 도착했을 즈음에는 이미 사람들이 그 앞에 작은 벌떼처럼 모여들어, 호기심 때문인지 걱정 때문인지 아니면 감정이 격앙되어서인지 우왕좌왕 정신없이 서성이고 있다. 러나와 부상자를 데려온 무리는 벌써 병원 안으로 사라졌다. 이제 그 높고 째지는 불쾌한 소리가 뭔지는 명백하다. 목구멍이 찢어져라 울부짖으며 도저히 참을 수 없는 고통을 호소하지만 그럼에도 불구하고 참고 견뎌야 한다고 종용받고 있는 자의 비명이다.

네가 병원 안으로 들어가려고 입구에 몰려 있는 사람들을 밀치기 시작한 것은 딱히 묘안이 있어서가 아니다. 너는 의학이나 치료법에 대해서는 아무것도 모른다. 그렇지만…… 너는 고통에 대해서라면 아주 잘 알고 있다. 그런데 놀랍게도, 못마땅한 표정으로 고개를 돌린 사람들이 너를 보고는 두 눈을 깜박이더니 재빨리 옆으로 물러나 길을 터 준다. 너를 보고 눈을 크게 뜬 사람들이 뭐라 속닥이자 다른 이들이 어리둥절한 표정으로 몸을 비킨다. 아하. 카스트리마에 네 소문이 돌고 있는 모양이다.

병원 건물 안에 들어간 너는 손에 일종의 주사기를 쥔 산제 여인이 너를 황급히 밀치고 지나가는 바람에 하마터면 넘어질 뻔한다. 저러면 위험할 텐데. 여자를 따라 병실로 들어가니 여섯 명이나 되는 사람들이 발작처럼 비명을 토하는 환자 하나를 억지로 잡아 눕히고 있다. 누군가 몸을 옆으로 움직이자 환자의 얼굴이 눈에 들어온다. 네가 아는 사람은 아니다. 평범한 중위도인으로 옷과 피부, 머리카락이 회색 재투성이인 걸로 보아 지상에 올라갔다 온 게 틀림없다. 주사기를 든 여자가 누군가를 어깨로 밀어내고는 남자에게 약을 주입하는 것 같다. 잠시 후, 남자가 온몸을 바들바들 떨면서 입을 닫기 시작한다. 비명 소리가 잦아든다. 조금씩, 서서히. 한

번은 갑자기 몸을 벌떡 일으키는 바람에 옆에서 그를 누르고 있던 이들이 한꺼번에 놀라 들썩이기도 한다. 마침내 고맙게도, 남자가 의식을 잃는다.

적막이 메아리친다. 러나와 산제 치료사가 부산스럽게 움직이는 동안, 환자를 잡고 있던 이들은 침상에서 물러나 이제는 뭘 해야 할지 모르겠다는 듯이 둘레둘레 서로 시선을 마주친다. 조용해진 혼잡 속에서, 너는 저도 모르게 병실 안쪽을 힐끔거린다. 거기에는 알라배스터가 새 손님들의 눈에 띄지 않게 꼼짝없이 앉아 있다. 그의 스톤이터는 네가 마지막으로 봤던 자리에서 한 치도 변함없이 선 채 시선만 눈앞의 광경에 깊이 못 박혀 있다. 침대 위에 둥둥 떠 있는 알라배스터의 얼굴이 보인다. 그의 눈동자가 움직여 네 눈과 마주치더니 번뜩 딴 곳으로 향한다.

침대를 둘러싸고 있던 이들이 뒤로 물러나자 너는 그 위에 누워 있는 사내에게로 관심을 돌린다. 처음에는 뭐가 문제인지 알 수가 없다. 그저 질척한 잿빛 진흙이 묻어 있는 바지가 군데군데 이상하게 젖어 있다는 것밖에는. 척척한 부위가 피에 젖은 것도 아니고 붉은색을 띠고 있는 것도 아니지만, 뭐라 형용할 수 없는 냄새가 코끝에 느껴진다. 염장한 고기. 달궈진 지방. 신발을 벗겨 드러나 있는 환자의 맨발이 경련을 일으키듯 움찔거리고, 쫙 벌어진 발가락은 무의식중에도 반항을 하듯 힘겹게 늘어져 있다. 러나가 한쪽 바지 자락을 가위로 잘라 내고 있다. 환자의 젖은 옷을 벗기자 제일 먼저 눈에 들어오는 것은 남자의 피부 곳곳에 박혀 둥글게 튀어나와 있는 작고 푸른 반점들이다. 약 5센티미터 지름에 높이는 3센티미터 정도로 볼록하고, 피부 위에서 반질거리는 모양새가 기이하다. 숫자는 열에서 열다섯 개 정도. 모두 남자의 다리 위에 흩어져 있는, 손바닥 정도 크기로 붉게 부푼 자국 한가운데 자리 잡고 있다. 너는 처음에 그 푸른 덩어리가 보석이라고 생각한다. 꼭 그렇게 생겼기 때문이다. 푸른빛이 아른거리는 매끄러운 금속성 표면. 숫제 아름답기까지 하다.

"씨발." 누군가 경악에 찬 목소리로 나지막이 내뱉자 다른 사람이 그 뒤를 이어받는다. "작아죽을."

문 밖에 모여 있는 군중 사이에서 말다툼이 오가는가 하더니 갑자기 사람 하나가 불쑥 들어온다. 여자가 네 옆에 서자, 너는 고개를 돌려 쳐다본다. 이카가 당혹스러운 얼굴로 눈을 크게 뜨더니 짧게 불쾌감을 내비쳤다가 이내 감정을 추스르고 표정을 지운다. 그러고는 다른 사람들이 놀라 움찔 튀어오를 정도로 날카롭게 외친다.

"어떻게 된 거야?"

(너는 뒤늦게, 아니 어쩌면 제때에, 별로 멀지 않은 곳에 다른 스톤이터가 서 있는 것을 발견한다. 익숙한 얼굴이다. 처음 카스트리마에 도착했을 때 이카와 함께 너희 일행을 반겼던 붉은 머리의 스톤이터. 그녀는 거의 게걸스러운 눈빛으로 이카를 바라보고 있지만 간혹 네 쪽으로도 시선을 보낸다. 불현듯 호아가 지금 여기 없다는 사실이 몹시 신경 쓰인다.)

"경계선 외곽으로 순찰을 나갔어요." 재투성이 중위도 출신 남자가 대답한다. 완력꾼 같지는 않다. 그러기엔 체격이 작다. 새로운 신분인 사냥꾼인지도 모른다. 그는 침대 주위에 몰려 있는 사람들을 돌아 나와 마치 이카가 침대 위 부상자를 못 보게 가로막고 있다는 듯이 빤히 노려보지만, 마침내 굴복한다. “아, 암염 채석장 근처를 둘러봤죠. 거기라면 사냥감이 있을 것 같아서요. 도랑 근처에 땅 꺼짐이 몇 개 있는데 벨레드가…… 확실친 않아요. 걘 못 봤거든요. 처음에 둘이서 비명을 지르는 게 들렸는데, 왜 그러는지는 몰랐어요. 그때 난 상류에서 동물 발자국을 쫓고 있었거든요. 소리가 난 곳으로 갔을 땐 터테이스밖에 없었어요. 저런 모습으로 구덩이에서 빠져나오려고 난리를 치고 있더라고요. 그래서 끌어올리긴 했는데 보니까 벌써 저게 잔뜩 붙었더라고요. 신발에도 붙어 있길래 벗겨서 던져 버렸어요…….”

누군가의 놀란 소리에 너는 고개를 돌린다. 러나가 다치기라도 했는지 굳은 자세로 손가락을 붙들고 있다.

“삭아빠질 겸자 내놔!”

러나가 다른 남자에게 외치자 그가 흠칫 놀라며 시킨 대로 겸자를 건네준다. 러나가 욕을 하는 건 너도 처음 본다.

“부글이야.” 환자에게 주사를 놓은 산제 여자가 말한다. 스스로도 석연찮은 말투다. 혼잣말이라기보다는 러나를 설득하려는 듯이 그에게 말을 걸고 있다.(러나는 여자의 말을 무시한 채 상처입지 않은 손을 이용해 화상 주변을 진지하게 살펴보고 있다.) “확실해. 개울에 있는 숨은 분기공이나 간헐천일 수도 있고, 아니면 오래되어 녹슨 지력수관에 빠진 거야.”

그런 거라면 벌레가 있었던 건 우연일 것이다.

“……안 그랬다면 나도 저렇게 됐을 겁니다.” 사냥꾼이 힘없는 목소리로 잇는다. “난 그 땅 꺼짐이 그냥 밑이 비어서 무너진 건 줄 알았죠. 그런데 그게 아니라…… 잘은 모르겠지만 개미총 같은 거였어요."

이카가 입술을 꼭 깨물더니 소매 자락을 걷어붙이고, 아직 충격에서 헤어나지 못한 사람들을 밀치며 침대로 다가간다. 고함을 지른다.

"비켜! 도와줄 거 아니면 빨리 비키라고!"

어찌할 바 모르고 모여 있던 몇몇이 자리를 내준다. 누군가 환자의 다리에 붙은 보석처럼 생긴 덩어리를 잡아떼려다 러나처럼 갑자기 놀란 소리를 내지르며 화들짝 손을 뗀다. 덩어리의 모양이 변한다. 반짝이는 푸른 표면이 두 조각으로 갈라지는가 싶더니 재빨리 제자리로 돌아간다. 너는 그 순간 반짝 깨닫는다. 저건 보석이 아니다. 벌레다. 무지갯빛으로 반짝이는 단단한 껍질을 두른, 일종의 딱정벌레다. 그리고 방금 등을 덮고 있던 날개가 벌어졌을 때, 너는 그 아래에서 뭔가 팔딱팔딱 보글거리는 둥글고 투명한 몸뚱이를 본다. 심지어 네가 선 자리에서도 그 열기가 보녀진다. 마치 부글처럼 뜨겁다. 그 주변의 피부가 지글거린다.

누군가 러나에게 겸자를 건네주자 그가 벌레를 떼어 내려고 달려든다. 날개가 팔딱이더니 러나의 손가락을 향해 뭔가 가느다란 줄기를 찍 뿜는다. 러나가 꽥 소리를 지르며 겸자를 떨어뜨리고 뒤로 주춤 물러난다.

"산(酸)이야."

누군가 말한다. 다른 사람이 러나의 손을 붙잡고 서둘러 액체를 닦아 내려 하지만, 너는 그게 뭔지 이미 알고 있다. 러나가 헐떡이며 말한다.

"아냐! 물이에요. 그냥 뜨거운 물."

"조심해."

사냥꾼 하나가 뒤늦게 충고한다. 너는 그의 손에 한 줄로 잡혀 있는 물집을 발견한다. 너는 그 사람이 환자가 누워 있는 병상을 쳐다보지도 않는다는 것을 알아챈다. 주위의 다른 사람들도 마찬가지다.

도저히 눈을 뜨고 볼 수가 없기 때문이다. 저 삭아죽을 벌레새끼들이 남자의 살을 펄펄 익혀 죽이고 있다. 하지만 문득 시선을 들었을 때, 너는 알라배스터가 또다시 너를 쳐다보고 있는 것을 발견한다. 알라배스터. 화상에 뒤덮인 알라배스터. 죽었어야 하는 사람. 대륙을 절반으로 갈라 놓은 거대한 균열의 진원지에서 겨우 3도 화상 몇 개만 입고 살아남을 수 있는 사람은 없다. 그는 유메네스의 녹아 문드러진 거리 위로 새까만 잿가루로 화해 흩어졌어야 했다.

너를 빤히 응시하고 있는 그를 보며, 너는 그 사실을 깨닫는다. 알라배스터는 눈앞에서 다른 사람이 불의 시련을 겪고 있는 것을 보고도 전혀 동요하지 않지만, 그런 태연자약한 태도는 네게도 익숙한 것이다. 펄크럼에서 흔히 볼 수 있는 것. 너무나도 많은 배신을 겪고, 아무 이유도 없이 너무 많은 친구를 잃고 "너무 끔찍해서 차마 볼 수 없는" 잔혹한 행위를 너무 많이 본 자들만이 가진 무심함이다.

하지만 그래도. 알라배스터의 조산력이 뿜어내는 반향은 꾸밈없이 강력하고 다이아몬드처럼 치밀하고 마음이 찢어질 만치 익숙해서, 너는 눈을 질끈 감고 배의 갑판 위에서, 외롭고 쓸쓸한 고가도로 위에서, 바람 많은 돌섬에서의 기억을 떨쳐 내려 발버둥 친다. 그가 만들어 낸 고리는 치가 떨릴 정도로 작다. 3센티미터도 안 되는 크기에 가늘기는 또 어찌나 가느다란지 너는 그 머리핀 같은 중심축이 어디에 있는지조차 찾을 수가 없다. 그는 지금도 여전히 너보다 훨씬 뛰어나다.

그때 누군가 숨을 흡 들이켠다. 너는 눈을 뜬다. 환자의 몸에 붙어 있던 벌레 한 마리가 파르르 떨며 살아 있는 찻주전자처럼 쉭쉭거리더니 갑자기 차게 얼어붙는다. 뜨겁게 익어 가는 사람의 살점을 갈고리처럼 꽉 부여잡고 있던 다리들이 톡 소리를 내며 떨어진다. 벌레는 죽었다.

하지만 다음 순간, 네 귀에 미약한 신음이 들려오고 조산술이 흩어지는 게 느껴진다. 알라배스터가 고개를 늘어뜨리며 등을 구부린다. 그의 스톤이터가 천천히 삐걱거리면서 옆에 웅크려 앉는다. 언제나처럼 담담한 표정이지만 왠지 그 자세에는 걱정스러운 기미가 담겨 있다. 붉은 머리 스톤이터도(너는 속으로 짜증을 내며 그녀를 '루비 머리'라고 부르기로 한다.) 알라배스터를 물끄러미 바라보고 있다.

저렇게 하는 거군. 너는 환자에게 관심을 돌린다. 무심코 러나를 보니 뭐에 홀린 표정으로 차게 얼어붙은 벌레를 바라보고 있다. 러나가 눈을 들어, 주위를 돌아보더니, 너와 눈이 마주치자, 멈칫한다. 너는 그의 눈빛에 담긴 질문을 읽고 고개를 젓는다. 아니. 너는 그 벌레를 죽이지 않았다. 하지만 그건 올바른 질문이 아니고, 어쩌면 그가 묻고 싶은 질문도 아닐 것이다. 그는 네가 그랬는지 묻는 게 아니다. 너도 할 수 있는지 묻고 있는 것이다.

러나. 호아. 알라배스터. 오늘은 하루 온종일 모두가 너를 침묵과 의미심장한 눈빛으로 조종하고 있는 것 같다.

침대에 가까이 다가가 보님기관에 집중해 보니 벌레의 펄펄 끓는 내부는 마치 지열(地熱)이 만들어 낸 분기공 같다. 그 자그마한 몸통에서 상당한 양의 압력을 발생시켜 몸 안의 수분을 끓게 하고 있는 것이다. 네가 습관처럼 남자를 향해 손을 들어 올리자, 주변 사람들도 네가 뭔가 하고 있다는 것을 눈치 챈다. 욕설과 거친 숨소리, 안절부절 움직이는 발소리와 몸과 몸이 스치는 소리가 들린다. 사람들이 네가 발현할 고리를 피해 달아나고 있다. 멍청이들. 저들은 네가 주변에서 에너지를 흡수할 때가 아니면 고리를 만들 필요가 없다는 것을 모르는 걸까? 네게 필요한 연료는 이미 벌레들이 갖고 있다. 여기서 까다로운 점은 환자의 뜨겁게 달궈진 피부는 건드리지 않고 그 위에 있는 벌레만 이용해야 한다는 점이다.

이카의 스톤이터가 느릿한 걸음으로 다가와 선다. 너는 그녀의 움직임을 보는 게 아니라 보닌다. 마치 태산이 너를 향해 다가오는 것 같다. 그러다 갑자기 루비 머리가 우뚝 멈춰 선다. 또 다른 산이 나타나 그 앞을 가로막았기 때문이다. 호아다. 차분하고 냉정하게, 꼼짝도 않고 서 있다. 도대체 어디서 나타난 거지? 하지만 지금은 저들에게 신경 쓸 때가 아니다.

너는 천천히, 시각과 보님기관을 모두 동원해 정확히 어디서 멈춰야 할지 가늠한다……. 하지만 알라배스터가 이미 그 방법을 알려 주지 않았던가. 너는 아까 그가 그랬던 것처럼 작고 뜨거운 벌레의 몸통 주위로 고리를 돌린다. 하나씩, 차례대로. 어떤 것은 크고

요란한 소리를 내며 쩍 갈라지고, 어떤 것은 펑 하는 소리와 함께 터지듯 튀어 올라 방 반대쪽으로 휙 날아간다.(사람들은 아까 너를 피해 비켰을 때보다도 더 번개 같은 속도로 그것을 피한다.) 이제 다 끝났다.

방 안에 있는 모두가 너를 멍하니 쳐다본다. 너는 이카를 바라본다. 숨을 헐떡거린다. 이토록 정밀한 수준으로 집중력을 발휘하는 것은 커다란 산을 움직이는 것보다 훨씬, 훨씬 어렵고 힘들다.

"또 흔들어야 할 거 있어?"

이카는 눈을 깜박이지만 이내 네 말이 무슨 뜻인지 보닌다. 그녀가 네 팔을 붙든다. 이건…… 뭐지? 위치의 역전. 마치 오벨리스크에 접속할 때처럼 의식이 이동한다. 다만 이번에는 오벨리스크가 없고, 너 자신의 조산력인데도 네가 발산하는 것이 아니다. 갑자기 밖에서 사람들이 웅성대는 소리가 들린다. 너는 병원 문 밖을 슬쩍 내다본다. 카스트리마 병원은 정동 벽에 솟은 거대한 수정기둥을 깎아 만든 것이 아니라 사람들이 손으로 지어 올린 건물이고, 조명도 전깃불을 사용하고 있다. 하지만 가림천이 없는 문 너머로, 너는 카스트리마 향에 있는 모든 수정들이 갑자기 평소보다 훨씬 환하게 빛을 발하는 모습을 본다.

너는 이카를 쳐다본다. 그녀가 다 안다는 듯이 마주 보며 무뚝뚝하게 고개를 끄덕인다. 그녀가 방금 무슨 짓을 했는지 네가 당연히 알고 있을 것처럼, 혹은 야생 오로진이 펄크럼의 반지 오로진이 할 수 없는 일을 간단히 해내더라도 당연하게 여겨야 한다는 것처럼. 이카가 도우려 겸자를 집어 든다. 옆에서는 러나가 물집 잡힌 손가락으로 환자의 피부에 박혀 있는 남은 갑충(甲蟲)들을 열심히 떼어 내고 있다. 이번에는 금세 떨어져 나온다. 화상 입은 살 속에 박혀 있던 몸통만큼이나 기다란 주둥이가 조금씩 끌려 나오고…… 도저히 못 보겠다.

(너는 시야 언저리에 비치는 루비 머리를 슬쩍 곁눈질한다. 그녀는 네 앞에 석상처럼 서 있는 호아를 무시하고 지금은 이카를 쳐다보며 웃고 있다. 입술이 살짝 벌어져 있고, 그 사이로 반짝이는 이빨이 엿보인다. 너는 머릿속에서 그 부분을 지워 버린다.)

그래서 너는 구석진 곳으로 도망가 알라배스터의 베개 더미 옆에 털썩 앉는다. 그는 아직도 허리를 구부린 채 힘겹게 숨을 쌕쌕거리고 있다. 스톤이터가 한쪽 손으로 그의 어깨를 쥐고 상체가 쓰러지지 않게 지탱하고 있다. 너는 그제야 알라배스터가 그루터기만 남은 손목을 배 앞에 붙잡고 있다는 것을 깨닫고, 그리고, 오…… 대지여. 얼마 전까지 그의 오른쪽 손목을 덮고 있던 회갈색 석질이 지금은 그의 팔꿈치까지 올라와 있다.

알라배스터가 고개를 든다. 얼굴에 땀이 비 오듯 쏟아지고 있다. 방금 거대한 초화산을 봉합한 사람처럼 지쳐 있지만, 적어도 이번엔 의식도 또렷하고 얼굴에는 미소가 만면하다.

"너는 늘 뛰어난 학생이었지, 시엔." 그가 중얼거린다. "하지만 삭아빠질 대지여, 널 가르치는 대가가 너무 크잖아."

그 말을 이해한 데 따른 충격이 침묵처럼 온몸을 관통한다. 알라배스터는 더 이상 조산술을 쓸 수가 없다. 말하자면…… 대가를 치르지 않는 한. 너는 저도 모르게 고개를 돌려 안티모니를 노려본다. 스톤이터의 시선이 방금 돌로 변한 알라배스터의 팔에 못 박혀 있다는 사실을 깨달은 순간 뱃속에서 구역질이 올라온다. 하지만 그녀는 움직이지 않는다. 잠시 후에 알라배스터가 윗몸을 조금 세우더니 안티모니에게 손을 빌려줘서 고맙다는 눈짓을 보낸다. 그러고는 부드럽게 말한다.

"나중에."

너는 그게 무슨 뜻인지 안다. 나중에 내 팔을 먹어. 안티모니가 손을 움직여 이번에는 뒤에서 알라배스터의 몸을 떠받친다.

스톤이터를 옆으로 세게 밀쳐 버리고 네 손으로 그를 받쳐 도와주고 싶다는 욕구가 너무 강렬해서, 너는 그 광경을 도저히 참고 견딜 수가 없다.

그래서 너는 일어난다. 모여 있는 사람들을 지나 병원 밖으로 나간 다음, 얼마 전에야 자라기 시작해 아직 낮고 평평한 수정 위에 주저앉는다. 주위 사람들의 시선이 따갑고 쑥덕거리는 소리가 들리긴 하지만 아무도 너를 건드리지는 않는다. 여기 이렇게 오래 머무를 생각이 아니었는데, 너는 지금 그러고 있다. 왜 그런지 모르겠다.

네 발 위에 그림자가 드리운다. 고개를 들어 보니 러나가 서 있다. 그 뒤에서는 이카가 간절하게 말을 거는 남자를 옆에 매달고 반대쪽으로 걸어가고 있는데, 화가 났는지 남자를 외면하고 있다. 나머지 구경꾼도 이제는 해산했지만 문틈으로 들여다보니 병원 안에는 평소보다 많은 사람이 우글거린다. 아마 뜨거운 물에 반쯤 데쳐진 그 가엾은 사냥꾼을 문병하러 들른 이들일 테다.

러나는 너를 보고 있지 않다. 그는 흐릿하게 빛나는 수십 개의 수정기둥 너머에 있는 정동의 반대쪽 벽을 응시하고 있다. 또 궐련을 피우고 있다. 고약한 냄새와 겉을 두른 노르스름한 종이를 보아하니 멜로우다. 더민터 멜라 잎과 꽃봉오리로 만든 것으로, 말리면 약간의 마약 성분을 함유하게 되는데 가장 유명한 생산지는 남중위 지방이다. 어쨌든 남중위가 뭐로든 유명해질 수 있는 수준만큼 말이다. 너는 러나가 멜로우를 피운다는 데 충격을 받고 한참 동안 헤어나지 못한다. 러나는 의사다. 멜로우는 몸에 안 좋다.

"너 괜찮니?" 네가 묻는다.

러나는 연기를 길게 빨아들일 뿐, 대답하지 않는다. 말하기 싫은가 보다 하고 생각할 때쯤 그가 불쑥 입을 연다.

"이따 들어가서 저 사람을 죽여야 해요."

그제야 너는 깨닫는다. 벌레는 남자의 피부와 근육, 어쩌면 뼛속까지 화상을 입혔을 것이다. 유메네스의 실력 좋은 의사들과 최첨단 생물하학 약제가 있다면 상처를 치료하고 목숨을 구할 수도 있겠지만, 설령 그런 경우에도 다시는 걷지 못할 수 있다. 한편 카스트리마에 있는 설비와 의약품으로 러나가 할 수 있는 일이라고는 다리를 절단하는 것뿐이다. 남자는 그러고도 살아남을 수 있을지 모른다. 하지만 지금은 계절이고, 향의 거주자들은 낙진과 추위를 피할 안전한 거처를 얻는 대가로 누구나 반드시 제 할 몫을 다해야 한다. 다리 잃은 사냥꾼을 써먹을 향은 거의 없고, 카스트리마는 이미 화상투성이 짐덩이 하나를 감당하고 있다.

(환자를 살려 달라고 애원하는 남자를 무시하며 걸어가는 이카.)

그래서 러나는 전혀 괜찮지 않다. 너는 화제를 조금 바꾸기로 한다.

"난 저런 벌레는 처음 봤어."

"여기 사람들은 '부글벌레'라고 부른답니다. 왜 그렇게 부르는지는 저 사람들도 이번에 처음 알았다지만요. 보통 물가에 사는데, 몸 안에 물을 저장해 두지요. 가뭄이 들면 다른 동물들이 수분을 보충하려고 먹이로 삼고요. 원래 썩은 고기를 먹는 곤충이래요. 해롭지도 않고." 러나가 팔에 떨어진 멜로우 재를 턴다. 카스트리마는 따뜻하기 때문에 그는 헐렁한 민소매 셔츠 하나만 걸치고 있다. 그의 팔뚝 피부에 뭔가 얼룩덜룩한 반점이…… 너는 시선을 돌린다. "하지만 계절에는 모든 게 변하죠."

그렇다. 썩은 고기를 요리해 두면 더 오래 두고 먹을 수 있을 것이다.

"병원에 오자마자 없앨 수도 있었잖아요."

너는 두 눈을 끔벅인다. 잠시 후에야 너는 러나가 너를 힐난하고 있다는 사실을 깨닫는다. 워낙 말투가 온유한 데다 전혀 생각지도 못한 사람의 입에서 나온지라 너무 놀라 화를 낼 생각도 못 한다.

"그럴 수가 없었어. 내가 할 수 있다는 것도 몰랐거든. 알라배스터가……."

"그 사람한텐 아무 기대도 안 해요. 여기 살러 온 게 아니라 죽으러 온 양반이니까."

러나가 몸을 빙그르 돌려 너를 똑바로 마주 본다. 너는 그 순간 러나의 차분하고 얌전한 태도 밑에 실은 주체할 수 없는 분노가 숨어 있었다는 사실을 알아챈다. 눈빛은 냉정하지만 다른 모든 것에서 환히 드러나 있다. 희게 질린 입술, 실룩거리는 턱 근육, 벌름거리는 콧구멍.

"당신은 왜 여기 있는 거죠, 에쑨?"

너는 어깨를 움찔한다.

"알잖아. 난 나쑨을 찾으러 왔어."

"나쑨은 당신 손을 떠났어요. 그러니 당신 목적도 바뀌었고요. 당신은 살아남으려고 여기 왔어요. 다른 사람들이랑 똑같이요. 이제 우리 중 하나라고요." 러나의 입술이 아마도 경멸감일 듯한 것을 내비치며 말려 올라간다. "내가 이런 말을 하는 이유는, 당신이 이걸 제대로 이해 못 하면 언젠가 갑자기 삭아죽을 발작을 일으켜서 우릴 전부 죽여 버릴지도 몰라서 그래요."

너는 대답을 하러 입을 연다. 하지만 그 순간 러나가 너를 향해 한 발짝 다가오고, 너는 노골적인 위협이 담긴 몸짓에 깜짝 놀라 몸을 퍼뜩 세운다.

"아니라고 말해 봐요, 에쑨. 이 향에서는 내가 한밤중에 몰래 도망갈 필요가 없다고, 당신이 열 받게 한 누군가가 한밤중에 찾아와 내 목을 그어 버릴까 봐 벌벌 떨 필요가 없다고 말해 봐요. 저 안에 다시 들어가더라도 내 목숨을 지키려고 싸우지 않아도 된다고, 내가 도우려고 했던 사람들이 계속해서 죽고, 죽고 또 죽어 가는 모습을 지켜보다가 결국 저 녹병삭을 벌레에 먹혀서……."

러나가 목멘 신음을 내며 말을 뚝 멈추더니 몸을 홱 돌려 버린다. 너는 바짝 긴장된 러나의 등을 바라보며 아무 말도 않는다. 아무 말도 할 수 없기 때문이다. 러나가 네가 티리모에서 저지른 일에 대해 언급한 것은 이번이 두 번째다. 별로 놀라운 일도 아니다. 그는 거기서 태어나 거기서 자랐다. 네가 티리모를 떠나왔을 때, 러나의 어머니도 아직 거기 살고 있었다. 아니야. 어쩌면 그녀도 네가 죽였을지 모른다. 그날에.

죄책감이 목구멍을 틀어막고 있는 지금, 네가 할 수 있는 말은 없다. 하지만 그래도 어쨌든 시도는 해 본다.

"미안해."

러나가 웃는다. 너무 험악하고 노여움이 들끓고 있어 그의 목소리처럼 들리지도 않는다. 그러더니 다시 몇 분 전으로 돌아가 반대쪽 벽을 지그시 응시한다. 자제력이 돌아오고 있다. 턱 근육도 아까처럼 격하게 실룩거리지는 않는다.

"증명해 봐요."

너는 고개를 젓는다. 거절하는 게 아니라 무슨 뜻인지 이해할 수가 없다.

"어떻게?"

"소문이 퍼지고 있어요. 당신이랑 이카가 만났을 때 향에 커다란 소문이 몇 개 돌았는데, 전부터 로가들끼리 쑥덕거리던 얘기를 당신 입으로 확인해 줬다면서요." 너는 로가라는 말에 움찔할 뻔한다. 옛날에 러나는 품위 있고 예의를 지킬 줄 아는 아이였다. "위에서 만났을 때 이번 계절이 1000년은 갈 거라고 했다면서요. 과장한 겁니까, 아니면 진짭니까?"

너는 한숨을 쉬며 머리를 긁적인다. 머리 뿌리 근처가 두껍고 지저분하게 말려 있다. 머리 타래를 다시 꼬아 정리해야 하건만 그럴 시간도 없었고 그래 봤자 무슨 소용인가 싶어 손대지도 않았다.

"계절은 항상 끝나게 돼 있어. 아버지 대지는 늘 평형을 유지하니까. 그저 얼마나 걸릴까가 문제지."

"그래서, 얼마나 걸리죠?"

질문이 아니다. 러나의 목소리는 담담하고, 거의 체념조로 들린다. 그는 이미 대답을 짐작하고 있다.

그러므로 러나는 네게서 가장 정직한 대답을, 최선의 추측을 들을 자격이 있다.

"1만 년?"

유메네스 열개가 활동을 멈추고 하늘이 다시 맑게 걷히는 데 걸리는 시간. 지각운동이 다시 평범한 수준으로 돌아가는 데에는 많이 오래 걸리지 않겠지만, 진짜 위험은 낙진이 어떤 현상을 발생시키느냐에 달려 있다. 화산재가 따뜻한 해수면을 뒤덮고 극지방에 빙하가 생성될 것이다. 바닷물의 염도가 증가한다. 기후가 더욱 건조해진다. 영구동토대가 늘어난다. 빙하지대가 확장된다. 그리고 인간이 거주하기에 가장 적합한 적도권은 여전히 화염과 독가스를 뿜어내고 있을 것이다.

계절에 인간에게 가장 가혹한 것은 겨울이다. 극심한 기근과 손발의 동상. 그러나 잿구름이 걷히고 하늘이 다시 맑아진 후에도 그 후 수백만 년 동안 빙하기가 이어질 수 있다. 하지만 그런 건 중요하지 않다. 어차피 인류는 그보다 한참 전에 멸종할 테니까. 남는 것은 끝없는 얼음 평원 위를 부유하는 오벨리스크뿐. 그것의 정체를 궁금해하거나 무시할 인간이라는 존재는 남아 있지 않을 것이다.

러나의 눈꺼풀이 깜박거린다.

"흠."

그러고는 놀랍게도 너를 다시 돌아본다. 더욱 놀라운 것은 그가 더 이상 화를 내고 있지 않다는 점이다. 비록 익숙한 느낌의 침울함이 그 자리를 대신 채우고 있긴 하지만. 그러나 그가 던진 질문에 너는 어안이 벙벙해진다.

"그럼 그걸 어떻게 해결할 작정인데요?"

입이 떡 벌어진다. 조금 후에야 너는 간신히 대답한다.

"그게 내가 어떻게 할 수 있는 일인지는 몰랐는데."

네가 부글벌레를 처리할 수 있으리라고는 생각조차 해 본 적이 없는 것과 마찬가지로. 알라배스터는 천재다. 너는 범재(凡才)다.

"당신하고 알라배스터는 오벨리스크로 뭘 하는 거죠?"

"알라배스터가 하고 있는 거지." 너는 러나의 말을 바로잡는다. "난 그냥 하나를 불러 달라는 부탁을 들어준 것뿐이야. 아마……." 이 말을 입 밖에 내는 것은 고통스러운 일이다. "그 사람은 이제 그런 종류의 조산술을 못 하게 됐거든."

"알라배스터가 열개를 연 거죠?"

네가 어찌나 빨리 입을 다물었는지 이빨끼리 부딪쳐 딱 소리가 날 정도다. 너는 방금 알라배스터가 더 이상 조산술을 쓸 수 없다고 말했다. 카스트리마 사람들이 이 지하 돌정원에 살게 된 것이 알라배스터 때문이라는 것을 알게 된다면 옆에 스톤이터가 붙어 있든 말든 알라배스터를 죽이려 할 것이다.

러나가 삐딱하게 웃는다.

"별로 어려운 문제도 아니잖아요, 에쑨. 그 사람 상처는 뜨거운 수중기와 분진, 부식성 기체에 접촉해 생긴 거예요. 불 그 자체가 아니라요. 화산 분출을 아주 가까운 곳에서 접했을 때 나타나는 독특한 증상들이죠. 어떻게 안 죽고 살았는지는 모르겠지만 어쨌든 흔적이 남은 거예요." 러나가 어깨를 으쓱한다. "그리고 난 당신이 땀 한 방울 안 흘리고 마을 하나를 5분 만에 풍비박산 내는 걸 봤는 걸요. 그러니 열 반지라면 어떤 일을 할 수 있을지 대충 짐작이 갔어요. 오벨리스크는 어디다 쓰는 거죠?"

너는 어금니를 깨문다.

"네가 아무리 물어봐도 나도 몰라라는 대답밖에 못 해 줘, 러나. 왜냐하면 나도 정말 모르거든."

"짐작 가는 건 있을 거 아닙니까. 싫으면 거짓말을 하든가요." 러나가 고개를 흔든다. "당신도 이젠 여기 사람이잖아요."

러나가 대답을 기대하는 양 잠시 입을 다문다. 너는 그에게는 말해 줘도 되지 않을까 하는 생각을 머릿속에서 밀어내느라 바쁘다. 하지만 러나는 너를 너무 잘 알고 있다. 그는 네가 그 말을 듣고 싶어 하지 않는다는 사실을 안다. 그래서 그는 말한다.

"에쑨, 카스트리마의 로가. 그게 지금의 당신이에요."

"아니야."

"그럼 이 마을에서 나가요. 모두들 당신이 진짜로 떠날 마음을 먹으면 이카도 어쩔 수 없다는 것쯤은 알아요. 마음만 내키면 우릴 전부 죽일 수도 있잖아요. 그러니 가 버려요."

너는 조용히 앉아, 두 무릎 사이에서 달랑거리는 손을 내려다본다. 머릿속이 텅 빈다.

러나가 고개를 한쪽으로 기울인다.

"당신이 아직 여기 있는 건 그만큼 멍청하지 않기 때문이죠. 잘하면 밖에서도 살아남을 수 있을 겁니다. 하지만 나쑨이 다시 보고 싶어 할 당신은 아니겠죠. 그리고 무엇보다 언젠가 나쑨을 다시 찾기 위해서라도 살고 싶잖아요. 아무리…… 확률이 희박하다고 해도요."

손이 한 번 움찔 튀어 오른다. 그러고는 다시 힘없이 덜렁거린다.

"이번 겨울이 안 끝난다면." 러나가 말을 잇는다. 이번 계절이 얼마나 오래 지속될지 물었을 때처럼 체념 섞인 건조한 말투가 아까보다 더 끔찍하게 느껴진다. 마치 그것이 완전한 진실이고, 진실임을 알고 있으며, 또 그 사실을 증오한다는 듯이. "언젠간 식량이 떨어지겠죠. 사람들을 잡아먹기 시작하겠지만 그것만으론 부족할 겁니다. 그때쯤 되면 다른 향을 약탈하거나 자연스럽게 무향민 무리로 흡수되겠죠. 하지만 그래도 우린 살아남지 못할 겁니다. 장기적으로는요. 결국 남은 카스트리마 사람들이 있다 한들 전부 다 굶어 죽을 테고, 아버지 대지의 승리로 끝날 거예요."

네가 원하든 말든, 그건 사실이다. 그리고 이건 러나가 떠돌이 생활을 하던 그 짧은 기간 동안 무슨 일을 겪었는지는 몰라도 그가 변했다는 증거이기도 하다. 나쁜 쪽으로 변했다는 얘기가 아니다. 러나는 그저 때로는 전체를 강하게 만들려면 한 사람에게 끔찍한 고통을 주어야 한다는 사실을, 뼈를 부러뜨리고, 팔다리를 자르고, 약한 자를 안락사시켜야 한다는 사실을 알고 있는 의사가 되었을 뿐이다.

"나쑨은 당신처럼 강해요." 러나가 부드럽게, 동시에 인정사정없이 지적한다. "나쑨이 지자한테서 도망쳐서 살아 있다고 칩시다. 당신이 그 애를 찾아서 여기로 데려오거나 아니면 다른 안전한 곳으로 간다고 쳐요. 비축고가 바닥나면 남들처럼 배를 곯겠지만 조산술이 있으니 식량을 넘기라고 남들을 협박하면 되겠죠. 어쩌면 다 죽이고 물자를 독차지할 수도 있고요. 하지만 그래도 결국엔 식량이 떨어질 겁니다. 나쑨은 향을 떠나 재투성이 세상에서 찾을 수 있는 것들을 근근이 긁어모아 살아갈 거예요. 야생동물이나 다른 위험한 것들만 만나지 않으면요. 어쩌면 버티고 버텨서 최후의 한 명이 될 수도 있을 겁니다. 혼자서, 주린 배를 붙잡고, 추위에 떨면서, 스스로를 증오하고 당신을 증오하면서요. 그때쯤엔 이성을 잃게 될지도 모르죠. 살기 위한 본능만 남은 짐승이 돼서 그 때문에 더 비참해질 수도 있어요. 마지막엔 제 몸뚱이를 조금씩 갉아 먹으면서 연명할지도요. 마치 다른 짐승들처럼……."

"그만."

너는 작게 속삭인다. 자비롭게도 러나는 입을 다문다. 다시 몸을 돌리고 반쯤 잊고 있던 멜로우를 길게 한 모금 빨아들인다.

"여기 와서 다른 사람이랑 말해 본 적 있어요?" 이윽고 그가 묻는다. 화제를 바꾸는 게 아니다. 너는 긴장을 풀지 않는다. 러나가 병원을 향해 고개를 까딱인다. "알라배스터나 당신이랑 같이 다니던 떠돌이들 말고요. 회의가 아니라 진짜 대화요."

한 손으로 꼽을 정도도 안 된다. 너는 고개를 가로젓는다.

"소문이 퍼지고 있어요, 에쑨. 이제 다들 자기 자식들이 죽을 때까지 얼마나 걸릴까 생각하고 있다고요." 러나가 멜로우 꽁초를 손가락으로 튕겨 날린다. 불은 꺼지지 않았다. "이제 자기들이 할 수 있는 일이 아무것도 없다는 생각도요."

하지만 당신은 할 수 있죠. 그는 굳이 말하지 않는다.

할 수 있을까?

러나가 갑자기 자리를 뜨는 바람에 너는 퍼뜩 놀란다. 너는 그가 할 말을 마쳤다는 것도 몰랐다. 아무것도 낭비하면 안 된다는 생각이 뼛속까지 박힌 탓에, 너는 그가 버린 궐련 꽁초를 집어 든다. 콜록거리지 않고 연기를 빠는 법을 익히는 데에는 조금 시간이 걸린다. 너는 전에 멜로우를 피워 본 적이 없다. 오로진은 어떤 약물도 섭취해선 안 된다.

그러나 또한, 오로진은 계절이 왔을 때 살아 있어도 안 된다. 펄크럼에는 비축고가 없었다. 아무도 입에 올린 적은 없지만 너는 유메네스에 혹독한 계절이 닥치면 수호자들이 펄크럼을 습격해 너희를 한 명도 남기지 않고 학살할 것이라고 확신한다. 네 동족은 계절을 예방할 때에는 유용하지만, 만약 펄크럼이 의무를 다하지 못하거나 흑성(黑星)에 거주하는 존귀하신 분들이나 황제가 미세한 진동이라도 설핏 느끼는 일이 생긴다면 너와 네 동료들인 제국 오로진은 생존이라는 보상을 박탈당할 것이다.

그리고 너희가 어찌 그 보상을 얻을 수 있겠는가? 로가들이 생존에 필요한 어떤 기술을 갖고 있는데? 너희는 흔들을 진정시켜 사람들이 죽는 것을 방지하지. 만세! 먹을 것도 없는데 그게 참 도움이 되기도 하겠다.

"그만해!" 조금 떨어진 곳에서 이카의 목소리가 날아온다. 바닥층에서 자라고 있는 수정기둥에 가려 보이지는 않지만, 그녀가 고함을 지른다. "다 끝난 이야기야! 가서 옆에 있어 줄 거야, 아니면 여기서 계속 나한테 산소 낭비나 할 거야?"

너는 시큰거리는 무릎을 누르며 일어난다. 소리가 나는 쪽으로 걸어간다.

얼굴 가득 이제 막 피어난 비애와 울분 섞인 눈물 자국으로 얼룩진 젊은 사내가 네 옆을 스쳐 지나간다. 쿵쿵거리는 발걸음으로 너를 지나 병원 안으로 들어간다. 계속 걸어가자 높고 가느다란 수정기둥 옆에 이카가 서 있는 게 보인다. 한 손으로 기둥을 짚고 고개를 푹 숙이고 있다. 숱 많은 머리칼이 얼굴을 감싸고 있어 표정을 볼 수가 없다. 조금 떨고 있는 것 같기도 하다.

하지만 그건 네 상상인지도 모른다. 이카는 야박하고 매정한 사람 같으니까. 하지만 생각해 보면, 너도 그렇다.

"이카."

"너도냐." 이카가 중얼거린다. "듣고 싶지 않아, 이 벌레잡이야."

그제야 너는 깨닫는다. 네가 부글벌레를 죽이는 바람에 이카는 더 힘든 선택을 해야 할 처지에 놓였다. 네가 없었다면 이카는 그 사냥꾼을 안락사시키라고 명령할 수 있었다. 벌레는 불가항력의 사고였다. 하지만 이제는 향의 정책과 관련된 행정적인 문제가 되었고, 그건 이카의 책임이다.

너는 고개를 저으며 더 가까이 다가간다. 이카가 몸을 세우더니 너를 돌아본다. 이카의 조산력이 방어적인 기운을 띠고 있는 것이 보녀진다. 그걸로 뭘 하는 것도 아니고 고리를 만들거나 주변의 에너지를 흡수하고 있는 것도 아니지만, 그렇지만, 설마 진짜로 뭘 하려는 건 아니겠지? 네가 아는 건 펄크럼의 기술이다. 너는 이카가, 이상한 방식으로 혼자 조산술을 배운 이 야생 오로진이 자기를 방어하기 위해 무슨 짓을 할 수 있을지 전혀 모른다.

그러나 마음 한구석에서 관조적으로 지켜보고 있는 너는 조금 궁금하다. 또 다른 너의 일부는 이카가 팽팽하게 긴장해 있다는 것을 눈치 챈다. 그래서 너는 그녀에게 아직 불이 붙어 있는 멜로우를 건넨다.

이카가 그걸 보고 눈을 깜박인다. 조산력이 잠잠해지더니 시선을 들어 네 눈을 면밀히 살핀다. 재미있다는 듯이 고개를 기울이며 잠깐 생각하는가 싶더니, 한 손을 허리에 올리고 다른 쪽 손으로 네 손에서 멜로우를 잡아채 깊이 빨아들인다. 효과는 빠르다. 이카가 수정기둥에 등을 풀썩 기댄다. 구불구불한 연기를 뱉어 내는 얼굴이 긴장했다기보다는 피곤에 찌들어 보인다. 이카가 궐련을 다시 내민다. 너는 그녀의 옆에 자리를 잡고, 받아 든다.

둘이서 주거니 받거니 멜로우를 다 피우는 사이 10분 정도가 지난다. 하지만 멜로우를 다 피운 뒤에도 너희는 자리에서 움직이지 않는다. 뒤쪽에 있는 병원에서 가슴을 쥐어뜯는 듯한 비통한 흐느낌이 울려 퍼지기 시작할 즈음에야 너희는 서로를 마주 보며 고개를 끄덕이고, 묵묵히 제 갈 길로 헤어진다.

도대체 어떤 문명 세계가 이렇게 넓고 훌륭한 비축굴을
시체 보관소로 낭비했는지 믿을 수가 없다!
어떤 사람들이었는지는 몰라도 전부 죽어 멸망한 것도 당연하다.
유골과 납골단지, 기타 쓸모없는 쓰레기를 치우는 데 약 1년,
이후 공간 구조를 분석하고 새로이 설계 및 개조하는 데
6개월이 더 걸릴 것으로 예상된다. 내가 요청한 검은 옷들을
파견해 준다면 시간이 훨씬 단축될 것이다.
비용이 얼마나 들든 상관없다. 몇몇 방들은 매우 불안정한 상태다.
한데 여기서 석판을 발견했다. 일종의 운문 형식을 띠고 있으며
읽을 수 없는 이상한 언어로 적혀 있다. 돌의 가르침과 유사한데
세 개가 아니라 다섯 개다. 이것을 어떻게 해야 할까?
우리가 역사를 파괴하고 있다고 징징대는 제4대학에게 던져 주고
조용히 시키는 게 어떨까 제의하는 바이다.
— 여행가 포그리드, 유메네스의 혁신자가 동부 적도권 지공학 자격 협회에
보낸 보고서 「퍼러웨이 시 지하묘지의 재활용에 관한 제의서」,
마스터 직급 이상만 열람 가능

어려운 문제다. 너는 네가 되고 싶지 않은 수많은 이들로 이뤄져 있다. 그리고 그중엔 나도 있지.

하지만 너는 나에 대해 아는 게 없다. 나에 대해, 내 상황에 대해 자세히는 아니더라도 설명을 좀 해 볼까. 그것은…… 나는…… 전쟁과 함께 시작되었다.

전쟁은 빈약한 표현이다. 원하지 않는 곳에 해충이 번져서 피해를 줄이기 위해 불을 지르거나 독을 놓는 것을 전쟁이라고 부를 수 있을까? 하지만 이것 역시 어울리지 않는 비유다. 아무도 특정한 이나 빈대 한 마리를 증오하는 건 아니니까. 아무도 그깟 이 한 마리, 그래, 예를 들면 저기 있는 다리 세 개에 등에 반점이 있는 후레자식과 앞으로 인간의 삶을 괴롭힐 수천 수백 세대에 달할 그놈의 자손들을 콕 집어 증오하지는 않는다. 저 다리 셋에 등에 반점이 있는 후레자식은 그저 귀찮고 성가신 해충 한 마리에 불과할 뿐 그 이상의 의미는 없지만…… 반면에 너와 네 동족들은 지표면을 부수고 달을 잃어버렸다. 만약에 티리모에 있는 네 집 정원에 살던 이 한 마리가 지자가 우체를 죽이게 도와줬다면, 너도 온 정원을 철저하게 흔들고 부수고 함몰시켜 자갈 더미로 만든 다음 불까지 지르지 않았을까?

하지만 그런 지독한 증오심을 불태우고도 어쩌면 너는 그 이를 잡아 죽이는 데 실패했을지도 모른다. 살아남은 벌레들은 완전히 변했겠지. 그들은 더 튼튼하고, 강하고, 더 많은 반점을 갖게 되었을 것이다. 어쩌면 네가 내린 시련 때문에 자손들 사이에 여러 파벌이 생기고 서로 상충하는 이해관계를 형성하게 됐을 수도 있다. 그러한 이해관계 중 일부는 너와는 아무 상관도 없을 것이다. 어떤 이들은 너의 그 강력한 힘을 숭앙하는 동시에 경멸할지도 모른다. 어떤 이들은 네가 그들을 파멸시키려 했듯이 너를 파멸시키고 싶어 할지도 모르지. 비록 그들이 과거의 원한을 풀 만한 힘을 길렀을 즈음이면 너는 그들에 대해 까맣게 잊어버렸을 테지만. 그들에게 너의 원한과 증오심은 그저 전설에 불과할 것이다.

또 어떤 이들은 너를 달래거나, 최소한 관용과 아량을 베풀어 달라고 설득하려 들 것이다. 나는 그들과 함께한다.

나라고 항상 그랬던 것은 아니다. 나는 아주 오랫동안 복수를 원했던 자였다. 그렇지만…… 결국 도달하는 결론은 항상 똑같다. 대지가 없으면 생명은 존재할 수 없다. 사실 이 전쟁에서 생명이 승리를 거두고 대지를 패퇴시킬 가능성이 그리 낮은 것은 아니다. 몇 번은 승리에 근접한 적도 있었다.

그런 일은 일어날 수 없다. 우리는 이겨서는 안 된다.

그러므로 나의 에쑨, 이것은 고백이다. 나는 너를 이미 배신한 바 있고, 다시금 배신할 것이다. 너는 아직 어느 편에 설지 선택하지 않았지만 나는 이미 네게 접근하려는 자들을 가로막고 처단했다. 나는 네 죽음을 이미 계획해 두었다. 그래야만 한다. 하지만 적어도 나는 세상이 끝날 때까지 네가 삶의 의미를 간직할 수 있게 최선을 다해 노력할 수는 있을 것이다.

5장

나쑨이 고삐를 쥐다

엄마가 아빠한테 거짓말을 하게 시켰어요. 나쑨은 생각한다. 아이는 아버지를 쳐다본다. 그는 벌써 몇 시간째 마차를 모는 중이다. 시선은 도로에 못 박혀 있지만 턱 근육은 쉴 새 없이 실룩인다. 고삐를 굳게 쥔 손, 우체에게 주먹을 날리고 끝내 그 아이의 목숨을 빼앗은 그 손이 달달 떨리고 있다. 나쑨은 아버지가 아직도 격앙되어 있고 어쩌면 지금도 머릿속으로 우체를 때려 죽이고 있을지도 모른다는 것을 안다. 아이는 아버지가 왜 그러는지 이해할 수 없고, 마음에 들지도 않는다. 하지만 나쑨은 아버지를 사랑하고, 그가 무섭고, 아버지를 우러러보고, 그래서 화를 풀어 주고 싶다. 아이는 속으로 의아해한다. 내가 무슨 짓을 했길래 이렇게 된 거지? 그리고 나쑨의 머릿속에 떠오른 대답은 이거다. 거짓말을 해서 그래. 네가 거짓말을 해서 그런 거야. 거짓말은 나빠.

하지만 나쑨은 하고 싶어서 거짓말을 한 게 아니다. 엄마가 시켰기 때문이다. 다른 것도 마찬가지다. 힘을 뻗지 마, 얼리지도 마, 지금부터 엄마가 땅을 움직일 텐데 넌 아무것도 하면 안 돼, 내가 아무것도 하지 말라고 했지? 대지를 듣는 것도 반응하는 거야, 평범한 사람들은 그런 짓 안 해. 내 말 듣고 있니? 삭아죽을 하지 말랬지, 염병대지여 넌 도대체 제대로 할 수 있는 게 있기나 하니? 울지 마, 이제 다시 해 봐. 끝도 없이 쏟아지는 명령들. 끝도 없이 쏟아지는 못마땅한 꾸중들. 때로는 얼음장처럼 매서운 바람으로 후려치거나 손등을 찰싹 때리거나 나쑨의 고리를 뒤집어 버리거나, 작고 연약한 팔을 우악스럽게 붙잡고 당기곤 했다. 엄마는 가끔 나쑨에게 사랑한다고 말했지만 나쑨은 한 번도 그 증거를 본 적이 없다.

아빠는 다르다. 아빠는 나쑨에게 돌로 만든 커쿠사 장난감도 주고 나쑨의 비상자루에 넣으라고 응급상자도 챙겨 준다. 나쑨도 엄마처럼 내향자이기 때문이다. 아빠는 일이 없는 날에는 나쑨을 데리고 티리카 강에 낚시도 하러 간다. 엄마는 나쑨이랑 같이 잔디 깔린 지붕에 누워 밤하늘의 별을 가리키며 어떤 고대 문명이 그 별에 이름을 붙였는지(지금은 아무도 기억하지 못하지만) 설명해 준 적이 없다. 아빠는 하루 일과가 끝난 뒤에도 나쑨과 놀아 주는 걸 귀찮아한 적이 한 번도 없다. 아침에 목욕을 하고 난 뒤에 온몸을 깨끗이 잘 씻었는지, 귀 뒤도 문질렀는지, 침대도 깔끔하게 정돈했는지 엄마처럼 깐깐하게 검사하지도 않는다. 어쩌다 나쑨이 잘못을 저지를 때도 아빠는 한숨을 내쉬고 고개를 절레절레 저으며 이렇게 말할 뿐이다. "얘야, 넌 원래 이런 애가 아니잖니." 왜냐하면, 나쑨은 정말로 그런 애가 아니기 때문이다.

나쑨이 집에서 도망쳐 전승가가 되고 싶은 건 아빠 때문이 아니다. 나쑨은 아빠가 지금처럼 화가 나 있는 게 싫다. 이것도 다 어머니가 나쑨에게 한 짓 때문인 것 같다.

그래서 나쑨은 말한다.

"나도 아빠한테 말하고 싶었어요."

아빠는 아무 말도 하지 않는다. 말은 터벅터벅 꾸준히 수레를 끈다. 한없이 뻗은 길, 양옆으로는 수풀과 언덕이 느릿하게 지나가고 머리 위에는 맑고 푸른 하늘이 펼쳐져 있다. 오늘은 길 위를 지나는 사람이 별로 없다. 장삿짐을 가득 실은 커다란 짐마차와 연락꾼, 순찰 중인 사향주 경비대원 몇 명이 전부다. 티리모에 자주 들르는 짐마차꾼이 아빠를 보고 고개를 끄덕이거나 손을 흔들지만 아빠는 아무 대꾸도 하지 않는다. 나쑨은 그것도 마음에 들지 않는다. 아이의 아버지는 살갑고 쾌활한 사람이다. 지금 옆에 앉아 있는 사람은 나쑨에게 무척 낯설게 느껴진다.

그가 대답을 하지 않는다고 해서 듣고 있지 않다는 뜻은 아니다. 나쑨이 다시 말을 건다.

"엄마한테 언제 아빠한테 말해도 되는지 물어봤어요. 몇 번이고 물어봤는데 엄마가 절대로 안 된다고 했어요. 아빠는 이해 못 할 거라면서요."

아빠는 아무 말도 없다. 고삐를 쥔 손은 여전히 떨리고 있다. 하지만 아까보단 조금 덜한 것 같기도? 잘 모르겠다. 나쑨은 이제 정말로 모르겠다. 아빠는 지금 화가 나 있는 걸까? 우체 때문에 슬퍼하는 걸까?(그럼 나쑨은? 나쑨도 우체 때문에 슬픈가? 실은 아직도 실감이 잘 안 난다. 나쑨은 남동생에 대해 생각할 때면 가끔 옆 사람을 물거나 아직도 간혹 기저

귀에 똥을 싸는 시끄럽고 잘 웃는 어린애를, 그리고 사향주만큼이나 어마어마하게 커다란 조산력을 갖고 있던 아이를 떠올린다. 집에 누워 있던 그 비틀리고 망가진 우체는 우체가 아니다. 너무 작고 움직이지도 않았으니까.) 나쑨은 떨고 있는 아버지의 손을 잡아 주고 싶지만 이상하게도 그러기가 영 꺼려진다. 이유는 잘 모르겠다. 무서워서일까? 옆에 앉아 있는 이 남자가 너무 낯설게 느껴져서인지도 모른다. 나쑨은 늘 낯선 사람에게 부끄럼을 많이 탔다.

하지만. 아니야. 이 사람은 아빠다. 아빠가 왜 이러는지는 몰라도 이건 다 엄마 잘못이다.

그래서 나쑨을 손을 뻗어 아빠의 손을 잡고 힘을 꾹 주어 누른다. 겁먹지 않았다는 걸 보여 주고 싶기 때문이다. 그리고 화가 나 있기 때문이다. 아빠한테 화가 난 건 아니지만.

"나도 아빠한테 말하고 싶었어요!"

세상이 갑자기 흐릿해진다. 처음에 나쑨은 무슨 일이 일어난 건지 알 수 없고, 그래서 본능적으로 자신을 걸어 잠근다. 엄마가 놀라거나 아픔을 느낄 때면 그렇게 하라고 훈련시켰기 때문이다. 두려움에 대한 본능적인 반응을 걸어 잠그고, 발아래 대지를 본능적으로 붙잡으려는 보님기관을 걸어 잠가야 한다. 나쑨은 어떤 상황에서도 조산술로 대응해서는 안 된다. 왜냐하면 보통 사람들은 조산술을 할 수가 없으니까. 다른 건 뭐든 해도 좋아. 나쑨의 머릿속에 엄마의 목소리가 울린다. 비명을 지르거나 울거나 물건을 내던지거나 아니면 싸움을 해도 괜찮아. 하지만 조산술만은 안 된다.

그래서 나쑨은 필요한 것보다도 훨씬 세게 바닥에 부딪친다. 왜냐하면 아이는 외부의 충격을 받았을 때 조산술로 반응하지 않는 기술을 아직 완벽하게 익히지 못했고, 그렇게 애쓸 때면 저절로 몸에 힘이 들어가기 때문이다. 세상이 흐릿해진 것은 나쑨이 마차에서 떨어졌을 뿐만 아니라 제국도로 가장자리에 있는 울퉁불퉁한 경사면을 타고 개울과 연결된 작은 연못가로 데굴데굴 굴러가고 있기 때문이다.

(그 연못으로 흐르는 개울은, 며칠 뒤에 에쑨이 비누가 어디에 쓰는 물건인지 모르는 듯이 행동하는 온몸이 하얗고 이상한 소년을 목욕시킬 곳이다.)

나쑨의 몸이 털썩 떨어지며 멈춘다. 머리는 멍하고 숨이 쉬어지지 않는다. 딱히 아픈 곳은 없는 것 같다. 나쑨은 세상이 제자리를 찾을 무렵에야 방금 무슨 일이 있었는지 깨닫는다. 아빠가 날 때렸어. 그래서 마차 밖으로 떨어진 거야. 아빠가 허둥지둥 경사면을 달려 내려오더니 나쑨의 이름을 애타게 부르짖으며 잡아 일으켜 앉혀 준다. 그는 울고 있다. 나쑨은 두 눈을 깜박이며 흙먼지와 눈앞에서 빙글빙글 도는 별들을 떨쳐 낸 다음 아직도 얼떨떨한 기분으로 아빠의 얼굴을 더듬더듬 만져 본다. 아빠의 얼굴은 젖어 있다.

"미안하다. 정말로 미안해, 우리 아가. 널 다치게 할 생각은 없었단다. 정말이야. 이제 나에겐 너뿐인데……." 그가 나쑨을 와락 껴안는다. 하지만 아프다. 온몸이 욱신거린다. "정말 미안하다. 나는…… 삭아빠질, 아, 정말로 미안하다! 대지여, 대지여, 오 사악한 녹병든 대지여! 이 아이는 안 돼! 이 아이까지 빼앗길 순 없어!"

구슬픈 흐느낌. 발작처럼 목구멍에서 터져 나오는 길고 처절한 통곡. 나쑨은 나중에야 그가 이렇게 우는 이유를 이해할 것이다.(별로 오래 걸리지는 않지만.) 그 순간에 그녀의 아버지가 방금 다치게 한 딸만큼이나 자신이 살해한 아들을 애도하며 울고 있었다는 것을 깨닫게 될 것이다.

하지만 그때, 나쑨은 이렇게 생각한다. 아빠는 아직도 날 사랑해. 그러고는 울음을 터트린다.

그래서 두 사람이 그렇게 있을 때, 아빠는 나쑨을 꼭 끌어안고 나쑨은 안도감과 아직도 덜 가신 충격 때문에 떨며 안겨 있을 때, 북쪽에서 대륙이 두 쪽으로 갈라진 데 따른 거대한 지진파가 그들을 덮친다.

두 사람은 거의 하루 종일 제국도로를 달려왔다. 방금 티리모에서는 에쑨이 파동을 밀어내 마을 옆으로 피해 돌아가게 만들었다. 그건 즉 나쑨에게 다가오는 이 지진파가 더 강력해졌다는 뜻이다. 게다가 나쑨은 마차에서 떨어진 충격으로 아직도 정신을 못 차렸고 조산술도 어설프고 경험도 없다. 그래서 거대한 흔들의 파동이 덮쳐 오는 것을, 그 순수한 힘을 보냈을 때, 나쑨은 잘못된 방식으로 대응한다. 다시 스스로를 잠가 버린다.

나쑨이 갑자기 숨을 삼키며 긴장하는 것을 느낀 아버지가 고개를 쳐든 바로 그 순간, 힘의 망치가 내리친다. 지자는 어렴풋이 충격을 보닌다. 너무 빠르고 강력한 탓에 그저 머리 뒤편에서 도망가, 도망가, **도망가, 도망가야 해!**라는 울림이 퍼지는 것에 불과할지라도. 하지만 도망쳐 봤자 아무 소용도 없다. 이 흔들은 간단히 말하자면 침대보를 널기 전에 공중에서 탈탈 털 때 일어나는 일과 비슷한데, 그 규모가 전 고요 대륙에 걸칠 만큼 어마어마하고 소행성이 충돌할 때처럼 무시무시한 위력과 속도를 지니고 있을 뿐이다. 하나의 점처럼 고정되어 있는 작고 연약한 인간의 눈앞에서, 발밑의 지층이 들썩이고 나무들이 요동치며 쪼개지고 부러진다. 옆에 있는 연못물이 한꺼번에 공중으로 튀어 오르더니 시간이 멈춘 것처럼 한 순간 그 자리에 정지한다. 아빠는 그 광경을 뚫어져라 응시한다. 온 세상이 무자비하게 까발려지고 벗겨지는 동안, 유일하게 멈춰 있는 것에 온 정신이 사로잡힌다.

하지만 나쑨은 반쯤 멍한 상태에서도 뛰어난 오로진이다. 비록 시간 내에 정신을 추슬러 에쑨이 한 일을 해내거나 진파가 도달하기 전에 분쇄하지는 못해도, 그다음으로 할 수 있는 최선의 선택을 한다. 나쑨은 눈에 보이지 않는 힘의 탑을 세워 지층 속에 최대한 깊이 찔러 박은 다음 암석권(岩石圈) 자체를 틀어쥔다. 그리고 행성 표면을 덮고 있는 지각이 드디어 도달한 지진파의 운동 에너지에 부딪쳐 휘어지는 순간, 거기서 발생한 열과 압력과 저항력을 잡아채 방금 세운 탑의 동력으로 활용하여 흙과 지층을 접착제로 붙이는 것처럼 단단하게 고정한다.

땅에서 끌어낼 수 있는 힘이 무궁무진한데도 나쑨은 고리를 생성한다. 아주 크고 넓게 돌린다. 왜냐하면 그 안에 아버지가 있고, 아버지를 다치게 하면 절대로 절대로 절대로 안 되기 때문이다. 그렇게 할 필요가 없는데도 나쑨은 고리를 아주 빠르고 맹렬하게 돌린다. 본능이 그렇게 하라고 시키고 있다. 그리고 그 본능은 옳다. 나쑨의 고리가 만든 차고 시린 폭풍의 눈이 중앙의 안전지대로 접근하는 모든 것을 산산이 분해한 덕분에 부녀(父女)는 수많은 파편들로부터 목숨을 구한다.

이 모든 것은 세상이 무너지고 있다는 의미다. 그 찰나의 순간, 공중에 떠오른 연못물과 주변의 모든 것을 초토화시키고 있는 허리케인, 그리고 허리케인 중앙에 있는 고요한 오아시스 외에는 아무것도 보이지가 않는다는 뜻이다.

그러고는 진동이 지나쳐 사라진다. 연못물이 철퍽 제자리로 떨어지며 사방에 진흙을 흩뿌린다. 부러지거나 쓰러지지 않은 나무들이 다시 땅 위에 바로 서고, 몇몇은 거센 반작용으로 반대 방향으로 휘거나 기울어져 있다. 멀리 떨어진 곳, 즉 나쑨의 고리 바깥에서는 공중으로 날아오르거나 팽개쳐졌던 사람과 동물과 바윗덩이와 수목 들이 풀썩 주저앉는다. 사람이고 짐승이고 할 것 없이 비명과 괴성이 난무한다. 나무 등걸이 삐걱이는 소리, 바위에 금이 가고 부서지는 소리, 인공물에서 나는 마찰음과 뭔가 찢어지는 듯한 금속성의 날카로운 소리. 부녀의 등 뒤, 그들이 떠나온 계곡 끝자락에서는 암벽이 무너지고 산사태가 커다란 굉음을 내지르며 따끈따끈한 김이 모락모락 나는 커다란 옥수(玉髓) 덩어리를 내뱉는다.

그다음에 찾아온 건 정적이다. 나쑨이 아버지의 어깨에 묻고 있던 고개를 살짝 쳐들어 주위를 둘러본다. 아이는 무슨 생각을 해야 하는지도 모르겠다. 나쑨을 감싸고 있던 아버지의 팔이 조금 느슨해지자(싫어.) 나쑨이 버둥거리고, 결국 아버지는 아이를 놓아준다. 나쑨은 아버지의 품에서 빠져나와 똑바로 선다. 아버지도 몸을 세운다. 두 사람은 한참 동안 말없이 한때 익숙했던 세상의 처참한 잔해를 둘러본다.

아빠가 천천히 몸을 돌려 나쑨을 바라본다. 나쑨은 아빠의 얼굴에서 우체가 죽기 직전에 봤을 것을 마주한다.

"네가 그런 거냐?"

조산력은 나쑨의 머릿속을 깔끔하게 정리해 주었다. 그건 생존을 위한 본능적 기제다. 보님기관이 활성화되면 아드레날린 수치가 급증하고, 도주하거나 필요하다면 조산술을 쓸 수 있도록 신체적 변화가 수반된다. 그러면 사고력 또한 명확해진다. 나쑨은 그제야 자신이 마차에서 밀려 떨어졌을 때 아버지가 숨이 넘어갈 듯이 놀란 것이 단순히 그녀를 걱정해서 그런 게 아니라는 사실을 깨닫는다. 지금 나쑨이 부친의 눈에서 보고 있는 것은 애정과는 확연하게 다른 무언가다.

그리고 그 순간, 나쑨은 절망한다. 무수한 비극 속에 존재하는 또 하나의 작고 조용한 비극. 하지만 나쑨은 대답한다. 왜냐하면 나쑨은 어머니의 딸이고, 에쑨은 어린 딸이 어떤 상황에서도 살아남을 수 있게 훈련시켰기 때문이다.

"난 저렇게 커다란 건 못 해요." 아이의 목소리는 차분하고 조용하다. "내가 한 건 이거예요." 아이가 팔을 뻗어 두 사람을 중심으로 혼돈의 세계와 경계를 이루며 온전히 남아 있는 둥근 공간을 가리킨다. "전부 다 못 막아서 미안해요, 아빠. 나도 그러고 싶었어요."

이전에 나쑨의 눈물이 그랬던 것처럼, 진정한 효과를 발휘한 것은 아빠라는 말이다. 지자의 얼굴에 가득하던 살의가 깜박이더니, 희미해지고, 뒤틀린다.

"널 죽일 순 없어." 그가 혼잣말처럼 속삭인다.

나쑨은 아버지가 동요하는 것을 본다. 본능적으로 한 발 다가가 그의 손을 잡는다. 아버지가 흠칫 몸을 떤다. 아마도 나쑨에게 또다시 손찌검을 하고픈 충동 때문일 것이다. 그렇지만 나쑨은 물러나지 않는다.

"아빠."

지자를 부른다. 이번에는 목소리에 어리광을 부리는 응석을 담아서. 이것이 바로 지자가 딸을 배신하려 들 때마다 그를 붙잡고 막아섰던 것이다. 그는 작고 사랑스러운 딸이었던 나쑨을 생각한다. 다름 아닌 바로 오늘까지 그가 좋은 아버지였던 사실을 떠올린다.

그것은 사람을 교묘하게 조종하는 술수다. 바로 그 순간, 나쑨의 안에 있던 뭔가가 왜곡되고 삐뚤어진다. 지금 이 순간 이후 아버지를 향한 나쑨의 모든 애정 어린 행동은 신중하게 계산되고 연기된 것이다. 그러한 의도와 목적에 따라, 나쑨의 어린 시절이 여기서 죽는다. 하지만 그녀의 모든 것이 죽는 것보다는 낫다. 나쑨은 안다.

그리고 이 방법은 효과가 있다. 지자가 재빨리 눈꺼풀을 깜박이며 뭐라 알아들을 수 없는 말을 중얼거린다. 나쑨의 손을 맞잡은 손에 힘이 들어간다.

"도로로 올라가자."

(이제부터 그는 나쑨에게 지자가 된다. 앞으로 그는 영원히 지자일 것이며, 다시는 아빠가 되지 못할 것이다. 나쑨이 그를 원하는 대로 조종하러 일부러 그렇게 부를 때만 빼면.)

두 사람은 경사면을 올라 도로로 돌아간다. 나쑨은 마차에서 떨어졌을 때 아스팔트와 바위에 엉덩이를 너무 세게 부딪쳐서 다리를 조금 절뚝인다. 도로는 길게 금이 가 갈라져 있지만 마차가 있는 부근은 다행히도 상태가 별로 나쁘지 않다. 말은 아직 수레에 매여 있는데 한 마리는 무릎을 꺾고 넘어져 있고 마구도 엉망으로 엉켜 있다. 다리가 부러지지 않았어야 할 텐데. 다른 한 마리는 똑바로 서 있긴 하지만 아직 충격에서 헤어나지 못했다. 나쓴이 쓰러져 있는 말을 달래 살살 일으키고 긴장증 때문에 굳어 있는 다른 한 마리에게 말을 걸어 다독이는 동안, 지자는 도로 주변에 쓰러져 있는 다른 여행객들에게 다가간다. 나쓴이 만든 널찍한 고리 안에 있던 사람들은 무사하다. 하지만 그 바깥에 있던 이들은…… 무사하지 못하다.

말들이 조금 진정되는 기미를 보이자 나쓴은 지자를 찾으러 간다. 그는 충격파 때문에 공중으로 날아갔다가 하필 나무둥치에 부딪쳐 떨어진 남자를 도와주고 있다. 남자는 등이 부러졌다. 의식도 있고 욕설을 퍼붓고 있지만, 이제는 쓸모없어진 그의 다리가 축 늘어져 있다. 원래 그런 상태에서는 움직이면 안 되지만 지자는 남자를 내버려 두면 더 나빠질 거라고 생각하는 것 같다.

"나쓴." 지자가 남자의 무거운 몸뚱이를 들어 올리느라 쩔쩔 매며 말한다. "가서 짐칸을 정리해라. 고운물(Pleasant Water)에 병원이 있는데 하루밖에 안 걸리니까 서두르면……."

"아빠." 나쓴이 조용하게 말한다. "고운물은 이제 없어요."

지자가 움직임을 멈춘다.(부상을 입은 사내가 고통스럽게 신음한다.) 그가 얼굴을 찌푸리며 딸을 쳐다본다.

"뭐라고?"

"숨도 이제 없어요."

나쓴이 말한다. 하지만 이렇게 덧붙이지는 않는다. 하지만 티리모는 무사해요. 엄마가 있으니까요. 아무리 세상의 종말이 왔다 한들, 소녀는 집으로 돌아가고 싶지 않다. 지자가 황급히 그들이 지나온 길을 돌아본다. 그러나 눈에 보이는 것이라곤 부러진 나무들과 갈라지고 뒤집히고 조각난 아스팔트 덩어리와…… 시체뿐이다. 아주 많은 시체들. 티리모까지 이어진 도로 위에 잔뜩, 눈길이 닿는 곳에 전부.

"녹병죽을." 지자가 내뱉는다.

"북쪽 땅에 아주 커다란 구멍이 생겼어요. 엄청나게 커요. 그래서 이렇게 된 거예요. 앞으로도 계속 흔들이 일어날 거예요. 재랑 가스 구름도 날아오고 있고요. 아빠…… 제 생각엔 계절이 올 것 같아요."

부상을 입은 남자가 숨을 헉 들이켠다. 통증 때문이 아니다. 깜짝 놀란 지자의 눈이 휘둥그레진다. 그가 묻는다. 아주 중요한 질문이다.

"확실한 거냐?"

정말로 중요한 질문이다. 왜냐하면 그건 지자가 나쓴의 말을 진지하게 받아들이고 있다는 뜻이기 때문이다. 그건 신뢰의 척도다. 나쓴은 그 사실에 뿌듯한 승리감을 느낀다. 이유는 잘 모르겠지만.

"네." 나쓴은 입술을 지그시 깨문다. "아주 힘든 계절이 될 거예요, 아빠."

지자의 시선이 다시금 티리모 쪽을 향한다. 반사적인 반응이다. 계절이 왔을 때 향민들을 기껍게 받아 줄 유일한 곳은 그들의 소속

향뿐이다. 그 외의 다른 모든 것은 불확실하다.

하지만 나쑨은 드디어 고향에서 벗어났고, 다시는 돌아가지 않을 것이다. 지자가 나쑨을 사랑해 주기만 한다면, 낯설고 이상한 방식이라 한들 나쑨이 오로진이라는 사실을 알면서도 그녀의 말에 귀를 기울이고 이해해 주기만 한다면, 절대로 돌아가지 않을 것이다. 엄마는 틀렸다. 엄마는 지자가 이해하지 못할 거라고 했다.

하지만 지자는 우체를 이해하지 못했지.

갑자기 떠오른 생각에 나쑨은 어금니를 꽉 깨문다. 우체는 너무 어렸다. 나쑨은 더 영악하게 굴 것이다. 그러니까 엄마는 여전히 반은 틀렸다. 나쑨은 엄마보다 더 똑똑해질 것이다.

그래서 나쑨은 조용히 말한다.

"엄마가 알아요, 아빠."

나쑨은 자신이 아빠에게 무슨 말을 하고 싶은 건지 잘 모르겠다. 우체가 죽었다는 걸 안다고? 누가 동생을 때려 죽였는지 안다고? 지자가 제 자식에게 그런 짓을 했다는 걸 엄마가 정말로 믿을 수 있을까? 나쑨 스스로도 못 믿겠는데. 하지만 지자는 그 말에 마치 비난이라도 받은 양 화들짝 놀란다. 한참 동안 묵묵히 딸의 얼굴을 쳐다본다. 지자의 표정이 두려움에서 공포로, 그러고는 절망으로 변해 가고…… 서서히 체념으로 바뀐다.

지자가 상처 입은 사내를 내려다본다. 나쑨은 모르는 사람이다. 티리모에 사는 사람은 아니고, 편하고 실용적인 옷과 연락꾼이 신고 다니는 좋은 신발을 신고 있다. 그는 다시는 달리지 못할 것이다. 어딘지는 몰라도 그의 향으로 돌아가지도 못할 것이다.

"미안합니다."

지자가 말한다. 그러고는 허리를 숙여, 뭔가를 묻고 싶은 듯(대체 무엇을?) 숨을 들이켜는 것과 동시에 남자의 머리를 비틀어 꺾어 버린다.

지자가 몸을 세워 일어난다. 다시 손이 부들부들 떨리고 있지만, 몸을 돌려 나쑨에게 한 손을 내민다. 나쑨이 그의 손을 잡는다. 두 사람은 손을 맞잡은 채 마차로 돌아가, 다시 길을 떠난다. 남쪽으로.

계절은 항상 다시 온다.

— 두 번째 석판, 「불완전한 진실」, 제1절

6장

너는 대의에 참여한다

"뭐라고?"

통키가 길게 늘어진 머리카락 사이로 눈을 가느스름하게 뜨고 묻는다. 너는 하루 종일 사냥꾼이 사용하는 석궁 볼트를 수선하고 화살에 깃을 붙이는 일을 마치고 방금 집에 돌아온 참이다. 특정한 쓰임새신분에 속해 있지 않기 때문에 날마다 각 쓰임새신분에 차례대로 돌아가며 조금씩 힘을 보태고 있다. 이건 이카의 충고에 따른 것이다. 이카는 네가 갑자기 향에 보탬이 되고 싶어 하자 다소 미심쩍어하는 눈치지만 적어도 그런 결심 자체를 반갑게 여기고 있다.

너는 통키에게도 너처럼 하라고 부추기는 중이다. 이제껏 통키가 한 일이라고는 카스트리마 향의 호의를 실컷 누리며 먹고 자고 목욕을 하는 것밖에 없기 때문이다. 그나마 저 중 마지막은 문명 사회에서 살려면 필수적인 일이다. 지금 통키는 자기 방에 세숫대야를 놓고 그 앞에 앉아 흉하게 뭉치고 엉킨 머리카락을 칼로 잘라 풀어

내는 중이다. 너는 뒤쪽 벽에 기대서 있다. 왜냐하면 온 방 안에 곰팡균 냄새와 통키의 체취가 가득한 데다, 세숫대야에 담긴 물속에서 통키의 잘린 머리카락 말고 뭔가 다른 게 움직이는 걸 본 것 같기 때문이다. 무향민으로 위장하기 위해 일부러 지저분한 척했다는 건 그렇다 쳐도 저 지독한 때와 오물이 가짜였단 의미는 아니다.

"달." 이상한 단어다. 짧고 둥글다. 중간의 '아' 소리를 얼마나 길게 발음해야 하는지 모르겠다. 그리고 알라배스터가 또 뭐라고 했더라? "어…… 위성이랬나. 지하학자라면 알 거라고 했어."

통키는 특히 말을 안 듣는 머리 타래를 붙잡고 낑낑거린다.

"흠, 무슨 소린지 모르겠는데. 달이란 건 들어 본 적이 없어. 내 전공은 오벨리스크거든." 그러더니 눈을 깜박이며 손을 멈춘다. 반쯤 잘린 머리카락이 매달려 덜렁거린다. "하지만, 엄밀히 말하면 오벨리스크도 위성이지."

"뭐?"

"음, 그러니까 위성(衛星)이란 다른 대상에 의해 그 위치와 운동이 결정되는 개체를 뜻하거든. 위성을 통제하는 것이 모성(母星), 모성에 종속된 개체가 위성이지." 통키가 어깨를 으쓱한다. "천측학자들이 하는 소리야. 그 작자들이 하는 소리를 대충 알아듣게 정리해 보면 말이야. 궤도 역학이라나." 통키가 눈동자를 굴린다.

"그게 뭐야?"

"헛소리야. 말하자면 판구조론을 하늘에 대입한 거지." 네가 그게 도대체 뭔 소리냐는 듯이 빤히 쳐다보자 통키가 손사래를 친다. "지난번에 내가 오벨리스크가 티리모까지 너를 따라갔다고 했잖

아. 네가 어딜 가든 그건 널 따라가. 그러니까 네가 모성이고 오벨리스크가 위성이란 얘기지."

너는 몸을 부르르 떤다. 자수정과 근처에 와 있는 토파즈, 그리고 네 마음속에서 존재감을 점점 더 부풀리고 있는 머나먼 검은 오닉스가 눈에 보이지 않는 가느다란 실로 너와 연결되어 있다고 생각하니 영 마음에 들지 않는다. 그리고 이상하게도, 너는 펄크럼을 떠올린다. 그 높은 벽에서 벗어나 자유롭게 돌아다닐 수 있는 몸이 되었을 때조차도 여전히 그곳에 매여 있었던 것을 생각한다. 너는 항상 그곳으로 다시 돌아갔다. 그러지 않았다면 펄크럼이 너를 뒤쫓아 왔을 것이다. 수호자라는 모습으로.

"사슬에 매여서." 너는 조용히 중얼거린다.

"안 돼, 안 돼."

통키가 야단스럽게 허둥댄다. 엉킨 머리를 자르는 데 애를 먹고 있는데, 칼이 무뎌진 탓이다. 너는 호아와 함께 쓰고 있는 방에 가서 짐을 뒤져 숫돌을 꺼내 온다. 네가 숫돌을 내밀자 통키가 눈을 깜박이더니 이내 고맙다며 고개를 까딱이고 단도를 갈기 시작한다.

"오벨리스크와 네가 사슬로 묶여 있다면, 그게 널 따라오는 건 네가 그걸 끌어당기고 있기 때문이야. 중력이 아니라 힘인 거지. 내 말은, 만약에 네가 오벨리스크를 원하는 대로 움직이게 할 수 있다면 말이야." 너는 그 말에 놀랍다는 듯이 숨을 탁 내뱉는다. "하지만 위성은 네가 딱히 뭘 하지 않아도 반응하게 되어 있어. 그건 네 존재 자체에, 네가 세상에 미치는 무게감 자체에 끌리는 거거든. 어쩔 수 없이 네 주위를 알짱거리게 되지." 네가 빤히 쳐다보자 통키가 물기가 묻어 있는 손을 마구 흔든다. "아, 그치만 오벨리스크에 무슨 동기나 의도 같은 게 있다는 말은 아냐. 그건 말도 안 되는 소리지."

통키가 칼로 다시 머리 가닥을 잘라 내기 시작하자 너는 반대쪽 벽에 쭈그려 앉아 생각에 잠긴다. 통키의 머리 타래가 풀려 갈수록 너는 조금씩 그녀를 알아보기 시작한다. 왜냐하면 통키의 머리카락은 잿빛 회발이 아니라 너처럼 검고 구불거리기 때문이다. 곱슬기가 좀 덜하긴 하지만. 저건 중위도인의 머리칼이다. 저것도 가문 사람들이 통키를 못마땅하게 여긴 이유 중 하나겠지. 그 점만 빼고 평범한 산제인처럼 생긴 통키를 보고 있으면(통키는 키가 약간 작고 호리병 모양의 몸매를 하고 있는데, 이건 번식사를 사용해 혈통을 개량하지 않는 유메네스 명가들의 특성이기도 하다.) 아주 오래전 펄크럼에서 만난 여자아이의 모습이 기억난다.

너는 알라배스터가 말한 달이 오벨리스크를 의미한다고는 생각하지 않는다. 하지만……

"우리가 펄크럼에서 봤던 거 말이야. 그 단자. 거기서 오벨리스크가 만들어졌다고 했지?"

네가 정곡을 찌른 게 분명하다. 통키가 득달같이 흥미를 보인다. 단도를 내려놓고 상체를 앞으로 기울이는데, 들쑥날쑥한 머리 타래 사이로 드러난 얼굴이 잔뜩 흥분해 있다.

"응응, 전부 다는 아니지만. 기록돼 있는 오벨리스크들의 크기는 전부 미묘하게 다르니까, 우리가 본 단자에 맞는 건 몇 개 안 되거나 아니면 딱 하나뿐일 수도 있어. 그 사람들이 오벨리스크를 단자에 집어넣었을 때마다 크기가 달라졌을지도 모르고. 오벨리스크에 맞춰서 저절로 조절되는 거야!"

"오벨리스크를 거기 넣는다는 걸 어떻게 알아? 어쩌면…… 처음부터 거기…… 있었을 수도 있잖아. 사람들이 나중에 파거나 끄집어내서 자국이 남은 거지." 네 말을 들은 통키가 생각에 잠긴다. 너는 그녀가 미처 생각지 못한 사실을 지적했다는 데 약간 삐딱한 뿌듯함을 느낀다. "그리고 그 사람들이 누군데?"

통키가 눈을 끔벅이더니 몸에 힘을 풀고 뒤로 기대앉는다. 방금 전까지 신나서 들떠 있던 모습은 온데간데없다. 이윽고 통키가 입을 연다.

"응, 그러니까 말이야, 유메네스의 지도층은 붕괴의 계절이 일어났을 때 세상을 구한 사람들의 후손이라고 해. 우리한텐 그때부터 문자로 전해 오는 기록이, 각 가문이 지켜 오고 있는 비밀이 있는데 나이가 차서 쓰임새명과 향명을 받으면 그게 뭔지 볼 수 있지." 통키가 얼굴을 찡그린다. "하지만 우리 집안에선 나한테 보여 주지 않았어. 진즉부터 날 쫓아낼 생각을 하고 있었거든. 그래서 금고에 몰래 들어가서 내 생득권을 쟁취했지."

너는 고개를 끄덕인다. 네가 기억하는 비노프가 할 만한 행동이기 때문이다. 하지만 가문의 비밀에 관한 부분은 조금 미심쩍다. 유메네스는 구 산제가 건국되기 전에는 존재하지 않았고, 산제 제국은 수많은 계절을 거쳐 부상했다 사라져 간 무수한 문명들 중에서 가장 최근에 탄생한 젊은 문명이다. 지도층 사이에만 내려오는 전설이란 그들의 사회적 위상과 지위를 정당화하기 위해 지어낸 신화의 냄새가 철철 풍긴다.

통키가 말을 잇는다.

"금고 안엔 정말 별별 것들이 다 들어 있었어. 내가 처음 보는 이상한 언어로 적힌 지도도 있고, 도무지 정체를 알 수 없는 괴상한 물건들도 있었지. 그중 하나는 완벽하게 동그란 모양의 작고 노란 돌이었는데, 크기는 한 3센티미터쯤 되어 보이고 유리 상자에 넣어서 봉한 다음에 절대로 만지지 말라는 경고문까지 붙여 놨더라고. 사람 몸에 구멍을 뚫는 물건이라나."

너는 이맛살을 찌푸린다.

"그러니까 지도층 가문만 아는 이야기에 우리가 모르는 진실이 숨어 있거나, 아니면 정말 충격적이게도 부유한 권력가 가문쯤 되면 희귀한 고대 유물을 마음껏 수집할 수 있단 얘기지? 아니면 둘 다거나."

통키는 네 비아냥거리는 말투와 표정이 우스운 모양이다.

"그렇지. 아마 둘 다는 아닐 거야. 어쨌든 그건 돌의 가르침도 아니고…… 그냥 전해 오는 이야기일 뿐인걸. 이른바 암묵적 지식이라는 거지. 난 그저 확실히 알아보고 싶었던 거고."

통키다운 말이다.

"그래서 펄크럼에 몰래 숨어들어 그 단자를 찾으려고 한 거야? 너네 집안에 내려오는 삭아빠진 전설을 입증할 증거를 찾으려고?"

"금고에서 지도를 하나 찾았거든." 통키가 어깨를 으쓱한다. "이야기의 일부가 사실이라면, 그러니까 유메네스에 단자가 있고 도시의 설립자들이 그 존재를 의도적으로 숨긴 거라면 다른 부분도 사실이라고 증명할 수 있을 것 같았지."

통키가 단도를 옆에 내려놓고 자세를 편안하게 고쳐 앉더니 잘라 낸 머리카락을 손으로 쓸어 한곳에 그러모은다. 이제 그녀의 머리는 보기 흉할 정도로 짧고 들쑥날쑥 지저분해서 직접 가위를 가져다 다듬어 주고 싶을 정도다. 하지만 그 전에 통키가 머리를 감을 때까지 기다려야겠다.

"그 이야기 중엔 사실인 것도 있어. 물론 상당수는 삭아떨어질 헛소리긴 해. 그건 나도 인정한다고. 하지만 난 제7대학에서 오벨리스크가 역사 그 자체만큼이나, 어쩌면 그보다 더 오래됐다는 걸 알게 됐지. 1만 년, 1만 5000년, 나아가 2만 년 전에 일어난 계절의 증거가 남아 있는데 오벨리스크는 그보다도 더 오래됐단 말이야. 어쩌면 붕괴 그 자체보다 더 오래됐을 수도 있어."

세상을 완전히 끝장낼 뻔했던 최초의 계절. 그때에 대해 전하는 것은 오직 전승가들뿐이고, 제7대학은 이제껏 전승가들이 읊는 노래들을 대부분 부정해 왔다. 너는 왠지 심술이 나서 말한다.

"어쩌면 붕괴의 계절 따위는 없었을지도 모르지. 세상이 시작됐을 때부터 계속 다섯 번째 계절이 있었을 수도 있잖아."

"어쩌면." 통키가 어깨를 으쓱 치켜 올린다. 네가 일부러 심기를 건드리고 있다는 걸 알아채지 못했거나 관심조차 없는 것이겠지. 아마 두 번째일 것이다. "학회에서는 누가 붕괴의 '붕'자만 꺼내도 그 자리에서 몇 시간 동안 미친 듯이 싸우기 시작하지. 멍청한 노친네들."

옛날 생각이 났는지 피식 웃다가 갑자기 웃음을 거둔다. 이해할 수 있다. 제7대학이 있던 디바스는 적도권 도시로, 유메네스에서 그리 멀지 않은 서쪽에 있었다.

"하지만 난 안 믿어." 잠시 후 마음을 가다듬은 통키가 말한다. "계절이 원래부터 있었다는 얘기 말이야."

"왜?"

"우리들 때문에." 통키가 씨익 웃는다. "우리 같은 생명들 말이야. 별로 변하질 않거든."

"그게 무슨 소리야?"

통키가 몸을 쭉 내민다. 오벨리스크 이야기를 할 때만큼 들뜬 건 아니지만 감춰진 옛 지식이라면 무조건 좋은 모양이다. 까불거리는 얼굴이 환하게 피어난 순간 너는 어린 시절의 비노프와 재회하지만, 그녀가 입을 열자 지하학자 통키가 나타난다.

"계절에는 모든 게 변한다는 말 들어 봤지? 하지만 완전히 변하는 건 아니야. 잘 생각해 봐. 땅 위에 나거나 그 위를 걷는 모든 생명은 공기를 호흡하고 지상에서 나는 먹이를 섭취하고 일반적인 기후와 기온 변화에 적응하며 살아가. 우린 그렇게 하려고 변화할 필요가 없어. 거기에 필요한 신체 조건을 정확하게 갖추고 있으니까. 그게 바로 세상의 이치니까. 그렇지? 개중에서 인간이 좀 비효율적이긴 해. 몸에 두꺼운 털가죽이 없어서 손과 도구를 사용해서 옷도 해 입어야 하고. 하지만 대신에 우린 옷을 만들 줄 알잖아. 태어나길 그렇게 태어났지. 바느질을 할 수 있는 섬세한 손과 사냥을 하거나 가축을 길러 털가죽을 얻는 영리한 머리가 있고. 하지만 화산재가 날리면 폐가 재를 걸러내지 못해 안에서부터 딱딱하게 굳게 돼……."

"할 수 있는 동물도 있잖아."

통키가 너를 험악한 눈초리로 노려본다.

"작작 좀 끼어들지? 그거 되게 무례하거든?"

너는 한숨을 쉬며 계속하라고 손짓한다. 통키가 누그러진 표정으로 고개를 끄덕인다.

"그래, 어떤 동물은 계절에 폐 기능이 발달해서 재를 거를 수 있지. 지상보다 더 안전한 물속으로 들어가서 호흡을 하기도 하고 말이야. 또 어떤 동물은 동면에 들어가지. 우리는 옷을 짓는 법을 배웠고, 비축고를 짓고 장벽을 쌓고 돌의 가르침을 기록하지. 하지만 그건 다 사후대책일 뿐이야." 통키는 적절한 단어를 떠올리느라 손을 파닥파닥 젓는다. "말하자면…… 그렇지, 예를 들어서 다른 향으로 이동하는 중에 수레바퀴가 망가졌다고 하자. 그럼 즉석에서 되는 대로 꾀를 내는 수밖에 없잖아. 바큇살이 부러진 자리에 나뭇가지나 금속 막대기를 끼워서 어떻게든 목적지까지만이라도 바퀴가 굴러가게 말이야. 계절이 왔을 때 커쿠사가 육식동물이 되는 것도 그것과 비슷한 거야. 그러려면 그냥 처음부터 육식으로 살면 되는데 왜 안 그러는 걸까? 왜냐하면 커쿠사는 애초에 그렇게 만들어지지 않았고, 지금도 다른 걸 먹는 게 훨씬 낫거든. 계절에 고기를 먹는 건 가혹한 환경에서 살아남기 위한 임시방편일 뿐이야. 자연이 커쿠사가 멸종하지 않게 던져 준 최후의 수단인 거지."

"그건……."

솔직히 조금 경탄스럽다. 미친 소리 같기도 하지만 그래도 이치에 맞는 이야기다. 통키의 이론에는 허점을 찾을 수가 없고, 굳이 허점을 찾아야 할 이유도 모르겠다. 너에게 통키는 논리학이라는 전투에서 정면 대결을 벌이고 싶은 상대가 아니다.

통기가 고개를 주억인다.

"그래서 내가 오벨리스크에 대해 생각하지 않을 수가 없는 거야. 누군가 그걸 만들었다는 건 우리 인류가 오벨리스크만큼이나 오래됐다는 뜻이잖아! 그 정도면 뭔가 무너져서 다시 시작하고 그런 다음 또 무너지고도 남는 어마어마하게 긴 시간이야. 만약에 유메네스 지도층에 내려오는 전설이 사실이라면…… 대응책을 마련하기에도 충분한 시간이고. 문제가 완전히 해결될 때까지 버틸 수 있게 말이야."

너는 얼굴을 찌푸린다.

"잠깐만. 유메네스 지도층은 오벨리스크가, 그러니까 저 쓸모없는 죽은 문명의 찌끄레기가 일종의 대응책이라고 생각하는 거야?"

"기본적으로는. 전설에 따르면 오벨리스크는 세상이 산산이 부서졌을 때 하나로 묶어 줬다고 해. 그리고 언젠가 계절을 완전히 끝낼 방법이 있는데 그게 오벨리스크랑 관계가 있다는 암시도 있고."

계절을 완전히 끝내? 상상도 할 수가 없다. 비상자루가 필요 없는 삶. 비축고가 없는 세상. 한곳에서 영원무구 발전할 수 있는 향. 모든 도시가 유메네스처럼 될 수 있을 것이다.

"그러면 얼마나 근사할까." 너는 중얼거린다.

통키가 너를 힐끗 쳐다본다.

"오로진도 일종의 대응책일지 몰라. 계절이 없어지면 너희도 필요 없어지겠지."

너는 그 말에 불쾌감을 느껴야 할지 안도감을 느껴야 할지 몰라

찌푸린 얼굴로 통키를 바라본다. 통키가 남은 머리카락을 손가락으로 빗기 시작하고, 너는 더 이상 할 말이 없다는 것을 깨닫는다.

***

호아가 사라졌다. 어디 갔는지 알 수가 없다. 병원에서 루비 머리를 노려보고 있는 호아를 놔두고 나왔는데, 집에 돌아와 몇 시간 눈을 붙이고 일어나니 아이가 보이지 않는다. 네 방 침대 옆에 돌조각이 담긴 호아의 작은 꾸러미가 놓여 있는 걸로 보아 조만간 분명 돌아오긴 할 것이다. 아마 별일 아닐 거다. 하지만 몇 주일 동안 옆에 찰싹 붙어 다니다 보니 호아의 미묘하고 별난 존재감이 사라지자 이상하게 허전한 기분이 든다. 하지만 오히려 좋은 일인지도 모른다. 네게는 만나야 할 사람이 있고, 적개심을 발하는 존재가 옆에 없다면…… 일이 더 쉬워질 테니까.

너는 조용하고 느릿한 걸음으로 병원으로 향한다. 때는 이른 저녁이다. 어쨌든 너는 그렇게 생각한다. 항상 밝은 지하 카스트리마에서는 하루 중 어느 때인지 짐작하기가 힘들지만 네 몸은 아직 지상의 시간대에 맞춰져 있다. 지금으로선 그걸 믿을 수밖에. 수정기둥에 붙은 받침대나 통로에 나와 있는 몇몇 사람들이 너를 빤히 쳐다본다. 카스트리마 향 사람들은 주워들은 풍문을 쑥덕거릴 시간이 많나 보다. 상관없다. 중요한 건 알라배스터에게 시간이 얼마나 많이 남아 있는가다. 너는 그와 할 이야기가 있다.

죽은 사냥꾼의 흔적은 조금도 남아 있지 않다. 모든 게 깨끗하게 치워졌다. 병원 안에 들어가자 깨끗한 옷으로 갈아입은 러나가 고개를 들어 너를 바라본다. 그의 표정에는 아직도 약간의 거리감이 남아 있지만, 너와 눈이 마주치자 고개를 끄덕이고는 앞에 놓여 있는 수술용 기구처럼 보이는 것으로 관심을 돌린다. 그 옆에서는 한 남자가 일렬로 놓여 있는 작은 유리병에 뭔가를 입으로 불어 넣고 있다. 그는 고개를 들어 보지도 않는다. 이곳은 병원이다. 시시때때로 아무나 오가는 곳이다.

양옆에 늘어선 침상들 사이로 긴 중앙 복도를 반쯤 지났을 때에야, 너는 이제껏 귓가에서 어른거리던 소리의 존재를 알아차린다. 그건 일종의 콧노래다. 처음에는 밋밋하고 높낮이도 없는 것 같지만 유심히 귀를 기울이자 몇 개의 음정을, 화음을, 미세한 리듬을 구분할 수 있다. 무슨 노래일까? 음률이 너무 이색적이고 해석하기가 힘들어서 이걸 과연 노래라고 할 수 있을지도 의심스럽다. 처음에는 그 소리가 어디서 나는 건지 알 수가 없다. 알라배스터는 아침에 네가 봤던 바로 그 자리에, 바닥에 쌓여 있는 이불과 베개 더미 속에 묻혀 있다. 러나가 그를 왜 환자용 침대에 눕히지 않는지 모르겠다. 옆에 있는 탁자에는 플라스크와 깨끗한 붕대 뭉치 하나, 가위 몇 개, 연고가 담긴 통이 놓여 있다. 그리고 요강도. 고맙게도 비운 지 얼마 안 됐는지 비어 있지만 지린내가 풍긴다.

콧노래의 주인은 스톤이터다. 너는 신기해하며 그들 앞에 앉는다. 안티모니는 알라배스터의 "보금자리" 옆에 책상다리를 하고 미동도 없이 앉아 있는데, 마치 누군가 책상다리를 한 채 한 손은 위로 올리고 있는 여성을 정성스럽게 조각해 놓은 것처럼 보인다. 알라배스터는 잠들어 있다. 이상하게도 누워 있는 게 아니라 앉아 있는데, 조금 더 가까이 다가간 후에야 알라배스터가 안티모니의 손바닥에 등을 기대고 있다는 것을 알게 된다. 어쩌면 이게 그가 편안하게 잠을 잘 수 있는 유일한 자세일지도 모른다. 알라배스터의 팔은 붕대로 감겨 있고 연고를 잔뜩 발라 번들거린다. 웃옷을 벗고 있어 네가 처음에 생각한 것보다 상처가 심각하지 않다는 걸 볼 수 있다. 가슴이나 배는 아직 돌로 변한 곳이 없고 어깨에는 자그만 화상 자국이 몇 개 있는데 대부분은 벌써 낫고 있다. 하지만 몸통이 뼈만 남아 앙상하다. 근육이라곤 눈 씻고 봐도 없고 갈비뼈는 드러나고 배는 홀쭉하게 파여 있다.

그리고 오른팔이 아침에 봤을 때보다 훨씬 짧아졌다.

너는 안티모니를 홱 올려다본다. 노랫소리는 그녀의 몸 안쪽에서 들려오고 있다. 안티모니의 검은 눈동자는 알라배스터에게만 오롯이 집중해 있을 뿐, 네가 다가갔을 때도 전혀 움직이지 않는다. 이 이상한 노랫가락은 묘하게 평온하다. 알라배스터도 편안해 보인다.

"넌 이 사람을 제대로 돌봐주지 않았어."

너는 안티모니에게 말한다. 알라배스터의 앙상한 갈비뼈를 보니 그에게 음식 접시를 밀어 주고, 마지못해서라도 음식을 씹어 넘기게 감시하고, 이논과 작당해서 공동 식당에 데려가 더 많이 먹게 종용했던 수많은 밤들이 기억난다. 알라배스터는 사람들이 보고 있다고 생각할 때면 평소보다 더 많이 먹었다.

"우리한테서 훔쳐갈 거였으면 적어도 잘 먹이고 잘 돌봤어야지.

저 사람을 먹어 치우기 전에 살집이라도 통통하게 불렸어야지."

노래는 멈추지 않는다. 마침내 돌멩이가 구르는 듯한 희미한 소리와 함께 안티모니의 검은 보석 같은 눈동자가 스르륵 네 쪽으로 움직인다. 참으로 기묘한 눈이다. 생긴 것은 저리도 인간과 닮았건만. 흰자를 구성하고 있는 물질은 건조하고 탁한 무광(無光)을 띠고 있다. 미세혈관도 흐릿한 반점도 하나 없는, 온통 새하얗고 피로나 근심걱정, 또는 인간다운 구석이라곤 조금도 없는 눈. 저 새까만 홍채 안에 실제 동공이 있는지조차 알 수가 없다. 네가 아는 한 안티모니는 인간과 같은 방식으로 사물을 보지 않으며 네 존재와 방향을 감지할 때는 팔꿈치를 이용한다.

그 생경한 시선과 마주친 순간, 너는 불현듯 깨닫는다. 이제 네 안에는 더 이상 두려움을 느낄 수 있는 것이 거의 남아 있지 않다.

"네가 이 사람을 빼앗아 가서 우린 아무것도 할 수가 없었어."

아니야. 그건 불완전한 거짓말이다. 야생 오로진인 이논은 어차피 수호자와 펄크럼 오로진에게 대항해 승산이 없었다. 하지만 너는? 너야말로 모든 걸 망친 장본인이다.

"나 혼자선 아무것도 할 수 없었어. 알라배스터만 있었어도……. 난 너를 증오해. 세상을 떠돌아다닐 땐 널 반드시 찾아내서 죽여 버리겠다고 맹세했었지. 오벨리스크 안에 처박아 버리겠다고. 아무도 다시는 찾아내지 못하게 바닷속 깊숙이 파묻어 버리겠다고."

안티모니는 아무 말 없이 너를 지그시 바라보고 있을 뿐이다. 숨결조차 느껴지지 않는다. 그녀는 숨을 쉬지 않으므로. 그러나 콧노래가 멈추고, 정적이 내려앉는다. 이것도 반응은 반응이지.

그렇지만 다 부질없는 짓이다. 정적이 점점 더 시끄럽게 번져 가자 왠지 짜증이 치밀어 이렇게 덧붙인다.

"아쉽네. 꽤 듣기 좋았는데."

(나중에 너는 침대에 누워 그날 저지른 잘못들을 되새김질하며 생각할 것이다. 지금 난 옛날에 알라배스터가 그런 것처럼 미쳐 있어.)

알라배스터가 몸을 뒤치며 고개를 들고 작게 신음하자, 네 머리와 마음이 10년 전으로 거슬러 올라간다. 알라배스터가 두 눈을 게슴츠레 깜박이며 너를 바라본 순간, 너는 그가 머리는 두 배나 길고 피부는 시들시들해지고 계절을 버티느라 다 해진 옷을 입고 있는 너를 알아보지 못하고 있다는 걸 눈치 챈다. 그가 다시 눈을 깜박이고, 네가 숨을 깊이 들이마시고, 그제야 너희 둘은 지금 여기로 다시 돌아온다.

"오닉스." 알라배스터가 입을 연다. 잠에서 덜 깨 목소리가 갈라진다. 그래, 그라면 당연히 벌써 알고 있겠지. "언제나 감당할 수 있는 것보다 더 큰 걸 건드리는구나, 시엔."

너는 그가 이름을 잘못 불렀다고 타박하지 않는다.

"오벨리스크를 부르라면서요."

"삭아빠질 토파즈라고 했잖니. 하지만 오닉스가 응답했다니 내가 너를 과소평가했나 보다." 알라배스터가 머리를 한쪽으로 기울이며 생각에 잠긴다. "이렇게까지 솜씨가 늘다니, 그동안 뭘 한 거냐?"

처음엔 아무것도 떠오르지 않지만, 곧 퍼뜩 깨닫는다.

"애 둘을 키웠죠."

오로진 어린애가 무심결에 주변을 얼리거나 모든 것을 파괴하지 않게 가르치고 돌보려면 엄청난 노력과 수고가 필요했다. 너는 한 쪽 눈을 뜬 채 자는 법을 배웠고, 네 보님기관은 갓난아기가 겁을 먹거나 투정을 부릴 때마다 발생하는 작은 움직임이나 진동을 막기 위해 대비해야 했다. 그리고 자식들이 본능적으로 반응할지 모를 자잘한 흔들도. 네가 한밤중에 아무도 모르게 가라앉힌 재앙만 해도 열 번이 넘는다.

알라배스터가 고개를 끄덕인다. 메오브에 살 때 간혹 밤중에 눈을 뜨면 알라배스터가 피곤한 표정으로 코런덤을 지긋이 들여다보고 있던 게 기억난다. 너는 그때마다 그를 놀리곤 했었다. 코런덤은 남에게 해를 끼칠 애가 아닌데 괜히 호들갑을 떤다면서.

불타오를 대지여, 이제야 사실을 알게 된 네가 너무나도 싫다.

"나도 태어나고 몇 년간은 어머니와 지냈지." 알라배스터가 혼잣말처럼 중얼거린다. 그건 너도 그가 해안지방 언어를 말하는 걸 보고 예전부터 짐작하고 있었다. 하지만 펄크럼 출신인 그의 모친이 어떻게 그 언어를 알고 있었는지는 영원한 수수께끼로 남을 것이다. "내가 협박이 먹힐 나이가 되자 떼어 놓긴 했지만, 어머니도 내가 유메네스를 통째로 얼릴 뻔한 고비를 몇 번 막아 주셨다. 우린 둔치들 손에 자라면 안 되는 모양이야." 잠시 말을 멈추고는 멀거니 허공을 쳐다본다. "나중에 우연히 어머니를 만난 적이 있다. 나는 몰랐지만 그분은 날 알아본 것 같았어. 내 생각에 어머니는 상급 자문위원회에 있는, 아니 있었던 것 같다. 내 기억이 맞는다면 아마 아홉 반지까지 올랐을 거야."

그러고는 한참 동안 입을 다문다. 자신이 친어머니를 죽였을지도 모른다는 생각을 하고 있을지도 모른다. 어쩌면 복도에서 짧게 마주친 낯선 사람이 아니라 모친에 대한 다른 기억을 끄집어내려고 애쓰고 있는지도 모른다.

하지만 금세 현재로, 다시 네게로 돌아온다.

"이젠 너도 아홉 반지쯤 되는 것 같다."

너는 그 말에 놀라면서도 기쁘지 않을 수가 없다. 비록 두 가지 감정 모두 숨기고 겉으로는 태연함을 가장하지만.

"그런 건 이제 아무 의미도 없는 줄 알았는데요."

"그렇지. 유메네스를 찢어 놓을 때 펄크럼만큼은 흔적도 남지 않게 각별히 신경 썼거든. 아직도 도시가 있던 자리에 가면 구멍 옆에 건물들이 남아 있을 거다. 그 사이에 무너지지 않았다면 말이야. 하지만 흑요석 벽은 이제 자갈 더미가 됐고, 제일 먼저 본관부터 구덩이에 처넣었지."

잔인하고 악의 어린 깊은 만족감이 이글거린다. 그의 목소리는 방금 전 네가 스톤이터를 살해하는 걸 상상하면서 내뱉던 것과 비슷하다.

(너는 안티모니를 슬쩍 쳐다본다. 그녀는 알라배스터를 열렬히 응시하고 있고, 손은 여전히 그의 등 뒤를 단단히 받치고 있다. 알라배스터의 손과 발과 팔이 그녀의 배 속에 들어 있다는 사실을 모른다면 지극한 헌신이나 다정함으로 착각할 수도 있을 터다.)

"반지 이야기를 꺼낸 건 네 이해를 돕기 위해서야." 알라배스터가 조심스럽게 몸을 일으켜 앉는다. 그러고는 네 생각을 읽기라도 한 것처럼 석질로 뒤덮여 그루터기만 남은 오른팔을 불쑥 내민다.

"이 안을 들여다보고 뭐가 보이는지 말해 봐라."

"대체 왜 그러는 건지 말해 주긴 할 거예요?"

하지만 그는 말없이 너를 지그시 쳐다보기만 할 뿐이다. 너는 한숨을 내쉰다. 할 수 없지.

너는 팔꿈치 위로 밖에 남아 있지 않은 그의 팔을 바라본다. 안을 들여다보라는 게 무슨 뜻인지 모르겠다. 그러다 문득, 그날 밤 알라배스터가 정신력으로 몸의 세포 안에서 독극물만 분리해 배출해 냈던 일이 생각난다. 하지만 그때 그에게는 도움의 손길이 있었다. 너는 미간을 찌푸리며 알라배스터의 등 뒤에 세워져 있는 독특한 형태의 분홍색 물체를 향해 눈길을 보낸다. 커다란 손잡이가 달린 지나치게 기다란 검처럼 생긴 것. 그러나 저것의 실체는 다름 아닌 오벨리스크다. 알라배스터는 스피넬(첨정석, 尖晶石)이라고 말했다.

너는 다시 그에게 눈길을 돌린다. 알라배스터도 네가 스피넬을 힐끔거린 걸 눈치 챘을 것이다. 하지만 그는 꼼짝도 하지 않는다. 군데군데 돌 껍질에 잠식되고 화상 자국이 있는 그의 얼굴은 미동하나 없고, 존재하지 않는 속눈썹도 하나 깜짝하지 않는다. 그래, 어쩔 수 없다. 하라는 대로 하는 수밖에. 어떻게든 되겠지.

그래서 너는 그의 팔을 살펴본다. 너는 스피넬에게 기회를 주고 싶지 않다. 그게 무슨 짓을 할지 알 수가 없으니까. 그래서 너는 일단 알라배스터의 팔 내부로 의식을 뻗는다. 느낌이 이상하다. 너는 한평생 지표면 아래 켜켜이 쌓인 지층만을 보니며 살아왔기 때문이다. 하지만 잠시 후, 너는 그의 팔을 파악할 수 있다는 데 깜짝 놀란다. 작고 이상하고, 너무 가깝고 또 너무 조그맣지만, 보닐 수 있다. 왜냐하면 적어도 그의 팔의 표피는 이제 돌이기 때문이다. 칼슘과 탄소와 예전에는 혈액이었을 약간의 산화철과 그리고……

너는 멈춘다. 얼굴을 와락 구기며 눈을 뜬다.(언제 감았는지는 기억나지 않는다.)

"저게 뭐예요?"

"뭐가 뭐야?"

화상을 입지 않은 쪽의 입꼬리가 냉소적으로 말려 올라간다.

너는 험악한 얼굴로 노려본다. 당신이 변해 가고 있는……

"석질 속에 뭔가 있는데, 모르겠어요. 돌인데 돌이 아니에요."

"그보다 더 안쪽에 있는 살도 보닐 수 있니?"

너는 보닐 수 없어야 한다. 하지만 눈을 가늘게 뜨고 입천장을 혓바닥으로 누르며 코에 주름이 잡힐 정도로 집중력을 최대 한도까지 끌어 올리자, 거기에도 있다. 크고 끈끈한 둥근 혈구(血球)들이 서로 부딪치며 사방을 부유한다. 너는 소스라치게 놀라 뒤로 화들짝 물러난다. 적어도 돌은 깨끗하기라도 하지.

"다시 잘 들여다봐라, 시엔. 겁쟁이처럼 굴지 말고."

너는 짜증이 치밀어야 한다. 하지만 그런 도발에 일일이 발끈하기엔 이제 너도 나이가 들었다. 이를 악물고, 다시 들어간다. 메슥거리는 속을 참기 위해 가슴 깊이 숨을 들이마신다. 알라배스터의 몸 안은 모든 게 축축하다. 점토층 사이에 물이 따로 분리되어 흐르는 것도 아니고……

너는 멈춘다. 한층 좁혀 한 점에 집중한다. 저 끈적하고 말캉거리는 물질 사이에, 유기물과는 다른 방식으로 느릿하게 움직이는 뭔가가 있다. 알라배스터의 몸을 덮은 석질 속에서 보난 것과 똑같은 것, 뭔가 이질적인 것이다. 사람의 살도 아니고 돌도 아니다. 거기 진짜로 존재하는 물질도 아니건만, 그럼에도 너는 인지할 수 있다. 알라배스터의 몸을 구성하는 물질들 사이로 반짝반짝 빛나는 가느다란 실 가닥 같은 것이 격자 모양으로 서로 수없이 교차하며 끊임없이 흘러가고 있다. 힘줄…… 같은 건가? 물결처럼 흐르는 눈부신 에너지. 잠재력. 의지.

너는 고개를 저으며 의식을 뒤로 무른 다음, 다시 알라배스터를 쳐다본다.

"저게 뭐예요?"

"조산력의 원천이다." 일부러 연극조로 과장한 목소리다. 화상을 입은 얼굴로는 극적인 표정을 지을 수가 없기 때문이다. "예전에 오로진의 능력을 논리적으로는 설명할 수 없다고 말한 적이 있지? 땅을 움직이기 위해 우리 내부에 뭔가를 투입하면 전혀 상관없는 무언가로 바뀌어 나온다고 말이다. 그 두 가지 요소를 연결해 주는 다른 무언가가 존재할 수밖에 없다. 그게 바로 이거야."

너는 얼굴을 찡그린다. 흥분한 알라배스터가 허리를 세우며 몸을 앞으로 기울인다. 아주 옛날에 자주 그랬던 것처럼. 하지만 그의 몸 안에서 뭔가 삐걱거리자 고통스러운 표정을 지으며 주춤거린다. 다시 조심스럽게 안티모니의 손에 몸을 기댄다.

하지만 너는 그의 말에 집중한다. 알라배스터가 옳다. 실제로 조산술의 발현 방식은 전혀 이치에 맞지가 않는다. 솔직히 조산술이 존재한다는 것 자체부터 말도 안 된다. 사람의 의지와 의식과 집중력이 산을 움직인다니, 세상에 그 어느 것도 그렇게 작동하는 건 없다. 춤을 잘 춘다고 산사태를 막을 수 있는 것도 아니고 청각이 극도로 발달했다고 폭풍우를 일으킬 수 있는 것도 아니다. 그리고 솔직히 말하자면 너는 그게 존재한다는 사실을, 네 의지가 물리적으로 발현되게 만들어 주는 뭔가가 존재한다는 것을 어느 정도 늘 알고 있었다. 그게…… 뭔지는 몰라도 말이다.

알라배스터는 언제나 네 생각을 손바닥 들여다보듯이 읽을 줄 알았다.

"오벨리스크를 창조한 문명에서는 그걸 지칭하던 용어도 있었지." 그가 고개를 끄덕이며 말한다. "우리에게 그 단어가 존재하지 않는 건 이유가 있을 거다. 그 오랜 세월 동안, 오로진이 정확히 무엇을 어떻게 하는지 스스로 이해하는 걸 아무도 바라지 않았기 때문이야. 우리가 아무것도 모른 채 그저 산만 움직여 주길 바란 거지."

너는 천천히 고개를 끄덕인다.

"알리아에서 그 일을 겪고 나니 왜 우리한테 오벨리스크를 다루는 방법을 안 알려 주는지 알 것 같았어요."

"녹슬어죽을 오벨리스크. 그들은 우리가 세상을 더 낫게 만드는 걸 막고 싶었던 거야. 더 나쁘게 만드는 건 물론이고." 알라배스터가 조심스럽게 숨을 깊이 들이켠다. "지금부터 우린 돌을 움직이지 않을 거다, 에쑨. 방금 내 안에서 본 것, 넌 이제부터 그걸 다루는 법을 배워야 해. 주변 모든 곳에서 그것의 존재를 깨닫고 인식하는 법을 배워라. 그게 바로 오벨리스크를 이루고 구성하는 근간이자 그 힘의 원천이다. 앞으론 너도 이런 것들을 할 수 있어야 해. 적어도 열 반지 이상이 되어야 한다."

적어도라니. 그게 무슨 마음만 먹는다고 될 일인가.

"왜요? 알라배스터, 저번에 당신이 말했던 거…… 그 달이라는 거요. 통키는 그게 뭔지 모르겠다던데요. 그리고 당신이 나한테 해 준 이야기 말인데, 유메네스 열개를 열었다는 거랑 나더러 그보다 더 나쁜 일을 하라는 것까지……." 시야 가장자리에서 뭔가가 휙 움직인다. 고개를 들자 러나 옆에서 일하던 남자가 손에 그릇을 들고 이쪽으로 오고 있다. 알라배스터의 저녁밥이다. 너는 목소리를 낮춘다. "어쨌든 난 안 해요. 사태를 더 악화시키게 도와 달라니. 이 정도면 충분하지 않아요?"

알라배스터도 간호사가 오고 있는 것을 눈치 챈다. 한 눈으로 그를 주시하면서 나지막한 목소리로 대답한다.

"에쑨, 달은 원래 이 세상에 존재했던 거다. 하늘 저 높은 곳에, 별들보다 훨씬 가까운 곳에 있었지." 그는 네 이름을 대중없이 바꿔 가면서 부르고 있다. 상당히 신경에 거슬린다. "달이 사라졌기 때문에 계절이 시작된 거야."

전승가들에 따르면, 아버지 대지는 원래 생명을 증오하지 않았다. 대지가 생명을 증오하는 이유는 유일한 자식을 잃었기 때문이다.

하지만 전승가들의 노래는 또한 오벨리스크가 무해하다고 전한다.

"당신이 그걸 어떻게 알아요……?"

하지만 너는 입을 다문다. 남자가 드디어 너희들 앞에 도달했기 때문이다. 네가 가장 가까운 침상에 등을 기대고 앉아 방금 들은 이야기를 곱씹는 동안, 간호사가 알라배스터에게 숟가락으로 음식을 떠먹인다. 뭔가를 으깬 듯한 멀건 죽인데, 양은 별로 많지 않다. 알라배스터는 앉은 채로 어린애처럼 입을 벌려 숟가락에 담긴 것을 받아먹는다. 그러는 동안에도 내내 시선은 네게 못 박혀 있다. 너는 영 거북살스러워서 끝내 눈을 돌려 버린다. 참으로 많은 것이 변했다. 어떤 것은 견디기가 힘들 정도로.

마침내 그릇이 바닥을 드러낸다. 남자는 알라배스터에게 음식을 먹이는 건 원래 네가 해야 할 몫이라고 주장하는 듯한 강렬한 눈빛으로 너를 한번 퉁명스레 흘겨보고는 자리를 뜬다. 네가 다시 몸을 일으키며 궁금한 것을 물으려고 입을 벌리는 순간, 알라배스터가 말한다.

“곧 요강을 사용해야 할 것 같다. 이젠 내 마음대로 배변 활동을 조절할 수가 없거든. 그나마 규칙적이라 다행이지.” 네 표정을 본 그가 씁쓸한 미소를 내비친다. “너에게 그런 것까지 필요 이상으로 보여 주고 싶진 않아. 그러니 오늘은 이쯤에서 그만하고 나중에 다시 오는 게 어떻겠니. 내 지저분한 자연의 부름을 방해하고 싶지 않다면 정오 무렵이 적당하겠다.”

이건 불공평하다. 흠, 아니네. 공평하긴 하지. 너는 그의 책망을 받아 마땅하니까, 하지만 그런 거라면 쌍방통행이다.

“왜 당신 몸에 이런 짓을 했어요?” 너는 알라배스터의 팔을, 망가진 몸을 가리킨다. “난 그냥…….”

그를 이해한다면 현실을 더 쉽게 받아들일 수 있을지도 모른다.

“유메네스에서 저지른 일의 대가지.” 알라배스터가 고개를 젓는다. "앞으로 어떤 결정을 내려야 할 때면 항상 이 점을 명심해라, 시엔. 어떤 것들에는 끔찍한 대가가 따른단다. 물론 가끔은 그럴 가치가 충분하지만 말이야."

너는 그가 어떻게 이런 끔찍하고 느릿한 죽음을 당연히 치러야 할 대가로 여길 수 있는지 이해할 수가 없다. 하물며 그가 맞바꾼 것은 세상의 멸망이 아닌가. 게다가 너는 이것과 스톤이터와 달, 그리고 오벨리스크가 도대체 무슨 상관인지 이해할 수가 없다.

멈출 새도 없이 말이 튀어 나온다.

"하지만 그냥…… 사는 게 낫지 않았을까요?"

차마 돌아와서라고는 말할 수 없다. 시에나이트에게 돌아와서 또 다시 함께 소박하게 살았다면. 메오브가 사라진 뒤에, 그녀가 티리모에 정착해 지자를 만나 한번 잃은 가족보다 못한 새 가정을 꾸리기 전에. 그녀가 네가 되기 전에.

죽어 버린 그의 눈빛이 대답을 대신한다. 그것은 아주 옛날, 노드 관리소에서 학대받고 혹사당한 아들의 주검 앞에 서 있을 때 그의 얼굴에서 봤던 것이다. 이논이 죽었다는 사실을 알았을 때에도 이런 눈빛을 했겠지. 우체가 죽었을 때 네가 너 자신의 얼굴에서 봤던 것. 너는 대답을 들을 필요가 없다. 잃은 것이 너무 많다. 너희 둘은 너무나도 많은 것을 빼앗겼다. 빼앗기고, 빼앗기고, 또 빼앗겨서 남은 것이라곤 오직 하나 희망밖에 없었건만, 너는 그마저 포기할 수밖에 없었다. 너무 고통스러워서. 하나를 더 잃는 게 무서워 차라리 죽거나, 죽이거나, 아니면 애착을 갖기를 거부할 수밖에 없었다.

너는 그때 어떤 심정으로 코런덤의 입과 코를 틀어막았던가. 생각을 말하는 게 아니다. 생각은 뻔하고 단순했다. 노예로 사느니 차라리 죽는 게 낫다. 그때 네가 느낀 것은 냉혹하고도 무시무시한 사랑이었다. 아들에게 평생 아름답고 완전한 삶만을 누리게 해 주겠다는 확고한 결심. 설사 그게 아이의 생을 일찍 끝내야 한다는 의미일지라도 말이다.

알라배스터는 네 질문에 대답하지 않는다. 너도 굳이 그의 대답을 들을 필요가 없다. 너는 알라배스터가 네 앞에서 품위를 간직할 수 있도록 자리에서 일어난다. 네가 그에게 베풀 수 있는 것이라곤 고작 그것뿐이기에. 너의 사랑과 존중은 더는 누구에게도 별 가치가 없다.

너희 둘의 대화가 절망적인 분위기로 끝나지 않게 마지막 질문을 던졌을 때, 너는 여전히 품위에 대해 생각하고 있는지도 모르겠다. 그것은 화해의 제스처를 건네는 너만의 방법이기도 하고, 그가 가르쳐 주고자 하는 것을 배우기로 결심했음을 알려 주는 방식이기도 하다. 너는 계절을 악화시키거나, 아니면 알라배스터가 무슨 꿍꿍이를 품고 있든 거기 동조하는 게 아니다. 다만…… 알라배스터에게 그게 필요하기 때문이다. 그가 너와 함께 만든 아이는 죽었고 너희 둘이 함께 쌓아올린 가족은 영원히 불완전한 상태로 끝났지만, 그래도 그는 여전히 너의 짝이자 조언자다.

(그리고 너도 이게 필요하다고, 너의 냉소적인 일부가 속삭인다. 정말이지 형편없는 거래다. 나쑨 대신에 알라배스터를, 어미의 모성애 대신에 옛 연인을, 지자가 제 자식을 살해한 보다 중요하고도 극명한 이유 대신에 이런 황당하고 터무니없는 비밀을 선택하다니. 하지만 이제껏 너를 움직인 원동력이었던 나쑨이 없는 지금,

네게는 뭔가 새로운 것이 필요하다. 뭐든 상관없다. 네가 계속 살아갈 수 있게만 해 준다면.)

그래서 너는 그를 등진 채 묻는다.

"그 사람들이 뭐라고 불렀어요?"

"뭐?"

"오벨리스크를 만든 사람들 말이에요. 그 안에 존재하는 것을 부르던 말이 있었다면서요." 알라배스터의 몸 안, 세포와 세포 사이를 흐르며 반짝이는 은빛 물질. 돌로 변하고 있는 부위에 응집되고 압축되어 있는 그것. "조산력의 원천. 지금은 안 쓸지 몰라도 옛날 사람들은 그걸 뭐라고 불렀는데요?"

"아." 알라배스터가 요강을 사용하려는지 몸을 움직거리며 말한다. "뭐라고 부르든 상관없다. 원한다면 네 마음대로 지어서 불러도 돼. 넌 그냥 그런 게 존재한다는 것만 알면 되니까."

"그 사람들이 뭐라고 불렀는지 알고 싶어요."

그것은 알라배스터가 네 목구멍 속에 욱여넣으려는 미스터리의 작은 조각이다. 너는 그것을 직접 손가락으로 거머쥐고, 얼마나 먹을지 조절하고, 그 과정에서 적어도 약간이나마 맛을 보고 싶다. 그리고 오벨리스크를 만든 사람들은 엄청나게 강력한 힘을 지니고 있었다. 어쩌면 어리석었을지도 모르고, 정말로 계절을 시작한 장본인이라면 후손들에게 잔혹한 시련을 지우는 끔찍한 일을 저질렀지만, 그러나 진정으로 강력했다. 만일 그것의 이름을 안다면 너도 그런 힘을 가질 수 있을지도 모른다.

알라배스터가 고개를 가로젓더니, 통증이 엄습했는지 얼굴을 찡그리며 한숨을 쉰다.

"마법이라고 불렀지."

아무 의미도 없는 말이다. 단순한 단어에 불과할 뿐. 하지만 너는 어쩌면 그 단어에 의미를 부여할 수 있을지도 모른다.

"마법."

너는 알라배스터가 말한 단어를 중얼거리며 머릿속에 새겨 넣는다. 인사를 건넨 다음, 돌아보지도 않고 병실을 뜬다.

스톤이터들은 내가 거기 있다는 것을 알고 있었다.
장담할 수 있다. 그들은 그저 상관하지 않았다.
나는 몇 시간 동안이나 꼼짝도 않고 서 있는 그들을 관찰했다.
어디서 목소리가 나오는지도 알 수가 없었다.
그들이 대화를 나눌 때 사용하는 언어는…… 이상했다.
북극권 언어일까? 아니면 어딘가의 해안어? 그런 건 처음 들었다.
어쨌든 열 시간쯤 지나자 나는 잠이 들고 말았다.
그러다 뭔가 깨지고 으스러지는 커다란 소리에 깜짝 놀라 눈을 떴는데,
어찌나 큰 소리가 났는지 꼭 '붕괴'가 일어난 줄만 알았다.
용기를 내어 눈을 들어 보니 스톤이터 하나가 지면 위에
여러 덩어리로 조각나 흩어져 있었다. 남은 스톤이터 하나는
내가 잠들기 전에 봤던 것과 똑같은 자세로 서 있었는데,
딱 한 가지만 달라져 있었다. 그것은 나를 쳐다보고 있었다.
얼굴에 밝고 눈부신 미소를 띤 채.
— 우스, 티카스트리스의 혁신자(완력꾼 태생),
제5대학의 보증을 받지 못한 비전문 지하학자

7장

나쑨이 달을 찾다

나쑨과 그녀의 아버지가 남쪽으로 가는 여정은 길고도 험난하다. 두 사람은 대부분 마차로 움직이는데, 그건 에쑨보다 더 빨리 이동한다는 의미다. 두 발로 걷는 에쑨은 시간이 갈수록 점점 더 뒤처지고 있다. 가끔 지자가 지나가는 사람에게 음식이나 생필품을 나눠 준다면 마차를 태워 주겠다고 제안한 덕분에 심지어 예상보다 더 빨리 움직이기까지 한다. 중간에 멈춰 물물교환을 하거나 물자를 보충할 필요가 없기 때문이다. 그래서 두 사람은 최악의 기후 변화와 낙진, 흉포해진 커쿠사와 부글벌레, 그리고 대지가 뱉어 내는 모든 나쁜 것들을 앞질러 갈 수 있다. 얼마나 빨리 가고 있는지 나쑨은 지상 카스트리마를 지날 때 이카의 부름을 느끼지도 못하고 나중에 꿈에서나 마주친다. 뭔가가 나쑨을 아래로, 아래로, 따뜻한 땅속으로, 하얀 수정이 내뿜은 밝은 빛 속으로 끌어당긴다. 그렇지만 나쑨이 이 꿈을 꾼 것은 카스트리마에서 벌써 15킬로미터나 지났을 때다. 그날따라 하필 지자가 평소보다 더 많이 가야겠다고 생각한 덕분에, 그들은 여행객들에게 손짓하듯 서 있는 멀쩡하고 텅 빈 건물들의 함정에 빠지지 않고 지나친다.

두 사람은 가끔 향에 들르기도 한다. 아직 폐쇄령만 내렸을 뿐 계절령을 선포하지 않은 마을들도 있다. 이런 남단까지는 최악의 사태가 미치지 않으리라는 기대감 때문이다. 계절이 온 대륙에 일괄적으로 영향을 끼치는 경우는 매우 드물다. 나쑨은 절대로 낯선 이들에게 자신의 정체를 발설하지 않지만, 할 수만 있다면 그 어떤 곳도 이번 계절을 피할 수 없다고 말해 주고 싶다. 개중에는 다른 지역보다 피해가 더 극심한 곳도 있겠지만 종국엔 어디든 똑같을 것이다.

몇몇 향에서는 그들에게 입향을 제안하기도 한다. 지자는 나이는 다소 있어도 아직 건장하고 정정하며, 그가 지닌 쇄공기술과 내항자 쓰임새신분은 꽤 유용하다. 나쑨은 향에서 필요한 기술을 가르칠 수 있을 만큼 나이리고, 눈에 띄게 건강하고 나이에 비해 키가 크며, 어머니의 튼튼한 중위도인 체격을 물려받을 조짐이 벌써부터 나타나고 있다. 간혹 비축고가 넉넉하고 친절한 사람들이 살고 있는 건실하고 믿음직한 향을 만날 때마다 나쑨은 여기 살 수 있으면 참 좋겠다고 생각한다. 하지만 지자는 그때마다 늘 사양한다. 그는 마음에 둔 목적지가 따로 있다.

어떤 향은 그들을 죽이려 든다. 거기에 이유 따위는 없다. 성인 남자와 어린 여자아이 하나가 살인을 감행해야 할 만큼 귀중품을 갖고 있을 리가 만무하기 때문이다. 하지만 계절에는 아무도 합리를 따지지 않는다. 어떤 향에서는 줄행랑을 쳐야 한다. 향문을 열어

두 사람을 들여보냈다가 문을 닫아 가둬 버린 어떤 향에서 탈출하려다 지자는 장검으로 사람의 목을 쳐서 날려 버린다. 그들은 여기서 말과 수레를 잃는다. 아마 향에서 원한 것도 그것이었을 것이다. 그러나 지자와 나쑨은 용케 탈출에 성공하고, 중요한 건 그게 다다. 이제부터는 걷느라 훨씬 더딘 속도로 나아가게 될 테지만 어쨌든 둘은 아직 살아 있다.

어떤 향에서는 아예 경고도 없이 다짜고짜 석궁부터 쏘아 댄다. 두 사람의 목숨을 구한 것은 나쑨이다. 아이는 아버지를 두 팔로 부둥켜안고 대지에 그녀의 이빨을 박아 넣은 다음, 향에 존재하는 모든 생명과 열과 움직임을 빨아들여 새하얀 서리가 반짝이는 돌 장벽과 딱딱하게 얼어붙은 주검 더미만을 남긴다.

(나쑨은 다시는 이런 일을 하지 않을 것이다. 그 뒤로 지자가 나쑨을 쳐다보는 그 눈빛.)

두 사람은 모두가 죽어 버린 향에서 며칠을 보내며 빈집에서 잠을 자고 물자를 보충한다. 그들이 거기 머무르는 동안에는 아무도 마을에 접근하지 않는다. 나쑨이 내내 향의 장벽을 차가운 얼음덩이로 유지하며 분명한 위험·경고의 신호를 내보내고 있기 때문이다. 굳이 말할 필요도 없겠지만, 여기 오래 머무를 수는 없다. 얼마 있으면 근처의 다른 향들이 손을 잡고 언젠가 그들에게 위협이 될 로가를 처단하러 올 테니까. 며칠간 뜨거운 물과 신선한 음식을 만끽한 후(지자가 향에서 키우던 얼어 버린 닭 몇 마리를 요리했다.), 그들은 다시 길을 떠난다. 시체가 녹아 악취를 풍기기 전에.

그렇게 그들은 헤쳐 나간다. 도적 떼와 사기꾼과 치명적인 독가

스와 열기를 감지하면 날카롭고 뾰족한 가시를 발사하는 나무를 마주치고도 어떻게든 살아남는다. 나쑨은 서서히 힘과 체력이 붙기 시작한다. 비록 늘 허기져 있고 배부르게 먹은 적은 손에 꼽을 정도지만. 그리하여 마침내 지자가 풍문으로 들은 곳에 거의 도착할 즈음, 나쑨은 키가 10센티미터나 자랐고 시간은 1년이 지난다.

두 사람은 드디어 남중위지방을 빠져나와 남극권 경계에 접어든다. 나쑨은 그동안 지자가 남극권에서 몇 개 안 되는 도시 중 하나이자 근처에 펄크럼 위성지부가 있다는 니페로 나쑨을 데려가는 중이라고 생각했다. 하지만 지자는 펠레스테인-니페 제국도로에서 벗어나 동쪽으로 가고 있고, 간간이 멈춰 이 방향이 맞는지 사람들에게 물어보기도 한다. 그럴 때마다 지자는 항상 목소리를 죽여 나지막이 속삭이는데, 그것도 나쑨이 잠들었다고 생각할 때에만 분별력 있고 점잖아 보이는 사람들에게 접근해 오래도록 대화와 음식을 나눈다. 그러던 어느 날 나쑨은 마침내 그들이 어디로 가고 있는지 알게 된다.

"말씀 좀 여쭙시다." 가까운 향에서 순찰 나온 여성을 만나 지자가 피운 불에 그녀가 잡은 짐승을 요리해 나눠 먹은 후, 지자가 이렇게 묻는다. "달에 대해 들어 본 적 있습니까?"

나쑨에게 그 질문은 아무 의미도 없다. 처음 듣는 저 단어도 마찬가지다. 하지만 여자는 놀라 숨을 들이켠다. 그녀는 지자에게 제국도로가 아니라 남서쪽으로 가는 지방도로를 따라가다가 얼마 후 강이 나오면 정남쪽으로 가라고 말해 준다. 그 뒤로 나쑨은 자는 척을 한다. 여자가 눈을 가늘게 뜨며 나쑨을 쳐다보는 게 느껴지기 때문이다. 하지만 결국 지자가 다소 소심하게 여자에게 침낭을 데워 주겠다고 제안하고, 나쑨은 아버지가 고기를 얻어먹은 보답으로 밤새도록 여자가 신음하고 헐떡거리게, 그리고 나쑨이 거기 있다는 사실을 잊어버리게 만들기 위해 애쓰는 것을 듣는다. 아침이 되자 그들은 여자가 나쑨을 해치러 뒤를 밟을까 봐 일부러 여자가 잠에서 깨기 전에 야영지를 뜬다.

며칠 뒤에 두 사람은 강에 도달하고, 방향을 바꿔 숲속으로 향한다. 짙은 나무 그림자가 드리운 이 산길은 관목림과 덤불 아래 희미하게 흙바닥이 보이는 좁고 가는 오솔길에 불과하다. 이곳의 하늘은 아직 완연한 잿빛이 아니고 나무에도 대부분 아직 나뭇잎이 붙어 있다. 심지어 그들이 접근하면 깡충깡충 몸을 피하거나 숨는 동물들 소리도 들린다. 가끔은 날짐승이 짹짹거리거나 긴 울음소리를 내기도 한다. 이 길에는 그들 말고 아무도 없다. 하지만 최근까지 사람들이 지나다닌 건 분명하다. 그렇지 않았다면 풀이 더 무성하게 자랐을 테니까. 남극권은 세계에서 가장 삭막하고 인구가 적은 지역이다. 나쑨은 옛 삶을 살던 시절에 교과서에서 그런 내용을 읽은 기억이 난다. 향도 적고 제국도로도 적고, 겨울은 계절이 아닐 때조차도 사납고 혹독하다. 남극권에서는 사향주 안을 가로지르는 데만도 수 주일이 걸린다. 대부분 툰드라 지대이고, 대륙의 최남단은 순수한 빙판이라 바다로 이어진다고 한다. 때때로 밤하늘 구름 사이에서 이상한 색색의 빛 리본이 춤을 춘다고도 들었다.

하지만 지금 부녀가 걷는 지역은 한기가 들 정도로 춥긴 해도 습기가 많다. 나쑨은 발밑에서 무겁게 눌려 있는 활화산을 느낀다. 속도가 다소 느리긴 해도 마그마가 졸졸 새어 나와 남쪽으로 흘러가고 있다. 나쑨의 의식이 닿는 지형 이곳저곳에서 온천이나 간헐천의 형태로 지표 위로 방출되는 분기공과 부글이 느껴진다. 거기서 분출된 습기와 지열이 이곳의 식물을 푸르게 만들어 주고 있는 것이다.

그러다 어느 순간, 숲이 양옆으로 갈라지면서 나쑨이 생전 처음 보는 풍경이 눈앞에 모습을 드러낸다. 일종의 암반 성상이다. 수십 개의 길고 가느다란 회갈색 돌기둥이 한데 솟아 잔물결 모양으로 점차 오르막을 이루고 있는데, 낮은 산이나 높은 언덕이라고 불러도 무방한 높이까지 이어진다. 바위 물결의 강(江) 꼭대기에는 푸르른 우듬지가 보이고, 그곳은 평평해 보인다. 나무줄기 사이로 둥근 지붕인지 아니면 비축창고 같은 것이 보인다. 저건 일종의 정착촌이다. 그렇지만 위험해 보이는 저 돌기둥 절벽을 오르지 않는 한 어떻게 저 위에 닿을 수 있을지 나쑨은 모르겠다.

다만 한 가지…… 나쑨의 의식을 간지럽게 긁어 대는 뭔가가 지긋한 압력으로, 이내 확신으로 변한다. 나쑨은 아버지를 올려다본다. 지자도 바위 강을 바라보고 있다. 우체가 죽고 몇 달 사이, 나쑨은 이제 그 어느 때보다도 지자를 깊이 이해할 수 있게 되었다. 생존이 달린 문제이기 때문이다. 나쑨은 지자가 그 강인한 외양과 완고한 성격에도 불구하고 실은 나약한 사람이라는 것을 안다. 그가 입은 상처는 생긴 지는 얼마 안 됐지만 몹시 위험하다. 마치 대륙판의 경계와 비슷하다. 어디로 튈지도 모르고 결코 안정되지 않으며, 미세한 이온 분자 하나만 자칫 건드려도 억눌려 있던 힘이 폭발해 주변의 모든 것을 파괴할 것이다.

하지만 사실 지진은 제대로 다루는 법만 안다면 그리 까다롭지 않은 존재다.

그래서 나쑨은 그를 신중하게 살피며 말한다.

"저건 오로진이 만든 거예요, 아빠."

나쑨은 지자가 그 말에 바짝 긴장할 거라고 예상했고, 그 예상은 맞아떨어진다. 나쑨은 그가 숨을 깊이 들이마시고 뱉으며 마음을 진정시킬 것이라고 예상했는데, 정말로 그렇게 한다. 지자는 오로진에 대해 엄마가 포도주를 대할 때와 똑같이 반응한다. 엄마는 숨을 밭게 몰아쉬며 손을 덜덜 떨거나 때로는 꼼짝도 않고 얼어붙어 무릎만 달달거리곤 했다. 보통 때 아빠는 그 진홍색 액체를 집에 들이지 않았지만 가끔 깜박하고 그런 짓을 저지를 때면 엄마는 꼭 미친 사람처럼 굴었다. 그럴 때면 엄마의 경련과 가쁜 숨과 두 손을 비틀어 짜는 버릇이 그칠 때까지 기다리는 수밖에 없었다.

(두 손을 문지르는 버릇. 나쑨은 이 두 가지 동작의 차이를 몰랐지만, 에쑨은 사실 한쪽 손을 문지르고 있었다. 뼛속까지 새겨진 오래된 통증.)

지자가 어느 정도 평정을 되찾자 나쑨이 덧붙인다.

"제 생각엔 저 위에 올라갈 수 있는 것도 오로진뿐인 것 같아요."

사실은 그렇다고 확신한다. 저 돌기둥들은 아주 근소하게 움직이고 있다. 이 지역은 전체적으로 절묘할 정도로 천천히 분출 중인 화산이다. 화산이 용암류를 조금씩 꾸준히 지상으로 밀어 올리고 있고, 그것이 수년에 걸쳐 냉각되고 수축되어 저 육각형 모양의 길쭉한 기둥들로 갈라진 것이다. 오로진이라면 누구나, 설령 훈련을 받지 않은 오로진이라도 용승하는 압력을 반대쪽으로 밀어내고 서서히 식는 열기를 이용해 새로운 기둥을 뽑아 올리는 것은 그리 어려운 일이 아니다. 그 기둥을 타고 꼭대기에 오를 수도 있다. 돌기둥은 상당수가 다른 것들보다 색깔이 더 옅고, 깨끗하고, 더 날카롭다. 누군가 최근에 만든 것이다.

나쑨은 아빠가 무뚝뚝하게 고개를 끄덕이는 걸 보고는 깜짝 놀란다.

"저곳은…… 저기엔 너 같은 애들이 많을 거다." 그는 절대로 '오'나 '로'가 들어간 단어를 말하지 않는다. 항상 너 같은 부류나 너희 동족 그리고 그런 족속이다. "그래서 널 여기 데려온 거란다, 아가."

"그럼 저기가 남극권 펄크럼이에요?"

어쩌면 나쑨은 그게 어디에 있는지 지금까지 잘못 알고 있었나 보다.

"아니야." 지자의 입술이 휘어진다. 결합층이 부르르 떤다. "더 좋은 곳이지."

지자가 이 주제에 대해 자발적으로 말을 꺼낸 건 처음이다. 그는 숨을 씨근덕대지도 않고, 나쑨이 자기 자식이라는 걸 기억하려 발버둥 칠 때마다 그러는 것처럼 이상한 눈빛으로 쳐다보지도 않는다. 나쑨은 조금 더 깊게 건드려 보기로, 지자의 속마음을 시험해 보기로 한다.

"더 좋은 곳이요?"

"그래." 지자가 나쑨을 바라본다. 그러고는 마치 영원처럼 느껴졌던 지난 몇 개월간 처음으로, 옛날에 그랬던 것처럼 딸에게 빙긋 웃어 보인다. 아버지가 사랑스러운 딸에게 보내는 따스한 미소를. "여기 사람들이 널 치료해 줄 거다, 나쑨. 이야기를 들은 적이 있어."

내 뭘 고쳐요? 나쑨은 하마터면 이렇게 물을 뻔한다. 하지만 때맞춰 튀어나온 생존 본능 덕분에 다행히 그 멍청한 말을 내뱉기 전에 입을 다문다. 지자의 눈에 나쑨을 괴롭히는 질병은 하나뿐이다. 작고 사랑스러운 딸을 치료하기 위해 세상의 절반을 가로지를 정도로 해로운 독은 단 하나뿐이다.

치료. 치료라니. 내가 오로진인 걸 치료하겠다고? 나쑨은 그 말을 어떻게 이해해야 할지 모르겠다……. 나쑨이 아닌 다른 사람이 되라는 걸까? 평범한 사람처럼? 그게 가능하기나 한 거야?

나쑨은 너무 놀란 나머지 아버지를 항상 주의 깊게 관찰해야 한다는 것도 잊어버린다. 그러고는 이윽고 그 사실을 기억해 냈을 때는 저도 모르게 등골에 오싹 소름이 끼친다. 왜냐하면 이번에는 아버지가 나쑨을 관찰하고 있기 때문이다. 하지만 그는 나쑨의 표정을 보고 만족스럽다는 듯이 고개를 끄덕인다. 나쑨의 놀란 반응이야말로 지자가 바랐던 바다. 그게 아니라면 감탄하거나, 기뻐하거나. 만일 그녀가 겁을 먹거나 불쾌감을 드러냈다면 그도 부정적으로 반응했을 것이다.

"어떻게요?"

나쑨이 묻는다. 호기심이라면 지자도 용납할 수 있다.

"나도 모른다. 하지만 예전에 나그네한테서 들은 적이 있어."

지자에게 너 같은 부류의 의미가 하나밖에 없듯이, 그들 두 사람에게 예전의 의미는 한 가지뿐이다.

"생긴 지 5년에서 10년쯤 됐다더라."

"하지만 펄크럼은 어쩌고요?"

어리둥절해진 나쑨이 고개를 흔든다. 지자가 그녀를 데려갈 곳은 한 군데뿐이라고 짐작했었다…….

아빠의 얼굴이 일그러진다.

"짐승새끼를 아무리 훈련하고 목줄을 달아 봤자 짐승새끼일 뿐이다." 지자가 하늘 위로 솟은 돌기둥의 물결을 향해 고개를 쳐든다. "난 내 딸을 다시 찾고 싶다."

난 계속 여기 있었는데. 나쑨은 속으로 그렇게 생각하지만, 입 밖으로 낼 만큼 어리석지는 않다.

어느 쪽으로 가야 할지 알 수가 없다. 표지판도 보이지 않는다. 어쩌면 계절에 대한 방비책일 수도 있다. 두 사람은 많은 향들이 평범한 장벽뿐만 아니라 대처하기 힘든 장애물이나 위장술 같은 것들을 방어책으로 활용하는 것을 본 적이 있다. 저곳 향민들이라면 꼭대기까지 올라가는 숨은 길을 알고 있겠지만, 그걸 모르는 나쑨과 지자는 먼저 그 문제부터 해결해야 한다. 언덕을 오르는 과정이 쉽지도 않을 것이다. 암반 뒤쪽으로 돌아가 반대쪽에 계단이 있는지 찾아보는 방법도 있지만 그것만도 며칠이 걸린다.

나쑨은 근처에 쓰러져 있는 통나무 위에 걸터앉는다. 계절이 시작된 후에 사납게 돌변한 벌레나 다른 위험한 생물은 없는지 당연히 미리 꼼꼼히 살펴본 뒤다.(나쑨은 자연과 아버지 양쪽 모두를 똑같이 주의 깊게 대해야 한다는 것을 배웠다.) 나쑨의 등 뒤에서 지자가 초조하게 앞뒤로 서성이다가 가끔 발을 멈추고 지면 위로 높이 솟아 있는 바위기둥을 향해 발길질하는 것이 느껴진다. 혼잣말을 중얼거린다. 저기 올라가기 위해 결국 무슨 수밖에 없는지 인정하려면 시간이 필요할 것이다.

마침내 지자가 나쑨에게 몸을 돌린다.

"할 수 있겠니?"

나쑨이 통나무에서 일어선다. 급작스러운 움직임에 화들짝 놀란 지자가 주춤 뒷걸음질 치더니 멈춰 서서 딸을 노려본다. 나쑨은 그저 가만히 서 있을 뿐이다. 아버지가 나쑨을 무서워한다는 사실이 그녀에게 얼마나 큰 상처가 되는지를 말없이 드러내면서.

지자의 턱 근육이 움찔댄다. 험악한 노기가 원통함으로 누그러든다.(아주 조금이지만.)

"그걸 하려면 숲도 죽여야 하니?"

오. 나쑨은 그제야 지자가 뭘 고민했는지 조금 알 것 같다. 이곳은 그들이 1년 만에 본 녹색 땅이다.

"아뇨, 아빠. 여기 화산이 있어요."

나쑨은 두 사람의 발밑을 가리킨다. 지자가 움찔하더니 가끔 나쑨에게 그러듯이 적나라한 증오가 담긴 눈빛으로 땅바닥을 노려본다. 그러나 아버지 대지를 증오하는 것은 다시는 계절이 오지 않길 바라는 것만큼이나 무의미한 짓이다.

지자가 숨을 크게 들이켜며 입을 연다. 나쑨은 지자가 좋아라고 말할 거라 예상하고는 그가 원할 확신의 미소를 얼굴에 막 띠기 시작한 참이었다. 그래서 딸깍 하는 소리가 주변에 커다랗게 울려 퍼졌을 때, 그들은 완전한 무방비 상태다. 있는지도 몰랐던 새 떼가 공중을 가르며 날아오른다. 무언가 슉 하며 공기를 가르는 소리와 함께 가까운 지면에 날아와 박히고, 나쑨은 주변 지층을 관통하는 희미한 반향을 느끼고 눈을 깜박인다. 뭔가 작은 것이 아주 세게 부딪쳤다. 다음 순간, 지자가 비명을 내지른다.

예전에 나쑨은 예기치 않게 깜짝 놀랄 때마다 반사적으로 얼어붙곤 했다. 다 엄마의 훈련 덕분이다. 그렇지만 지난 1년간 나쑨은 조건반사를 조금 떨칠 수 있었고, 버릇처럼 동작은 멈출망정 동시에 의식을 땅속에 찔러 넣는다. 겨우 몇 미터 깊이지만 그래도. 하지만 그때 나쑨은 크고, 육중하고, 미늘 달린 쇠화살이 아버지의 종아리에 박혀 있는 것을 보고는 정신과 몸 양쪽 모두 얼어붙고 만다.

"아빠!"

지자가 한쪽 무릎을 바닥에 대고 주저앉은 채 다리를 움켜쥐고 잇새로 힘겹게 숨을 내쉰다. 비명은 잦아들었지만 그렇다고 고통이 덜하다는 뜻은 아니다. 화살은 엄청나게 크다. 길이는 1미터가 넘고 직경도 5센티미터가 넘는다. 나쑨은 화살이 아버지의 다리를, 살점을 어떻게 관통하고 있는지 볼 수 있다. 화살촉이 종아리 반대쪽 지면에 박혀 있어 달아날 수도 없다. 평범한 석궁 화살이 아니라 작살이다. 화살촉의 반대쪽 끝부분에는 가느다란 사슬이 연결돼 있다.

사슬? 나쑨은 사슬을 따라 몸을 홱 돌린다. 누군가 그 끝을 쥐고 있다. 누군가의 발바닥이 지층을 두드리고 바닥의 나뭇잎을 짓뭉갠다. 나무줄기 사이로 그림자들이 휙휙 지나갔다 사라진다. 언젠가 나쑨도 들은 적이 있지만 알아듣지는 못하는 극지방 말로 고함치는 소리가 들린다. 도적 떼다. 점점 가까이 다가오고 있다.

나쑨은 아빠를 쳐다본다. 그는 심호흡을 하려고 애쓰고 있다. 안색이 창백하다. 피를 너무 많이 흘렸다. 지자가 흰자를 번득이며 고통에 가득 찬 눈으로 올려다보자, 나쑨의 머릿속에 예전에 두 사람이 공격을 받았던 향이 떠오른다. 나쑨이 통째로 얼려 버린 향. 그리고 그 뒤에 지자가 나쑨을 보던 눈빛.

도적 떼다. 죽여야 해. 나쑨은 무엇을 해야 할지 안다. 하지 않으면 그들이 그녀를 죽일 것이다.

하지만 나쑨의 아버지는 작고 사랑스러운 딸을 원한다. 짐승새끼가 아니라.

나쑨은 멍하니 쳐다보며, 쳐다보며, 숨을 깊이 들이마시지만 눈길을 뗄 수가 없고, 생각을 할 수도 없고 행동도 할 수가 없고, 아무것도 못하고 그저 가만히 서서 부들부들 떨면서, 과호흡 때문에 꺽꺽거리며 살아야 한다는 본능과 사랑스러운 딸로 남아야 한다는 의무감 속에서 갈등한다.

그때 누군가, 용암 물결이 만든 산등성이를 타고 내려온다. 도저히 사람이라고는 믿기 힘든 속도와 민첩한 동작으로 돌기둥에서 돌기둥으로 가볍게 뛰어내려…… 나쑨은 멀거니 그 모습을 바라본다. 저런 일을 할 수 있는 사람은 없다. 하지만 그 사람은 바위산 기슭에 있는 자갈밭 위에 육중하고 불길한 쿵 소리를 내며 한 다리를 구부린 채 착지한다. 탄탄하고 건장한 몸이다. 허리를 구부리고 웅크린 자세인데도 체격이 크다는 걸 한눈에 알 수 있다. 남자가 천천히 몸을 일으키며 나쑨의 등 뒤에 있는 수풀 사이를 노려보면서 길고 무시무시하게 생긴 유리칼을 꺼내 든다.(하지만 이상하게도, 나쑨은 그가 땅 위에 내려앉을 때 아무런 되울림도 감지하지 못한다. 그게 무슨 뜻일까? 그리고 왠지…… 나쑨은 고개를 젓는다. 단순한 벌레 소리일지도 모르지만 이상하게 웅웅거리는, 소리라기보다 감각적인 게 느껴진다.)

남자가 번개 같은 속도로 관목림을 향해 달려 나간다. 발바닥이 지면을 박차고 내딛자 그가 지나간 자리 뒤로 뿌연 먼지구름이 뭉게뭉게 피어난다. 나쑨은 입을 헤벌린 채 남자의 뒷모습을 좇는다. 초록색 땅 위에 생겨난 흔적은 금세 놓쳤지만 이번에도 누군가 알아들을 수 없는 언어로 소리를 빽 지른다. 그러더니 사내가 달려간 쪽에서 뭔가 힘없이 울컥이는 소리가 난다. 꼭 배에 심한 타격을 받은 것처럼. 나무 사이에서 움직이던 사람들이 멈춘다. 나쑨은 세월에 풍화된 바위와 지저분하게 엉킨 덩굴 줄기 사이에 한 극지방 여자가 서 있는 것을 본다. 여자가 누군가를 부르려는 듯이 숨을 들이켜며 몸을 돌린 순간, 갑자기 한 남자가 흐릿한 잔영을 그리며 나타나 등 뒤를 후려친다. 아니, 아니다. 저건 칼이다. 그러고는 여자가 땅에 쓰러지기도 전에 다시 순식간에 자취를 감춘다. 잠시도 망설임 없는 맹렬한 공격과 눈부신 속도가 가히 충격적이다.

"나, 나쑨." 나쑨은 지자의 목소리에 펄쩍 뛰어 오를 뻔한다. 지자가 있다는 사실조차 잊고 있었다. 나쑨은 지자에게 다가가 허리를 쭈그리고 누가 그를 다시 해치지 못하게 사슬을 발로 꾹 밟는다. 지자가 나쑨의 팔을 아프게 부여잡는다. "도, 아흐, 도망쳐라."

"아니에요, 아빠."

나쑨은 작살 끝에 달린 사슬을 떼어 낼 방법을 궁리 중이다. 살대는 전체적으로 미끈한 모습이다. 사슬을 끊어 내고 앞쪽에 있는 미늘을 부러뜨리면 지자의 다리에서 잡아 뽑을 수 있을 것 같다. 하지만 그다음엔 어쩌지? 상처가 꽤 심하다. 피를 너무 많이 흘려서 죽으면 어쩌지? 나쑨은 뭘 어떻게 해야 할지 모르겠다.

나쑨이 화살을 빼낼 수 있을지 시험 삼아 사슬 끝을 당기자 지자가 크 하고 신음한다.

"안 될 거다…… 내 생각엔 뼈가……." 지자가 휘청거린다. 나쑨은 그의 파리한 입술색을 보고 불길한 징조라고 생각한다. "어서 도망가."

나쑨은 지자의 말을 무시한다. 사슬은 살대 끝에 달린 고리에 땜질되어 있다. 아이는 고리를 손가락으로 만지작거리며 골똘히 생각에 잠긴다. 그 이상하고 낯선 남자 덕분에 다시 정신이 맑아진 느낌이다.(하지만 손은 아직도 떨리고 있다. 나쑨은 숨을 깊이 들이마시며 두려움을 가라앉힌다. 숲속 어딘가에서 가랑거리는 숨소리와 악에 받친 비명이 울려 퍼진다.) 지자의 자루 속에 그가 사용하는 돌쇄공구가 들어 있다는 게 생각나지만 작살은 쇠로 만들어져 있다. 잠깐. 쇠는 차가워지면 깨지지 않나? 고리를 좁고 촘촘하게 돌린다면…… 가능할지도?

나쑨은 그런 일을 한 번도 해 본 적이 없다. 자칫 실수라도 한다면 지자의 다리가 꽁꽁 얼어 버릴 것이다. 하지만 왠지 본능적으로, 나쑨은 그게 가능할 거라는 생각이 든다. 엄마가 나쑨에게 조산술이 외부의 열기와 움직임을 빼앗아 다시 열과 움직임으로 내보내는 것이라고 설명했을 때 나쑨은 그게 왠지 이치에 안 맞다고 생각했었다. 그 말이 틀렸다는 건 아니다. 그렇게 조산력을 사용할 수 있다는 건 나쑨도 경험을 통해 안다. 하지만 그것만으론 뭔가…… 안 맞는다. 왠지 우아하지가 않다. 나쑨은 자주 생각하곤 했다. 만약에 그걸 열로 생각하지 않는다면……. 하지만 그런 생각이 생산적인 결과로 이어진 적은 없다.

하지만 엄마는 여기 없다. 여기 있는 것은 죽음뿐이며, 이제 아버지는 세상에서 나쑨을 사랑하는 유일한 사람이다. 비록 그의 사랑이 고통에 감싸여 있다 할지라도.

그래서 나쑨은 작살의 꼬리 부분에 손을 올려놓는다.

"움직이지 마요, 아빠."

"뭐…… 뭣?"

지자는 떨고 있지만 급속도로 기운을 잃고 있다. 마침 잘됐다. 아빠의 방해를 받지 않고 오롯이 집중할 수 있을 테니까. 나쑨은 다른 한 손을 지자의 다리 위에 올려놓는다. 나쑨의 조산술은 절대로 그녀를 얼리지 않기 때문이다. 아직 미숙해서 능력을 제대로 제어하지 못할 때조차도 그랬다. 나쑨이 눈을 감는다.

화산의 열기 아래 뭔가 다른 것이 있다. 드넓은 대지 밑에서 춤추는 자그마한 잔물결 속에 흩뿌려져 있는 무언가. 파동과 열기를 조종하는 것은 쉽지만 이 다른 것은 인식하는 것조차 어렵고, 아마 그래서 엄마도 나쑨에게 열과 움직임을 취하라고 가르쳤을 것이다. 하지만 나쑨이 저것을 붙잡을 수만 있다면, 열기나 움직임보다 더 순수하고 섬세하고 훨씬 정밀한 저것을 손에 넣어…… 그래서 일종의 날카로운 칼날처럼 만들어 지극히 예리하게 다듬고 갈아 그것으로 작살대를 잘라 낸다면……

나쑨과 지자 사이의 공기가 일순 동요하더니 짧고 높은 쉭 소리와 함께 작살대 끝에 붙어 있던 사슬고리가 떨어져 나간다. 거울처럼 반질거리는 차가운 금속 단면이 오후의 밝은 햇빛을 반사하며 반짝인다.

나쑨이 안도의 한숨을 쉬며 눈을 뜬다. 뻣뻣하게 긴장해 있던 지자가 공포와 적개심이 뒤섞인 표정으로 그녀를 뚫어져라 응시하고 있다. 깜짝 놀란 나쑨이 재빨리 고개를 돌리니 유리칼을 쥔 사내가 뒤에 서 있다.

극지방 특유의 곧고 새까만 직모가 허리 아래까지 길게 늘어져 있다. 키가 어찌나 큰지 나쑨이 그의 얼굴을 올려다보려다 엉덩방아를 찧을 정도다. 아니면 갑자기 온몸에서 힘이 빠져서 그런지도? 나쑨은 모르겠다. 남자는 숨을 거칠게 헐떡이고 있고, 입고 있는 옷(투박한 천으로 만든 옷과 헐렁하고 편안해 보이는 낡은 주름 바지)은 온통 피범벅이다. 그리고 그 핏자국의 근원지는 남자가 오른손에 쥐고 있는 유리칼이다. 남자는 나쑨이 방금 전에 잘라 낸 금속 막대기처럼 반짝이는 눈으로 그녀를 쳐다본다. 그의 미소는 마치 칼날처럼 예리하다.

"안녕, 아이야." 남자가 말똥말똥 쳐다보고 있는 나쑨에게 말을 건다. "제법 훌륭한 재주를 부릴 줄 아는구나."

지자가 작살이 꽂힌 다리에 힘을 주며 움직이려 하지만 결과는 끔찍하다. 금속과 뼈가 마찰하는 소름 끼치는 소리가 나고, 그는 괴로운 비명을 내지르며 경련을 일으키듯 파들파들 나쑨에게 손을 뻗는다. 나쑨은 지자의 어깨를 붙잡지만 그는 너무 무겁고 나쑨은 몹시 피곤하다. 불현듯 만약 저 칼을 든 사내와 싸워야 한다면 그럴 힘이 남아 있지 않다는 절망적인 상황을 깨닫자 겁에 질린다. 나쑨의 손바닥 밑에서 지자의 어깨가 사시나무처럼 떨리고 있고, 나쑨도 그 못지않게 떨고 있다. 이래서 아무도 저 열기 아래 존재하는 것을 사용하지 않는 것일까? 이제 나쑨과 나쑨의 아버지는 그녀가 어리석은 짓을 한 대가를 치르게 될 것이다.

그러나 검은 머리 사내는 방금 전까지 보여 준 잔혹하고 폭력적인 모습과는 전혀 달리 신기할 정도로 우아하고 느릿한 동작으로 허리를 수그려 앉는다.

"겁낼 필요 없다." 그러고는 두 눈을 깜박인다. 눈빛 속에서 뭔가 아련하고 의아한 기색이 스쳐 지나간다. "우리가 아는 사이니?"

나쑨은 평생 이 얼음처럼 하얀 눈동자와 세상에서 제일 큰 칼을 가진 거인을 본 적이 없다. 옆구리 옆에서 대롱거리고 있긴 해도 그의 손에 들린 칼에서는 아직도 피가 뚝뚝 떨어지고 있다. 나쑨은 도리질을 친다. 너무 세고 빠르게.

남자가 다시 눈을 깜박인다. 이번에는 눈빛이 맑아지더니 얼굴에 미소가 돌아온다.

"저 야수들은 전부 죽었다. 내가 널 도와줬지? 응? 그랬지?"

조금 이상한 질문이다. 그는 마치 확인이라도 받는 것처럼 말한다. 응? 그랬지? 게다가 너무 순수하고 다정하다. 그러더니 남자가 말한다.

"아무도 널 해치지 못하게 하마."

그 말을 한 뒤에 남자의 시선이 슬그머니 아버지의 얼굴로 향한 것은 아마 우연일 것이다. 그치만. 나쓴의 마음속에서 뭔가가 자그맣게 비틀려 열린다. 아주 조금.

그때 지자가 다시 몸을 움직이려다 고통스러운 신음을 뱉고, 남자의 눈빛이 예리해진다.

"많이 불편하시겠군요. 도와 드리지요."

남자가 칼을 고쳐 잡고 지자를 겨눈다.

"당장 저리 가지 못해!" 지자가 허둥지둥 뒤로 피하려 하지만 통증이 엄습해 오자 다시 몸을 접는다. 숨을 헐떡이며 식은땀을 흘리고 있다. "당신 누구야? 누구냐고!" 지자의 눈동자가 뒤편에 솟아 있는 육각돌 등성이로 향한다. "어디서 왔어?"

지자의 반발에 뒤로 한 발짝 물러난 남자가 그의 시선을 좇는다.

"아, 그래요. 당신들이 이 길을 따라 오는 걸 향의 파수꾼들이 봤답니다. 그런데 당신들 뒤를 도적 떼가 쫓아 오길래 내가 도와주러 왔지요. 전에도 저 작자들이 여러 번 말썽을 피웠거든요. 위험을 제거할 절호의 기회였지요." 남자의 창백한 눈동자가 반듯하고 깔끔하게 잘린 작살 끝을 힐끔 거쳐 나쓴에게 향한다. 그의 얼굴에서는 시종일관 미소가 사라지지 않는다. "하지만 너는 저치들과 말썽이 생기면 안 되니까."

남자는 나쓴의 정체를 알고 있다. 나쓴이 몸을 움츠리며 아버지를 쳐다보지만, 그가 아무 방패막이도 되어 주지 못하리라는 것쯤은 알고 있다. 이건 그저 습관일 따름이다.

나쓴의 아버지는 바짝 긴장한다. 호흡이 빠르고 거칠어진다.

"당신…… 당신은……." 마른침을 꼴깍 삼킨다. "우린 달을 찾고 있습니다."

남자의 미소가 환해진다. 그는 적도권 억양을 지니고 있다. 적도권 사람들은 항상 저렇게 희고 튼튼한 이를 갖고 있다.

"아, 그렇군요. 그렇다면 찾으셨습니다."

그 말에 안도한 나쑨의 아버지는 긴장이 빠져 부상당한 다리가 허용하는 만큼 주저앉는다.

"오…… 오. 대지여, 드디어."

나쑨은 더는 참을 수가 없다.

"도대체 달이 뭔데요?"

"찾은달(Found Moon)이란다." 남자가 고개를 살짝 기울인다. "그게 우리 공동체의 이름이야. 특별한 사람들을 위한 특별한 장소지." 그러더니 칼집에 칼을 집어넣고 한쪽 손을 뒤집어 손바닥을 위로 한 채 내민다. "내 이름은 샤파란다."

그 손은 오직 나쑨에게만 향한 것이고, 나쑨은 그 이유를 모르겠다. 그가 나쑨의 정체를 알고 있어서? 아니면 두 손이 피투성이가 된 지자와는 달리 나쑨의 손은 깨끗해서? 나쑨이 불안감을 삼키며 손을 잡자, 그 즉시 그의 손이 나쑨의 손을 굳게 감싼다. 나쑨은 가까스로 말한다.

"난 나쑨이에요. 이분은 내 아버지고요." 턱을 치켜든다. "나쑨, 티리모의 내항자예요."

나쑨은 어머니가 펄크럼에서 훈련을 받았다는 걸 안다. 그건 즉 엄마의 쓰임새이름이 "내항자"였던 적이 없다는 뜻이고 나쑨은 이제 겨우 열 살이라 지금까지 계속 티리모에 살았더라도 향명을 받기엔 아직 어리다. 그러나 남자는 그게 거짓말이 아니라는 듯이 엄숙하게 고개를 끄덕인다.

"그럼 갈까. 우리 둘이서 너희 아버지를 움직일 수 없는지 한번 보자."

남자가 다리를 펴면서 나쑨을 일으켜 세운다. 나쑨은 아버지를 보며 생각한다. 이제 샤파가 있으니까 지자의 몸을 들어서 작살을 빼낼 수 있지 않을까? 최대한 빨리 해치우면 지자도 아주 많이 아프진 않을지도 모른다. 그렇지만 나쑨이 입을 열기도 전에 샤파가 두 손가락을 그녀의 목덜미 위쪽에 가져다 댄다. 흠칫 놀란 나쑨이 즉시 방어적인 태도로 그를 재빨리 돌아보지만, 샤파가 두 손을 들어 올리고 손가락을 꿈틀대며 아무 무기도 갖고 있지 않다고 피력한다. 목 뒤쪽이 약간 축축한 기분이다. 아마 핏자국 때문이겠지.

"해야 할 일부터 해야지." 그가 말한다.

"뭐라고요?"

샤파가 지자를 고갯짓으로 가리킨다.

"내가 몸을 들 테니 네가 다리에서 작살을 빼렴."

나쑨은 아직도 혼란스러워서 눈을 깜박인다. 남자가 지자를 향해 다가가고, 나쑨은 두 사람이 지자의 다리에서 살대를 잡아 빼는 순간 아버지의 고통스러운 울음소리에 놀라 그 이상한 손길에 대해서는 그만 잊어버린다.

하지만 아주 나중에, 나쑨은 남자의 손가락 끝이 닿은 순간 그것이 마치 잘려 나간 작살대 단면처럼 반짝였다는 사실을 기억해 낼 것이다. 뜨거운 열기 아래 있는 가늘고 고운 빛의 실 가닥 하나가 나쑨에게서 그에게로 반짝 흘러 들어가는 것 같다. 나쑨은 그 빛 가닥의 밝은 빛에 뭔가가 순간 환하게 비쳐 드러났다는 것도 기억할 것이다. 마치 깨지기 쉬운 유리병이 뭔가에 세게 부딪쳐 거미줄 같은 실금이 잔뜩 퍼진 것처럼 남자의 전신 가득 퍼져 있는 복잡하고 불규칙적인 가느다란 선의 자취들. 유리병을 깨트린 충격의 근원지, 거미줄의 중심은 바로 그의 머리 뒤쪽에 있다. 나쑨은 그때 이렇게 생각한 것을 기억할 것이다. 저 사람은 혼자가 아니야.

하지만 그 순간에는 아무것도 중요하지 않다. 드디어 그들의 여행이 끝났다. 드디어, 나쑨은 집에 도착했다.

수호자는 워런트에 대해, 그들이 창조된 곳에 대해 이야기하지 않는다.
아무도 그곳이 어디인지 모른다. 누군가 묻기라도 하면
그들은 그저 빙그레 미소 지을 뿐이다.
—「전승가의 노래」 중 「무제 759」,
차르타 사향주, 이아딘 향, 방랑자 멜, 스톤의 전승가

8장

너는 경고를 받는다

속닥거림을 들은 것은 네가 이번 주 배급품을 받으려고 줄을 서 있을 때다. 너를 향한 이야기도 아니고 일부러 들으라고 한 말도 아니지만 어쨌든 너는 듣고 말았다. 말하는 사람이 너무 흥분한 나머지 목소리를 낮추는 것을 깜박했기 때문이다.

"땅불나게 너무 많아." 나이 든 남자가 젊은 남자에게, 네가 딴생각을 하다가 문득 무슨 뜻인지 알아들을 수 있을 정도로 커다란 목소리로 말하고 있다. "이카는 괜찮아. 걔는 정당하게 자리를 얻었으니까. 다 나쁜 것들만 있으라는 법도 없고. 그치만 나머지는 뭐하러? 우린 딱 하나만……."

듣고 있던 남자가 황급히 그만하라고 이른다. 너는 머리 위에서 밧줄 도르래를 이용해 건너편으로 광석덩이를 나르는 무리를 쳐다보고 있기 때문에 젊은 남자는 주변을 둘러보고도 방금 전까지 네가 그들을 보고 있었다는 사실을 눈치 채지 못한다. 하지만 너는 유심히 기억해 둔다.

부글벌레 사건이 발생한 지 일주일밖에 안 지났건만 체감상으로는 한 달은 된 것 같다. 단순히 시간 감각이 엉망이 됐기 때문이 아니다. 네가 느끼는 시간의 이상한 탄력성은 나쑨을 잃었고 그 애를 빨리 찾아야 한다는 절박감에서 비롯된 것이다. 목표가 사라진 지금 너는 일종의 가늘고 희미한 상태가 되어 방랑의 계절에 빙글빙글 도는 나침반 바늘처럼 어디로 향해야 할지 모르겠다. 정신을 좀 차리고 여기 정착해 새로운 경계를 탐색해 보기로 마음먹긴 했지만 그다지 도움은 되지 않는다. 카스트리마 정동은 시간 감각뿐만 아니라 크기에 대한 감각마저 혼란스럽게 만든다. 정동의 반대쪽 벽에서 무수한 수정기둥이 뾰족뾰족 서로 엇갈리고 겹쳐 솟아 있는 걸 보면 사방에서 공간이 죄어 오는 것처럼 느껴진다. 아직 비어 있는 커다란 공동 주거 기둥을 지나칠 때면 마음이 왠지 허하다. 이곳이 실은 지금보다 훨씬 더 많은 사람을 수용하기 위한 공간이라는 게 실감나기 때문이다. 교역용으로 사용되는 지상 카스트리마는 티리모보다도 작지만, 너는 카스트리마의 인구를 늘리기 위한 이카의 노력이 생각보다 성공적이라는 사실을 깨닫고 있다. 네가 향에서 만난 사람들 중 절반 이상이 너처럼 새로 정착한 신참들이다.(이카가 급조한 자문위원단에 구태여 외지인들을 끌어들이려 한 이유도 알겠다. 카스트리마에서 새로움은 집단적 특성이다.) 너는 신경과민 쇠전승가 한 명과 지자와는 전혀 닮지 않은 쇄공인 셋, 그리고 일주일 중 이틀을 러나와 일하는 생물하학자와 예전에는 예술적이고 아름다운 선물용 가죽 공예품 전문가였지만 지금은 사냥꾼들이 잡아온 동물 가죽을 손질하는 여자를 만났다.

이 신참 향민들 중 몇몇은 매사에 마뜩잖은 표정이다. 애초에 러나처럼 카스트리마에 자리를 잡을 생각이 없었기 때문이다. 이카나 다른 누군가가 그들이 장사꾼과 광부로만 가득한 향에 유용하리라 판단했고, 그래서 이곳이 그들의 마지막 종착지가 되었을 뿐이다. 하지만 반대로 카스트리마의 발전과 방어에 기여하고 싶다는 열렬한 의지를 드러내는 사람들도 있다. 유메네스 열개 때문에 또는 대지진의 여파 때문에 고향을 잃고 갈 곳이 없는 사람들이다. 모든 이들이 유용한 기술을 갖고 있는 것은 아니다. 하지만 대부분이 나이가 젊은데, 그건 이해할 수 있다. 계절이 오면 대부분의 향은 아주 유용하거나 필요한 기술을 갖고 있지 않은 이상 병약하거나 노쇠한 이는 받아 주지 않기 때문이다. 더구나 너는 그들과 대화를 나누다가 이카가 신참들 대부분에게 굉장히 독특한 질문을 했다는 사실을 알게 된다. 오로진과 함께 살 수 있어? 그렇다고 대답한 사람들은 향민이 되었다. 그리고 그렇다고 대답한 이들은 나이가 젊은 경향이 있다.

(아니라고 대답한 이들은 아마도 다시 여행길에 오르지 못했을 것이다. 굳이 물어볼 필요조차 없다. 그냥 보냈다간 다른 향이나 무향민 무리에 합류해 오로진이 살고 있을 게 분명할 이 향을 공격할 가능성이 크기 때문이다. 그리 멀지 않은 곳에, 그것도 풍향과 반대편에 편리하게 써먹을 수 있는 석고광산이 있는 모양이다. 청소부 동물들이 지상 카스트리마에 몰려들지 않게 하는 데도 유용하고.)

그리고 이곳 토박이들이 있다. 계절이 시작되기 오래전부터 카스트리마에 살던 사람들. 그중 많은 수가 새 주민들을 못마땅하게 여기고 있다. 그들이 없으면 카스트리마가 살아남을 수 없다는 사실을 알면서도 말이다. 어찌 됐든 카스트리마는 규모가 너무 작다. 러나가 오기 전까지는 의사도 없고, 갓난애를 받거나 대충 상처를 꿰매거나 가축이 병들면 약이나 먹이는 남자가 하나 있을 뿐이었다. 심지어 그의 본업은 편자공이다. 그리고 오로진은 단둘뿐이었다. 이카와 커터. 하지만 계절이 시작되기 전까진 아무도 커터가 오로진이라고 확신하지 못했던 것 같다. 그것참, 언젠가 꼭 들어 보고 싶은 사연이다. 오로진이 없으면 지하 카스트리마는 죽음의 덫이나 다름없으며, 그래서 토박이들 대다수가 동족을 더 많이 끌어들이겠다는 이카의 계획을 마지못해 용인하고 있다. 그래서 본토박이 카스트리마인들은 너를 석연찮은 눈초리로 쳐다보지만 그나마 나은 점은 그들이 모든 신참을 똑같이 취급한다는 것이다. 그들이 못마땅해하는 이유는 네가 오로진이기 때문이 아니다. 네가 아직 네 쓸모를 입증하지 못했기 때문이다.

(이 후련하고도 가슴 벅찬 느낌이란! 네가 누구냐가 아니라 할 수 있는 일과 능력에 따라 평가받는다는 것은 굉장한 일이다.)

요즘 너는 오전 시간에 수경재배를 돕고 있다. 쟁반에 젖은 천을 깔고 씨를 뿌린 다음, 싹이 트면 물과 생물하학자들이 발명한 화학약품이 담긴 통에 옮겨 심는다. 이 일을 하다 보면 티리모에서 가꾸던 가정용 녹지가 생각난다.(채마 사이에 앉아 네가 미처 말리기도 전에 두 볼 가득 흙을 집어넣고 우물거리며 우스꽝스러운 얼굴을 하던 우체. 너는 무심코 미소를 머금었다가 애간장이 타는 고통에 다시 얼굴을 굳힌다. 너는 아직도 코런덤을 추억할 때에는 웃음 짓지 못한다. 벌써 10년, 아니 11년이나 지났건만.)

저녁때가 되면 이카의 집에서 이카와 러나, 햐르카, 커터와 함께 향의 운영과 관련된 중요 안건에 대해 논의한다. 그중에는 제버, 카스트리마의 혁신자가 부채를 판매한 일을 처벌할 것인가라든가(제국령 하에서 계절에 시장경제를 이용하는 것은 불법이다.) 크레이 영감(사실 나이가 별로 많지는 않은데)이 또다시 공동 목욕탕 물이 미지근하다고 불평하지 못하게 하려면 어떻게 해야 하는지에 관한 문제도 있다. 크레이 영감은 요즘 온 마을 사람들의 신경을 긁고 다니는 중이다. 그리고 옹기장이 온트라그가 도제들이 만든 물건들이 마음에 안 든다고 계속 부숴 버린다면 누가 그녀에게 가서 설교를 해야 할까? 온트라그는 그렇게 배웠을지 몰라도 그런 식으로는 도예를 배우고 싶어 하는 사람을 제대로 가르칠 수가 없다. 온트라그의 제자들이 아직 남아 있는 건 이카가 그 나이 든 여자에게서 기술을 배우지 않으면 쫓아내 버리겠다고 했기 때문이다. 하지만 계속 이러다간 그 전에 도제들이 그녀를 죽여 버릴 판이다.

하나같이 한심하고, 평범하고, 지겨울 정도로 재미없는 일이지만…… 너는 꽤 마음에 든다. 왜냐고? 그 이유를 누가 알까. 어쩌면 네게 가족이 있었던 두 번의 삶에서 자주 겪었던 언쟁과 비슷해서일지도 모른다. 너는 코런덤이 너무 심한 사투리를 말하지 않도록, 또 혹시 나중에 메오브를 떠나고 싶을 때를 대비해 일찍부터 산제어를 가르쳐야 할지 말지를 두고 이논과 말다툼을 벌였다. 지자가 냉장 비축고에 과일을 넣으면 맛이 떨어진다고 우기는 바람에 투닥거린 적도 있다. 그게 뭐 별거라고. 어쨌든 냉장고에 넣어 두면 과일을 더 오래 보관할 수 있는걸. 자문위원단 사람들과 벌이는 논쟁은 그보다 더 중요하다. 네가 내리는 결정이 1000명이 넘는 향민들에게 어떤 형태로든 영향을 끼치기 때문이다. 하지만 집안일과 똑같이 쓸데없고 소소하고 한심하게 느껴지는 건 마찬가지다. 이런 소소하고 한심한 일은 네가 살면서 좀처럼 누리지 못한 호사다.

너는 한 번 더 지상에 올라간다. 지하 카스트리마의 관문인 집 앞 현관에 우두커니 서서 하늘에서 날리는 재를 맞는다. 오늘은 하늘의 모습이 약간 다르다. 평소처럼 붉은빛이 감도는 어두컴컴한 회색 구름이 아니라 누리끼리한 옅은 회색 구름이 떠 있고, 구름의 모양도 열개가 열린 이래 익숙하게 봐 온 구슬꿰미 같은 패턴이 아니라 길게 이어지는 파도처럼 구불구불하다. 완력꾼 보초 하나가 고개를 들어 올려다보며 말한다.

"그래도 조금씩 나아지고 있나 봐."

구름 위로 비치는 노르스름한 빛은 거의 햇빛처럼 느껴진다. 실제로 간혹 완만하게 너울 치는 구름의 곡선 사이로 파리하고 무력해 뵈는 둥근 원이 언뜻 얼굴을 드러내기도 한다.

너는 보초들에게 무엇이 보녀지는지 말하지 않는다. 노란 구름에는 평소보다 더 많은 유황이 섞여 있다. 네가 알고 있는 사실도 말해 주지 않는다. 만일 지금 비가 내리기라도 한다면 향의 식량 공급을 상당량 책임지고 있는 카스트리마 주변의 숲이 당장 말라 죽어 버릴 것이다. 저 북쪽 어디선가, 알라배스터가 찢어 놓은 균열이 지하 깊은 곳에 오래도록 숨어 있던 공간에 구멍을 내는 바람에 어마어마한 양의 가스가 뿜어져 나오고 있다. 너와 햐르카를 따라 지상에 올라온 커터가 무표정한 얼굴로 너를 힐끗 쳐다본다. 그도 사실을 알고 있지만 역시 아무 말도 하지 않는다. 너는 그 이유를 알 것 같다. 상황이 조금이나마 호전되고 있다고 희망을 품고 있는 저 보초를 위해서다. 희망이 스스로 꺼지기 전에 일부러 짓밟는 것은 너무 잔인한 처사다. 너는 이런 작은 인정머리를 이해해 주는 커터가 약간은 좋아진다.

하지만 무심코 고개를 살짝 돌린 순간, 아까까지 느끼던 아늑한 감정이 씻은 듯이 사라진다. 모르는 스톤이터가 서 있다. 별로 멀지 않은 곳에 있는 한 주택의 그늘 밑에 숨어 있다. 남성의 모습을 하고 있고, 버터 같은 노란색 대리석 재질에 갈색 소용돌이무늬가 섞여 있고 머리 위에는 황동빛 고수머리가 얹혀 있다. 딱히 누군가를 보고 있는 것도 아니고 움직이지도 않는다. 뿌연 회색 연무 속에서 눈을 찌르는 듯한 금속성 머리칼이 아니었다면 너 역시 그를 발견하지 못했을 것이다. 너는 또다시(벌써 서너 번째) 스톤이터들이 왜 카스트리마 근처에 모여드는지 궁금해진다. 호아가 너를 도와준 것처럼 이 사람들을 도와주려는 걸까? 더 많은 사람들이 군침 당기는 돌덩어리로 변하길 기다리는 걸까? 아니면 그냥 심심해서?

너는 이들을 상대하고 싶지 않고, 그래서 노란 대리석 스톤이터를 무시하고 시선을 돌려 버린다. 나중에 자리를 뜰 즈음이 되어 다시 보니 그는 벌써 사라지고 없다.

너희 셋은 사냥꾼 하나를 따라 숲으로 들어간다. 네가 꼭 직접 봐야 하는 게 있다고 한다. 이카는 완력꾼과 내항자 사이에 노동 시간인지 뭔지 때문에 생긴 다툼을 중재하느라 동행하지 않았다. 러나도 응급처치법을 배우려는 이들을 가르치느라 따라오지 않았다. 호아도 없다. 며칠 전 모습을 감춘 뒤로 줄곧 나타나지 않는다. 벌써 일주일이나 됐는데. 너는 카스트리마 완력꾼 일곱 명과 사냥꾼 둘, 그리고 카스트리마에 온 첫날에 만났던 금발에 창백한 피부의 여자와 함께 있다. 여자의 이름은 에스니라고 한다. 완력꾼으로 입향했지만 몸무게는 50킬로그램이 될까 말까 하고 하늘 가득 흩날리는 재보다도 더 하얗다. 유메네스 열개가 발생하기 전에는 가축몰이꾼 씨족의 수장이었다고 한다. 그건 즉 에스니가 커다란 짐승과 커다란 자아를 지닌 사람들을 다루고 돌보는 데에는 전문가라는 얘기다. 에스니와 그녀가 이끄는 무리는 자발적으로 카스트리마에 합류했는데, 그들의 고향이 남쪽으로 까마득하게 떨어진 남극권에 있기 때문이다. 그들이 몰고 온 가축 떼는 포를 뜨고 절이고 염장하여 카스트리마의 유일한 육류 비축품이 되었다.

걸어가는 동안 아무도 네게 말을 걸지 않는다. 숲은 작은 동물들이 땅속을 들락거리거나 가끔 멀리서 딱딱 나무를 쪼는 소리 외에는 한없이 적막하고, 사람들의 입도 다물게 한다. 수목이 변하고 있다. 너는 나무들 사이를 지나며 직접 확인한다. 키 높은 나무는 벌써 몇 달 전에 잎사귀를 떨어뜨리고 추위와 산성화되고 있는 토양에서 몸을 보호하려 수액을 짜내고 있다. 반대로 낮은 관목과 중간 높이 나무들은 이파리가 두껍고 무성해지며 얼마 안 되는 햇빛을 마지막 한 방울까지 흡수하려고 안간힘을 쓰며, 밤에는 잎을 접어 낮 동안 쌓인 재를 털어 내기도 한다. 이런 식물들 덕분에 지면에 재가 덜 쌓여 간혹 흙바닥을 볼 수 있는 것이다.

그건 좋은 일이다. 덕분에 새로 생겨난 지형이 도드라져 보이기 때문이다. 바닥 곳곳에 작은 흙 둔덕이 쌓여 있다. 높이는 1미터를 조금 넘는 정도로 대부분 재와 잎사귀와 나뭇가지가 섞여 있는데 오늘처럼 사위가 밝은 날에는 희미한 김이 모락모락 올라오고 있어 쉽게 알아볼 수 있다. 간혹 밑동에 작은 뼈다귀나 꼬리, 발의 잔해가 삐져나와 있기도 하다. 이건 부글벌레의 둥지다. 수가 많지는 않지만…… 일주일 전에 네가 이 부근을 지났을 때에는 이런 걸 본 기억이 없다.(그때도 있었다면 틀림없이 열기를 보냈을 것이다.) 이건 계절이 왔을 때 대부분의 동식물이 생존을 위해 발버둥 치는 동안, 아주 드물게 어떤 것들은 단순한 생존 이상을 이룩할 수 있다는 증거다. 어떤 생물들은 천적이 사라지고 이상적인 생태 조건이 갖춰진 지금, 먹잇감만 구할 수 있으면 왕성하게 번식하여 개체수에 의존해 동족을 보존한다.

어쨌든 별로 좋은 건 아니다. 너는 저도 모르게 자꾸 신발을 확인한다. 다른 사람들도 마찬가지다.

마침내 울창한 숲 분지를 내려다볼 수 있는 산꼭대기에 도착한다. 이 분지가 카스트리마 오로진들이 보호막을 펼칠 수 있는 범위 밖에 있다는 사실은 명백해 보인다. 숲의 널찍한 부분이 열개의 여파로 납작하게 무너져 죽어 버렸기 때문이다. 낙진만 아니라면 수백 킬로미터 너머까지도 내다볼 수 있을 테지만, 마침 오늘은 해도 비치고 재 날림이 덜한 날이라 몇십 킬로미터 정도는 볼 수 있다. 그리고 그 정도면 충분하다.

왜냐하면 저기, 흐릿한 금빛 태양광 아래, 납작하게 쓰러진 나무숲 위로 뭔가 우뚝 서 있는 것이 보이기 때문이다. 껍질 벗긴 어린 묘목이나 기다란 나뭇가지를 한곳에 모아 바닥에 곧게 꽂으려 한 것 같은데, 상당수가 한쪽으로 기울어져 있다. 말뚝 끄트머리마다 암적색 천 자락이 펄럭이고 있어 시선을 사로잡는다. 붉은색으로 물을 들인 건지 아니면 다른 것이 묻어 저런 색이 된 건지는 잘 모르겠다. 왜냐하면 저 말뚝에 꽂혀 있는 것은 다름 아닌 사람의 시체이기 때문이다. 막대기의 뾰족한 끝 부분이 시신의 입이나 다른 부위 밖으로 돌출되어 있다. 죽은 몸뚱이를 통째로 꿰어 땅에 박아 놓은 것이다.

"우리 향 사람들이 아냐." 햐르카가 말한다. 그녀는 망원경을 눈에 댄 채 조절하고 있는데, 옆에서 한 사냥꾼이 햐르카의 성격을 아는 탓에 그 귀한 장비를 떨어뜨리거나 무심코 던져 버리지나 않을까 전전긍긍하며 손으로 망원경을 붙들고 있다. "멀어서 확신할 순 없지만 다 모르는 사람들이야. 저렇게 멀리까지 정찰대를 보낸 적도 없고. 다들 지저분해 보여. 아마 무향민이겠지."

"멋도 모르고 설치다 저렇게 된 거야." 사냥꾼 하나가 중얼거린다.

"우리 쪽 순찰대는 전부 확인했어." 에스니가 팔짱을 끼며 말한다. "완력꾼밖에 확인 안 했지만. 사냥꾼 애들은 자기들끼리 알아서 하잖아. 어쨌든 우린 출입 상황을 다 기록해 두니까." 에스니는 벌써 오래전에 망원경으로 시신을 자세히 살펴봤다. 향의 지도층을 데려와 이 광경을 보여 줘야 한다고 판단한 것도 그녀였다. "내 생각엔 여행자들이 범인인 것 같아. 늦게나마 고향으로 귀환하는 사람들 말이야. 무향민보단 무장이 잘되어 있었을 테고, 운도 더 좋았겠지."

"여행자는 저런 짓 안 해."

커터가 나지막한 음성으로 말한다. 그는 거의 항상 조용하다. 처음에 너는 햐르카가 더 까다로울 거라고 생각했는데, 사실 그녀는 행동이나 반응을 예측하기가 쉽고 사나워 보이는 외모에 비해 성격은 태평하고 느긋한 편이다. 하지만 커터는 너나 이카, 아니면 다른 사람의 의견에 거의 항상 반박하거나 이의를 제기한다. 저 차분하고 조용한 태도 아래에는 완고한 고집쟁이가 숨어 있다.

"사람을 말뚝에 꿰어 박아 놓다니, 누가 귀한 시간을 저런 데 낭비하겠어. 나뭇가지를 꺾어서 다듬고 끝을 날카롭게 만들고, 사체를 매달아서 수십 킬로미터 밖에서도 볼 수 있게 바닥에 꽂아 세워 놓는 건 보통 시간과 정성이 필요한 일이 아니야. 여행자들은 그냥…… 갈 길을 가지."

뿐만 아니라 커터는 햐르카보다 속내를 읽기가 훨씬 어려운 사람이다. 이제는 너도 알 것 같다. 햐르카는 자기가 어떤 사람인지 활발한 성격과 여유로움을 숨길 필요가 없는 사람이고, 그래서 굳이 그런 시도도 하지 않는다. 커터는 산도 움직일 수 있는 거대한 힘을 갖고 있는데도 한평생 그 능력을 얌전한 외양 아래 감춰 둬야 했던 사람이다. 너는 이제 그게 남들의 눈에 어떤 모습으로 비치는지 알 것 같다. 하지만 어쨌든 커터의 지적에는 일리가 있다.

"그럼 당신 생각은 뭔데?" 너는 과감하게 던져 본다. "다른 무향민 무리일까?"

"무향민도 저런 짓은 안 할 거야. 지금으로선 시체를 낭비하고 싶지 않을 테니까."

너는 얼굴을 일그러뜨린다. 다른 사람들도 한숨을 내쉬거나 거북하게 몸을 들썩거린다. 하지만 그건 사실이다. 숲에 아직 사냥감들이 남아 있긴 하지만 동면에 들지 않은 짐승들은 사납고 흉포하거나 몸 껍질이 너무 단단하거나 독성을 지니고 있어 숙련된 사냥꾼이 아니면 꽤 큰 희생을 치를 각오를 해야 한다. 무향민들은 석궁을 다루는 데 익숙하지 않고 절박감은 신중함을 훼방 놓는다. 그리고 부글벌레가 나타난 이상, 이제는 사체를 두고도 새 경쟁 상대와 다툼을 벌여야 한다.

뿐만 아니라, 만일 카스트리마 향이 육류를 보충할 방법을 찾아내지 못한다면 너나 다른 사람들도 시신을 저렇게 낭비하지 않을 것이다. 너희의 뜨끔한 반응은 많은 의미를 내포하고 있다.

햐르카가 망원경을 밑으로 내린다.

"맞네." 그녀가 크게 한숨을 쉬며 커터에게 말한다. "씨발."

"왜?"

너 혼자 바보가 된 느낌이다. 갑자기 너만 빼고 모두가 다른 언어로 말을 하는 것 같다.

"누군가 영역 표시를 하고 있어." 햐르카가 망원경을 쥔 채 어깨를 으쓱하며 몸짓을 보내자 옆에서 안절부절못하고 있던 사냥꾼이 기다렸다는 듯이 교묘한 손재주로 햐르카의 손에서 귀한 장비를 빼낸다. "저건 경고야. 하지만 다른 무향민 무리한테 보내는 건 아니고…… 어차피 그런 놈들이야 이런 건 관심도 없고 웬 횡재냐고 시체를 챙겨 갈 테니까. 저건 우리한테 보내는 경고야. 자기들 영역을 침범하면 저렇게 될 거라고 미리 알려 주는 거지."

"저쪽에 있는 건 테테히 향뿐인데." 사냥꾼 한 명이 말한다. "이제까지 우리랑 우호적으로 지낸 곳이에요. 우리도 그쪽에 위협이 아니고요. 저쪽엔 향이 새로 생기기엔 물이 넉넉하지 않은데요. 강이 북쪽으로 휘어지거든요."

북쪽. 그 말을 들으니 왠지 껄끄러운 기분이 든다. 이유는 잘 모르겠지만. 일부러 말을 꺼낼 이유는 없지만 그래도……

"테테히하고 마지막으로 연락한 게 언제지?" 침묵이 너를 반기자, 너는 고개를 들어 사람들의 얼굴을 살핀다. 모두가 너를 주시하고 있다. 흠. 그게 대답이군. "테테히에 전갈을 보내는 게 좋겠어."

"그래서 꼬챙이에 꿰여 삶을 마감하라고?" 햐르카가 너를 노려본다. "우리 향에선 사람 목숨을 그런 식으로 취급하지 않아, 신참."

네가 그녀의 성미를 건드린 건 이번이 처음이다. 그것도 아주 심하게. 햐르카는 나이도 많고, 덩치도 좋고, 날카롭게 간 이빨은 물론이요 검고 매서운 눈빛이 아주 살벌한 사람이다. 하지만 그녀는 어딘지 모르게 이논을 닮았고, 그래서 너는 겁을 먹기보다 화가 치민다.

"어쨌든 교역을 하러 누구든 보내야 하잖아." 네가 성미를 최대한 억누르며 조심스럽게 대꾸하자 햐르카가 두 눈을 깜박인다. 그것은 얼마 전 너희가 고기 부족 문제에 관해 나눈 모든 토론의 불가피한 결론이다. "이번 기회에 카스트리마 교역단도 철저하게 무장시키고, 대가를 치를 각오를 하지 않고선 감히 건드리지 못하게 규모도 늘리는 게 좋겠지."

"저 꼴을 만들어 놓은 놈들이 우리가 생각한 것보다 훨씬 더 규모도 크고 무장도 잘 되어 있으면 어쩔 건데?"

계절에 가장 중요한 것은 병력이 아니다. 너는 그 사실을 안다. 햐르카도 알고 있다. 하지만 너는 말한다.

"오로진을 딸려 보내."

햐르카는 진심으로 깜짝 놀라 두 눈을 깜박이며 한쪽 눈썹을 추켜세운다.

"상단을 지킨답시고 우리 편을 다 죽여 버릴 텐데?"

너는 고개를 반대쪽으로 돌리고 한 손을 앞으로 가볍게 뻗는다. 아무도 너를 피하거나 뒷걸음질 치지 않는다. 이들은 제국 오로진을 자주 볼 수 있는 대형 향 출신이 아니다. 이들은 너의 이 동작이 어떤 의미인지 알지 못한다. 하지만 네가 몇 걸음 떨어진 관목 주위로 1.5미터 크기의 고리를 돌리기 시작하자 웅성거리는 탄성과 함께 뒤로 물러나기 시작한다. 낙엽과 재가 빠르고 매섭게 회오리치고, 누런 유황을 머금은 오후 햇살 속에 미세한 얼음 입자가 반짝인다. 사실 고리를 그렇게까지 빠른 속도로 돌릴 필요는 없다. 그저 사람들이 감탄하도록 극적인 효과를 내고 싶었을 뿐이다.

너는 고리에서 끌어 모은 힘을 이용해 분지 아래 말뚝에 박혀 있는 시체들을 겨냥한다. 거리가 거리다 보니 처음에는 무슨 일이 일어나고 있는지 잘 보이지 않는다. 그러나 곧 공터 주변의 나무들이 부르르 떨고 곧게 선 말뚝들이 건잡을 수 없이 좌우로 흔들리기 시작한다. 땅바닥이 입을 벌리자, 너는 구멍 안으로 뾰족한 장대들과 거기 매달려 있는 소름 끼치는 장식을 밀어 떨어뜨린다. 그러고는 천천히, 아무도 놀라지 않도록, 손을 거둬들인다. 휘청거리던 나무들이 움직임을 뚝 멈춘다. 그렇지만 잠시 후, 모두의 발밑에서 너희가 서 있는 산등성이가 희미하게 요동치는 것이 느껴진다. 이쪽으로 밀려오는 여진의 일부를 일부러 손대지 않고 내버려 뒀기 때문이다. 그것 역시 꼭 그럴 필요는 없었다. 그저 사람들에게 보여 주고 싶었기 때문이다.

네가 눈을 뜨고 하르카를 쳐다봤을 때, 그녀는 기특하게도 충격을 받기보다 경탄한 표정으로 너를 쳐다보고 있다.

"멋진데. 그러니까 너는 주변 사람을 안 죽이면서 다른 사람을 얼릴 수 있다 이거지? 하지만 모든 로가가 그런다면 애초에 사람들이 로가를 꺼려할 일도 없었겠지."

이카가 어떻게 생각하든 간에, 너는 그 단어가 정말 삭아빠지게 싫다.

그리고 너는 햐르카의 말에도 동의하지 않는다. 사람들은 조산술하고는 전혀 상관없는 수많은 이유로 로가를 싫어한다. 너는 햐르카에게 쏘아붙이려 입을 열지만, 결국엔 아무 말도 하지 못한다. 그녀가 네게 어떤 덫을 놓고 있는 건지 알았기 때문이다. 이 대화를 끝낼 수 있는 길은 단 하나뿐이며, 너는 거기로 가고 싶지 않다……. 하지만 피할 방도도 없다. 녹지랄맞을.

그렇게 너는 일종의 신생 펄크럼을 이끌게 된다.

***

"멍청하기는." 알라배스터가 말한다.

"알아요." 너는 한숨을 푹 쉰다.

다음 날, 도무지 말도 안 되는 것들의 원리에 대해 이야기를 나눈 뒤의 일이다. 오벨리스크의 작동 원리, 오벨리스크를 구성하는 결정 조직이 산 것의 세포들 사이에 존재하는 이상한 힘의 연결체(連結體)를 모방하는 방식, 그리고 아무도 목격한 적 없고 심지어 존재 여부를 증명할 수도 없는 세포보다 더 작은 것들에 관한 이론……

너는 요즘 날마다 알라배스터와 만나 이런 대화를 나누고 있다. 오전에 할당된 노동을 끝내고 저녁에 정치 활동을 하러 가기 전에 짬이 날 때마다 말이다. 알라배스터는 자신에게 남은 시간이 얼마 없다는 조바심에 시달리고 있다. 수업은 별로 길지 않다. 알라배스터의 기력이 워낙 쇠해 있기 때문이다. 지금껏 너희가 나눈 대화는 그리 쓸모가 있다고 하기도 힘든데, 그건 알라배스터가 형편없는 교사이기 때문이다. 그는 이것저것 지시를 내리거나 설명만 늘어놓을 뿐, 네가 뭘 물어보기라도 하면 대답도 제대로 해 주지 않는다. 참을성도 없고, 퉁명스럽다. 어느 정도는 육신의 고통 때문이라고 쳐도 나머지는 그냥 알라배스터이기 때문이다. 정말이지 변함없는 인간 같으니.

가끔 너는 이 성질 고약한 멍텅구리가 그동안 얼마나 그리웠는지 깨닫고 깜짝깜짝 놀라곤 한다. 어쨌든…… 한동안은 그렇다.

"애들을 가르치긴 해야 하잖아요."

너는 구실을 내민다. 카스트리마 향의 오로진은 대부분 어린아이나 청소년이다. 야생 오로진은 성인이 될 때까지 살아남기 힘들기 때문이다. 어른 오로진이 아이들이 발가락을 찧다가 실수로 주변을 얼음투성이로 만들지 않게 요령을 가르치고 있다는 이야기도 들었고, 덕분에 카스트리마는 한때 적도권 향이 그랬던 것처럼 안정적으로 유지될 수 있을 것이다. 하지만 그래 봤자 야생 출신이 야생 출신을 가르치는 것에 불과하다.

"게다가 만약에 당신이 나한테 강요하는 걸 내가 할 수 없으면……."

"그럴 능력이 되는 아이는 없다. 여기 애들에게 한 번만이라도 신경을 써 봤다면 너도 금방 보녔을 거야. 중요한 건 기술이 아니다. 타고난 재능의 문제지. 펄크럼이 괜히 우리 둘을 흘레붙인 줄 아니? 오로진 중 대부분은 평생 에너지 재분배 수준에 갇혀 있는 게 고작이야."

에너지 재분배는 너희 둘이 열과 운동력을 이용하는 일반적인 조산술을 지칭할 때 사용하는 단어다. 펄크럼의 방식. 지금 알라배스터가 네게 가르치려는 것, 도무지 말도 안 되는 걸 이용하기 때문에 네가 배우는 데 애를 먹고 있는 것은 마법 재분배라고 부른다. 사실 그것도 딱 맞는 용어는 아니다. 뭔가를 다시 분배하는 게 아니기 때문이다. 하지만 네가 더 잘 이해하게 될 때까지는 그걸로도 대충 통할 것이다.

알라배스터는 아직도 네가 책임지기로 한 조산술 수업과 수업을 들을 오로진 아이들에 대해 투덜거리고 있다.

"그 애들을 가르치는 건 시간 낭비야."

뭐라 설명할 길은 없지만, 네 인내심을 갉아먹은 것은 바로 이런 심술 맞은 일축이다.

"다른 사람을 가르치는 건 절대로 시간 낭비가 아니에요."

"꼭 멍청한 보육학교 선생처럼 말하는구나. 아, 참, 진짜 그랬지."

너무 치사하다. 네가 정체를 숨기려고 수년간 몸담은 직업을 그렇게 조롱하다니. 원래는 무시해야 할 테지만 상처에 소금을 부벼 넣는 느낌이라 너는 순간 발끈한다.

"닥쳐요."

알라배스터가 놀라 눈을 깜박이더니 있는 힘을 다해 얼굴을 찡그린다.

"그런 쓸데없는 데까지 신경 쓸 시간이 없다, 시엔……."

"에쑨이라니까." 지금, 여기서, 이건 중요하다. "그리고 난 당신이 죽든 말든 삭아빠질 신경 안 써. 나한테 그런 식으로 말하지 마."

그러고는 벌떡 일어난다. 왜냐하면 이젠 지랄, 진짜로 상관없기 때문이다.

알라배스터가 너를 물끄러미 쳐다본다. 언제나처럼 옆에서 조용히 그의 등을 받치고 있던 안티모니가 순간적으로 눈동자를 스르륵 굴려 너를 바라본다. 놀란 기색이 담겨 있는 것 같기도 하지만 그건 아마 네 심정을 그녀에게 투영한 것일 테다.

"내가 죽든 말든 신경 안 쓴다고?"

"그래요. 삭아처죽을…… 내가 왜 그래야 하는데? 당신은 우리가 죽든 말든 상관 안 하잖아. 지금도 전부 다 당신 탓이잖아." 방 저편에서 러나가 얼굴을 찡그리며 이쪽을 쳐다보자 너는 재빨리 음성을 낮춘다. "당신은 우리보다 쉽고 빠른 길을 가겠지. 당신이 재로 돌아가고 나면 우린 하릴없이 굶어 죽을 거고. 그리고 진짜 나한테 뭘 가르칠 생각이 있는 거면, 염병, 내가 다 알아서 할 테니 신경 끄시지!"

불끈 쥐어진 주먹을 옆구리에 붙이고 성큼성큼 병원 문을 향해 반쯤 걸어갔을 즈음, 그가 폭발한다.

"지금 그 문을 걸어 나가면 진짜로 굶어 죽을 거다. 멈추면 적어도 한 번은 기회가 생길 테고."

너는 걸음을 멈추지 않고 어깨 너머로 소리친다.

"당신은 알아냈잖아요!"

"그러는 데 10년이 꼬박 걸렸지! 이 녹병삭아 문드러질 고집불통 머저리 냉혈한 같은……."

카스트리마가 갑자기 덜컹 흔들린다. 병원 건물만 그런 게 아니라 빌어먹을 정동 전체가 동요한다. 문 밖에서 경보음이 울려 퍼진다. 여기까지다. 더는 못 참는다. 너는 우뚝 서서 굳게 쥔 주먹에 더욱 힘을 주며 그가 카스트리마 아래 박아 넣은 중심축을 향해 힘껏 네 고리를 던진다. 그의 고리는 밀려나지 않는다. 너는 아직 알라배스터만큼 정교하지 못하다. 거기다 너무 분개한 나머지 최선을 다 하지도 못한다. 하지만 땅의 흔들림이 멈춘다. 네가 저지한 건지 아니면 그가 놀라서 알아서 멈춘 건지, 어쨌든 상관없다.

너는 몸을 돌려 알라배스터를 향해 돌진한다. 네가 어찌나 무시무시하게 덤벼드는지 안티모니가 항상 그를 지키던 자리에서 사라지더니 눈 깜짝할 사이에 알라배스터의 앞을 가로막고 서서 네게 무언의 경고를 발산한다. 하지만 너는 그녀는 안중에도 없다. 알라배스터가 허리를 수그리며 아무리 괴로운 바람 빠진 숨소리를 내도 상관없다.

"내 말 잘 들어, 이 이기적인 자식아."

너는 낮게 으르렁거리며 옆에 있는 스톤이터만 겨우 들을 수 있을 만큼 얼굴을 바짝 가져다 대고 속삭인다. 배스터는 누가 보더라도 극심한 고통에 시달리고 있고, 하루 전이었다면 너는 그 때문이라도 애써 참았을 것이다. 하지만 지금 너는 그가 딱해 보이지도 않을 만큼 대노해 있다.

"당신은 죽을 날만 기다리고 있을지 몰라도 나는 앞으로도 계속 여기 살아야 해. 그리고 당신이 까짓것 하나 못 참아서 이곳 사람들이 우릴 싫어하게 되면……."

잠깐. 너는 말꼬리를 흐린다. 눈앞에서 그의 팔이 변하고 있다. 얼마 전까지 지금보단 좀 더 길었던 왼쪽 팔. 그 끄트머리가 네 눈앞에서 조금씩, 서서히, 질금질금 돌로 변해 가고 있다. 유심히 귀를 기울이지 않으면 들리지 않을 미세한 쉭쉭 소리와 함께 알라배스터의 살과 피부가 이질적인 물질로 변형된다. 순간, 너는 의지와는 달리 거의 버릇처럼 알라배스터가 가르친 대로 시야의 관점을 바꿔친다. 그의 몸속을 부유하는 물컹한 원반 사이를 비집으며 눈에 잘 잡히지 않는 오묘한 연결 가닥들을 찾는다. 그러고는 어느 찰나, 그 가느다란 줄기들이 갑자기 더 밝게, 은빛 금속처럼 빛나면서 네가 처음 보는 촘촘한 격자 모양으로 늘어서는 것을 포착한다.

"지랄맞게 오만한 놈." 알라배스터가 어금니를 악물며 내뱉는다. 그의 팔이 변화하는 모습을 본 충격이 다른 누구도 아닌 바로 알라배스터가 너를 오만하다고 부른 데 대한 황당함으로 뒤바뀐다. "에쑨. 살면서 실수를 저지르는 게 너 하나뿐인 줄 아니? 속이 새까맣게 불타 껍데기만 남은 채로 허망하게 사는 사람이 세상에 너 하나 뿐인 줄 알아? 쥐뿔도 모르면서 잘난 척은, 귓구멍에 뭘 처박았는지 듣지도 않……."

"당신이 아무것도 말 안 해 주잖아요! 나더러 잘 들으라면서 아무것도 안 알려 주잖아! 이거 해라 저거 해라 바라는 것만 많고, 그리고…… 그리고 난 이제 어린애가 아니라고요! 젠장, 대지불이여, 나라면 어린애한테도 이런 식으론 안 할 거라고요!"

(네 머릿속에서 배신자가 속삭인다. 하지만 너도 그랬는걸. 나쑨한테 꼭 이런 식으로 말했잖아. 네 편을 들어주는 다른 반쪽이 잽싸게 반론한다. 왜냐하면 그 애는 이해하지 못했을 테니까. 더 너그럽게, 더 천천히 가르쳤다면 그 애는 안전하지 못했을 거야. 다 그 애를 위해 그런 거였어. 그리고 또…….)

"다 너를 위해 그러는 거다." 알라배스터가 이를 갈며 말한다. 팔의 변화가 멈춘다. 변한 부위는 겨우 3센티미터 정도다. 적어도 이번에는. 다행스럽게도. "씨발대지여, 난 너를 보호하려고 이러는 거야!"

너는 얼어붙는다. 그를 멍하니 쳐다본다. 알라배스터도 너를 바라본다. 싸늘한 정적이 내려앉는다. 뒤에서 무거운 금속성 물체가 바닥에 부딪치는 소리가 난다. 고개를 돌려 보니 러나가 팔짱을 낀 채 너를 쳐다보고 있다. 카스트리마에 거주하는 대부분의 사람들은, 심지어 오로진이라 할지라도 방금 왜 정동에 흔들이 일어났는지 모를 테지만, 러나는 아니다. 그는 너희 둘의 몸짓 언어를 봤고, 이제 너는 그에게 설명을 해 줘야 할 것이다. 최소한 그가 알라배스터의 죽그릇에 몰래 독극물을 넣기 전에.

너는 이제 다시는 과거로 돌아갈 수 없으며, 옛날처럼 행동할 수도 없다는 사실을 깨닫는다. 알라배스터가 이제껏 변하지 않았다면 모든 건 네게 달려 있다. 왜냐하면 너는 변했으므로.

그래서 너는 허리를 꼿꼿이 세우고, 숨을 깊이 들이켠다.

"당신, 다른 사람 가르쳐 본 적 없죠?"

네 목소리와 태도가 돌변한 게 불안한지, 알라배스터가 티가 날 만치 이맛살을 찌푸리며 눈을 깜박인다.

"널 가르쳤잖아."

"아뇨, 알라배스터. 그때 당신은 그냥 불가능한 일을 했고, 난 그걸 보고 따라하면서 죽지 않으려고 노력한 게 다죠. 다른 성인한테 의도적으로 지식을 전달하려고 노력해 본 적 있어요? 없죠?"

대답이 뭔지는 구태여 듣지 않아도 이미 알고 있지만, 그가 제 입으로 직접 말하는 게 중요하다. 그는 스스로 배워야 한다.

알라배스터의 턱 근육이 실룩거린다.

"시도는 해 봤다."

너는 웃음을 터트린다. 언뜻 느껴지는 방어적인 어조가 모든 걸 말해 준다. 너는 자제력을 찾으려 심호흡을 하며 잠시 생각에 잠겼다가 다시 자리에 털썩 앉는다. 안티모니가 너희 둘 옆에 불쑥 나타나지만 신경 쓰지 않기로 한다.

"내 말 잘 들어요. 내가 당신을 믿어야 할 이유를 대 봐요."

알라배스터가 눈을 가늘게 뜬다.

"그럼 이제는 날 안 믿는다는 거냐?"

"당신이 세상을 멸망시켰잖아요. 게다가 나한테 사태를 더 악화시키고 싶다고 했고요. 묻지도 따지지도 말고 내 말대로 해라 같은 소린 나한테 안 통해요."

알라배스터의 콧구멍이 벌름거린다. 석화로 인한 고통은 가신 것 같지만 아직도 허덕대며 식은땀을 흘린다. 하지만 이내 그의 표정에 변화가 생기더니, 잠시 후 온몸에서 힘이 빠진 듯 어깨가 풀썩 가라앉는다. 그의 몸이 가능한 만큼.

"나 때문에 죽은 거다." 알라배스터가 먼 곳을 응시하며 중얼거린다. "그러니 나를 못 믿는 것도 당연하겠지."

"아뇨, 알라배스터. 이논을 죽인 건 수호자예요."

알라배스터가 희미하게 웃는다.

"아, 그도 마찬가지고."

그제야 너는 깨닫는다. 10년이나 지났건만 전혀 시간이 흐르지 않은 것 같다.

"아뇨."

너는 거듭 말한다. 이번에는 더 부드럽게. 힘없이. 알라배스터는 코런덤의 죽음에 대해 너를 용서하지 않겠다고 했다. 하지만…… 그가 용서하지 못하는 사람은 너뿐만이 아닌가 보다.

긴 침묵이 휩쓸고 지나간다.

"알겠다." 마침내 알라배스터가 말한다. 부드럽고 다정한 목소리다. "말해 주마."

"뭘요?"

"내가 지난 10년간 어디 있었는지 말이야." 그가 안티모니를 슬그머니 올려다본다. 그녀는 여전히 너희 둘 옆에 기분 나쁘게 서 있다. "그리고 이게 다 무슨 일인지도."

"그 여자는 아직 준비가 안 됐어."

너는 스톤이터의 목소리에 놀라서 펄쩍 뛰어 오른다.

알라배스터는 어깨를 으쓱 추켜올리려 하지만 몸속 어디선가 찌릿한 통증이 울리는지 얼굴을 찡그리며 한숨을 내쉰다.

"나도 그랬잖아."

안티모니는 너희 둘을 물끄러미 응시한다. 평소에 너를 쳐다보는 눈빛과 크게 다르지는 않지만 왠지 감정을 더 억누르고 있는 느낌이다. 어쩌면 그것 역시 실은 안티모니가 아니라 너 자신의 심정인지도 모르겠지만. 하지만 그때, 별안간, 그녀의 모습이 사라진다. 너는 드디어 그 과정을 고스란히 목격한다. 안티모니의 형체가 흐릿해지더니, 어른어른 투명해진다. 그러고는 마치 발밑에 구멍이라도 뚫린 것처럼 땅속으로 쑥 떨어진다. 완전히 자취를 감춘다.

알라배스터가 한숨을 내쉰다.

"이리 와서 옆에 앉아 봐라."

너는 그 즉시 인상을 찌푸린다.

"왜요?"

"오랜만에 같이 벗고 뒹굴려고 그런다. 삭아죽을, 대체 뭔 생각을 하는 거냐?"

너는 그를 사랑했었다. 아마 지금도 사랑할 것이다. 너는 한숨을 내쉬며 일어나 벽 쪽으로 다가간다. 그러고는 편안한 자세로 앉은 다음, 이제는 화상이 사라진 알라배스터의 등을 부드러운 손길로 가볍게 받쳐 안는다. 안티모니가 그러는 것처럼.

알라배스터는 한동안 말이 없지만, 이내 불쑥 말한다.

"고맙다."

그런 다음…… 그는 네게 모든 걸 털어놓는다.

낙진을 들이마시지 말라. 붉게 변한 물은 마시지 말라.

따뜻한 토양 위를 오래 걷지 말라.

— 첫 번째 석판, 「생존」, 제7절

9장

필요한 존재가 된 나쓴

너는 에쑨이기 때문에 나쑨이 찾은달에 가기 전 평생 알던 세상이라곤 티리모와, 다섯 번째 계절이 온 후 화산재 날리는 어두컴컴한 도로뿐이라는 사실을 설명할 필요가 없을 것이다. 너는 네 딸을 알잖아. 그렇지? 그러니 찾은달이 나쑨이 이제껏 진정으로 가져 본 적이 없다고 생각하는 것이 되리라는 건 자명하다. 진짜 집 말이다.

찾은달은 신생향이 아니다. 찾은달의 중앙에는 제키티 마을이 있다. 제키티는 수백 년 전 질식의 계절 이전부터 존재하던 도시다. 질식의 계절에 아콕 산이 분출해 남극권을 어두운 잿구름으로 뒤덮었을 때, 실제로 제키티를 멸망시킬 뻔한 것은 계절이 아니었다. 도시는 막대한 비축고와 견고한 나무와 석판암 벽을 갖추고 있었다. 제키티 시가 쇠락한 것은 다름 아닌 인간의 실수와 다른 여러 가지 사건들이 결합한 탓이었다. 한 어린아이가 등불을 밝히려다 기름을 흘렸고, 거기 불이 붙어 퍼져 나간 화염이 향의 서쪽 지역을 집어 삼켰다. 가까스로 불길을 잡았을 때에는 도시의 3분의 1이 연소된 후였다. 대화재로 향장이 사망하고 세 명의 향장 후보가 그 자리를 대신하러 나섰지만, 당파주의와 내분이 만연했다는 것은 피해를 입은 장벽을 복구하는 데 늑장을 부렸다는 얘기나 다름없다. 작고 털이 복슬복슬하고 먹이가 부족해지면 개미 떼처럼 우르르 몰려다니는 동물인 티빗런 떼가 향을 습격하여 발이 느려 도망가지 못한 이들을 처리하고…… 지상에 저장해 놓은 비축고마저 끝장내 버렸다. 생존자들은 남은 물자로 근근이 버티다가 아사했다. 5년 뒤 드디어 하늘이 맑게 걷혔을 무렵에는 계절이 시작됐을 때 10만 명에 달하던 인구가 5000명 이하로 추락해 있었다.

지금 남은 제키티는 그보다도 더 작다. 질식의 계절에 조잡하게 수리한 장벽이 고스란히 남아 있고, 비축고는 제국 규정을 확실히 충족시킬 만큼 늘었지만 실은 서류상에서나 그럴 뿐이다. 제키티 향은 오래되어 변질된 비축 물자를 폐기하고 새로운 물자로 채우기를 게을리했다. 입향하겠다는 이들도 거의 없었다. 황량한 남극권의 기준에서 보더라도 제키티의 운명은 참담하다. 젊은이들은 대개 살 길을 모색하느라 또는 혼인을 통해, 일자리가 풍부하고 고통의 기억은 없는 다른 향을 찾아 떠난다. 샤파가 10년 전에 계단식 농업을 주업으로 삼고 있는 이 죽어 가는 향을 발견했을 때, 그리고 당시 향장이었던 마이티에게 장벽 안에 수호자를 위한 특수 시설의 설립 허가를 요청했을 때, 그녀는 그것이 고향에 새로운 활력을 가져올 기회가 되길 바랐다. 어떤 공동체에서든 수호자는 매우 유익한 존재가 될 테니까. 그렇지? 지금 제키티에는 샤파를 비롯해 세 명의 수호자가 머무르고 있고 다양한 나이 대의 아이들이 아홉 명이나 함께 거주하고 있다. 원래는 열 명이었지만 어느 날 밤 한 아이가 짜증을 부리다 짧지만 강력한 지진을 일으켰고, 그러더니 어느새 사라져 버렸다. 마이티는 아무것도 묻지 않았다. 수호자가 할 일을 제대로 하고 있다는 것은 달가운 일이다.

나쑨과 아버지는 제키티에 입향했을 때 이러한 것들에 대해 전혀 모르는 상태다. 시간이 지나면 누군가 그들에게 알려 주긴 할 테지만. 마을의 치료사들(나이 많은 의사와 약초학자)은 지자를 치료하는 데 일주일이나 매달려야 했다. 수술을 마친 후에도 한동안 고열에 시달리기 때문이다. 나쑨은 줄곧 아버지의 병상 옆을 지킨다. 지자가 목숨을 건질 게 분명해지자, 샤파는 두 사람을 마이티에게 소개하고 그녀는 지자가 돌쇄공인이라는 사실을 알고는 무척 기뻐한다. 제키티는 지난 수십 년간 쇄공인이 없어서 거의 30킬로미터나 떨어진 디버테리스 향에 있는 쇄공인에게 주문을 넣어야 했다. 마침 가마가 붙은 오래된 빈집이 있는데 지자는 화덕이 더 쓸모가 많긴 해도 그것만으로도 충분하다고 대답한다. 마이티는 한 달간 유예 기간을 준다. 향장을 찾아온 마을 사람들은 지자가 예의 바르고 친절하며 분별력이 있는 사람이라고 얘기해 준다. 지자는 신체적으로도 매우 바람직하다. 내항자 출신답게 금세 부상에서 회복했을 뿐만 아니라 어린 딸을 데리고 길 위에서 오래 살아남은 전적이 있다. 제키티 사람들은 지자의 딸이 얼마나 착하고 행동거지가 바른지 눈여겨본다. 사람들이 보통 생각하는 로가와는 딴판이다. 그래서 한 달이 지난 뒤에 지자는 지자, 제키티의 내항자라는 이름을 새로 받는다. 제키티에서는 입향자가 너무 오랫동안 없어서 향민들도 대부분 처음 보는 환영 행사를 열어 주었다. 심지어 마이티도 이 의식을 어떻게 거행하는지 몰라 오래된 전승책을 들춰 봐야 했다. 행사가 끝난 뒤에는 잔치가 열리고, 아주 흥겨웠다. 지자는 사람들에게 이렇게 환대해 줘서 영광이라고 말한다.

나쑨은 그냥 나쑨이다. 나쑨이 사람들에게 아무리 나쑨, 티리모의 내항자라고 소개한들 실제로 그렇게 부르는 사람은 없다. 샤파가 나쑨에게 큰 관심을 갖고 있다는 건 누가 봐도 자명하다. 하지만 나쑨이 아무 말썽도 일으키지 않기 때문에 제키티 사람들은 나쑨에게도 지자에게 그러듯이 친절하게 대해 준다. 약간의 경계심이 가미되어 있긴 해도.

나쑨을 있는 그대로 거리낌 없이 받아 준 것은 다른 오로진 아이들이다.

나이가 제일 많은 에이츠는 해안지방 출신으로 거칠고 독특한 억양을 갖고 있는데, 나쑨은 그게 색달라서 근사하다고 생각한다. 에이츠는 열여덟 살로, 키가 크고 그늘이 드리운 듯한 서글픈 얼굴을 하고 있지만 나쑨이 보기에 그의 아름다움을 훼손하지는 못한다. 에이츠는 지자의 생존이 확실해진 첫날 나쑨을 반겨 준 사람이다.

"찾은달은 우리의 공동체야."

그는 나쑨의 가슴을 두근거리게 하는 낮고 깊은 목소리로 그렇게 말한 다음, 제키티 장벽에서 가장 취약한 지점 옆에 서 있는 건물로 데려간다. 그곳은 언덕 위에 있다. 에이츠가 나쑨을 데리고 다가가자 정문이 양옆으로 활짝 열린다.

"유메네스에 펄크럼이 있다면 제키티엔 이곳이 있지. 진정한 네 자신이 될 수 있는 곳, 우리에게 항상 안전한 곳이야. 샤파와 다른 수호자들은 우리를 지켜 주려고 여기 있는 거야. 잊지 마. 이곳은 우리의 안식처야."

찾은달에는 따로 부지를 경계 짓는 장벽이 세워져 있는데, 근방에서 흔히 볼 수 있는 길쭉한 바위기둥을 다듬은 것이다. 하지만 자연 암괴와는 달리 크기가 고르고 형태도 완벽하게 동일하다. 구태여 보니지 않아도 오로진이 만든 작품이라는 것쯤은 금세 알 수 있다. 장벽 안쪽에는 작은 건물들이 여러 채 흩어져 있는데, 새로 지은 건물도 있지만 대부분은 제키티의 인구가 줄면서 버려진 집이다. 옛날에는 무슨 용도로 쓰였는지 몰라도 지금은 수호자의 숙소와 식당, 타일이 깔린 널찍한 연습장, 지상 비축고와 아이들의 기숙사 등으로 사용되고 있다.

나쓴에게 다른 오로진 아이들은 신기하고 매혹적인 존재다. 둘은 서해안 출신으로 몸집이 작고 갈색 피부에 검은 머리와 갸름한 눈을 가졌다. 얼핏 친자매처럼 보이는데 오에긴과 이네겐이다. 나쓴은 이제껏 한 번도 서해안인을 본 적이 없어서 한참 동안 아이들을 멍하니 쳐다보다가 그들도 그녀를 빤히 쳐다보고 있다는 걸 깨닫는다. 소녀들이 나쓴의 머리를 만져 봐도 되냐고 묻고, 나쓴도 그럼 자기도 만져 봐도 되냐고 묻는다. 세 아이는 그런 걸 물어보는 게 얼마나 이상하고 바보 같은지 깨닫고 깔깔거리다 머리카락을 만져 보지 않고도 즉시 친구가 된다. 파이도는 나쓴처럼 남중위에서 왔지만 남극 혈통이 많이 섞여 있는지 머리가 밝은 노란색이고 피부는 거의 빛이 날 정도로 새하얗다. 다른 애들은 그걸 놀려 대곤 하지만 나쑨이 자기도 간혹 태양빛에 데어 살이 탄다고 하자(물론 그러려면 햇빛이 강한 한낮에 아주 오랫동안 야외에 있어야 한다는 진실은 조심스럽게 숨긴 채) 파이도의 얼굴이 밝아진다.

나머지 아이들은 모두 그보다 훨씬 남쪽에 있는 남중위 향에서 왔고 산제인의 특성이 두드러지게 섞여 있다. 데샤티는 수호자가 찾아내기 전에 돌쇄공인이 되려고 훈련을 받고 있었기 때문에 나쑨을 만나자 지자에 대해 온갖 질문공세를 퍼붓는다.(나쑨은 데샤티에게 지자에게 말을 걸면 안 된다고 신중하게 경고한다. 데샤티는 그게 무슨 뜻인지 즉시 이해하고는 침울해진다.) 우데는 어떤 종류의 곡물을 먹으면 곧바로 앓아눕는데, 그래선지 음식을 제대로 먹지 못해 몸집도 작고 허약하다. 하지만 조산력은 가장 강하다. 라샤는 나쑨을 싸늘한 눈으로 쳐다보며 억양이 촌스럽다고 비웃지만 나쑨은 라샤와 자신의 억양이 어디가 다른지 잘 모르겠다. 다른 애들 말에 따르면 라샤의 할아버지는 적도인이고, 어머니는 지역 향장이란다. 아, 그러나 불행히도 라샤는 오로진이고 이제 그런 것들은 더는 중요하지 않다. 하지만 듣고 보니 이해가 간다.

얌체는 진짜 이름이 아니다. 하지만 그 애는 아무에게도 진짜 이름을 가르쳐 주지 않는다. 얌체라는 별명은 어느 날 그 애가 맡은 허드렛일을 농땡이 치는 바람에 생겼다고 한다.(이제는 게으름을 피우지 않는데도 한번 붙은 별명은 떨어지지 않았다.) 빼꼼이도 별명으로 불린다. 엄청 부끄럼을 많이 타는 데다 대부분 다른 사람 뒤에서 고개만 빼꼼 내밀고 있기 때문이다. 빼꼼이는 눈이 하나밖에 없고 얼굴 한쪽에 보기 흉한 흉터가 길게 나 있다. 그 애의 할머니가 찔러 죽이려 했었다고, 빼꼼이가 없을 때 다른 아이들이 속닥여 준다. 그 애의 진짜 이름은 시프다.

그리고 나쑨까지 열 명. 오로진 아이들은 나쑨에 대해 궁금한 것 투성이다. 고향은 어디인지, 무슨 음식을 제일 좋아하는지, 티리모에서는 어떻게 살았는지, 또 새끼 커쿠사를 만져 본 적 있는지. 왜냐하면 새끼 커쿠사는 진짜 보드라우니까. 그리고 샤파가 나쑨을 총애한다는 사실이 확실해지자 그들은 목소리를 낮춰 다른 것들도 소곤대며 묻는다. 열개가 열린 날 뭘 하고 있었어? 조산술은 어떻게 배웠어? 나쑨은 자신과 같은 부류가 오로진 부모에게서 태어나는 경우가 드물다는 것을 알게 된다. 그나마 나쑨과 사정이 가장 비슷한 것은 우데다. 우데의 고모가 그 애의 정체를 깨닫고 비밀리에 가르쳤기 때문이다. 하지만 그래 봤자 실수로 사람을 얼리지 않는 것처럼 단순한 수준의 조산술에 불과했다. 다른 아이들은 그 교훈을 힘들고 어려운 방식으로 배워야 했다. 이 이야기가 나오자 오에긴은 유독 말수가 없어진다. 심지어 데샤티는 열개가 열렸을 때까지 자신이 오로진이라는 걸 모르고 있었다니, 나쑨은 도저히 믿을 수가 없다. 데샤티는 제일 질문이 많은 아이지만 평소에는 조용하고, 다른 아이들이 없을 때만 그것도 쭈뼛거리며 수줍게 물어온다.

나쑨이 알게 된 또 다른 사실이 있다면 자신의 능력이 이 아이들보다 아주, 아주, 아주 많이 출중하다는 것이다. 단순히 훈련의 문제가 아니다. 에이츠는 나쑨보다 훈련을 더 오래 받았지만 조산술 수준은 우데의 건강만큼이나 허술하고 박약하다. 남들에게 해를 끼치지 않을 정도의 제어력은 있지만 그걸로 유익한 일을 할 수는 없다. 가령 다이아몬드를 발견한다거나, 무더운 날에 공기를 식혀 땀을 말린다거나, 작살을 동강 내는 것 따위. 나쑨이 제일 마지막 일을 어떻게 했는지 설명하려 했을 때는 다들 그녀를 어리둥절한 눈으로 쳐다본다. 그때 샤파가 기대서 있던 건물 벽에서 몸을 일으켜 다가와(수호자들은 항상 오로진 아이들이 모여서 놀거나 훈련하는 모습을 옆에서 지켜보고 있다.) 나쑨에게 산책을 가자고 한다.

"아이야, 너는 잘 모르겠지만……." 샤파가 나쑨의 어깨에 손을 올리며 말한다. "오로진의 능력은 연습이나 훈련보다 타고난 역량이 더 중요하단다. 그래서 그런 재능을 만들어 내려고 참으로 많은 노력을 해야 했지." 샤파가 거의 실망한 듯이 자그맣게 한숨을 짓는다. "뛰어난 재능을 갖고 태어난 아이들은 이제 거의 남지 않았어."

"내 동생은 그래서 아버지한테 죽었어요. 우체는 나보다 조산력이 더 강했거든요. 하지만 걔는 그냥 듣기만 했어요. 가끔 이상한 말도 했지만요. 그래서 걔 때문에 자주 웃었죠."

나쑨이 조용한 목소리로 말한다. 우체에 대해 말할 때면 아직도 가슴이 아프기 때문에, 그리고 평소에는 다른 사람에게 우체의 이야기를 거의 하지 않기 때문이다. 지자는 우체에 대해 듣고 싶어 하지 않기 때문에 나쑨은 지금껏 슬픔을 나눌 사람이 없었다. 두 사람은 용암이 만든 골짜기 위로 층층이 쌓여 있는, 제키티의 남쪽 계단밭을 굽어보며 서 있다. 계단밭에는 아직도 여러 가지 곡물과 채마, 콩 줄기가 빽빽하게 자라고 있다. 햇빛이 빈약해진 탓에 시들고 누레진 것들도 있다. 아마도 잿구름이 더 두터워지기 전에 거둘 수 있는 마지막 농작물이 될 것이다.

"그래, 정말 슬픈 일이구나, 아이야. 참 안됐어." 샤파가 한숨을 내쉰다. "내 형제자매들이 훈련받지 않은 오로진이 얼마나 위험한지 알리는 데 있어 일을 너무 잘한 것 같다. 그 말이 거짓이라는 게 아니야. 거짓은 전혀 섞여 있지 않아. 다만…… 좀 과장된 측면이 있지."

그가 어깨를 으쓱한다. 나쑨은 그 과장 때문에 친아버지가 때때로 그녀를 혐오감 가득한 눈길로 쳐다보게 되었다는 데 생각이 미치자 불쑥 화가 치민다. 하지만 그 감정은 모호하고, 딱히 누군가를 향한 것도 아니다. 나쑨은 이 세상을 싫어할 뿐 특별히 누군가를 미워하는 게 아니다. 세상에는 증오할 게 너무 많다.

"아빤 내가 잘못됐다고 생각해요." 나쑨이 무심결에 내뱉는다.

샤파는 한참 동안 나쑨을 지그시 쳐다본다. 그의 눈동자 속에 뭔가 혼란스러운 기색이 스쳐 지나간다. 평소에도 때때로 그러듯이 의아한 듯 눈살을 살짝 찌푸린다. 일부러 그런 건 아니지만 그 순간 나쑨은 샤파를 보닌다. 그렇다. 또다. 그 이상한 은빛 실이 그의 몸 속에서 밝게 피어나며 몸 전체에 촘촘하게 퍼져 나가고, 머리 뒤쪽에 있는 어디선가에서 그것들을 잡아당기고 있다. 나쑨은 샤파의 표정이 평소처럼 돌아온 순간 보니는 것을 멈춘다. 그는 나쑨이 조산술을 사용할 때면 극도로 예민하게 구는 데다 나쑨이 허락 없이 힘을 쓰는 것을 좋아하지 않기 때문이다. 하지만 몸 안의 밝은 실가닥이 그를 잡아당기고 있을 때만큼은 잘 알아차리지 못한다.

"넌 잘못되지 않았다." 샤파가 단호한 목소리로 말한다. "너는 자연이 의도한 그대로의 존재야. 그중에서도 너는 아주 특별하단다, 나쑨. 너 같은 아이들 중에서도 유달리 특별하고 강력하지. 여기가 펄크럼이었다면 벌써 반지를 받았을 거다. 네 개, 아니면 다섯 개도 가능했을 거야. 네 나이에 그건 어마어마한 거란다."

나쑨은 그 말을 듣자 기분이 좋아진다. 무슨 뜻인지는 잘 모르겠지만.

"우데는 펄크럼에 반지가 열 개까지 있다고 했어요!"

우데의 수호자는 세 명 중에서 가장 말이 많고 마노 같은 눈을 가진 니다다. 니다는 간혹 말도 안 되는 이상한 소리를 하지만 대개는 현명한 말을 나눠 주기 때문에 아이들은 그녀의 헛소리와 그렇지 않은 소리를 가려듣게 되었다.

"그래, 열 개가 맞다." 무슨 이유인지 이 말을 할 때 샤파는 언짢아 보인다. "하지만 여긴 펄크럼이 아니야. 여기서는 네 스스로 배워야 한단다. 훈련을 도와줄 상급 오로진이 없거든. 그리고 사실 그건 좋은 일이지. 왜냐하면 네가⋯⋯ 할 수 있는 일이 있으니까." 샤파의 얼굴이 일그러지고 또다시 몸 전체로 은빛 실이 반짝이며 퍼져 나가다가 잠잠해진다. "해야 하는 것들⋯⋯ 펄크럼에서 훈련받은 오로진은 못 하는 일이지."

나쑨은 잠시나마 샤파의 몸 안에 있는 은빛 실을 잊고 생각에 잠긴다.

"내 조산력을 없애는 일 같은 거요?"

나쑨은 아버지가 샤파에게 그걸 물어봤다는 걸 안다.

"어느 단계까지 발전하면 그것도 가능해질 거다. 하지만 그런 수준에 이르려면 먼저 아무 선입견 없이 힘을 사용하는 법을 배우는 게 중요해." 샤파가 나쑨을 힐끗 쳐다본다. 이도 저도 아닌 애매한 표정이지만, 나쑨은 알 수 있다. 그는 나쑨이 둔치가 되길 바라지 않는다. 설령 그게 가능할지라도 말이다. "넌 굉장히 운이 좋은 아이란다. 어렸을 때 너를 돌봐줄 오로진 부모가 있었으니 말이야. 갓난아기였을 때 몹시 위험했을 텐데."

이번에는 나쑨이 어깨를 으쓱할 차례다. 나쑨은 고개를 푹 숙이고는 현무암기둥 사이로 뻗어 나와 있는 잡초를 발로 툭툭 찬다.

"아마도요."

나쑨을 굽어보는 샤파의 시선이 날카로워진다. 그의 어떤 부분이 잘못됐는지는 몰라도(찾은달에 있는 수호자는 전부 어딘가 잘못되어 있다.) 나쑨이 뭔가를 숨기려 들 때마다 샤파는 갑자기 예리해진다. 꼭 나쑨이 당황하면 속마음을 보닐 수 있는 것처럼.

"네 어머니에 대해 말해 봐라."

나쑨은 어머니에 대해 이야기하고 싶지 않다.

"엄만 죽었을 거예요."

그럴 가능성이 높겠지만 나쑨은 어머니가 티리모에서 지진파를 우회시키려 했던 것을 느꼈던 일을 기억한다. 그치만 다른 사람들은 몰랐겠지? 엄마는 항상 나쑨에게 흔들이 일어나더라도 조산술을 쓰면 안 된다고 신신당부했다. 그러면 오로진이라는 게 들통 나기 때문이다. 오로진이라는 걸 들켰을 때 우체가 어떻게 됐는지 보라.

"아마 그렇겠지." 샤파가 새처럼 고개를 갸웃한다. "네 조산술에는 펄크럼의 흔적이 남아 있다. 네 기술은 아주…… 정교해. 잔모래한테서는 보기 드문 특성이지…….” 그가 갑자기 입을 다문다. 또 그 당혹스러운 표정. “그러니까 네 또래 애들 말이다. 어머니가 널 어떻게 훈련시켰니?”

나쑨은 다시 어깨를 으쓱하고는 주머니에 손을 찔러 넣는다. 정직하게 말하면 샤파도 그녀를 싫어하겠지. 아니면 적어도 예전만큼 좋아하지는 않을 것이다. 어쩌면 나쑨을 버릴지도 모른다.

샤파가 야트막한 계단밭 돌벽 위에 앉는다. 말없이 미소를 머금은 채 나쑨을 지그시 바라본다. 그녀의 말을 기다리는 중이다. 나쑨은 세 번째 최악의 가능성을 떠올린다. 만약에 나쑨이 말을 하기 싫어해서 샤파가 화를 내며 나쑨과 아버지를 찾은달 밖으로 쫓아내면 어쩌지? 그러면 나쑨에게는 지자밖에 남지 않는다.

그리고…… 나쑨은 샤파를 힐끔 훔쳐본다. 그의 미간이 살짝 좁혀진다. 언짢다기보다는 걱정스러운 표정이다. 저건 꾸며 낸 표정이 아니다. 샤파는 진심으로 나쑨을 걱정하고 있다. 지난 1년간 나쑨을 걱정해 준 사람은 아무도 없었다.

그래서 결국, 나쑨은 말한다.

“티리모에서 멀리 나와서, 아무도 없는 깊은 골짜기에 갔어요. 아빠한텐 약초를 캐러 간다고 했고요.”

샤파가 고개를 끄덕인다. 약초 캐기는 적도권 노드망 바깥쪽 향에서 어린아이들에게 보편적으로 가르치는 일거리다. 계절이 되면 유용하게 쓰일 수 있기 때문이다.

“엄마는 그걸 여자들 시간이라고 했어요. 그러면 아빠는 막 웃었고요."

"거기서 조산술을 연습했니?"

나쑨이 두 손을 내려다보며 고개를 주억인다.

"아빠가 집에 없을 때 이것저것 설명이랑 이야기도 들었고요. 그건 여자들 얘기라고 했죠." 운동역학과 수학 공식 같은 이론들. 끝없는 질문과 대답. 나쑨이 즉시 대답하지 못하거나 틀린 답을 말하면 엄마는 화를 냈다. "하지만 꺽대기, 그러니까 우리가 연습하던 데서는 그냥 연습만 했어요. 엄마가 땅에 원을 그리면 난 바윗돌을 밀고 당기는 법을 배웠고요. 처음엔 내 고리가 다섯 번째 원보다 더 크면 안 됐고, 그다음엔 네 번째, 세 번째 원만큼 점점 작게 만들어야 했어요. 가끔은 엄마가 나한테 바위를 던지기도 했죠."

거의 3톤에 달하는 거대한 바윗덩이가 데굴데굴 달려드는 무시무시한 순간. 내가 저걸 못 멈추면 엄마가 막아 줄까?

나쑨은 성공했다. 그래서 그 의문에 대한 대답은 아직도 알 수가 없다.

샤파가 나직이 웃는다.

"놀랍구나." 그는 나쑨의 어리둥절한 표정을 보고는 설명하듯 덧붙인다. "그게 바로 펄크럼에서 오로진 어린애들을 훈련하는, 아니 훈련하던 방식이거든. 하지만 너는 유난히 혹독한 훈련을 받았던 것 같구나." 그는 또다시 고개를 기울이며 생각에 잠긴다. "하지만 아버지에게 숨기려고 연습을 자주 못 했다면……."

나쑨이 고개를 끄덕인다. 아이의 왼손이 스스로 살아 있는 양 주먹을 쥐었다가 다시 펴진다.

"엄마는 천천히 가르칠 시간이 없다고 했어요. 그리고 내가 너무 강해서 효과적인 방법을 써야 했대요."

"그랬구나." 하지만 샤파는 여전히 나쑨을 바라보며 다음 말을 기다리고 있다. 그는 나쑨이 아직 다 못 한 이야기가 있다는 걸 안다. 그는 아이를 부추긴다. "많이 힘들었겠다."

나쑨은 고개를 끄덕인다. 어깨를 으쓱한다.

"너무 하기 싫었어요. 한번은 엄마한테 악을 쓰고 대든 적도 있어요. 진짜 나쁜 엄마라고요. 미워 죽겠다고, 내가 하기 싫은 걸 억지로 하게 만들 수는 없다고 했어요."

샤파의 숨소리는 몸 안의 은빛 실이 실룩이거나 깜박이지 않을 때면 용하다 싶을 정도로 차분하고 고르다. 나쑨은 샤파가 깨어 있을 때에도 잠자는 사람 같다고 생각한 적도 있다. 아이는 샤파의 숨소리에 귀를 기울인다. 졸리지는 않아도 마음이 편안해지는 느낌이다.

"그랬더니 갑자기 조용해졌다가 이러더라고요. 정말로 너 자신을 통제할 수 있겠니? 그러고는 내 손을 잡고……." 나쑨은 입술을 꽉 깨문다. "부러뜨렸어요."

순간 샤파의 숨소리가 끊긴다.

"손을 말이냐?"

나쑨이 고개를 끄덕인다. 아이는 손가락 끝으로 손바닥을 가로지르며 손목과 손가락을 잇는 기다란 뼈를 하나씩 어루만진다. 추운 날이면 아직도 가끔 그 자리가 욱신거린다. 샤파가 아무 말도 하지 않자 나쑨이 말을 잇는다.

"엄마는 내가 자길 미워해도 사, 상관없다고 했어요. 내가 조산술을 배우고 싶지 않아도 상관없다고 했어요. 내 손을 잡곤 아무것도 얼리지 말라고 했어요. 그러고는 손에 둥근 돌을 쥐고 있었는데 그걸로, 그걸로…… 내 손을 세게 내리쳤어요."

여린 살갗에 단단한 돌멩이가 부딪치는 소리. 엄마가 부러진 뼈를 제자리로 맞추던 뚜두둑 소리. 제 자신의 비명 소리. 귓전에서 쿵쿵 울리는 맥박 소리를 뚫고 들려온 어머니의 목소리. 너는 불이다, 나쑨. 너는 번갯불이다. 전선 안에 가두지 않으면 아주 위험하지. 하지만 참기 힘든 고통 속에서도 널 통제할 수 있다면, 난 언제나 네가 안전하다는 걸 알 수 있을 거야.

"난 아무것도 얼리지 않았어요."

그 뒤에 어머니는 나쑨을 집으로 데려갔고, 지자에게는 나쑨이 넘어져서 심하게 다쳤다고 말했다. 그리고 약속대로 다시는 나쑨을 꼭대기에 데려가지 않았다. 나중에 지자가 그해에 나쑨이 무척 얌전해졌다고 말을 꺼낸 적이 있다. 엄마는 "여자애들은 그렇게 어른이 되는 거야."라고 말했다.

아니야. 아빠가 지자라면 엄마도 에쑨이어야 한다.

샤파는 아주 조용하다. 이젠 그도 나쑨이 어떤 애인지 알게 되었겠지. 지독히도 고집불통이라 친어미가 손을 부러뜨려서라도 꺾어야 했던 아이. 어머니는 나쑨을 사랑하지 않아 자기 멋대로 다듬고 두들겨 제련했고, 아버지는 나쑨이 자기 자신이 아닌 다른 존재가 된다는 불가능한 일을 해낼 때에만 다시 딸을 사랑할 것이다.

"그건 옳지 않아."

알아듣기도 힘들 만큼 작은 목소리다. 깜짝 놀란 나쑨이 고개를 돌려 그를 바라본다. 샤파는 땅바닥을 뚫어지게 쳐다보며 묘한 표정을 짓고 있다. 평소에 가끔 볼 수 있는, 혼란스럽거나 어리둥절한 표정이 아니다. 그는 지금 자신이 무엇을 기억하고 있는지 분명히 알고 있다. 그리고 그의 표정은…… 죄책감인가? 회한. 안타까움.

"사랑하는 사람을 아프게 하는 건 잘못된 일이다, 나쑨."

나쑨은 샤파를 멍하니 쳐다본다. 갑자기 숨이 턱 막힌다. 한참 뒤에 가슴이 쓰라려 억지로 숨을 들이켜야 할 때에야 나쑨은 비로소 자신이 숨 쉬는 것조차 잊어버렸다는 것을 깨닫는다. 사랑하는 사람을 아프게 하는 건 잘못된 일이다. 잘못된 일이다. 잘못된 일이다. 그건 항상 잘못된 일이었다.

샤파가 손을 내민다. 나쑨은 그 손을 잡는다. 그가 끌어당기자 아이는 기껍게 힘을 빼고, 다음 순간 나쑨은 샤파의 품에 안겨 있다. 예전에 아버지가 우체를 죽이기 전에 그랬던 것처럼, 강인한 두 팔이 그녀의 몸을 단단하게 껴안는다. 그 순간 나쑨은 만난 지 겨우 몇 주일밖에 안 된 샤파가 그녀를 사랑할 리가 없더라도 상관하지 않는다. 나쑨은 샤파를 사랑한다. 나쑨은 그가 필요하다. 샤파를 위해서라면 뭐든 할 것이다.

샤파의 어깨에 얼굴을 묻은 채, 나쑨은 그의 몸 안에 있는 은빛 실이 또다시 깜박깜박 명멸하는 것을 보닌다. 이번에는 몸이 맞닿아 있어 그의 근육이 움찔거리는 것도 느낄 수 있다. 어쩌면 아무것도 아닐지 모르는 아주 미세한 움직임. 벌레에 물린 것처럼, 서늘한 밤바람에 오한을 느끼고 바르르 떠는 것처럼. 하지만 왠지 모르게 나쑨은 그게 고통의 몸짓이라는 것을 눈치 챈다. 품에 묻은 얼굴을 찡그리며 천천히 샤파의 머리 뒤쪽에 있는 그 이상한 곳에, 은빛 실이 시작되는 근원지에 손을 대 본다. 그 이상한 실 가닥은 갈망하고 있다. 나쑨이 가까이 다가갈수록 혓바닥을 낼름거리며 뭔가를 갈구한다. 나쑨은 호기심에 그걸 만지고, 보내 본다……. 뭐지? 뭔가 그녀를 잡아당기는 느낌이 난다. 갑자기 피곤해진다.

샤파가 다시 움찔 떨더니 몸을 뒤로 빼내면서 나쑨을 살짝 밀어낸다.

"뭐 하는 거냐?"

나쑨이 어색하게 어깨를 으쓱인다.

"그래야 할 것 같았어요. 샤파가 아파하잖아요."

샤파가 천천히 고개를 양옆으로 흔든다. 부정의 표현이 아니라 뭔가 거기 있어야 하는 것을 확인하는 몸짓이고, 그것은 거기 없다.

"난 항상 아프단다, 아이야. 수호자가 된다는 건 그런 거야. 하지만……."

그의 얼굴이 놀라움으로 가득해진다. 나쑨은 샤파가 더는 고통스럽지 않다는 것을 알 수 있다. 적어도 지금은.

"항상 아파요?" 나쑨이 얼굴을 찡그린다. "머리 안에 있는 것 때문에 그래요?"

샤파의 시선이 번개 같은 속도로 나쑨에게 내리꽂힌다. 나쑨은 샤파의 빙백색 눈을 무섭다고 생각해 본 적이 한 번도 없다. 지금처럼 차고 냉랭할 때조차도.

"뭐라고?"

나쑨이 제 머리 뒤쪽을 가리킨다. 옛날 보육학교 생물하학 시간에 보님기관이 거기 있다고 배운 적이 있다.

"샤파의 몸 안에 뭔가 작은 게 있어요. 여기요. 뭔진 몰라도 처음 만났을 때 보녔어요. 샤파가 내 목을 만졌을 때도요." 나쑨이 두 눈을 깜박인다. "그때 샤파가 나한테서 뭘 가져갔는데, 그러고 나니까 샤파가 덜 괴로워하는 것 같았어요."

"그래, 그랬지."

샤파가 손으로 나쑨의 뒤통수를 감싸더니 척추 꼭대기, 아이의 작은 두개골 아래쪽에 두 손가락 끝을 가져다 댄다. 지난번에 똑같은 자리를 만졌을 때와는 달리 어딘가 불편해 보인다. 뻣뻣하게 긴장한 손가락이 마치 칼을 흉내 내듯이 공중에 직각으로 멈춰 있다.

흉내가 아니야. 나쑨은 깨닫는다. 아버지와 찾은달 앞에 이르렀을 때 도적 떼의 습격을 받은 날을 떠올린다. 샤파는 아주, 아주 힘이 세다. 손가락 두 개로 사람의 뼈와 근육을 종잇장 찢듯 뚫을 수 있을 만큼 세다. 돌멩이의 도움을 받지 않아도 나쑨의 손을 부러뜨릴 수 있을 것이다.

샤파의 눈길이 찬찬히 나쑨을 훑는다. 아이는 그가 무슨 생각을 하고 있는지 정확하게 이해한다.

"무서워하지 않는구나."

나쑨이 어깨를 으쓱한다.

"왜 무서워하지 않는 거지? 말해 봐라."

불복종은 허용하지 않겠다는 어투다.

"그냥……." 나쑨은 이번에도 어깨를 으쓱할 뿐이다. 이걸 어떻게 설명해야 할지 모르겠다. "그냥…… 그럴 만한 이유가 있으면 괜찮을 거 같아서요?"

"내 이유가 뭔지 너는 모르잖느냐, 아이야."

"알아요." 나쑨이 얼굴을 찡그린다. 설명도 제대로 못하는 제 자신이 한심해서다. 그러다 퍼뜩 뭐라고 말해야 할지 떠오른다. "아빠가 내 동생을 죽였을 땐 아무 이유도 없었어요."

나쑨을 마차 밑으로 떠밀었을 때도. 또 나쑨을 쳐다보며 열 살짜리 꼬마도 눈치 챌 수 있을 만큼 저 애를 어떻게 죽일까 궁리할 때도.

얼음색 눈동자가 깜박인다. 그러고는 다음 순간, 아름답고 환상적인 일이 벌어진다. 방금 전까지 나쑨을 죽일까 고민하던 샤파의 표정이 천천히 녹아내리며 경탄으로 바뀌고, 뒤이어 깊고도 깊은 서글픔이 차올라 그걸 본 나쑨의 목에도 뜨거운 기운이 울컥 치민다.

"무의미한 고통을 이미 너무 많이 봐서 이유가 있다면 죽어도 괜찮다고 생각하는 거냐?"

샤파는 말을 참 잘한다. 나쑨은 힘차게 고개를 끄덕인다.

샤파가 한숨을 내쉰다. 그의 손가락이 흔들리는 것이 느껴진다.

"네가 말한 건 우리 교단 이외엔 아무도 모르는 거란다. 딱 한 번, 그걸 본 꼬마아이를 살려 보낸 적이 있다만 그때도 그래선 안 되는 거였다. 내가 연민을 베푼 탓에 우리 둘 다 힘든 일을 겪었거든. 그건 기억난다."

"샤파가 힘든 건 싫어요." 나쑨은 샤파의 가슴에 손을 얹고 몸 안에서 반짝이는 은빛 실을 잡아당겨 보려 애쓴다. 그것들이 나쑨을 향해 끌려오기 시작한다. "이거 항상 아파요? 그럼 안 되잖아요."

"통증을 없애는 방법에는 여러 가지가 있단다. 이를테면 미소를 지으면 엔도르핀이 분비되지……." 샤파가 갑자기 들썩 움직이더니 은빛 실이 나쑨에게 닿는 순간 재빨리 나쑨의 목 뒤에 갖다 댔던 손으로 아이의 손을 붙들고 떼어 낸다. 많이 놀란 것 같다. "그런 짓을 하면 죽을 거다!"

"어차피 샤파가 날 죽일 거잖아요."

그래야 말이 된다.

샤파가 나쑨을 멀거니 쳐다본다.

"아버지 대지와 어머니시여." 그가 중얼거린다. 팽팽하게 경직되어 있던 그의 몸에서 서서히 긴장감이 빠져나가는 게 느껴진다. 샤파가 한숨짓는다. "절대로…… 네가 뭘 봤는지 절대로 남들한테 말하면 안 된다. 네가 안다는 걸 다른 수호자가 알게 되면 나도 널 보호해 줄 수가 없단다."

나쑨은 고개를 끄덕인다.

"그럴게요. 근데 그게 뭔지는 안 알려 줄 거예요?"

"때가 되면 말해 주마."

샤파가 일어난다. 나쑨의 손을 놓으려 하지만 아이가 꼭 잡으며 매달린다. 샤파가 곤혹스러운 표정으로 얼굴을 찡그려 보이지만 나쑨은 생긋 웃으며 장난치듯이 그의 손을 앞뒤로 살짝 흔들고, 결국 샤파가 고개를 절레절레 젓는다. 두 사람은 그들이 살고 있는 곳으로 걷기 시작한다. 그날부터 그곳은 나쑨의 집이 된다.

숨어 있는 오로진을 찾아라. 원의 중심을 찾아라.

그곳에 (해독 불가)가 있을 것이다.

— 두 번째 석판, 「불완전한 진실」, 제5절

10장

네가 해야 할 중요한 일

너는 그 사람을 수도 없이 미쳤다고 타박했다. 시간이 지나 그를 사랑하게 되었을 때조차도 경멸한다고 되뇌었다. 어째서일까? 어쩌면 그가 너의 미래일지도 모른다는 사실을 일찍이 알고 있었기 때문인지 모른다. 아니야. 그보다는 그를 잃고 이렇게 다시 찾기 오래전부터 실은 그가 미치지 않았다고 의심했기 때문일 것이다. 어차피 사람들은 모든 로가가 "미쳤다"고 생각한다. 대지와 함께 시간을 보내기 때문에, 사악한 대지와 결탁하고 있기 때문에, 그리고 인간이라고 부를 수 없기 때문에.

"미쳤다"는 굴종을 선택한 로가들이 그렇지 않은 로가에게 붙이는 수식어이기도 하다. 너도 한때는 그들에게 복종했었다. 그러면 안전할 거라고 생각했기 때문이다. 하지만 그 사람은 설령 네가 복종한다 하더라도 수호자로부터, 노드로부터, 또는 폭력이나 구타, 강요에 의한 교접, 그리고 무례함으로부터 안전할 수 없다면 아무 의미도 없다는 사실을 네가 도저히 회피할 수 없는 잔인하고도 무자비한 방식으로 몇 번이고 거듭해 보여 주고 확인해 주었다. 애초부터 불공평하도록 조작된 게임.

너는 겁쟁이였기 때문에 그를 미워하고 증오하는 척했지만 결국에는 그를 사랑하게 되었고, 이제 그는 너의 일부가 되었다. 너는 이제 용기를 얻었기에.

***

"안티모니에게 끌려가는 내내 계속 반항했다. 생각해 보면 정말 멍청한 짓이었지. 안티모니가 날 놓치기라도 했다면, 아주 잠깐만이라도 집중력을 잃었다면 난 그대로 지층 속에 갇혀 버렸을 테니까. 압력에 깔려 죽는 것도 아니고 그냥 그대로…… 합쳐졌겠지."

알라배스터가 얼마 남지 않은 팔을 들고 흔든다. 너는 그를 워낙 잘 알고 있기 때문에, 그가 지금 보이지 않는 손가락을 꼬무락거리고 있다는 것 정도는 금세 알 수 있다. 만약에 손가락이 아직 거기 있었다면. 알라배스터가 무심결에 한숨을 내쉰다.

"이논이 죽었을 때, 우리는 맨틀에 있었다."

낮고 조용한 목소리다. 병원은 텅 비어 있다. 너는 고개를 들어 주위를 둘러본다. 러나는 어디 있는지 보이지 않고, 조수 한 명만 빈 침대에서 가볍게 코를 골고 있을 뿐이다. 너도 소리를 낮춰 대답한다. 이것은 오직 너희 둘만의 대화다.

다시 떠올리는 것만으로도 가슴이 찢어지는 것 같지만, 너는 알아야 한다.

"……알았어요?"

"그래. 그가 죽는 걸 보냈다." 그 뒤로 한참 동안 알라배스터는 아무 말도 하지 않는다. 너는 그의 비탄과 애도를 온몸으로 함께 공명한다. "보낼 수밖에 없었다. 수호자들의 힘도 실은 마법을 활용한 거니까. 다만…… 잘못되어 있을 뿐이야. 오염되었다고 해야겠지. 그 작자들의 모든 게 그렇다. 놈들이 사람을 흔들어 찢을 때 그 사람에게 동조하면 거의 진도9에 가까운 지진처럼 느껴지지."

그리고 당연하지만, 너희 둘은 이논과 동조되어 있었다. 그는 너희의 일부였다. 너는 부르르 몸서리를 친다. 왜냐하면 알라배스터는 너를 대지와 조산력과 오벨리스크와 마법이라는 통합된 이론에 맞춰 더욱 정밀하게 동조시키려 하고 있지만 너는 다시는 그런 것을 경험하고 싶지 않기 때문이다. 한때 네가 품에 안고 사랑했던 육신이 처참하게 으깨지는 그 끔찍한 장면을 보고 느끼는 것만으로도 충분했다. 진도9 지진과는 비교도 안 될 만큼 끔찍했다.

"막을 수가 없었어요."

"그랬겠지."

너는 알라배스터의 뒤쪽에 앉아 한쪽 손으로 그의 등을 받치고 있다. 그는 이 이야기를 꺼냈을 때부터 허공의 한 점만 뚫어져라 응시하고 있다. 어깨 너머로 너를 돌아보지도 않는다. 몸을 움직일 때마다 고통스럽기 때문일 것이다. 그렇지만 그의 목소리에 담긴 건 안도감인지도 모른다.

알라배스터가 이야기를 잇는다.

"안티모니가 대지의 그 지독한 압력과 열기로부터 어떻게 나를 보호했는지는 나도 모른다. 내가 어디 있는지 깨닫고 네게 다시 돌아가려고 아무리 발악해도 소용없고, 숨이 콱 막혀 죽어 버릴 것 같은데 어떻게 미치지 않고 제정신을 유지했는지도 모르겠다. 네가 코루한테 한 짓을 보녔을 때는 그냥 정신을 놓아 버렸다. 그래서 그 뒤론 아무것도 기억나지 않아. 아니면 기억하고 싶지 않은 것일 수도 있고. 우린 틀림없이……. 모르겠다."

알라배스터는 몸서리를 치거나, 아니면 적어도 그러려고 했다. 너는 그의 등 근육이 경련하는 것을 느낀다.

"정신을 차렸을 때는 지상에 있었다……."

말을 머뭇거린다. 그의 침묵이 너무 길어서 네 피부가 근질거릴 정도다.

(너도 그게 어떤 건지 안다. 뭐라고 설명해야 할지 몰라 당혹스러운 그 기분. 알라배스터의 잘못이 아니다.)

"세상의 반대쪽이었지." 마침내 알라배스터가 말한다. "거기에 도시가 있어."

그럴 리가 없다. 네가 아는 세상의 반대쪽은 아무것도 없이 텅 빈 거대한 공간이다. 무한한 바다로 뒤덮여 있는 곳.

"어…… 섬에요? 거기 육지가 있어요?"

"비슷해." 그는 이제 옛날처럼 쉽사리 미소를 지을 수 없지만, 너는 그의 목소리에서 웃음기를 느낀다. "엄청나게 커다란 순상화산(楯狀火山)이 있다. 바다 밑에 말이야. 내가 살면서 보닌 어떤 화산보다 더 컸어. 남극권을 통째로 거기 집어넣을 수도 있을 거다. 내가 말한 도시는 그 화산의 꼭대기에, 바다 위에 있다. 주위엔 아무것도 없어. 농사지을 경작지도 없고, 쓰나미를 방파할 언덕이나 산도 없지. 항구나 배를 댈 정박지는 물론이고 말이야. 온통…… 건물들뿐이다. 나무들이랑, 나는 처음 보는 온갖 종류의 식물들이 무성하게 자라고 있는데 숲은 아니야. 도시 안에 있거든. 음, 말하자면 말이다. 그걸 뭐라고 불러야 할지 모르겠다. 그리고 도시 전체의 기능과 안정을 유지하는 기반시설이 있는데, 전부 내 눈엔 이상하게 보였다. 온갖 튜브와 수정, 어떤 건 살아 있는 것처럼 보였어. 작동 원리가 뭔지는 짐작도 못 하겠고. 그리고 도시 중앙에…… 구멍이 있지."

"구멍요?" 너는 머릿속으로 상상해 본다. "수영장처럼요?"

"아니야. 안에 물은 없다. 그 구멍은 바다 밑에 있는 화산까지, 그리고 그보다 더 깊은 곳……까지 이어져 있지." 알라배스터가 숨을 깊숙이 들이마신다. "도시는 바로 그 구멍을 보호하기 위해 건설된 곳이다. 모든 시설과 장비도 그런 목적으로 만들어졌고. 스톤이터가 말해 준 그 도시의 이름만 봐도 알 수 있지. 거긴 코어포인트(Corepoint, 核點)라고 한다. 일종의 유적이지, 에쑨. 다른 유적지처럼 멸망한 고대 문명의 흔적이다. 다만 무너지거나 폐허가 되지 않고 옛 모습을 고스란히 유지하고 있다는 점만 다를 뿐이야. 도로에 금이 가거나 깨진 곳도 없어. 건물 자체는 비어 있지만, 안에 놓인 가구들은 아직 멀쩡한 게 많아서 지금도 사용할 수 있지. 천연 자재가 아니라 썩지 않는 물질로 만들어져 있거든. 원한다면 거기서 살 수도 있을 거다." 알라배스터가 잠시 말을 멈춘다. "실제로 안티모니가 날 거기로 데려갔을 때, 한동안 거기 살았다. 달리 갈 곳도 없었고 이야기를 나눌 사람도 없었지……. 스톤이터만 빼고 말이야. 그곳엔 스톤이터가 수십 명, 어쩌면 수백 명이나 있었다, 에쑨. 그들이 직접 도시를 세운 건 아니지만 지금은 그들의 도시가 됐다고 했다. 최소한 수만 년 동안 말이야."

너는 알라배스터가 말하는 도중에 끼어들거나 가로막는 것을 얼마나 싫어하는지 알기 때문에 입을 다물고 있지만, 어쨌든 그는 여기서 잠시 말을 끊는다. 네가 뭐라고 대꾸하길 기다리거나, 아니면 네가 이 이야기를 받아들일 시간을 주는 것일지도 모른다. 너는 그저 그의 뒤통수를 잠자코 바라볼 뿐이다. 얼마 남지도 않은 머리카락이 너무 길게 자랐다. 러나에게 가위를 빌려서 다듬어 줘야겠다. 하지만 그것 말고 달리 대꾸할 적당한 말이 생각나지 않는다.

"막상 코앞에 마주치게 되면, 생각을 하지 않을 수가 없다."

목소리에 피곤함이 묻어 나온다. 평소에 알라배스터의 수업은 한 시간을 넘기는 법이 없는데 이미 그 정도는 훌쩍 넘긴 지 오래다. 지금 네가 느낄 수 있는 감정 가운데 충격 말고 다른 게 있다면 아마 죄책감일 것이다.

"오벨리스크도 그랬지만 그것들은 너무……." 그는 방금 어깨를 으쓱 튕기려 했다. 무슨 말을 하고 싶은지 알겠다. "손으로 만져 보거나 그 안을 걸을 수는 없잖니. 하지만 이 도시는 그럴 수 있다. 인류의 역사 기록이 대충 얼마나 되지? 1만 년? 학자들이 아직도 입씨름하고 있는 계절들까지 합치면 대충 2만 5000년쯤 될까? 하지만 실제로 우리 인간은 그보다 훨씬 더 오래 살아왔어. 인류의 시조가 언제 이 잿더미에서 기어 나와 서로 조잘거리기 시작했을 것 같니? 3만 년 전? 4만 년 전? 우리가 지금처럼 높은 장벽 뒤에 웅크리고 숨어 모든 지혜와 재능, 지식을 오로지 생존이라는 목표를 위해 쏟아붓는 한심한 존재가 되기까지는 또 얼마나 걸렸을까? 그래, 요즘 우리 인간들이 하는 일이라곤 그게 고작이지 않니. 즉석에서 만든 조잡한 도구로 할 수 있는 응급수술 방법이라든가 태양광 없이 콩과[豆科] 작물의 수확을 늘릴 수 있는 화학 비료를 발명하는 것 따위 말이다. 하지만 우리는 한때 그보다 훨씬 뛰어난 종족이었다."
알라배스터가 또다시 입을 다문다. 이번에는 꽤 긴 침묵이 이어진다. "나는 사흘 동안 너와 이논, 코루를 생각하며 울부짖고 절규했다. 과거에 지금보다 탁월했던 우리가 만든 그 도시에서."

그가 너를 잃은 것을 비통해했다니, 가슴이 아프다. 너는 그런 대접을 받을 자격이 없는데.

"내가 거의…… 그들이 음식을 가져다 줬지." 알라배스터가 처음 하려던 말을 워낙 천연덕스럽게 넘기는 바람에 너는 처음에 문장을 제대로 이해하지 못한다. "나는 그걸 먹었고, 그런 다음 그들을 죽이려 했지."

그의 목소리가 갑자기 스산해진다.

"사실 그걸 포기하는 데 시간이 꽤 걸렸다. 하지만 그들은 계속 내게 먹을 것을 가져다 줬어. 그래서 나도 거듭 물었지. 나를 왜 여기 데려왔느냐고, 왜 나를 계속 살려 두느냐고. 처음엔 안티모니밖에 말을 걸지 않아서 그녀가 날 책임지고 있는 줄 알았는데, 알고 보니 그저 우리가 쓰는 언어를 모르는 것뿐이더라. 몇 명은 아예 인간을 처음 보는 것 같았어. 하도 옆에서 빤히 쳐다봐서 가끔은 제발

저리 좀 가라고 쫓아내야 했지. 어떤 이들은 나를 신기하게 여겼고, 어떤 이들은 나를 혐오했다. 그건 나도 마찬가지였고.

시간이 좀 흐르자 그들의 언어를 조금 배울 수 있게 되었지. 그럴 수밖에 없었어. 편의시설들이 전부 그 언어로 말을 했거든. 올바른 단어만 알면 문을 열거나 불을 켜거나 방 온도를 더 시원하거나 따뜻하게 맞출 수 있었다. 전부 다 작동하는 건 아니었지만. 도시는 망가지고 있었다. 다만 속도가 더뎠을 뿐이지.

하지만 그 구멍은…… 구멍 주변에는 표지물이 세워져 있고 가까이 다가가면 밝은 조명이 켜졌다."

(너는 펄크럼 중앙에 있던 비밀의 방을 떠올린다. 등불이나 전구도 없이, 단자를 향해 걸어가자 저절로 밝아지던 길고 좁다란 벽판들.)

"방벽은 건물만큼 크고 높고, 밤에 빛을 내기도 했다. 너무 가까이 다가가면 눈앞 허공에 붉은 경고문이 떠오르고 시끄러운 경보음이 울렸어. 하지만 안티모니가 나를 거기로 데려가 줬다. 내가…… 제정신으로 돌아오자마자 말이야. 나는 방벽 위에 서서, 그 끝없는 어둠 속을 내려다봤지……."

알라배스터는 이야기를 멈춰야 했다. 그는 침을 삼킨 다음 다시 말을 잇는다.

"안티모니는 내가 죽는 위험을 감수할 수 없었기 때문에 나를 메오브에서 데려왔다고 했다. 코어포인트의 심장부에서, 그녀가 내게 그렇게 말했지. 이게 바로 내가 너를 구한 이유야. 이것이 바로 네가 대적해야 할 적이다. 너는 이 일을 할 수 있는 유일한 자야."

"뭐라고요?"

사실 너는 별로 혼란스럽지 않다. 왠지 이해할 수 있을 것 같다. 다만 그러고 싶지 않을 뿐. 그래서 너는 네가 혼란스러운 게 분명하다고 단정 짓는다.

"그게 안티모니가 한 말이다."

알라배스터가 대답한다. 지금 그는 화가 나 있지만 네게 화가 난 게 아니다.

"한 글자 한 글자 정확하게 그렇게 말했어. 내가 그 말을 기억하는 건 그걸 듣고 이논과 코루가 죽고 너 혼자 그 삭아죽을 개새끼들에게 던져진 게 고작 이런 이유 때문이냐고 생각했기 때문이야. 그렇게 똑똑하다는 우리 조상님들께서 빌어먹을 역사의 한 시점에서 아무 녹병삭을 이유도 없이 그저 세상의 중심에 구멍 하나를 팠다고 이렇게 된 거냐고 말이야. 아니야, 하고 안티모니가 말했다. 아무 이유도 없었던 게 아니라 그들은 힘을 원했던 거라고. 어떻게 했는지는 몰라도 어쨌든 그들은 거대한 힘을 손에 넣었고, 그 힘을 제어하기 위해 오벨리스크와 다른 도구들을 만들었다.

하지만 뭔가 잘못되기 시작했지. 안티모니도 그게 뭔지는 정확하게 모르는 것 같았다. 아니면 스톤이터들끼리도 아직 논쟁 중이라 뚜렷한 결론을 내리지 못한 것일 수도 있고. 어쨌든 뭔가가 잘못됐다. 오벨리스크가…… 사고를 낸 거다. 달이 행성에서 튕겨져 나갔다. 오벨리스크 때문일 수도 있고 아니면 진짜 원인이 따로 있었을지도 모르지만, 어쨌든 그 결과로 붕괴가 일어났지. 전부 다 진짜 있었던 일이다, 에쑨. 그렇게 계절이 시작된 거야."

네 손바닥 위에서 알라배스터의 등 근육이 꿈틀댄다. 그는 긴장해 있다.

"이게 다 무슨 뜻인지 이해하겠니? 우리는 오벨리스크를 이용할 수 있어. 둔치들에겐 크고 이상한 돌덩이에 불과할지 몰라도……. 세상의 반대쪽에 있는 도시와 신기한 장치들……. 그 고대 문명은 오로진이 지배하던 거였어. 사람들이 항상 말했듯이, 정말로 우리가 세상을 망가뜨린 거야. 로가가 말이다."

그가 어찌나 짙은 악의를 담아 험악하게 말하는지, 몸 전체가 그 단어로 메아리친다. 알라배스터의 몸이 빳빳하게 경직되는 것이 손바닥에 느껴진다. 격렬한 감정은 그를 고통스럽게 한다. 알라배스터는 그걸 알면서도 멈추지 않는다.

"그들이 잘못 생각한 건." 알라배스터가 지친 목소리로 이야기를 계속한다. "누가 누구 편인가 하는 거다. 전설은 우리더러 아버지 대지의 대행자라고 말하지. 하지만 실은 그 반대야. 우리는 대지의 적이다. 대지는 둔치보다 우리를 훨씬 더 증오한다. 우리가 저지른 일 때문에. 그래서 수호자를 만들어 우리를 통제하려는 거고, 그래서……."

너는 고개를 도리질한다.

"배스터…… 당신은 마치 그게, 행성이 진짜인 것처럼 말하네요. 그러니까 마치 그게 살아 있고 자의식을 가진 존재인 것처럼요. 아버지 대지에 대한 얘기들은 세상이 왜 이렇게 잘못된 건지 설명하려고 지어낸 동화 같은 거예요. 때가 되면 가끔씩 유행하는 이상한 종교들처럼요. 밤에 자러 갈 때마다 하늘에 사는 노인네한테 자기를 지켜 달라고 기도하는 무리도 있다면서요. 원래 사람은 눈에 보이는 거 말고 뭔가 심오한 게 존재한다고 믿고 싶어 하잖아요."

그리고 세상이란 원래 무심한 것이다. 자식이 둘이나 죽고 여러 번의 삶이 거듭 망가진 지금, 너는 이제야 그것을 이해한다. 네가 발붙이고 사는 이 행성을 악랄하고 복수심에 불타는 인격적인 존재로 상상해 봤자 아무 소용도 없다. 이건 그냥 돌덩어리일 뿐이다. 인생이란 것도 그렇다. 짧고, 끔찍하고, 운이 좋으면 망각으로 끝나는 것.

알라배스터가 웃음을 터트린다. 그에게는 웃는 것조차 고통스러운 일이지만, 너는 그 소리에 등줄기가 오싹해진다. 왜냐하면 그것은 네가 유메네스-알리아 고가도로에서 들었던 웃음이기 때문이다. 죽음이 내리덮은 노드 관리소에서 들었던 웃음이기 때문이다. 알라배스터는 미치지 않았다. 한 번도 미친 적이 없다. 그는 그저, 그보다 못한 이들이 알았다면 미쳐 버렸을 것들을 너무 많이 알았고 그래서 때때로 그게 밖으로 분출되는 것뿐이다. 오랜 시간 축적된 공포와 분노를 수시 때때로 정신줄 놓은 광인처럼 발산하는 것만이 그가 여태껏 버틸 수 있었던 비결이었다. 그것은 또한 일종의 경고이며, 그래서 너는 그가 또다시 네 천진난만함을 박살 내기 직전이라는 것을 깨닫는다. 세상에 네가 바라는 대로 단순한 것은 아무것도 없다.

"그들도 그렇게 생각했겠지." 이윽고 웃음을 그친 알라배스터가 말한다. "세상의 중심에 커다란 구멍을 파기로 결심한 사람들 말이다. 하지만 눈에 보이지 않고 이해할 수도 없는 것이라고 해서 너를 해칠 수 없는 건 아니야."

그건 너도 안다. 하지만 그보다 더 중요한 건, 알라배스터의 목소리에 확신이 깃들어 있다는 점이다. 너는 바짝 긴장한다.

"뭘 본 거예요?"

"모든 것을."

온몸에 전율이 인다.

알라배스터가 숨을 깊숙이 들이마신다. 그러고는 메마른 목소리로 이야기를 이어 나간다.

"이 전쟁은 삼파전이다. 엄밀히 말하면 더 많은 무리가 참전하고 있지만 네가 신경 써야 할 것은 세 집단뿐이다. 세 집단 모두 전쟁을 끝내고 싶어 하는 건 똑같다. 그 방법이 문제지. 골칫거리는 바로 우리야. 인간 말이다. 두 파벌이 우리를 어떻게 할지를 두고 대치 중이다."

그 얘기는 많은 것을 말해 준다.

"대지와…… 스톤이터요?"

항상 옆에서 몰래 얼쩡거리며, 꿍꿍이를 품은 채, 뭔가 알 수 없는 것을 바라고 있는 스톤이터.

"아냐. 그들도 인간이다, 에쑨. 아직 알아차리지 못했니? 스톤이터도 욕구가 있고 필요한 게 있고 감정이 있다. 우리와 똑같아. 그들은 아주 오래전부터, 너나 나보다 훨씬 오랫동안 싸워 왔지. 어떤 이들은 전쟁이 처음 시작됐을 때부터 참여했고."

"처음부터요?"

붕괴의 계절을 말하는 건가?

"그래. 어떤 스톤이터들은 그 정도로 나이가 많다. 안티모니도 그

중 하나야. 내 생각엔 너를 따라다니는 그 작은 스톤이터도 마찬가지인 것 같고. 다른 이들도 있다. 스톤이터는 죽을 수가 없거든. 그래서…… 그들 중 일부는 무슨 일이 있었는지 전부 직접 목격했지."

너무 황당한 소리라서 어떻게 반응해야 할지도 모르겠다. 호아가? 그 일곱 살처럼 생긴 애가 3만 살이나 된다고? 그 호아가?

"한쪽은 우리가, 그러니까 인간들이 죽길 바란다. 그것도 전쟁을 끝내는 한 가지 방법이긴 하지. 그리고 다른 한쪽은 인간을…… 무력화시키길 원해. 생명을 빼앗지는 않되, 해를 끼치지 못하게 만드는 거야. 스톤이터처럼 말이다. 대지는 그들을 자신처럼 만들고, 대지에게 의존하게 만들고 싶어 했다. 그러면 해가 되지 않을 거라고 생각했거든." 알라배스터가 한숨을 내쉰다. "행성도 실수를 할 수 있다는 건, 어찌 보면 다행이지 않니."

너는 뒤늦게 흠칫 반응한다. 아직도 호아에 대해 생각하고 있었기 때문이다.

"그 애도 옛날에 인간이었던 거군요."

너는 중얼거린다. 그렇다. 지금 그가 입고 있는 것은 단순한 위장에 불과하다. 오랫동안 버려 뒀다가 옛날을 떠올리며 다시 꺼내 입은 옷. 하지만 옛날 옛적에 호아는 진짜 피와 살을 가진, 지금처럼 생긴 어린아이였다. 그에게서 산제 혈통의 흔적이 보이지 않는 것도 당연하다. 그가 살던 시절에는 산제 족이 존재하지 않았으니까.

"스톤이터는 다 그래. 그게 문제다." 알라배스터는 피곤이 극에 달했고, 그래선지 목소리도 점점 미약해지고 있다. "난 이제 50년 전 일은 거의 기억하지도 못해. 그런데 50년도 아니고 5000년을 살면 어떻게 될지 상상해 봐라. 아니면 1만 년, 2만 년은 어떨까? 자기 이름도 제대로 기억하지 못하게 된다고 상상해 봐. 그래서 우리가 아무리 스톤이터들에게 정체가 뭐냐고 물어도 대답을 못 하는 거다."

너는 섬광 같은 깨달음에 숨을 훅 들이켠다.

"내가 보기에 스톤이터들이 이질적으로 느껴지는 건 단순히 몸이 돌로 이뤄졌기 때문이 아니다. 그렇게 오랫동안 생을 연명한다면 누구라도 그런 이상한 존재가 될 수밖에 없을 거야."

알라배스터는 몇 번이고 상상해 보라고 말하지만, 너는 할 수가 없다. 당연히 그럴 수밖에. 하지만 너는 그 순간 호아를 떠올린다. 비누를 보고 의아해하던 얼굴. 네 옆에 웅크리고 잠들어 있는 모습. 네가 더는 그를 평범한 인간처럼 대하지 않게 되었을 때 서러워하던 얼굴. 호아는 정말 열심히 노력했다. 최선을 다했다. 그렇지만 결국 실패했다.

"세 집단이라면서요."

네가 말한다. 어찌 할 수 없는 것에 대해 안타까워하기보다는 네가 할 수 있는 일에 집중하는 게 낫다. 알라배스터의 몸이 점점 더 힘없이 허물어지며 네 손바닥에 처량하게 기대 늘어진다. 그는 쉬어야 한다.

한참 동안 말이 없어서 잠들었나 보다고 생각할 무렵, 알라배스터가 불쑥 말한다.

"하루는 안티모니가 없을 때 혼자 몰래 빠져나간 적이 있다. 거기서 살기 시작한 지…… 몇 년쯤 되었을 때던가? 거기 있다 보면 시간 감각이 사라지거든. 말할 상대라곤 스톤이터밖에 없는데, 때때로 그들은 사람에겐 대화가 필요하다는 사실을 잊어버리는 것 같아. 땅 밑에 귀를 기울여 봐도 화산이 으르렁거리는 소리밖에 들리지 않았다. 세상 반대쪽에서는 하늘의 별들마저 이상한 모양으로 박혀 있지……." 알라배스터가 말꼬리를 흐린다. 그가 잃어버린 시간이 다시 돌아오고 있다. "오벨리스크에 대한 도해와 표를 들여다보며 설계자들이 무슨 의도로 그걸 만들었는지 고민하던 중이었지. 머리가 지끈거렸다. 네가 살아 있다는 것도 알고 있었고, 네가 너무 보고 싶어서 돌아 버릴 것 같았다. 그러다 정말 느닷없이, 말도 안 되는 미친 생각이 떠올랐지. 어쩌면, 정말로 어쩌면, 그 구멍을 통해서 너에게 갈 수 있을지도 모른다고 말이다."

알라배스터에게 손이 있었다면 지그시 잡아 주었을 텐데. 너는 그의 머리를 받치고 있는 손가락을 꼼지락대지만, 그것만으론 한참 부족하다.

"그래서 그 구멍이 있는 곳으로 달려가 뛰어 들었지. 죽을 생각이 없으니까 이건 자살이 아니야. 계속 그렇게 되뇌었다." 또다시 가슴 아픈 미소. "하지만 그건…… 구멍 주위에 있는 기계 장치는 그냥 경고를 위한 게 아니었어. 내가 뭘 건드렸는지 아니면 원래 그런 식으로 작동되는 건지. 나는 밑으로 떨어졌다. 그렇지만 추락하는 건 아니었어. 뭔가가 속도를 통제하고 있었지. 빠르긴 해도 일정한 속도로 떨어졌거든. 난 그때 죽었어야 했어. 기압, 열기, 안티모니와 함께 땅속을 통과했을 때 느꼈던 것들, 그렇지만 안티모니가 없으니 죽었어야 했지. 중간중간 벽에 불이 켜진 게 보였다. 꼭 창문 같았어. 옛날에는 거기서 사람들이 살았던 거야! 하지만 대부분은 캄캄한 암흑이었지. 그러다…… 몇 시간인지 며칠인지 알 수 없는 시간이 지나자…… 속도가 느려졌다. 그러고는 도착했지…….”

알라배스터는 거기서 말을 멈춘다. 그의 피부에 소름이 돋은 게 느껴진다.

“대지는 살아 있다.” 그의 목소리는 거칠고, 갈라지고, 희미하게 격앙되어 있다. “옛날이야기는 옛날이야기일 뿐이지, 네 말이 맞다. 하지만 이건 그런 게 아니야. 그제야 나는 스톤이터가 나한테 무슨 말을 하려는지 이해할 수 있었다. 왜 오벨리스크를 이용해 열개를 열어야 하는지도. 우린 세상과 너무 오랫동안 싸워 왔고, 너무 오랜 세월이 흐른 나머지 아무도 그 전쟁을 기억하지 못하게 되어 버렸어. 하지만 에쑨, 세상은 잊지 않았다. 우린 한시라도 빨리 이 전쟁을 끝내야 해. 그렇지 않으면…….”

알라배스터가 갑자기 입을 다문다. 길고도 긴장된 침묵이 이어진다. 너는 그 오랜 전쟁이 끝나지 않으면 어떻게 되는지 그에게 묻고 싶다. 대지의 핵심에서 무슨 일이 있었는지 묻고 싶다. 무엇을 보았는지, 혹은 무슨 경험을 했길래 그렇게 커다란 충격을 받았는지 알고 싶다. 하지만 너는 묻지 않는다. 너는 대담한 여인이지만 네가 감당할 수 있는 것과 그렇지 못한 것의 한계 정도는 알고 있다.

알라배스터가 나지막하게 속삭인다.

“내가 죽고 나면 땅에 묻지 말아다오.”

“네……?”

“안티모니에게 주렴.”

그때, 마치 자기 이름을 듣기라도 한 양 돌연 안티모니가 너희 앞에 우뚝 나타난다. 너는 그녀를 노려본다. 그건 알라배스터가 힘이 부쳐 더 이상 대화를 계속할 수가 없다는 의미다. 그의 약해빠진 육신이 밉살스럽고, 그가 죽어 가고 있다는 게 원망스럽다. 너는 부글부글 끓어 넘치는 분을 참지 못해 희생양을 찾는다.

"싫어요." 너는 안티모니를 쏘아보며 말한다. "저 여자가 나한테서 당신을 빼앗아갔는걸. 그러니까 저 여자도 당신을 못 가져요."

알라배스터가 피식 웃는다. 그 모습이 너무 지치고 피곤해 보여서 화가 피식 식는 것 같다.

"안티모니가 아니면 사악한 대지가 가져갈 거다. 그러니까 에쑨, 제발 부탁한다."

그의 몸이 한쪽으로 기울기 시작한다. 아무래도 너는 네가 생각하는 것만큼 무자비한 괴물이 아닌가 보다. 왜냐하면 더는 고집부리지 않고 일어나기 때문이다. 안티모니의 형체가 스톤이터답게 순간 흐릿해지는가 싶더니(평소에는 느려 터진 주제에) 다시 눈 깜짝할 사이에 그의 옆에 나타나 두 손으로 알라배스터를 단단히 붙잡아 지탱하고, 그는 조금씩 잠에 빠져든다.

너는 안티모니를 가만히 바라본다. 너는 이제까지 그녀를 적으로 여겼다. 하지만 알라배스터의 말이 사실이라면……

"아니야." 너는 부인한다. 안티모니에게 하는 말은 아니지만 그런 거나 다름없다. "난 너를 같은 편으로 여길 준비가 아직 안 됐어."

어쩌면 영원히 불가능할지도.

"언젠가 그렇게 되더라도." 스톤이터의 가슴통에서 목소리가 울린다. "나는 이 사람 편이지 네 편은 아니야."

우리와 똑같은 인간. 소망과 욕구를 지닌. 너는 그것 역시 부인하고 싶지만 안티모니도 너를 좋아하지 않는다는 사실을 알고 나니 묘하게 마음이 편해진다.

"알라배스터는 네가 한 일을 이해한다고 했지만 나는 그가 왜 그런 짓을 했는지, 그리고 지금은 또 뭘 원하는지 이해할 수가 없어. 이 전쟁이 세 집단이 대립하는 삼파전이라고? 그럼 마지막 세 번째 집단은 누군데? 알라배스터는 누구 편인 거야? 그리고 그 열개가…… 전쟁을 끝내는 데 어떻게 도움이 되는 거지?"

아무리 열심히 노력한들 너는 안티모니가 한때 인간이었다고는 상상할 수가 없다. 그러기엔 불쾌한 점이 너무 많다. 미동 하나 없는 가만한 얼굴, 잘못된 곳에서 울려 나오는 목소리. 게다가 너는 그녀가 싫다.

"오벨리스크의 문은 물리 에너지와 신비(神祕) 에너지를 모두 증폭시키지. 현재 지표에 존재하는 분기공 중에는 필요한 에너지량을 조달할 수 있는 곳이 없어. 새로 생긴 열개는 매우 바람직한 대규모 에너지원이다."

그 말은…… 너는 온몸을 바짝 긴장시킨다.

"나더러 고리를 돌려 열개의 에너지를 변환하……."

"아니, 그러면 넌 죽을 거야."

"흠, 미리 알려 줘서 고맙구나."

하지만 이젠 조금씩 이해할 수 있을 것 같다. 알라배스터의 수업을 들을 때와 똑같은 문제다. 단순히 열기와 압력과 운동력뿐만 아니라 다른 중요한 것을 고려해야 하는 것이다.

"그러니까 대지에도 마법이 흐르고 있다는 뜻이야? 만약에 내가 그 마력을 오벨리스크에 투입하면……." 그러다 문득, 너는 안티모니의 말을 떠올리고 두 눈을 깜박인다. "오벨리스크의 문?"

방금 전까지 안티모니는 알라배스터에게만 오롯이 집중하고 있었다. 그녀의 무감한 검은 눈동자가 슬그머니 미끄러지더니 너의 시선을 마주한다.

"도합 216개의 오벨리스크가 제어 알석(cabochon)을 중심으로 네트워크화되어 있지." 네가 삭아빠질 제어 알석이 대체 뭔지 고민하는 사이, 그리고 그 빌어먹을 오벨리스크가 200개가 넘는다는 사실에 경악하는 사이, 안티모니가 말을 잇는다. "그걸 이용해 열개의 힘을 증폭시키면 충분할 거다."

"뭘 하기에 충분한데?"

너는 처음으로 안티모니의 목소리에 희미한 감정이 묻어나는 것을 감지한다. 약간의 짜증이다.

"지구-달 천체계의 평형을 되돌리는 거지."

이게 뭔 소리람.

"알라배스터는 달이 튕겨져 날아갔다고 했어."

"극심한 타원 궤도를 그리게 된 거지." 멍청하니 쳐다보자 안티모니가 네가 이해할 수 있는 언어로 번역해 준다. "다시 돌아올 거야."

오, 대지여. 오, 녹병삭아죽을, 오. 안 돼.

"지금 나더러 염병지랄할 달을 붙잡으라는 거야?"

안티모니는 잠자코 너를 바라볼 뿐이고, 그제야 너는 방금 고함을 지르다시피 했다는 사실을 깨닫는다. 미안한 마음에 알라배스터를 쳐다보지만 다행히도 그는 깨지 않았다. 저쪽 침상에 누워 있는 간호사도 마찬가지다. 네가 조용해지자 안티모니가 말한다.

"그것도 한 방법이지." 그러고는 문득 생각났다는 듯이 덧붙인다. "알라배스터가 영구적인 궤도 수정에 필요한 두 가지 조치 중에서 한 가지를 이미 완료해 두었다. 항행 속도를 늦추고, 놔뒀다면 이 행성을 그냥 지나쳐 갔을 궤도를 새로 보정했지. 다른 사람이 두 번째 보정을 가해 궤도를 안정시키고 마법적 조정을 완료해야 한다. 평형 상태가 확립되면 계절이 끝나거나, 혹은 너희 동족에게는 없는 것이나 다름없을 정도로 그 빈도가 감소할 거다."

너는 숨을 들이켠다. 하지만 알 것 같다. 아버지 대지에게 잃어버린 자식을 되돌려준다면 그의 진노도 가라앉을지 모른다. 그렇다면 그게 세 번째 집단이로군. 휴전을 원하는 자들. 아버지 대지와 인류가 서로를 용인하며 함께 살아가는 것. 설령 그 방법이 거대한 열개를 만들어 대지를 찢는 것이고 그 과정에서 수백만 명의 목숨을 앗아가게 되더라도 말이다. 어떤 수단을 동원해서라도 대지와 인간의 평화로운 공존을 모색하는 것.

계절이 없는 세상. 그건…… 상상조차 힘든 일이다. 계절은 항상 존재했었다. 다만…… 이제 너는 그게 사실이 아님을 안다.

"그런 거면 선택의 여지가 없잖아." 마침내 네가 대답한다. "계절을 끝장내거나 아니면 이번 계절이 영원토록 이어지는 동안 모두가 죽는 걸 보고만 있는 것 중에 선택하라고? 나는……." 달을 붙잡다는 말은 좀 우스꽝스럽다. "너희 스톤이터들이 원하는 대로 해 주지."

"선택의 여지는 항상 존재해."

항상 그렇듯이 이질적인 안티모니의 눈동자가 미묘하게 흔들린다. 어쩌면 그동안 네가 그녀에게 조금 익숙해진 걸지도. 갑자기 그녀가 인간처럼 느껴지고 아주아주 씁쓸하고 지쳐 보인다.

"더구나 내 동족 모두가 같은 것을 바라는 건 아니야."

너는 그 말에 얼굴을 찡그리지만, 그녀는 더는 아무 말도 덧붙이지 않는다.

묻고 싶은 것도 많고 알고 싶은 것도 많으나, 안티모니가 옳다. 너는 아직 준비가 안 됐다. 머리는 복잡하고, 알 수 없는 단어들이 벌써 뒤죽박죽 섞여 흐릿해지고 있다. 도저히 참고 감당할 수 없을 정도다.

소망과 욕구. 너는 침을 꼴깍 삼킨다.

"나도 여기 있어도 될까?"

안티모니는 대답하지 않는다. 아마 물을 필요도 없었던 것 같다. 너는 몸을 일으켜 가까운 침대 옆으로 다가간다. 침대머리가 벽에 붙어 있어 거기 누우면 알라배스터와 안티모니를 지켜볼 수 있지만 스톤이터의 뒤통수를 빤히 쳐다보고 있자니 영 내키지 않는다. 너는 베개를 집어 들어 발치에 머리를 대고 거꾸로 눕는다. 그러면 알라배스터의 얼굴을 볼 수 있다. 옛날에, 이논의 어깨 너머로 알라배스터의 얼굴을 보고 있노라면 저절로 잠이 들던 시절도 있었다. 그때와 똑같은 감정은 아니지만…… 그래도 이건 의미가 있다.

잠시 후에 안티모니가 다시 노래를 흥얼거리기 시작한다. 묘하게 편안하고 안심이 되는 느낌이다. 너는 지난 몇 개월 동안 처음으로 오랜만에 기분 좋게 잠에 빠진다.

남쪽 하늘에 역행하는 (해독 불가)**가 있는지 찾아보라.**

그것이 점점 커진다면, (해독 불가)

—두 번째 석판, 「불완전한 진실」, 제6절

11장

샤파는 잠자리에 누워

다시 이 남자다. 그가 네게 그렇게 심한 짓을 하지 않았더라면 좋았을 텐데. 너는 그가 되는 것을 전혀 좋아하지 않으니까. 그가 나쑨의 일부가 되었다는 것을 알면 더욱 좋아하지 않겠지……. 하지만 지금은 그 생각은 하지 말자.

***

예전과 같은 사람이라고 할 수는 없지만, 아직 샤파라는 이름을 간직하고 있는 남자는 과거의 편린을 꿈꾼다.

수호자가 꿈을 꾸기란 쉬운 일이 아니다. 샤파의 보님기관 좌엽 깊숙한 곳에 박혀 있는 물체가 수면 각성 주기에 간섭하기 때문이다. 그는 잠을 자주 잘 필요도 없고, 꿈을 꿀 수 있을 만큼 깊이 잠들지도 않는다.(보통 사람들은 꿈수면 시간이 부족하면 미쳐 버린다. 수호자들은 그런 류의 어리석은 광기에는 면역을 지니고 있으나…… 어쩌면 그들은 항상 미쳐 있는 것인지도 모른다.) 샤파는 요즘 꿈을 자주 꾼다는 사실이 나쁜 징조라는 사실을 알지만 어쩔 도리가 없다. 대가를 치르기로 선택한 것은 그 자신이다.

그래서 샤파는 오두막 안 침대 위에 누워, 심상 속에서 정신적으로 마구 두들겨 맞는 동안 끙끙대며 몸을 뒤친다. 그의 정신은 꿈이라는 것을 자주 경험해 본 적이 없고 꿈을 구성하는 데 사용할 재료도 거의 남아 있지 않기 때문에 그의 꿈은 빈약하고 조잡하다. 나중에 그는 두 손으로 머리를 움켜쥐고 산산조각 난 자아의 조각들을 그러모으려 발악하며 혼잣말로 소리 내어 중얼거릴 것이다. 그래서 그렇게 나도 그가 무엇 때문에 괴로워하는지 알게 될 것이다. 그가 그렇게 격렬하게 몸부림치며 무슨 꿈을 꾸는지……

……그는 두 사람의 꿈을 꾼다. 기억 속에 놀랄 만치 선명하게 남아 있는 그들의 모습. 그들의 이름과 그와의 관계, 그들을 기억하는 이유, 다른 것들은 전부 흐릿하게 사라졌건만. 샤파는 그저 짐작만 할 뿐이다. 짙고 풍성한 검은색 속눈썹에 에워싸인 빙백색 눈동자를 갖고 있는 여자가 아마도 자신의 어머니라는 사실을. 남자는 더 평범하게 생겼다. 너무 평범하게 생겨서 수호자로서의 본능에 의심이 피어날 정도다. 야생 출신들은 평범해 보이기 위해 각고의 노력을 기울인다. 그들이 어떻게 그를 세상에 나게 했고, 어떻게 떠나보냈는지는 오직 대지만이 알 테지만 그들의 얼굴은 꽤 흥미롭다. 적어도.

……그는 워런트의 꿈을 꾼다. 층층이 쌓인 검은 화산암 벽을 쪼아 만든 방들. 부드러운 손길. 연민 어린 목소리. 샤파는 그 손이나

목소리의 주인들을 기억하지 못한다. 그의 몸이 철사 의자에 눕는다.(그래. 노드에서 철사 의자를 처음 사용한 게 아니다.) 의자는 매우 복잡하고, 자동화되어 있고, 샤파의 눈에는 꽤 오래돼 보이는데도 더할 나위 없이 매끄럽게 작동한다. 의자가 윙윙 회전하며 그의 몸을 돌리고, 다음 순간 샤파는 얼굴을 밑으로 한 채 눈부시게 밝은 인공불빛 아래 공중에 매달려 있다. 단단한 막대기가 얼굴을 양옆으로 눌러 고정시키자 목 뒤쪽이 적나라하게 노출된다. 그의 머리칼은 짧다. 뒤쪽에서, 위쪽에서, 샤파는 고대 문명이 만든 기계가 내려오는 소리를 듣는다. 너무나도 난해하고 기괴하여 그 명칭도 목적도 오래전에 잊혀 사라진 물건.(이때쯤 그는 원래의 목적은 원래 손쉽게 왜곡되고 변질된다는 사실을 배운 것을 기억해 낸다.) 그와 함께 온 다른 사람들이 옆에서 훌쩍이며 애원하는 소리가 들린다. 어린애들이 훌쩍이고 애원하는 소리. 이 기억 속에서 그는 아직 어린아이다. 갑자기 다른 아이들의 비명이 울려 퍼지고, 윙윙 돌아가며 뭔가를 써는 소리가 뒤섞인다. 그리고 낮고 희미하게 웅웅거리는 소리, 그가 평생 다시는 듣지 못할 소리도.(하지만 너와 오벨리스크에 다가가 본 적이 있는 오로진에게는 익숙한 소리다. 왜냐하면 지금 이 순간부터 그의 보님기관은 다른 목적을 위해 재조정될 것이며, 대지의 움직임과 동요가 아니라 조산력에 민감하게 반응할 것이기 때문이다.)

샤파는 몸뚱이를 비틀며 저항하던 것을 기억한다. 그는 어린 시절에도 다른 아이들보다 더 강했다. 머리와 상체가 결박에서 거의 빠져나왔을 무렵에 기계 장치가 그의 머리에 도달하고, 그래서 첫 번째 절개는 실패한다. 원래 그래야 할 자리보다 훨씬 아래쪽에 길게 칼자국이 난다. 자칫했다면 그는 거기서 목숨을 잃었을 것이다. 기계는 망설임 없이 재차 절개를 시도한다. 그는 은빛 쇳조각이 삽입된 순간 오한을 느끼고, 즉시 자신의 몸 안에서 차고 시린 다른 존재를 느낀다. 누군가 그의 상처를 꿰맨다. 통증은 끔찍하고 절대로 사라지지 않지만, 그는 일상생활을 할 수 있게 통증을 가라앉히는 방법을 배운다. 이식 수술에서 살아남은 아이들은 전부 그렇다. 바로 미소를 짓는 것이다. 너도 알지? 엔도르핀은 통증을 완화한다.

……그는 펄크럼의 꿈을 꾼다. 본관 중앙에 숨겨져 있는 천장 높은 방, 익숙한 인공 불빛을 따라가면 나타나는 커다랗게 입 벌린 구덩이와 그 벽에서 끊임없이 자라나는 은빛 금속 조각들. 그와 동료 수호자가 구덩이 바닥에 뒤틀리고 찢겨 있는 작은 몸뚱이를 내려다본다. 가끔 이곳을 찾아내는 아이들이 있다. 어리석고 딱한 것들. 그들은 진정 이해하지 못한단 말인가? 아버지 대지는 진실로 사악하고 잔인한 존재라, 샤파는 진심으로 그것으로부터 아이들을 보호하고 싶다. 할 수만 있다면. 한번은 살아남은 아이가 있다. 수호자 레셰트와 연결된 아이. 어린 소녀는 레셰트가 다가가자 겁을 먹고 움츠리지만, 샤파는 레셰트가 그 아이를 살려 주리라는 걸 안다. 레셰트는 늘 지나치게 무르고 다정하다. 그녀가 돌보는 아이들은 그 때문에 고통받고……

……그는 길 위를 여행하는 꿈을 꾼다. 그의 하얀 홍채와 변함없는 미소를 보고 이유는 모르지만 뭔가 잘못된 것을 보고 있음을 깨달은 낯선 이들의 쭈뼛거리는 눈빛을 꿈꾼다. 어느 날 여관에서 만난 한 여인은 그를 두려워하기는커녕 흥미를 느끼는 것 같다. 샤파

는 경고를 날리지만 그녀는 끈질기고, 그는 쾌락이 통증을 몇 시간, 어쩌면 밤새도록 달래 줄 수도 있을 거라는 생각을 하지 않을 수 없다. 잠시 동안이나마 인간다워질 수 있다는 느낌은 좋은 것이다. 그러나 샤파가 여자에게 경고했듯이, 그는 몇 달 뒤에 다시 이 지방으로 돌아온다. 여자의 배 속에는 아이가 있다. 그녀는 샤파의 아이가 아니라고 말하지만 일말의 여지도 남겨 둬서는 안 된다. 샤파는 검은 유리비수를 사용한다. 워런트에서 만들어진 무기다. 여자는 그에게 친절했기 때문에, 그가 노리는 건 아이뿐이다. 여자가 죽은 아이를 낳고도 계속 살아갈 수 있도록. 하지만 여자는 화를 내고, 겁을 먹고, 도와 달라고 소리치며 몸싸움을 벌이고, 그에게 칼을 휘두른다. 샤파는 그 자리에 있던 모두(여자의 가족, 열 명이 넘는 구경꾼, 그리고 그를 공격한 마을 인구의 절반)를 도륙하며 다짐한다. 그는 인간이 아니며, 인간이었던 적이 없음을 다시는, 다시는 잊지 않겠노라고.

……그는 또다시 레셰트의 꿈을 꾼다. 이번에는 그녀를 못 알아볼 뻔했다. 머리칼은 희게 세었고 한때 주름 하나 없이 팽팽하던 얼굴은 쪼글쪼글하게 늘어져 있다. 몸집은 줄어들었고 뼈대가 물러 등과 허리가 구부정해졌는데 이건 나이 든 극지방 사람들에게 자주 일어나는 일이다. 그렇지만 레셰트는 샤파보다 수백 년이 넘도록 더 많은 것들을 보아 왔다. 그들은 이렇게 늙지 않는다. 허약해지지도 않고 노쇠해지지도 않고 이렇게 오그라들지도 않는다.(그리고 행복감과 단순히 고통을 경감하는 것 이상의 의미를 지닌 미소. 그들은 이런 것을 가져서도 안 된다.) 그는 자신이 추적해 찾아낸 오두막에서 얼굴 가득 크고 반가운 미소를 띤 레셰트가 절룩거리며 걸어 나오는 모습을

멍하니 바라본다. 샤파의 가슴속에 스스로도 자각하지 못한 희미한 공포와 혐오감이 불거지기 시작하고, 레셰트가 다가와 앞에 선 순간 그는 반사적으로 손을 내밀어 그녀의 목을 부러뜨린다.

……그는 어린 소녀의 꿈을 꾼다. 그 아이. 수십, 수백 명의 아이들 중 한 명. 끝없는 세월 동안 거쳐 간 모든 아이들의 얼굴이 흐릿하건만…… 이 아이는 아니다. 샤파는 그 아이를 헛간에서 발견한다. 딱하고 가엾은 것. 아이는 즉시 그를 사랑하게 된다. 그도 그 아이를 사랑한다. 최대한 다정하게 대할 수 있으면 좋으련만, 그래서 그는 부드럽고 상냥하게 아이의 뼈를 부러뜨리고, 애정 넘치는 협박으로 복종을 가르치고, 그래서는 안 될 기회를 베풀어 준다. 레셰트에게서 나약함이 옮기라도 한 것일까? 어쩌면, 어쩌면…… 하지만 그 애의 얼굴이. 눈빛이. 이 아이에겐 뭔가 특별한 게 있다. 한참 나중에 그 애가 알리아에서 오벨리스크를 띄워 올렸다는 이야기를 듣고도 그는 놀라지 않는다. 샤파의 특별한 아이. 그는 아이가 죽었다는 이야기를 전해 듣고도 믿지 않는다. 후에 그의 아이를 되찾으러 갔을 때, 샤파의 가슴은 자부심으로 뿌듯하고 머릿속에 존재하는 목소리에게 제발 자신이 그 애를 죽일 필요가 없기를 기도한다. 그 어린 여자아이는……

……아이의 얼굴을 본 샤파가 작게 울부짖으며 깨어난다. 그 여자아이.

다른 두 수호자가 대지의 언짢음을 담은 얼굴로 샤파를 바라본다. 그들은 샤파만큼이나 손상됐다. 어쩌면 그보다도 더 심하게. 그들 셋은 수호단의 엄중한 경고를 입증하는 살아 있는 증거다. 샤파는 적어도 자신의 이름을 기억하지만 이들은 그조차도 기억하지 못한다. 샤파와 그들의 차이점은 그것뿐이다…… 맞지? 하지만 이상하게도 이들은 그보다 덜 손상된 것처럼 보인다.

무관한 일이다. 샤파는 침대에서 일어나 손바닥으로 얼굴을 문지른 다음, 밖으로 나간다.

아이들의 숙소로. 아이들이 잘 있는지 점검할 시간이다. 샤파는 내심 이렇게 변명하면서 곧장 나쑨의 침대로 향한다. 등불을 가까이 내밀어 잠든 나쑨의 얼굴을 꼼꼼히 뜯어본다. 그래. 이 아이의 눈을, 광대뼈를 보면 항상 마음속 한구석이 간질거리는 것 같고, 그의 기억의 파편과 나쑨의 옹골찬 얼굴이 마침내 하나로 결합돼 완성된다. 그의 다마야. 그의 작은 아이가 죽지 않고 이렇게 다시 태어났다.

샤파는 다마야의 손을 부러뜨린 것을 기억하고 흠칫 움츠린다. 어째서 그런 짓을 한 걸까? 어째서 그런 끔찍한 짓을 수도 없이 했던 걸까? 레셰트의 목을 부러뜨리고. 티메이를 죽이고. 에이츠의 가족을 몰살하고. 그 외에도 무수한 사람들을. 마을 전체를. 도대체 어째서?

나쑨이 잠결에 뒤척이며 웅얼웅얼 잠꼬대를 한다. 샤파가 저도 모르게 손을 내밀어 아이의 얼굴을 어루만지자 나쑨은 금세 조용해진다. 가슴 한 켠이 찌릿하게 아려 온다. 어쩌면 이게 사랑인 걸까. 샤파는 레셰트와 다마야와 다른 사람들을 사랑했던 기억이 난다. 그런데도 그들에게 그런 짓을 저질렀었다.

나쑨이 몸을 움직이더니 환한 등불 빛에 눈을 깜박인다.

"샤파?"

"아무 일도 아니란다, 아이야. 미안하다." 참으로 많이 미안하다. 그러나 그는 두렵고, 아직도 꿈의 여파가 남아 있다. 그는 그것을 지워 버리고 싶다. 샤파가 불쑥 말한다. "나쑨, 너는 내가 무섭지 않니?"

나쑨이 눈을 깜박인다. 아직 잠이 덜 깬 모양새이지만…… 이내 방긋 웃어 보인다. 아이의 표정에 그의 내면에 뭉쳐 있던 것이 풀려난다.

"절대로요."

절대로. 그는 마른침을 삼킨다. 갑자기 목이 메는 것 같다.

"다행이구나. 그만 자렴."

나쑨은 곧장 잠든다. 어쩌면 애초에 잠에서 깨지 않은지도 모르겠다. 하지만 샤파는 자리를 뜨지 않고 나쑨의 침대 곁에 머무르며 아이의 눈꺼풀이 파드득 꿈결 속에 빠져드는 모습을 지켜본다.

절대로.

"절대로 다시는."

그는 속삭인다. 그러고는 또다시 떠오른 기억에 움찔거린다. 하지만 이내 기분이 바뀌고, 새로운 결심이 샘솟는다. 과거는 중요하지 않다. 그건 지금의 샤파가 아니었다. 이제 그에게는 새로운 기회가 주어졌다. 더 이상 예전의 샤파가 아니라는 것이 예전과 같은 괴물이 아니라는 뜻이라면, 그는 이렇게 된 것을 후회하지 않을 것이다.

척추를 타고 눈앞이 번쩍거리는 듯한 격통이 엄습한다. 너무 순식간에 일어난 일이라 웃음 지을 틈도 없다. 뭔가가 그의 새 결심에

동의하지 않는다. 자동적으로 그의 손이 움찔거리며 나쑨의 목으로 다가가지만…… 안간힘을 다해 멈춘다. 안 돼. 그에게 나쑨은 단순히 통증을 완화시키는 도구가 아니다. 그보다 더 중요한 존재다.

그 애를 이용해. 목소리가 명령한다. 망가뜨려. 그 애 어미처럼 쓸데없이 기가 너무 세. 복종하게 만들어.

싫어. 샤파는 생각한다. 그러고는 보복으로 날아오는 채찍질을 힘겹게 버텨 낸다. 그저 통증일 뿐이다.

샤파는 나쑨에게 이불을 꼼꼼히 덮어 주고, 이마에 입을 맞추고, 불을 끄고, 자리를 뜬다. 마을 전체가 내려다보이는 산등성이에 서서 밤새도록 이를 갈며, 과거의 자신을 잊고 앞으로는 더 나은 자신이 되겠다고 굳게 다짐한다. 그리고 마침내 두 수호자가 깨어나 오두막에서 나왔을 때, 샤파는 등 뒤에 매섭게 꽂히는 그들의 기이한 시선을 무시한다.

12장

위로 떨어지는 나쏸

다시 강조하지만, 이 이야기의 많은 부분이 추측에 불과하다. 너는 나쏸이 어떤 아이인지 알고 그 아이는 또한 너의 일부이기도 하지만, 그렇다고 네가 나쏸이 될 수는 없다……. 그리고 지금쯤은 너도 네가 생각만큼 딸아이에 대해 속속들이 아는 게 아니라는 걸 깨달았겠지.(아, 하지만 원래 어떤 부모도 자식을 다 알지는 못하는 법이다.) 다른 한 부모는 나쏸의 존재를 아울러야 하는 과제를 안고 있다. 그러나 너는 그 아이를 사랑하고, 그러니 나의 일부분 역시 그리하는 수밖에 없다.

그렇다면 우리는 사랑 속에서 이해를 구할 것이다.

***

나쏸은 대지 깊숙이 의식을 고정시키고, 귀를 기울인다.

처음에는 평소처럼 보님기관 주변에 부딪치는 것들뿐이다. 지층의 미세한 수축과 이완, 제키티 아래 위치한 나이 든 화산의 비교적 차분한 휘돎, 현무암기둥의 점진적이고 끝없는 융기와 냉각. 나쑨은 이런 것들에 익숙해졌다. 아이는 이 모든 것들을 한밤중에 부모님이 잠자리에 들 때까지 몰래 기다릴 필요가 없이 언제든 내킬 때마다 자유롭게 들을 수 있다는 게 좋다. 이곳 찾은달에서 샤파는 나쑨이 원할 때마다 도가니를 마음껏 사용해도 좋다고 허락해 주었다. 하지만 나쑨은 도가니를 독차지하지 않으려고 노력한다. 다른 아이들도 배워야 하니까……. 하지만 아이들은 나쑨만큼 조산술을 연습하는 것을 좋아하지 않는다. 대부분은 자기가 어떤 힘을 지녔는지 무관심하거나, 아니면 조산술로 놀라운 일을 할 수 있다는 사실에도 감흥이 없는 것 같다. 어떤 애들은 할 수 있는 일을 무서워하기까지 하는데, 나쑨은 도무지 이해할 수가 없다. 하지만 지금 와서 생각해 보면 나쑨이 한때 전승가가 되고 싶어 한 것도 이해할 수 없긴 마찬가지니까. 지금 나쑨은 자신이 누구이고 무엇인지 포용할 수 있는 완전한 자유를 누리고 있으며, 더는 자기 자신이 두렵지 않다. 이제 나쑨에게는 있는 그대로의 그녀를 믿고, 인정해 주고, 또 그녀를 위해 대신 싸워 줄 사람이 있다. 그러므로 나쑨은 이제 진정한 자기 자신이 될 것이다.

그래서 지금 나쑨은 제키티 열점에서 소용돌이치는 흐름을 타고 서로 다른 방향에서 짓누르고 부딪치는 압력 속에서 완벽한 균형을 잡고 있으면서도 이게 겁먹을 일이라고는 생각조차 하지 않는다. 나쑨은 이게 펄크럼의 네 반지조차 힘에 부친 일이라는 사실을 모른다. 하지만 또 다른 쪽으로 생각해 보면, 나쑨은 네 반지처럼 대지의 열과 움직임을 취해 자신이라는 매개체를 통해 외부로 내보내는 것이 아니다. 나쑨은 힘을 뺀는다. 그렇다. 하지만 주변의 에너지를 빨아들이는 고리가 아니라 순수한 감각만을 사용하고 있다. 펄크럼 교관이라면 그런 식으로는 아무것도 하지 못할 것이라고 경고할 테지만, 나쑨은 본능적으로 자신이 할 수 있다고 느끼는 일들을 해낸다. 나쑨은 땅속 소용돌이 속에서 함께 휘돌며, 긴장을 풀고 압력과 저항력 아래 놓여 있는 것을 세심하게 걸러 찾아낸다. 그 은빛을.

샤파와 다른 사람들에게 넌지시 물어보고 그것이 뭔지 아는 사람이 아무도 없다는 사실을 알게 된 나쑨은 그것을 그렇게 부르기로 결정한다. 은빛. 다른 오로진 아이들은 그것을 감지조차 하지 못한다. 언젠가 나쑨이 에이츠에게 조심스럽게 대지가 아니라 샤파에게 집중해 보라고 했을 때 에이츠가 뭔가를 보닌 것 같다고 말한 적은 있다. 땅속보다는 사람의 몸 안을 흐르고 있는(더 진하게 응축되어 있고, 강렬하고, 의지를 지닌) 은빛을 인지하는 게 더 쉽기 때문이다. 하지만 다음 순간 샤파가 흠칫 몸을 굳히며 에이츠를 노려보자 에이츠가 움찔하더니 죄책감 때문인지 평소보다 더 안절부절못하는 것 같아서 나쑨은 다 자기 잘못인 듯해 미안해진다. 나쑨은 다시는 에이츠를 부추기지 않는다.

하지만 다른 아이들은 그 정도도 하지 못한다. 가장 큰 도움이 된 것은 수호자인 니다와 움버다.

"펄크럼에서는 이런 걸 발견하면 추려서 뽑아내 버렸지. 아이들이 부름을 들으면, 귀를 너무 가까이 기울이면 말이야."

니다가 이야기를 시작하자, 나쑨은 마음의 각오를 다진다. 니다가 말을 시작한 이상 언제 끝날지 알 수가 없기 때문이다. 니다는 다른 수호자가 끼어들지 않으면 수다를 그칠 줄을 모른다.

"구조를 통제하는 게 아니라 승화물(昇華物)을 이용하는 것은 매우 위험하고, 결정적이며, 불길한 전조를 의미한다. 연구 조사 목적으로 배양하는 건 중요하지만, 그런 아이들은 대부분 노드로 돌렸다. 다른 아이들을 잘라, 잘라, 자른 것은 하늘을 향해 뻗는 것이 금지되어 있었기 때문이다."

그러고는 놀랍게도 그녀는 그 말을 끝으로 입을 다문다. 나쑨은 하늘은 또 무슨 상관인지 궁금하지만 물어보지 않는 게 좋다는 것쯤은 알고 있다. 그랬다간 니다가 또다시 끝없는 수다를 시작할 테니까.

하지만 재빠른 니다와 대조적일만큼 조용하고 느릿한 움버가 고개를 주억인다.

"몇 명은 어느 정도까지 익힐 수 있게 내버려 두었지." 그가 설명한다. "다음 세대의 번식을 위해. 호기심 때문에. 펄크럼의 자부심을 위해. 그게 다였다."

일단 쓸데없는 말들을 추려내고 나자 나쑨은 몇 가지 사실을 알아차린다. 니다와 움버와 샤파는 예전에는 그랬을지 몰라도 이제는 더 이상 수호자로서 적합하지 않다. 그들은 자신이 속해 있던 단체를 버리고, 기존의 방식과 신조를 등지기로 선택했다. 어쨌든 은빛을 사용하는 것은 평범한 수호자들에게 극심한 우려를 야기하는 심각한 문제다. 하지만 왜? 펄크럼 오로진 중 몇 명이 그 기술을 배우고 "익힐" 수 있게 허용됐다면, 그보다 더 많은 오로진이 그러지 못할 이유는 뭐란 말인가? 그리고 이 전직 수호자들은, 옛날에는 그 기술을 "추려서 뽑아내" 버렸으면서 지금은 왜 그녀가 자유롭게 다룰 수 있게 놔두는 거지?

이 대화를 나눌 때에는 샤파도 옆에 있지만 그는 끼어들지 않는다. 그저 시종일관 미소를 띤 채 간혹 은빛이 몸속에서 빛나거나 그를 잡아당길 때만 얼굴을 찡그리며 가만히 나쑨을 보고 있을 뿐이다. 요즘에는 은빛이 그를 부쩍 자주 괴롭히고 있다. 나쑨은 그 이유를 모르겠다.

저녁이 되면 나쑨은 찾은달에서의 일과를 마치고 집으로 간다. 지자는 제키티에 새 보금자리를 꾸렸는데, 나쑨이 들를 때마다 조금씩 아늑함이 더해지고 있다. 낡은 나무 문은 보기 좋게 푸른 칠을 했고, 작은 정원에는 짙은 잿구름 때문에 성장이 더디긴 하지만 흙꽃이 식물들이 자라고 있다. 지자가 유리칼과 교환해 얻은 러그는 그가 딸에게 내어 준 작은 방에 깔려 있다. 티리모에서 쓰던 방만큼 크진 않아도 창문이 있어서 제키티 고원을 둘러싸고 있는 푸른 숲이 내다보인다. 그리고 날 좋은 날이면 때때로 저 푸르른 숲 너머 아득하게 펼쳐진 하얀 해안선이 시야에 들어온다. 그 뒤에는 늘 나쑨의 시선을 사로잡는 파란 빛깔이 펼쳐져 있다. 이렇게 먼 곳에서는 그저 파란 덩어리로 보일 뿐이지만. 나쑨은 생전 한 번도 바다를 본 적이 없지만 에이츠가 자주 바다에 대해 근사한 이야기를 해 준다. 바다에서는 소금 냄새가 나고 기괴하게 생긴 생명들이 산다고 한다. 모래라고 불리는 성긴 것 위로 물이 밀려오는데, 소금기 때문에 거기선 아무것도 자라지 않는다고도 했다. 그리고 때때로 게나 오징어, 모래이빨 같은 바다 생명들이 꿈틀거리거나 뽀글뽀글 거품을 내뿜기도 한단다. 그치만 가장 마지막 것은 계절에만 나타난다고 한다. 언제 쓰나미가 일지 모르기 때문에 사람들은 가능하면 해변에 살지 않는다. 실제로 나쑨과 지자가 제키티에 도착하고 며칠 뒤에 나쑨은 바다 저편 동쪽에서 커다란 흔들의 여파가 밀려오는 것을 보닌다. 그런 뒤에 뭔가 거대한 것이 움직이다가 긴 해안가를 따라 쿵 하고 부딪칠 때 반향이 발생하는 것도 보닌다. 나쑨은 이번만큼은 바다에서 멀리 떨어져 있어서 다행이라고 생각한다.

그렇지만 집이 있다는 건 정말 좋은 일이다. 정말로 오랜만에 정상적인 삶을 살고 있는 것처럼 느껴진다. 어느 날 저녁 식사 도중에 나쑨은 아버지에게 에이츠가 바다에 대해 말한 것들을 들려준다. 그는 미심쩍은 표정으로 그런 것을 어디서 들었는지 묻는다. 나쑨이 에이츠에 대해 말해 주자 갑자기 지자가 조용해진다.

"그 애도 로가냐?" 그러고는 한참 뒤에 그렇게 묻는다.

지자의 어조에서 본능적으로 경고를 읽어 낸 나쑨은 퍼뜩 입을 다문다. 지자의 기분을 항상 주의 깊게 살피고 경계해야 한다는 것을 그만 깜박 잊어버렸다. 그렇지만 너무 오래 말을 안 하면 지자가 더 화를 내리라는 것을 알기에 결국 고개를 끄덕인다.

"그중에 어떤 애지?"

나쑨은 입술을 짓씹는다. 하지만 에이츠는 샤파의 돌봄 아래 있고, 그녀는 샤파가 그가 책임지고 있는 오로진에게 어떤 위험도 닥치지 않게 하리라는 것을 잘 안다. 그래서 나쑨은 대답한다.

"나이가 제일 많은 남자애요. 키가 크고 아주 까맣고, 우울한 얼굴을 하고 있어요."

지자는 계속 음식을 먹지만 나쑨은 그의 턱 근육이 씹는 동작과는 관계없이 불끈거리는 것을 지켜본다.

"해안인 애 말이구나. 본 적이 있다. 다시는 걔랑 얘기하지 마라."

나쑨은 마른침을 삼킨 다음, 과감하게 말해 본다.

"하지만 아빠. 다른 애들이랑 말을 안 할 수는 없어요. 그래야 배울 수 있는걸요."

"배워?" 지자가 고개를 든다. 최대한 억누르고 있지만, 그는 지금 화가 나 있다. "그 애가 몇 살이지? 스물? 스물다섯? 그런데도 아직 로가지. 아직도 말이야. 지금쯤이면 치료가 되어 있어야 하는 거 아니냐?"

나쑨은 순간 당황한다. 이제껏 수업을 들으면서 조산력을 치료해야 한다는 생각을 한 번도 해 본 적이 없기 때문이다. 샤파가 그런 게 가능하다고 하기는 했다. 아, 그리고 에이츠는 지자의 생각과는 달리 아직 열여덟 살밖에 안 됐지만 만약에 가능했다고 쳐도 치료법을 시도하지 않았기엔 나이가 너무 많다. 오싹 소름이 돋는다. 지자는 조산력을 없앨 수 있다는 샤파의 말을 의심하기 시작했다. 만약 나쑨이 치료를 받고 싶지 않다는 걸 알게 되면 그는 어떻게 할까?

알아봤자 좋을 게 없다.

"네, 아빠."

나쑨의 순종적인 대답을 들은 지자는 으레 그렇듯이 조금 누그러진다.

"수업 때문에 그 애에게 말을 걸어야 한다면 그건 어쩔 수 없지. 수호자를 화나게 하면 안 되니까. 하지만 그 외에는 절대 가까이 하지 말아라." 지자가 한숨을 쉰다. "네가 거기서 시간을 너무 많이 보내는 게 영 탐탁지 않구나."

그 뒤로도 지자는 식사를 하는 내내 투덜대지만 더는 나쁜 말을 하지 않기 때문에 나쑨도 긴장을 푼다.

다음 날 아침, 찾은달로 돌아간 나쑨은 샤파에게 말한다.

"제 실력이 나아졌다는 걸 숨길 방법을 배워야겠어요."

나쑨이 그렇게 말했을 때, 샤파는 양옆에 가방 두 개를 짊어지고 찾은달로 이어지는 오르막길을 오르는 중이다. 가방은 무겁다. 인간답지 않게 힘이 센 샤파조차도 힘겨운지 숨을 허덕거리고 있어서 나쑨은 구태여 즉답을 듣겠다고 성가시게 굴지 않는다. 샤파는 찾은달의 자그마한 비축용 오두막에 도착하자 자루를 내려놓고 숨을 고른다. 필요할 때마다 제키티 비축창고나 마을의 공용 식당까지 왕복하느니 찾은달에 아이들에게 먹일 식량을 저장해 두는 편이 낫다.

"거기서 넌 안전하니?"

그때 조용한 목소리로 샤파가 묻는다. 아, 나쑨은 샤파를 정말 사랑한다.

나쑨은 고개를 끄덕이며 아랫입술을 깨문다. 친아버지 때문에 그런 걸 의심해야 한다는 건 잘못된 일이기 때문이다. 샤파는 한참 동안 나쑨을 빤히 응시하고, 그의 눈빛은 어쩌면 그 문제에 대해 가장 단순한 해결책을 고려하고 있는 게 아닐지 의심스러울 만큼 싸늘하다.

"그러지 마요." 나쑨이 불쑥 말한다.

샤파가 한쪽 눈썹을 치켜세운다.

"뭘?" 떠보는 말투.

나쑨은 1년 동안 길 위에서 추악함을 보고 살았다. 적어도 샤파는 폭력을 행사함에 있어 깔끔하고 명확하다. 나쑨은 이를 악문 채 턱을 치켜든다.

"아버지를 죽이지 마요."

샤파는 빙그레 웃지만, 그의 눈빛은 여전히 냉랭하다.

"그런 두려움을 유발하는 것들이 있다, 나쑨. 하지만 그건 너나 네 동생, 혹은 네 어머니가 거짓말을 한 것과는 아무 상관이 없어. 네 아버지가 그것 때문에 어떤 상처를 입었는지는 몰라도, 그 상처가 곪은 것 같구나. 네 아버지는…… 너도 알다시피 오랜 상처를 건드리거나 혹은 그 근처에만 가도 폭발할 거다."

나쑨은 우체를 떠올리며 고개를 끄덕인다.

"그런 사람은 이성으로 설득할 수가 없다."

"난 할 수 있어요." 나쑨이 쏘아붙인다. "전에도 해 봤는걸요. 난 어떻게……."

아버지를 조종하는지 알아요. 진실된 의도는 이것이나, 나쑨은 열 살밖에 되지 않았고 그래서 이렇게 말한다.

"아빠가 나쁜 짓을 하기 전에 막을 수 있어요. 지금까지 계속 그랬고요."

대개는.

"그러다 언젠가는 실패하겠지. 딱 한 번이면 된다. 한 번이라도 실패하면 끝이야." 샤파가 나쑨을 응시하며 말한다. "네 아버지가 널 조금이라도 다치게 한다면 그 작자를 죽여 버리겠다, 나쑨. 명심해 두렴. 네가 너보다 아버지의 목숨을 귀하게 여긴다면 말이야. 나한테는 네가 더 소중하니까."

말을 마친 샤파가 등을 돌려 가방을 정리하기 시작하고, 그렇게 두 사람의 대화는 끝난다.

얼마 뒤에 나쑨은 다른 아이들에게 샤파와 나눈 대화에 대해 이야기해 준다. 꼬마 파이도가 말한다.

"그냥 우리랑 같이 찾은달에서 살면 안 돼?"

이네긴과 얌체, 라샤는 옆에서 오후 내내 도가니 바닥에 묻혀 있는 표시된 돌을 찾고 굴리느라 쌓인 피곤함을 풀고 있다. 그들도 고개를 끄덕이며 맞장구를 친다.

"그 방법밖엔 없지 않아?" 라샤가 특유의 뽐내는 듯한 말투로 말한다. "계속 거기서 그 사람들이랑 살면 우리랑 진짜 가족은 되지 못할 거야."

나쑨도 자주 그런 생각을 하긴 한다. 하지만……

"내 아버지인걸."

나쑨이 어쩔 수 없다는 듯 팔을 넓게 펼치며 말한다.

다른 아이들은 이해하지 못한다. 도리어 가엾다는 표정만 지을 뿐이다. 많은 아이들이 믿고 신뢰하던 어른들이 남긴 폭력의 흔적을 아직도 달고 있다.

"그 사람은 둔치잖아."

얌체가 재빨리 쏘아붙이고, 다른 아이들이 생각하기에 이 문제는 그걸로 끝이다. 나쑨은 결국 다른 아이들을 설득하는 것을 포기한다.

고민은 나쑨의 조산술에도 영향을 끼치기 시작한다. 어떻게 그러지 않을 수가 있을까. 나쑨의 일부는 아직도 아버지를 기쁘게 하고 싶지만 대지와 오롯이 하나가 되려면 완전하게 채워진 나쑨이, 기쁨에서 오는 확신과 자신감이 필요한데. 그래서 그날 오후 나쑨이 열점에서 휘휘 돌고 있는 은빛 실을 만지려고 한 순간 뭔가가 끔찍하게 잘못되고, 깜짝 놀라 간신히 기다시피 자신의 의식으로 돌아왔을 때 나쑨은 자기가 도가니의 열 개 원을 모두 하얗게 얼려 버렸다는 사실을 깨닫는다. 샤파가 특단의 조치를 취한다.

"오늘은 여기서 자렴."

샤파가 나쑨을 안아 올려 발을 디딜 때마다 버석거리는 바닥을 가로질러 의자에 앉힌다. 나쑨은 걸을 수도 없을 만큼 기진맥진해 있다. 죽지 않으려고 애쓰는 것만으로 기력을 전부 소모한 탓이다.

"내일 아침에 집에 데려다 주마. 그런 다음에 소지품을 전부 챙겨서 와라."

"나, 난 싫어요."

나쑨이 숨을 헐떡거리며 대꾸한다. 샤파가 아이들이 싫다고 말하는 것을 얼마나 싫어하는지 알면서도.

"네 의견 따위는 상관없다, 아이야. 훈련이 엉망이 되어 가고 있잖니. 펄크럼이 아이들을 가족에게서 떼어 놓는 것도 바로 이래서지. 네가 하는 일은 너무 위험해서 다른 데 신경이 팔리면 절대로 안 되거든. 그게 설사 애정일지라도 말이다."

"하지만."

나쑨은 반대할 힘도 없다. 샤파는 나쑨의 몸을 덥혀 주려 무릎에 앉힌다. 나쑨의 고리가 그녀의 몸에 닿을 정도로 아슬아슬하게 가까이 돌고 있었기 때문이다.

샤파가 한숨을 내쉰다. 누군가에게 담요를 가져오라고 소리칠 뿐, 한참 동안 말이 없다. 담요를 가져온 건 에이츠다. 그는 무슨 일이 일어났는지 알아차린 순간 즉시 담요를 가지러 달려간다.(모두가 나쑨이 한 일을 봤다. 창피해 죽을 것 같다. 네가 나쑨이 어렸을 적부터 진즉에 알았다시피, 그 아이는 아주, 아주, 자존심이 강한 아이다.) 마침내 달달 떨리던 몸이 조금씩 진정되고 보님기관이 구석구석 된통 두들겨 맞은 듯한 느낌이 가시고 나자 샤파가 말을 건넨다.

"너한테는 훨씬 중요하고 고귀한 목적이 있단다, 아이야. 그저 한 사람의 소망을 만족시키려 해선 안 돼. 나조차도 말이다. 너는 그런 사소한 것을 위한 존재가 아니야."

나쑨은 얼굴을 찡그린다.

"그럼 뭘 위한 건데요?"

샤파가 고개를 가로젓는다. 은빛 실이 그의 몸 전체에서 번득이고, 샤파의 보님기관에 박혀 있는 것이 다시금 그 강한 의지를 엮어, 혹은 그러려고 시도하자 복잡하게 얽힌 가닥들이 살아 있는 듯 꿈틀거린다.

"아주 커다란 실수를 바로잡기 위해서란다. 한때는 나도 그것의 일부였고."

나쑨의 온몸이 빨리 쉬고 싶다고 외치고 있지만, 그러기엔 너무 흥미로운 이야기다.

"그 실수라는 게 뭔데요?"

"너희 동족을 노예로 만든 거다."

나쑨이 몸을 일으켜 세우며 찌푸린 얼굴로 샤파를 바라본다. 그는 빙그레 웃지만, 이번에는 어딘가 서글퍼 보인다.

"어쩌면 그들의 자발적인 노예화를 구 산제 치하에서 영속적으로 만들었다고 설명하는 편이 더 정확하겠구나. 명목상으로 펄크럼은 오로진에 의해 운영되거든. 우리가 추리고, 양성하고, 다듬고, 신중하게 선택한 오로진들에 의해서 말이야. 그래야 우리에게 복종할 테니까. 그래야 제 분수를 자각할 테니까. 죽음과, 사회적 수용에 대한 아주 희박한 가능성이라는 두 가지 선택지밖에 없는 이상 그들은 절박했고, 그래서 우리는 그것을 이용했다. 우리가 그들을 절박하게 만들었다."

왠지 샤파는 여기서 말을 끊고 한숨을 쉰다. 숨을 가슴 깊이 들이켰다가 다시 내쉰다. 빙긋 웃는다. 나쑨은 굳이 보니지 않고도 샤파의 머릿속에 상존하는 끔찍한 고통이 다시 활개를 치기 시작했다는 걸 알 수 있다.

"그리고 내 동포들, 한때 나와 같았던 수호자들도 그런 잔혹 행위에 가담했다. 네 아버지가 돌을 깎는 걸 본 적이 있지? 망치로 두드려서 약한 부분을 얇게 벗겨 내잖니. 내리치는 힘이 너무 강해서 깨지기라도 하면 처음부터 다시 시작해야 하고 말이다. 그게 내가 한 일이었다. 다만 내가 다듬은 건 아이들이었지."

나쑨은 샤파의 말을 믿을 수가 없다. 물론 샤파는 잔인하고 폭력적이지만, 그건 샤파를 적대하는 자들에게나 그렇다. 나쑨은 1년 동안 향 없이 떠돌았고, 때로는 그런 무자비함이 필수적이라는 걸 안다. 하지만 찾은달의 아이들에게 샤파는 늘 다정하고 상냥하다.

"나도요?"

다소 애매한 질문이지만, 샤파는 나쑨이 무엇을 묻고 있는지 정확히 안다. 그때 나를 만났으면 나한테도 그랬을 거예요?

샤파는 나쑨의 머리를 부드럽게 쓰다듬다가 천천히 손을 내려 나쑨의 목 뒤에 손가락 끝을 가볍게 댄다. 그는 나쑨에게서 아무것도 취하지 않지만 그런 동작을 하는 것만으로 위안이 되는지도 모르겠다. 아주 슬픈 표정을 하고 있기 때문이다.

"그래, 너한테도 그랬을 거다, 나쑨. 옛날에 나는 정말 많은 아이들을 아프게 했단다."

정말로 슬픈 얼굴. 나쑨은 샤파가 옛날에 나쁜 짓을 하긴 했어도 일부러 그런 건 아닌 게 분명하다고 결론짓는다.

"너희들을 그렇게 다룬 건 잘못된 일이었다. 너희도 인간인데. 우리가 너희에게 한 짓, 너희를 단순한 도구로 만들어 사용한 것은 참으로 잘못된 일이었다. 우리에게 필요한 건 동맹이었는데……. 특히 지금처럼 어두운 시절에는 말이야."

나쑨은 샤파의 부탁이라면 무엇이든 할 수 있다. 하지만 동맹이란 특별한 목표나 과업을 수행할 때 필요한 것이고, 그건 친구와는 다르다. 나쑨은 그 두 가지를 구분하는 법을 길에서 배웠다.

"왜 동맹이 필요한데요?"

샤파가 심란한 눈빛으로 허공을 응시한다.

"아주 오래전에 망가진 뭔가를 바로잡기 위해서란다, 아이야. 너무 오래되어서 이제는 아무도 그게 어떻게 시작되었는지조차 기억 못 하는 불화와 반목을 해결하기 위해서지. 심지어 지금도 계속되고 있다는 것마저 잊어버렸지." 샤파가 손을 들어 자신의 머리 뒤쪽을 건드린다. "나는 옛 방식을 버렸을 때 그 오랜 반목을 완전히 끝내는 것을 돕기로 맹세했다."

그랬던 거다.

"샤파가 그것 때문에 아픈 게 싫어요."

나쑨은 샤파의 몸 전체에 넓게 퍼져 있는 은빛 지도 위에 비친 검은 그림자를 노려본다. 작다. 정말로 작다. 아버지가 가끔 옷에 난 구멍을 꿰맬 때 사용하는 바늘보다도 작다. 하지만 그것은 빛나는 은빛 공간 속에 있는 어두운 공간에 불과할 뿐, 그저 윤곽으로만, 아니면 그게 샤파에게 끼치는 영향을 통해서만 인식할 수 있다. 마치 미세하게 흔들리는 이슬 맺힌 거미집 한복판에 가만히 도사리고 앉아 있는 거미 같다. 하지만 거미는 계절이 오면 동면에 들어가지만 샤파의 몸 안에 있는 것은 그를 쉴 새 없이 고문하고 괴롭힌다.

"그건 왜 샤파가 자기가 원하는 대로 하지 않으면 샤파를 괴롭혀요?"

샤파가 두 눈을 끔벅인다. 나쑨의 손을 살며시 쥐고는 빙그레 웃는다.

"왜냐하면 내가 그것이 원하는 걸 너에게 강요하지 않을 테니까. 그것이 원하는 게 있다면 나는 너에게 먼저 선택권을 주고, 네가 싫다고 한다면 절대로 하지 않을 거다. 하지만 그것은…… 네 동족을 믿지 않는단다. 그럴 이유가 있긴 하지만 말이야." 샤파가 고개를 가로젓는다. "나중에 이야기하자꾸나. 지금은 네 보님기관을 쉬어 주렴."

나쑨의 보님기관은 곧장 잠잠해진다. 원래 샤파를 일부러 보니려고 한 것도 아니고 자신이 무엇을 하고 있는지조차 자각하지 못하고 있었지만. 나쑨에게 보니는 것은 숨 쉬는 것처럼 제2의 천성이 되어 가고 있다.

"잠을 좀 자면 나아질 거다."

그래서 샤파는 나쑨을 안아 들고 숙소 건물까지 걸어가 빈 침대에 아이를 눕힌다. 나쑨은 담요 밑에서 애벌레처럼 몸을 동글게 말고는 샤파가 다른 아이들에게 나쑨을 방해하지 말고 내버려 두라고 말하는 목소리를 들으며 슬그머니 몽롱한 기운 속으로 빠져든다.

다음 날 아침 나쑨은 자신의 비명 소리에 놀라 눈을 번쩍 뜨고, 숨을 헐떡이며 담요 밖으로 빠져나가려고 발버둥 친다. 누군가 그녀의 팔을 붙잡는다. 그건 지금 가장 해서는 안 되는 일이다. 지금 이 순간, 나쑨에게, 그녀가 원치 않는 사람이. 그건 참을 수 없는 일이다. 나쑨이 대지를 향해 거칠게 휘두른다. 그녀에게 반응한 것은 압력도 열기도 아닌, 레이스처럼 촘촘하게 엮인 은색 빛 가닥이다. 힘이 필요하다고 부르짖는 나쑨의 무언(無言)의 갈구에 공명하여 메아리처럼 절규를 되울린다. 그 비명 소리가 대지 전체에 울려 퍼진다. 가느다란 실을 타고 흐르는 것이 아니라 거대한 파장이 되어, 땅뿐만 아니라 물과 공기 중으로, 그리고

그때

그리고 그때

뭔가가 그녀의 부름에 응답한다. 하늘에 떠 있는 무언가가.

나쑨은 일부러 그런 게 아니다. 악몽을 꾸는 나쑨을 깨우려 한 에이츠도 결코 그런 결과를 의도한 게 아니었을 것이다. 그는 나쑨을 좋아한다. 나쑨은 착하고 사랑스러운 아이다. 설령 에이츠가 이제는 다른 사람을 쉽게 믿는 순진한 어린아이도 아니고, 해안가 마을 집을 떠나온 날 샤파가 너무 자주 웃었고 희미한 혈향(血香)이 풍겼다는 사실을 기억하고 있긴 해도, 그는 샤파가 나쑨을 아낀다는 것이 무슨 의미인지 이해한다. 수호자 샤파는 줄곧 무언가를 찾아 헤매고 있었고, 그가 저지른 모든 짓에도 불구하고 에이츠는 샤파가 찾던 것을 부디 찾을 수 있길 바랄 만큼 그를 사랑한다.

어쩌면 그게 너한테는 조금이라도 위안이 될지 모르겠다. 나쑨에게는 아니겠지만. 나쑨은 너무 무섭고 당황해서 힘을 걷잡을 수 없이 휘두른 나머지, 에이츠를 돌로 만들어 버린다.

그것은 저 머나먼 곳, 지하 마을 어딘가에서 알라배스터에게 일어나고 있는 일과는 다르다. 알라배스터에게 일어나는 일은 속도가 더디고, 잔인하지만 훨씬 정교하다. 거의 예술적이라고도 할 수 있을 것이다. 하지만 에이츠를 덮친 것은 불시의 재앙이다. 무작위라고는 할 수 없는, 순간적인 원자 구성의 재배열. 자연스레 배열되어야 할 격자 구조가 혼돈 속에 융해된다. 나쑨이 에이츠의 손을 뿌리친 순간 그의 가슴에서부터 시작된 변화는, 문가에 모여든 다른 아이들이 놀라 숨을 들이켜기 전에 이미 온몸으로 번져 나가기 시작한다. 에이츠의 피부 위로 호안석(虎眼石)처럼 윤기 나는 경질의 갈색 껍질이 덮이고, 이어 그의 살 속으로 파고든다. 하지만 그의 몸뚱이를 부수지 않는 한 아무도 그 안에 루비가 들어차 있다는 걸 알 수 없겠지. 에이츠의 심장이 가는 무늬가 있는 황수정과 암적색 가넷, 흰색 마노로 석화되고, 그 위로 희미한 사파이어 혈관이 피어난 순간 에이츠는 거의 즉시 숨을 거둔다. 그는 아름다운 실패작이다. 그야말로 눈 깜짝할 사이에 일어난 일이라 겁에 질릴 틈도 없다. 어쩌면 나중에 나쑨은 그 사실에 약간의 위안을 느낄지도 모르겠다.

하지만 바로 그 순간, 이 일이 일어난 직후에 나쑨은 물처럼 어룽거리는 푸른 빛 속으로, 위로, 위로 떨어지지 않으려고 발버둥치고 있고, 데샤티의 날카로운 들숨은 이내 째지는 비명으로 변하고, 빼꼼이는 조심스레 앞으로 다가가 밝은 광택이 흐르는 에이츠의 완벽한 복제품을 입을 헤벌린 채 멍하니 응시하고, 그 외에도 여러 곳에서 동시다발적으로 수많은 일이 발생한다.

그중 몇 개는 너도 짐작할 수 있겠지. 수백 킬로미터 밖에서 사파이어 오벨리스크가 일순 공중에 모습을 드러내며 실체화되더니 다시 깜박이며 투명해진다. 그러고는 그 육중한 몸을 움직여 제키티를 향해 이동하기 시작한다. 반대쪽 방향으로 더 멀리 떨어진 곳에서는 화강암 사이에 흐르는 마그마 혈관 깊숙한 곳에서 새로운 흥미를 느낀 무언가가 인간과 비슷한 형체를 갖추기 시작한다.

네가 짐작하지 못한 일도 발생한다. 아니, 너라면 짐작할지도 모르겠다. 너는 지자가 어떤 사람인지 나보다 더 잘 아니까. 그의 딸이 한 소년의 양성자 구조를 완전히 흐트러뜨린 바로 그 시간에, 지자는 마침 찾은달이 위치한 산꼭대기에 간신히 이른 참이었다. 밤새도록 부글부글 끓다 노여움이 극에 달한 나머지 예의치레 따위 몽땅 던져 버리고 딸의 이름을 고래고래 부른다.

나쑨은 지자의 목소리를 듣지 못한다. 공동 숙소에서 경기를 일으키고 있는 중이기 때문이다. 아이들의 비명을 들은 지자가 기숙사 쪽을 쳐다보지만, 그가 몸을 움직이기도 전에 다른 건물에서 수호자 두 명이 뛰쳐나오더니 서둘러 부지를 가로지른다. 움버가 빠른 걸음으로 숙소 건물로 향한다. 샤파는 방향을 돌려 지자의 앞을 가로막는다. 나쑨은 나중에 이 장면을 직접 목격한 다른 아이들에게서 무슨 일이 있었는지 전해 듣게 될 것이다.(나도 그렇다.)

"내 딸이 어젯밤에 집에 안 들어왔소."

샤파가 앞길을 가로막자 지자가 말한다. 지자는 아이들의 비명에 다소 놀라긴 하지만 크게 당황하지는 않는다. 저 건물 안에서 무슨 미친 짓거리가 벌어지고 있는지는 몰라도 어차피 찾은달은 죄악의 소굴이니까. 그는 샤파를 정면으로 쏘아보며, 때때로 자기가 옳다고 확신할 때면 그러는 것처럼 네게 익숙한 모양새로 턱을 굳게 다문다. 즉, 지금 그는 절대로 물러날 생각이 없다.

"나쑨은 이제 여기서 지낼 겁니다." 샤파가 미소 띤 얼굴로 점잖게 응수한다. "저녁마다 집으로 돌아가니 훈련에 방해가 되더군요. 여기까지 올라온 걸로 보아 다리 부상도 완치된 것 같으니 오늘 중에 나쑨의 짐을 챙겨 가져다주시겠습니까?"

"내 딸이……."

움버가 문을 열고 건물로 들어가는 순간 비명 소리가 잠깐 커졌다가 문을 닫자 소리가 그친다. 지자는 미간을 찌푸리지만, 이내 고개를 흔들며 그보다 더 중요한 일에 신경을 집중하기로 한다.

"삭아죽을, 나쑨은 여기서 살지 않을 거요! 이런 곳에서 1초라도 더 같이 있으면 안 돼! 그런 것들과……." 지자는 비속어를 내뱉으려다 간신히 참는다. "그 애는 다른 애들과 달라."

샤파가 고개를 한쪽으로 갸웃 기울인다. 마치 남들에겐 들리지 않는 소리가 들리는 것처럼.

"그런가요?" 골똘한 생각에 잠긴 듯한 말투.

지자는 순간 할 말을 잃고 샤파를 빤히 바라본다. 그러고는 욕설을 뇌까리며 샤파를 스쳐 지나가려 한다. 제키티에 살면서 다리 부상이 거의 낫긴 했지만 그는 아직도 눈에 띄게 다리를 절룩거린다. 두껍고 날카로운 작살이 신경과 힘줄을 건드려서 치유되는 데 오래 걸릴 뿐만 아니라 완치를 바라기도 힘든 상황이기 때문이다. 그러나 설령 지자가 자유롭게 움직일 수 있었더라도 어디선가 불쑥 나타나 그의 얼굴을 덮은 손바닥을 피하기는 어려웠을 것이다.

지자의 얼굴 앞에 펼쳐진 커다란 손바닥은 샤파의 것이다. 그 속도가 어찌나 빨랐는지 잔상이 남을 정도다. 지자는 샤파의 손이 그의 눈과 코와 입을 가리고, 몸뚱이를 통째 들어 올려, 땅바닥으로 내동댕이칠 때까지도 그 모습을 보지 못했다. 그는 두 눈을 깜박이며 바닥에 등을 대고 누워 있다. 어리둥절 넋이 나가서 방금 무슨 일이 있었는지 궁금해할 여력도 없고 너무 놀라서 통증이 느껴지지도 않는다. 눈앞의 손이 사라지고, 갑자기 수호자의 얼굴이 거기 나타난다. 코가 닿을 정도로 바짝.

"나쑨에게는 아버지가 없습니다." 샤파가 부드럽게 속삭인다.(나중에 지자는 샤파가 그 말을 하면서 시종일관 웃는 얼굴이었다는 걸 떠올릴 것이다.) "그 애에겐 아버지도 어머니도 필요하지 않아요. 지금은 나쑨도 모르지만, 언젠가는 알게 되겠지요. 내가 벌써부터 나쑨이 당신 없이 살아가는 방법을 가르쳐 줘야 할까요?"

샤파가 지자의 턱 밑에 손가락 두 개를 뾰족하게 얹더니, 연한 살갗을 힘주어 누르기 시작한다. 지자는 그 즉시 자신이 어떤 대답을 하느냐에 목숨이 달려 있다는 것을 깨닫는다.

그는 한동안 옴짝달싹도 못한 채 숨을 삼킨다. 머릿속이 텅 빈다. 상상할 여지도 없다. 가냘픈 소리만 새어 나올 뿐, 아무 말도 못 한다. 아이들은 나중에 그 광경을 설명할 때 이런 세부적인 부분은 과감하게 생략한다. 목전에 임박한 죽음 외에는 아무것도 생각할 수가 없어, 대소변을 지리지 않으려고 낑낑대는 사내의 애처로운 소리. 그것은 목구멍 뒤쪽에서 새어 나오는 비음에 가깝다. 목이 근지러워 기침이 나올 것 같다.

샤파는 지자의 우는 소리를 대답으로 받아들이는 기색이다. 그의 미소, 진심에서 우러나온 흡족한 미소가 환해지더니 눈 가장자리가 접히고 잇몸이 드러난다. 샤파는 나쑨의 아버지를 맨손으로 죽일 필요가 없다는 게 무척 기쁘다. 그는 의도적으로 아주 천천히 지자의 목을 잡고 있던 손을 거두고는 지자의 눈앞에서 손가락을 가볍게 옴죽거린다. 지자가 눈을 깜박인다.

"잘했어요. 그럼 이제 우리 둘 다 문명인답게 행동할까요." 샤파는 몸을 일으켜 고개를 들고 기숙사를 쳐다본다. 이제 지자는 안중에도 없다. 하지만 한참 뒤에 생각났다는 듯이 덧붙인다. "잊지 말고 나쑨의 짐을 챙겨오세요."

그러고는 긴 다리로 지자의 몸을 타고 넘어 숙소 건물로 향한다.

그 뒤로 지자는 무관심 속에 잊힌다. 소년이 눈 깜짝할 사이에 돌덩어리로 변하고 한 소녀가 같은 로가들에게도 생소하고 기이한 힘을 발현했다. 모두에게 그날의 기억은 이게 다다.

지자만 빼고. 그는 그 사건의 여파로 소란스러운 찾은달을 뒤로 하고 다리를 절뚝거리며 조용히 집으로 돌아간다.

한편 숙소 건물에서 나쑨은 완전히 빨려들어 갈 뻔한 희미한 푸른 빛기둥 속에서 간신히 빠져나오는 데 성공한다. 나쑨은 미처 모르고 있지만 그건 정말 놀라운 개가다. 마침내 발작에서 깨어나 위에서 지그시 내려다보고 있는 샤파를 발견했을 때, 나쑨이 아는 것이라곤 자신이 끔찍한 일을 겪었고 샤파가 옆에서 보살펴 주고 있다는 것뿐이다.

(나쑨은 참으로 너의 딸이다. 내가 그 아이를 판단할 입장은 아니지만…… 그 아이는 부인할 수 없는 너의 딸이다.)

"말해 보렴."

샤파는 나쑨이 누운 침상 끄트머리에 다가앉아 일부러 나쑨에게 에이츠가 보이지 않도록 가로막고 있다. 움버가 다른 아이들을 방 밖으로 쫓아낸다. 빼꼼이는 거의 발작처럼 흐느끼고 있고, 다른 아이들은 경악스러운 광경에 말을 잃었다. 나쑨은 자신의 정신적 충격에서 헤어 나오는 데 정신 팔려 그런 것들을 눈치 채지도 못한다.

"거기."

나쑨이 입을 연다. 과호흡 때문에 머리가 핑핑 돈다. 샤파가 커다란 손바닥으로 나쑨의 코와 입을 덮자, 잠시 후 아이의 숨소리가 잦아든다. 나쑨의 호흡 속도가 평소에 가깝게 돌아오자 샤파가 손을 치우고 계속해 보라고 고개를 까딱인다.

"거기. 파란 게 있었어요. 환한 빛하고…… 위로 떨어졌어요, 샤파. 위로 떨어졌다고요." 나쑨이 혼란스러운지 얼굴을 찡그린다. "빨리 거기서 나와야 했어요. 아팠거든요. 너무 빨랐어요. 뜨거웠어요. 너무 무서웠어요."

샤파는 무슨 말인지 알겠다는 양 고개를 주억인다.

"하지만 견뎌 냈구나. 아주 잘했다." 무슨 뜻인지는 모르겠어도, 나쑨은 칭찬을 듣고 방긋 웃는다. 샤파가 잠시 생각에 잠긴다. "접속되어 있는 동안 다른 걸 보니진 않았고?"

(한참 뒤까지, 나쑨은 이 접속이라는 단어에 대해 의아하게 느끼지 않는다.)

"저 위에, 북쪽에 어떤 장소가 있었어요. 선이, 땅속에, 온통 퍼져 있었어요."

나쑨의 말은 고요 대륙 전역에 퍼져 있다는 뜻이다. 샤파가 흥미롭다는 듯이 고개를 한쪽으로 기울이며 계속해 얘기해 보라고 채근한다.

"사람들 말소리도 들렸어요. 그 선에 닿아 있는 사람들요. 사람들이 매듭 부분에 있었어요. 선과 선이 만나는 곳에요. 무슨 말을 하고 있는지는 알아들을 수가 없었지만요."

샤파가 몸을 굳히며 조용해진다.

"매듭 부분에 사람들이 있다고? 오로진 말이냐?"

"네."

사실 그것은 대답하기가 힘든 질문이다. 그 먼 곳에 있는 낯선 사람들의 조산력은 매우 강력하게 제어되고 있었다. 어떤 사람은 나쑨보다도 더 강했다. 하지만 그 강한 사람들은 다들 뭔가 이상한, 거의 똑같이 반듯하고 매끄러운 느낌이 났다. 반질반질한 돌멩이 표면을 손가락으로 만지는 것처럼. 딱히 느껴지는 질감이 하나도 없는. 또 아주 먼 간격을 두고 서로 흩어져 있었다. 어떤 사람은 티리모보다 훨씬 더 북쪽에 있었다. 세상이 온통 빨갛고 뜨거운 곳 가까이에.

"노드망이다." 샤파가 생각에 잠겨 말한다. "흠…… 누군가 북쪽에서 노드 관리자들을 살려 두고 있단 말이지? 그거 흥미롭군."

말할 것이 더 남았다. 그래서 나쑨은 계속 재잘거린다.

"그리고 가까운 곳에도 많아요. 우리 같은 사람들요."

마치 찾은달에 있는 친구들처럼, 이들의 조산력은 밝고 물고기처럼 잽싸게 움직이며, 그들을 연결한 은빛 실을 따라 수많은 단어들이 떼 지어 몰려다니며 메아리친다. 대화, 속닥거림, 웃음소리. 향이야. 나쑨은 생각한다. 일종의 공동체. 오로진들의 공동체.

(나쑨이 보닌 것은 카스트리마가 아니다. 그게 궁금한 거지?)

"얼마나 많이 있더냐?" 샤파의 음성은 몹시 차분하다.

그런 것은 나쑨도 가늠하지 못한다.

"그냥 많은 사람들이 얘기하는 소리가 들렸어요. 꼭, 음, 사람들이 집 안 가득 있는 것처럼요."

샤파가 고개를 돌린다. 그의 옆얼굴에서 나쑨은 그의 입술이 뒤로 당겨지는 것을 볼 수 있다. 하지만 그건 미소가 아니다.

"남극권 펄크럼이다."

두 사람이 모르는 사이 조용히 방 안에 들어 와 있던 니다의 목소리가 문 근처에서 울려 퍼진다.

"말소된 게 아닌가?"

"그런 것 같군." 샤파의 목소리에는 높낮이가 느껴지지 않는다. "우릴 발견하는 건 시간문제겠어."

"그래." 니다가 부드럽게 웃는다. 샤파의 몸 안에 퍼져 있는 은빛 실이 꿈틀인다. 샤파는 웃으면 고통이 누그러진다고 말했다. 수호자가 더 자주 웃을수록, 미소를 띨수록, 그들 안에 있는 뭔가가 그들을 아프게 한다는 뜻이다. "하지만 만약……."

니다가 다시 웃음을 터트린다. 이번에는 샤파도 함께 빙긋 웃는다.

샤파가 나쑨에게 몸을 돌리더니 이마에서부터 머리카락을 쓸어 뒤로 넘겨준다.

"마음 굳게 먹으렴."

그러더니 몸을 일으켜 옆으로 비켜난다. 나쑨이 죽은 에이츠를 볼 수 있게.

나쑨이 울부짖고 절규하고 흐느끼고 샤파의 품에 안겨 몸을 떠는 것을 끝내자, 니다와 움버가 에이츠과 꼭 닮은 석상을 안아 올려 밖으로 옮긴다. 에이츠는 사람이었을 때와는 비교도 안 될 만큼 무거워 보이지만 수호자들은 힘이 무척 세다. 나쑨은 그들이 에이츠를 어디로 데려갔는지 모른다. 서글픈 미소와 상냥한 눈빛을 지닌

해안가 출신의 아름다운 소년. 나쑨은 에이츠의 궁극적인 종말에 대해 아무것도 아는 게 없다. 자신이 그를 죽였고, 그래서 그녀가 괴물이 되었다는 사실 외에는.

"어쩌면." 흐느끼는 나쑨에게 샤파가 말한다. 그는 소녀를 들어 무릎에 앉히고 나쑨의 올 굵은 고수머리를 쓰다듬는다. "하지만 너는 나의 괴물이란다."

나쑨은 슬프고 착잡하면서도 샤파의 말에 위안을 느낀다는 사실에 전율한다.

돌은 내구성이 뛰어나고, 불변한다.
돌 위에 쓰인 것을 절대 변경하지 말라.
— 세 번째 석판, 「구조」, 제1절

13장

너는 유적 속에서

마치 평생을 카스트리마에서 산 기분이다. 너는 그래서는 안 된다. 여긴 또 다른 스쳐 지나는 항, 또 다른 이름, 또 다른 시작, 아니면 적어도 시작의 일부일 뿐이다. 그 끝은 이제까지 다른 삶이 모두 그랬던 것과 똑같을 테고. 하지만…… 사람들이 네 진짜 모습을 알고 있다는 것은 확실히 다르다. 그건 펄크럼에서, 메오브에서, 시에나이트로 살던 시절에 무엇보다 좋은 점이었다. 적어도 그때 너는 진정한 너 자신이 될 수 있었다. 그것은 네가 요즈음 새로 음미하는 법을 배우고 있는 사치다.

너는 이번에도 위(이곳 사람들의 표현에 따르면 '지상 카스트리마')에 올라와 과거 이 마을의 명목상 녹지였던 자리에 서 있다. 카스트리마 주변의 토양은 염기성에 모래가 많다. 이카는 토양이 중성화될 수 있게 차라리 산성비가 조금 내려 주면 좋겠다고 한다. 하지만 그렇다 하더라도 실제로 이 땅을 써먹으려면 유기물 함량이 높아져야 하는데…… 그럴 가능성은 거의 없을 것 같다. 여기까지 오는 길에 부글벌레의 흙 둔덕을 세 개나 봤기 때문이다.

그나마 좋은 소식은 지면 위에 낙진이 두텁게 쌓여 잘 보이지 않을 때에도 이런 흙무덤을 구분하기가 별로 어렵지 않다는 것이다. 그 안에 바글거리는 벌레들이 조산술에 이용할 수 있는 열기와 압력의 원천이 되어 네 의식을 간질인다. 여기까지 오는 길에 너는 아이들에게 그런 독특한 차이점을 보다 차갑고 안정적인 주변 환경과 어떻게 구분하고 보닐 수 있는지 시범을 보여 주었다. 그 즉시 아이들은 부글벌레의 집을 찾는 걸 일종의 놀이처럼 받아들여, 흙 둔덕을 발견할 때마다 꺅꺅거리며 손가락질하고 남들보다 더 빨리 많이 찾아내려고 신경전을 벌인다.

나쁜 소식은 벌레 둥지의 숫자가 지난주보다 눈에 띄게 늘었다는 것이다. 좋은 일이 아닐 테지만, 너는 아이들 앞에서 불안감을 내색하지 않는다.

아이들은 모두 열일곱 명으로, 전부 카스트리마에 살고 있는 오로진이다. 두 명은 청소년이라고도 할 수 있겠지만 나머지는 전부 그보다 어리고 한 명은 겨우 다섯 살이다. 대부분 고아거나 고아나 다름없다. 별로 놀랄 일도 아니니다. 정말로 놀라운 사실은 이 아이들이 모두 비교적 훌륭한 통제력과 순발력을 갖추고 있다는 것이다. 그렇지 못했다면 열개가 발생했을 때 살아남지 못했을 테니까. 아이들은 대격변이 발생하기 전에 미리 전조를 보니고, 외딴 장소로 피신해 본능적으로 제 목숨을 구하고, 평정을 회복하고, 그런 다음 누군가 지진의 영향을 받지 않은 둥근 원의 중앙에 누가 있었는지 알아내려 하기 전에 재빨리 다른 곳으로 빠져나와야 했을 것이다.

대다수는 너처럼 중위지방 잡종이다. 산제 혈통이 짙지 않은 황동색 피부에 회발이라고 부르기 힘든 머리카락, 극지방에서 해안지방에 이르기까지 다양한 눈동자 색과 체형. 네가 티리모 보육학교에서 가르친 아이들과 크게 다르지 않다. 그때와는 가르치는 과목이 다를 뿐이고, 그렇기에 방법론도 달라져야 한다.

"내가 뭘 하는지 보너 보렴. 그냥 보니기만 해야 해, 흉내 내려고 하지는 말고."

너는 그렇게 말하고, 네 발 주위로 고리를 돌리기 시작한다. 그때마다 방식을 바꿔 가며 여러 차례 반복한다. 때로는 작고 높고 빠르게, 때로는 안정적으로 다져 테두리가 아이들에게 닿을 정도로 넓게 돌리기도 한다.(아이들 중 절반이 놀라 숨을 들이켜며 후다닥 달아난다. 당연히 그래야지. 잘했다. 멍청하게 서서 멀뚱멀뚱 쳐다만 보고 있는 나머지는 별로 좋지 않다. 나중에 이 문제를 해결해야 할 것이다.)

"자, 이제 넓게 흩어지렴. 너는 거기, 너는 저기 서고. 간격을 넓게 잡아야 해. 다 섰으면 지금 내가 만드는 것과 완벽히 똑같은 고리를 만들어 보렴."

펄크럼에서는 이런 식으로 가르치지 않는다. 안전한 벽과 기분 좋은 푸른 하늘 밑에서 수년의 세월을 들여, 조금씩 상냥하게 아이들이 두려움을 극복하고 미숙함에서 벗어나 성장할 수 있도록 정성을 기울였을 것이다. 하지만 계절에는 그런 여유를 누릴 짬이 없고 카스트리마의 삐쭉삐쭉한 수정벽 안에서는 실패를 감수할 여지가 없다. 너는 쓰임새신분 모임에 참가하거나 공동 목욕탕에 갈 때마다 웅얼거리는 불평과 못마땅한 눈빛을 보고 듣는다. 이카는 카스트리마가 특별한 곳이라고 생각한다. 로가와 둔치가 서로를 도우며 조화롭게 살아가는 향. 너는 이카가 순진해 빠졌다고 생각한다. 이 아이들은 카스트리마가 등돌리고 배신할, 필연적으로 찾아올 그날에 대비해야 할 필요가 있다.

그래서 너는 아이들에게 시범을 보여 주고, 가능하다면 말로 잘못을 지적하고, 한번은 나이 많은 아이 중 하나가 고리를 너무 넓게 돌려 옆에 있던 아이를 얼려 버릴 뻔했을 때는 아이의 고리를 거꾸로 뒤집어 차가운 경고를 날린다.

"정신 바짝 차리지 못해?"

소년이 엉덩방아를 찧으며 동그란 눈으로 너를 바라본다. 너는 소년의 발밑을 요동치게 만들어 땅바닥에 넘어뜨렸고, 코앞까지 바짝 다가가 일부러 노기를 띠며 험악하게 윽박지른다. 이 아이는 방금 다른 오로진 아이를 죽일 뻔했다. 그러니 당연히 무서워해야 한다.

"네가 실수를 하면 사람들이 죽는다. 네가 바라는 게 그거냐?" 거센 도리질. "그럼 일어나. 일어나서 다시 해 봐."

너는 아이들이 고리의 크기를 조절하는 가장 기본적인 기술을 한 사람도 빠짐없이 익힐 때까지 쉴 새 없이 몰아치고 연습을 종용한다. 그들의 능력이 왜, 그리고 어떤 원리로 작동하는지 이해하게 돕는 이론을 가르치지도 않고 조산력과 본능적 반응을 완벽하게 분리시키는 안정화 연습을 하지 않고 무작정 실습부터 시작하는 건 무척 잘못된 일 같다. 너는 이 아이들에게 옛날에 네가 몇 년이나 걸려 배운 것들을 겨우 며칠 내에 가르쳐야 한다. 네가 예술가라면 이 아이들은 아무리 노력해 봤자 서툰 모방꾼에 그칠 것이다. 카스트리마로 돌아가는 내내 아이들은 조용하고 의기소침해 있다. 어쩌면 몇 명은 너를 미워할지도 모른다. 솔직히 말하자면 너는 아이들이 너를 미워할 거라고 장담한다. 하지만 이렇게라도 해야 아이들은 카스트리마에 유용한 전력이 될 테고, 카스트리마가 이들을 내칠 그날에도 충분히 준비되어 있을 것이다. 그리고 그날은 반드시 오리라.

(이건 네게 몹시 익숙한 사고의 흐름이다. 나쑨을 훈련시킬 때, 너는 딸이 너를 미워하게 되더라도 개의치 말자고 다짐했다. 때가 되면 나쑨은 네가 그 아이를 얼마나 사랑했는지 살아 있음으로써 깨달을 것이다. 하지만 그게 옳은 일이라는 느낌은 한 번도 받은 적이 없다. 단 한 번도. 그래서 너는 우체에게는 조금 너그러웠고, 언제고 나쑨에게 사과할 생각이었다. 나중에, 그 아이가 너를 이해할 만큼 나이가 들고 나면……. 아, 네게는 너무나도 많은 후회와 회한이 있어, 압축된 무쇠처럼 가슴 한가운데에서 묵직하게 빙빙 휘돈다.)

"네가 옳다." 나중에 병원 침상에 앉아 그날 있었던 훈련에 대해 들려주자 알라배스터가 말한다. "하지만 동시에 틀렸기도 하지."

네가 평소 알라배스터를 방문하는 시간보다 한참 늦은 시각이었기에 그는 못내 초조한 기색으로 눈에 띄게 통증을 감내하며 보금자리에 누워 있다. 러나가 준 진통제는 약효가 떨어진 지 오래다. 너에게 알라배스터와 함께 시간을 보내는 것은, 여러 가지 욕망이 서로 앞다투어 달리기 시합을 하는 것과도 같다. 그에게 너를 가르칠 시간이 얼마 남지 않았다는 걸 알지만 동시에 그의 수명을 연장하고 싶고, 네가 그를 닮게 하는 하루하루가 빙하처럼 너를 깎고

침식한다. 절박함과 절망은 서로 어울리지 않는 친구다. 너는 대화를 간단히 끝내고 싶지만 알라배스터는 오늘따라 할 말이 많아 보인다. 안티모니의 손에 기대 눈을 감고 있는 모습이 너를 보는 것만으로도 기력이 빠져 힘을 아끼는 행동이라고밖에는 생각할 수가 없다.

"틀렸다고요?"

너는 즉각 응수한다. 어쩌면 네 목소리에 약간의 경고가 섞여 있는지도 모르겠다. 너는 언제나 학생들을 과잉보호하는 경향이 있었으니까.

"우선 시간 낭비를 하고 있잖니. 그 애들은 바위를 미는 수준 이상으로는 발전하지 못할 거다."

알라배스터의 음성은 멸시로 가득 차 있다.

"이논도 그랬잖아요." 네가 와락 쏘아붙인다.

알라배스터의 턱 근육이 실룩거리고, 그는 한동안 대꾸하지 않는다.

"그런 경우라면 안전하게 바위를 미는 법을 가르치는 것도 중요하겠지. 별로 부드러운 방식을 쓰지 않더라도 말이야." 그의 목소리에는 더 이상 멸시감이 담겨 있지 않다. "하지만 나머지에 대해 내 생각은 변함없다. 그 애들을 가르치는 것 자체가 잘못이야. 네가 그 애들을 가르치는 게 내가 너를 가르치는 데 방해가 되니까."

"뭐라고요?"

알라배스터가 자신의 팔 그루터기를 다시 보녀 보라고 한다. 그래서, 아. 아아아아아. 갑자기 그의 세포 사이에 존재하는 것을 포착하기가 어려워졌다. 인지력을 조정하는 데 전보다 더 오래 걸리고, 마침내 가능해졌을 때에도 반사적으로 작은 입자들의 자글거리는 진동과 열기만을 인식하려는 경향에서 빠져나오려고 억지로 애써야 한다. 겨우 반나절 아이들을 가르쳤을 뿐인데 일주일 또는 그보다 더 전으로 퇴보해 버린 것이다.

"펄크럼이 하필 그런 방식으로 훈련시킨 건 이유가 있다."

네가 뒤로 기대앉아 눈을 비비며 좌절감과 싸우는 동안, 알라배스터가 설명을 시작한다. 그가 눈을 뜬다. 너를 보는 눈빛이 게슴츠레하다.

"펄크럼의 방식은 에너지 재분배를 활용하고 마법과는 멀어지도록 의도적으로 조건을 형성한다. 사실 반드시 고리를 돌려야 하는 것도 아니야. 우리는 주변 에너지를 다양한 방식으로 흡수할 수 있거든. 그들이 하필 그 방법을 가르친 건 조산술을 발동할 때 오로지 아래쪽에만 관심을 기울이게 하기 위해서다. 위는 쳐다볼 생각도 못 하게 하려고 말이야. 위에 있는 건 중요하지 않다고, 오로지 주변에만 관심을 기울이고 그보다 더 멀리 뻗지 못하게 하려고 한 거야." 알라배스터가 고개를 절레절레 젓는다. 물론 그의 몸이 움직이는 한도에서. "생각해 보면 신기하지 않니. 고요 대륙에 사는 사람들은 다 그래. 바다에 뭐가 있는지 관심도 없고 하늘에는 뭐가 있는지 신경도 안 쓰지. 머나먼 지평선을 내다보면서 그 너머에 뭐가 있을지 궁금해하지도 않는다. 우린 수백 년간 천측학자와 그들의 허황된 이론을 비웃었지. 하지만 사실은 그들이 실제로 고개를 들어 하늘을 올려다봤다는 걸 존경해야 해."

너는 알라배스터가 이런 사람이라는 걸 깜박 잊고 있었다. 몽상가, 반항가, 당연해 보이는 것들을 의심하고 남들과 다르게 생각하는 사람. 왜냐하면 그것들도 처음부터 항상 그런 모습은 아니었기에. 그의 말이 옳다. 고요 대륙에서의 삶은 다른 방향에서, 다른 관점에서 고찰하는 것을 방해한다. 필요한 지식과 지혜의 말씀은 어차피 전부 돌에 새겨져 있으니, 아무도 변덕스러운 쇠와 금속을 믿지 않는 것이다. 너희가 함께했던 생에서 알라배스터가 네 작은 가족을 결합시키는 자석 역할을 한 데에는 이유가 있다.

젠장, 오늘 너는 유난히 감상적이다. 그래서 너는 말한다.

"당신은 그냥 열 반지가 아니에요, 알라배스터." 그가 놀랐는지 두 눈을 깜박인다. "당신은 늘 생각이란 걸 했죠. 당신은 천재예요. 다만 그 천재성을 발휘한 게 아무도 중요하게 생각하지 않는 분야였을 뿐이죠."

알라배스터가 너를 물끄러미 바라본다. 그의 눈이 가늘어진다.

"너 술 마셨니?"

"아니거든요……" 아, 사악한 대지여, 소중한 기억들이 밀려온다. "삭아죽을 강의나 계속해 봐요."

알라베스터는 화제를 돌릴 수 있어 너보다도 더 안도한 기색이다.

"펄크럼의 훈련 방식이 너를 그렇게 만든 거다. 너는 조산술을 노력의 문제로 인식하게 되지. 실은 관점과…… 인식의 문제인데 말이야."

알리아라는 트라우마 덕분에 너는 펄크럼이 왜 완성되지 않은 야생 오로진이 가까운 오벨리스크에 힘을 뻗는 것을 원치 않았는지 이해할 수 있다. 하지만 알라배스터가 설명하는 방법론의 차이를 이해하는 데에는 조금 시간이 걸린다. 에너지를 활용하는 것과 마법을 사용하는 것이 완전히 다른 일이라는 것은 사실이다. 펄크럼의 훈련 방식은 조산력을 말 그대로 산도 움직일 수 있는 무력처럼 느끼게 한다. 이를 악물고 용을 쓰며 무거운 물체를 밀어내고 잡아당기는 것. 다만 손이나 지렛대 대신에 정신력과 의지를 이용할 뿐이다. 하지만 마법은, 전혀 힘들지 않다. 적어도 마법을 사용하는 당사자에게는 그렇다. 나중에 피로가 밀려오긴 해도 그 순간에는 그저 그게 거기 있다는 것을 알기만 하면 된다. 그것을 볼 수 있게 훈련을 하기만 하면 된다.

"왜 그런 짓을 한 걸까요."

너는 생각에 잠겨 손가락 끝으로 매트리스를 톡톡 두드린다. 펄크럼을 창설한 것은 오로진이다. 최소한 언젠가, 누군가는 마법의 존재를 보났을 것이다. 하지만…… 깨달음이 닥쳐온 순간, 너는 전율한다. 아, 그래. 가장 강력한 오로진, 손쉽게 마법을 감지하고 어쩌면 그 결과로 에너지 재분배 방식을 사용하는 데 어려움을 겪은 이들은 결국 노드로 보내지게 된다.

알라배스터는 펄크럼보다 더 큰 그림을 본다.

"내 생각엔, 그게 얼마나 위험한지 깨달았겠지. 정확하고 섬세한 통제력을 갖추지 못한 로가들이 오벨리스크에 접속했다가 목숨을 잃는 것도 잃는 거지만…… 혹시나 성공할까 봐 말이다. 특히 잘못된 목적으로."

너는 멸망한 고대 문명의 기계 장치를 가동하는 목적이 뭘까 궁리해 본다. 알라배스터가 네 표정을 읽은 모양이다.

"펄크럼을 용암 구덩이로 만들고 싶은 로가가 나 하나뿐이었을 리가 없잖니."

"일리 있네요."

"그리고 전쟁도 있지. 그걸 잊어선 안 돼. 펄크럼과 같이 일하는 수호자는 내가 지난번에 말한 파벌 중에 하나다. 바로 현 상태를 유지하고자 하는 무리지. 안전한 관리하에 있는 유용한 로가, 힘든 일을 도맡고는 자기들이 세상을 좌지우지하고 있다고 착각하는 둔치, 하지만 실제로 꼭대기에서 세상을 지배하는 건 수호자지. 자연재해를 제어할 수 있는 자들을 통제하니까."

너는 그 말에 깜짝 놀란다. 아니지, 너는 지금까지 네가 그 생각을 하지 못했다는 데 놀란 것이다. 하지만 한편으로, 너는 평소에 수호자에 대해서는 별로 생각하지 않는다. 적어도 그들이 주변에 보이지 않을 때에는 말이다. 어쩌면 이것도 네게 조작된 또 다른 조건 형성인지도 모른다. 하늘을 올려다보지 말 것. 그리고 그 역겨운 미소에 대해 생각하지 말 것.

너는 이제부터 수호자에 대해 하나씩 고찰해 보기로 한다.

"하지만 수호자는 계절이 되면 죽어요……." 제기랄. "자기들 입으로 죽는다고 했죠……." 제기랄. "하지만 그럴 리가 없겠죠."

알라배스터가 웃음소리와 흡사한 바람 빠진 소리를 낸다.

"내가 너한테 나쁜 영향을 줬구나."

항상 그랬다. 너는 저도 모르게 싱긋 웃지만, 대화가 대화이니만큼 웃음기는 오래가지 못한다.

"하지만 다른 향에 입향하지도 않잖아요. 분명히 어디 가서 살긴 할 텐데."

"아마도. 어쩌면 그 워런트라는 곳일지도 몰라. 그게 어디 있는지 아는 사람이 아무도 없는 것 같았으니까." 알라배스터가 말을 멈추고 생각에 잠긴다. "헤어질 때 내 수호자한테 물어볼걸 그랬다."

수호자는 자기 맘대로 헤어질 수 있는 존재가 아니다.

"안 죽였다면서요."

알라배스터가 기억을 떠올리는지 두 눈을 깜박인다.

"아, 그래. 죽이지 않고 치유해 줬지. 수호자들 머리 뒤에 뭐가 심어져 있는 건 알지?"

그래. 핏방울과 손바닥에 느껴지는 따끔함. 샤파가 피에 물든 작은 물체를 조심스럽게 다른 수호자에게 건네준다. 너는 고개를 끄덕인다.

"그게 바로 수호자가 가진 힘의 원천이다. 하지만 동시에 그들을 오염시키고, 어그러지게 만들지. 펄크럼 상급자들끼리 몰래 쑥덕이는 이야기가 있다. 오염 수준이 각기 달라서……." 알라배스터가 어금니를 깨문다. 이 이야기만큼은 피해 가고 싶은 게 틀림없다. 이유를 알 것 같다. 기억을 더듬는 중에 어느샌가 손을 대는 것만으로도 사람을 죽여 버리는, 웃통 벗은 수호자들에게 미친 것이다. "어쨌든 내 수호자의 머리에서 그걸 빼 줬다."

너는 침을 꼴깍 삼킨다.

"예전에 수호자가 다른 수호자의 머리에서 그걸 꺼내는 걸 본 적이 있어요."

“침식이 너무 심해지면 그렇게 한다. 다른 수호자들에게도 위험하기 때문에 제거해야 하거든. 그 방식이 별로 부드럽지 않다는 이야기는 들었다. 심지어 수호자들에게도 잔인하다고 하더군.”

그것은 화가 났다. 수호자 티메이는 그렇게 말했다. 샤파한테 살해당하기 직전에. 귀환의 때를 준비하면서. 너는 숨을 크게 들이켠다. 아직까지 기억이 생생하다. 그날은 너와 통키가(비노프가) 단자를 발견한 날이었다. 네가 목숨을 걸고 첫 반지 시험을 치른 날. 너는 그 날의 기억을 단 하나도 잊지 못할 것이다. 그리고 지금은……

“대지예요.”

“뭐라고?”

“수호자의 머리에 들어 있는 거요. 그…… 오염 물질.” 그것을 제어하는 자들을 변화시켰다. 사슬로 묶어 맸다. 운명과 운명을. “그 수호자는 대지를 대신해 말하고 있었던 거라고요!”

너는 생전 처음으로 알라배스터를 진심으로 놀라게 하는 데 성공한다.

“그렇다면…….” 알라배스터가 생각에 잠긴다. “알겠다. 그때가 되면 편을 바꾸는 거구나. 수호자들의 이해관계와 현상 유지를 추구하는 걸 그만두고 그때부터는 대지를 위해서만 일하게 되는 거다. 그래서 다른 수호자들이 죽여 버리는 거지.”

네가 알고 싶은 것은 따로 있다.

“대지가 바라는 게 뭔데요?”

알라배스터의 눈빛은 진지하고도 진지하다.

“모든 산 것이 자신의 유일한 자식을 훔쳐간 비정한 적에게 바라는 게 뭐겠니?"

너는 어금니를 빠드득 간다. 복수.

너는 침대에서 바닥으로 미끄러져 내려와 침상 다리에 몸을 기댄다.

"오벨리스크의 문에 대해 설명해 봐요."

"그래, 네가 관심을 가질 줄 알았다." 알라배스터의 목소리는 다시 부드러워졌지만 그의 얼굴에 나타난 표정을 보면 아마 열개를 찢은 날 저런 얼굴을 하고 있었겠지라고 생각하게 된다. "기본 원칙은 기억하고 있지? 병렬 처리 말이다. 소 한 마리가 아니라 두 마리를 나란히 매는 거야. 두 로가가 힘을 합치면 따로 일할 때보다 효력이 커지지. 오벨리스크도 마찬가지다. 다만…… 그 효과가 기하급수적으로 증가해. 단순히 횡렬로만 잇는 멍에가 아니라 그물망이 되는 거다. 훨씬 역동적이고."

좋아, 거기까진 이해하겠다.

"그럼 그걸 전부 연결하는 방법을 배워야 하는 거군요."

알라배스터가 미세하게 고개를 끄덕인다.

"그리고 완충 장치 역할을 해 줄 것도 필요해. 적어도 처음에는 말이다. 유메네스에서 문을 열었을 때 나는 노드 관리자 수십 명을 이용했지."

마음도 의식도 잃고 단순한 무기로 개조된 수십 명의 뒤틀리고 시들어빠진 로가들……. 알라배스터는 그들이 주인에게 반란을 일으키도록 만든 것이다. 얼마나 알라배스터다운 행동인지, 얼마나 완벽한지.

"완충 장치요?"

"충격을 완화해야 하니까. 접속 흐름을…… 안정적으로 유지하려면……." 그가 한숨을 내쉬며 말을 흐린다. "그걸 어떻게 설명해야 할지 모르겠다. 직접 해 보면 알 거야."

해 보면? 누구 맘대로.

"그래서, 노드 관리자들은 당신이 한 일 때문에 죽은 거예요?"

"엄밀히 말하면 그건 아니야. 나는 그들을 이용해 문을 열고 열개를 열었지……. 그러고 나자 그들은 언제나처럼 임무를 다하려 했다. 흔들을 멈추고 대륙을 안정시키는 것 말이야." 너는 그게 무슨 뜻인지 이해하고는 이맛살을 찌푸린다. 심지어 너도, 아무리 극도의 무감한 영역에 갇혀 있었다 한들 티리모를 강타한 지진파를 멈추려 할 만큼 멍청하지는 않았다. 유일하게 안전한 해결책은 힘을 다른 방향으로 유도하거나 분산시키는 것뿐이다. 그러나 노드 관리자들은 자신에게 안전한 일을 할 판단력도, 통제력도 없다.

"그들을 전부 이용한 건 아니야." 알라배스터가 신중하게 말을 고른다. "저 멀리 서쪽과 북극권과 남극권 노드는 나도 닿을 수 있는 거리가 아니었다. 대부분은 죽었겠지. 돌봐줄 사람이 남지 않았을 테니까. 하지만 몇 군데 노드가 아직 활동 중이라는 건 보닐 수 있어. 아직 남아 있는 연결망이 있다. 남쪽에는 남극권 펄크럼 근처에 있고, 북쪽은 레나니스 근처에 있지."

그래, 알라배스터라면 여기서 남극권 노드의 활성화 상태 정도는 당연히 보닐 수 있겠지. 너는 카스트리마에서 겨우 몇백 킬로미터 떨어진 곳을 보니는 게 고작인데. 그것도 억지로 용을 쓰며 의식을 뻗어야 하는데 말이다. 남극권 펄크럼 로가들이 어떻게든 살아남아 노드를 책임지고 있는 불운한 형제자매들을 돌보기로 결심한 건 그렇다 쳐도……

"레나니스요?"

그럴 리가 없다. 레나니스는 적도권에 있다. 대부분의 적도권 도시보다 약간 남서쪽에 치우쳐 있긴 하지만…… 유메네스 사람들은 레나니스를 거의 중위지방 시골에 가깝게 취급하곤 했다. 하지만 그래도 레나니스는 적도와 충분히 가까운 곳에 위치해 있고, 당연히 소멸했어야 한다.

"열개는 내가 찾은 오래된 결합층을 따라 북서쪽으로 휘어진다. 레나니스에서 수백 킬로미터 밖으로 돌아가지……. 내 생각엔 그 정도만으로도 노드 관리자들이 조치를 취하기에 충분했던 것 같다. 대부분은 죽었을 테고 나머지도 관리소 직원들이 떠났을 때 방치되어 죽었어야 하지만, 그 이상은 나도 모르겠다."

알라배스터가 조용해진다. 아마 피곤해서일 것이다. 목소리는 거칠게 쉬어 갈라져 있고, 눈에는 핏발이 서 있다. 상처에 또 염증이 생겼나 보다. 러나가 그러는데 몸 여러 군데 있는 화상이 낫지 않아 끊임없이 감염과 염증이 생긴다고 했다. 진통제가 부족한 것도 문제다.

너는 알라배스터가 들려준 이야기와 안티모니가 말해 준 것들을, 네가 시련과 고통을 통해 배운 것들을 터득하려고 애쓴다. 어쩌면 숫자가 중요한 것일 수도 있다. 216개의 오벨리스크, 완충 장치로 사용할 다른 수많은 오로진, 그리고 너. 이 셋을 한데 묶어 연결하는 마법……. 이 모든 것들을 엮어 그물망을 만들고 염병 대지불맞을 달을 잡아 붙드는 것이다.

네가 골똘히 생각에 잠긴 동안 알라배스터가 묘하게 조용해서 혹시 잠이 든 건가 흘깃 쳐다본다. 하지만 그는 눈을 가늘게 뜨고 너를 지켜보고 있다.

"왜요?"

너는 늘 그렇듯이 이맛살을 찌푸리며 방어적으로 대응한다.

그가 화상 때문에 절반이 마비된 입술을 실룩여 반의반쯤 웃는다.

"넌 정말 변한 게 하나도 없구나. 내가 도와 달라고 했을 땐 삭아 죽어 버리라고 악담을 늘어놓더니 내가 녹병들 한마디도 하지 않으면 날 위해 기적을 행해 주니까 말이야." 그가 한숨짓는다. "대지여, 네가 정말로 그리웠다."

그건…… 아, 가슴이 아프다. 너무나도 예기치 않게. 너는 그 이유를 안다. 누군가 네게 이렇게 말해 준 지가 너무 오래되었기 때문이다. 지자는 애정이 넘쳤지만 감성적인 사람이라고는 할 수 없었다. 이논은 성교와 우스갯소리로 애정을 표현했다. 하지만 알라배스터는…… 그는 항상 이런 식이었다. 전혀 뜻밖의 순간에 다가오는 행동들, 순수하게 받아들여야 할지 아니면 놀림인지 모욕인지 네가 알아서 선택해야 하는 에두른 칭찬들. 이런 것 하나 없이 견뎌 온 지가 너무 오래되었다. 그가 곁에 없이 보낸 시간이 너무 오래되었다. 너는 겉으로는 강하고 건강해 보이지만 속으로는 지금 알라배스터의 외모처럼 문드러져 있는 것 같다. 갈라 바스러진 석질과 상처들, 너무 많이 구부리거나 힘을 주면 금방 깨질 것만 같은.

너는 미소를 지으려다 실패한다. 그는 시도조차 하지 않는다. 너희 둘은 서로를 말없이 바라본다. 그 순간이야말로 아무것도 아닌 동시에 모든 것이다.

물론 그 순간은 오래가지 않는다. 누군가 병실에 들어와 네 옆으로 다가온다. 너는 이카를 보고 다소 놀란다. 뒤에서는 햐르카가 구부정하게 수그린 채 산제식으로 따분한 표정을 짓고 있다. 날카롭게 줄질한 이빨을 나무 쪼가리로 쑤시면서 다른 한 손은 보기 좋게 휘어지는 허리 위에 얹고 있다. 풍성한 회발은 평소보다 더 엉망이고 방금 일어나기라도 했는지 한쪽이 납작하게 눌려 있다.

"방해해서 미안한데." 하지만 별로 미안한 어조는 아니다. "문제가 생겼어."

넌 그 문장이 정말로 싫다. 하지만 이젠 수업을 마칠 시간이고, 그래서 알라배스터에게 고개를 까딱이며 몸을 일으킨다.

"이번엔 또 뭔데?"

"네 친구, 그 게으름뱅이 말이야."

통키다. 통키는 혁신자들과 함께 일을 하지도 않고, 집안일도 내팽개치고 있고, 쓰임새신분 회의가 있을 때면 솜씨도 좋게 어디론가 사라져 버린다. 다른 향이었다면 진즉에 쫓겨났을 테지만 하필 카스트리마에서 두 번째로 강한 오로진과 한 패거리라는 사실 때문에 다행히 약간의 특권을 누리고 있었다. 하지만 이번엔 많이 지나쳤는지 이카가 머리끝까지 열을 받은 모양새다.

"그 여자가 통제실을 찾아냈어. 문을 걸어 잠그고 안에서 시위 중이야."

"통제……." 뭐라고? "무슨 통제실?"

"카스트리마의 통제실." 이카는 이 사실을 설명해야 한다는 것 자체가 짜증스러운 듯 보인다. "처음 널 데려왔을 때 말했지? 이곳을 작동시키는 기계 장치가 있다고. 조명이랑 공기 정화 시스템 같은 거 말이야. 방의 위치는 비밀이었어. 누군가 회까닥 돌아서 망가뜨려 버리기라도 하면 안 되니까. 그러면 전부 끝장이잖아. 한데 네가 데려온 지하학자가 거기서 염병 모를 짓거리를 하고 있다고. 그래서 개를 죽여도 되는지 너한테 물어보러 왔어. 지금 심정으론 당장 죽여 버릴 것 같아서."

"어차피 진짜로 중요한 건 건드릴 수 없을 거다."

알라배스터가 입을 연다. 너희 둘 다 깜짝 놀란다. 너는 그가 다른 사람에게 관심을 보이는 걸 처음 봤고, 이카는 그를 사람이라기보다 귀한 의약품을 축내는 쓸모없는 존재로 치부하고 있었기 때문이리라. 알라배스터도 이카에게는 별 관심이 없다. 그의 눈꺼풀이 다시 닫힌다.

"그러다 혼자 다칠 공산이 크지."

"거참 반가운 소리네." 이카는 이렇게 말하면서도 미심쩍은 눈초리로 알라배스터를 쳐다본다. "그쪽이 되는 대로 지껄이는 소리만 아니면 좋겠는데. 여기 하루 종일 들어 앉아 있는 주제에 그런 걸 어떻게 안다는 거야? 하지만 마음에 드는 말이긴 해."

알라배스터가 가볍게 코웃음을 친다.

"난 여기 도착하자마자 이 유적에 대해 알아야 할 건 전부 알 수 있었어. 에쑨 말고 너희들 중에 누구든 이 유적을 원래의 목적에 걸맞게 이용할 능력이 있었다면 애초에 여기 머무르지도 않았을 거다."

너와 이카의 어리둥절한 시선을 느낀 알라배스터가 무겁게 한숨을 쉰다. 그의 숨소리에 돌이 자그락거리는 소리가 섞여 있어서 너는 걱정스럽다. 나중에 러나에게 꼭 물어봐야겠다. 하지만 알라배스터는 더는 첨언하지 않는다. 참다못한 이카가 네 친구라는 작자들은 왜 하나같이 저 모양이야?라고 해석할 수 있을 만한 눈빛을 던지며 따라 나오라고 손짓한다.

그 통제실이라는 곳이 어디 있는지는 몰라도 꽤 높이 올라가야 한다. 첫 번째 사다리를 지나자 햐르카가 거칠게 숨을 씩씩대지만 그 뒤로는 슬슬 몸이 적응되는지 속도를 내기 시작한다. 이카는 10분째 땀을 뻘뻘 흘리고 있지만 햐르카보다는 낫다. 너는 아직 몸이 여행 모드를 유지하고 있는 까닭에 잘 버티고 있지만, 층계 세 개와 사다리 하나, 그리고 통통하고 두꺼운 수정기둥 주위를 나선처럼 빙빙 도는 발코니를 건너고 나자 바닥이 점점 멀어지고 있다는 생각을 머릿속에서 떨쳐 버리기 위해서라도 자진해서 떠들어야 할 것 같다.

"카스트리마에서 쓰임새 노동을 게을리하는 사람한테 주로 어떤 벌을 내려?"

"당연히 추방하는 거지. 그거 말고 또 있나?" 이카가 어깨를 으쓱한다. "하지만 우리 향에선 단순히 쫓아내는 걸로 해결할 수 없어. 비밀을 지키기 위해선 죽여야 하지. 대신에 거기까지 가는 절차가 있어. 첫 번째는 경고, 두 번째는 공청회지. 그런데 혁신자 대표인 모랏이 아직 공식적으로 고발을 안 했어. 모랏한테 왜 저걸 가만히 두냐고 하니까 횡설수설하더라고. 네 친구가 휴대용 수질검사 장치인지 뭔지를 줬다나. 그게 있으면 사냥꾼들이 밖에 나갔을 때 큰 도움이 될 거래."

하르카가 폭소를 터트린다. 너는 기가 막힌다는 듯이 고개를 젓는다.

"그거 괜찮은 뇌물이네. 하여간 생존 능력 하나는 끝내준다니까."

이카가 눈동자를 굴린다.

"그렇지도. 하지만 누군가 일도 안 하고 처벌도 안 받으면 공동체 전체에 나쁜 영향을 준다고. 아무리 자유 시간에 유용한 물건을 발명해도 말이지. 조금 있으면 다른 사람들도 나태해지기 시작할걸. 그땐 어쩔 건데?"

"유용한 물건을 발명 못 한 사람들을 내쫓아."

네가 제안한다. 그러고는 발을 멈춘다. 이카가 멈춰 섰기 때문이다. 처음에는 네가 한 말 때문에 기분이 나쁜 건가 생각했지만 다시 보니 이카는 향 전체를 넓게 둘러보고 있다. 그래서 너도 조용히 멈춰 서 있는다. 너희는 지금 향의 주 거주층보다 훨씬 높은 곳에 올라와 있다. 카스트리마 정동 전체에 사람들의 외침과 망치질 소리, 누군가의 노동요 소리가 메아리친다. 난간 너머로 대담하게 몸을 내밀어 아래를 내려다보니 누군가 중간층에 밧줄과 나무판자로 화물용 승강기를 설치해 놓았다. 균형추가 없는 까닭에 무거운 짐을 운반하려면 간단히 말해 줄다리기를 해야 한다. 스무 명 가까운 사람들이 화물에 달라붙어 있다. 의외로 재미있어 보인다.

"동화 정책이 필요하다는 네 생각이 옳았어." 하르카가 나직한 목소리로 말한다. 그녀 역시 카스트리마의 일상적이고 부산스러운 삶을 조용히 바라보는 중이다. “향민을 늘리지 않았다면 제대로 돌아가지 못했을 거야. 처음엔 네가 미쳤다고 생각했는데 결과적으론 네가 옳았어.”

이카가 한숨을 쉰다.

“지금까진 그렇지.” 이카가 햐르카를 돌아보며 말한다. “내 생각이 마음에 안 든다고 한 적 없잖아.”

햐르카가 어깨를 으쓱한다.

“난 지도층이 되기 싫어서 고향을 뜬 사람이야. 여기서도 그런 짐을 지고 싶진 않다고.”

“이런 대지불 같으니, 겨우 의견 하나 말한다고 나랑 향장 자리를 두고 칼부림을 해야 하는 것도 아니잖아.”

“계절이 오고 있고, 내가 이 향의 유일한 지도층이라면 의견 하나를 낼 때도 조심해야 하는 법이야.” 햐르카가 또다시 어깨를 으쓱하더니, 애정에 가까운 분위기를 풍기는 미소를 지으며 이카를 바라본다. “지금도 네가 날 죽여 버리는 게 아닐까 고민 중인걸.”

그 말에 이카가 너털웃음을 터트린다.

“네가 내 자리에 있었다면 넌 그랬을 거야?”

너는 이카의 목소리에서 날 선 신랄함을 느낀다.

“내가 교육받은 바에 따르면…… 그래. 하지만 여기서 그러는 건 멍청한 짓이지. 이런 계절은 처음이니까……. 그리고 이런 향도.” 햐르카가 너를 보라는 듯이 눈짓한다. 카스트리마 향의 특이성을 보여 주는 가장 최근의 사례. “전통을 고집해 봤자 상황만 삭아빠질 악화되겠지. 특히 지금 같은 상태에선 말이야. 통상적인 관례가 아니라 자기가 원하는 게 뭔지 정확하게 알고 있는 향장이 있는 편이 나아. 자신의 이상향을 만들기 위해 쓸데없는 건 무시할 줄 아는 향장 말이야."

이카는 햐르카의 말을 묵묵히 흡수한다. 통키가 무슨 짓을 저질렀는지는 몰라도 그렇게까지 긴박하거나 심각한 일은 아닌 모양이다. 이카가 몸을 돌려 다시 위로 올라가기 시작한다. 이제 휴식시간이 끝난 모양이다. 너와 햐르카도 한숨을 쉬며 그 뒤를 따른다.

"여길 만든 사람들은 생각이 좀 부족했던 것 같아." 이카가 발을 옮기며 말한다. "너무 비효율적이잖아. 언제 망가지거나 녹이 슬지도 모르는 기계 장치에 모든 걸 의존하고 있으니. 게다가 조산력을 동력으로 사용하다니, 그거야말로 세상에서 제일 못 믿을 거 아니야? 그런데 또 가끔은 원래 그게 의도가 아니었을지도 모른다는 생각도 든단 말이지. 어쩌면 급하게 지하로 내려와야 했는데, 이 정동을 발견해서 최대한 되는 데까지 만든 건지도 몰라." 이카가 손바닥으로 난간을 훑는다. 정동 전체에 흩어져 있는, 처음부터 여기 존재하던 금속 구조물 중 하나다. 주거층 위쪽은 오래 묵은 금속 설비로 가득하다. "난 그 사람들이 진짜로 카스트리마의 조상이었을 거라고 생각해. 근면성실하고, 압박감 속에서도 적응하는 데 성공했으니까. 꼭 우리처럼."

"그건 누구나 그러는 거 아냐?"

통키만 빼고.

"어떤 사람들은 그렇지." 이카는 미끼를 덥석 물지 않는다. "난 열다섯 살 때 내 정체성을 밝혔어. 남쪽에서 산불이 났는데 가문 계절이었지. 검은 연기 때문에 노약자와 갓난아기 들이 숨 막혀 죽어 갔어. 사람들은 마을을 떠나야 할 거라고 생각했고. 그래서 산불의 끄트머리에, 마을 사람들이 방화선을 구축하려는 곳에 찾아갔지. 그날 산불의 진로를 막으려다 여섯 명이 죽었어." 이카가 고개를 젓는다. "어차피 그 방법도 안 통했을 거야. 산불이 너무 컸거든. 하지만 우리 마을 사람들이 그렇지 뭐."

너는 고개를 끄덕인다. 네가 여기서 알게 된 카스트리마 주민들이라면 할 법한 일이다. 그리고 네가 알던 티리모와 메오브의 사람들, 알리아, 그리고 심지어 유메네스에 살던 사람들도. 이토록 집요하고 완강하지 않았다면 고요 대륙의 주민들은 지금까지 생존하지 못했을 것이다. 하지만 이카는 카스트리마를 특별한 곳이라고 여기고 싶어 하고 실제로 어떤 면에서 그것은 사실이기도 하다. 그래서 너는 현명하게도 입을 다물고 아무 말도 하지 않는다.

이카가 말을 잇는다.

"내가 산불을 막았어. 불타는 숲을 얼리고 그 열기를 이용해 또 새로 불이 날 경우에 대비해 남쪽 등성에 바람막이로 언덕을 세워 올렸지. 내가 그러는 걸 모두가 봤고, 그래서 내가 뭔지 정확하게 알게 됐지."

너는 발을 멈추고 이카를 바라본다. 이카가 희미하게 웃는 얼굴로 몸을 돌린다.

"사람들에게 떠나겠다고 했어. 수호자를 불러서 나를 펄크럼으로 보낼 거면 차라리 도망가겠다고 했지. 만약에 날 목매달아 죽일 거면 아무도 얼리지 않겠다고 약속했고. 그 뒤로 사흘 동안 열렬한 토론이 벌어졌지. 난 마을 사람들이 날 어떻게 죽일까를 두고 고민하는 줄 알았어." 이카가 어깨를 으쓱한다. "그래서 집에 가서 부모님이랑 저녁을 먹었어. 두 분 다 내 정체를 알고는 기절할 만큼 겁에 질려 있었는데 마차로 나를 몰래 마을 밖으로 빼돌리겠다는 걸 말려야 했지. 다음 날엔 평소랑 똑같이 보육학교에 갔고. 나중에야 마을 사람들이 나를 펄크럼에 보내는 게 아니라 어떻게 훈련시켜야 할지를 두고 논의하고 있었다는 걸 알았지."

네 입이 쩍 벌어진다. 너는 이카의 부모님을 만난 적이 있다. 아직도 정정하고 활기차고 산제인 특유의 완고함을 풍기는 사람들이다. 그들이라면 이카가 말한 대로 굴었을 법도 하다. 그렇지만 마을 사람들이 전부 다 그랬다고? 그래, 인정해야겠다. 카스트리마는 정말로 특별한 곳인지도 모르겠다.

햐르카가 말한다.

"허. 그래서 어떻게 훈련했어?"

"음, 작은 중위지방 마을이 어떤지 알잖아. 실은 유메네스 열개가 발생했을 때까지도 계속 입씨름 중이었어. 그래서 어떻게든 나 혼자 알아서 하는 수밖에 없었지." 이카가 낄낄 웃자, 햐르카는 한숨을 쉰다. "우리네 사람들도 그래. 머리에 녹이라도 슨 것 같다니까. 하지만 그래도 착한 사람들이야."

너는, 저절로, 이렇게 생각하지 않을 수 없다. 우체와 나쑨이 태어나자마자 여기로 데려왔더라면 얼마나 좋았을까.

"하지만 우리를 안 좋아하는 사람들도 많아." 그러고는 네 머릿속에 떠오른 생각을 반박하듯이 불쑥 내뱉는다. "그래, 나도 들었어. 그래서 네가 아이들을 훈련시키는 게 잘됐다 싶었던 거야. 네가 터테이스한테서 부글벌레를 떼어 내는 걸 다들 봤잖아." 이카가 갑자기 침울해진다. "불쌍한 터테이스. 하지만 네가 우리를 전부 죽이거나 쫓아내느니 같이 사는 게 낫다는 걸 또다시 입증했으니까. 카스트리마 사람들은 아주 실용적이거든, 에씨." 누가 널 저렇게 부르는 건 처음 듣지만, 듣자마자 마음에 안 든다. "얼마나 실용적인지 남들이 다 하란다고 잠자코 따르는 법도 없고."

이카가 그 말과 함께 오르막을 다시 오르기 시작한다. 잠시 후 너와 하르카도 똑같이 발을 옮긴다.

너는 밤낮없이 밝고 하얀 카스트리마에 익숙해져 있다. 수정건물 중에서도 자수정이나 불투명한 연수정이 섞여 있는 것은 몇 개 되지 않는다. 하지만 이곳, 정동의 천장은 에메랄드처럼 짙은 녹색의 판판하고 유리 같은 물질로 덮여 있다. 눈이 번쩍 뜨일 정도로 선명한 색이다. 여기로 이어지는 마지막 층계는 다섯 명이 나란히 걸을 수 있을 정도로 넓고, 그래서 너는 카스트리마의 완력꾼 두 명이 똑같은 초록색 물질로 된 다락문 같은 것의 양옆을 감시하듯이 서 있는 것을 보고도 별로 놀라지 않는다. 완력꾼 중 여자는 작은 철망유리 단검을 손에 쥐고 있고 다른 한 명은 가슴 앞에서 건장한 팔뚝을 팔짱 끼고 있다.

"아직 아무 기척도 없습니다." 너희 세 명이 도착하자 남자 완력꾼이 말한다. "소리는 들리지만요. 계속 뭔가 찰칵거리거나 윙윙거리는데, 가끔은 뭐라뭐라 소리도 지릅니다. 하지만 문은 안 열려요."

"소리를 질러?" 햐르카가 묻는다.

남자가 어깨를 으쓱한다.

"'이럴 줄 알았어!'라든가 '그렇구나!' 같은 거요."

누가 들어도 통키다.

"통키가 문을 어떻게 잠근 거지?"

네가 묻는다. 여자 완력꾼이 모르겠다는 듯이 어깨를 들썩인다. 원래 완력꾼은 덩치와 근육만 우락부락하고 머리는 나쁘다는 편견이 있지만 어떤 완력꾼들은 필요 이상으로 그런 고정관념에 딱 들어맞기도 한다.

이카가 이게 다 네 탓이야라는 눈빛으로 너를 쳐다본다. 너는 고개를 저으며 계단 꼭대기까지 올라가 문을 두드린다.

"통키, 삭아죽을, 빨리 문 열어."

정적이 흐르더니 곧 뭔가 희미하게 부딪치는 소리가 난다.

"젠장, 너 왔구나." 통키가 문에서 약간 떨어진 곳에서 중얼거리는 소리가 들린다. "조금만 기다려. 열 받았다고 다 얼려 버리지는 말고."

잠시 후, 덜컹거리는 소리가 나더니 문이 스르륵 열린다. 너와 이카, 햐르카, 그리고 완력꾼 두 명이 방 안으로 들어간다. 하지만 곧 너희 모두는 우두커니 눈앞의 광경에 넋이 팔리고, 유일한 예외인 이카만이 팔짱을 낀 채 이글거리는 눈빛으로 통키를 매섭게 노려본다.

천장 위 다락문 너머는 빈 공간이다. 밖에서 봤던 초록색 물질은 이곳의 바닥이고, 방은 칙칙한 회녹색에 울퉁불퉁한 진짜 정동의 천장에서 돌출돼 있는 흔한 하얀색 수정기둥에 둘러싸여 있다. 천장의 높이는 약 4미터 정도. 네가 발을 멈추고, 턱을 바닥까지 떨어뜨리고, 방금 전까지 짜증을 내다가 갑자기 할 말을 잃은 이유는, 이 녹색 장벽 건너편에 있는 이곳의 수정들이 깜박깜박 명멸하면서 희미하게 반투명으로 변했다가 다시 뚜렷한 형체로 돌아오기를 반복하고 있기 때문이다. 바닥을 뚫고 삐죽삐죽 솟아 있는 이 수정기둥들은 방 바깥쪽에서는 절대 이러지 않았다. 카스트리마에 있는 어떤 수정기둥도 이런 식으로 변하지는 않는다. 카스트리마 벽의 수정은 단순한 석영이 아니라는 경고의 표시로 그냥 은은한 빛을 발할 뿐, 다른 곳에서 볼 수 있는 석영석과 전혀 다른 점이 없다. 하지만 여기서는……. 너는 그제야 알라배스터의 말을 이해한다. 카스트리마가 어떤 일을 할 수 있는지. 카스트리마에 숨겨진 진실이 불현듯, 겁이 날 정도로 명백하게 다가온다. 이 정동을 빼곡하게 채우고 있는 것은 수정이 아니라 잠재적인 오벨리스크다.

"이런 삭아떨어질."

완력꾼 하나가 숨을 헐떡이며 말한다. 그 자리에 있는 모든 이의 심경을 대변하는 반응이다.

방 안 곳곳에 통키의 잡동사니가 무질서하게 널려 있다. 이상하게 생긴 연장과 석판과 난해한 표로 가득한 가죽 표지의 공책. 그리고 구석에 놓여 있는 짚자리가 그녀가 왜 요즘 밤에 집에 들어오지 않았는지를 말해 준다.(요즘 호아와 통키가 둘 다 없다 보니 조금 외로웠지만, 그걸 솔직하게 시인하고 싶지는 않다.) 통키는 벌써 다른 쪽으로 걸어가고 있다. 어깨 너머로 힐끗 던지는 시선이 너를 성가셔하는 기색이다.

"아무것도 손대지 마." 통키가 말한다. "너처럼 조산력이 강한 사람이 손대면 어떻게 될지 모르니까."

이카가 눈동자를 굴린다.

"손대지 말아야 할 사람은 너지. 여기 있으면 안 될 사람도 너고. 다 알면서 무슨 짓이야? 당장 여기서 나와."

"안 돼."

통키가 방 한가운데 있는 낮고 이상한 받침대 옆에 쪼그려 앉는다. 마치 중간 부분을 잘라 낸 수정기둥처럼 생겼다. 기둥의 뿌리 부분이 천장에서 시작되고(비현실적으로 깜박이고 있다.) 바닥의 받침대가 그것과 연결되어 있다는 건 알겠지만(천장의 기둥과 동시에 깜박이고 있다.), 두 개의 수정 사이에 약 1.5미터 정도의 빈 공간이 있다. 얼마나 매끈하게 잘려 나갔는지 받침대의 단면은 거울처럼 상이 비칠 정도로 반질반질하고, 깜박이고 있는 수정기둥의 나머지 부분과는 달리 뚜렷한 실체를 유지하고 있다.

처음에 너는 그 위에 아무것도 없다고 생각한다. 하지만 통키가 너무나도 지긋하게 받침대 표면을 응시하고 있는 걸 보고 너도 옆으로 다가가 본다. 더 자세히 보려고 허리를 구부리자 통키가 고개를 들어 너와 시선을 마주친다. 너는 그녀의 얼굴에 숨김없이 피어난 환희를 보고 깜짝 놀란다. 아니야, 정말로 놀란 건 아니다. 지금은 너도 통키를 꽤 잘 알고 있기 때문이다. 네가 충격을 받은 이유는 그 기쁨으로 활짝 핀 얼굴과 짧게 다듬은 깔끔한 머리카락, 그리고 청결한 옷을 걸친 통키의 새로운 외양이 그녀를 나이 먹은 비노프로 변신시켰기 때문이다. 어떻게 처음에 그녀를 알아보지 못했는지 새삼 신기하다.

하지만 이런 건 중요하지 않다. 너는 다시 받침대로 관심을 돌린다. 아, 그러나 방 안에는 그 외에도 다른 신기하고 경이로운 것들이 가득하다. 방 뒤쪽에 있는 보다 높이 솟은 받침석 위에는 마치 오벨리스크를 작게 줄여 놓은 듯한 30센티미터 크기의, 바닥과 똑같은 짙은 에메랄드 빛깔의 수정이 공중에 둥둥 떠서 부유하고 있다. 또 다른 받침대 위에도 길쭉한 돌조각이 둥둥 떠 있다. 한쪽 벽에는 일종의 기계 장비에 대한 이상한 도식이 그려진 투명한 사각형이 일렬로 배치되어 있다. 그 아래 벽을 따라 나란히 늘어서 있는 제어판에는 각각 네가 해독할 수 없는 숫자로 너는 모르는 무언가를 측정하는 계량기가 달려 있다.

그러나 저 커다란 받침대 위에 있는 것이야말로 이 방에서 가장 눈에 띄지 않는 초라한 물건일 것이다. 작은 금속 조각 여섯 개. 바늘처럼 가늘고 길이는 네 엄지손톱에도 못 미친다. 이 고대의 카스트리마 유적에서 흔히 볼 수 있는 은빛 금속으로 만들어진 것도 아니다. 이 금속은 그보다 더 어두운 색이고, 뭔가 불그스레한 것에 희미하게 덮여 있다. 이건 쇠다. 카스트리마가 존립해 온 그 기나긴 세월 동안 완전히 산화해 부스러지지 않았다는 것만도 거의 기적 같은 일이다. 설마……

"네가 가져온 거야?" 너는 통키한테 묻는다.

통키가 버럭 화를 낸다.

"아, 그래. 나라면 당연히 멸망한 고대 유적지에서 제일 중요한 통제실에 쳐들어와서, 하필 그중에서 제일 위험한 장치를 찾아서, 즉시 그 위에 녹슨 금속 쪼가리를 던져 놨겠지!"

"바보 같은 소리 하지 말고." 물론 네가 그런 소리를 들을 말을 하긴 했지만. 너는 발끈하기보다 호기심이 인다. "이게 왜 여기서 제일 위험한 장치라는 거야?"

통키가 받침대의 경사진 옆면을 가리킨다. 너는 자세히 들여다보고는 두 눈을 깜박인다. 수정기둥의 다른 부분과 달리 그 위에 덮인 물질은 매끄럽지 않다. 표면에 여러 가지 다양한 상징과 글자가 깊이 새겨져 있다. 벽에 붙은 제어판에 적힌 것과 똑같은 문자다. 아, 그리고 붉은색으로 빛나고 있는데 붉은색이 표면 바로 위에 떠서 흔들리고 있는 것 같다.

"그리고 이것도."

통키가 받침대 단면과 그 위에 떠 있는 금속 조각을 향해 한쪽 손을 쓱 내민다. 그러자 갑자기 붉은 글씨가 허공 위로 불쑥 튀어 오른다. 그렇게밖에는 달리 표현할 수가 없다. 그러고는 순식간에 글씨가 크게 확대되면서 네 얼굴을 향해 다가와 눈높이에서 불타는 듯이 선명하게 번쩍거린다. 누가 봐도 분명한 경고의 표시다. 붉은색은 용암의 색이다. 불쾅이 폭발에 임박했음을 알리는, 독성 해조류를 빼고는 전부 죽어 버린 호수의 색이다. 어떤 것들은 아무리 오랜 시간이 흘러도, 어떤 문화권에서도 바뀌지 않는다. 그것만은 확실하다.

(엄밀히 말하자면 그건 사실이 아니지만, 그래도 이 경우에는 네 생각이 맞다.)

모두가 넋을 잃고 빤히 쳐다본다. 햐르카가 다가가 공중에 떠 있는 글씨를 향해 손을 내민다. 손가락이 글자 사이를 통과한다. 호기심에 굴복한 이카가 받침대 주위를 돌며 유심히 살펴본다.

"이런 게 있다는 건 알았지만 한 번도 신경 써서 본 적이 없었는데, 글씨가 나랑 같이 돌아가네."

실제로 글자가 이동한 것은 아니다. 하지만 네가 몸을 한쪽으로 기울이자, 글자가 네 얼굴에서 정면으로 보이게 살짝 각도를 트는 것이 보인다.

통키가 성마르게 손을 끄집어 당기고는 햐르카한테도 빨리 손을 치우라고 손짓한다. 글자가 다시 작고 평평하게 줄어들며 받침대 가장자리로 빨려 들어가더니 잠잠해진다.

"보호 장치가 안 보여. 보통 유적들, 그러니까 이 문명의 유적들은 진짜 위험한 건 어떤 방식으로든 보호 장치를 설치해 놓거든. 물리적인 보호막을 쳐 놓기도 하고, 원래는 있었는데 너무 오래돼서 있었다는 흔적만 남은 경우도 있지. 진짜 만지면 안 되는 건 아예 처음부터 만질 수가 없거나 아니면 녹병나게 머리를 굴려야 할 거야. 그러니까 이건 그냥 경고에 불과해. 무슨 뜻인지는 몰라도."

"저걸 만질 수 있다고?"

너는 눈앞에 떠오른 경고문을 무시하고 받침석 위에 떠 있는 작은 금속 쪼가리 쪽으로 손을 내민다. 통키가 잇새로 날카로운 소리를 내는 바람에 너는 하면 안 될 짓을 하다 걸린 어린애처럼 잽싸게 손을 뒤로 물린다.

"삭아죽을 아무것도 만지지 말라고 했지! 도대체 왜 내 말을 안 듣는 건데?"

너는 어금니를 꽉 깨물지만 이번에도 네가 자초한 일이라 아무 말도 하지 않는다. 사실을 부인하기에 너는 너무 애 엄마다.

"여길 얼마나 오래 들락거린 거야?"

이카가 통키의 잠자리용 깔개 옆에 쪼그려 앉아 묻는다.

통키는 여전히 금속 쪼가리만 노려보고 있을 뿐이다. 너는 처음에 그녀가 이카의 말을 듣지 못한 줄만 알았다. 통키는 한참 동안 대답하지 않는다. 슬슬 저 표정이 마음에 들지 않는다. 네가 잔모래 시절에 비노프를 잘 몰랐던 것처럼 지금의 통키도 그렇게 잘 안다고 할 수는 없지만 적어도 통키가 저렇게 결연하고 진지한 성격이 아니라는 것쯤은 안다. 지금 통키는 매우 결연하다. 평소라면 그녀가 싫어할 만큼 눈에 띄게 팽팽하게 불거져 있는 턱 근육은 매우 안 좋은 신호다. 뭔가 꿍꿍이가 있다는 뜻이다. 통키가 이카에게 대답한다.

"일주일 정도. 하지만 여기 처박힌 지는 사흘 정도밖에 안 돼. 어쨌든 내 생각엔 그래. 시간 감각이 없어서." 그녀가 눈을 비빈다. "잠도 잘 못 잤고."

이카가 고개를 저으며 일어난다.

"뭐, 아직 우리 항을 박살 내진 않았으니까. 그럼 이제까지 알아낸 거나 털어놔 봐."

통키가 조심스럽게 시선을 든다.

"저 벽에 설치된 제어판은 양수기와 공기 순환, 냉방 시스템을 조절하는 거야. 하지만 그 정도는 너도 벌써 알고 있을 테고."

"그래. 덕분에 아직 안 죽었지."

이카가 바닥을 짚었던 손에 묻은 먼지를 털고는, 신중하고 다소 위협적인 태도로 통키에게 다가간다. 이카는 보통 산제 여성들만큼 체구가 큰 편은 아니다. 햐르카와 비교하면 키가 30센티미터는 작다. 다른 사람들은 그녀가 지금 얼마나 위험한지 모르겠지만, 너는 이카의 조산력이 천천히 준비 상태에 돌입하는 것을 느낀다. 그녀는 이곳을 완전히 날려 버리거나 얼려 버릴 만반의 준비가 되어 있었다. 주변에서 완력꾼들이 조금씩 거리를 좁혀 오며 이카가 내뿜는 위협적인 기운을 뒷받침하고 있다.

"내가 알고 싶은 건." 이카가 말을 잇는다. "네가 그걸 어떻게 아느냐야." 이카가 발을 멈추고 통키에게 얼굴을 바짝 들이댄다. "우리는 그걸 알아내려고 수많은 시행착오를 거쳐야 했어. 이걸 만지면 기온이 내려가고 저걸 만지면 목욕탕 온수가 뜨거워지고 그런 식이었지. 하지만 지난주 내내 바뀐 건 아무것도 없단 말이지."

통키가 한숨을 지으며 말한다.

"저 문양을 어느 정도 해독할 줄 알거든. 오래된 유적들을 돌아다니다 보면 비슷한 것들을 자주 보니까."

이카가 잠시 생각하는가 싶더니 받침대 가장자리에 새겨진 경고문을 향해 고개를 까딱한다.

"저기엔 뭐라고 쓰여 있어?"

"나도 몰라. 해독할 수 있다고 했지 읽을 수 있다곤 안 했잖아. 기호나 상징만 알지 언어 자체는 몰라."

통키가 벽면에 붙은 제어판으로 다가가 오른쪽 상단에 있는 독특한 무늬를 가리킨다. 너는 무슨 의미인지 감도 안 잡힌다. 초록색에 구불구불한 화살표처럼 생긴 것이 아래쪽을 가리키고 있다.

"수경 정원이 있는 곳엔 항상 이 표시가 있어. 내 생각엔 정원에 비치는 조광(照光)의 양과 질을 의미하는 것 같아." 통키가 이카를 바라본다. "아니, 조광을 의미하는 표시가 확실해."

이카가 턱을 살짝 치켜드는 모습에 너는 통키의 추측이 사실이라는 것을 알 수 있다.

"그럼 카스트리마가 네가 아는 다른 유적과 똑같다는 거야? 다른 곳에도 여기처럼 수정기둥이 있어?"

"아니. 카스트리마 같은 곳은 한 번도 본 적이 없어. 그러니까……." 통키가 슬쩍 네게 곁눈질을 보낸다. "카스트리마랑 똑같은 곳은 본 적이 없어."

"펄크럼에 있던 건 여기랑 완전히 달랐어."

네가 불쑥 내뱉는다. 벌써 20년도 더 지난 일이지만 너는 그곳에 대해서라면 사소한 것 하나도 잊어버리지 않았다. 펄크럼에 있던 건 깊은 구덩이이고, 카스트리마는 암반 속에 만들어진 커다란 구멍이다. 만일 두 장소가 동일한 사람들에 의해, 유사한 목적을 위해 건설됐다고 해도 그렇다는 증거는 어디에도 없다.

"아냐, 사실은 전혀 안 달라."

통키가 받침대로 다가가더니 손을 흔들어 다시 경고문을 불러낸다. 그러고는 붉게 빛나는 글자들 중에서 기호 하나를 가리킨다. 하얀 팔각형 안에 들어 있는 검게 칠해진 원. 저걸 왜 진즉에 못 봤지. 붉은 글씨들 속에서 저렇게나 눈에 띄는데.

"난 저걸 펄크럼에서 본 적이 있어. 불빛이 들어오는 벽판에 그려져 있었지. 넌 구덩이에 정신이 팔려 있어서 아마 못 봤을 거야. 하지만 난 오벨리스크가 만들어진 곳을 대여섯 군데쯤 가 봤고, 저 표식은 항상 위험한 것 근처에 있었어." 통키가 너를 뚫어져라 바라보고 있다. "때로는 그 옆에 시체도 있었지."

너는 반사적으로 수호자 티메이를 떠올린다. 죽은 채로 발견되지는 않았지만 어쨌든 그녀는 죽었고, 너도 그날 하마터면 그녀의 뒤를 따를 뻔했다. 문득 그 문 없는 방에서 있었던 일이 기억난다. 크게 입 벌린 구덩이 가장자리에서 있었던 일. 구멍 속 벽면에 작고 가느다란 바늘처럼 생긴 것들이 돌출돼 있던 게 기억난다……. 저 금속 조각과 완벽하게 똑같은.

"단자." 네가 중얼거린다. 수호자들은 그것을 그렇게 불렀다. "오염 물질."

등줄기를 타고 오싹 소름이 돋는다. 통키가 너를 날카롭게 쏘아본다.

"위험한 것이라니, 삭아죽을, 그런 건 뭐든 될 수 있잖아."

네가 녹슨 쇳조각을 멀거니 바라보고 있는 사이, 햐르카가 뱃로 통한 목소리로 말한다.

"아냐, 이 경우엔 아주 특별한 삭아죽을 물건을 말하는 거야." 통키가 햐르카를 노려본다. 오, 꽤 인상적인 광경이다. "그건 적을 의미하는 표시거든."

젠장. 너는 깨닫는다. 젠장, 젠장, 젠장.

"뭐?" 이카가 묻는다. "그건 뭔 땅이 얼어터질 소리야?

"그들과 반대편에 있는 적들 말이야." 통키가 받침석 옆에 몸을 기댄다. 조심스럽게, 하지만 강조하듯이. "그들은 전쟁 중이었어. 아직도 모르겠어? 전쟁이 막바지에 달해서 그들이 이룩한 문명이 잿더미가 되기 직전이었지. 그들 문명이 쌓아 올린 유적들, 어쨌든 지금까지 남아 있는 건 전부 방어와 생존을 위한 거야. 현대의 향처럼 말이야. 다른 게 있다면 그들에겐 돌 방벽 말고도 다른 수단이 많았다는 거지. 예를 들면 지하에 숨겨져 있는 삭아빠질 거대한 정동 같은 거? 이런 곳에 몸을 숨긴 채 적들을 연구하고, 어쩌면 반격할 무기도 개발했을 거야."

통키가 몸을 빙글 돌리더니 위쪽을 가리킨다. 천장에서 삐쳐 나온 받침대 수정의 반쪽이 오벨리스크처럼 깜박깜박 명멸한다.

"아니야." 너는 무심코 반박한다. 모두가 한꺼번에 너를 돌아보자 움찔 놀란다. "내 말은……." 젠장. 하지만 벌써 입 밖에 내 버렸는걸. "오벨리스크는……."

그걸 설명하려면 거기 얽힌 이야기를 처음부터 털어놓아야 하고, 너는 그러고 싶지 않다. 왜 그런지는 잘 모르겠다. 어쩌면 알라배스터가 네게 말하려 했을 때 안티모니가 가로막은 것과 같은 이유 때문인지도 모른다. 이들은 아직 준비가 안 됐다. 그러니 꼬치꼬치 캐묻기 전에 화제를 돌리는 게 좋겠다.

"난 오벨리스크가 방어 장치나…… 무기일 것 같진 않아."

통키는 한참 동안 대꾸하지 않는다.

"그럼 대체 뭔데?"

"나도 몰라." 그건 거짓말이 아니다. 너도 정확하게는 모른다. "그냥, 일종의 도구? 잘못 사용하면 위험하긴 해도 애초부터 뭔가를 죽일 목적으로 만든 건 아닐 거야."

통키가 마음을 다진 듯이 입을 연다.

"난 알리아가 어떻게 됐는지 알아, 에쑨."

불시에 날아온 공격이 너를 감정적으로 바닥에 때려눕힌다. 다행히도 너는 이런 예기치 못한 습격을 받더라도 그 충격을 안전한 방식으로 빗겨 흘리는 훈련을 평생토록 해 왔다. 너는 응수한다.

"오벨리스크는 그런 걸 하려고 만든 게 아냐. 그건 사고였어."

"네가 그걸 어떻게 알……."

"왜냐하면 그 녹병들 것이 전소(全燒)했을 때 거기 연결되어 있었으니까!"

날카로운 음성이 방 전체에 메아리치고, 그 소리에 깜짝 놀란 너는 그제야 네가 얼마나 격분해 있는지 깨닫는다. 한 완력꾼이 숨을 들이켜며 눈빛을 번득이고, 너는 그 즉시 티리모의 완력꾼들을 떠올린다. 라스크가 문을 열어 너를 내보내라고 명령했을 때 그들이 바로 저런 눈빛으로 너를 쳐다봤었다. 이카마저 너를 쏘아보며 소리 없는 말을 보내고 있다. 사람들이 놀라잖아. 삭을, 빨리 진정하지 못해? 그래서 너는 심호흡을 하고, 입을 다문다.

(너는 나중에야 네가 정확히 뭐라고 말했는지 기억할 것이다. 전소. 너는 네가 왜 그렇게 말했는지, 그게 무슨 뜻인지 의아해할 것이다. 그러나 해답을 얻지는 못할 것이다.)

통키가 길게 숨을 내뱉는다. 방 안에 있는 모든 사람들을 대변하듯이.

"뭐, 내 가설이 잘못 됐을 수도 있으니까."

이카가 손으로 머리카락을 쓸어 넘긴다. 그녀의 머리칼이 잠시나마 우스꽝스러울 정도로 납작해졌다가 다시 폭신하게 부풀어 오른다.

"됐어. 우린 카스트리마가 전에도 향으로 이용됐다는 걸 알아. 아마 한 번도 아닐 거고. 만약에 네가 나한테 먼저 물어봤다면, 이렇게 버릇없는 어린애처럼 제멋대로 쑤시고 다니는 게 아니라 나한테 먼저 물어봤더라면, 내가 말해 줬을 수도 있잖아. 아는 걸 전부 말해 줬을 거라고. 나도 너만큼 이곳에 대해 알고 싶으니까……."

통키가 어처구니가 없다는 듯이 웃음을 하 흘린다.

"여기에 나만큼 똑똑한 사람은 아무도 없거든?"

"……하지만 이런 멍청한 짓을 하는 바람에 난 이제 널 신용할 수가 없어. 그리고 내가 신뢰하지 않는 사람이 사랑하는 사람들에게 해를 끼치게 내버려 두지도 않을 거고. 그러니까 넌 이제부터 여기 영원히 출입금지야."

햐르카가 얼굴을 찌푸린다.

"이크, 그건 좀 심하지 않아?"

통키의 몸이 즉각 빳빳하게 굳는다. 어떻게 그럴 수가 있냐는 듯이, 두 눈이 금세라도 튀어나올 것처럼 휘둥그레진다.

"웃기지 마. 이 삭아빠질 향에서 나만큼 이걸 잘 아는……."

"이 삭아빠질 향에서는 누구도!" 이카가 통키의 말을 자른다. 완력꾼들이 불안한 눈빛으로 그녀를 힐끔거린다. 왜냐하면 그녀가 거의 고함을 지르고 있기 때문이다. "세상이 아장거리던 시절에 죽어 버린 사람들을 연구한답시고 우리들 전부를 파멸시킬 위험 따원 건드리지 않을 거야. 그리고 왠진 몰라도 난 네가 언젠가 그러고야 말 거라는 불길한 예감이 든단 말이야."

"차라리 나한테 감시를 붙여!"

통키가 다급하게 외친다. 거의 애걸하는 모습이다.

이카가 통키에게 한 발짝 스윽 다가가 얼굴을 들이밀자 통키가 즉시 입을 다문다.

"여기가 고장 날 위험을 감수하느니." 이카가 낮고 싸늘한 어조로 속삭인다. "차라리 아무것도 모르는 쪽을 선택하겠어. 동의할 수 있겠어?"

통키가 이카를 노려본다. 파들파들 떨면서, 입을 꾹 다문 채. 그러나 대답은 하나뿐이다. 그렇지 않아? 통키는 햐르카와 비슷하다. 두 사람 모두 지도층 출신이고 자신보다 남들의 필요와 욕구를 우선하도록 교육받았으며, 두 사람 모두 이기적인 삶을 선택했다. 그건 심지어 질문도 아니다.

그래서 바로 그런 이유로, 나중에 돌이켜 보건대, 너는 그다음에 일어난 일에도 놀라지 않는다.

통키가 번개 같은 속도로 몸을 돌려 붉게 빛나는 경고 문구를 향해 돌진한다. 다음 순간 그녀의 주먹에는 금속 조각이 쥐어져 있다. 네가 그 사실을 알아차리기도 전에 통키가 벌써 몸을 돌린다. 문을 향해 튀어 나간다. 햐르카가 외마디 소리를 내지른다. 이카는 그저 가만히 서 있을 뿐이다. 놀라기도 했지만 거의 체념한 기색이다. 두 완력꾼은 얼떨떨하게 바라보다 뒤늦게 통키의 뒤를 쫓아간다. 하지만 그때, 통키가 숨 막히는 소리를 내며 돌연 우뚝 발을 멈춘다.

완력꾼 하나가 그녀의 팔을 붙들지만, 통키가 비명을 지르자 화들짝 손을 놓는다.

생각보다 먼저 몸이 움직인다. 통키는 네 사람이다. 호아처럼, 러나처럼, 알라배스터처럼. 친자식을 잃은 후 단 한 순간만이라도 네게 감정을 불러일으킨 이들은 전부 네 품 안의 사람들이다. 심지어 너는 통키를 별로 좋아하지도 않는데도. 그렇지만 그녀의 손목을 붙잡고, 손바닥에 난 붉은 핏자국을 본 순간 뱃속이 철렁 가라앉는다.

"대체 이게……."

통키가 너를 올려다본다. 상처 입은 동물처럼 잔뜩 겁에 질린 눈동자. 그녀가 몸을 뒤틀며 다시 비명을 지르자 너는 하마터면 통키의 손을 놓을 뻔한다. 방금 네 엄지손가락 밑에서 뭔가가 움직였다.

"뭔 삭아죽을?"

이카가 내뱉는다. 햐르카가 달려와 너와 함께 통키의 팔을 꽉 부여잡는다. 통키가 발버둥을 치고 있기 때문이다. 너는 뭐라 형용할 수 없는 혐오감이 치미는 것을 느끼며 엄지손가락을 움직여 다시 통키의 손목을 굳게 잡고 유심히 살펴본다. 그렇다. 그녀의 피부 밑에서 뭔가가 움직이고 있다. 꿈틀꿈틀 팔딱거리며 조금씩 위쪽으로, 굵은 혈관을 따라 거슬러 올라가고 있다. 딱 그 금속 조각만 한 크기다.

"사악한 대지여."

햐르카가 걱정스러운 표정으로 통키의 얼굴을 살핀다. 햐르카의 탄식이 얼마나 역설적인지 너는 무심코 웃음을 터트리고 싶은 것을 억지로 참는다.

"칼이 필요해."

대신에 너는 그렇게 말한다. 네가 듣기에도 이상하게 차분하고 침착한 목소리다. 이카가 머리를 들이밀고 네가 본 것을 발견하고는 욕지거리를 뱉는다.

"젠장, 염병맞을, 삭아죽을!" 통키가 끙끙거린다. "빨리 빼 줘! 빨리! 그러면 다시는 여길 쳐다보지도 않을게!"

거짓말. 하지만 지금만큼은 진심일지도.

"내가 이빨로 찢을 수 있어."

햐르카가 너를 올려다보며 말한다. 그녀의 날카롭고 뾰족한 이빨은 작은 칼날과도 같다.

"안 돼."

그러면 저것은 다시 햐르카의 몸속에 들어갈 테고, 그렇게 되면 처음부터 다시 같은 짓을 반복해야 한다. 혓바닥은 팔보다 더 도려내기 힘든 부위다.

이카가 완력꾼들을 향해 버럭 소리친다.

"칼!"

완력꾼 하나가 철망유리칼을 갖고 있다. 잘 들긴 해도 크기가 작고, 무기라기보다는 밧줄을 자르는 데 사용하는 연장이다. 치명적인 부위에 정확하게 찔러 넣지 않는 이상 그걸로 누군가를 죽이려면 백만 번은 찔러야 할 거다. 그렇지만 지금은 이것밖에 없다. 너는 통키의 손목을 꽉 붙든다. 그녀가 짐승 같은 괴성을 내지르며 몸부림친다. 누군가 네 손에 더듬더듬 칼을 들려 준다. 하필 칼날이 손바닥에 오게. 방향을 돌려 손잡이를 제대로 쥘 때까지 1년도 넘는 시간이 걸린 것 같지만, 너는 통키의 갈색 피부 아래 팔딱이는 것에서 눈을 떼지 않는다. 저 녹슬어빠진 것이 대체 어디로 가려는 거야? 머리를 이성적으로 굴려 추측하기에는 너도 너무 겁에 질려 있다.

하지만 통키의 팔 안에서 꿈틀대는 것을 빼내기 위해 날 끝을 피부에 대려는 순간, 갑자기 그것이 감쪽같이 사라진다. 통키가 자지러질 것처럼 한층 더 고통스러운 목소리로 절규한다. 그것이 그녀의 살 속 깊이 파고들고 있다.

너는 통키의 팔꿈치 바로 위를 그어 깊게 상처를 낸다. 금속 물체가 움직이고 있는 방향보다 약간 앞쪽이다. 통키가 신음한다.

"더 깊게! 거기 있는 게 느껴져."

칼날을 더 깊이 쑤셔 넣으면 뼈까지 닿겠지만, 너는 이를 악물며 통키의 말대로 더 깊이 찌른다. 사방이 피투성이다. 통키의 거친 숨소리와 신음을 들으면서, 너는 손가락을 꼼지락거리며 문제의 물체를 찾기 시작한다. 속으로는 그것이 손에 닿는 순간 이번에는 네 살 속으로 파고들지 않을까 잔뜩 겁에 질려서.

"동맥이야." 통키가 헐떡거리며 말한다. 덜덜거리며 앙다문 잇새로 가까스로 단어를 내뱉는다. "삭아빠질 고가도로처럼 직통으로 보님기…… 아! 씨발!"

통키가 이두박근 아래쪽을 콱 움켜쥔다. 금속 조각은 네가 생각한 것보다 벌써 더 멀리까지 전진했고, 이제 두꺼운 동맥혈관에서 빠른 속도로 움직이고 있다.

보님기. 너는 통키를 바라본다. 온몸이 오싹해진다. 통키는 보님기관이라고 말하려 했다. 이카가 팔을 뻗어 있는 힘을 다해 통키의 삼각근 밑을 움켜쥐고 누른다. 이카가 너를 쳐다본다. 이제 남은 일은 하나뿐이다. 하지만 이 작은 칼로는……. 그러나 네게는 다른 무기가 있다.

"팔 잘 잡고 있어."

너는 이카와 햐르카가 네 말대로 했는지 쳐다보지도 않고 통키의 어깨를 잡아 누른다. 전에 알라배스터가 보여 준 기술을 사용해 볼 생각이다. 한 점을 집중적으로 공략하는 작고 정밀한 고리. 그가 부글벌레를 죽였을 때 생성한 것처럼. 그걸로 통키의 팔에 작은 구멍을 내서 금속 침을 얼려 버리겠다. 제발 성공했으면 좋겠다. 그러나 네가 의식을 확장하고 집중력을 높이기 위해 눈을 감은 순간, 뭔가가 변한다.

너는 지금 통키의 따뜻한 체온 안쪽 깊은 곳에 들어와 있다. 쇳조각을 찾아 그것의 금속 격자 구조와 혈액 속의 철분을 보니고 분석한다. 그리고 그때…… 그래. 마법의 은빛 광채가 느껴진다.

너는 통키의 세포 속에서, 저 통통거리는 차갑고 둥근 것들 사이에서 마법을 발견하리라고는 상상도 못 했다. 통키는 알라배스터처럼 돌로 변하고 있지도 않고, 너는 이제껏 다른 살아 있는 생명체 속에서 마법을 보닌 적이 없다. 하지만 저기, 여기, 통키의 몸 안에 실처럼 가늘고 어슴푸레한 은색으로 빛나는 무언가가, 그녀의 발바닥에서부터 흘러나와(잠깐, 어디라고? 아니야, 상관없다.) 그 금속 파편에서 끝나고 있다. 그게 그렇게 빠르게 이동할 수 있는 것도 무리가 아니다. 다른 무언가로부터 동력을 얻고 있기 때문이다. 그 뭔가의 힘을 이용해 수많은 덩굴손을 뻗어 통키의 육신과 연결한 다음, 다시 그 힘을 추진력으로 사용해 움직이고 있는 것이다. 그래서 통키가 고통을 느끼는 것이다. 그것이 닿을 때마다 몸 안의 세포가 마치 화상을 입은 듯이 격렬하게 경련하다 죽어 버리기 때문이다. 그 덩굴손 같은 가닥은 세포를 집어삼킬 때마다 점점 길게 늘어나고 있다. 저 지랄맞은 것이 통키의 몸속에서 네가 인지할 수 없는 방식으로 그녀를 먹이 삼아 성장하고 있다. 가장 중심이 되는 줄기는 한결같이 꾸준하게 통키의 보님기관을 향해 뻗어 나가고 있고, 너는 본능적으로 그것이 거기 도달하게 되면 아주 나쁜 일이 생기리라는 것을 직감한다.

너는 그 뿌리 줄기를 움켜쥔다. 속도를 늦추거나, 아니면 적어도 힘의 원천을 차단하기 위해서. 하지만

오

안 돼

그것은 증오로 가득하고

우리는 모두 해야 할 일을 한다

분노로 가득하고

오, 안녕, 작은 적(敵)아

"이봐!" 귓가에서 햐르카의 목소리가 외친다. "정신 차려!"

너는 언제 흘러 들어갔는지도 모르는 뿌연 안개 속에서 가까스로 빠져나온다. 이제 됐어. 너는 덩굴손의 뿌리에서 멀리 떨어진다. 뭔진 몰라도 다시는 그것에게 잠식되지 않도록. 하지만 잠깐의 접촉은 충분한 가치가 있었다. 너는 이제 무엇을 해야 할지 알기 때문

이다.

너는 극도로 예리한 은빛 날을 가진 가위를 머릿속에 형상화한다. 중심 줄기를 잘라. 덩굴손을 잘라. 그렇지 않으면 금세 다시 자라날 테니까. 저 오염 물질이 통키의 몸 안에 더 깊이 자리 잡기 전에 잘라 내 제거해야 한다. 너는 통키를 생각한다. 그녀를 구하고 싶다. 하지만 지금 이 순간 너에게 통키는 통키가 아니다. 그저 미세한 입자와 물질의 집합체일 뿐. 너는 자른다.

이건 네 잘못이 아니야. 물론 너는 그렇게 생각하지 않겠지만…… 하지만 정말로, 이건 네 잘못이 아니다.

보님기관을 가라앉히고 인지 능력을 다시 거시적인 수준으로 조절해 돌아온 순간, 너는 온몸에 핏물을 뒤집어쓰고 있다는 걸 알고는 소스라치게 놀란다. 너는 왜 통키가 바닥에서 나뒹굴며 힘겹게 숨을 헐떡이고 있는지 이해할 수가 없다. 왜 통키의 몸 주위로 붉은 웅덩이가 점점 번져 나가고 햐르카가 완력꾼들에게 어서 빨리 허리띠를 내놓으라고 윽박지르고 있는지도 이해를 못 하겠다. 너는 근처에서 금속 조각이 팔딱거리는 것을 느끼며 불안감에 움찔거린다. 왜냐하면 너는 이제 그것이 무엇을 원하는지, 얼마나 사악한 존재인지 알기 때문이다. 하지만 그것을 쳐다봤을 때, 너는 혼란스럽다. 왜냐하면 네 눈에 비친 것은 핏줄기를 뿜어내는 매끄러운 갈색 피부와 눈에 익은 천 조각이기 때문이다. 뭔가 씰룩거리는 움직임이 느껴지고, 네 손에 무게감이 느껴지고, 그리고. 그리고. 그게, 네 손에 통키의 절단된 팔이 들려 있다.

너는 그것을 떨어뜨린다. 경악하며 거의 집어 던진다. 그것은 통키를 에워싼 채 그녀의 목숨을 건지려고 뭔가 열심히 하고 있는 이카와 두 완력꾼의 등 뒤로 떨어져 통통 굴러간다. 너는 제정신을 차릴 수가 없다. 왜냐하면 잘린 팔의 단면이, 다소 비스듬하지만 완벽한 횡단으로 절단된 그 부위가 실룩거리면서 아직도 피가 흘러나오고 있는 게 보이기 때문이다. 네가 그것을 방금 절단했기 때문에, 하지만 아냐 잠깐 그게 유일한 이유는 아니다.

절단된 뼈 옆에 난 작은 구멍에서 뭔가가 꼬무락거리고 있다. 그 구멍은 동맥 혈관이다. 그 뭔가는 금속 침이다. 그것이 매끈한 녹색 바닥 위로, 피 웅덩이 위로 툭 떨어지더니 마치 무해한 쇠 쪼가리에 불과하다는 듯이 그 자리에 얌전히 누워 있다.

안녕, 작은 적아.

쉬어 가는 노래

비록 그때는 모를망정 앞으로 평생토록 네게 영향을 끼치게 될 것들이 있다. 상상해 보렴. 나를 생각해 봐. 너는 내 정체를 안다. 적어도 그렇게 생각하지. 이성적으로 사고하는 부분과 본능적이고 동물적인 부분 모두 다 그렇게 생각한다. 너는 육신이라는 옷을 걸친 바윗덩어리 몸을 본다. 진심으로 내가 인간이라고 믿은 적은 한 번도 없을지라도 나를 어린아이라고 생각한다. 심지어 아직도 그렇게 생각하지. 알라배스터가 진실을 말해 주었음에도. 너희의 언어가 존재하기 아주 오래전부터 나는 어린아이였던 적이 없었음에도. 어쩌면 나는 어린아이였던 적이 한 번도 없었는지도 몰라. 그렇지만 진실을 듣는 것과 그것을 믿는 것은 완전히 다른 일이다.

너는 나의 진정한 모습을, 내 동족 사이에서 어떤 존재인지를 받아들여야 한다. 아주 오래도록 살아온, 대단히 강력하고 모두가 두려워하는 존재. 전설. 괴물.

너는 카스트리마를……

알[卵]이라고 상상해야 한다. 이 둥근 알 주변을 작은 티끌들이 에워싸고 있다. 바위 속에 웅크려 숨어서. 알이란 굶주린 찌끄레기주이들에게 희귀한 먹잇감이고, 잘 지키지 않으면 눈 깜짝할 새에 누군가의 배 속으로 사라지기 마련이다. 지금 이 알은 먹혀 들어가고 있다. 카스트리마 사람들은 전혀 눈치 채지 못하고 있지만.(내 생각엔 유일하게 이카만 의심하고 있는 것 같다.) 네 동족은 대부분 이런 느긋하고 한가로운 식사가 진행되고 있다는 걸 알아차리지 못한다. 우리는 아주, 아주 느긋하고 더딘 사람들이기 때문이다. 하지만 일단 이 연회가 끝나고 나면 결과는 치명적이겠지.

하지만 뭔가가 이들을 주저하게 했다. 이빨을 드러내지만 아직 박지는 못하도록. 여기 또 다른 강력하고 오래된 이가 있기 때문이다. 네가 안티모니라고 부르는 존재. 그녀는 알을 지키는 데에는 무관심하지만 원하기만 한다면 얼마든지 이곳을 수호할 수 있다. 만일 그들이 그녀의 것인 알라배스터를 가로채려 한다면 안티모니는 기꺼이 이곳을 보호할 것이다. 다른 자들도 그 사실을 알고 있고, 그래서 그녀를 경계한다. 그리고 그것이 그들의 실수다.

그들이 두려워할 자는 바로 나인 것을.

너를 두고 나온 첫날, 나는 그들 중 셋을 파괴한다. 네가 이카와 멜로우를 나눠 피우고 있을 때 나는 이카가 녹쟁이, 너는 루비 머리라고 부르던 이카의 스톤이터를 잡아 뜯어 산산조각 낸다. 오직 받기만 할 뿐 아무것도 보답하지 않는 더러운 기생충 같은 것! 나는 그녀를 경멸한다. 우리는 그보다 더 나은 존재다. 그런 다음 나는 안티모니가 한눈을 팔기만을 기다리며 알라배스터를 훔쳐보고 있던 두 녀석을 멸한다. 안티모니에게 도움이 필요하기 때문이 아니다. 그저 우리 종족이라면 그런 멍청한 짓거리를 참을 수가 없기 때문이다. 나는 우리 모두를 위해 그것들을 추려 뽑아낸다.

(혹여 우울해할까 봐 덧붙이는데, 그들은 죽은 게 아니다. 우리는 죽을 수가 없다. 1만 년이나 1000만 년이 지나고 나면 그들은 흩어진 원자를 재구성해 다시 돌아올 것이다. 자신이 얼마나 어리석은지 숙고하고 지난번보다 더 나은 존재가 되는 데에는 충분한 시간이다.)

최초의 학살을 본 많은 이들이 줄행랑친다. 찌끄레기주이들은 근본적으로 나약한 겁쟁이들이다. 하지만 멀리 도망가지는 않았다. 가까운 곳에서 어슬렁거리는 몇몇은 협상을 시도했다. 우리 모두에게 돌아올 정도로 충분하잖아. 그들은 말한다. 하나라도 잠재력을 갖고 있다면……. 하지만 나는 그들 중 몇몇이 알라배스터가 아니라 바로 너를 눈독 들이고 있다는 것을 눈치 챈다.

내가 주위를 빙빙 돌며 자비를 베풀 것처럼 굴자 그들은 내게 털어놓는다. 또 다른 오래된 자. 오래전 분쟁이 발발한 시절부터 내가 알던 자. 그 역시 우리 동족의 미래를 꿈꾸지만 나와는 반대편에 서 있다. 나의 에쑨, 그자는 너를 알고 있다. 그리고 가능하다면 너를 죽일 것이다. 왜냐하면 너는 알라배스터가 시작한 일을 끝낼 수 있으니까. 내가 있다면 그는 결코 네게 손댈 수 없을 테지만…… 하지만 네가 스스로를 파멸시키도록 부추길 수는 있을 것이다. 그는 심지어 저 북쪽에서 자신을 도울 탐욕스러운 인간들을 찾아 손을 잡았다.

아, 이토록 어리석고 한심한 전쟁이라니. 우리는 너와 같은 이들을 너무나도 쉽게 이용한다. 심지어 너조차도, 나의 에쑨, 나의 보물, 나의 졸(卒)이여. 언젠가는 부디 나를 용서해 주길.

14장

너는 초대받는다!

마법으로 작동하는 고대 문명의 대피소, 언제나 변함없이 희고 밝은 빛 속에서 심심하고 무료한 6개월이 지난다. 처음 며칠이 지나고 나자 너는 피곤할 때면 천 조각을 묶어 눈을 가리는 것으로 나름 낮과 밤을 구분 짓기 시작한다. 그럭저럭 견딜 만하다.

통키의 절단된 팔은 봉합 수술에는 성공했지만 중간에 심각한 감염이 생기는 바람에 러나의 기본적인 항생제로는 해결할 수가 없을 것 같다. 통키는 끈질기게 견뎌 내지만 고열과 검푸른 염증 자국이 사라진 뒤에도 손가락 몇 개는 미세한 동작을 할 수가 없고 간혹 팔 전체가 얼얼하거나 저리는 환상통을 느낀다. 러나는 그 증세가 만성이 될 것이라고 예상하고 있다. 때때로 통키는 중요한 시료를 채취하거나 다른 중요한 일을 하고 있을 때 네가 찾아와 혁신자 신분 대표를 만나 보라고 종용할 때면 아픈 팔을 들먹이며 투덜거린다. 통키가 너를 "팔 썰개"라고 부르는 데 지나치게 심취해서 선을 넘을 때면 너는 첫째로 사악한 대지의 파편이 그녀의 몸속에 박힌 건 순전히 통키 자신의 지랄맞을 자업자득이며, 두 번째로 이카가 아직 그녀를 죽이지 않은 것은 오직 네 덕분이므로 그만 입 닥치는 게 좋을 거라고 지적해 준다. 그러면 통키는 입을 다물지만 그래도 짜증스럽게 굴기는 마찬가지다. 정말이지 고요 대륙에서의 삶이란 늘 똑같다.

그렇지만 때로는…… 변하는 것도 있다.

러나는 네가 괴물이라는 점을 용서하기로 한다. 엄밀히 말하자면 그건 아니지만. 너와 그는 아직도 티리모에 대해서는 말을 꺼내지 못한다. 그러나 러나는 통키의 팔을 접합할 때 네가 이카와 격렬한 말다툼을 벌이는 것을 들었고, 그건 그에게 큰 의미를 지닌다. 이카는 통키를 죽게 내버려 두려 했다. 너는 통키의 목숨을 구하기 위해 싸웠고, 승리했다. 러나는 이제 네게 죽음보다 더 많은 것이 있다는 것을 안다. 너는 그런 평가에 동의하지 않지만, 과거의 우정을 어느 정도 되찾을 수 있다는 것은 기쁜 일이다.

햐르카는 통키를 쫓아다니기 시작한다. 처음에 통키는 그녀의 구애를 잘 받아들이지 못한다. 문 앞에 죽은 동물이나 책 같은 선물이 너무나도 능청스러운 "그 애의 똑똑한 두뇌에 연료가 필요할까 봐" 같은 아부나 찡긋찡긋 눈웃음과 함께 배달될 때마다 대부분 떨떠름하게 반응할 뿐이다. 햐르카가 남에게 호감을 느끼는 기준이 뭔지 좀 난해하긴 해도 어쨌든 이 커다란 여자가 사회적 기술이 부족한 과거 무향민 지하학자를 간절히 원한다는 사실을 통키에게 알려 주는 것은 네 역할이다. 통키는 거북한 기색을 드러내며 "방해가 된다"는 둥 "일시적인 변덕"이라는 둥 "신체 중심주의에서 벗어나야 한다"는 둥 불평을 늘어놓지만, 너는 전부 못 들은 척한다.

그 문제에 종지부를 찍은 것은 책이다. 햐르카는 책등에 최대한 글자가 많이 적혀 있는 것을 골라 오는 것 같지만 너는 종종 집에서 통키가 햐르카가 가져다준 책에 푹 빠져 있는 것을 발견한다. 그러다 어느 날 집에 왔더니 통키의 방에 가림천이 쳐져 있고, 안에서 통키가 햐르카에게 푹 빠져 있다. 어쨌든 소리를 들으면 그런 것 같다. 통키의 둔해 빠진 팔로 저런 것까지 할 수 있을 줄은 몰랐는데. 허.

어쩌면 통키가 이카에게 쓸모를 입증하기 위해 노력하기 시작한 것도 이 새로운 관계 때문인지 모른다.(어쩌면 그냥 자존심 때문일 수도 있고. 언젠가 이카가 통키보다 근면성실한 완력꾼 하나가 향에는 훨씬 더 쓸모 있는 존재라고 했더니 통키가 발끈한 적이 있기 때문이다.) 이유야 어찌됐든, 통키는 그동안 연구한 새로운 예측 모형을 내놓는다. 카스트리마가 빠른 시일 내에 안정적인 동물성 단백질원을 찾지 못하면 1년 안에 일부 향민이 영양실조 증세를 보이기 시작할 것이다.

"고기 무기력증으로 시작될 거야." 통키가 너희 모두에게 말한다. "건망증이나 피로와 나른함 같은 사소한 신체 변화가 생기겠지. 하지만 그건 일종의 빈혈 증세야. 그게 지속되면 치매와 신경 손상으로 이어지고. 그다음은 어떻게 될지 알지?"

육류가 부족한 향에 어떤 일이 벌어지는지는 수많은 전승가들이 익히 전하고 있다. 개인은 체력이 약해지고 망상증에 빠지며, 공동체는 공격에 취약해진다. 이러한 결말을 피하는 유일한 선택은…… 통키의 설명에 따르면 식인뿐이다. 콩과 식물을 더 많이 심는 것만으로는 해결할 수 없다.

그것은 유용한 정보지만 누구도 듣고 싶어 하지 않는 이야기이기도 하다. 그런 사실을 알려 준다고 해서 이카가 통키를 전보다 더 마음에 들어 하는 것도 아니다. 회의가 끝나자 너는 통키에게 고맙다고 말한다. 왜냐하면 아무도 그녀에게 감사하지 않았기 때문이다. 통키가 턱을 비죽 내밀며 대꾸한다.

"뭐, 여기 사람들이 서로 죽이고 먹기 시작하면 나도 연구를 계속할 수가 없을 테니까."

너는 오로진 아이들의 훈련을 카스트리마에 사는 다른 성인 오로진인 테멜에게 맡긴다. 아이들은 그의 실력이 별로라고 불평한다. 너처럼 정밀하지도 못하고, 성격이 너무 태평해서 많이 배우지도 못한다고.(이미 지난 일이긴 해도 아이들에게 인정받는 건 기분 좋은 일이다.) 대신에 너는 커터를 훈련하기 시작한다. 그가 어떻게 통키의 팔을 잘랐는지 알려 달라고 너를 찾아왔기 때문이다. 커터는 마법을 탐지하거나 오벨리스크를 움직이지는 못할 테지만 적어도 한 반지 수준은 되고, 너는 그를 두 반지나 세 반지로 끌어 올릴 수 있을지 궁금해진다. 그냥 궁금할 따름이다. 다행히도 고급 조산술을 가르치는 것은 네가 알라배스터한테 새로 배우는 것에 방해가 되지 않는지 배스터는 불평하지 않는다. 그래서 너는 커터를 가르치기로 한다. 너는 남들을 가르치는 게 정말 그리웠다.

(너는 이카에게도 서로에게 조산술을 가르쳐 주자고 제안한 적이 있다. 이카는 조산술 수업에 전혀 관심이 없기 때문이다. 너는 어떻게 하면 그녀처럼 특이한 일들을 할 수 있는지 알고 싶다. "싫어." 이카는 네게 찡긋 윙크를 보내며 대답한다.

진심이 담긴 표정이다. "네가 날 언제 얼려 버릴지 모르니까 몇 가지 재주는 감춰 둬야지.")

지원자로 구성된 교역단이 테테히 향이 있는 북쪽으로 출발한다. 그들은 돌아오지 않는다. 그 뒤로 이카는 사람들을 다시 보내 보자는 제안에 모두 퇴짜를 놓고, 너는 반론하지 않는다. 실종된 사람 중에는 네 오로진 제자도 있었다.

식량 부족 문제를 제외하면 카스트리마는 지난 6개월간 순조롭게 번창해 나간다. 한 여자가 허가 없이 임신을 했는데, 그건 꽤 심각한 문제다. 갓난아기는 몇 년간 향에 아무 기여도 할 수 없고 계절 동안에는 쓸데없는 잉여 인구를 지탱할 수가 없다. 이카는 향의 다른 노약자가 사망해 이 불법 신생아의 자리가 날 때까지 혼인한 두 쌍으로 이뤄진 해당 여성의 가정에 식량 배급을 늘려줄 수 없다고 결정한다. 너는 그 문제로 이카와 또 말다툼을 벌였다. 이카가 그 여자에게 "별로 안 걸릴 거야."라고 덧붙였을 때, 그게 알라배스터를 가리키는 말이라는 것을 알았기 때문이다. 이카는 미안해하지 않는다. 실제로 그녀는 알라배스터를 두고 하는 말이었고, 진심으로 그가 빨리 죽어 주길 바라고 있다. 적어도 갓난아기는 자라면 미래에 새로운 가치와 쓰임새를 보태 줄 수라도 있지.

이카와의 말다툼은 두 가지 긍정적인 결과를 낳는다. 네가 납작마루에서 허파가 터져라 고래고래 악을 지르고 있는데도 정동에 미세한 진동 하나 일지 않는 것을 목격한 마을 사람들은 이제 너를 깊이 신뢰하게 되었고, 번식사 쓰임새신분은 이 불화를 해결하기 위해 새로 태어난 갓난아기 편을 들기로 결정한다. 다음에 배정되기로 했던 재생산 자리를 그 가족에게 양도하고 대신에 새로 태어나는 아이가 완벽한 신체를 지녔다면 번식사 쓰임새신분으로 편입하기로 말이다. 그들은 태어날 권리를 얻는 대신 재생산이 가능한 나이에 향과 쓰임새신분을 위해 자식을 낳는 것은 별로 가혹한 대가가 아니라고 말하고, 모친도 거기에 동의한다.

이카는 아직 향민들에게 단백질 부족 문제에 대해 털어놓지 않았다. 만약 그랬다면 번식사들도 절대 나서지 않았을 것이다.(당연하지만 통키는 향의 현 상황에 대해 혼자 힘으로 알아냈다.) 이카는 다른 해결책이 전무하다는 사실이 확실해질 때까지는 아무에게도 알리고 싶지 않다. 너를 비롯한 자문위원단은 마지못해 찬성한다. 아직 1년은 여유가 있으니까. 그렇지만 이카의 침묵 때문에, 네가 통키를 병원에서 집으로 데려온 지 며칠 뒤에 한 남성 번식사가 너를 찾아온다. 그는 회발에 우람한 어깨와 매력적인 검은 눈을 갖고 있고, 네가 세 명의 건강한 아이를 출산했고 모두 강한 능력을 지닌 오로진이라는 사실에 큰 관심이 있다. 그는 네가 얼마나 키가 크고 강인한지, 길 위에서 몇 달 동안 비상식량만 가지고 얼마나 잘 버텨 냈는지 경탄하며 네가 아직 "겨우" 마흔세 살밖에 되지 않았다고 은근히 암시한다. 너는 웃음을 터트리고 만다. 너는 벌써 세상만큼이나 늙은 것 같은데, 이 머저리는 네가 또다시 아이를 낳을 준비가 되었다고 생각하고 있다.

너는 그의 암묵적인 제안을 미소로 거절하지만…… 그 대화는 네게 이상한 기분이 들게 한다. 불쾌할 정도로 익숙한 느낌. 번식사가 돌아간 뒤에 너는 코런덤을 떠올리고, 벽에 컵을 집어 던지고 가슴이 터지도록 절규한다.(덕분에 통키가 잠에서 깼다.) 그러고는 수업을 들으러 알라배스터를 찾아가지만, 쓸데없는 일이다. 왜냐하면 너는 그의 앞에 서서 온몸을 부들부들 떨며 노여움으로 가득한 침묵으로 일관하기 때문이다. 5분쯤 지나자 그가 짜증을 내며 말한다.

“대체 뭔 삭아빠진 일 때문에 그러는지는 몰라도, 너 혼자 알아서 해결해야 할 거다. 난 이제 널 막을 수 없으니까.”

너는 알라배스터가 더 이상 무적의 존재가 아니라서 밉다. 너를 원망하지 않는다는 게 너무 밉다.

그는 지난 반년 사이에 상처가 또 덧나는 바람에 심한 고생을 했고, 남은 다리를 일부러 석화시켜서 겨우 살아남았다. 자가 수술이 몸에 무리를 주는 바람에 요즈음 알라배스터는 또렷한 의식을 유지할 수 있는 시간이 길어 봤자 30분 정도로 줄었고, 그 사이사이에는 혼수상태에 빠지거나 간헐적으로 꾸벅꾸벅 졸곤 한다. 너무 허약해진 나머지 그의 말을 들으려면 온 정신과 귀를 바짝 세워야 할 정도인데, 다행히도 지난 몇 주일 새 너는 상당한 진척을 이뤘다. 얼마 전 도착한 토파즈에 내킬 때마다 손쉽게 접촉할 수 있고, 알라배스터가 스피넬을 어떻게 긴 칼처럼 만들어 옆에 두고 있는지도 이해할 수 있게 되었다.(오벨리스크는 일종의 수로관이다. 너는 그것을 통해 흐르고, 그것과 함께 흐른다. 마법이 그러는 것처럼. 저항하면 죽지만 정교하게 공명하면 많은 일을 할 수 있다.)

그렇지만 여러 개의 오벨리스크를 하나로 묶는 것은 전혀 다른 이야기고, 너는 오벨리스크를 다루는 기술을 필요한 만큼 빨리 익히지 못하고 있다는 것을 스스로도 알고 있다. 알라배스터는 네 우둔함을 꾸짖을 기운도 없지만 구태여 그럴 필요도 없다. 그가 날이 갈수록 시들어 가는 모습을 보는 것만으로도 너는 오벨리스크를 다그치고, 분발하고, 머리가 지끈거리고 뱃속이 뒤틀리고 아무도 모르는 곳에 홀로 웅크려 숨어 펑펑 울고 싶을 때조차도 그 물살처럼 찰랑거리는 빛기둥 속으로 억지로 너 자신을 몰아넣는다. 알라배스터를 보는 것만으로도 너무 가슴이 아파서, 너는 그때마다 마음을 다잡고 그처럼 될 수 있도록 더욱 간절하게 달려든다.

이 모든 것들 중 한 가지 좋은 일이 있다면, 드디어 네게 목적이 생겼다는 것이다. 축하한다.

한번은 러나의 어깨에 기대 울음을 터트린다. 그는 네 등을 토닥이며 혼자 슬픔을 삭일 필요가 없다고 미묘하고 우아하게 암시한다. 그는 너를 유혹하고 있다. 그렇지만 열정보다는 다정함에 기인한 것이라, 너는 그의 제안을 못 들은 척하면서도 그리 죄책감을 느끼지 않는다. 적어도 지금은.

그리하여 한동안 너는 일종의 평형 상태를 유지한다. 이는 평온하게 쉬는 시간도 아니요, 투쟁의 시간도 아니다. 너는 살아 있다. 가혹한 계절의 시기에, 이번 계절에, 그 자체만으로도 너는 이미 승리를 거뒀다.

그때 호아가 돌아온다.

***

그 일은 비탄과 매듭의 날에 일어난다. 비탄의 날인 이유는 사냥꾼들이 많이 죽었기 때문이다. 그날 사냥꾼 집단은 운 좋게 희귀한 사냥감(동면에 들지도 못할 만큼 비쩍 말라 사납긴 했지만 대체로 쉽게 쏘아 잡은 곰)을 잡아 귀환하던 중에 공격을 받았다. 소낙비처럼 쏟아지는 화살과 석궁 세례에 사냥꾼 셋이 사망했다. 가까스로 살아 돌아온 나머지 둘은 공격자들을 보지 못했고, 화살은 사방에서 날아오는 것 같았다. 그들은 현명하게도 도망쳤지만 한 시간쯤 뒤에 동료들의 주검을 수거하고 귀중한 사냥감을 다시 찾으러 다시 그 자리를 찾아갔다. 놀랍게도 적들도 약탈자들도 시체에 손을 대지 않아 모든 게 고스란히 남아 있었는데, 다만 죽은 동료들에게 새로운 장식이 추가되어 있었다. 땅바닥에 세워 박은 말뚝, 그리고 누군가 거기 손으로 찢은 지저분한 천 조각을 매어 두었다. 커다랗고 둥글게 매인 매듭 안쪽에 뭔가가 들어 있었다.

너는 이카가 그 매듭을 풀어 보기 직전 회의실로 들어선다. 커터가 이카의 옆에 서서 낮게 잠긴 목소리로 중얼거리고 있다.

"무모한 짓이야. 안에 뭐가 들어 있는지도 모르면서……."

"상관 안 해."

이카가 매듭에서 눈을 떼지 않은 채 대꾸한다. 그녀는 안에 뭔가 들어 있는 게 분명한 매듭의 가장 두툼한 부분을 건드리지 않으려 애쓰면서 살살 풀고 있다. 뭔지는 몰라도 겉보기에는 둥글뭉툭하고 가벼워 보인다. 방 안은 평소보다 사람이 많다. 살아 돌아온 사냥꾼 한 명이 동석해 있기 때문이다. 피와 재로 지저분한 얼굴은 침통하고, 동료들이 무엇 때문에 죽은 건지 알아내고야 말겠다는 결연한 표정이다. 이카는 고개를 들어 네가 온 것을 보고도 손을 멈추지 않는다.

"이게 폭발하기라도 하면 다음 향장은 너야, 커터."

그 말에 커터가 당혹해서 입을 다문 덕분에 이카는 아무 방해도 받지 않고 매듭 고리를 풀 수 있게 되었다. 한때는 흰색이었을 레이스 천. 네가 잘못 본 게 아니라면 저것은 옛날에 네 할머니가 가난한 집안 살림을 한탄하게 했던 귀한 물건이다. 얇은 천 자락이 활짝 벌어지자, 둥글게 뭉친 가죽 조각이 드러난다. 그것은 편지다.

'레나니스에 온 걸 환영한다.'라고 목탄으로 쓰여 있다.

햐르카가 욕지거리를 내뱉는다. 너는 침대의자에 털썩 앉는다. 왜냐하면 의자가 바닥보다는 낫고, 너는 지금 어디든 앉아야겠기 때문이다. 커터는 황당하다는 표정이다.

"레나니스는 적도권에 있는데."

그러므로 사라졌어야 한다. 알라배스터가 말했을 때 네가 보인 것과 똑같은 반응이다.

"진짜 레나니스가 아니길 빌자고." 이카는 가죽 조각을 앞뒤로 돌려보더니 진짜가 맞는지 확인이라도 하려는 양 단도 끝으로 목탄 자국을 긁어 본다. "생존자들이 도적 떼보다는 조금 나은 무향민이 되어 고향 이름을 내세우는 것일 수도 있어. 아니면 적도권을 동경하던 인간들이 전에는 꿈도 못 꾸던 걸 주장할 기회를 덥석 붙잡은 걸 수도 있고."

"어느 쪽이든 상관없어." 햐르카가 잽싸게 받아친다. "저놈들 정체가 뭐든 이건 협박이야. 그래서, 어떻게 할 거야?"

그들은 온갖 추측과 논쟁에 빠져들고, 점차 두려움과 당혹감이

고조된다. 너는 그다지 끼어들고 싶지 않아 회의실 벽에 지그시 등을 기댄다. 이카의 집이 자리 잡고 있는 수정기둥 벽에. 수정기둥이 자라고 있는 거대한 정동의 껍데기에. 이건 오벨리스크가 아니다. 통제실에서 깜박이는 수정들도 오벨리스크 같은 힘은 느껴지지 않는다. 오벨리스크처럼 간혹 환영처럼 변하지만, 진짜 오벨리스크와 공통점은 오직 그것뿐이다.

하지만 너는 알라배스터가 아주 오래전에 한 말을 기억한다. 지금은 불타 검은 폐허가 되어 버린 한 해변가 항에서 가넷처럼 붉은 석양이 비추던 느지막한 오후에. 알라배스터는 음모에 대해서, 감시자들에 대해서, 어디도 안전하지 않다고 속닥였다. 지금 벽을 통해 우리 말을 들을 수 있다는 뜻이에요? 돌을 통해서요? 너는 그에게 이렇게 물었더랬다. 옛날 옛적에, 너는 알라배스터가 기적을 행할 수 있는 사람이라고 생각했다.

너는 지금 아홉 반지다. 적어도 알라배스터의 말에 따르면 그렇다. 너는 이제 그 기적이라는 것이 단순한 노력과 뛰어난 인지력, 그리고 어쩌면 그저 마법의 힘이라는 것을 안다. 카스트리마는 오래전에 죽은 숲이 압착되어 생성된 석탄맥이 얼기설기 뒤엉킨 고래(古來)의 퇴적암 한가운데 위치해 있고, 그 모든 것은 언젠가 크게 손상됐지만 지금은 치유된 해묵은 결함층의 십자형 흉터 위에서 위태롭게 균형을 잡고 있다. 카스트리마 정동은 겹겹이 쌓인 지층 사이에 불안하게 낀 채로 아주 오래도록 존재했으며 정동의 가장 바깥쪽 외피층은 이 지역의 광맥과 완전히 융합되어 있다. 덕분에 너는 카스트리마 바깥쪽으로 점점 고르고 미세하게 퍼져 나가는 용암결을 따라 의식을 확장하기가 용이하다. 조산력 고리를 확장하는 것과는 다르다. 고리가 네가 가진 힘이라면, 이것은 너 자신이다. 그래서 더욱 어렵다. 하지만 너는 네 힘이 할 수 없는 것을 감지할 수 있고, 그리고……

"어이, 정신 차려."

햐르카가 네 어깨를 툭 밀자 너는 번쩍 깨어나 그녀를 노려본다.

이카가 끙 하고 신음한다.

"햐르, 고차원 조산술을 행하고 있는 오로진을 건드리면 무슨 일이 일어나는지 나중에 너한테 꼭 가르쳐 달라고 말해 줘. 너도 대충 짐작은 하겠지만, 제발, 얼마나 끔찍한 일이 일어날 수 있는지 자세하게 묘사해 달라고 해 줘야 돼. 그래야 너도 경각심이라는 게 좀 들겠지."

"아무것도 안 하고 멍하니 앉아 있잖아." 햐르카가 못마땅한 표정으로 몸을 뒤로 기대앉는다. "너희들은 그걸 보고만 있고."

"북쪽을 듣고 있었어."

네가 날카롭게 받아친다. 모두가 너를 미쳤냐는 표정으로 쳐다본다. 염병할 대지여, 펄크럼에서 훈련을 받은 이가 하나라도 있으면 좋을 텐데. 어차피 상급자 정도나 되어야 이해할 수 있겠지만 하여간 그래도.

제일 먼저 입을 연 사람은 러나다.

"들어요……? 대지를요? 보냈다고요?"

말로는 설명하기가 힘들다. 너는 눈가를 문지른다.

"아니, 진짜로 듣는 거야. 진동을 듣지. 소리란 원래 진동이니까.

내 말은……." 사람들의 표정이 아까보다 더 멍청하게 변한다. 맥락을 전체적으로 설명하는 게 좋겠다. "노드 연결망이 남아 있어. 알라배스터 말이 맞았어. 주의를 기울여 보니 보닐 수 있더군. 적도권 전체가 펄펄 끓고 있는데 그중에 동요 없이 고요한 지역이 있어. 누군가 거길 보호하고 있는 거야. 레나니스 주변의 노드 관리자들이 살아 있는 거지. 그 말인즉슨……."

"놈들이 진짜란 거군." 커터가 말한다. 걱정스러운 목소리다. "정말로 적도권 도시가 우리를 합병하려는 거야."

"적도권 놈들은 도시를 합병하지 않아." 이카가 이를 갈며 손에 들린 가죽 쪼가리를 노려본다. "놈들은 구 산제야. 적어도 그들의 후손이지. 산제는 원하는 게 있으면 무슨 짓을 해서든 손에 넣는다고."

긴장감이 팽배한 적막 속에서 그들은 다시금 공황에 빠지기 시작한다. 말이 너무 많다. 너는 한숨을 쉬고, 관자놀이를 문지르며, 조용한 곳에서 혼자 다시 해 보고 싶다는 생각을 한다. 아니면……

너는 두 눈을 깜박인다. 아니면. 너는 지상 카스트리마 위에서 유유히 떠돌고 있는 토파즈의 존재와 그 힘을 보닌다. 토파즈는 지난 반년간 그 잿빛 잿구름 속에 반쯤 숨어 계속 기다리는 중이다. 사악해빠진 대지여. 알라배스터는 대륙의 절반을 보니고 있는 게 아니었다. 그는 스피넬을 활용하고 있다. 너는 방금 전까지도 오벨리스크를 이용해 인식 범위를 넓힌다는 걸 미처 생각조차 하지 못하고 있었는데 그는 숨을 쉬는 것처럼 자연스럽게 그렇게 하고 있었다.

"지금부터 나 절대로 건드리지 마." 너는 조용히 말한다. "말도 걸지 말고."

너는 다른 사람들이 네 말을 알아들었는지 확인하지도 않고 즉시 오벨리스크 속으로 뛰어든다.

(왜냐하면, 음, 솔직히 말하자면 해 보고 싶기 때문이다. 너는 벌써 수개월 동안이나 위로 떨어지는 흐름과 빠르고 압도적인 힘을 꿈꾸고 있다. 남들이 너 같은 부류에 대해 뭐라고 하든, 너는 그저 인간일 뿐이다. 강력해진다는 것은 정말 황홀한 기분이다.)

다음 순간 너는 토파즈 안에 있고, 너는 그것을 통해 단숨에 전 세계로 뻗어 확장한다. 토파즈가 공중에 떠 있을 때 너는 지상에 있을 필요가 없고, 실제로 그것은 지금 공중에 떠 있다. 토파즈는 물질적 상태를 초월할 수 있으므로 너 또한 초월적 상태가 될 수 있다. 너는 공기가 된다. 너는 잿구름 속을 날며 저 아래에 놓여 있는 고요 대륙을 내려다본다. 울룩불룩한 언덕과 곳곳에서 죽어 가는 숲, 구불구불 가늘게 뻗은 길, 계절이 시작되고 수개월이 지난 지금 모든 것이 회색으로 뒤덮여 있다. 대륙은 무척 작아 보이고, 너는 생각한다. 눈 깜짝할 사이에 적도에도 갈 수 있어. 하지만 그 생각을 하니 왠지 두렵다. 왜 그런지는 모르겠다. 넌 그저 생각하지 않으려고 한다. 이런 힘에 취해 있다 보면 세상을 쉽게 멸망시킬 수도 있지 않을까?(알라배스터도 그때…… 이런 기분을 느꼈을까?) 하지만 네게는 할 일이 있다. 너는 접속했고, 공명(共鳴)이 완료되었다. 너는 이제 북쪽으로 발진한다.

그러고는 주춤, 멈춰 선다. 왜냐하면 거기, 적도보다 훨씬 가까운 곳에서 뭔가 네 신경을 잡아끄는 것이 있기 때문이다. 얼마나 심한 충격을 받았는지 하마터면 동조하고 있던 토파즈와 분리될 뻔한다. 정말 운이 좋았다. 유리에 부딪친 것 같은 느낌을 받은 순간 너는 오벨리스크의 막대한 힘에 오싹함을 느끼고, 네가 죽지 않은 건 오로지 행운과, 오래전 누군가 너 같은 실수를 저지를 경우에 대비해 놓은 과거의 설계자 덕분이라는 사실을 깨닫는다. 너는 숨을 삼키며 다시 네 몸으로 돌아와 횡설수설하다가 마침내 적당한 단어를 기억해 낸다

"야영지. 모닥불." 네가 헐떡이며 말한다. 러나가 다가와 허리를 구부려 네 손을 잡고는 맥을 짚는다. 너는 그를 무시한다. 이게 먼저다. "분지."

그 즉시 이카가 네 말뜻을 이해한다. 허리가 바짝 서고 턱에 힘이 들어간다. 햐르카도 마찬가지다. 그녀는 멍청하지 않다. 그랬다면 통키가 이제껏 그녀를 참아 줬을 리가 없다. 햐르카가 욕설을 내뱉는다. 러나는 얼굴을 구기고, 커터는 어리둥절한 표정으로 너희 모두를 돌아본다.

"거기 내가 모르는 중요한 뜻이라도 있어?"

머저리.

"군대야." 마침내 네가 정신을 추스르고 대꾸한다. 제대로 된 언어를 조합하기가 아직도 어렵다. "거, 거기……. 염병삭을 군대가 있어. 숲 분지에. 놈들의 모닥불이 보녀져."

"얼마나?"

이카는 벌써 자리에서 일어나 선반에서 장검을 꺼내 허벅지에 비끄러매고 있다. 햐르카가 문 쪽으로 다가가 가림천을 걷어 올린다. 완력꾼 대표인 에스니를 소리쳐 부르는 게 들린다. 완력꾼은 때

때로 정찰을 나가거나 사냥꾼의 자리를 메꾸는데, 지금 같은 상황에서는 우선적으로 향의 방어를 책임지게 된다.

오벨리스크 안에 있었을 때 네 의식 속에 찍힌 작고 무수한 뜨거운 점들을 일일이 셀 수는 없지만, 그래도 최선을 다해 본다.

"100개 정도?"

하지만 그건 모닥불의 숫자다. 각각의 불 주위에 개개인이 얼마나 많이 모여 앉아 있을지는 알 수가 없다. 너는 불 하나당 대여섯 정도일 거라고 생각한다. 지금이 평범한 상황이었다면 그리 큰 규모는 아니다. 웬만한 사향주 지사는 비교적 짧은 시간 안에 그보다 열 배나 큰 군대도 소집할 수 있다. 하지만 지금은 계절이고, 카스트리마처럼 작은 향에게 전체 인구와 맞먹을 정도의 500~600명 규모의 군대는 심각한 위협이다.

"테테히."

커터가 한숨을 길게 내쉬며 뒤로 기대앉는다. 낯빛이 평소보다 더 창백해 보인다. 너는 그가 무슨 말을 하는지 알아차린다. 6개월 전, 숲 분지에 경고의 표시로 시체가 박혀 있는 말뚝들이 나타난 적이 있다. 테테히 향은 그 분지 너머에, 카스트리마 부지를 거쳐 남중위지방의 대형 호수로 흘러 들어가는 강의 상류에 있다. 수개월 전에 소식이 끊겼고, 말뚝 경고에 대한 소식을 전하러 간 교역단은 돌아오지 않았다. 그 무렵에 이 군대가 테테히를 습격한 게 틀림없다. 정찰대를 보내 그들의 땅임을 선포하고 한동안 그곳을 거점 삼아 숨어 있었던 것이다. 물자를 보충하고, 무기를 제조하고, 어쩌면 약탈품 중 일부를 북쪽에 있는 레나니스에 바쳤을 수도 있다. 그리고 테테히를 몽땅 먹어 치운 지금, 다시 행진을 시작한 것이다.

그리고 어찌된 일인지 그들은 카스트리마가 여기 있다는 사실을 알고, 인사를 보내고 있다.

이카가 문 밖으로 고개를 내밀고 햐르카와 더불어 소리치자 몇 분도 안 돼 누군가 흔들 경보를 울리며 향민들에게 납작마루로 모이라고 큰 소리로 알리기 시작한다. 네가 카스트리마의 흔들 경보를 들은 건 처음인데(이곳은 로가로 가득한 향이다.) 생각보다 훨씬 귀에 거슬린다. 규칙적으로 낮게 웅웅 울리는 소리. 어찌 보면 당연하다. 수정 구조물이 가득한 곳에서 종을 울리는 건 별로 좋은 생각이 아니다. 그래도. 너와 러나와 나머지 사람들은 이카를 따라 두 개의 커다란 기둥을 잇고 있는 밧줄다리로 향한다. 이카는 비장한 표정으로 입을 꾹 다물고 있다. 납작마루에 도착했을 즈음엔 벌써 작은 군중이 몰려 있다. 이카가 누군가에게 삭아빠질 경보를 멈추라고 외치자 흔들 경보가 뚝 그친다. 평평하게 깎은 수정기둥 위에는 군중이 위험할 정도로 빽빽하게 들어차 불안한 기색을 숨기지 못하고 웅성대고 있다. 보호 난간이 있긴 하지만, 그래도. 햐르카가 에스니에게 뭐라 외치자 에스니가 사람들 사이에 서 있는 완력꾼들에게 큰 소리로 전달하고, 완력꾼들이 서툴게 꾸물거리며 머지않은 비극에서 벗어나려다 또 다른 끔찍한 비극이 일어나지 않도록 군중을 밀쳐 내며 공간을 벌린다.

이카가 손을 들어 올리자 삽시간에 주위가 조용해진다.

"지금 상황을 설명하지."

그러고는 몇 문장으로 간결하게 모든 것을 설명한다.

너는 이카가 아무것도 숨기지 않는다는 사실에 감탄한다. 카스트리마 향민들의 반응도 존경스럽다. 놀라 숨을 들이켜거나 웅성거릴 뿐, 아무도 흥분하거나 공황을 일으키지 않는다. 하지만 달리 생각해 보면 이들은 어디서나 흔히 볼 수 있는 평범한 향민들이고, 흥분과 공황은 고요 대륙에서 경멸받는 특성이다. 전승가들의 노래는 공포심을 다스리지 못하는 이들에 대한 엄중한 경고로 가득하고, 그런 단점을 무시할 수 있을 만한 재산이나 영향력을 지니고 있지 않는 한 그런 이들에게 향명을 내어 줄 향도 없을 것이다. 그리고 일단 계절이 시작되면 그런 것들은 저절로 정리되기 마련이다.

"레나니스는 큰 도시야." 이카의 말이 끝나자 한 여자가 말한다. "유메네스의 절반 정도지만 인구가 수백만은 될 텐데, 우리가 거기 어떻게 개겨?"

"지금은 계절이야." 이카가 대답하기 전에 햐르카가 선수를 친다. 이카가 매섭게 노려보지만 어깨를 으쓱이며 넘겨 버린다. "선택의 여지가 없어."

"우린 싸울 수 있어. 카스트리마의 위치와 구조 덕분이지." 이카가 햐르카에게 가만히 있으라는 눈빛을 던지며 덧붙인다. "후방을 못 노리니까, 밀리게 되면 통로를 막아 버리면 돼. 그러면 여기까진 못 들어와. 그다음엔 놈들이 물러갈 때까지 기다리면 되고."

그러나 영원히 기다릴 수는 없을 것이다. 향은 생존을 위해 사냥을 하고 비축고와 수경 정원에 필요한 물자를 다른 향과 교환해야 한다. 너는 이카가 그런 것까지 말하리라고는 기대하지 않는다. 사람들 사이에 다소 안심한 기색이 감돈다.

"남쪽에 있는 동맹항에 연락을 보낼 만한 여유가 있을까요?" 러나는 물자 공급 문제를 에둘러 묻고 있다. "그들이 우리를 도와줄까요?"

마지막 질문을 들은 이카가 코웃음을 친다. 다른 사람들도 그렇다. 몇 명은 러나에게 한심하다는 눈길을 던지기도 한다. 지금은 계절이다. 하지만……

"교역이라면 가능할지도. 포위되어 갇힐 경우에 대비해 필수품과 의약품을 최대한 쌓아 두고, 대비는 철저히 해 두는 게 좋겠지. 군대가 숲 분지를 지나오려면 며칠은 걸려. 규모가 크다면 몇 주일은 걸릴 테고. 시간을 단축하려고 강행군을 할 수도 있겠지만 잘 알지도 못하는 지형에서 그러는 건 멍청하고 위험한 짓이지. 적 정찰대가 우리 땅에 들어와 있다는 건 아는데……." 이카가 너를 쳐다본다. "나머지는 얼마나 가까이 있지?"

예상치 못한 질문이라 깜짝 놀라지만, 이카가 원하는 게 뭔지는 금세 알 수 있다.

"본대는 말뚝 근처에 있어."

숲 분지를 절반쯤 건너온 지점이다.

"며칠 안에 쳐들어올 수도 있어."

한 사람이 겁에 질린 목소리로 소리치자 갑자기 모두가 한꺼번에 웅성거리기 시작한다. 사람들의 목소리가 점점 더 커지고 있다. 이카가 다시 두 손을 들어 올리지만 이번에는 몇 명만 입을 다물 뿐 별 효과가 없다. 나머지는 앞날을 예상하거나 날짜를 계산하고 있고, 몇 명은 벌써 다리 쪽으로 달려가고 있다. 자기만의 비밀

계획을 짜려는 모양이다. 이러면 이카가 곤란해진다. 공황이 일거나 아수라장이 된 건 아니지만, 입안에 희미하게 씁쓸한 냄새가 느껴질 정도로 주변에 공포감이 가득 떠돌고 있다. 너는 몸을 일으켜, 이카가 서 있는 납작마루 중앙으로 걸어가, 네 목소리를 보태 사람들을 진정시키려 한다.

그러나 너는 멈춘다. 네가 의도했던 자리에, 이미 누군가 서 있기 때문이다.

그것은 안티모니와도 다르고, 루비 머리와도 다르고, 가끔 주변에 보이던 다른 스톤이터와도 다르다. 왜 그런지는 몰라도 스톤이터는 누군가 그들이 움직이는 모습을 보는 것을 싫어한다. 간혹 흐릿하게 휙 지나는 잔상만을 볼 수 있을 뿐, 정신을 차리면 어느새 조각상이 서서 너를 쳐다보고 있는 것이다. 마치 아주 오래전 누군가 그 낯선 석상을 조각해서 거기 놓아둔 것처럼, 항상 거기 있었던 것처럼.

이 스톤이터는 천천히 몸을 회전하고 있다. 모두가 그 모습을 보고 그 소리를 들을 수 있게, 그리하여 마침내 그것이 거기 있다는 사실을 알아차릴 때까지 돌고 또 돌고 있다. 회색 화강암 몸뚱이와, 구분이 가지 않을 정도로 똑같은 회색 머리칼. 오직 눈동자만이 약간 매끄러운 광택을 지니고 있을 뿐이다. 정성 들여 그 모양과 길이를 조각한 턱, 몸통에는 대부분의 스톤이터들이 선택하는 의복이 아니라 인간 남성의 근육이 섬세하게 새겨져 있다. 이 스톤이터는 자신을 남성으로 봐 주길 바라는 게 분명하니, 좋다, 너는 그것을 남성이라고 생각하기로 한다. 그는 전체적으로 온통 회색이다. 너는 이렇게까지 진짜 석상과 똑같은 스톤이터는 처음 봤다. 그가…… 움직이고 있다는 점만 빼면 말이다. 그는 계속해서 움직이고, 그 자리에 모인 모두가 깜짝 놀라 할 말을 잃고 그를 응시한다. 스톤이터는 입술에 희미한 미소를 띤 채 너희 모두의 관심을 한 몸에 즐기고 있다. 손에는 무언가를 들고 있다.

빙글빙글 도는 회색 스톤이터를 한참 동안 노려보던 너는 그의 손에 들려 있는 이상하게 생긴 피투성이 물체가, 얼마 전에 경험한 사건 덕분에 누군가의 팔이라는 것을 깨닫는다. 그 팔은 작다. 묘하게 익숙해 뵈는 옷감이 둘러져 있는 작은 팔이다. 오래전에 네가 길 위를 걷고 있을 때 사 준 옷이다. 붉은 얼룩이 묻어 있는 비인간적일 정도로 새하얀 손도 친숙하고, 그 크기도 친숙하고, 피로 물든 반대쪽 끝부분에 뾰족하게 튀어나와 있는 유리처럼 투명한 뼈대 아닌 뼈대조차도 친숙하다.

호아 저건 호아 저건 호아의 팔이야.

"전언을 전하러 왔다."

회색 스톤이터가 말한다. 경쾌하고 듣기 좋은 목소리다. 입술을 움직이지도 않았는데 그의 가슴 속에서 소리가 울려 나온다. 부러진 팔에서 뚝뚝 떨어지고 있는 것을 보고 있노라니, 오히려 저 목소리가 정상적으로 느껴질 정도다. 잠시 후에야 이카가 몸을 부르르 턴다. 이제야 충격에서 벗어난 모양이다.

"누가 보내는 전언인데?"

스톤이터가 이카를 바라본다.

"레나니스." 그러고는 고개를 돌려 군중 속 얼굴들을 하나씩 찬찬히 둘러본다. 인간들이 자신이 하는 말을 강조하고 싶을 때 그러는 것처럼. 그의 시선이 마치 네가 그 자리에 없는 것처럼 너를 스쳐 지나간다. "우리는 너희를 해치려는 게 아니다."

너는 그의 손에 들린 호아의 팔을 응시한다.

이카는 그의 말을 믿지 않는다.

"그래서 우리 문 앞에 군대를 끌고 온 건가?"

다시 고개가 움직인다. 그는 커터도 무시한다.

"우리에겐 넉넉한 식량이 있다. 튼튼한 벽도 있지. 우리 향에 합류한다면 모두 너희 것이다."

"우리는 지금 이대로가 좋다면?" 이카가 대꾸한다.

고개가 돌아간다. 그의 시선이 햐르카에게서 멈춘다. 햐르카가 눈을 깜박인다.

"너희는 고기가 없고, 너희 땅은 먹을 것이 고갈되었다. 1년도 안 돼 서로를 잡아먹기 시작하겠지."

흠. 그 말은 상당한 반향을 일으킨다. 이카가 좌절감에 두 눈을 질끈 감는다. 햐르카는 배신자가 누구인지 알아내고야 말겠다는 듯이 성난 얼굴로 주위를 둘러본다.

커터가 말한다.

"우리를 전부 받아 줄 건가? 쓰임새신분도 그대로 유지하고?"

러나가 목 졸린 소리를 낸다.

"지금 그게 중요한 게 아닌 거 같은데요, 커터……."

커터가 러나를 홱 노려본다.

"우린 적도권 향과 상대가 안 돼."

"하지만 그건 멍청한 질문 맞아."

이카가 대꾸한다. 그녀의 음성은 거짓말처럼 상냥하지만, 그 팔을 보고도 마비되지 않은 네 마음 한구석에서는 이제껏 이카가 러나의 의견을 지지한 적이 없다는 사실을 떠올린다. 너는 항상 이카가 러나를 별로 좋아하지 않는다는 인상을 받았고 그건 러나도 마찬가지다. 러나에게 이카는 너무 차갑고 냉혹한 사람이고, 이카에게 러나는 너무 심약하고 무른 사람이다. 그러므로 이건 굉장히 중요한 의미를 지닌다.

"내가 너희들이라면 우릴 거짓말로 혹하게 한 다음, 북쪽으로 데려가서 산성천과 용암호 사이에 있는 무향민 판자촌에 몽땅 밀어 넣어 버릴 거야. 적도향은 전에도 그런 짓을 저지른 적이 있거든. 특히 노동력이 필요할 때 말이야. 왜 이번에는 다를 거라고 믿어야 하지?"

회색 스톤이터가 고개를 갸웃 기울인다. 그 동작과 입술에 맺힌 흐릿한 미소 덕분에 신기할 정도로 인간적으로 보인다. 마치 세상에, 너 정말 귀엽구나라고 말하는 듯한 표정.

"우리는 거짓말을 할 필요가 없다."

그는 이 듣기 좋은 목소리가 완벽하게 적절한 시간 동안 공중을 떠돌게 만든다. 아, 그는 정말 솜씨가 좋다. 향민들이 눈빛을 주고받으며 불안한 듯 꿈지럭대는 소리가 들린다. 억눌리고 긴장된 침묵 속에서 이카마저 아무 반론도 하지 못한다. 왜냐하면 그 말은 진실이기에.

그때 스톤이터가 모두가 가슴 졸이고 있던 폭탄을 떨어뜨린다.

"하지만 오로진은 우리에게 쓸모가 없지."

죽은 듯한 정적. 경악에 젖은 고요함. 이카의 목소리가 찰나를 깨트린다.

"대지불이여."

스톤이터의 말이 무슨 뜻인지 깨달은 러나의 눈이 동그래진다.

"호아는 어디 있어?"

침묵을 뚫고 네가 큰 소리로 외친다. 지금 네 머릿속은 온통 그 생각뿐이다.

스톤이터의 눈동자가 너를 향해 스륵 구른다. 얼굴의 다른 부분은 미동조차 없다. 다른 스톤이터라면 평범한 행동이지만 이 스톤이터는 유독 과시적으로 보인다.

"죽었다. 우리를 여기까지 안내해 준 다음."

"거짓말."

너는 네가 화가 나 있다는 사실조차 깨닫지 못한다. 앞으로 무엇을 할지 생각하지도 않는다. 너는 무작정 행동에 돌입한다. 도가니에서 다마야가 그랬던 것처럼, 해변에서 시에나이트가 그랬던 것처럼. 네 안의 모든 것이 선명하게 구체화되고, 한 점으로 날카롭게 수렴된 의식이 지금껏 거기 있는지도 몰랐던 선과 가닥 들을 둘러 엮는다. 그러고는 통키의 팔에 일어났던 일이 벌어진다. 쉬잉. 너는 스톤이터의 손을 단숨에 썰어 낸다.

스톤이터의 손과 호아의 팔이 바닥에 떨어진다. 모두가 숨을 삼킨다. 피는 흐르지 않는다. 수정 바닥 위에 호아의 팔이 육중한 소리를 내며 떨어지고(그건 보기보다 무겁다.) 회색 스톤이터의 손이 그보다 맑고 선명한 소리를 내며 손목에서 떨어져 내린다. 그의 몸은 손목의 단면조차 무딘 회색이다.

처음에 스톤이터는 그저 가만히 서 있을 뿐이다. 하지만 너는 뭔가가 융합되는 것을 보닌다. 은빛 마법 실 가닥과 비슷하지만 그보다 훨씬 많다. 바닥에 떨어진 손이 움찔거리더니 별안간 공중으로 펄쩍 뛰어 올라 마치 줄을 연결해 당긴 것처럼 스톤이터의 손목에 철썩 달라붙는다. 호아의 팔은 움직이지 않는다. 그러고는 마침내, 스톤이터가 몸을 돌려 너를 바라본다.

"그 짓도 못 할 만큼 조각내 썰어 버리기 전에 당장 여기서 꺼져."

대지처럼 달달 흔들리는 목소리로, 네가 말한다.

회색 스톤이터가 빙그레 웃는다. 커다란 웃음이다. 눈가가 접혀 주름이 생기고, 입술이 말려 올라가며 다이아몬드 치아가 드러난다. 아아, 그리고 충격적이고도 충격적이게도, 그는 협박이나 위협을 하는 게 아니라 진심으로 즐거워 보인다. 그러고는 수정 바닥 밑으로 떨어져 사라진다. 얼핏 반투명한 수정 속에 회색 그림자가 어른거리는가 싶더니 그의 형체가 흐릿해지며 더 이상 인간의 형상이 아닌 듯 보이지만, 그건 아마 각도 때문일 것이다. 네가 눈이나 보님기관으로 좇기도 전에 그는 스윽 자취를 감춘다.

스톤이터가 떠난 뒤에야 비로소 이카가 정신을 차렸는지 숨을 크게 들이마신다.

"자, 그럼." 이카가 사람들을 돌아본다. 그녀가 자기 사람들이라고 믿는 이들. "이제 의논을 해야 할 시간이군."

인파를 타고 불안한 동요가 인다.

너는 듣고 싶지 않다. 황급히 사람들을 헤치고 나아가 호아의 팔을 집어 든다. 그것은 돌처럼 무겁다. 다리에 단단히 힘을 주지 않으면 허리가 나갈 정도다. 몸을 돌리자 사람들이 너를 피해 허둥지둥 물러나는 게 보이고, 러나의 목소리가 들린다.

"에쑨?"

하지만 너는 그의 목소리도 듣고 싶지 않다.

저기, 선이 있다. 오직 너만 볼 수 있는 은빛 실 가닥. 호아의 잘린 팔 끝에서 흘러나와 불규칙적으로 일렁일렁 뻗어 있는. 하지만 네가 몸을 돌리자 그것도 함께 움직인다. 항상 똑같은 방향을 가리키고 있다. 그래서 너는 그 실 가닥을 따라간다. 아무도 너를 쫓아오지 않고, 너는 그게 무슨 뜻인지 상관하지 않는다. 어쨌든 지금은 그렇다.

그 덩굴은 너의 집으로 이어진다.

너는 가림천을 걷고 집 안으로 들어가다가 우뚝 멈춰 선다. 통키는 집에 없다. 햐르카의 집에 있거나 녹색 방에 있을 것이다. 바닥에 몸통에서 찢겨 나온 사지가 두 개 더 있다. 다이아몬드 뼈대가 불쑥 튀어나온 피투성이 다리. 바닥에 굴러다니는 게 아니다. 바닥 안에 있다. 반쯤 바닥에 묻혀 하나는 허벅지까지, 다른 하나는 정강이까지 박혀 있다. 마치 밑에서 위로 올라오다 중간에 갇힌 것처럼. 그러고는 두 개의 핏자국이, 가슴이 철렁 내려앉을 정도로 많은 혈흔이 네가 지자의 오래된 돌칼과 교환해 얻은 아늑한 러그 위로 이어져 있다. 핏자국은 네 방으로 향하고 있고 너는 그것을 따라간다. 그리고 방에 들어선 순간, 너는 저도 모르게 호아의 팔을 바닥에 툭

떨군다. 용케도 네 발 위에 떨어지지 않아 망정이다.

호아의 남은 몸뚱이가 네가 침대로 쓰고 있는 깔개를 향해 질질 기어가고 있다. 나머지 한쪽 팔도 보이지 않는다. 어디 있을지 짐작도 안 간다. 머리 타래도 뭉텅이로 뜯겨 나갔다. 네가 방 안에 들어가자 소리를 들은 건지 보닌 건지 호아가 문득 움직임을 멈추고는 네가 다가올 때까지 얌전히 기다린다. 아래턱이 날아가고 없다. 눈도 없고 관자놀이 위에는…… 이빨 자국이 있다. 그래서 그의 머리칼이 없는 것이다. 뭔가 그의 머리를 사과처럼 아작 깨물어 살점과 그 아래 있는 다이아몬드 두개골을 베어 갔다. 흥건한 핏물 때문에 머리뼈 안쪽은 보이지 않는다. 얼마나 다행인지.

뭘 어떻게 해야 할지 즉시 알아차리지 않았다면 너는 호아의 몰골을 보고 겁에 질렸을 것이다. 네 침대 옆에는 호아가 티리모에서부터 갖고 다니던 작은 보자기가 놓여 있다. 너는 서둘러 달려가, 그것을 펼쳐, 엉망이 된 호아의 옆으로 달려가 앉는다.

"이쪽으로 돌아누울 수 있어?"

호아는 몸을 돌리는 것으로 대답을 대신한다. 너는 호아의 아래턱이 사라진 걸 보고는 잠시 난감해하지만 이내 알 게 뭐야 하는 심정이 되어 꾸러미에서 돌조각을 하나 꺼내 호아의 우툴두툴한 목구멍 속으로 쑤셔 넣는다. 손가락에 닿는 그의 피부는 따뜻하고, 충분히 인간처럼 느껴진다. 호아의 목구멍 근육이 반사적으로 꿀꺽 돌조각을 받아 삼킨다.(속이 울렁거린다. 너는 필사적으로 참는다.) 호아에게 하나를 더 먹인다. 그가 숨을 몇 번 들이쉬더니 온몸을 격렬하게 떨기 시작한다. 너는 이제껏 네가 마법을 보니고 있다는 사실조차 몰랐지만, 갑자기 호아의 몸 전체에서 눈부신 은빛 실이 환하게 빛나기 시작하더니 마치 전승가들의 이야기에 나오는 바다 괴물의 독 촉수처럼 사납게 꿈틀거리며 굽이친다. 수백 개도 넘는 무수한 줄기들. 너는 소스라치게 놀라 뒤로 주춤 물러나지만 호아의 목에서 거친 숨소리가 새어 나오고, 어쩌면 그건 더 달라는 말인지도 모른다. 너는 호아의 목구멍에 다시 돌멩이를 밀어 넣는다. 그런 다음 또 하나. 애초에 꾸러미에 얼마 들어 있지도 않았지만, 너는 돌조각이 세 개밖에 남지 않은 것을 보고 주저한다.

"전부 다 필요해?"

호아도 망설이고 있다. 몸짓을 보면 알 수 있다. 너는 그에게 왜 이 돌멩이가 필요한지도 전혀 모른다. 그저 이것 덕분에 그의 몸에서 마법이 샘솟고 있다는 것만 알 수 있을 뿐(호아는 마법으로 만들어져 있다. 그의 몸 구석구석에 마법이 살아 숨 쉬고 있고 너는 이런 건 처음 본다.) 찢겨지고 부서진 몸뚱이에는 아무 변화도 없다. 이렇게 심한 상처를 입었는데 살 수나 있는 걸까? 호아가 사람이 아니다 보니 짐작도 가지 않는다. 하지만 드디어, 호아가 꺽꺽거리는 소리를 낸다. 아까보다 더 깊고 분명한 소리다. 체념의 의미일 수도 있고, 아니면 그의 동물적인 부분이 내는 동물적 소리에 네가 인간적인 면모를 상상해 덧씌운 것일 수도 있다. 그래서 너는 마지막 남은 돌조각 세 개를 그의 입속에 밀어 넣는다.

아무 일도 일어나지 않는다. 한동안은. 그러더니.

무수한 은빛 덩굴손이 갑자기, 거의 폭발하듯이 호아의 몸을 감싸며 부풀어 피어오른다. 너는 눈앞의 광경에 놀라 주춤 뒷걸음질

친다. 너는 마법이 어떤 일을 할 수 있는지, 이 통제되지 않는 날것의 힘에 대해 조금이나마 알고 있다. 하지만 그 거대한 힘이 방 안을 가득 메우고, 그리고…… 너는 눈을 깜박인다. 너는 지금 보니는 것이 아니라 보고 있다. 호아의 몸을 감싸고 있는 은빛 광채가 눈을 똑바로 뜨고 쳐다볼 수도 없을 만큼 점점 강해지고 있다. 둔치라도 볼 수 있을 정도다. 너는 재빨리 거실로 도망가, 벽에 몸을 숨긴 채 침실 안쪽을 조심스럽게 내다본다. 이러면 조금은 안전하겠지. 네가 문지방을 넘자마자 공동 주택이(벽과 바닥, 수정으로 된 것이라면 전부) 파들파들 진동하는가 싶더니 반쯤 투명해지면서 오벨리스크처럼 실체 없는 비물질로 변한다. 침실에 놓인 가구와 물건 들이 명멸하는 하얀 빛 속에서 둥둥 공중을 떠다닌다. 등 뒤에서 탁탁거리는 소리에 놀라 펄쩍 뛰어오르며 뒤를 돌아보니 호아의 다리가 거실 바닥에서 빠져나와 핏자국을 따라 네 방으로 미끄러져 오고 있다. 네가 바닥에 떨어뜨렸던 팔은 벌써 호아를 둘러싼 밝은 빛의 늪 속에 빨려 들어가 역시 빛의 일부로 돌아가는 중이다. 회색 스톤이터의 손이 깡총거리며 그의 손목에 달라붙은 것처럼, 호아의 팔도 다시 그의 몸과 하나가 된다.

바닥에서 뭔가가 서서히 끌려 올라오고 있다. 아니야. 바닥이 일어나고 있다. 수정이 아니라 진흙 덩어리처럼 물컹거리며 올라와 호아의 몸을 둘둘 감싼다. 환한 빛이 사그라들고, 호아를 감싼 물질이 뭔가 더 어둡고 칙칙한 것으로 변한다. 눈을 깜박이며 잔상을 떨쳐 내고 나니 호아가 있던 자리에 크고 낯설고 말도 안 되는 것이 우뚝 서 있다.

너는 천천히 조심스럽게 침실에 발을 내딛는다. 바닥과 벽이 다시 단단하게 돌아온 것 같긴 하지만 일시적인 현상일지도 모르기 때문이다. 몇 분 전까지 반질반질했던 수정 바닥은 이제 울퉁불퉁하고 거칠거칠하다. 문제의 물체는 네 침실을 거의 가득 메우고 있고, 그 옆에 놓인 네 어수선한 침대는 다시 고체로 돌아온 바닥과 융합해 반쯤 밑에 박혀 있다. 바닥은 뜨겁다. 발에 아직 절반쯤 차 있는 비상자루 끈이 걸린다. 다행히도 자루는 바닥과 합쳐지지 않았다. 너는 재빨리 허리를 굽혀 자루를 잡아챈다. 이건 살기 위한 습관이다. 세상에, 대지불이여, 여긴 정말로 덥다. 침대에 불이 붙지 않은 건 그나마 저 커다란 물체에 직접 접촉하지 않은 덕분일 것이다. 저게 뭔지는 몰라도 너는 보닐 수 있다. 아니야, 너는 그게 무엇인지 알고 있다. 저건 옥수(玉髓) 덩어리다. 크고, 길쭉한 타원 모양의 회녹색 옥수 덩어리. 마치 이 카스트리마 정동을 감싸고 있는 바깥쪽 껍데기 같은.

너는 이게 무슨 일인지 알고 있을 거다, 그렇지? 유메네스 열개가 발생한 뒤에 티리모에서 무슨 일이 있었는지 내가 벌써 말해 줬으니까. 계곡의 깊숙한 안쪽, 흔들의 여파가 지나간 뒤에 알처럼 쩍 갈라져 열린 정동. 이제 너도 그게 옛날부터 항상 그 자리에 있었던 게 아니라는 걸 알았겠지. 이건 자연 현상이 아니라 마법이다. 으음…… 아니지, 어쩌면 양쪽에 조금씩 해당되는지도 모르겠다. 스톤이터에게는 그 두 가지가 별개가 아니니까.

거실 탁자에 앉아 밤새도록 김이 모락모락 나는 바윗덩이를 지켜볼 생각이었지만 깜박 잠이 들었다가 눈을 뜬 다음 날 아침, 그 일이 다시 일어난다. 정동에 금이 가고 파열되는 소리가 터질 듯이 맹렬하다. 압력에서 해방된 플라스마가 번쩍이며 방 안의 물건들을 전부 녹이거나 태워 버린다. 네가 일찍이 챙겨 놓은 비상자루만 빼고. 현명한 판단이었다.

너는 워낙 갑자기 잠에서 깨어 아직도 어안이 벙벙하다. 천천히 의자에서 일어나 방으로 다가간다. 방 안은 숨이 막힐 정도로 뜨겁고 덥다. 거의 오븐에 들어와 있는 느낌이다. 밖에서 차가운 공기가 빨려 들어와 입구에 걸어 놓은 가림천이 펄럭인다. 열기는 금방 식는다. 불쾌하기만 할 뿐 위험하지는 않을 정도로.

하지만 너는 그런 것을 느끼지도 못한다. 왜냐하면 정동의 쪼개진 틈에서 서서히 일어나는 것, 처음에는 어색할 정도로 인간처럼 부드럽게 움직이다 점차 토막토막 끊기는 익숙한 동작으로 움직이는 저것은…… 네가 가넷 오벨리스크 속에서 봤던 스톤이터이기 때문이다.

안녕, 또 만났구나.

우리의 위치는 고요 대륙의 물리적 완전성에 의해, 장기적 생존이라는 명백한 목적을 위해 결정된다. 이 땅이 온전히 지탱되기 위해서는 특히 지진 활동의 평형이 유지되어야 하며, 불가피한 자연 법칙에 따라 이를 가능케 하는 것은 오로지 조산인뿐이다. 그들의 속박을 해제하는 것은 행성 자체를 해제하는 것과 같다. 따라서 우리는 그들이 비록 우리의 건강하고 유익한 혈통과 다소 유사한 특성을 지니고 있으며, 자유와 속박 양쪽 모두를 누릴 수 있도록 너그럽게 다루어야 하나,

약간이라도 조산 능력을 지니고 있을 시에는 반드시 그에 상당하는
인격이 무효화된다고 가정함이 옳다고 판단하는 바이다.
그들은 열등하고 의존적인 종족으로 간주하고 취급하는 것이 마땅하다.
— 제2차 유메네스 전승 협의회의
'조산 능력을 앓는 이들의 권리'에 대한 선언문

15장

거부하는 나쑨

나는 어린 시절을 색깔로 기억한다. 온 사방에 가득한 초록색. 무지갯빛으로 아른거리는 흰색. 강렬하고 활기찬 붉은색. 다른 모든 것들은 흐릿하고 어슴푸레하게 바래 거의 사라져 버렸건만 이 색채들만은 기억 속에 생생히 남아 있다. 거기에는 이유가 있다.

* * *

나쑨은 남극권 펄크럼에 있는 사무실에 앉아 있다. 지금 그녀는 그 어느 때보다도 어머니를 이해할 수 있을 것 같다.

샤파와 움버가 나쑨의 양옆에 앉아 있다. 세 사람은 펄크럼 사람들이 내놓은 안심차가 담긴 컵을 손에 들고 있다. 니다는 찾은달에 있다. 누군가는 아이들을 돌봐야 하고, 니다는 정상적인 인간의 행동을 흉내 내는 데 가장 어려움을 겪고 있기 때문이다. 움버는 원체 말이 없어서 아무도 그 속을 알 수가 없다. 말을 하는 것은 샤파의 몫이다. 그들은 "상급자"라고 불리는 세 명의 사람과 이야기를 나누고 있는데, 나쑨은 "상급자"라는 게 뭔지도 잘 모르겠다. 이들은 새까만 제복을 입고 있는데, 상의는 목까지 단추를 잠갔고 바지에는 단정하게 주름이 잡혀 있다. 아하, 그래서 사람들이 제국 오로진을 검은 옷이라고 부르는 거구나. 이들에게서는 힘과 불안감이 풍긴다.

상급자 중 한 명은 남극권 태생이 분명하다. 붉은 머리는 희끗희끗하고 피부는 너무 희멀게서 피부 아래 푸른 혈관이 비칠 정도다. 말처럼 툭 튀어나온 이빨과 아름다운 입술을 가지고 있어서 나쑨은 그녀가 입을 열 때마다 괜스레 그 두 가지를 빤히 쳐다보게 된다. 여자의 이름은 서펜타인(사문석, 蛇紋石)인데 전혀 어울리지 않는 이름이다.

"물론 새로 들어온 잔모래는 없습니다." 무슨 이유인지 서펜타인은 나쑨을 슬그머니 쳐다보며 두 손을 앞으로 펼친다. 손가락이 살며시 떨리고 있다. 처음 이 만남이 시작되었을 때부터 계속 이렇다. "예상치 못한 일이었지요. 어쨌든 그건 안전한 피난처가 절실한 시기에 잔모래 숙소가 비게 됐다는 의미고, 그래서 우린 주변 향들에 돌봐줄 부모가 없거나 입향하기에는 너무 어린 아이들을 받아 주겠다고 제안했답니다. 매우 합리적인 조치였지요. 뿐만 아니라 난민들도 몇 명 받아들였는데 그래서 생필품이나 다른 중요 물자를 얻기 위해 지역 주민들과 교류를 시작할 수밖에 없었어요. 이젠 유메네스에서 지원을 받을 수가 없으니까요……." 여자의 표정이 어두워진다. "이해하시겠지요, 그렇지요?"

여자는 하소연을 늘어놓고 있다. 점잖은 미소와 나무랄 데 없이 정중한 태도로, 옆에 앉아 있는 다른 두 사람도 사려 깊게 고개를 주억거리고 있지만, 어쨌든 찡찡대며 하소연을 늘어놓고 있다. 나쑨은 이 사람들이 왜 이렇게 거슬리는지 모르겠다. 아마 저 쓸데없는 변명과, 왠지 모르게 가식적인 모습 때문일 것이다. 그들은 수호자를 분명히 언짢아하고 있고, 두려워하고 동시에 화가 나 있으며, 그런데도 겉으로는 깍듯이 행동하고 있다. 나쑨은 어머니를 떠올린다. 아버지나 다른 사람이 옆에 있을 때면 따뜻하고 자상한 척하다가 나쑨과 혼자 있게 되면 갑자기 차갑고 무섭게 돌변하는 엄마. 남극권 펄크럼에 어머니와 똑같은 수많은 사람들이 살고 있다고 생각하자 나쑨의 치아와 손바닥과 보님기관이 근질거린다.

나쑨은 움버의 얼음장처럼 차고 평온한 얼굴과 샤파의 냉담하고 호의를 가장한 미소를 보고 수호자들 역시 이 만남을 좋아하지 않는다는 사실을 눈치 챈다.

"이해하고말고." 샤파가 손에 들려 있는 작은 찻잔을 빙빙 돌린다. 뿌연 액체는 우윳빛을 띠고 있지만 그는 입에 댈 생각도 하지 않는다. "주변 향에서는 펄크럼에서 잉여 인구를 먹이고 재워 주는 데 대해 감사하게 생각하겠지. 이쪽에서도 일을 시킬 수 있어 합리적일 테고. 장벽을 지키고 들밭을 일구고……." 샤파가 말을 멈추고 아까보다 더 크게 웃음 짓는다. "내 말은 정원 말이야."

서펜타인이 미소로 화답한다. 옆에서는 그녀의 동료가 초조하게 자세를 고쳐 앉는다. 나쑨은 그들이 무슨 이야기를 하는지 이해가 잘 가지 않는다. 남극지방에는 아직 완연한 계절이 오지 않았고, 향의 녹지에 작물을 심고 장벽에 완력꾼을 배치해 최악의 사태에 대비하는 것은 현명한 조치다. 하지만 이상하게도 남극권 펄크럼이 이런 일을 하는 것은 바람직하지 못한 일인가 보다. 펄크럼이 기능하고 있다는 자체가 안 좋은 일인 것 같다. 나쑨은 상급자가 준 안심차를 마시지 않기로 한다. 이제까지 안심차를 마셔 본 적도 별로 없고 어른 대접을 받는 것 같아서 뿌듯했는데, 샤파가 차를 입에 안 댄다는 것은 그다지 안전하지 못하다는 경고다.

상급자 중 한 명은 남중위 출신의 여자로, 나쑨의 친척이라고 해도 믿을 수 있을 것 같다. 큰 키와 중간 정도의 갈색 피부에 굵게 말은 머리. 두툼한 허리와 넓은 골반, 허벅지도 튼실하다. 이미 통성명을 했는데도 나쑨은 그녀의 이름이 기억나지 않는다. 셋 중에 가장 강하고 선명한 조산력이 느껴지지만 나이는 제일 어리다. 길쭉한 손가락에는 반지가 여섯 개나 끼워져 있다. 그녀는 셋 중에서 가장 먼저 얼굴에서 웃음기를 지우고 가슴 앞에 팔짱을 끼며 아주 약간이지만 턱을 치켜 올리는 사람이다. 나쑨은 그 모습을 보고 또다시 어머니를 떠올린다. 엄마도 종종 꼭 저런 자세를 취하곤 했다. 온화하고 품위 있는 외면 밑에 숨어 있는 다이아몬드처럼 완고한 강팍함. 그녀가 입을 연 순간 그 강팍한 성미가 뾰족하게 드러난다.

"불만스러운가 보네요, 수호자."

서펜타인이 얼굴을 찌푸린다. 램프로파이어(황반암, 煌斑岩)라고 소개한 다른 남자 오로진이 한숨을 푹 내쉰다. 샤파와 움버가 거의 동시에 똑같은 각도로 머리를 갸웃하더니 샤파가 재미있다는 듯이 활짝 웃는다.

"불만스러운 게 아니야." 나쑨은 그가 의례적인 겉치레가 끝났다는 데 기뻐하고 있다는 것을 알 수 있다. "놀란 것뿐이지. 계절이 선포되면 펄크럼 시설을 폐쇄하는 것이 표준 규정이니까."

"그건 누가 선포하지요?" 여섯 반지 여자가 묻는다. "오늘 여러분이 찾아오기까지 이곳엔 그런 것을 선포할 수호자가 없었습니다. 이 지역 향들의 지도층도 의견이 분분했지요. 어떤 향은 계절령을 선포했고 어떤 향은 봉쇄령만 내렸고, 어떤 곳은 평소처럼 생활하고 있어요."

"만약에." 샤파가 질문에 대한 대답을 이미 알고 있을 때, 혹은 상대방이 자기 말을 스스로 돌아보게 하고 싶을 때 으레 사용하는 낮고 가라앉은 어조로 말한다. "너희들이 스스로 목숨을 끊었다면 주변 향들도 계절령을 선포했겠지. 말이 나왔으니 말인데, 여긴 너희들의 그 문제를 해결해 줄 수호자들이 보이지 않는군."

나쑨은 깜짝 놀란 기색을 용케 드러내지 않고 자제하는 데 성공한다. 스스로 목숨을 끊어? 그러나 나쑨은 조산력의 동요까지 숨길 수 있을 만큼 제어력이 뛰어나지는 못하다. 세 명의 펄크럼 오로진이 동시에 나쑨을 쳐다보고, 서펜타인이 피식 웃는다.

"조심하는 게 좋겠습니다, 수호자." 그녀는 여전히 나쑨을 바라보면서 샤파에게 말을 건다. "당신의 애완 오로진이 이유 없는 대량 학살 이야기를 듣고 겁을 먹은 것 같으니까요."

"난 이 아이에게 아무것도 숨기지 않아." 샤파에 대한 애정과 뿌듯한 자부심이 나쑨의 충격을 압도한다. 샤파가 나쑨을 돌아본다. "역사적으로 펄크럼은 이웃 향들의 관대한 처사에 힘입어 그들의 장벽과 자원에 의존해 생존했다. 하지만 계절이 되면 제국 오로진은 실질적으로 쓸모가 없는 다른 모든 사람들과 마찬가지로, 자원 배분을 자진해서 포기해야 하지. 그들보다 더 정상적이고 건강한 사람들이 생존할 수 있게 말이다." 샤파가 잠시 말을 멈춘다. "그리고 오로진은 수호자나 펄크럼의 감호(監護) 밖에서는 허용되지 않는 존재이기 때문에……."

그가 두 손을 으쓱 바깥쪽으로 펼친다.

"우리가 바로 펄크럼입니다, 수호자." 나쑨이 이름을 까먹어 버린 세 번째 상급자가 말한다. 이 남자는 서부해안 출신인 것 같다. 호리호리한 몸매에 머리칼은 곧고, 높은 광대뼈 때문에 얼굴이 거의 다각형으로 보인다. 피부는 희지만 눈은 검고 서늘하다. 그의 조산력은 가볍고 마치 운모처럼 켜켜이 쌓여 있는 느낌이다. "그리고 우린 자급자족이 가능합니다. 자원을 낭비하기는커녕 다른 공동체에 필요한 봉사를 제공하지요. 게다가 우린 유메네스 열개의 여파가 이 남쪽 지방까지 미쳤을 때 누구의 요청이나 보상도 받지 않고 여진을 가라앉혔어요. 계절이 시작되고 남극권 향이 심각한 피해를 입지 않은 것은 오로지 우리 덕분입니다."

"기특하군." 움버가 말한다. "쓰임새를 개발하다니 꽤 영리하기도 하고. 하지만 너희들 수호자가 그걸 허락했을 것 같진 않군."

세 상급자가 흠칫 몸을 굳힌다. 아무도 움직이지 않는다.

"여긴 남극권입니다, 수호자." 마침내 서펜타인이 말한다. 그녀의 미소는 입술에만 머물 뿐 눈가까지 미치지 않는다. "유메네스 펄크럼에 비하면 아주 작은 규모죠. 반지 오로진은 스물다섯 명 정도고 잔모래도 몇 되지 않아요. 이곳에 주재하는 수호자는 많지 않답니다. 대부분은 순회 도중 잠시 들르거나 새 잔모래를 데려다주는 정도죠. 열개가 발생한 후에는 아무도 들르지 않았고요."

"이곳에 주재하는 수호자는 많지 않지." 샤파도 그 말에 수긍한다. "하지만 내 기억에 의하면 세 명이 있었다. 그중 하나는 아는 사이였고." 그가 멈칫한다. 얼굴에 멍한 표정이 떠오르더니 잠깐 헷갈려하는 것 같다. "한 명을 알았던 게 기억나는군." 샤파가 눈을 깜박인다. 다시 빙그레 웃는다. "하지만 지금은 아무도 없군."

서펜타인이 몸을 긴장한다. 그들 모두, 이 상급자들은 나쑨의 마음 한구석을 근질거리게 하며 긴장하고 있다.

"장벽을 세우기 전까지 무향민 무리가 여러 번 습격했어요." 서펜타인이 말한다. "그들은 우리를 지키려다 용감하게 죽었습니다."

뻔뻔스러울 정도로 새빨간 거짓말이라 나쑨은 입을 헤벌리고 쳐다본다.

"그래." 샤파가 찻잔을 내려놓으며 나지막이 한숨을 내쉰다. "예상했던 대로군."

이미 무슨 일이 일어날지 짐작하고 있었는데도, 전에도 샤파가 인간 같지 않은 속도로 움직이는 것을 본 적이 있는데도, 샤파와 움버의 몸속에서 은빛 실이 성냥불처럼 화르륵 불타오르는 것을 감지했는데도, 나쑨은 샤파가 갑자기 앞으로 돌진해 서펜타인의 얼굴에 주먹을 박아 넣은 순간 소스라치게 놀란다.

서펜타인이 숨을 거두자 그녀의 조산력도 꺼진다. 그러나 곧 다른 두 상급자가 벌떡 자리에서 일어난다. 램프로파이어가 의자를 뒤로 밀치며 움버의 쏜살같은 공격에서 벗어나고, 여섯 반지를 낀 여인은 한쪽 소매에서 길쭉한 바람총을 꺼낸다. 샤파의 눈이 커다래지지만 그의 주먹은 아직도 서펜타인의 얼굴에 박혀 있다. 여자를 향해 달려들려 해도 팔에 거추장스럽게 매달린 주검이 방해가 된다. 여자가 입술에 막대기 끝을 가져다 댄다.

그러나 그녀가 바람총에 숨을 불어넣기 전, 자리에서 일어난 나쑨이 이미 대지 안에 있고 그녀를 얼려 버리기 위해 고리를 회전시키기 시작한다. 흠칫 놀란 여자가 반사적으로 뭔가를 구부려 나쑨의 고리가 완전히 형태를 갖추기 전에 깨트려 버린다. 나쑨이 연습 시간에 뭔가를 잘못 할 때마다 어머니가 했던 것과 똑같다. 사실을 깨달은 나쑨이 충격에 비칠비칠 뒷걸음질한다.

어머니는 그 기술을 바로 여기, 펄크럼에서 배웠다. 그건 다 펄크럼이 어린 오로진에게 가르친 것이었다. 나쑨이 어머니에게서 배운 모든 것은 여기서 더럽혀진 것이었고 그건 항상……

그러나 여자의 주의를 흐트러뜨리는 것만으로도 충분하다. 드디어 시신에서 손을 빼낸 샤파가 한 번의 호흡도 지나기 전에 방 안을 가로질러 바람총을 움켜쥔 다음, 여자의 목구멍 속에 힘껏 찔러 넣는다. 여자는 꺽꺽거리면서, 무릎을 꿇고 주저앉아 본능적으로 대지를 향해 힘을 뻗지만, 뭔가가 파도처럼 방 안을 휩쓸고 지나간다. 나쑨은 숨을 들이켠다. 갑자기 아무것도 보닐 수가 없다. 여자가 순간 동요하더니 다시 바람 소리를 내며 목을 부여잡는다. 샤파가 그녀의 머리를 붙잡더니 가볍고 깔끔한 동작으로 돌려 꺾어 버린다.

움버가 성큼성큼 다가서자 램프로파이어가 주춤거리며 물러난다. 옷 속에 넣어 둔 뭔가 작고 묵직해 보이는 물건을 손가락으로 더듬거리며 찾는다.

"빌어먹을 대지여." 램프로파이어가 웃옷의 단추를 황급히 풀면서 외친다. "너희들 다 오염됐잖아! 너희 둘 다!"

그러나 그는 더 이상 아무 말도 하지 못한다. 움버의 형체가 흐릿해진 순간, 나쑨은 뭔가 뺨에 후드득 튀기는 걸 느끼고 흠칫 놀란다. 움버가 사내의 머리를 주먹으로 내리쳐 몸뚱이에 쑤셔 박아 버렸다.

"나쑨." 샤파가 여섯 반지 여자의 시신을 바닥에 내려놓고 응시하며 말한다. "계단밭에 나가서 기다려라."

"어…… 네, 샤파."

나쑨은 간신히 대답하고 마른침을 삼킨다. 아이는 떨고 있다. 그렇지만 몸을 돌려 문 밖으로 걸어 나간다. 어쨌든 서펜타인의 말에 따르면 이곳에는 아직 스물둘 남짓한 반지 오로진이 남아 있다.

남극 펄크럼은 제키티 마을과 비슷한 규모다. 나쑨은 본관으로 사용되는 커다란 이층집에서 나온다. 나이 많은 오로진의 숙소로 사용되는 작은 오두막들이 다닥다닥 붙어 있고, 커다란 유리온실 옆에는 길쭉한 막사가 몇 채 서 있다. 사람들이 막사와 오두막을 드나들고 있다. 검은 옷을 입은 사람은 몇 안 되지만 평상복을 입은 이들 중 몇몇도 오로진 같다. 온실 뒤에는 작은 녹지구역 몇 개로 구성된 경사진 계단밭이 있다. 이건 농장이다. 대부분 곡물과 채소가 빽빽이 자라고 있고, 허리를 구부린 채 열심히 일하는 사람들도 있다. 밖에서 일하기 좋은 날이라서, 그리고 수호자가 저 건물 안에 있는 모두를 학살하고 있다는 사실을 까맣게 모르고 있기 때문에.

나쑨은 계단밭 위에 나 있는 자갈길을 씩씩하게 걸어간다. 넘어지지 않으려면 바닥에서 눈을 떼지 말아야 한다. 아까 샤파가 여섯 반지 여자에게 뭔가를 한 뒤로 아무것도 보닐 수가 없기 때문이다. 나쑨은 예전부터 수호자가 오로진의 조산력을 봉쇄할 수 있다는 걸 머리로는 알고 있었지만 실제로 경험해 본 적은 없었다. 눈과 발로만 땅을 인지하며 걷는 것은 몹시 어렵다. 특히 온몸이 사시나무처럼 떨리고 있을 때에는 더더욱. 나쑨은 한쪽 발 앞에 반대쪽 발을 다시 조심스럽게 내려놨다가 갑자기 눈앞에 다른 발이 불쑥 나타난 것을 보고는 깜짝 놀라 멈춰 선다. 몸 전체가 빳빳하게 굳는다.

"앞 좀 잘 보고 다녀." 소녀가 삐죽거리며 내뱉는다. 아이는 피부가 희고 호리호리하지만 진짜 잿빛의 회발을 갖고 있다. 나이는 나쑨과 비슷해 보인다. 아이가 나쑨의 얼굴을 들여다보고는 입을 다문다. "얘, 너 얼굴에 뭐 묻었다. 죽은 벌레 같은데, 징그러."

여자아이가 손을 내밀어 손가락 끝으로 나쑨의 얼굴에 붙은 것을 튕겨 낸다.

나쑨은 놀라 움찔거리지만 이럴 때에는 어떻게 대답해야 하는지 자동적으로 떠올린다.

"고마워. 어, 길 막아서 미안해."

"괜찮아." 소녀가 눈을 깜박인다. "수호자들이 새 잔모래를 데려왔다고 들었는데, 그게 너야?"

나쑨은 소녀가 무슨 소리를 하는지 알아들을 수가 없다.

"잔…… 뭐?"

아이의 눈썹이 치켜 올라간다.

"잔모래. 훈련생. 장차 제국 오로진이 될 사람." 소녀의 손에는 원예 도구가 담긴 양동이가 들려있는데, 지금 하는 대화와는 전혀 어울리지가 않는다. "계절이 오기 전에는 수호자들이 자주 애들을 데리고 왔어. 나도 그렇게 해서 여기 왔고."

엄밀히 말하자면 나쑨도 그렇게 왔다.

"나도 수호자가 데려왔어."

나쑨이 나지막하게 웅얼거린다. 속이 텅 빈 것 같다.

"나도." 소녀가 갑자기 정색하더니 고개를 들어 시선을 멀리 피한다. "그 사람들이 네 손은 아직 안 부러뜨렸어?"

나쑨은 얼어붙는다.

나쑨이 입을 다물자, 여자아이가 착잡한 표정을 짓는다.

"잔모래들은 다 겪는 일이야. 손등이든 손가락이든." 소녀가 고개를 흔들더니 숨을 꼴깍 들이마신다. "원래 이런 얘기는 하면 안 되는데. 있지, 수호자들이 뭐라고 하든 간에 그건 우리 잘못이 아냐. 우리가 나쁜 게 아냐." 또다시 가쁜 숨결. "나중에 보자. 난 아자이야. 아직 오로진 이름은 못 받았어. 네 이름은 뭐야?"

나쑨은 아무것도 생각할 수가 없다. 머릿속에서 샤파의 주먹에 머리뼈가 으스러지는 소리를 지울 수가 없다.

"나쑨."

"만나서 반가워, 나쑨."

아자이가 예의 바르게 고개를 까딱이고는 계단밭을 타고 밑으로 내려간다. 소녀는 양동이를 흔들며 콧노래를 흥얼거린다. 나쑨은 아자이의 뒷모습을 바라보며 방금 들은 이야기를 이해하려 애쓴다.

오로진 이름? 이해하지 않으려고 애쓴다.

네 손은 아직 안 부러뜨렸어?

여기. 이…… 펄크럼이라는 곳. 그래서 어머니가 나쑨의 손을 부러뜨린 것이다.

나쑨의 손이 존재하지 않는 통증을 느끼고 움찔거린다. 돌멩이를 쥔 어머니의 손이 허공으로 들린다. 꼭대기에서 멈췄다가…… 떨어진다.

너 자신을 통제할 수 있겠니?

펄크럼. 어머니가 나쑨을 사랑하지 않은 건 바로 이 펄크럼 때문이다.

아버지가 더는 나쑨을 사랑하지 않는 것도.

나쑨의 동생이 죽은 것도.

나쑨은 아자이가 키가 크고 홀쭉한 소년에게 손을 흔드는 것을 본다. 남자아이는 괭이질을 하느라 정신이 없다. 이곳은. 이 사람들은. 살아 있을 권리가 없다.

사파이어는 별로 멀리 있지 않다. 나쑨과 샤파와 움버가 남극 펄크럼을 향해 제키티를 떠나왔을 때부터 아직 2주일째 제키티 상공에 머무르고 있다. 너무 멀어 눈에는 보이지 않지만 나쑨은 그것의 존재를 여기서도 보닐 수 있다. 나쑨이 의식을 뻗자 사파이어가 깜박이는 것처럼 느껴진다. 왠지 모르게 자신이 그것을 알고 있는 것 같다는 느낌을 받는다. 아이는 본능적으로 사파이어를 향해 고개를 돌린다. 시야에 두려 한다. 나쑨은 그것을 사용하기 위해 눈도,

조산력도 필요하지 않다.

(그게 바로 오로진의 본성이지. 옛날의 샤파라면 나쑨에게 그렇게 말했을 것이다. 옛날의 그가 아직 존재했다면. 나쑨과 같은 족속은 선천적으로 모든 위험에 똑같은 방식으로 반응하며, 파괴적이고 폭력적으로 대처할 거라고 말했을 것이다. 그렇게 말한 다음 나쑨에게 통제력이라는 교훈을 가르쳐 주기 위해 손을 부러뜨렸을 것이다.)

이곳에는 수많은 은빛 실 가닥이 무수히 퍼져 있다. 모든 오로진은 연습을 통해, 똑같은 경험을 통해 서로 이어져 있다.

그 사람들이 네 손은 아직 안 부러뜨렸니

세 번의 호흡이 지나기도 전에 모든 일이 끝난다. 나쑨은 출렁거리는 파란 빛에서 빠져나와 온몸에 감각이 돌아올 때까지 파들파들 떨며 우두커니 서 있다. 잠시 후 고개를 돌리자 샤파가 앞에 있다. 움버와 함께.

"재네들이 여기 있으면 안 된다면서요." 나쑨이 내뱉는다. "아까 샤파가 그랬잖아요."

샤파는 웃고 있지 않다. 그는 나쑨에게 익숙한 모습으로 미동 하나 없이 서 있다.

"우리를 도우려고 이런 거니?"

나쑨은 거짓말을 지어낼 기운이 없다. 아이는 고개를 젓는다.

"여긴 잘못됐어요. 펄크럼은 잘못됐어요."

"그래?"

이건 시험이다. 하지만 나쑨은 어떻게 해야 이 시험을 통과할 수 있는지 모르겠다.

"왜 그런 말을 하는 거니?"

"엄마는 어딘가 잘못돼 있었어요. 펄크럼이 엄마를 그렇게 만들었어요. 엄마는, 어…… 엄마는 샤파랑 같은 편이 됐어야 해요."

나처럼. 나쑨은 생각한다.

"하지만 여기가 엄마를 다르게 만들었어요." 나쑨은 어떻게 설명해야 할지 모르겠다. "여기가 엄마를 잘못되게 만들었어요."

샤파가 움버를 쳐다본다. 움버가 고개를 갸웃 기울인다. 그의 몸 안에서, 두 사람 사이에서 은빛 실이 깜박인다. 두 수호자의 보님기관에 있는 물체가 이해할 수 없는 방식으로 공명하고 있다. 그러나 그때 샤파가 얼굴을 찡그리고, 나쑨은 그가 은빛을 밀어내는 것을 본다. 그러면 아주 고통스러울 텐데, 그래도 그는 그렇게 한다. 샤파가 고개를 돌려 나쑨의 눈을 들여다본다. 번득이는 눈동자, 팽팽하게 긴장한 턱. 눈썹에 땀방울이 맺혀 있다.

"네 말이 맞는 것 같구나, 아이야. 사람을 새장에 가두면 거기서 탈출하는 데에만 전념한 나머지 자기를 가둔 사람들에게 협조할 생각은 못 한다고들 하지. 그러니 이건 필연적인 결과였을 거다." 샤파가 움버에게 슬쩍 시선을 보낸다. "하지만 저들의 수호자들은 너무 해이해져 있었던 것 같다. 오로진의 기습에 굴복하다니. 바람총을 가진 자는…… 틀림없이 야생 출신이었을 거야. 여기 오기 전에 배워서는 안 될 것을 배운 거지. 그 여자가 문제의 발단이었을 거다."

"해이해진 수호자." 움버가 샤파를 지그시 바라보며 말한다. "그래."

샤파가 움버에게 빙긋이 웃어 보인다. 나쑨은 얼굴을 찌푸린다. 두 사람이 왜 저러는지 이해할 수가 없다.

"우리는 위험을 제거했어." 샤파가 말한다.

"대부분은." 움버도 수긍한다.

그의 대꾸에 샤파는 다소 비아냥거리는 것처럼 살짝 고개를 기울이더니 다시 나쑨을 쳐다본다.

"너는 옳은 일을 했다, 아이야. 우리를 도와줘서 고맙구나."

움버는 여전히 샤파를 뚫어져라 바라보고 있다. 특히 샤파의 목덜미 뒤쪽을. 샤파가 갑자기 몸을 휙 돌리더니 움버를 쏘아본다. 얼굴에 미소가 사라지고 몸은 경직되어 있다. 움버가 시선을 돌린다. 나쑨은 그제야 이해한다. 움버의 몸 안에서 은빛이 사라졌다. 나쑨이 이제껏 본 그 어떤 수호자보다 고요하다. 하지만 샤파의 몸 안에는 반짝이는 가닥이 아직도 살아 꿈틀대고 있고 그를 찢고 할퀴며 괴롭히고 있다. 그러나 샤파는 그것과 싸우고 저항하고 있으며, 필요하다면 움버와도 싸울 준비가 되어 있다.

나쑨을 위해서 그러는 걸까? 문득 그런 생각에 나쑨은 기뻐서 가슴이 터질 것 같다. 나쑨을 위해서.

샤파가 몸을 수그리더니 나쑨의 얼굴을 손바닥으로 살며시 감싼다.

"괜찮니?"

그의 시선이 동쪽 하늘로 향한다. 사파이어가 있는 쪽.

"응, 괜찮아요."

정말이다. 이번에는 오벨리스크와 접속하기가 훨씬 쉬웠다. 어떤 면에서는 그게 더는 낯설지 않기 때문이고, 또 어떤 면에서는 나쑨이 자신의 삶에 이상하고 생경한 것이 갑작스레 끼어드는 것에 점점 익숙해지고 있기 때문이다. 비결은 자연스럽게 떨어지는 것이다. 그게 커다란 빛기둥이다 생각하고 일정한 속도로 천천히 떨어지는 것이다.

"굉장하구나." 샤파가 몸을 일으켜 세운다. "그만 갈까."

그들은 그렇게 남극 펄크럼을 떠난다. 새로 싹튼 작물이 물결치는 들판과 차게 식은 주검이 널브러진 건물들, 그리고 햇볕 속에서 색색으로 반짝이는 사람의 형상을 띤 석상들이 흩어져 있는 널찍한 정원과 막사, 벽들을 뒤로하고.

***

그러나 그 후로 며칠 내내, 펄크럼과 제키티를 잇는 도로와 숲길 위에서, 또는 낯선 이들이 내어 준 헛간이나 야영을 위해 피운 모닥불 옆에 누워…… 나쑨은 생각한다.

생각하는 것 말고는 할 일이 없기 때문이다. 움버와 샤파는 이제 서로 말을 나누지도 않는다. 묘한 긴장감이 팽팽하게 흐르고 있다. 나쑨은 움버와는 절대로 단둘이 있지 않는다. 별로 어려운 일은 아니다. 샤파가 항상 나쑨의 옆을 지키고 있기 때문이다. 그럴 필요는 없는데. 나쑨은 자신이 에이츠와 남극 펄크럼 오로진들에게 무슨 일을 했는지 떠올린다. 아마 움버에게도 똑같이 할 수 있을 것이다. 오벨리스크를 이용하는 건 보니는 것과는 다르고, 은빛 실 가닥은 조산력이 아니며, 따라서 나쓴에게서는 수호자도 안전할 수 없다. 하지만 나쓴은 화장실에 갈 때 샤파가 따라와 준다거나 밤에도 잠을 자지 않고 나쓴을 지켜봐 준다는 게(수호자들은 잠을 자지 않아도 되는 것 같다.) 내심 기쁘다. 누군가, 누구라도 그녀를 돌보고 보호해 준다는 것은 참으로 기분 좋은 일이다.

하지만. 나쓴은 생각한다.

샤파가 나쓴을 죽이지 않기로 결심했기 때문에 동료 수호자의 눈에 못쓸 것으로 비치게 되었다는 사실이 영 불편하다. 그보다 더욱 가슴 아픈 일은 샤파가 늘 어금니를 사리물며 지독한 고통을 참으면서 아무렇지도 않은 척 미소를 짓고 있다는 것이다. 그의 몸 안에서 은빛 실이 꿈틀거리며 밝게 불타오르고 있는 게 뻔히 보이는데도. 그것은 이제 잠시도 쉬지 않고 움직이고 있지만, 샤파는 나쓴이 그의 고통을 달래도록 허락해 주지 않을 것이다. 왜냐하면 샤파를 도와준 다음 날이면 나쓴은 평소보다 훨씬 피곤하고 둔해지기 때문이다. 고통을 감내하는 샤파를 옆에서 지켜봐야 하는 나쓴은 샤파의 머릿속에서 그를 괴롭히는 저 작은 것이 밉다. 그것이 아무리 샤파에게 강한 힘을 준다고 해도, 가시 박힌 목줄처럼 그를 아프게 한다면 힘이 다 무슨 소용이란 말인가.

"왜요?"

어느 날 밤 나쓴은 샤파에게 묻는다. 그들은 지상 위에 높이 솟아 있는, 멸망한 고대 문명이 남긴 금속도 아니고 돌도 아닌 하얗고 평평한 석판 위에서 야영을 하는 중이다. 근처에 무항민 폭도인지 강도들의 흔적이 있어 간밤에 묵은 작은 향에서도 조심하라는 말을 들었지만 이 높은 바닥판 위에서는 적들의 공격이 있기 전에 위험 신호를 미리 감지할 수 있을 것이다. 움버는 여기 없다. 아침식사거리를 잡기 위해 덫을 놓으러 갔기 때문이다. 샤퍄는 이때를 틈타 침낭에 누웠고, 나쑨은 망을 보고 있다. 샤파의 잠을 방해하고 싶지는 않지만 나쑨은 알아야만 한다.

"왜 머릿속에 그걸 넣은 거예요?"

"내가 아주 어릴 때 심은 거란다." 지치고 힘없는 목소리다. 며칠 동안 잠도 안 자고 은빛 실과 싸우는 것은 아주 힘든 일이다. "그때는 이유 같은 것도 생각하지 않았다. 그냥 그래야 하는 거였으니까."

"하지만……." 나쑨은 또 왜라는 질문으로 샤파를 힘들게 하고 싶지 않다. "꼭 그래야만 했나요? 뭐 때문에요?"

샤파가 눈을 감은 채 웃음 짓는다.

"우리는 너 같은 종족에게서 세상을 지키기 위해 만들어졌단다."

"그건 알아요. 그치만……." 나쑨은 고개를 젓는다. "누가 만들었는데요?"

"나 말이냐?" 샤파가 한쪽 눈을 뜨더니 이맛살을 찌푸린다. "나는…… 기억이 안 나는구나. 하지만 보통 수호자는 다른 수호자들에 의해 만들어진다. 우리는 교배해 태어나거나 외부에서 발견되어 워런트에 가서 훈련을 받고…… 그런 다음 개조되지."

"그럼 샤파보다 먼저 있던 수호자는 누가 만들었어요? 그 전에는요? 누가 제일 처음에 그랬어요?"

샤파는 한동안 아무 말도 하지 않는다. 표정을 보아하니 기억을 짜내고 있는 것 같다. 샤파는 어딘가 아주 크게 잘못됐다. 그의 기억은 군데군데 비어 있고 생각은 거대한 압력이 만든 결함층처럼 어긋나 있다. 어쨌든 나쑨이 아는 샤파는 그렇다. 샤파는 샤파다. 다만 나쑨이 알고 싶은 건 그가 어쩌다 지금처럼 되었느냐는 것이다. 그리고 그보다 더 중요한 건…… 나쑨은 그를 어떻게 낫게 할 수 있는지 알고 싶다.

"모르겠구나." 마침내 샤파가 입을 연다. 그가 숨을 길게 내쉬며 다시 눈을 감자 나쑨은 이 대화가 끝났다는 걸 눈치 챈다. "어쨌든 이유는 중요하지 않단다, 아이야. 너는 왜 오로진이지? 살다 보면 세상에서 우리의 자리를 그저 인정하고 받아들여야 할 때가 있지."

나쑨은 그만 입을 다물어야겠다고 생각한다. 잠시 후 샤파의 몸에서 힘이 빠지더니 며칠 만에 드디어 잠에 빠진다. 나쑨은 성실하게 그의 옆을 지키며 새로 습득한 감각을 펼쳐 작은 동물들과 근처에서 움직이는 여러 가지 것들의 되울림을 일일이 감시한다. 나쑨이 감지할 수 있는 범위의 끄트머리에서 딱딱하고 체계적인 방식으로 움직이며 올무를 놓는 움버가 보녀진다. 나쑨은 그의 은색 실 한 가닥을 거미줄처럼 뻗은 그녀의 인지력 안에 엮어 넣는다. 움버는 나쑨의 보님기관을 피할 수는 있을지 몰라도 이것을 속일 수는 없을 것이다. 게다가 무향민이 몰래 접근해 화살이나 작살을 날리더라도 미리 인식할 수 있을 것이다. 나쑨은 절대로 샤파가 아버지처럼 다치지 않게 할 것이다.

움버와 그다지 멀지 않은 곳에서, 네 발로 걸으며 뭔가 찾고 있는 듯한 무겁고 따스한 것을 제외하고는 별로 위협이 될 걱정거리는 없는 것 같다. 아무것도 없다……

……다만. 이상한 게 있다. 뭔가…… 엄청나게 큰가? 아니야. 크기 자체는 별로 크지 않다. 중간 정도의 바위, 아니면 사람만 한 정도? 하지만 그것은 저 아래, 나쑨이 자리하고 있는, 이 돌 아닌 하얀 석판 바로 아래 있다. 그녀의 발밑, 3미터도 채 떨어지지 않은 곳에.

그때 나쑨에게 들켰다는 것을 알아차린 듯이, 그것이 움직인다. 마치 세상 전체가 움직이는 것 같다. 나쑨은 저도 모르게 숨을 멈추고 몸을 젖힌다. 주변의 중력이 아주 조금, 아주 조금 들썩인 것 말고는 변한 건 없는데. 그 거대한 것이 나쑨의 시선을 느끼기라도 한 양 느닷없이 재빨리 도망치기 시작한다. 하지만 멀리 가지는 않았다. 그러고는 잠시 후 그 거대한 것이 다시 움직인다. 위로. 나쑨은 두 눈을 깜박인다. 석판 끄트머리에 석상이 하나 서 있다. 방금 전까진 아무것도 없었는데.

나쑨은 당황하지 않는다. 어쨌든 예전에 전승가가 되는 게 꿈이었으니까. 스톤이터에 관한 수많은 노래와 이야기, 그 불가사의한 존재를 둘러싼 수수께끼에 대해서는 한없이 들었다. 다만 눈앞에 나타난 이것은 나쑨이 상상했던 모습과는 전혀 다르다. 전승가가 노래하는 옛 이야기 속에서 스톤이터는 대리석 피부에 보석으로 만들어진 머리칼을 갖고 있다고 했다. 하지만 이 스톤이터는 머리에서 발끝까지 전부 밋밋한 회색이다. 심지어 눈의 "흰자위"마저 회색이다. 벌거벗은 가슴은 탄탄한 근육질이고, 얼굴 가득 커다란 미소를 띠고 있다. 입술이 말려 올라가 드러난 이는 투명하고 날카롭게 각져 있다.

"네가 며칠 전에 펄크럼을 돌로 만든 아이지."

그의 가슴통에서 소리가 울린다.

나쑨은 침을 꿀꺽 삼키며 샤파를 흘깃 쳐다본다. 그는 한번 잠들면 좀처럼 깨지 않고, 스톤이터의 목소리는 그다지 크지 않다. 나쑨이 비명을 지르면 샤파가 깨어나겠지만 이 같은 존재에 대해 수호자가 무엇을 할 수 있겠는가? 나쑨조차도 은빛 실로 뭘 어떻게 해야 할지 모르겠는데. 스톤이터는 밝은 은빛으로 번쩍거리는 존재다. 그의 몸 안 가득 복잡하게 얽히고 엮인 은색 가닥들이 눈부시게 휘돌고 있다.

하지만 모든 전승은 스톤이터에 대해 한 가지 똑같은 이야기를 전한다. 먼저 건드리지 않는 한 그들은 해를 끼치지 않는다. 그렇다면.

"네…… 그래요." 나쑨은 일부러 목소리를 죽인다. "그게 문제가 되나요?"

"전혀. 네가 한 일에 경의를 표하고 싶었을 뿐이다."

그의 입술은 움직이지 않는다. 그런데 왜 저렇게 웃고 있는 거지? 조금씩 시간이 지날수록 나쑨은 스톤이터의 저 표정이 단순한 미소가 아니라고 점점 더 확신하게 된다.

"네 이름이 뭐니, 아이야?"

나쑨은 아이야라는 말에 발끈한다.

"왜요?"

스톤이터가 천천히, 한 발짝씩 다가온다. 맷돌이 갈리는 듯한 소리와 함께, 움직여서는 안 될 석상이 움직이는 모습은 기괴하고 비현실적이다. 그 섬뜩한 느낌에 나쑨이 몸서리치자, 그가 발을 멈춘다.

"왜 그들을 돌로 만들었지?"

"잘못돼 있었으니까요."

스톤이터가 다시 한 발짝 내딛는다. 석판 위로. 나쑨은 석판이 깨지거나 아니면 한쪽으로 기울 거라고 생각한다. 왜냐하면 저 존재는 정말 지독하게도 크고 무겁기 때문이다. 그는 인간을 닮은 형태와 크기로 압축해 놓은 거대한 산(山)이다. 그러나 고대 문명이 남긴 석판은 깨지지도, 금이 가지도 않는다. 스톤이터는 이제 나쑨이 그의 머리 가닥을 셀 수 있을 정도로 바짝 다가와 있다.

"너야말로 틀렸다." 그가 묘하게 메아리치는 목소리로 말한다. "펄크럼 사람들도 수호자도, 그들이 하는 일 때문에 비난받아서는 안 된다. 너는 네 수호자가 왜 저런 심한 고통을 받아야 하는지 알고 싶지? 대답은 간단하다. 그는 그럴 필요가 없어."

나쑨은 흠칫 몸을 굳힌다. 나쑨이 그게 무슨 뜻인지 묻기도 전에 스톤이터의 머리가 천천히 샤파를 향해 빙그르 돌아간다. 그러고는 뭔가가…… 깜박인다. 그건 눈으로 보거나 보니기엔 너무 작고 미세해서…… 그러더니 갑자기, 샤파의 몸 안에서 악랄하게 고동치며 꿈틀대던 은빛이 죽은 듯이 피식 꺼진다. 그의 보님기관에 박혀 있는 바늘 모양의 어두운 반점만이 아직 살아 있을 뿐이다. 나쑨은 그것이 다시 샤파의 몸을 차지하려고 애쓰는 것을 보닌다. 하지만 이내 샤파가 편안한 듯 한숨을 내쉬더니 깊은 잠 속에 빠져든다. 요 며칠 동안 그를 고문하던 고통이 사라진 것이다. 적어도 지금은.

나쑨은 숨을 헉 들이켠다. 최대한 작은 소리로. 샤파가 정말로 편히 잠들었다면 절대로 방해하고 싶지 않다. 나쑨은 스톤이터에게 말한다.

"어떻게 한 거예요?"

"내가 가르쳐 주마. 난 저자에게 고통을 주는 이, 저자의 주인과 싸우는 법을 가르쳐 줄 수 있다. 네가 원하기만 한다면."

나쑨은 마른침을 꿀꺽 삼킨다.

"어, 응. 난 원해요." 하지만 나쑨은 바보가 아니다. "대신에 나한테 바라는 게 뭔데요?"

"아무것도. 네가 그의 주인과 싸운다면 너는 내 적과 싸우는 것이니까. 즉 우리는…… 동맹 관계가 되는 거지."

나쑨은 스톤이터가 주변을 맴돌며 그녀를 몰래 엿보고 있었다는 사실을 깨닫지만, 개의치 않는다. 샤파를 살릴 수만 있다면…… 나쑨은 혓바닥으로 입술을 핥는다. 유황 맛이 희미하게 느껴진다. 요 몇 주일 사이에 유황안개가 더 짙어졌다.

"좋아요."

"네 이름이 뭐지?"

이자가 여태껏 엿듣고 있었다면 나쑨의 이름을 모를 리가 없다. 이건 관계를 돈독히 다지기 위한 행위다.

"나쑨. 그쪽은요?"

"나는 이름이 없다. 아니면 너무 많다고도 할 수 있겠군. 원하는 대로 부르렴."

그에게는 이름이 필요하다. 이름이 없다면 서로 손잡고 협력할 수 없다.

"음…… 강철." 나쑨의 머릿속에 가장 먼저 떠오른 단어다. 왜냐하면 그는 온통 회색이니까. "스틸(Steel)은 어때요?"

그는 어떤 이름으로 불리든 상관하지 않는 것 같다.

"나중에 다시 찾아오마. 방해받지 않고 우리 둘이서만 대화를 나눌 수 있을 때 말이야."

그러고는 사라진다. 땅속으로. 나쑨이 감각적으로 인지하고 있던 거대한 산도 함께 사라진다. 잠시 후 움버가 고대 유적 주변을 둘러싸고 있는 수풀 속에서 나타나더니 언덕을 올라오기 시작한다. 나쑨은 움버가 반가울 지경이다. 그러나 그들의 거리가 점차 줄자, 샤파가 잠들어 있는 걸 본 그의 눈빛이 차고 예리해진다. 움버가 세 발짝 떨어진 곳에서 발을 멈춘다. 수호자가 얼마나 빨리 돌진할 수 있는지 생각하면 충분히 가까운 거리다.

"이상한 짓을 하려고 하면 죽여 버릴 거예요." 나쑨이 고개를 주억거리며 엄숙하게 말한다. "무슨 뜻인지 알죠? 샤파를 깨우려고 해도 그럴 거고요."

움버가 싱긋 웃는다.

"시도는 할 수 있겠지."

"시도는 물론이고, 진짜로 그렇게 할 거예요."

움버가 한숨을 내쉰다. 그의 목소리에는 깊은 연민이 배어 있다.

"너는 네가 얼마나 위험한 존재인지 모르는구나, 아이야. 너는 나보다 훨씬, 훨씬 더 위험하단다."

그렇다, 나쑨은 모른다. 그래서 나쑨은 그 말이 굉장히 신경 쓰인다. 움버는 성격이 잔인한 사람이 아니다. 그가 나쑨을 위험하다고 여긴다면 실제로 그럴 이유가 있는 것이다. 하지만 상관없다.

"샤파는 내가 살길 원해요. 그러니까 난 안 죽을 거예요. 당신을 죽이는 한이 있더라도요."

움버는 잠시 그 말을 곱씹는 것 같다. 그의 몸 안에서 은빛이 반짝 깜박인다. 그 순간, 그리고 본능적으로, 나쑨은 자신이 얘기하고 있는 상대가 엄밀히 말해 움버가 아니라는 사실을 깨닫는다.

그의 주인.

"만약에 샤파가 네가 죽어야 한다고 생각한다면?"

"그럼 죽을게요."

펄크럼이 잘못한 게 바로 이거야. 나쑨은 생각한다. 그들은 수호자를 적으로 간주했고, 샤파의 말처럼 옛날에는 정말로 적이었을지도 모른다. 하지만 동맹이란 서로를 신뢰할 때에만 가능하며 서로에게 너그러워야 한다. 샤파는 세상에서 나쑨을 사랑하는 유일한 사람이다. 그를 위해서라면 나쑨은 죽거나, 죽이거나, 혹은 이 세상마저 바꾸고 새로이 빚을 것이다.

천천히, 움버가 고개를 갸웃한다.

"그렇다면 나는 그를 향한 네 애정을 믿어야겠구나." 일순간 그의 목소리에, 그의 몸에, 발아래 대지에, 그윽하고 무거운 되울림이 울려 퍼진다. "지금은 말이다."

움버가 그렇게 뱉고는 나쑨을 스쳐 지나 샤파의 옆에 앉아 망을 보기 시작한다.

나쑨은 수호자의 사고방식을 이해하지 못하지만 지난 몇 달간 배운 것이 하나 있다. 수호자는 거짓말을 하지 않는다. 움버가 샤파를 믿겠다고 말한다면, 아니야. 그는 샤파를 향한 나쑨의 애정을 믿겠다고 했다. 그 둘은 엄연히 다르다. 하지만 어쨌든 움버가 그렇게 말했다면 정말로 그런 것이고, 나쑨은 그의 말을 믿을 수 있다.

그래서 나쑨은 침낭에 몸을 누이고 눈을 감는다. 그래도 꽤 오랫동안 잠들지 못한다. 아마 신경이 곤두서 있어서 그럴 것이다.

밤이 내려앉는다. 북쪽에서 날아오는 희미한 재 안개만 없다면 맑고 선선한 밤이다. 산들바람을 타고 몽글몽글한 진줏빛 구름이 간간이 남쪽 하늘을 향해 흘러간다. 회색 안개 사이로 별들이 간혹 얼굴을 내민다. 나쑨은 한참 동안 그 광경을 바라본다. 천천히 잠결 속에 떠다니다 마침내 깜박 잠이 들려는 순간, 나쑨은 하늘에서 반짝이는 작고 하얀 빛들 중 하나가 나머지와 다른 방향으로 움직이고 있다는 사실을 깨닫는다. 아주 천천히. 일단 그걸 알아차리고 나니 신경이 쓰이지 않을 수가 없다. 움직이는 방향이 다를 뿐만 아니라 다른 빛들보다 더 크고 밝기까지 하다. 이상하네.

나쑨은 몸을 돌려 움버를 등지고 눕는다. 그러고는 잠이 든다.

시대가 변하고 세상이 바뀌는 동안 이 깊숙한 곳에서 잠들어 있었다.
유골이라고 부를 수도 없다. 손을 대면 바스라져 가루가 된다.
그러나 유골보다 더 이상한 것은 벽화다. 처음 보는 낯선 식물과
고대 언어로 보이는 꼬부랑 선과 기호들. 그리고 하나 더. 지평선 위,
별들 사이에 떠 있는 크고 하얗고 둥근 것. 괴이하고 섬뜩하다.
마음에 들지 않는다. 나는 검은 옷을 시켜 벽화의 그 부분을 없애 버렸다.
— 여행가 포그리드, 유메네스의 혁신가의 일기,
동부 적도권 지공학 자격 협회 기록 보관서

16장

너는 옛 친구를 다시 만난다

끊임없이 말해 주고 싶다. 너의 마음속에, 너의 목소리로, 무엇을 생각하고 알아야 할지 말해 주고 싶다. 내가 너무 주제넘은 짓을 하는 걸까? 그래, 그건 그렇지. 이기적이기도 하고. 내 자신이 되어 말할 때는 내가 너의 일부인 양 여기기가 힘들다. 더 외롭다. 제발, 내가 조금만 더 이야기할 수 있게 해 줘.

* * *

너는 수정 고치 안에서 튀어나온 스톤이터를 넋을 잃고 바라본다. 그것은 어깨를 구부정하게 움츠린 채 마치 시간이 멈추기라도 한 양 꼼짝도 않고, 반으로 갈라진 정동 주변을 아른거리는 후끈한 열기 속에서 너를 힐끔거리고 있다. 반쯤 꿈처럼 느껴졌던 가넷 오벨리스크 안에서 봤던 것과 똑같은 머리카락. 아래쪽에서 불어오는 세찬 돌개바람을 정면에서 맞은 것처럼 위로 솟은 회발. 그냥 흰색이 아니라 반투명하고 희끄무레한 오팔이다. 하지만 네가 알고 있는 말랑한 육신과는 달리 이 스톤이터의 "피부"는 계절이 오기 전의 밤하늘처럼 새까만 색이다. 그때 네가 금이 갔다고 생각한 것은 사실 대리석에서 흔히 볼 수 있는 흰색과 은색의 가느다란 무늬였다. 심지어 천의 형태를 모방해 두른 우아한 검은 대리석 옷자락(한쪽 어깨에 걸려 있는 소박한 키톤)에도 은색 무늬가 소용돌이치고 있다. 무늬가 없는 곳이라곤 오직 그 눈뿐이다. 흰자는 순수한 검은색이고, 홍채는 여전히 밝은 얼음색이다. 새까만 얼굴 한가운데 박혀 있는 그 눈은 섬뜩할 정도로 선명하고 너무나도 원초적이라, 너는 그 주위를 둘러싼 얼굴이 여전히 호아라는 것을 깨닫는 데 약간 시간이 걸린다.

호아. 조금 나이 든 호아. 너는 보자마자 알아차린다. 어린 소년이 아니라 청년의 얼굴이다. 여전히 넓적하고, 입은 너무 작고, 인종적으로 어디에도 들어맞지 않는다. 하지만 너는 꼼짝도 않고 얼어붙은 그 이목구비에서 불안감을 읽을 수 있다. 한때 이것보다 더 부드럽고, 네게서 연민을 끌어내기 위해 만든 얼굴에서 표정을 읽는 법을 배웠기 때문이다.

"어떤 게 가짜였어?"

지금 네가 할 수 있는 말이라곤 이것뿐이다.

"가짜?"

목소리도 청년의 것이다. 똑같은 목소리지만 더 낮고 굵다. 가슴통에서 울려 나오는 목소리.

너는 방 안으로 한 발짝 들어선다. 아직도 불쾌할 정도로 덥지만 기온이 빠른 속도로 식고 있다. 땀이 송골송골 맺힌다.

"네 인간 형태랑 지금 이 모습 중에서."

"시대에 따라 둘 다 진짜였지."

"아, 그래. 알라배스터가 너희도 원래는 인간이었다고 했지. 옛날 옛적에 말이야."

침묵이 흐른다.

"너는 인간이야?"

너는 짧게 웃음을 터트린다.

"공식적으론 아니야."

"다른 이들의 생각은 상관하지 마. 너는 네가 뭐라고 생각하지?"

"인간."

"그렇다면 나도 인간이야."

호아는 방금 깨트리고 나온 거대한 반쪽짜리 바위 사이에서 뜨거운 김을 모락모락 풍기며 서 있다.

"어, 지금은 아니지."

"내가 너의 말을 들어야 할까, 아니면 나 자신의 느낌을 믿어야 할까?"

너는 고개를 가로젓는다. 될 수 있는 한 가깝게 정동에 접근해 본다. 안에는 아무것도 없다. 그것은 뾰족한 수정 결정이나 암석에서 흔히 볼 수 있는 침전물 층이 보이지 않는 얇은 돌 껍질이다. 그렇다면 정동이라고 부를 수는 없을지도.

"어쩌다 오벨리스크 안에 갇힌 거야?"

"잘못된 로가를 열 받게 했거든."

그 대답에 너는 웃음을 터트리지만, 금방 입을 다물고 그를 바라본다. 마음이 다소 편치 않은 웃음이다. 호아는 여느 때처럼 강렬하고 희망이 가득한 눈빛으로 너를 물끄러미 바라보고 있다. 저 눈이 이제 생소한 모습이라고 해도, 그게 중요할까?

"그런 게 가능한 줄은 몰랐네. 오벨리스크에 스톤이터를 가두는 거 말이야."

"너도 할 수 있다. 그건 우리를 막을 수 있는 몇 안 되는 방법 중 하나지."

"그래도 죽이진 못하잖아."

"그래, 그렇게 하려면 오직 한 가지 방법뿐이야."

"그게 뭔데?"

번뜩, 다음 순간 호아가 너를 보고 있다. 순식간에 일어난 일이다. 별안간 석상의 자세가 완전히 달라져 있다. 차분하게 꼿꼿이 서서 한쪽 손을 들어…… 부르는 건가? 아니면 호소하는 거?

"날 죽일 계획이야, 에쑨?"

너는 한숨을 쉬고 도리질을 치며 손을 내밀어 반쪽으로 갈라진 돌 껍질을 쓰다듬는다.

"그러지 마. 너한테는 너무 뜨거우니까 살이 델 거야." 호아가 말을 멈춘다. "이게 내가 몸을 깨끗이 하는 방법이다. 비누는 필요 없지."

티리모 남쪽에서, 어느 날 도로에서 벗어나 개울가로 빠졌을 때. 손에 든 비누 조각을 멍하니 바라보다 활짝 웃음 짓던 어린 사내아이. 그는 그때와 똑같은 호아다. 그 생각을 떨칠 수가 없다. 그래서 한숨을 내쉬며 그를 뭔가 다른 것, 두렵고 기이한 것으로 취급하고 싶은 마음을 지워 낸다. 그는 호아다. 그는 너를 먹고 싶어 한다. 그리고 비록 실패하긴 했어도 네 딸을 찾는 걸 도와주려 했다. 이제껏 지나온 일이 아무리 기묘하다 해도 너희는 친밀감을 쌓았고, 그것은 네게 중요한 의미를 지닌다.

너는 팔짱을 낀 채 정동과 호아의 주위를 찬찬히 돌며 살펴본다. 그의 눈동자가 너를 좇아온다.

"그래서, 널 그 모양으로 만든 게 누구야?"

호아는 잃어버린 한쪽 눈과 아래턱을 재생했다. 찢겨 나간 팔다리도 다시 제자리에 붙어 있다. 거실에는 아직 핏자국이 남아 있지만 네 침실에 있던 흔적은 모두 사라졌고 벽과 바닥의 일부도 함께 사라졌다. 스톤이터는 물질을 구성하는 가장 작은 입자를 다룰 수 있다고들 한다. 몸에서 떨어져 나간 부위를 재구성하고 주변에 남아도는 물질을 다른 용도에 맞게 변형할 수 있을 만큼.

"열두엇 남짓한 내 동족들. 그리고 특히 그중 한 명."

"그렇게 많이?"

"나 자신에 비하면 다들 어린애나 다름없었다. 너를 제압하려면 어린애가 몇이나 필요하지?"

"너도 어린애였잖아."

"어린애처럼 보였던 것뿐이야." 그의 목소리가 부드러워진다. "오직 널 위해서 취한 모습이었지."

이 호아와 옛날 호아 사이에는 생김새 외에도 더 큰 차이점이 있다. 어른 호아는 아이 호아일 때와는 짜임새가 전혀 다른 문장으로 말한다. 네가 그 말투를 좋아하는지는 아직 잘 모르겠다.

"싸움질을 하느라 요즘 안 보였던 거군." 너는 다소 위안이 될 만한 화제로 돌린다. "납작마루에 스톤이터가 왔었어. 온통 회색에……."

"알아." 너는 스톤이터가 뾰로통해 보일 수 있을 거라곤 상상도 해 본 적이 없지만, 지금 호아는 정말 그렇게 보인다. "녀석만큼은 어린애가 아니었다. 나에게 최후의 일격을 가한 것도 그 녀석이었지. 다행히 치명상을 입기 전에 도망칠 수 있었지만."

팔다리 전부와 아래턱을 잃고도 그걸 치명상이라고 생각하지 않는다는 게 놀랍다. 그렇지만 조금 뿌듯하기도 하다. 회색 스톤이터가 호아를 다치게 했고, 너도 놈에게 부상을 입혔다. 별로 오래가지는 않을 복수지만 그래도 네가 아끼는 사람을 위해 뭔가 할 수 있었던 것 같아 기쁘다.

호아는 계속 변명조로 늘어놓는다.

"인간의 육신을 입은 채로 녀석을 상대한 건…… 현명하지 않은 선택이었어."

부아가 나도록 덥다. 너는 얼굴에 땀을 줄줄 흘리며 거실로 나가 문 대신 쳐 놓은 가림천을 한쪽으로 걷어 묶어 찬 공기가 들어오게 한 다음, 탁자 앞에 앉는다. 몸을 돌리자 호아가 침실 문 앞에 서 있다. 아치 모양의 문지방 아래 서 있는 아름다운 자태. 깊은 묵상에 잠긴 청년을 묘사한 미술 작품 같다.

"그래서 모습을 바꾼 거야? 그놈과 싸우려고?"

너는 침실에서 호아의 돌조각이 담긴 천 꾸러미를 발견하지 못했다. 어쩌면 뜨거운 열에 녹아 다른 물건들처럼 검은 덩어리가 되었는지도 모른다.

"내가 이 모습으로 돌아온 건 때가 되었기 때문이야."

이번에도 체념 어린 말투. 일전에 네게 처음으로 정체를 들켰을 때와 비슷하다. 마치 이제 그를 보는 너의 눈빛에서 뭔가가 사라졌고, 다시는 전과 같은 관계로 돌아갈 수 없다는 걸 아는 것처럼. 그 사실을 순순히 인정하긴 해도 꼭 좋아할 필요는 없다는 것처럼.

"어차피 그 모습을 유지할 수 있는 시간에는 한계가 있었다. 나는 그 때를 앞당겨 네가 생존할 확률을 높이기로 선택했을 뿐이야."

"아, 그래?"

호아의 등 뒤에 있는 네 방에서, 그의…… 어, 알 껍질이 녹고 있다. 말하자면 그렇다. 흐물흐물 녹아내려 색색의 빛을 발하더니 투명한 수정처럼 변한다. 한때 네 물건이었던 찌꺼기들을 떨궈 내고는 다시 원래의 물질로 돌아가 단단하게 굳는다. 너는 그 광경에 정신이 팔린 나머지 호아의 존재마저 깜박 잊어버린다.

그가 이렇게 말할 때까지.

"그들은 네가 죽길 바란다, 에쑨."

"그들……." 너는 눈을 깜박인다. "그들이 누군데?"

"내 동족 중 일부. 어떤 이들은 단순히 널 이용하길 원하지. 하지만 내가 그리하게 내버려 두지 않겠다."

너는 얼굴을 찌푸린다.

"어느 쪽을 말하는 거야? 날 죽이는 걸 막겠다는 거야, 날 이용하는 걸 막겠다는 거야?"

"양쪽 다." 메아리치던 목소리가 별안간 날카로워진다. 너는 호아가 몸을 말고 야생 짐승처럼 이빨을 드러내며 으르렁거리던 모습을 떠올린다. 그러고는 번쩍, 머릿속에 계시가 내리듯이 요즘 주변에서 유독 스톤이터를 자주 보지 못했다는 사실을 깨닫는다. 루비 머리, 노란 대리석, 못생긴 옷, 반짝이빨. 평소에 어슬렁거리던 스톤이터들이 요 몇 달 사이 코빼기도 비치지 않았다. 심지어 언젠가 이카가 "자기 스톤이터"가 언제부턴가 안 보인다고 말한 적도 있다.

"네가 잡아먹었구나." 너는 불쑥 내뱉는다.

잠깐 동안의 침묵.

"많은 수를 먹었지."

아무런 감정도 담기지 않은 목소리다.

너는 호아가 어린애처럼 키득거리며 너를 이상하다고 불렀던 때를 기억한다. 네 옆에 웅크리고 잠을 자던 모습도 기억한다. 아, 대지불이여, 너는 이런 걸 감당할 수가 없다.

"왜 하필 나니, 호아?"

너는 호소하듯이 손바닥을 펼친다. 평범한 중년 여성의 손바닥이다. 약간 거칠고 건조하다. 며칠 전부터 너는 무두질 집단을 돕고 있고, 강한 화학용액 때문에 손의 피부가 갈라지고 벗겨지고 있다. 오죽하면 지난주에 배급품으로 받은 견과류를 피부에 문지르고 있을 정도다. 지금 같은 때 지방이 얼마나 귀중하고, 허영심을 채우기보다는 먹어서 영양분을 보충하는 편이 훨씬 더 중요하다는 걸 알면서도 말이다. 오른쪽 손바닥에는 누군가의 엄지손톱이 남긴 초승달 모양의 작고 흰 흉터가 있다. 추운 날이면 손의 뼈마디가 아린다. 평범한 여자의 손이다.

"어디 특출한 데도 없잖아. 오벨리스크와 접속할 수 있는 다른 오로진이 있을 거야. 대지불이여, 나쑨도……." 안 돼. "넌 왜 여기 있는 거니?"

그는 왜 네 옆에 붙어 있는 걸까.

호아는 잠깐 아무 말도 없다. 그러더니 불쑥 말한다.

"나한테 괜찮으냐고 물었으니까."

처음에는 무슨 소린지 어리둥절하지만, 너는 금방 깨닫는다. 알리아. 맑고 화창했던 그날. 대재앙이 일어난 날. 깨지고 금이 간 가넷 오벨리스크 안에서, 끔찍한 고통 속에서 부유하고 있을 때 처음 그를 봤다. 그 안에 얼마나 오랫동안 갇혀 있었을까? 수없는 계절을 거치며 두꺼운 퇴적물이 쌓이고, 그 위에 또 산호가 성장할 만큼 기나긴 세월 동안. 세상에서 사라진 모든 고대 문명처럼, 모두의 기억 속에서 잊힐 때까지. 그러던 그때, 네가 찾아와 괜찮으냐고 물은 것이다. 아, 사악한 대지여. 너는 그게 다 환각인 줄만 알았다.

너는 숨을 깊이 들이마신 다음, 의자에서 일어나 공동 주택 입구를 향해 걸어간다. 카스트리마는 고요하다. 언제나처럼 맡은 일을 하고 있는 이들도 있지만 평소보다 눈에 띄게 사람들이 적다. 정해진 일상을 유지한다고 해서 그게 평화롭다는 의미는 아니다. 티리모 사람들도 너를 죽이려 들기 직전까지는 평소와 똑같았다.

통키는 어젯밤 집에 들어오지 않았다. 햐르카와 있을지 아니면 녹색 방에 있을지는 잘 모르겠다. 지금 카스트리마에는 열렬한 촉매작용이 일어나고 있다. 보이지 않는 화학작용을 부추기고, 돌발 상황을 촉진하면서. 우리에게 가담하면 살 것이다. 회색 스톤이터는 말했다. 그러나 로가는 안 된다.

카스트리마 사람들이 어떤 적도권 향도 갑자기 몰려드는 잡종 중위도인을 진심으로 환영하지는 않을 것이며, 설사 그렇더라도 노예나 비상식량행이 될 게 고작일 거라는 사실을 생각해 낼 수 있을까? 네 안의 모성 본능이 꿈틀거리며 경고한다. 네 사람들을 돌봐야 해. 마음 뒤켠에서 속닥인다. 한 군데 모아서 잘 지켜. 잠시라도 한눈을 팔았다간 어떻게 될지 알잖아.

너는 아직도 손에 들고 있는 비상자루를 어깨에 짊어진다. 지금 같은 상황에서는 당연히 늘 몸에 지니고 있어야 한다. 그런 다음 호아에게 말한다.

"따라와."

호아가 빙그레 웃음 짓는다.

"난 더 이상 걷지 않아, 에쑨."

아, 그렇지.

"그럼 난 이카한테 갈 테니 거기서 만나."

호아는 고개를 끄덕이지도 않고 곧장 사라진다. 쓸데없이 동작을 낭비하지 않는다. 너도 곧 저기 익숙해지겠지.

밧줄다리를 건너 통로를 걷는 동안 누구 하나 네게 눈길 주지 않는다. 네가 지나간 후에야 비로소 시선들이 등에 따갑게 박히는 게 느껴진다. 티리모를 떠올리지 않을 수가 없다.

이카는 집에 없다. 너는 주위를 둘러보고, 사람들의 움직임을 살펴본 다음, 결국 납작마루로 향한다. 이카가 거기 있을 리는 없다. 너는 그 뒤로 집에 가서, 어린 소년이 스톤이터로 변하는 것을 봤고, 덧붙여 잠도 몇 시간 잤다. 그러니 이카가 아직도 거기 있을 리는 없다.

하지만 이카는 납작마루에 있다. 지금껏 납작마루에 남아 있는 사람은 얼마 되지 않는다. 대략 스무 명 정도. 화가 나서, 혹은 흥분해서, 아니면 심란한 모습으로 같은 자리를 서성이거나 바닥에 앉아 있다. 지금 네 눈에 보이는 건 스무 명 정도지만 아마 수백 명의 사람들이 각자의 집이나 공동 목욕탕, 또는 저장고에서 삼삼오오 모여앉아 숨죽인 목소리로 똑같은 대화를 나누고 있을 것이다. 하지만 이카는 지금 여기 있다. 누군가 그녀의 집에서 가져온 침대의자에 앉아 뭔가 말하고 있다. 가까이 다가가자 이카의 목소리가 거칠게 쉬어 있는 게 들린다. 몹시 지친 것 같다. 그래도 계속 이야기한다. 어떤 남자에게 남쪽에 있는 동맹항의 보급선에 대해 설명하고 있는 것 같은데, 그는 옆에서 팔짱을 낀 채 빙글빙글 걸으며 이카가 무슨 말을 할 때마다 코웃음을 치고 있다. 저건 공포심이다. 그는 이카의 말을 듣고 있지 않다. 그런데도 그녀는 남자를 설득하려 하고 있다. 바보 같은 짓이다.

네 사람들을 돌봐야 해.

너는 군중 사이를 헤치고(몇몇은 흠칫 놀라며 알아서 네게 길을 내준다.) 이카의 옆에 가서 선다.

"나랑 얘기 좀 해."

이카가 말을 하다 말고 눈을 깜박이며 너를 올려다본다. 메마른 눈에 핏발이 서 있다. 꽤 오랫동안 물도 마시지 않은 모양이다.

"뭔데?"

"중요한 얘기야." 너는 이카를 둘러싸고 앉아 있는 사람들에게 양해해 달라는 양 고개를 까딱인다. "미안해요."

이카가 한숨을 푹 내쉬더니 눈을 비빈다. 눈이 더 빨개진다.

"좋아." 의자에서 일어나, 남아 있는 사람들의 얼굴을 둘러본다. "투표는 내일 아침이야. 내 설득에도 생각이 바뀌지 않았다면…… 뭐, 하고 싶은 대로 해."

사람들은 네가 이카를 데리고 멀어지는 모습을 물끄러미 바라본다.

이카의 집에 도착하자 너는 가림천을 쳐서 닫고 이카의 방으로 이어진 천을 걷는다. 향장이라는 지위를 드러내지 않는 소박한 방이다. 깔개 두 개와 수많은 베개. 하지만 옷은 바구니에 담겨 있고 한쪽 벽에는 책과 두루마리가 바닥에 쌓여 있다. 책장도 없고 옷장도 없다. 한쪽 벽에는 배급 식량이 아무렇게나 쟁여져 있고 카스트리마 사람들이 마실 물을 담아 두는 표주박이 놓여 있다. 너는 팔에 표주박을 끼고, 음식 무더기에서 말린 오렌지와 이카가 얕은 팬에 넣어 불려 둔 버섯과 건조 두부, 소금에 절인 작은 생선 토막을 꺼낸다. 식사라고 부르긴 미흡하지만 영양분을 보충할 수는 있을 것이다.

"침대로 가."

너는 턱짓으로 침대를 가리키며 이카에게 음식을 내민다. 그러고는 물이 담긴 표주박을 먼저 이카의 손에 쥐어 준다.

줄곧 짜증스러운 눈빛으로 네 행동을 지켜보고 있던 이카가 쏘아붙인다.

"넌 내 타입 아냐. 이것 때문에 날 끌고 온 거야?"

"아니. 하지만 여기 있는 동안엔 좀 쉬어 둬." 이카는 그럴 마음이 없어 보인다. "피곤해서 머리가 제대로 돌아가지 않는 상태에서는……." 혐오주의자를 이성과 논리로 설득할 수 없다는 건 둘째치고. "아무도 설득 못 할걸."

이카는 못마땅한 듯 투덜거리지만, 얌전히 침대로 걸어가 걸터앉는 걸 보니 얼마나 피곤한지 알 것 같다.

네가 표주박을 가리키며 고개를 까딱하자 이카가 순종적으로 물을 마신다. 탈수증에 대한 전승가의 충고대로, 꼴깍꼴깍 세 모금을 연속 들이켜고는 잠시 숨을 돌린다.

"몸에서 냄새도 나는 것 같아. 나 목욕도 해야겠어."

"곧 폭도가 될 무리를 설득하겠다고 설치기 전에 그 생각을 미리 했었어야지."

너는 표주박을 받아 든 다음 이카의 손에 건조식량을 쥐여 준다. 이카가 한숨을 내쉬며 침울한 얼굴로 묵묵히 씹기 시작한다.

"여기 사람들이 그럴 리가……." 하지만 이카는 그 거짓말을 끝맺지 못한다. 갑자기 흠칫 놀라더니 네 뒤에 있는 무언가를 뚫어져라 응시한다. 너는 고개를 돌리기도 전에 거기 뭐가 있는지 이미 알고 있다. 호아. "알았어. 안 돼, 아니야. 삭아빠질 내 방에선 안 돼."

"내가 여기서 만나자고 했어. 저건 호아야."

"네가 그랬다고…… 이건……." 이카가 마른침을 삼키더니 한참 동안 호아를 쳐다보다가 이윽고 말린 오렌지를 다시 먹기 시작한다. 천천히 턱을 움직이며 호아를 노려본다. "인간 흉내를 내는 게 지겨워졌나 봐? 애당초 왜 그러고 다녔는지 모르겠어. 어차피 너무 이상해서 인간처럼 보이지도 않았는데."

너는 침실 문 옆에 있는 벽에 등을 기댄 채 미끄러져 바닥에 앉는다. 어깨에 멘 비상자루가 흘러내리지만 언제든 잽싸게 집어들 수 있게 가까이 둔다. 네가 이카에게 말한다.

"넌 다른 자문단 사람들과 향민들 절반, 둔치와 로가와 이곳 토박이와 신향민(新鄕民) 들의 이야기를 들었지. 하지만 이들의 입장은 듣지 않았어."

그러고는 호아를 고갯짓으로 가리킨다.

이카가 눈을 깜박이더니 별안간 흥미가 생긴 표정으로 호아를 쳐다본다.

"너한테도 자문단에 참석해 달라고 말했잖아."

"네가 네 종족 전체를 대표할 수 없듯이 나 역시 내 동족을 대표할 수 없다. 그리고 그때 내게는 그보다 더 중요한 일이 있었지."

호아의 울림 소리에 놀란 이카가 눈을 끔벅이며 멍하니 쳐다본다. 너는 호아에게 힘없이 손짓한다. 너는 이카와는 달리 잠을 자긴 했지만 피곤을 떨칠 정도로 푹 자지는 못했다. 숨 막히는 열기 속에 앉아 정동이 깨어나길 기다리며 선잠을 잔 것에 불과하니까.

"네가 아는 걸 말해 주면 도움이 될 거야." 그러고는, 왠지 모를 직감에 휩쓸려 충동적으로 덧붙인다. "제발 부탁해."

왜냐하면 너는 그가 말하지 않은 게 있다고 생각하기 때문이다. 호아의 표정에는 아무 변화도 없다. 자세 역시 네가 마지막으로 봤을 때처럼 젊은 남자가 한쪽 팔을 쳐들고 있는 모습 그대로다. 위치는 바뀌었건만 자세는 그대로다. 미동 하나 없이.

그가 얼마나 내키지 않는지를 드러내 주는 대답이 돌아온다.

"알았어."

어조에 모든 것이 담겨 있다. 하지만 괜찮다. 저런 것쯤은 감당할 수 있다.

"회색 스톤이터가 원하는 게 뭐지?"

너는 그가 진짜 원하는 것이 카스트리마를 적도권 항에 병합하는 게 아니라고 확신한다. 인간의 정치와 행정 체계는 그들에게 별 의미가 없다. 적어도 다른 목적이 있지 않는 한 말이다. 스톤이터가 레나니스를 이용하고 있는 것이지, 그 반대가 아니다.

"우리는 이제 수가 많다. 단순한 실수가 아니라 하나의 종족이라고 부를 수 있을 정도지."

느닷없이 엉뚱한 이야기가 튀어나오자 너와 이카는 의아한 표정으로 서로를 쳐다본다. 이카가 쟤는 네 책임이거든? 내가 아니라라고 말하는 듯한 눈빛을 던진다. 어쩌면 뭔가 상관이 있을지도.

"그런데?" 너는 호아를 독촉한다.

"우리 중에는 세상이 오직 하나의 종족만을 안전하게 감당할 수 있다고 믿는 이들이 있다."

젠장, 사악한 대지여. 알라배스터가 말한 게 이거였다. 그가 뭐라고 했더라? 오랜 전쟁과 여러 분파들. 인간을…… 무력화시키길 원하는 이들.

스톤이터처럼 말이다. 배스터는 그렇게 말했다.

"우리를 말살하고 싶은 거구나." 너는 조용히 속삭인다. "아니면…… 우리를 돌로 만들고 싶은 거야? 알라배스터처럼?"

"우리 모두가 같은 생각인 건 아니야." 호아가 부드럽게 말한다. "너희 모두를 그렇게 만들려는 것도 아니고."

온통 돌사람만 존재하는 세상. 상상만으로도 몸서리가 쳐진다. 너는 부옇게 날리는 잿가루와 뼈대만 남은 앙상한 나무들, 꼼짝도 않고 있다가 눈 깜짝할 새에 다른 자세로 바뀌어 있는 으스스한 석상들만 남은 세상을 상상한다. 어떻게 그럴 수가 있지? 그들을 막을 방법은 없다. 하지만 스톤이터들은 이제까지 자신의 동족만을 잡아먹었다.(어쨌든 네가 아는 한은 그렇다.) 그들에게 너희 모두를 알라배스터처럼 돌로 만들 힘이 있는 걸까? 만약 진심으로 인류를 말살시키고 싶은 거라면 왜 지금까지는 아무 일도 안 한 거지?

너는 머리를 흔든다.

"지금까지 세상은 두 개의 종족을 감당해 왔어. 수많은 계절을 거치면서 말이야. 오로진까지 치면 셋이지. 적어도 둔치들한테는."

"우리 모두가 거기 만족하는 건 아니야." 호아의 목소리는 무척 조용하고 부드럽다. "매우 드문 일이지, 우리 동족이 새로 태어나는 건. 우리는 무한한 세월 동안 닳아 가지만 너희는 무수히 일어나 새끼를 치고 번창하고 시들어 가지. 마치 버섯처럼. 질시하지 않을 수가 없다. 갈구하지 않을 수도 없고."

이카가 당혹스럽다는 듯이 고개를 젓는다. 목소리는 평소처럼 차분하지만, 미간에 작고 깊은 고랑이 패어 있다. 혐오감을 드러내지 않고서는 견딜 수가 없다는 듯이 입술의 한쪽 끝이 삐딱하게 올라가 있다.

"좋아." 이카가 말한다. "그러니까 스톤이터들은 옛날엔 우리 같은 인간이었는데 지금은 우릴 몽땅 죽이고 싶어 한다는 거지? 그 말을 어떻게 믿지?"

"스톤이터들이 아니야. 모두가 한 뜻으로 같은 걸 원하는 건 아니니까. 어떤 자들은 현재의 상태를 유지하고 싶어 한다. 세상을 더 나은 곳으로 만들고 싶어 하는 이들도 있지……. 그 진정한 의미에 대해서는 각자 생각이 다르지만." 눈을 깜박하기도 전에 호아의 자세가 바뀐다. 지금 그는 손바닥을 위로 한 채 양손을 옆으로 펼쳐 하지만 어쩌겠어?라고 말하듯이 어깨를 으쓱하고 있다. "우리도 사람이니까."

"그럼 네가 바라는 건 뭔데?"

이카의 질문에 호아가 제대로 답하지 않았다는 걸 알아챈 네가 묻는다.

밝은 은색 눈동자가 너를 향한다. 가만히 정지된 얼굴에 갈망이 깃들어 있는 것 같다고, 너는 생각한다.

"내가 바라는 건 항상 똑같다. 에쑨, 너를 돕는 것. 그뿐이야."

너는 생각한다. 하지만 "돕는다"의 의미에 대해서는 각자 생각이 다른걸.

"와, 그거 감동적이네." 이카가 손을 들어 빽빽한 눈을 비빈다. "하지만 중요한 건 그게 아니잖아. 카스트리마가 망하는 거랑…… 세상에 하나의 종족만 남는 거랑 무슨 상관인데? 그 회색 놈은 또 무슨 꿍꿍이고?"

"나도 몰라." 호아는 아직도 널 바라보고 있다. 하지만 이상하게도 너는 그게 별로 거슬리지 않는다. "나도 물어보려고 했다. 결과는 좋지 않았지."

"네 생각을 말해 봐."

네가 말한다. 왜냐하면 너는 이제 호아가 애초에 이유가 있어 회색 남자에게 말을 걸었다는 걸 알았기 때문이다.

호아가 시선을 지그시 내리깐다. 네가 그를 신뢰하지 않는다는 사실에 상처 입은 듯.

"그는 오벨리스크의 문이 다시 열리지 않게 막고 싶어 한다."

"오벨…… 뭐?"

이카가 묻는다. 너는 벽에 뒤통수를 툭 기댄다. 충격과 놀라움, 당혹감. 그래, 그렇겠지. 알라배스터. 생을 연명하려면 먹을 것과 태양빛이 필요한 인간을 멸망시키는 데 다 죽어 나자빠질 때까지 기나긴 계절을 일으키는 것보다 더 좋은 방법이 어디 있을까? 춥고 어둑한 대지 위에 스톤이터들만 남을 수 있도록. 그런 다음 확실히 마무리 짓기 위해 계절을 끝낼 힘을 지닌 유일한 사람을 죽여 버리는 것이다.

너를 제외하고 유일한 사람. 등줄기가 섬뜩해진다. 아냐, 그렇지 않아. 너는 겨우 하나의 오벨리스크를 다룰 수 있을 뿐, 200개가 넘는 그 삭아죽을 것들을 한꺼번에 발동시키는 방법에 대해서는 전혀 모른다. 그리고 지금의 알라배스터가 그런 일을 할 수 있을까? 조산술을 쓸 때마다 조금씩 죽어 가고 있는데. 삭아떨어질…… 너는 그 문을 열 잠재력을 지닌 유일한 존재다. 회색 남자의 병사들이 너희 둘을 죽인다면 그의 목적은 달성되는 셈이다.

"간단히 말해서 그 회색 남자가 오로진의 씨를 말려 버리고 싶어 한다는 뜻이야."

너는 이카에게 말한다. 너무 간단히 줄이긴 했지만 거짓말은 아니다. 너는 스스로에게 그렇게 말해야 한다. 이카에게 그렇게 말해야 한다. 이카가 오로진에게 세상을 구할 힘이 있다는 것을 깨닫고 오벨리스크에 접속하겠다고 무모하게 덤벼들지 않도록. 알라배스터도 너에게 이랬어야 했다. 진실을 알 자격이 있기에 진실의 일부를 알려 주되, 스스로 파멸하지 않도록 모든 것을 털어놓지는 않는 것. 그때 이카에게 던져 줄 만한 적당한 미끼가 하나 떠오른다.

"호아는 오벨리스크 안에 갇혀 있었던 적이 있어. 그게 스톤이터를 막을 수 있는 유일한 방법이라고 했지."

그는 유일한 방법은 아니라고 말했다. 하지만 어쩌면 호아도 네게 안전한 진실만을 알려 준 것일지도 모른다.

"젠장." 이카가 부아를 내며 내뱉는다. "너도 그 오벨리스크 어쩌구 할 수 있잖아. 그놈을 가둬 버려."

너는 탄식한다.

"안 될걸."

"그럼 뭐가 되는데?"

"나도 몰라! 그래서 알라배스터한테 배우려고 이 난리를 치고 있는 거잖아."

그리고 실패하고 있지. 하지만 그렇게 말하고 싶지는 않다. 어차피 이카도 대충은 짐작하고 있을 것이다.

"끝내주네." 이카가 갑자기 시무룩해진다. "어쨌든 네 말이 맞아.

잠을 자야겠어. 에스니한테 완력꾼들을 시켜서 향에 있는 무기를 전부 거둬 오라고 일렀어. 표면적으로는 적도향과 전투가 벌어질 경우를 대비한 거지만 실은……."

이카가 어깨를 으쓱하며 한숨을 내쉰다. 너는 금방 이해한다. 지금 사람들은 겁에 질려 있다. 위험의 소지는 없애는 게 상책이다.

"완력꾼을 믿지 마." 너는 조용히 말한다.

이카가 고개를 번쩍 든다.

"카스트리마는 네가 살던 곳과 달라."

너는 이카의 말에 웃음 짓고 싶지만, 그럴 수가 없다. 그 미소가 얼마나 추악할지 알고 있기에. 너는 많은 곳을 돌아다녔다. 그리고 가는 곳마다 로가와 둔치가 결코 함께 어울려 살 수 없다는 사실을 배웠다. 이카가 네 표정을 보더니 불편한 듯 꿈지럭거린다. 다시 너를 설득하려 든다.

"내 정체를 알고도 계속 살 수 있게 해 주는 향이 몇 개나 되겠어?"

너는 고개를 가로젓는다.

"넌 쓸모가 있었으니까. 제국 오로진도 마찬가지지."

그러나 쓸모가 있는 것은 동등한 것과 같은 의미가 아니다.

"알았어. 어쨌든 난 쓸모가 있다는 거네. 다른 로가들도 그래. 로가를 전부 죽이거나 쫓아내면 우린 지하 카스트리마를 잃게 돼. 그렇게 되면 우리 모두를 전부 로가처럼 취급할 놈들의 자비에 기대 살아가야겠지. 옛날 우리 조상들이 한 인종을 골라 그 혈통을 지키지 않았다는 이유로……."

"넌 계속 우리라고 말하는구나."

네가 말한다. 차분하게. 이카의 환상을 깨트려야 한다는 것은 괴로운 일이다.

이카가 입을 다물고, 턱 근육이 실룩거린다.

"둔치들이 우리를 싫어하는 건 후천적으로 배운 거야. 그러니까 새로 다르게 배울 수도 있어."

"지금 와서? 말 그대로 적들이 우리 문지방에 와 있는데?" 지겹다. 이런 무용한 헛짓거리가 너무 지겨워서 신물이 난다. "이럴 때야말로 사람들의 추악한 꼴이 가장 잘 드러나지."

이카는 한참 동안 너를 찬찬히 뜯어본다. 그러더니 어깨를 축 늘어뜨린다. 등이 굽고, 고개가 밑으로 떨어지고, 회발이 양쪽 목덜미 옆으로 흘러내려 갈기로 만든 나비 날개처럼 우스꽝스러워 보인다. 머리칼이 얼굴을 가려 보이지 않는다. 이카가 피곤하다는 듯이 숨을 길게 들이마신다. 훌쩍이는 것처럼, 아니면 웃는 것처럼.

"아니야, 에쑨." 이카가 손바닥으로 얼굴을 문지른다. "그건…… 아냐. 카스트리마는 내 고향이야. 다른 사람들한테도 그렇고. 난 이곳을 세우고 확립하려고 정말 열심히 일했어. 안간힘을 다해 싸웠어. 내가 아니었다면 카스트리마는 지금 이렇게 존재하지도 못했을 거야. 지난 수년 동안 목숨을 걸고 여길 지켜온 다른 로가들도 그렇고. 난 절대 포기 안 해."

"안전을 우선하는 건 포기하는 게 아니……."

"아냐, 포기하는 거야." 이카가 고개를 쳐든다. 그녀는 울고 있던 것도 아니고 웃고 있던 것도 아니다. 이카는 화가 나 있다. 그저 네게 화가 난 게 아닐 뿐이다. "넌 지금 나한테 여기 사람들을, 내 부모님과 보육학교 선생님과 내 친구들과 연인들을 버리라고 말하는 거야. 그들이 아무것도 아니라고, 사람도 아니고 남을 죽이는 것밖에 모르는 짐승들에 불과하다고 말하는 거야. 너는 로가가 그저 희생양일 뿐이고, 영원히 그럴 거라고 말하는 거라고! 난 싫어! 그런 건 절대 인정하지 않겠어."

이카의 목소리는 확고하고 선명하다. 가슴이 지끈지끈 아린다. 너도 한때는 이카처럼 생각했었다. 지금도 그럴 수 있다면 정말로 좋을 텐데. 진짜 미래와 진짜 공동체, 진짜 삶을 누릴 수 있다는 희망을 품을 수만 있다면……. 하지만 너는 둔치들의 선한 본성을 믿은 대가로 이미 자식 셋을 잃었다.

너는 비상자루를 집어 들고, 다른쪽 손으로 머리카락을 쓸어 올리며 자리에서 일어난다. 호아가 대화가 끝났음을 알리는 네 신호를 읽고 스르륵 사라진다. 그럼 이만. 그러나 너는 이카의 목소리에 가림천 앞에서 발을 멈춘다.

"모두에게 전해." 감정이 사라진 냉정한 목소리다. "어떤 일이 있어도 우리가 먼저 시작해선 안 된다고." 미묘한 강조를 주는 것으로 보아 지금 그녀가 말하는 우리는 오로진이 틀림없다. "심지어 이겨서도 안 돼. 맞서 싸웠다가 진짜로 폭동이 일어날 수 있으니까. 몇 명씩 따로 있을 때만 얘기해 주고, 가급적 직접 얼굴을 보고 전해. 아무도 우리가 뭔가 꾸미고 있다는 생각을 못 하게 해야 해. 어린애들한테도 말해 줘. 절대로 혼자 다니지 말라고 하고."

오로진 아이들은 대개 제 한 몸 정도는 건사할 줄 안다. 네가 아이들에게 가르친 기술들은 부글벌레의 둥지도 얼릴 수 있지만, 적의 공격을 막거나 물리치는 데에도 유용하다. 하지만 이카의 말이 맞다. 맞서 싸우기에 너희는 수가 너무 적고 카스트리마를 파괴한다면 무익한 승리가 될 것이다. 그건 결국 몇 명의 오로진이 희생될 거라는 의미다. 너는 필요하다면 그들을 죽게 내버려 둘 것이다. 설사 그들을 구할 수 있다고 해도. 다만 너는 이카가 그런 생각을 할 수 있을 만큼 냉철할 수 있을 거라고는 예상하지 않았다.

네 얼굴에 무심코 놀란 기색이 드러난 모양이다. 이카가 피식 웃는다.

"난 희망을 갖고 있어. 하지만 그렇다고 멍청한 건 아냐. 만약에 네가 옳고, 상황이 걷잡을 수 없게 된다면 싸워 보지도 않고 얌전히 당해 줄 순 없지. 우릴 배신한 걸 후회하도록 만들어 주겠어. 하지만 돌이킬 수 없는 상황이 닥칠 때까지는…… 난 네가 틀리길 바라."

너는 네가 옳다는 걸 안다. 오로진이 결국 세상의 육고기가 될 수밖에 없으리라는 믿음은 네 온몸의 세포 하나하나에 깊숙이 각인되어 있다. 마치 마법처럼. 이건 불공평하다. 넌 단지 네 목숨도 중요하길 바랄 뿐인데.

하지만 너는 답한다.

"나도 내가 틀렸으면 좋겠어."

망자(亡子)는 바라는 게 없다.

— 세 번째 석판, 「구조」, 제6절

17장

맞서는 나쑨

너무나도 오랫동안 자부심을 느끼지 못했던 나쑨은 샤파를 치유할 방법을 알게 되자 아랫마을에서 산꼭대기에 있는 찾은달까지 샤파를 찾아 온 힘을 다해 신나게 달려간다.

나쑨에게 그것은 "치유"다. 나쑨은 지난 며칠간 하루 종일 숲에서 시간을 보내면서 이 새 기술을 연마하는 데 매달렸다. 신체에서 잘못된 부분을 찾아내는 것이 늘 쉬운 일은 아니다. 때로는 뭔가의 내부에 있는 은빛 실 가닥을 한참 동안 조심스럽게 따라가야 매듭이나 꼬임을 찾아낼 수 있다. 요즘에는 낙진이 더 심해져서 숲의 대부분이 군데군데 잿빛으로 덮여 있고, 시들거나 동면에 들어간 식물도 있다. 그건 지극히 정상적인 대응이다. 안에서 여전히 은색 실이 반짝이며 흐르고 있는 걸 보면 확실하다. 그러나 천천히, 신중하게 살펴보다 보면 비정상적이거나 잘못된 것들을 쉽게 발견할 수 있다. 바위 밑에 있는 애벌레의 몸에는 옆구리 선을 따라 이상한 게 자라고 있다. 뱀은 계절이 온 뒤에 더 사나워지고 독을 품고 있어서 최대한 멀리서만 관찰하는데, 나쑨이 발견한 저것은 척추 뼈가 부러져 있다. 원래 오목하게 생긴 멜론 이파리는 재가 너무 많이 쌓이면 떨어지도록 위로 볼록한 모양으로 자라고 있다. 개미집은 기생 곰팡이에 감염돼 개미가 몇 마리 남지 않았다.

나쑨은 주변 환경에서 발견하는 이런 수많은 산 것들을 이용해 잘못된 부분을 잘라 내거나 분리하는 연습을 한다. 이 기술을 숙달된 수준으로 터득하는 건 아주 어렵다. 환자에게 손가락 하나 대지 않고 실만 사용해서 수술을 하는 것과 비슷하기 때문이다. 나쑨은 은빛 실을 날카롭게 다듬고 고리를 만들어 다른 실 가닥과 올가미처럼 묶는 법을, 그리고 세 번째 실을 잘라 내 뜨겁게 달군 끝부분으로 소작하는 법을 배운다. 애벌레의 몸에 난 돌기를 잘라 보지만 벌레는 죽어 버린다. 뱀의 몸속에서 부러진 뼈대를 맞춰 연결했을 때에는 벌써 절로 치유되기 시작한 것을 그저 조금 빨리 활성화할 뿐이다. 나쑨은 덩굴 줄기에서 위로 가야 한다고 외치고 있는 부위를 찾아 아래로 가라고 설득한다. 가장 성공적인 것은 개미다. 나쑨은 감염된 개미의 몸에서 곰팡이를 완전히 제거하거나 대부분을 걷어 내지는 못했지만, 감염을 퍼트리고 개미가 이상하게 행동하게 만드는 뇌의 연결 지점을 그을려 태울 수 있었다. 나쑨은 개미의 뇌가 정상적으로 작동하기 시작하자 아주, 아주 흡족해진다.

나쑨의 연습 성과는 무향민 무리가 다시 습격해 왔을 때 정점에 달한다. 밤새 내린 이슬로 땅바닥과 그 위에 쌓인 재가 아직도 축축한 어느 날 아침이다. 샤파가 혼쭐을 내줬던 무리는 요즈음 보이지 않는다. 이번에 습격한 이들은 그게 얼마나 위험한 일인지 모르는 새로운 악당들이다. 이제 나쑨은 정신을 산만하게 할 아버지도 없고, 당황해서 쩔쩔 매지도 않는다. 강도 하나를 얼음덩어리로 만들자 나머지가 꽁지 빠져라 도망치기 시작한다. 그러나 그들이 도주하던 마지막 찰나, 나쑨은 그중 한 명의 몸속에 은빛이 뒤엉켜 있는 걸 보고는 구식 조산술(이제 나쑨에게는 그렇다.)을 휘둘러 그 도적의 발밑을 무너뜨려 땅속 구덩이에 가둬 버린다.

여자가 나쑨을 쏘아보다가 구덩이 밑에서 잽싸게 단도를 날린다. 그게 빗나간 건 오로지 운이 좋아서다. 나쑨은 상대의 시야에 들지 않도록 조심스럽게 거리를 유지하면서 여자의 몸 안에 있는 은빛 실을 더듬어 따라간다. 여자의 손에 10센티미터 남짓한 나무 파편이 박혀 있다. 뼈에 닿을 정도로 아주 깊이 들어가 있다. 이물질에 묻어 있던 병균이 이미 혈액에 침투했고, 종국에는 여자를 죽일 것이다. 벌써 염증이 퍼져서 손이 퉁퉁 부어 있다. 의사나 유능한 수의사가 있으면 가시를 빼낼 수 있을 테지만 무향민은 전문가의 손길이라는 사치를 누리지 못한다. 그들은 운에 의존해 살아가고, 계절이 되면 운은 금세 바닥난다.

나쑨은 여자에게 행운의 신이 되어 주기로 결심한다. 정신을 집중할 수 있게 근처에 자리를 잡고 앉아, 아주 신중하게 공을 들여(여자가 놀라 헐떡거리며 큰 소리로 욕설을 퍼붓는다. "뭐야? 대체 왜 이러는 거야?") 가시를 뽑아낸다. 구덩이 속을 들여다보니 여자가 피가 뚝뚝 떨어지는 손을 부여잡고 무릎을 꿇고 쓰러져 신음하고 있다. 그제야 나쑨은 마취하는 법을 배워야겠다는 데 생각이 미친다. 그래서 다시 나무에 몸을 기댄 채, 자신의 은실을 뻗어 여자의 신경(神經)을 찾아

묶는다. 여자에게 더 심한 고통을 주는 게 아니라 신경을 마비시키는 법을 배우는 데에는 조금 시간이 걸린다.

하지만 나쑨은 결국 요령을 익히는 데 성공하고, 작업이 끝나고 나자 무향민 여자에게 고마울 지경이다. 여자는 구덩이 바닥에 인사불성으로 쓰러져 끙끙거리고 있다. 여자를 그냥 풀어 주면 안 된다는 것쯤은 나쑨도 안다. 운 좋게 목숨을 건진다고 해도 천천히 그리고 잔인하게 죽어 가거나, 아니면 다시 돌아와 나쑨이 사랑하는 사람들을 위험에 빠트릴지 모른다. 그래서 나쑨은 마지막으로 그녀의 은빛 실을 길게 던져, 깔끔한 솜씨로 여자의 척추를 한 번에 절단 낸다. 여자의 다른 운명에 비하면 훨씬 친절하고 고통 없는 죽음을 선사한다.

지금 나쑨은 찾은달이 있는 언덕을 뛰어 올라가고 있다. 에이츠를 죽인 뒤로 이렇게 들뜬 기분은 처음이다. 빨리 샤파한테 말해 주고 싶어 안달난 나머지 나쑨이 지나갈 때마다 다른 아이들이 하던 일을 멈추고 싸늘한 눈빛을 던지는 것조차 눈치 채지 못한다. 샤파는 아이들에게 나쑨이 에이츠를 그렇게 만든 것은 뜻하지 않은 사고였다고 말했고, 나쑨에게는 시간이 지나면 다시 아이들과 사이가 좋아질 거라고 말했다. 나쑨은 샤파의 말이 맞길 바란다. 아이는 친구들이 그립다. 하지만 지금은 그런 게 중요한 게 아니다.

"샤파!"

나쑨은 제일 먼저 수호자들이 묵고 있는 오두막에 고개를 불쑥 들이민다. 하지만 거기엔 니다뿐이다. 으레 그렇듯이 구석에서 넋 없는 표정으로 허공을 응시하고 있다. 하지만 나쑨이 들어오자 금세 정신을 차리고는 텅 빈 미소를 지어 보인다.

"안녕, 샤파의 작은 것아." 니다가 말을 건다. "오늘은 기분이 좋아 보이는구나."

"안녕하세요, 수호자." 나쑨은 늘 니다와 움버에게 깍듯하다. 그들이 그녀를 죽이고 싶어 한다고 해서 무례하게 굴 필요는 없기 때문이다. "샤파가 어디 있는지 아세요?"

"우데와 같이 도가니에 있단다."

"고마워요!"

나쑨은 냅다 달려 나간다. 나쑨은 에이츠가 없는 지금 찾은달에서 두 번째로 실력이 좋은 우데가 오벨리스크와 접속할 가능성을 지닌 유일한 아이라는 것을 알고 있다. 하지만 에쑨은 아무 소용도 없을 거라고 생각한다. 왜냐하면 그 애를 적절하게 훈련시킬 사람이 없기 때문이다. 우데는 너무 작고 연약하다. 나쑨의 엄마가 선생이었다면 절대로 살아남지 못했을 것이다.

하지만 나쑨은 우데에게도 무례하게 굴지 않는다. 일단 연습용 원의 가장 바깥 테두리에 도착하고 나자, 다소 조바심을 내며 우데에게 방해가 되지 않게 조산력을 차분하게 가라앉힌다. 우데는 커다란 현무암기둥을 바닥에서 들어 올렸다가 다시 땅속으로 밀어 넣는 연습을 하는 중이다. 기둥을 별로 빨리 움직인 것도 아닌데 벌써 힘이 부치는지 숨을 할딱인다. 샤파는 그를 뚫어져라 주시하고 있다. 평소와 달리 얼굴에 미소가 가득하지도 않다. 샤파도 알고 있는 것이다.

이윽고 우데가 기둥을 다시 바닥에 찔러 세운다. 샤파가 우데의 어깨를 붙잡고 벤치로 데려간다. 왜냐하면 우데가 혼자서는 걷지도 못할 정도로 기진맥진해 있기 때문이다. 샤파가 나쑨을 쳐다보자, 나쑨은 고개를 끄덕이고는 식당으로 달려가 컵에 물을 따라 과일 조각을 띄워 온다. 우데에게 가져다주자 소년이 눈을 깜박이며 그녀를 올려다보고는, 순간 망설인 게 부끄럽다는 듯이 소심한 끄덕임과 함께 물을 받아든다. 정말이지 샤파는 항상 옳다.

"기숙사까지 데려다 줄까?" 샤파가 묻는다.

"저 혼자 갈 수 있어요."

우데가 대답한다. 아이의 시선은 나쑨에게 못 박혀 있다. 나쑨은 그의 시선 속에서 우데가 누군가의 부축을 받아야 하지만 샤파와 가장 총애하는 학생 사이의 대화를 방해하지 않는 게 좋겠다는 생각을 하고 있다는 것을 읽어 낸다.

나쑨이 샤파를 올려다본다. 잔뜩 흥분해 있지만, 그래도 기다릴 수 있다. 샤파가 눈썹을 추켜세우더니 고개를 갸웃하며 손을 내밀어 우데를 부축해 일으켜 세운다.

샤파가 우데를 안전하게 침대에 눕힌 뒤에 나쑨이 앉아 기다리고 있는 벤치로 돌아온다. 나쑨은 그동안 마음이 조금 진정됐다. 잘된 일이다. 왜냐하면 나쑨은 아직 어리고 훈련도 덜 된 어린아이가 샤파의 몸에 마법 실험을 할 수 있게 허락을 받아 내려면 차분하고 침착하고 전문적으로 보여야 한다는 것을 깨달았기 때문이다.

샤파가 나쑨의 옆에 앉아 재미있다는 표정을 짓는다.

"이제 됐다."

나쑨은 입을 열기 전에 숨을 한 번 깊이 들이마신다.

"그걸 샤파한테서 빼낼 방법을 알아냈어요."

두 사람은 나쓴이 지칭하는 게 뭔지 정확하게 알고 있다. 나쓴은 샤파의 옆에 앉아 기꺼이 자신을 바치겠다고 제안했고, 그는 바로 이 벤치에서 몸을 웅크리고 머리를 부여잡은 채 나쓴에게는 들리지 않는 알 수 없는 목소리에 대꾸하며 은빛이 그에게 끔찍한 고통으로 벌하는 양 파들파들 떨었다. 지금까지도 그것은 샤파의 몸 안에서 조용히, 성난 듯 팔딱거리며 복종을 강요하는 중이다. 빨리 나쓴을 죽이라고. 나쓴은 피하지 않는다. 그녀의 존재가 샤파의 고통을 덜어 줄 뿐만 아니라 샤파가 그녀를 죽이지 않을 것이라고 굳게 믿고 있기 때문이다. 어리석은 생각이다. 나쓴도 안다. 사랑은 살인에 대한 예방접종이 아니다. 그러나 그녀는 샤파만은 다르다고 믿어야 한다.

샤파가 이맛살을 찌푸리며 나쓴을 바라본다. 나쓴은 그래서 그를 사랑한다. 나쓴의 말을 의심하지 않기 때문에.

"그래, 네가 요즘 성장하는 것을 느꼈다. 아주 예리하게, 기하급수적으로 발전하더구나. 펄크럼 오로진들도 그랬지. 어느 시점에 도달하면 그 뒤부터는 혼자 배우고 익혔다. 선천적인 재능으로, 힘이 그들을 특별한 길로 인도하지." 샤파의 미간이 살짝 일그러진다. "하지만 그럴 때마다 우리는 그들을 그 길에서 떼어 놓았다."

"왜요?"

"위험하니까. 자신뿐만 아니라 모두에게 말이다." 샤파가 나쓴에게 몸을 기댄다. 그의 어깨는 따뜻하고 든든하다. "너는 가장 어려운 고비를 넘기고 살아남았다. 오벨리스크와 접속하는 것은……

나는…… 얼마나 많은 아이들이 그걸 시도하다 죽었는지 기억한단다." 엉망으로 찢기고 파편화된 기억의 가장자리를 조심스럽게 거니는 샤파는 그 속에서 길을 잃고, 혼란스럽고, 괴로워 보인다. "전부는 아니지만 기억나. 나는……."

또다시 얼굴을 일그러뜨린다. 지금 그를 괴롭히는 것은 은빛이 아니다. 나쑨은 샤파가 싫은 기억을 떠올렸거나 아니면 기억해야 하는 것이 기억나지 않아 그런가 보다고 생각한다.

아무리 능력을 갈고 닦는다 한들 나쑨은 샤파에게서 상실의 고통을 거둬 줄 수 없다. 그건 어쩔 수 없는 일이다. 하지만 나쑨은 다른 고통을 없애 줄 수 있고, 중요한 건 그거다. 나쑨이 샤파의 손을 건드린다. 나쑨의 손가락이 샤파가 미소로도 씻어 낼 수 없을 만큼 고통스러울 때마다 손톱으로 눌러 만든 가느다란 흉터 자국을 어루만진다. 상처는 며칠 전보다 더 늘었고 몇 개는 아직도 낫지 않았다.

"난 안 죽었어요."

샤파가 두 눈을 끔벅인다. 그것만으로도 지금, 여기, 현재의 샤파로 돌아오는 데에는 충분하다.

"그래, 넌 안 죽었지. 하지만 나쑨." 샤파가 두 사람의 손을 고쳐 잡는다. 이제는 그가 나쑨의 손을 쥐고 있다. 샤파의 손은 커다랗고 나쑨의 손은 그 안에 묻혀 보이지도 않는다. 나쑨은 이런 것이, 샤파에게 완전히 푹 감싸여 있는 느낌이 좋다. "내 다정한 아이야, 난 코어스톤(corestone, 核石)을 빼내고 싶지 않단다."

코어스톤. 나쑨은 드디어 적(敵)의 이름을 알았다. 하지만 그 단어는 이상하다. 그건 돌이 아니라 금속이고, 샤파의 중심에 있는 게 아니라 머릿속에 있다. 상관없다. 나쑨은 증오심에 이를 으드득 간다.

"샤퐈를 아프게 하잖아요."

"그럴 수밖에 없다. 내가 그걸 배신했거든." 샤파의 턱이 긴장감으로 팽팽해진다. "하지만 나는 내 선택의 결과를 기꺼이 감내하겠다, 나쑨. 난 참을 수 있어."

하지만 말이 안 된다.

"샤파를 아프게 하잖아요. 내가 안 아프게 해 줄 수 있어요. 그걸 머릿속에서 안 꺼내더라도 얼마 동안은 안 아프게 해 줄 수 있어요. 그러려면 내가 항상 샤파 옆에 있어야 하지만요." 나쑨은 스틸의 설명을 듣고, 스톤이터가 보여 준 시범을 보고, 그 방법을 배웠다. 스톤이터는 마법으로 가득 차 있고 보통 사람들보다 마법을 훨씬 많이 지니고 있지만, 나쑨도 비슷하게 할 수 있다. "하지만 그걸 아예 빼내면……."

"그걸 빼내면, 나는 더 이상 수호자가 아닐 거다. 무슨 뜻인지 알겠니?"

그건 샤파가 나쑨의 아버지가 될 수 있다는 뜻이다. 사실 이미 모든 면에서 그렇지만. 나쑨은 그에 대해 깊이 생각해 본 적이 없다. 자기 자신, 또는 삶에 대해 직면할 준비가 되지 않은 것들이 아직 많기 때문이다.(하지만 곧 바뀔 것이다.) 어쨌든 그런 생각을 한다.

"내 신체적 건강과 힘을 대부분 잃을 거라는 얘기다." 샤파가 나쑨이 지닌 무언의 소망에 이렇게 대답한다. "그렇게 되면 난 너를 보호할 수 없게 된단다, 내 작은 아이야."

그가 수호자들이 사용하는 오두막으로 힐끗 눈짓을 보내자, 그제야 나쑨은 이해한다. 움버와 니다가 그녀를 죽일 것이다.

한번 해 보라지. 나쑨은 속으로 생각한다.

샤파의 고개가 갸웃 기운다. 당연하지만 그는 나쑨의 부루퉁한 반항심을 금세 알아차린다.

"네가 강하다 한들 그 둘을 한꺼번에 이길 수는 없단다, 나쑨. 그들에겐 네가 아직 모르는 기술이 있거든. 그건……." 샤파는 또다시 혼란스러워 보인다. "그들이 네게 무슨 짓을 할 수 있는지 기억해 내고 싶지 않구나."

나쑨은 아랫입술을 비죽 내밀지 않으려고 애쓴다. 어머니는 그게 삐치는 거고, 삐치는 것과 징징거리는 건 어린애나 하는 짓이라고 했다.

"나 때문에 안 된다고 하면 안 돼요."

나쑨은 혼자서도 앞가림을 할 수 있다.

"그게 아니다. 내가 그렇게 말한 건 자기 보호 본능이라고 해야 너를 설득할 수 있을 것 같아서야. 솔직히 말하자면 나는 약하고 병들어서 죽고 싶지 않다. 하지만 그 돌을 빼내면 그렇게 될 거야. 나는 네가 생각하는 것보다 훨씬 나이가 많단다……." 또다시 그 모호한 표정이 스치고 지나간다. 나쑨은 샤파가 자기 나이를 기억하지 못한다는 걸 깨닫는다. "내가 생각하는 것보다도 나이가 많지. 코어스톤이 없다면 지난 시간이 날 따라잡을 테고, 몇 달 후면 그 돌이 주는 고통과 노령의 고통을 맞바꿔 늙은이가 될 거야. 그러고는 죽겠지."

"그건 모를 일이죠."

나쑨은 떨고 있다. 목구멍이 뜨겁다.

"아니야. 난 직접 본 적이 있단다, 작은 아이야. 그건 자비가 아니라 잔인한 처사였어."

샤파가 기억의 흔적을 더듬듯이 눈을 가늘게 뜬다. 그러더니 다시 나쑨을 바라본다.

"나의 나쑨, 애야. 내가 널 아프게 했니?"

나쑨은 울음을 터트린다. 왜 이런지 모르겠다. 그냥…… 그냥 그 일을 하고 싶었고, 열심히 노력했기 때문일 것이다. 조산술로 좋은 일을 하고 싶었다. 이제까지 나쑨은 조산술로 끔찍한 일을 너무 많이 저질렀고…… 또…… 샤파에게 좋은 일을 해 주고 싶었다. 샤파는 이 세상에서 나쑨을 이해하고 있는 그대로 사랑해 주는 유일한 사람, 오로진이라는 끔찍한 정체성에도 불구하고 보호해 주는 유일한 사람이니까.

샤파가 길게 한숨을 내쉬며 나쑨을 무릎 위에 끌어다 앉힌다. 나쑨은 샤파의 몸에 팔을 두르고 어깨에 얼굴을 묻고, 서럽게 흐느낀다. 이렇게 사방이 트인 곳에서는 모두가 볼 수 있다는 사실도 까맣게 잊어버린 채.

가슴속에 담긴 눈물을 전부 토해 낸 후에, 나쑨은 샤파가 그녀를 있는 힘껏 껴안고 있다는 사실을 깨닫는다. 은빛 실이 그의 몸 안에서 꿈틀거리며 뜨겁게 작열한다. 나쑨이 너무 가까이 있기 때문이다. 샤파의 손가락이 나쑨의 목덜미에 얹혀 있다. 약간만 힘을 주어 찔러 넣기만 해도 나쑨의 보님기관이 으스러지고, 아이는 순식간에 숨이 끊어질 것이다. 그러나 샤파는 그런 짓을 하지 않는다. 나쑨을 꼭 껴안은 채 충동을 참아 내고 있다. 그는 나쑨의 도움을 받느니 그 끔찍한 고통을 감내할 것이며, 그건 정말 세상에서 제일 잘못된 일이다.

나쑨은 이를 꽉 깨물며 샤파의 셔츠 자락을 손으로 움켜쥔다. 은색 실을 따라 함께 흐르고 춤춘다. 사파이어가 가까이 있다. 이 둘이 같이 흐르게 할 수 있다면 금방 끝날 것이다. 정확하고 섬세하게, 재빨리 잡아채기만 하면……

샤파의 몸이 흠칫 굳는다.

"나쑨."

그의 몸 안에서 빛나던 은빛이 갑자기 조용해지더니 살짝 어두워진다. 마치 코어스톤이 나쑨이 내뿜고 있는 위협을 알아차리기라도 한 듯이.

다 샤파를 위해서다.

하지만.

나쑨은 마른침을 삼킨다. 만약에 나쑨이 샤파를 사랑하기 때문에 그를 아프게 한다면, 그게 정말로 나쁜 일일까? 만약에 샤파가 나중에 아프지 않게 지금 많이 아프게 한다면, 그래도 나쑨은 끔찍한 사람이 되는 걸까?

"나쑨, 제발."

사랑이란 그래야 하는 게 아닐까?

하지만 그때, 나쑨은 어머니를 떠올린다. 태양이 구름 속에 숨고 세찬 바람에 절로 몸서리가 나던 쌀쌀한 날, 엄마의 손가락이 나쑨의 손을 붙잡아 평평한 바위 위에 움직이지 못하게 내리누른다. 참기 힘든 고통 속에서도 널 통제할 수 있다면, 난 언제나 네가 안전하다는 걸 알 수 있을 거야.

나쑨은 샤파의 등을 놓고 똑바로 고쳐 앉는다. 방금 자신이 무슨 짓을 하려 했는지 깨닫자 섬찟해진다.

샤파는 안도감 때문인지 아니면 아쉬움 때문인지 그 뒤로도 한동안 조용히 앉아 있다. 그러더니 조용한 목소리로 말한다.

"하루 종일 안 보이더구나. 밥은 먹었니?"

나쑨은 배가 고프지만 왠지 그렇다고 시인하고 싶지 않다. 불쑥, 둘 사이에 거리를 둬야겠다는 느낌이 든다. 샤파를 조금만 덜 사랑하도록, 그래서 그의 의사를 무시하면서까지 돕고 싶은 마음이 다시 들끓지 않도록.

나쑨은 두 손을 내려다보며 대답한다.

"나…… 아빠를 보러 가고 싶어요."

샤파는 오랫동안 대답하지 않는다. 필시 허락하고 싶지 않은 것이다. 굳이 보거나 보니지 않아도 그쯤은 알 수 있다. 나쑨은 에이츠를 죽인 날 무슨 일이 있었는지 들었다. 샤파가 지자에게 한 말은 아무도 듣지 못했지만, 많은 사람들이 그가 지자를 발밑에 쓰러뜨리고 허리를 숙여 얼굴을 들이대며 씨익 웃자 지자가 겁에 질린 눈빛으로 그를 올려다보던 광경을 목격했다. 나쑨은 어쩌다 그런 일이 일어났는지 짐작이 간다. 하지만 처음으로, 나쑨은 샤파의 감정을 무시하기로 한다.

"같이 가 줄까?"

"아뇨." 나쑨은 아버지를 다루는 법을 알고, 샤파가 지자를 참을성 있게 대하지 못하리라는 것도 안다. "금방 갔다 올게요."

"그러려무나, 나쑨."

그의 목소리는 다정하다. 그건 경고의 표시다.

하지만 나쑨은 샤파를 다루는 법도 안다.

"네, 샤파." 나쑨이 그의 얼굴을 올려다본다. "너무 걱정하지 마요. 난 강해요. 샤파가 그렇게 만들었는걸요."

"네 스스로 그렇게 된 거지."

샤파의 눈빛은 부드러우면서도 무섭다. 그 섬뜩함 위에 애정이 쌓여 있다 해도 빙백색 눈동자는 그렇게 보일 수밖에 없다. 나쑨은 이제 그 두 가지의 조합에 익숙해졌다.

그래서 나쑨은 샤파의 무릎에서 내려온다. 별로 한 일도 없는데 이상하게 피곤하다. 감정은 항상 나쑨을 피곤하게 만든다. 하지만 아이는 언덕 아래 있는 제키티로 향한다. 아는 얼굴을 보면 상대가 받아 주든 말든 고개를 꾸벅 숙여 인사한다. 낙진과 대기 폐색이 아직 만성적인 수준에 이르기 전에 마을에 새 곡물 창고를 짓고 있는 것이 보인다. 여느 때와 다름없는 조용하고 평화로운 날, 어쩐지 티리모에 살던 시절이 생각나는 날이다. 찾은달이나 샤파가 없었다면 나쑨은 제키티를 티리모와 똑같은 이유로 싫어했을 것이다. 나쑨은 펄크럼을 탈출한 엄마가 어째서 눈앞에 활짝 펼쳐져 있는 넓고 신기한 세상을 놔두고 그런 평범하고 지루한 시골 마을을 선택했는지 평생 이해할 수 없을 것이다.

나쑨은 어머니를 생각하면서 아버지의 집의 문을 두드린다.(나쑨의 방이 있긴 해도 여긴 나쑨의 집이 아니다. 그래서 나쑨은 문을 두드린다.)

지자가 거의 즉시 문을 연다. 막 집을 나서려고 했거나 나쑨을 기다리고 있었던 것처럼. 마늘 냄새와 비슷한 향긋한 냄새가 집에서, 안쪽에 있는 작은 화로에서 흘러나온다. 생선 요리를 하고 있었는지도 모르겠다. 제키티 향에서는 생선과 야채를 많이 먹는다. 지자가 나쑨의 얼굴을 본 것이 거의 한 달 만이라 일순 그의 눈이 커다래진다.

"안녕, 아빠." 몹시 어색하다.

지자가 허리를 굽히고, 나쑨이 무슨 일이 벌어지고 있는지 미처 깨닫기 전에 아이를 안아 올려 품 안에 굳게 껴안는다.

제키티는 티리모와 비슷하지만 이제는 좋은 쪽으로 비슷하게 느껴진다. 엄마도 있지만 아빠야말로 나쑨을 가장 사랑해 주던 시절, 화로 위 냄비에 생선이 아니라 오리 요리가 부글부글 끓던 예전 날처럼. 티리모에서는 엄마가 옆집 새끼 커쿠사가 집 녹지에서 양배추를 훔쳐갔다고 이웃집 사람에게 고함을 질렀다. 나이 많은 터크 할머니는 그놈의 커쿠사를 묶어 놓는 법이 없었으니까. 그리고 지금이랑 똑같은 냄새가 났다. 맛있는 음식 냄새와 방금 깎은 돌에서 나는 시큼한 내음, 그리고 아빠가 쇄공 원료를 무르게 만들 때 사용하는 약품 냄새가 뒤섞인 기분 좋은 냄새. 우체는 휘이 하고 외치며 뒷마당을 펄쩍펄쩍 뛰어다니다 결국 넘어져 울음을 터트……

갑자기 현실로 돌아온 나쑨이 지자의 품 안에서 몸을 경직시킨다. 우체. 팔짝팔짝 뛰던. 위로 떨어지던. 아니면 그런 척하던.

우체. 아빠가 때려 죽인 우체.

지자도 나쑨이 뻣뻣하게 굳은 것을 느끼고 함께 긴장한다. 딸을 천천히 바닥에 내려놓는다. 오랜만에 나쑨을 보고 반가움이 가득했던 얼굴이 흐려지며 불안해진다.

"나쑨." 지자가 입을 연다. 그의 눈동자가 나쑨의 얼굴을 살핀다. "괜찮으냐?"

"괜찮아요, 아빠." 나쑨은 지자의 품이 그립다. 그건 어쩔 수 없는 일이다. 그러나 우체의 기억이 여전히 조심해야 한다고 경고한다. "그냥 아빠를 보고 싶었어요."

지자의 불안한 표정이 다소 풀어진다. 뭔가 말하고 싶은 양 머뭇거리더니 결국 문 앞에서 비켜선다.

"들어와라. 배고프지 않니? 너 먹을 것도 있단다."

그래서 나쑨은 집 안으로 들어가고, 두 사람은 식탁에 마주 앉아 식사를 나눈다. 지자는 그동안 나쑨의 머리카락이 얼마나 많이 길었는지, 가닥가닥 두피에 바짝 당겨 땋은 머리 모양이 얼마나 잘 어울리는지 호들갑을 떤다. 네가 직접 땋았니? 키도 좀 큰 것 같은데? 그런지도요. 나쑨은 얼굴을 살짝 붉히며 대답한다. 사실 나쑨은 지난번에 지자가 키를 재 준 후로 3센티미터가 넘게 컸다는 것을 안다. 어느 날 샤파가 다음번 배급품을 지급받을 때 새 옷을 얻어 와야 할지도 모른다며 나쑨의 키를 쟀기 때문이다. 이젠 어린애가 아니구나, 지자는 말한다. 그의 목소리에는 왠지 모르게 나쑨의 경계심을 자극하는 자부심이 깃들어 있다. 벌써 열한 살이나 되다니, 정말 아름답고 강인하구나. 꼭 네…… 지자가 말끝을 얼버무린다. 나쑨은 앞에 놓인 접시를 조용히 바라보고 있을 뿐이다. 왜냐하면 방금 아버지는 하마터면 꼭 네 어머니처럼이라고 말할 뻔했기 때문이다.

사랑이란 그래야 하는 게 아닐까?

"괜찮아요, 아빠." 나쑨은 가까스로 이렇게 말한다. 나쑨이 어머니처럼 아름답고 강인한 것은 끔찍한 일이지만, 사랑은 늘 끔찍한 것과 함께 온다. "나도 엄마가 그리워요."

이제껏 지나온 모든 일들에도 불구하고, 나쑨은 진심으로 엄마가 그립다.

지자의 몸이 살짝 굳는다. 턱 근육이 꿈틀거린다.

"난 네 엄마가 그립지 않다, 아가야."

너무 빤한 거짓말이라, 나쑨은 아버지의 말에 무조건 맞장구를 치는 척해야 한다는 사실을 깜박 잊어버리고 그를 퍼뜩 쳐다본다. 나쑨이 잊어버린 건 그뿐만이 아니다. 간단한 상식마저 잊어버렸는지 저도 모르게 불쑥 말한다.

"아니잖아요. 아빤 우체도 그립잖아요. 난 알아요."

지자가 얼어붙는다. 나쑨이 그 말을 입 밖에 냈다는 데 대한 충격과 어떻게 감히 그런 말을 할 수 있는지에 대한 경악으로 딸을 뚫어져라 노려본다. 그러고는 이내, 나쑨이 알고 있는 평소의 아버지답게, 허를 찔린 충격을 노여움으로 바꿔 내뿜는다.

"그게…… 거기서 그런 걸 가르치냐?" 지자가 느닷없이 묻는다. "거기서 자기 아버지를 무시하라고 가르치더냐?"

갑자기 아까보다 더 피곤해진다. 지자의 몰상식한 행동에 장단을 맞춰 줘야 한다는 게 너무나도 지겹고 피곤하다.

"아빠를 무시하는 게 아니에요." 나쑨은 태연한 목소리를 내려고 애쓰지만, 자신의 귀에도 좌절감이 느껴질 정도다. "그냥 사실을 말한 거예요. 하지만 전 아빠가……."

"그건 사실이 아니야. 나에 대한 모욕이지. 네가 그런 말을 하는 게 마음에 안 든다, 꼬마 아가씨."

이제 나쑨은 당혹스럽다.

"무슨 말요? 나쁜 말은 하나도 안 했는데요."

"사람을 '로가 애호가'라고 부르는 건 욕이야!"

"나……난 그렇게 말한 적 없는데요."

하지만 나쑨은 그렇게 말한 것이나 다름없다. 만약에 지자가 엄마와 우체를 그리워한다면 그건 그가 그들을 사랑한다는 뜻이고, 그건 그가 로가 애호가라는 의미다. 하지만. 나도 로가인데. 나쑨은 그 말을 하면 안 된다는 걸 알고 있다. 하지만 그러고 싶다.

지자가 반박하려는 듯 입을 열지만 뭔가가 그를 가로막고 있는 것 같다. 시선을 회피하더니 식탁에 팔꿈치를 괴고 화를 가라앉힐 때 평소 습관처럼 손바닥을 맞대 세운다.

"로가는." 지자의 입에서 나오니 그 단어가 상스럽게 느껴진다. "거짓말을 한단다, 아가야. 사람들을 위협하고, 조종하고, 이용하지. 아주 사악한 것들이야, 나쑨. 아버지 대지만큼이나 사악하지. 하지만 넌 달라."

거짓말이다. 나쑨은 살기 위해 해야 하는 일을 했고, 그중에는 거짓말과 살인도 있었다. 몇 번은 아버지를 살리기 위해 그런 적도 있다. 나쑨은 그런 일을 해야 한다는 게 너무도 싫었고 억지로 해야 했는데, 정작 아버지는 그걸 모른다는 사실에 분노가 치민다. 아버지는 나쓴이 지금도 그러고 있다는 것조차 눈치 채지 못한다.

왜 내가 이 사람을 아직도 사랑하는 거지? 나쓴은 아버지를 쳐다보며 의아해한다.

대신에 나쓴은 이렇게 말한다.

"왜 우리를 그렇게 싫어하는 거예요, 아빠?"

지자가 어깨를 움찔한다. 아마 나쓴이 무심결에 우리라고 말했기 때문일 것이다.

"난 널 싫어하지 않아."

"하지만 엄마를 싫어하잖아요. 그리고 우……."

"아니야!" 지자가 의자를 거칠게 밀며 벌떡 일어난다. 나쓴은 저도 모르게 흠칫 놀라고, 지자는 식탁 뒤에서 작게 반원 모양을 그리며 안절부절 서성이기 시작한다. "나…… 난 놈들이 어떤 짓을 하는지 알아. 넌 모를 거다, 얘야. 난 널 보호해야 해."

마법처럼 강렬한 깨달음이 나쓴을 덮친다. 나쓴은 지자가 우체의 주검 앞에 서 있던 순간을 기억하지 못한다는 사실을 깨닫는다. 어깨와 가슴을 들썩이며 사납게 갈던 잇새로 너도 그거냐?라고 묻던 순간을. 지자는 그가 나쓴을 위협한 적이 없다고 생각한다. 마차에서 나쓴을 밀쳐 험한 자갈투성이 냇가로 굴러 떨어뜨렸다는 것도 기억하지 못한다. 지자의 머릿속에서 오로진 자식들의 과거는 완전히 새로 써졌다. 나쓴의 마음속 바위에는 정으로 쪼고 새겨져 결코 바뀔 수 없는 그 이야기가. 지자의 이야기 속에서 나쓴은 딸이지만 로가가 아니다. 마치 그 두 가지가 동시에 가능하기나 한 것처럼.

"아빠는 놈들에 대해 어렸을 때 알게 됐다. 너보다도 더 어렸을 때야." 이제 지자는 나쑨을 쳐다보지도 않고 빠른 걸음으로 왔다 갔다 하며 흥분한 몸짓을 휘두른다. "마켄바의 사촌이었지."

나쑨은 두 눈을 깜박인다. 나쑨은 마켄바 아주머니를 기억한다. 항상 차 내음을 풍기던 조용한 분으로 향 의사인 러나가 그녀의 아들이었다. 티리모에 마켄바 씨의 사촌이 있었어? 그러나 이내 나쑨은 이해한다.

"하루는 스패드시드 저장고 뒤에서 그 앨 봤지. 쪼그려 앉아서 벌벌 떨고 있길래 처음엔 아픈 줄 알았다." 지자가 쉴 새 없이 발을 놀리며 고개를 휘휘 젓는다. "그때 나랑 같이 다른 애도 있었는데, 우리 셋은 사이가 좋아서 항상 같이 놀았지. 컬이 리티스크의 어깨를 잡고 흔들었는데, 그때 리티스크가……." 지자가 우뚝 멈춘다. 이를 간다. 그날처럼 가슴을 크게 들썩인다. "컬이 비명을 질렀고, 리티스크는 멈출 수가 없다면서, 어떻게 하는지 모르겠다고 울부짖었지. 컬의 팔에 얼음이 덮이더니 팔이 와장창 깨졌다. 바닥에 핏덩이가 우수수 떨어졌어. 리티스크는 미안하다고 펑펑 울면서도 계속 컬의 몸뚱이를 얼음으로 만들었지. 멈추려고 하지도 않았어. 내가 놀라 도망칠 때 컬이 도와 달라고 손을 뻗었는데, 그때까지 멀쩡하게 남은 부위라곤 컬의 머리와 가슴과 그 팔뿐이었다. 하지만 너무 늦었지. 나도 알고 있었다. 달려가서 사람들을 불러왔지만 벌써 너무 늦어 있었어."

아버지가 우체와 나쑨에게 왜 그런 짓을 했는지 알게 됐다고 해서 위안이 되는 것은 아니다. 지금 나쑨이 생각할 수 있는 거라곤 우체는 그런 식으로 통제력을 잃은 적이 없는걸, 엄마가 가만있지 않았을 테니까뿐이다. 사실이 그렇다. 심지어 엄마는 가끔 마을 정반대 쪽에서도 나쑨의 조산력을 감지하고 잠재울 수 있었다. 그건 즉 우체가 지자를 자극할 만한 일을 아무것도 하지 않았다는 뜻이다. 지자는 어린 아들이 태어나기도 훨씬 전에, 전혀 다른 사람이 한 일 때문에 아들을 죽였다. 지자의 이야기는 마침내 나쑨이 아버지의 증오와 혐오감에 아무 이유도 의미도 없다는 사실을 확고히 이해할 수 있게 해 줄 뿐이다.

그래서 나쑨은 지자가 갑자기 눈동자를 굴려 그녀를 미심쩍은 눈초리로 바라봤을 때, 거의 준비되어 있다.

"너는 왜 아직도 치료되지 않는 거냐?"

말이 통하지 않는다. 하지만 나쑨은 노력한다. 왜냐하면 아주 오래전, 이 남자는 한때 나쑨의 전부였으니까.

"조금 있으면 될지도 몰라요. 은빛을 조종하는 법이랑 사람들 몸에서 여러 가지를 없애는 방법을 배웠거든요. 조산술이 어떻게 작동하는지, 그게 어디서 시작되는지는 몰라도 그것도 없앨 수 있는 거라면 언젠가……."

"거기 사는 괴물 중에 치료된 애는 하나도 없다더라. 내가 알아봤어." 지자의 움직임이 눈에 띄게 빨라지고 있다. "거기 올라가서 사는데도 낫질 않아. 수호자들과 같이 살면서 숫자는 점점 늘어나는데, 아무도 고쳐진 애가 없어! 다 거짓말이었던 거냐?"

"거짓말이 아니에요. 내 실력이 더 나아지면 할 수 있을 거예요." 나쑨은 본능적으로 그게 사실임을 깨닫는다. 능력을 더욱 정밀하게 가다듬고 사파이어 오벨리스크의 도움을 받는다면, 그녀는 거의 모든 일을 할 수 있게 될 것이다. "하지만……."

"왜 아직도 그럴 능력이 안 되는 거냐? 벌써 1년이나 됐는데!"

왜냐하면 엄청 어려우니까요. 나쑨은 말하고 싶다. 하지만 나쑨은 지자가 그런 대답을 원하는 게 아니라는 걸 안다. 지자는 조산술과 마법으로 뭔가를 바꾸려면 조산술과 마법의 달인이 되어야만 한다는 말을 듣고 싶지 않다. 나쑨은 어차피 소용없다는 걸 알기에 대답하지 않는다. 그녀는 지자가 듣고 싶어 하는 말을 해 줄 수 없다. 지자가 오로진은 거짓말쟁이라고, 나쑨이 거짓말을 하고 있다고 비난하는 건 불공평한 일이다.

나쑨이 이상하게 조용해지자, 지자가 발을 멈추더니 벌컥 화를 낸다.

"너, 사실은 아무 노력도 안 하고 있는 거지? 그렇지? 정직하게 말해 봐라, 나쑨!"

나쑨은 정말 삭아빠지게 피곤하다.

"노력하고 있어요, 아빠." 이윽고 나쑨이 대답한다. "더 나은 오로진이 되려고 노력하고 있어요."

지자는 나쑨이 주먹을 휘두르기라도 한 것처럼 주춤 물러난다.

"그러라고 거기 보내 준 게 아니다."

지자가 보내 준 게 아니다. 샤파가 그렇게 하게 만들었지. 지자는 이제 심지어 제 자신에게도 거짓말을 하고 있다. 하지만 나쑨이 절망한 건 지자가 거짓말을 하고 있기 때문이 아니다. 그렇다, 나쑨은 이제야 깨닫는다. 나쑨의 평생 동안 지자는 거짓말을 해 왔다. 지자는 나쑨을 사랑한다고 했지만 그건 진실이 아니다. 그는 오로진을 사랑할 수가 없다. 그리고 나쑨은 오로진이다. 지자는 오로진의 아버지가 될 수 없고, 그래서 끊임없이 나쑨에게 그녀가 아닌 다른 존재가 되라고 강요한다.

나쑨은 피곤하다. 피곤하고, 지쳤다.

"난 오로진인 게 좋아요, 아빠."

지자의 눈이 커다래진다. 그건 정말 끔찍한 소리다. 나쑨이 자기 자신을 사랑하는 것은 너무나도 끔찍한 일이다.

"난 물건을 움직이고, 은색 실을 조종하고, 오벨리스크 안으로 떨어지는 게 좋아요. 내가 싫어하는 건……."

나쑨은 에이츠에게 저지른 짓이 싫다고 말할 참이었다. 그리고 특히 남들이 그녀가 무슨 일을 할 수 있는지 알게 되면 자신을 대하는 태도가 달라지는 게 싫다고 말할 참이었다. 그러나 나쑨에게는 그럴 기회가 없다. 지자가 성큼성큼 두 걸음 만에 다가와 나쑨이 미처 깨닫기도 전에 번개같이 손등을 휘두르고, 그 충격에 의자에서 굴러떨어지기 때문이다.

그날, 제국도로에서 느닷없이 언덕배기 아래로 굴러 떨어졌을 때와 똑같다. 아마 우체도 이랬을 테지. 나쑨은 또다시 새로운 깨달음에 눈을 뜬다. 방금 전까지 평범했던 세상이 별안간 잘못되고, 부서지고, 무너져 내린다.

적어도 우체는 이 사람을 미워할 시간이라도 없었지. 나쑨은 서글퍼진다.

그러고는 집 전체를 새하얗게 얼려 버린다.

반사적인 행동이 아니다. 나쓴은 일부러, 세심하게, 이 집의 크기와 정확하게 일치하는 고리를 생성한다. 벽 너머에 있는 생명은 무엇 하나 다치지 않도록. 나쓴의 고리에는 두 개의 중심이 있고, 그 중앙에 있는 것은 그녀 자신과 아버지다. 나쓴은 자신의 피부 털이 냉기에 살랑이는 것을, 옷과 땋은 머리 가닥이 낮은 기압에 딸려 가는 것을 느낀다. 지자도 똑같은 것을 느낀다. 그는 비명을 지른다. 동전처럼 크게 뜨인 격양된 눈은 아무것도 보고 있지 않다. 어릴 적 친구의 고통스러운 죽음에 대한 기억이 얼굴 위를 가로지른다. 나쓴이 의자에서 일어나 차게 얼어붙은 매끄러운 마룻바닥과 그 위에 나뒹굴고 있는, 다시는 사용 못 할 만큼 흉하게 휘고 비틀어진 의자 너머로 부친을 응시하자 지자가 주춤주춤 뒷걸음질 친다. 얼음 바닥에서 발을 헛디디는 바람에 미끄러져 굴러 탁자 다리에 몸뚱이를 부딪친다.

사실은 전혀 위험하지 않다. 나쓴은 그저 지자에게 폭력을 사용하지 말라는 엄중한 경고의 표시로 고리를 돌렸을 뿐이다. 그러나 지자는 계속해서, 끊임없이 짐승처럼 울부짖고, 나쓴은 겁을 집어먹고 웅숭그리고 있는 아버지를 싸늘한 시선으로 내려다본다. 어쩌면 그를 가엾게 여기거나 방금 자신이 한 짓을 후회해야 할지도 모른다. 하지만 지금 나쓴이 느끼는 감정은 어머니에 대한 차가운 분노다. 그게 불합리하다는 건 나쓴도 안다. 지자가 오로진을 너무 무서워하여 자기 자식마저 사랑할 수 없다는 건 다른 누구도 아닌 지자의 잘못이다. 하지만, 한때 나쓴은 아버지를 무조건적으로 사랑했었다. 지금 그녀는 그 완벽한 사랑을 잃은 데 대해 비난할 사람이 필요하다. 나쑨은 어머니라면 그걸 감당할 수 있다는 걸 안다.

적어도 저 사람보다는 강한 사람이랑 애를 낳았어야죠. 나쑨은 지금 어디 있는지 모를 에쑨을 향해, 이렇게 생각한다.

미끄러운 빙판에서 넘어지지 않게 조심조심 문 앞까지 걸어간 뒤에도 문에 걸린 빗장을 열려면 몇 번 세게 흔들어야 한다. 문을 열었을 즈음에는 지자의 비명도 그쳤지만 등 뒤에서 그가 씨근덕댈 때마다 작은 신음 소리가 들린다. 나쑨은 부친을 다시 보고 싶지 않다. 그러나 마지못해 고개를 돌린다. 왜냐하면 나쑨은 좋은 오로진이 되고 싶고, 좋은 오로진은 자기기만에 빠질 여유가 없기 때문이다. 마치 나쑨이 눈빛만으로도 상대를 태워 버릴 수 있는 것처럼 지자가 화들짝 놀란다.

"안녕, 아빠."

지자는 대꾸하지 않는다.

그리하여 그가 그녀를 얼음으로 불태울 때,
그녀가 흘린 마지막 눈물방울도 땅에 떨어져 '붕괴'처럼 흩어졌도다.
로가를 상대할 때에는 바위처럼 냉혹해지라.
그들의 영혼은 온통 붉은 녹뿐이니!
— 전승가의 이야기 「얼음의 입맞춤」, 베벡 사향주, 므시다 극장에서 녹음, 훠즈, 베벡의 전승가(참고: 일곱 명의 적도권 유랑 전승가가 서명한 한 서신에 따르면 훠즈는 전승가가 아니며, "대중 전승꾼"이라고 지칭되어 있다. 따라서 이 이야기는 작자미상일 가능성이 있다.)

18장

너는 초조하게 기다린다

산제 여자가 떠난 뒤에, 나는 너를 가깝게 끌어당긴다. 내 식대로 표현하자면 그렇다.

"네가 '회색 남자'라고 부르는 녀석은 문을 여는 걸 막으려는 게 아니야. 그건 거짓말이었어."

너는 이제 나를 경계한다. 그리고 고민한다. 나는 알 수 있다. 너는 내가 너를 속인 것을 되새김하면서도, 나를 믿고 싶어 한다. 하지만 너는 한숨을 쉬며 말한다.

"그래. 그게 다가 아닐 거라는 짐작은 했어."

"그자가 널 죽이려는 건 너를 뜻대로 조종할 수가 없기 때문이야." 나는 그게 얼마나 모순적인지 모르는 척한다. "네가 문을 열게 된다면 달을 제자리로 되돌려 계절을 끝낼 테지만, 그가 원하는 건 자신의 목적을 위해 문을 열 사람이지."

너는 이 게임의 전체 맥락을 파악하지는 못했을망정, 이제 어떤 선수들이 참가하고 있는지 알게 되었다. 너는 얼굴을 찌푸린다.

"그자의 목적이 뭔데? 변화야 현상 유지야?"

"나도 모르겠어. 그게 중요한가?"

"그다지." 너는 얼마 전에 다시 꼰 머리 가닥을 손가락으로 훑는다. "그래서 카스트리마에서 로가들을 전부 내쫓으려는 거야?"

"그래. 그는 너를 제 뜻대로 움직일 방법을 알아낼 거다, 에쑨. 그게 가능하다면 말이야. 하지만 그게 불가능하다면…… 너는 그에게 쓸모가 없다. 아니야, 그보다도 더 나쁘지. 너는 그의 적이다."

너는 대지만큼 무거운 한숨을 짓고, 대답 없이 고개만 끄덕인 다음 멀어져 간다. 나는 두려움 속에서 떠나가는 네 뒷모습을 바라본다.

***

너는 또다시 좌절감에 젖어 알라배스터를 찾아간다.

그는 이제 얼마 남지 않았다. 다리를 단념한 뒤로, 그는 요즈음 약물에 절어 남은 생의 대부분을 마치 어미의 보살핌을 받는 강아지처럼 안티모니의 품 안에서 지내고 있다. 그를 찾아가도 가르침을 듣지 못하는 날이 흔하다. 안타까운 일이다. 왜냐하면 너는 그가 여태껏 기를 쓰고 목숨을 부지하고 있는 이유가 오로지 너에게 세상을 파괴할 방법을 가르치기 위해서라고 거의 확신하고 있기 때문이다. 몇 번은 그가 너를 먼저 발견한 적도 있다. 옆에 몸을 말고 누워 있다가 눈을 떴더니 그가 너를 가만히 바라보고 있던 적도 있었다. 그는 너를 책망하지 않았다. 아마 그럴 힘도 없었기 때문일 것이다. 너는 그게 고맙다.

네가 오늘 알라배스터의 옆에 앉았을 때 그는 깨어 있다. 별로 움직이지는 않지만. 안티모니는 요즘 아예 그의 잠자리에 눌러 앉아 있는데, 알라배스터를 위한 "살아 있는 의자" 외의 다른 자세를 취한 모습은 거의 본 적이 없다. 안티모니는 무릎을 꿇고 다리를 양옆으로 벌려 펼친 채 두 손을 허벅지에 올려놓고 있다. 알라배스터는 그런 안티모니의 앞에 기대앉아 있는데, 그건 그가 취할 수 있는 유일한 자세다. 얄궂게도 다리가 썩어 가는 동안에 등에 난 화상은 아물었기 때문이다. 다행히 안티모니에게는 그의 자세를 불편하게 할 가슴이 없고, 그녀가 모방한 인간의 옷가지는 날카롭거나 거칠지 않다. 네가 바닥에 앉자 알라배스터의 시선이 네 움직임을 따라온다. 꼭 스톤이터의 눈동자처럼. 네가 무심코 그 둘을 비교했다는 사실이 너무 싫다.

"또 그 일이 일어나고 있어요." 너는 "그 일"이 뭔지 설명하지 않는다. 알라배스터는 언제나 이미 알고 있으니까. "당신은 어떻게…… 메오브에서요. 당신은 정착했었잖아요. 어떻게 그런 거예요?"

왜냐하면 너는 더는 카스트리마를 위해, 또는 이곳에서 살아가려고 굳이 애쓸 마음이 들지 않기 때문이다. 네가 가진 모든 본능이 지금 당장 비상자루를 집어 들고 네 사람들을 불러 모아, 카스트리마가 배신하기 전에 도망치라고 부르짖고 있다. 그건 사실 사형 선고나 다름없다. 계절은 천천히, 그러나 틀림없이 지상에 스며들고 있으니까. 그런데도 여기 계속 머무르는 게 더 위험하다.

알라배스터가 천천히, 크고 깊숙이 숨을 들이마시는 걸로 보아 네 말에 대답할 준비를 하고 있다는 걸 알 수 있다. 그가 단어들을 엮고 목소리를 잣는 데에는 시간이 좀 걸린다.

"그럴 생각은 아니었다. 너는 임신 중이었고 나는…… 외로웠지. 잘될 줄 알았다. 적어도 한동안은."

너는 고개를 흔든다. 그래, 알라배스터라면 당연히 너보다도 먼저 네가 임신한 걸 알았겠지. 지금은 상관없는 얘기다.

"당신은 그들을 지키려고 싸웠죠." 그들이라는 단어를 힘주어 말하는 데에는 각고의 노력이 필요하지만, 그래도 너는 해낸다. 너와 코런덤과 이논을 위해. 그러나 알라배스터는 또한 메오브 사람들을 위해서도 싸웠다. "하지만 언젠가는 우릴 배신했을 거예요. 그랬을 거라는 거, 당신도 알잖아요."

코런덤이 얼마나 강력한지 알았다면, 운 좋게 수호자들을 물리치고 메오브를 떠나 다른 곳으로 이주했다면. 필연적인 일이다.

알라배스터가 수긍한다는 의미의 소리를 낸다.

"그럼 왜 그랬어요?"

그가 길고 느릿한 한숨을 내뱉는다.

"그러지 않을 가능성도 있었으니까." 너는 도리질을 친다. 도저히 있을 수 없는 일이라 대답 자체를 이해할 수가 없다. 알라배스터가 이어 덧붙인다. "어쨌든 시도할 가치는 있었으니까."

그는 너를 위해서라고 말하지는 않았지만, 너는 느낄 수 있다. 밖으로 드러난 단어 아래에서 보내지는 진정한 속뜻. 그리하여 네 가족이 그들의 일원이 되어 평범하게 살아갈 수 있도록. 정상적이고 평범한 기회. 평범한 노력과 고난. 너는 알라배스터를 말없이 바라본다. 충동적으로 손을 들어 올려 그의 얼굴을 어루만진다. 흉터가 새겨진 입술 위로 손가락을 미끄러뜨린다. 알라배스터는 그런 너를 마주 보며 한쪽이 마비된 입술로 간신히 미소를 띤다. 요즘 그가 움직일 수 있는 건 그 정도가 다다. 하지만 네게 필요한 것도 그 정도가 다다.

너는 앉은 자리에서 일어나, 비록 희박하고 미약하나마 카스트리마의 가능성을 살리기 위해, 문 밖으로 나선다.

* * *

이카는 다음 날 아침 투표를 실시하겠다고 선언했다. 레나니스가 "제안"을 보낸 지 24시간 후다. 카스트리마는 상대 도시의 제안에 뭐든 답신을 보내야 하지만 이카는 비공식적인 자문위원단이 그 답신을 일방적으로 결정해서는 안 된다고 생각한다. 하지만 너는 그것과 투표가 뭐가 다른지 모르겠다. 만약에 카스트리마가 이 하룻밤을 무사히 보내는 데 성공한다면 삭아죽을 기적이나 마찬가지라는 사실을 상기시키는 것 말고 도대체 무슨 소용일지.

너의 등 뒤로 사람들의 시선이 따라붙는다. 너는 남들이 어떻게 쳐다보든 신경도 안 쓴다는 듯 앞만 보며 당당하게 걸어간다.

너는 커터와 테멜에게 이카의 지시를 짧게 전하고, 다른 사람들에게도 전달하라고 부탁한다. 어쨌든 테멜은 오로진 학생들을 향 밖으로 데리고 나가 수업을 가르치는 게 일과다. 그는 학생들을 일일이 방문해, 믿을 수 있는 어른의 집에서 두세 명씩 일종의 공부

모임을 만들어 훈련하겠다고 말한다. 너는 믿을 수 있는 어른이란 없어라고 말하고 싶지만, 그런 건 테멜도 벌써 알고 있다. 달리 뾰족한 수가 없으니, 지적해 봤자 별 의미도 없다.

커터는 몇 안 되는 어른 로가들에게 소식을 전하겠다고 자원한다. 그들 모두가 고리를 던질 줄 알거나 엄격한 통제력을 지니고 있는 건 아니다. 너와 알라배스터만 빼면 모두가 야생 출신이다. 하지만 커터는 성급한 사람 옆에 참을성이 강한 사람들을 짝지어 붙여 놓겠다고 말한다. 그러고는 태연한 얼굴로 첨언하기를, "네 뒤는 누가 지키지?"

그건 제안이다. 하지만 생각만으로도 극심한 거부감이 밀려와서 너 자신도 놀랄 정도다. 너는 커터를 진심으로 믿어 본 적이 없다. 왜 그런지는 모르겠다. 그가 평생 동안 정체를 숨기고 살았다는 사실 때문인지도 모른다. 네가 티리모에서 10년 동안이나 평범한 사람인 척 살았다는 걸 생각하면 위선적일지도 모르겠지만. 하지만 삭아떨어질 대지여, 네가 진심으로 신뢰하는 사람이 한 명이라도 있나? 그가 맡은 일을 제대로 할 수만 있다면 상관없다. 너는 마지못해 고개를 끄덕인다.

"다 돌고 나면 나한테 와."

커터가 알겠다고 답한다.

전달을 끝낸 뒤, 너는 좀 쉬어야겠다고 생각한다. 네 침실은 호아가 탈바꿈을 해서 엉망진창이고 통키의 침대에서는 자고 싶지 않다. 몇 달이 지나든 곰팡이에 대한 기억은 쉽게 사라지는 게 아니니까. 더구나 너는 문득 이카의 뒤를 지켜 줄 사람이 아무도 없다는 걸 깨달았다. 이카는 자기 고향 사람들을 믿을지 몰라도 너는 아니다. 이카의 생존을 가장 바랐을 루비 머리도 호아가 먹어 버렸다. 그래서 너는 테멜에게서 배낭을 빌려 기본적인 생필품을 챙긴 다음(비상자루라고 하긴 힘들다. 이카가 거절한다면 그럴듯한 변명이 필요하니까.) 이카의 집으로 향한다.(커터가 너를 찾아오기 힘들 거라는 또 다른 이유도 있다.) 침실 가림천 사이로 규칙적인 숨소리가 들리는 걸로 보아 이카는 아직 자는 모양이다. 이카의 집에 있는 침대의자는 꽤 편안하다. 특히 길 위에서 떠돌던 시절의 잠자리에 비하면 말이다. 너는 비상자루를 베개 삼아 의자 위에 웅크리고 누운 다음, 잠시나마 문 밖 사정을 잊으려 애쓴다.

그러다 어느 순간, 이카가 거친 말을 중얼거리며 잽싸게 옆을 지나는 소리에 눈을 번쩍 뜬다. 어찌나 서두르는지 가림천 하나가 반쯤 뜯어졌을 정도다. 너는 힘겹게 몸을 일으켜 앉는다.

"뭐야……."

하지만 이제는 네 귀에도 밖에서 나는 시끄러운 고함이 들린다. 격렬하고 흥분된 고함 소리. 군중이 모여들고 있다.

드디어 시작된 것이다. 너는 의자에서 일어나 이카의 뒤를 따른다. 조금도 망설이지 않고 자루를 집어 든다.

바닥층에 있는 공동 목욕탕 주변에 사람들이 모여 있다. 이카는 너라면 절대 꿈도 꾸지 않을 방법으로 바닥으로 내려간다. 금속사다리를 미끄러져 타고 내려가다 난간을 훌쩍 뛰어 넘어 아래에 있는 발판으로 뛰어 내린 다음, 위태롭게 흔들리는 밧줄다리 위를 서둘러 달려간다. 너는 그보다는 상식적이고 자기보호적인 방법을 이용한 까닭에, 네가 아래에 도착했을 즈음에는 이카가 다들 닥치고 들어 보라고, 뒤로 물러나라고 고래고래 소리를 지르고 있다.

모여 있는 사람들의 한가운데 있는 것은 커터다. 수건 한 장으로 겨우 몸을 가린 채, 지금만큼은 평소처럼 무심하고 냉담한 태도가 아니다. 그는 한껏 긴장해 있다. 굳게 다문 입, 반항적인 표정, 언제든 앞으로 튀어나갈 것처럼 팽팽한 근육. 1~2미터쯤 떨어진 곳에는 꽁꽁 언 시신이 하나 앉아 있다. 엉덩이를 바닥에 붙이고 허우적거리며 뒤로 피하는 자세로 얼어붙은 남자의 얼굴에는 비참하고 절망적인 공포감이 새겨져 있다. 너는 모르는 사람이다. 하지만 상관없다. 중요한 것은 로가가 둔치를 죽였다는 사실이다. 바싹 마르고 기름에 흠뻑 적신 불쏘시개에 불붙은 성냥을 떨어뜨린 격이다.

"……어떻게 이런 일이 일어난 건지!"

이카가 소리 높여 외치고 있다. 사람들에 가려 이카가 잘 보이지 않는다. 벌써 사람들이 50명도 넘게 모여들었다. 인파를 헤치고 더 가까이 다가갈 수도 있지만 일단은 여기 있기로 결심한다. 지금은 관심을 끌어 봤자 좋을 게 없다. 주변을 둘러보니 저 뒤쪽에 러나가 보인다. 두 눈을 크게 뜨고 턱에 힘을 준 채 너를 쳐다본다. 그리고 또(아, 불타죽을 대지여.) 세 명의 로가 아이들도 있다. 그중 한 명은 펜티인데, 다른 로가 아이들보다 조금 더 용감하고 멍청한 무리의 우두머리 격인 아이다. 소녀는 까치발을 하고 무슨 일이 일어나고 있는지 더 잘 보려고 목을 길게 늘이고 있다. 아이가 사람들을 밀치며 가까이 다가가려는 순간, 너는 재빨리 펜티와 눈을 맞추며 무섭고 엄한 엄마의 눈빛을 보낸다. 아이가 움찔하더니 어깨를 움츠린다.

"어쩌다 그랬는지 알 게 뭐야!" 혁신자 세킴의 목소리다. 네가 그를 알아본 이유는 언젠가 통키가 그가 혁신자 신분이기엔 너무 멍청하니까 다른 쓰잘데기 없는 일을 하도록, 예를 들면 지도자 신분으로 쫓아내 버려야 한다고 투덜거리는 걸 들은 적이 있기 때문이다. "이게 다……."

누군가의 외침이 그의 목소리를 덮어 버린다.

"염병할 로가 때문이야!"

또 다른 목소리가 더 크게 소리친다.

"지랄 말고 닥쳐! 이카가 말하는 중이잖아!"

"똑같은 로가 괴물딱지가 씨발 뭔 소리를 지껄이든지 알 게 뭐……."

"삭아죽을 식인종 새끼, 그딴 식으로 말하면 곤죽을 만들어 버리겠……."

누군가 누군가를 세게 밀친다. 반대쪽에서 반사하듯이 다시 밀치고, 욕설이 거세지고, 죽여 버리겠다는 맹세가 오간다. 대참사다.

그때 한 남자가 군중 속에서 뛰쳐나와 털썩 주저앉더니 얼어붙은 시신을 두 팔로 껴안는다. 한쪽이 얼음덩이가 되긴 했지만 두 사람은 누가 봐도 닮았다. 아마 형제지간일 것이다. 남자의 통곡 소리가 길게 울려 퍼지자 갑작스러운 정적이 군중들 사이로 물결처럼 퍼져 나간다. 사내의 절규가 영혼이 찢기는 듯한 낮은 흐느낌으로 변했을 때에는 모두가 불편한 듯 꼬무락거린다.

남자의 비탄이 만들어 낸 기회를 틈타, 이카가 숨을 깊이 들이마시고는 한 발짝 앞으로 나선다. 딱딱한 목소리로 커터에게 말한다.

"내가 뭐라고 했지? 삭을, 내가 뭐라고 했냐고!"

"저자가 날 공격했어."

커터의 몸에는 긁힌 자국 하나 없다.

"웃기고 있네." 이카가 말한다. 몇몇이 보란 듯이 그녀의 말을 되풀이하지만, 이카가 매섭게 노려보자 금세 조용해진다. 이카가 굳은 얼굴로 죽은 사내를 바라본다. "베틴이 그랬을 리가 없어. 가축을 돌볼 때도 닭 한 마리 못 죽이던 인간이라고."

커터가 이카를 쏘아본다.

"내가 아는 거라곤, 내가 목욕을 하고 싶었다는 것뿐이야. 목욕탕에 와서 씻으려고 앉았는데 날 피해 멀찍이 앉더군. 그건 괜찮아. 그럴 수도 있지. 별로 신경 쓰지도 않았고. 그런데 욕탕에 들어가려고 옆을 지나는데 저자가 날 때렸어. 아주 세게, 여기 목 뒤쪽을 말이야."

그 말에 낮고 성난 목소리들이 웅성거린다. 그렇지만 이번에는 다소 동요하는 분위기다. 목덜미 뒤쪽은 로가의 급소라고 알려져 있다. 그건 사실이 아니다. 뇌진탕을 일으키거나 두개골에 금이 갈 정도로 세게 때린다면 모를까. 그래 봤자 머리를 다쳐 죽는 것이지 보님기관에는 아무 해도 없다. 하지만 그래도 사람들은 그런 풍문을 믿는다. 그리고 커터의 말이 사실이라면 그는 반격할 만한 충분한 이유가 있다.

"거짓말이야." 낮게 그르렁거리는 목소리. 희미하게 피식거리는 소리를 뿜고 있는 베틴의 시신을 껴안은 사내에게서 나온 말이다. "베츠가 그랬을 리가 없어. 이크, 너도 알잖아……."

이카가 고개를 끄덕이며 사내의 어깨를 두드린다. 군중들이 또 다시 술렁이고, 억눌렸던 분노가 함께 파도친다. 이카와 함께, 미약하게, 순간적으로.

"그래, 알아." 이카의 턱 근육이 실룩인다. 한 번. 두 번. 이카가 주위를 둘러본다. "누구 두 사람이 싸우는 거 본 사람 있어?"

몇 명이 손을 든다.

"베츠가 자리를 옮겨 앉는 걸 봤어." 한 여자가 말한다. 그녀가 침을 꼴깍이며 커터를 바라본다. 인중에 땀방울이 맺혀 있다. "하지만 그냥 비누를 가지러 가는 것 같았는데."

"날 쳐다봤어." 커터가 날카롭게 응수한다. "그런 식으로 쳐다보는 게 무슨 뜻인지, 내가 삭을 모를 줄 알아?"

이카가 손을 휘저으며 그를 가로막는다.

"나도 알아, 커터. 하지만 지금은 닥치고 있어. 또 다른 건 없고?"

이카가 여자에게 묻는다.

"그게 다야. 그다음엔 신경 안 썼거든. 그러다 다시 그쪽을 봤을 땐, 어, 공기가 휘몰아치는 게 느껴졌어. 바람이랑, 얼음이랑." 여자가 얼굴을 찡그리고, 이를 사리문다. "너희가 사람을 죽일 때처럼."

이카는 여자를 노려보지만, 군중 사이에서 여자의 말에 맞장구치는 고함이 터져 나오자 어깨를 움찔한다. 누군가 사람들을 거세게 밀치며 커터를 향해 성큼성큼 다가간다. 누군가 그 사람을 뒤에서 붙잡지만 별 효과가 없다. 이카도 자신이 향민들에 대한 통제력을 잃고 있다는 사실을 깨닫고 있다. 그러나 그녀는 동족들이 그 사실을 알게 하지 않을 것이다. 카스트리마 사람들은 폭도로 변하고 있고, 이카가 할 수 있는 일은 아무것도 없다.

흠. 하지만 네가 틀렸다. 그녀가 할 수 있는 일이 한 가지 있다.

이카가 몸을 휙 돌려 커터의 가슴에 손을 올리더니, 뭔가를 불어넣는다. 너는 그때 보니고 있지 않았고, 그래서 나중에 그 여파만을 느낄 수 있을 뿐이다. 저건…… 뭐지? 저건 마치…… 아주 오래전, 알라배스터가 열점을 거세게 밀어 눌러 닫아 버렸을 때와 비슷하게 느껴진다. 오래전, 이 대륙의 5분의 1쯤 떨어진 곳에서. 다만 크기가 훨씬 작을 뿐이다. 그건 마치 수호자가 이논에게 한 짓과도 비슷하다. 다만 훨씬 국지적이고, 덜 끔찍할 따름이다. 너는 로가도 그런 짓을 할 수 있다는 걸 처음 알았다.

이카가 뭘 했든 간에 커터는 놀랄 틈도 없었다. 그가 눈을 부릅뜬다. 한 발짝 주춤 뒷걸음질 친다. 그러고는 바닥에 쓰러진다. 베틴과 똑같이 공포와 경악에 가득 찬 얼굴로.

사방이 죽은 듯이 고요하다. 넋 나간 표정으로 입을 벌리고 선 건 너 혼자만이 아니다.

이카가 숨을 훅 내쉰다. 방금 한 일은 그녀에게도 벅찬 일이었다. 너는 이카가 순간 힘없이 비틀거렸다가 이내 다시 중심을 찾고 서는 것을 본다.

"이제 그만해." 이카가 모여 있는 사람들을 향해 말한다. "이걸로 됐지? 정의가 실현됐으니까. 그만 다들 삭아빠질 집으로들 돌아가."

너는 그 말이 통할 거라고는 기대하지 않았다. 그래 봤자 피에 굶주린 군중을 더 자극할 거라고 생각했건만…… 너는 아직 세상을 모른다. 사람들은 잠시 서성이며, 조금 더 웅성거리더니, 마침내 흩어지기 시작한다. 형제를 잃은 남자의 조용한 흐느낌만이 그들의 발걸음을 따라갈 뿐이다.

시간 지킴이가 자정을 알린다. 내일 아침 투표까지는 여덟 시간 남았다.

***

"어쩔 수가 없었어." 이카가 중얼거린다. 너는 이카의 집에, 그녀의 옆에 서 있다. 가림천이 젖혀져 있어 이카도 집 바깥에 있는 사람들을 볼 수 있고 사람들도 이카를 볼 수 있지만, 이카는 문지방에 기대서서 떨고 있다. 아주 약간. 멀리서는 모를 것이다. "그럴 수밖에 없었어."

너는 이카를 존중하기에 정직하게 대답한다.

"그래, 그럴 수밖에 없었어."

지금은 새벽 2시다.

***

5시. 너는 잠을 잘까 생각 중이다. 네가 예상했던 것보다 훨씬 조용한 밤이다. 러나와 햐르카도 이카의 옆을 지키러 왔다. 아무도 네가 망을 보고 있다거나, 말없이 이카를 위로하거나, 커터를 추모하거나, 세상의 종말을 기다리고 있다고(이번에도 또다시) 말하지는 않지만, 어쨌든 그게 지금 네가 하고 있는 일이다. 이카는 침대의자에 웅크려 앉아 두 팔로 무릎을 감싸 안은 채, 피곤하고 텅 빈 눈빛으로 벽에 머리를 기대고 있다.

또다시 밖에서 고함이 터졌을 때, 너는 눈을 감고 못 들은 척할까 고민한다. 알 게 뭐냐는 심정에서 너를 끄집어낸 건 높고 째지는 어린애의 비명 소리다. 이번에는 너도, 다른 사람도 전부 벌떡 일어나 황급히 발코니로 달려간다. 집을 짓기엔 너무 작은 수정기둥에 둘러진 널찍한 나무발판을 향해 사람들이 몰려가고 있다. 너도 같이 뛰어간다. 카스트리마는 그런 발판을 물자 보관용으로 사용하고 있어서 나무통과 궤짝, 옹기그릇 들이 가득 쌓여 있다. 옹기 단지 하나가 바닥을 굴러다니고 있지만 깨진 것 같지는 않다. 전부 네가 사람들과 함께 그 발판에 도착했을 때 본 것이다. 하지만 그걸로는 지금 네 눈앞에서 벌어지고 있는 광경을 설명할 수가 없다.

로가 아이들이다. 펜티와 같이 다니는 아이들이다. 두 아이가 악을 쓰면서 어떤 여자를 주먹으로 마구 치며 잡아당기고 있다. 그리고 그 여자는 펜티의 목을 틀어쥐고 바닥에 찍어 누른 채 고래고래 윽박지르고 있다. 옆에서는 또 다른 여자가 아이들에게 뭐라 소리치고 있지만 아무도 그녀에게는 관심을 두지 않는다. 여자의 알아들을 수 없는 목소리는 추임새일 뿐이다.

너는 펜티를 공격하고 있는 여자를 알고 있다. 대충은. 너보다 열 살쯤 어리지만 몸집은 더 크고, 머리도 더 길다. 와이닌. 내항자 중 한 명이다. 버섯 재배실이나 변소 청소 일을 할 때는 나름대로 괜찮았지만, 다른 사람들이 뒤에서 속닥이는 이야기를 들은 적이 있다. 와이닌은 러나가 주기적으로 피우는 멜로우를 키우는 사람이다. 어떤 사람들은 그녀가 몰래 빚은 밀주를 마신다고도 들었다. 계절이 오기 전에는 그 수익성 높은 부업으로 카스트리마 토박이들이 지루한 광산일과 교역으로 점철된 삶에서 잠시 벗어나 흥과 기운을 북돋게 도와주었고, 직접 제조한 상품들을 사향주 세금 징수인이 찾을 수 없게 카스트리마 지하에 숨겨 놓았다고도 했다. 세상이 끝난 지금 생각하면 얼마나 잘한 일이었는지. 하지만 와이넌의 가장 큰 고객은 바로 그녀 자신이고, 벌건 얼굴로 꽥꽥거리거나 방금 터진 불광보다도 더 자욱한 연기를 뿜으며 비틀비틀 마을 안을 배회하는 모습을 보는 것은 그리 드물지 않은 일이다.

와이넌은 평소에 주사(酒邪)가 고약한 편은 아니다. 다른 사람과 나누는 것에도 인색하지 않고, 노동의 의무를 회피한 적도 없다. 그녀가 혼자서 생산한 물건을 갖고 뭘 하든 아무도 신경 쓰지 않는 것도 그런 이유 때문이다. 사람들이 계절에 대응하는 방식은 제각각이다. 하지만 이번엔 뭔가가 와이넌을 폭발시켰다. 펜티가 점점 분노하고 있다. 햐르카와 다른 카스트리마인들이 여자를 소녀에게서 떼어 놓으려고 달려들고, 너는 속으로 펜티가 이 빌어먹을 발판 전체를 얼리지 않을 만큼 뛰어난 자제심을 발휘하고 있다는 데 감사한다. 와이넌이 주먹 쥔 손을 높이 들어 올릴 때까지.

주먹 쥔 손.

너는 우체의 얼굴과 배에 지자의 주먹이 남긴 멍 자국을 봤다. 일렬로 나 있는 네 개의 푸른 자국.

주먹.

그 주먹이

그 주먹이

안 돼.

다음 순간, 너는 토파즈 안에, 여자의 세포들 사이에 존재한다. 너는 생각하지 않는다. 네 의식이 위로 흘러 쏟아지는 노란 빛 속으로 떨어지고, 뛰어든다. 마치 원래 그 자리에 있어야 하는 것처럼. 수많은 은빛 실에 휘감겨 있는 보님기관이 꿈틀거리고, 너는 그 가닥들을 한데 끌어당겨, 오벨리스크와 그 여자와 하나가 되어, 다시는 이런 일이 일어나지 않게, 다시는, 다시는, 다시는 일어나지 않게, 지자는 막을 수 없었지만 이번만큼은 절대로……

"아이들은 안 돼."

너는 속삭인다. 주위의 친구들이 놀라 어리둥절한 눈으로 너를 쳐다본다. 그러나 곧 다시 시선을 돌린다. 왜냐하면 싸움질을 부추기고 있던 여자가 느닷없이 꽥 비명을 지르고, 아이들도 아까보다 더 큰 소리로 비명을 지르고 있기 때문이다. 이제는 펜티마저도 비명을 지르고 있다. 왜냐하면 아이를 짓누르고 있던 여자가 갑자기 무지갯빛으로 반짝이는 돌덩이로 변해 버렸기 때문이다.

"아이들은 절대로 안 돼!"

너는 네 옆에 있는 사람들을 보닐 수 있다. 같은 자문단의 동료들, 악을 쓰고 있는 주정뱅이, 펜티와 그 애의 친구들, 햐르카, 그리고 나머지, 다른 모든 사람들. 카스트리마에 있는 모든 사람들. 너는 온몸의 신경 가닥을 통해 그들 모두를, 네 위에서 발을 동동 구르며 안달하는 그들 모두를 느낀다. 그들은 모두 지자다. 너는 주정뱅이 여자에게로 관심을 돌린다. 거의 본능적인 행동이다. 저 여자에게서 생명과 운동력을 전부 꼭꼭 짜낸 다음 그 자리를 마법의 반동에 따른 부산물로, 저 돌처럼 보이는 것으로 채워 넣어야겠다는 충동. 알라배스터를 천천히 죽이고 있는 저것, 네 죽은 자식의 아비, **절대로, 아이들만은 절대로 안 돼.** 이 세상은 얼마나 오랫동안 다른 평범한 이들의 자식이 편안하게 잠들게 하기 위해 로가 아이들을 죽여 왔는가? 모두가 지자다. 이 삭아빠질 세상 전부가 샤파다. 카스트리마는 티리모이고, 티리모는 펄크럼이며, **더는 단 한 명도, 절대로,** 너는 전신을 타고 흐르는 오벨리스크의 힘, 그 흐름과 하나가 되어 네 눈에 보이는 모든 사람과 보이지 않는 곳에 존재하는 모든 이들을 학살하기 시작한다.

그때 뭔가가 너와 오벨리스크 사이에 끼어든다. 방금 전까지 네게 기꺼이 주어졌던 힘을 다시 빼앗아 오기 위해 갑자기 안간힘을 써야 한다. 지금 네가 뭘 하고 있는지도 망각하고 뿌드득 이를 갈면서 두 주먹을 불끈 쥐고 머릿속으로 크게 외친다. **싫어! 그 사람이 또다시 그런 짓을 하게 놔두지는 않겠어!** 너는 지자를 떠올리며, 샤파를 본다.

그러나 네가 보니는 것은 알라배스터다.

그 사람이 느껴진다, 너와 오벨리스크의 연결을 맹렬하게 공격하는 눈부신 흰색 덩굴들의 폭풍 속에서. 너와 알라배스터의 힘이 충돌하고 그는…… 너를 압도하지 못한다. 그가 할 수 있다는 걸 아는데도 그는 네 접속을 강제로 끊지 않는다. 아니면…… 그가 할 수 있다는 건 그저 네 생각뿐인 걸까? 알라배스터가 약해진 걸까? 아니야. 네가 전보다 강해진 거다.

그러더니 돌연, 반복되는 기억의 푸가와 너를 에워싼 공포심을 뚫고, 뺨을 내려치는 듯한 모진 충격이 너를 싸늘하고 지독한 현실로 다시 데려온다. 네가 마법으로 여자를 죽였다. 너는 마법으로 카스트리마를 쓸어버리려는 중이다. 너는 마법으로 알라배스터와 싸우고 있고, 그리고, 알라배스터는 이제 마법을 감당할 수 없다.

"아, 무정하고 잔인한 대지여."

너는 속삭인다. 즉시 반항을 멈춘다. 알라배스터가 너와 오벨리스크의 접속을 해제한다. 그는 아직도 너보다 더 정밀하고 섬세하다. 그러나 너는 그가 얼마나 약해졌는지 느낄 수 있다. 그의 힘이 사그라들고 있다.

처음에 너는 네가 달려가고 있다는 사실조차 모른다. 사실 그건 달린다고 할 수도 없다. 너는 알라배스터와의 마법 대결과 오벨리스크와의 갑작스러운 분리 때문에 혼미한 정신과 기진맥진한 몸뚱이로 술 취한 사람처럼 비틀거리며 밧줄다리로 뛰어 내려간다. 귓가에서 누군가의 외침이 들린다. 손이 튀어나와 팔을 붙들지만, 너는 거칠게 저항하며 흔들어 떨쳐 낸다. 용케도 중간에 떨어져 죽지 않고 지상층에 내려온다. 흐릿한 얼굴들이 옆을 지나간다. 상관없다. 눈에 보이는 것도 없다. 왜냐하면 너는 큰 소리로 흐느껴 울며 "안 돼, 안 돼, 안 돼." 하고 횡설수설 중얼거리고 있기 때문이다. 너는 네가 무슨 짓을 했는지 안다. 몸과 영혼과 입으로는 부인하고 있을망정, 너는 알고 있다.

너는 병원에 도착한다.

병원에서 너는, 이상하리만큼 작지만 아주 섬세하게 조각된 석상을 내려다보고 있다. 색칠도 되어 있지 않고 광택 하나 없는, 밋밋한 황토색 석상. 거의 추상적으로까지 보이는 전형적인 예술 작품. 한 남자의 마지막 순간. 영혼의 단절. 비인간, 사람이었던 것, 찾았으나 다시 잃어버린 그이.

아니면 그냥 알라배스터라고 해야 할지도 모르겠다.

지금은 5시 30분이다.

***

7시가 되자, 알라배스터의 주검 앞에 웅크리고 있는 너에게 러나가 찾아온다. 너는 그가 옆에 앉을 때까지 알아채지 못하고, 왜 찾아왔는지 궁금하다. 오지 않는 게 좋을 거라는 것쯤은 알 텐데. 러나는 빨리 가 버려야 한다. 네가 또다시 발광해서 그까지 죽여 버리기 전에.

"이카가 당신을 죽이면 안 된다고 향 사람들을 설득했어요. 내가 당신 아들에 대해 말해 줬거든요. 그리고, 어, 그대로 놔뒀다면 와이닌이 펜티를 때려 죽였으리라는 건 다들 같은 생각이었으니까요. 당신이 과잉반응을 한 건…… 이해할 수 있는 일이었죠." 러나가 잠시 말을 멈춘다. "아까 이카가 커터를 죽인 덕도 컸어요. 사람들이 이카를 더 신뢰하게 됐거든요. 그녀가 단순히……." 숨을 크게 들이마시고 어깨를 으쓱한다. "동지의식 때문에 편드는 게 아니라는 걸 알아요."

그래. 펄크럼 교사들도 그런 말을 했다. 로가는 모두가 하나이며,

똑같은 존재다. 한 로가가 저지른 죄는 모든 로가의 죄다.

“아무도 에쑨을 죽일 수 없다.”

저건 호아다. 당연히 그도 여기 있겠지. 자기가 투자한 것을 지켜야 하니까.

그 말에 러나가 불편한 듯이 꿈지럭거린다. 하지만 그때, 또 다른 목소리가 말한다.

“아무도 그녀를 죽일 수 없다.”

이번에는 너도 흠칫 놀란다. 저건 안티모니다.

너는 천천히 몸을 일으킨다. 내내 여기 있던 안티모니는 평소와 똑같은 자세로, 한때 알라배스터였던 돌덩어리를 그가 살아 있을 때처럼 무릎 위에 올려놓고 있다. 안티모니의 시선은 네게 못 박혀 있다.

“넌 그 사람을 가질 수 없어.” 네가 이를 드러내며 위협한다. “나도 가질 수 없고.”

“난 널 원하지 않아. 네가 그를 죽였는걸.”

아, 젠장. 너는 어떻게든 이 비참하고 절망적인 분노를 붙들어 잡으려고, 그 감정을 이용해 정신력을 집중하고 안티모니에게 싸움을 걸 힘을 끌어 모으려 애쓰지만, 너의 분노는 수치심으로 삭아 흩어지고 만다. 어쨌든 기껏해야 알라배스터의 그 저주받을 오벨리스크 검을 움직일 정도가 다다. 스피넬. 하지만 검은 그 즉시 네 손아귀에서 쏜살같이 빠져나가 달아난다. 마치 네 얼굴에 침이라도 뱉듯이. 너는 경멸받아 마땅하다. 그렇지 않아? 스톤이터, 인간, 오로진, 심지어 삭아죽을 오벨리스크도 안다. 너는 아무것도 아니다.

아니지. 너는 죽음이다. 사랑하던 사람을 또다시 죽여 버렸다.

그래서 너는 거기, 두 손과 무릎을 바닥에 대고, 상실감에 젖어, 거부당한 채, 허망하게 앉아 있다. 마치 네 몸 안에서 고통을 풀어내는 태엽장치가 째깍째깍 돌아가고 있는 것처럼 아프다. 오벨리스크를 만든 자들이라면 이 끔찍한 고통을 다른 것으로 이용할 방법을 발명했을지도 모르지만, 그들도 진즉에 죽어 버렸다.

너를 비탄 속에서 끄집어낸 것은 소리다. 안티모니가 일어서 있다. 두 다리를 곧게 펴고 일어선 그녀의 모습은 당당하고 준엄하다. 안티모니가 코끝 너머로 너를 내려다본다. 그녀의 팔에는 황갈색 덩어리가 된 알라배스터가 안겨 있다. 이 각도에서 보이는 그것은 인간이었던 그와는 어느 곳 하나 닮은 데가 없다. 심지어 공식적으로 그는 인간도 아니었다.

"안 돼."

너는 말한다. 방금까지의 반항적 기세는 온데간데없다. 그것은 애원이다. 그를 데려가지 마. 하지만 이건 그의 소망이었다. 그가 원했던 일이다. 알라배스터는 안티모니에게 자신의 몸을 주라고 말했다. 그에게서 모든 것을 앗아 간 아버지 대지의 손에 넘기지 말라고 부탁했다. 그는 대지와 스톤이터 중에서 선택했다. 그 명단에 너는 없다.

"그가 네게 전언을 남겼다." 안티모니가 말한다. 감정이 실리지 않은 밋밋한 목소리는 예전과 변한 게 하나도 없지만, 그렇지만. 왠지. 저건 연민일까? "오닉스가 열쇠다. 네트워크가 먼저, 그다음이 문이다. 망치지 마라, 에쑨. 이논과 내가 괜히 널 사랑한 게 아니니까."

"뭐라고?"

너는 되묻는다. 하지만 다음 순간, 안티모니가 깜박거리다가 투명해진다. 너는 그때야 처음으로 스톤이터가 바위를 통과하는 방식과 오벨리스크가 실체와 비실체를 오가는 방식이 똑같다는 사실을 깨닫는다.

쓸데없는 깨달음이다. 안티모니가 땅속으로, 너를 증오하는 대지 속으로 사라진다. 알라배스터와 함께.

너는 털썩 주저앉는다. 그녀가 떠난 자리에, 그가 떠난 자리에. 머릿속이 텅 빈 느낌이다. 하지만 손 하나가 나타나 네 팔을 건드리고, 누군가의 목소리가 네 이름을 부르고, 오벨리스크가 아닌 다른 것과의 교감이 느껴지고, 너는 그쪽으로 고개를 돌린다. 어쩔 수가 없다. 네게는 뭔가가 필요하고, 만일 그게 가족도 죽음도 아니라면 뭔가 다른 것이어야 한다. 그래서 너는 몸을 돌려 그것을 붙잡는다. 러나가 거기 있다. 그의 어깨는 따뜻하고 부드럽고, 너는 그게 필요하다. 너는 그가 필요하다. 적어도 지금 이 순간만큼은, 제발. 단 한 번만이라도, 너는 네가 인간임을 느껴야 한다. 선언문이 뭐라고 하든 간에. 누군가 다른 사람의 팔이 너를 감싸 안고, 누군가 다른 사람의 나지막한 목소리가 귓가에 "유감이에요, 에쑨. 정말 안됐어요." 하고 속삭일 때면, 어쩌면, 너는 그렇게 느낄 수 있을지도 모른다. 어쩌면 너는 정말로 인간인지도 모른다. 적어도 잠시나마.

***

7시 45분. 너는 또다시 혼자 앉아 있다.

러나는 조수와 이야기를 하러 갔다. 어쩌면 병원 문 앞에서 너를 감시하고 있는 완력꾼을 만나러 갔는지도 모른다. 네 비상자루 밑바닥에는 숨은 주머니가 있다. 수년 전 가죽 장인에게서 하필 이 자루를 산 이유이기도 하다. 그가 그 주머니를 보여 주자마자 너는 그 안에 무엇을 넣어 둬야 할지 알았다. 에쑨이 된 너는 자주 생각해서는 안 되는 것. 왜냐하면 그것은 시에나이트의 물건이고, 시에나이트는 죽었기 때문이다. 하지만 너는 그녀의 유품을 간직했다.

너는 비상자루를 뒤진다. 손가락 끝에 주머니가 닿자 안을 뒤적인다. 안에 든 꾸러미는 무사하다. 너는 그것을 꺼내 싸구려 보자기를 펼친다. 여섯 개의 반지. 준보석을 반질반질하게 닦아 만든 반지들이 얌전히 놓여 있다.

너에게는 부족한 숫자다. 이제 너는 아홉 반지이므로. 하지만 너는 먼저 만들어진 네 개의 반지에는 관심이 없다. 반지 네 개가 쨍그랑 소리를 내며 바닥에 굴러떨어진다. 마지막 두 개. 그가 너를 위해 만들어 준 반지들. 너는 양손의 집게손가락에 반지를 하나씩 끼운다.

그러고는 벌떡 일어선다.

* * *

아침 8시. 카스트리마에 거주하는 모든 가정의 가장들이 납작마루에 모인다.

배급권 하나당 한 표가 원칙이다. 원의 중앙에 서 있는 이카가 보인다. 가슴 앞에 팔짱을 끼고 신중하게 만든 무표정한 얼굴을 하고 있지만, 주변을 감도는 팽팽한 긴장감은 대부분 그녀에게서 흘러나오고 있다. 누군가 낡은 나무 상자를 갖고 왔고, 향민들은 주변을 기웃거리거나 서로 속닥거리다가 종이나 가죽 조각에 뭔가를 적어 상자 안에 떨어뜨린다.

너는 납작마루를 향해 걸어간다. 뒤에는 러나가 바짝 붙어 따라오고 있다. 네가 다리를 거의 다 건널 때까지 사람들은 너를 알아채지 못한다. 네가 아주 가까이 다가갈 때까지. 그러다 누군가 너를 발견하고 놀라 숨을 크게 들이켠다. 또 다른 누군가가 헐떡이며 소리 지른다.

"삭아죽을, 그 여자야."

사람들이 허둥지둥 너를 피하다 서로 부딪쳐 비틀거린다.

그들은 그래야 마땅하다. 네 오른손에는 알라배스터의 길고 이상하게 생긴 분홍색 검이 들려 있다. 스피넬 오벨리스크를 축소해 빚어 놓은 듯한 형상의 그것. 너는 그것에 다시 접속하고, 공명시켰다. 스피넬은 이제 네 것이다. 그것이 너를 거부한 건 그때 네가 정신적으로 불안정하고 허우적거리고 있었기 때문이다. 너는 집중력을 되찾았다. 네가 허락하지 않는 한 스피넬은 아무도 해치지 않을 것이다. 하지만 과연 너도 그럴 것인지는 다른 문제다.

너는 원의 중앙까지 뚜벅뚜벅 걸어간다. 투표함을 들고 있던 사내가 상자를 내려놓고 주춤주춤 물러선다. 이카가 얼굴을 찡그리며 다가온다.

"에쑨……."

그러나 너는 그녀를 무시한다. 너는 앞으로 나아가 갑자기, 본능적으로, 자연스럽고 편안한 동작으로, 분홍빛 검의 손잡이를 두 손으로 붙잡고는 허리를 돌리며 크게 휘두른다. 칼날이 나무 상자에 닿는 순간, 상자가 사라진다. 동강 난 것도, 박살 난 것도 아니다. 상자를 구성하던 요소들이 미세한 입자로 분해된 것이다. 사람들의 눈에는 상자가 먼지 가루처럼 흩뿌려져 빛 속에서 반짝이다 사라지는 것처럼 보인다. 돌로 변한 것처럼 보인다. 사람들은 놀라 헐떡거리거나, 비명을 지른다. 그건 즉 그들이 투표 종이를 숨으로 들이마시고 있다는 뜻이다. 몸에 해가 되지는 않을 것이다. 적어도 심각한 해는 되지 않을 것이다.

너는 몸을 돌린다. 팔을 들어 올리고, 천천히 주위를 둘러보며 사람들의 얼굴을 하나씩 칼끝으로 가리킨다.

"투표는 없어." 고요한 적막, 네 귀에 들리는 소리라곤 수십 미터 아래 공동 목욕탕의 수도관에서 졸졸 흐르는 물소리뿐이다. "그게 싫다면 떠나. 레나니스에 합류하든가. 거기 사람들이 받아 준다면 말이야. 그렇지만 여기 남을 거라면, 이 향의 어느 누구도, 다른 향민이 소모품에 불과하다고 결정할 수 없어. 누가 인간이고 누가 인간이 아닌지를 투표로 결정할 수는 없어."

사람들이 쭈뼛거리며 얼굴을 마주 본다. 이카는 네가 위험한 동물이라도 되는 것처럼 황당한 표정으로 쳐다보고 있는데, 거의 우스꽝스러울 지경이다. 이쯤 됐으면 이라도가 아니라는 것쯤은 알아야지.

"에쑨." 이카가 입을 연다. 애완동물, 아니면 미친 사람에게 말을 걸 때나 쓸 법한 목소리다. "이건……."

하지만 금방 입을 다문다. 왜냐하면 이게 무슨 일인지 모르기 때문이다. 하지만 너는 안다. 씨발, 이건 쿠데타다. 누가 마을을 통솔하든 그건 상관없어도 이 문제에서만큼은 네가 독재자가 될 것이다. 알라배스터가 네게서 이 사람들을 구하다 죽은 걸 헛되이 만들지 않을 것이다.

"투표는 없어." 너는 다시 말한다. 네 목소리는 높고 우렁차다. 옛날에 보육학교에서 열두 살짜리 아이들을 가르칠 때처럼. "여긴 공동체야. 너희는 하나로 뭉쳐야 해. 서로를 위해 싸워야 해. 아니면 내가 전부 다 죽여 버릴 테니까."

죽은 듯한 정적이 주위를 뒤덮는다. 아무도 움직이지 않는다. 휘둥그레진 눈들은 형용할 수 없는 두려움에 질려 있고, 너는 그들이 네 말을 믿는다는 것을 알 수 있다.

좋아. 너는 몸을 돌리고 다시 멀어져 간다.

소용돌이치는 심원(深原) 속에서, 나는 적과 공명한다. 혹은 시도한다. "휴전을." 나는 말한다. 애원한다. 이미 양쪽 모두 너무 많은 것을 잃었다. 달. 미래. 희망.

이 깊은 곳에서는 언어로 응답을 듣기가 불가능하다. 내게 들리는 것은 성난 메아리, 압력과 중력의 극심한 동요. 잠시 후에 나는 짓눌려 으깨지지 않으려고 달아나야 한다. 하지만 이건 일시적인 후퇴일 뿐이다. 지금은 무력화될 수 없다. 네 사람들은 마침내 진정 중요한 결정을 내려야 할 때면 종종 그렇듯 빠르게 변화하고 있고, 나는 준비되어 있어야 한다.

어떤 결정이 내려지든, 분노만이 내 유일한 대답이다.

19장

너는 싸울 준비를 한다

네가 마지막으로 지상에 발을 디딘 지 한 달이 지났다. 네가 고통과 어리석음에 잠식되어 알라배스터를 죽인 뒤로 이틀이 지났다. 계절에는 모든 것이 변한다.

지상 카스트리마는 함락되었다. 네가 처음 지하향에 내려올 때 사용했던 통로는 폐쇄되었다. 카스트리마의 오로진 하나가 땅속에서 커다란 암반을 끄집어 올려 구멍을 막아 버렸다. 아마 이카가 그랬거나, 아니면 이카가 커터를 죽이기 전에 그가 했을 것이다. 카스트리마에서 너와 알라배스터를 빼면 그 둘이 조산술에 가장 뛰어나니까. 이제 네 명 중 둘이 죽었고, 적들은 코앞에 다가와 있다. 네가 전기 불빛 아래 몸을 드러내자 커다란 돌벽 뒤 터널 입구에 모여 있던 완력꾼들이 펄쩍 뛰며 긴장한다. 이미 똑바로 서 있던 이들조차 허리를 더 곧게 편다. 에스니의 부관인 완력꾼 제버가 너를 보고 활짝 웃는다. 상황이 그만큼 나쁘다는 증거다. 모두가 얼마나 걱정하고 있는지를 보여 주는 증거다. 이들은 정신이 돌아 버린 나머지 너를 영웅 취급하기 시작하고 있다.

"난 마음에 안 들어."

이카는 네게 그렇게 말했다. 그녀는 터널이 뚫릴 경우에 방어 팀을 지휘하기 위해 카스트리마 향에 남아 있다. 가장 위험한 경우는 레나니스 정찰대가 카스트리마 정동의 환기 구멍을 발견하는 것이다. 환기구는 아주 잘 숨겨져 있다. 하나는 지하 강이 흐르는 동굴 속에 있고 다른 구멍들도 눈에 잘 띄지 않는 곳에 감춰져 있다. 마치 카스트리마를 건설한 옛 사람들이 외부의 공격을 우려하기라도 했는지. 만일 놈들이 그걸 발견하고 막아 버리기라도 한다면 그들은 카스트리마 향을 포기해야 할 것이다.

"게다가 저쪽엔 스톤이터도 있잖아. 넌 군대 하나 정도는 조져 버릴 만큼 위험하고 눈에 뵈는 것도 없지, 에씨. 그건 나도 인정해. 하지만 우리 중에 스톤이터와 싸울 수 있는 사람은 없어. 만약에 널 잃으면 우린 가장 강력한 무기를 잃는 거라고."

전망대에서 너희 둘이 나름 이 사태를 해결할 방안을 고심할 때, 이카는 그렇게 말한다. 너희는 하루 정도 서먹한 시간을 보냈다. 너는 투표를 금지해 이카의 권위를 짓밟고, 향민이라면 누구나 향의 문제에 발언권을 갖고 있다는 환상을 무너뜨렸다. 너는 아직도 그게 불가피한 일이었다고 믿는다. 누구의 생명이 싸울 가치가 있고 누구는 그렇지 않은지에 대해 모두가 발언권을 가져서는 안 된다. 심지어 이카도 그 말에는 수긍한다. 하지만 그 일로 그녀가 피해를 입은 것만은 분명한 사실이다.

너는 사과를 하지는 않지만 둘 사이에 갈라진 틈새를 때우려고 노력한다.

"카스트리마의 가장 강력한 무기는 너야."

너는 단호하게 말한다. 그건 진심이다. 카스트리마가 지금껏 지탱될 수 있었던 것, 둔치들이 정체성을 드러낸 로가들을 때려죽이지 않고 함께 살고 있다는 것은 기적에 가깝다. "아직까지 집단 학살을 저지르지 않은" 게 아무리 낮은 기준이라고 해도 다른 공동체들은 심지어 여기까지도 도달하지 못했다. 그 점에서는 너도 이들을 인정하는 바다.

그 말이 둘 사이의 어색한 분위기를 다소 누그러뜨린다.

"하여튼, 삭아 죽지만 마." 마침내 이카가 네게 말한다. "이제 와서 이 난장판을 너 없이 혼자서는 못 버틸 거 같으니까."

이카는 사람들이 뭔가를 해야 할 이유가 있다고 믿게 하는 데 능숙하다. 그래서 그녀가 지도자인 거겠지.

그래서, 지금, 너는 레나니스의 군 기지로 변한 지상 카스트리마를 가로질러 걸어가고 있다. 너는 지금 겁이 난다. 남을 위해 싸우는 건 언제나 나를 위해 싸우는 것보다 더 어렵다.

낙진은 벌써 1년째 지속되고 있고, 마을은 무릎까지 회색빛 재에 뒤덮여 있다. 최근에 비가 한 번 내린 덕분에 푸석한 화산재 층 아래(하지만 이것도 꽤 두텁다.) 축축한 진흙처럼 엉겨 있는 바닥을 보닐 수 있다. 적군은 한때 비어 있던 집들의 현관과 문 앞에 오밀조밀 모여 너를 쳐다본다. 대부분의 집들이 처마 밑에 쌓여 젖지 않은 낙진에 벽이 반쯤 파묻혀 있다. 창문 부분은 아마 삽으로 파내야 했을 것이다. 병사들은 마치…… 그냥 평범한 사람들처럼 보인다. 제복을 입고 있지 않기 때문이다. 하지만 그럼에도 저들에게는 뭔가 획일적인 데가 있다. 모두 산제인이거나 매우 산제인답게 생겼다. 회색 재가 부대껴 빛바랜 색색의 여행복 밑에서 너는 예쁘고 고급스러운 천 조각이 그들의 상완에, 손목에, 또는 이마에 묶여 있는 것을 본다. 그렇다면 이제 길 위를 헤매고 있는 적도인은 없는 거로군. 그들은 그들만의 향을 찾은 것이다. 아냐, 향보다 더 오래되고 근본적인 것. 이들은 부족이다. 그리고 너의 것을 약탈하러 왔다.

하지만 이들은 평범한 사람들 이상이다. 많은 수가 너와 비슷한 연배거나 너보다 나이가 많다. 아마 상당수가 남아도는 완력꾼이나 자신의 유용함을 입증하려는 무향민일 것이다. 여자보다 남자가 약간 더 많지만, 이 역시 이해할 수 있는 일이다. 대부분의 향에서는 아이를 생산할 수 있는 사람보다 그렇지 않은 이들을 더 빨리 쫓아내기 때문이다. 하지만 여자들이 저렇게 많다는 건 레나니스에 재생산이 가능한 건강한 향민이 부족하지 않다는 의미다. 크고 강력한 향이다.

네가 지상 카스트리마의 중심가를 걸어 내려가자, 그들의 시선이 너를 쫓아온다. 재 한 톨 묻지 않은 깨끗한 피부와 청결한 머리카락, 그리고 선명한 색의 옷가지 덕분에 너는 단연코 눈에 띄는 존재다. 밋밋한 갈색 가죽바지와 표백하지 않은 흰색 셔츠에 불과하지만 회색 거리와 죽은 회색 나무와 무겁고 답답한 회색 구름 아래에서는 몹시 보기 드문 것이다. 게다가 너는 누가 봐도 분명한 중위도인이고 그들 대부분에 비해 체격이 작다.

상관없다. 네 뒤에는 스피넬이 공중에 둥둥 뜬 채 따라오고 있다.

네 머리와 정확하게 30센티미터 떨어진 곳에서 천천히 회전하며 부유한다. 네가 딱히 부르거나 시킨 것도 아니다. 너는 그것이 왜 너를 따라다니는지 모른다. 손에 쥐지 않는 한, 스피넬은 늘 그렇게 네 뒤에서 기다리고 있다. 다른 곳에 놔두려고도 해 봤으나 항상 다시 날아와 네 뒤를 따라다닌다. 음, 알라배스터를 죽이기 전에 스피넬이 얌전히 말을 듣게 하려면 어떻게 하는지 물어볼걸 그랬다. 지금 스피넬은 깜박깜박거리고 있다. 선명해졌다가 투명해졌다가 다시 선명해지고, 회전할 때마다 그 힘이 울리는 희미한 윙윙 소리가 들린다. 보니는 것이 아니라 정말로 귀에 들린다. 너는 그 소리를 들은 사람들의 얼굴 근육이 실룩거리는 것을 본다. 뭔지는 몰라도 그 소리가 뭔가 나쁜 것이라는 건 누구나 감지할 수 있다.

지상 카스트리마의 중앙에는 둥근 지붕으로 덮인 열린 공간이 있다. 이카는 이 파빌리온이 예전에 결혼식 피로연이나 무도회, 향의 회합 장소로 쓰였다고 말해 주었다. 이제 그곳은 일종의 작전통제소로 이용되고 있다. 너는 파빌리온을 향해 걸어가며, 지붕 밑에 남녀가 뒤섞인 시끌벅적한 무리가 서서, 앉아서, 혹은 쭈그리고 둥글게 모여 있는 것을 발견한다. 그리고 만든 지 얼마 안 된 듯한 탁자 주변에 한 무리의 사람들이 서 있다. 더 가까이 다가가자 조잡하게 그려 놓은 카스트리마의 약도와 이 근방의 지도를 나란히 놔두고 뭔가를 의논하고 있는 게 보인다. 너는 적어도 하나 이상의 환기구에 표시가 되어 있는 것을 발견하고 가슴이 철렁 내려앉는다. 가까운 강의 작은 폭포 뒤에 있는 환기구다. 저걸 알아내기 위해 저들도 정찰대 한두 명을 희생했을 것이다. 그곳 강둑은 부글벌레로 가득할 테니까. 어쨌든 상관없다. 그들이 환기구를 발견했다는 건 나쁜 소식이다.

지도를 들여다보며 의견을 나누던 세 사람이 고개를 들고 너를 발견한다. 그중 한 명이 옆 사람을 팔꿈치로 쿡쿡 찌르자 그가 고개를 돌려 너를 보고, 그 사람이 다시 다른 사람을 잡고 흔들어 깨운다. 너는 지붕 아래로 성큼성큼 걸어가, 탁자에서 몇 미터 떨어진 곳에서 발을 멈춘다. 방금 잠에서 깬 여자가 게슴츠레한 눈으로 얼굴을 문지르며 다가온다. 그다지 인상적인 외모는 아니다. 머리카락을 양쪽 귀 위로 바짝 올려 깎았는데, 단검으로 자르기라도 했는지 보기 흉할 정도로 뭉뚝하다. 그래선지 몸집이 별로 작은 편이 아닌데도 작아 보인다. 몸통은 불뚝한 나무통처럼 두껍고, 가슴과 배가 구분이 가지 않을 정도인데 애를 최소한 하나 이상 낳은 몸이다. 다리는 현무암기둥처럼 튼튼하다. 차림새는 다른 이들과 별다를 바가 없고, 부족원임을 나타내는 표식은 목 주위에 느슨하게 매어져 있는 색 바랜 노란 실크 스카프다. 그러나 그녀의 눈빛은 지금처럼 졸음이 가득한 상태에서도 사람을 끌어당기는 데가 있고, 그래서 너는 그녀에게 온 신경을 집중한다.

"카스트리마에서 온 거야?"

여자가 인사말 대신 묻는다. 지금 네가 누구든 가장 중요한 건 그거니까.

너는 고개를 끄덕인다.

"사절로 왔어."

여자가 탁자 위에 손을 두고 고개를 끄덕인다.

"우리 전갈을 받은 모양이군."

네 뒤에서 조용히 선회하고 있는 스피넬을 힐끗 쳐다보고는 표정에 변화가 인다. 네가 본 것은 혐오감이 아니다. 혐오감에는 감정이 필요하다. 여자가 한 일은 그저 네가 로가라는 사실을 깨닫고 네가 인간이 아니라고 판단한 것뿐이다. 그게 다다. 무관심은 혐오보다 더 나쁘다.

흠. 너는 무관심으로 응대할 수 없다. 너는 그녀를 인간으로 여기지 않을 수가 없으니까. 그렇다면 증오로 대응해야 할 것이다. 흥미로운 점은 저 여자가 스피넬이 뭔지, 그리고 그것이 어떤 의미인지 알고 있다는 것이다. 아주, 아주 흥미로운 사실이다.

"우리는 너희에게 합류하지 않겠어." 너는 말한다. "싸워서 쟁취하고 싶다면, 그렇게 해 봐."

여자가 머리를 한쪽으로 갸웃 기울인다. 부관 중 하나가 손으로 입을 가리고 피식 웃지만, 누군가 재빨리 노려보자 즉각 조용해진다. 너는 이 정적이 마음에 든다. 이건 존중의 표시다. 너 자신은 아닐지 몰라도 네 능력에 대한, 그리고 카스트리마에 대한 존중의 표시다. 설령 너희가 이길 가능성이 없다고 생각할지라도. 실제로, 아마도, 이길 가능성이 없다고 할지라도.

"우린 너희를 공격할 필요도 없어." 여자가 말한다. "여기 가만히 앉아서 사냥을 나오거나 교역을 하러 가는 애들을 잡아 죽이면 되니까. 그러면 알아서 굶어 죽겠지."

너는 간신히 태연한 척을 해낸다.

"우린 아직 고기가 있어. 비타민 결핍이 나타나려면 꽤 오래, 아마 최소한 몇 달은 걸릴 거야. 나머지 비축고도 넉넉하고." 애써 어깨를 으쓱해 보인다. "다른 공동체들도 고기 문제는 비교적 쉽게 극복했지."

여자가 싱긋 웃는다. 이를 날카롭게 갈지도 않았는데, 너는 일순 그녀의 이빨이 이상하게 길다는 느낌을 받는다. 아마 너의 상상이겠지.

"그건 그래. 너희들 입맛이 그렇다면 말이야. 바로 그래서 우리가 너희 환기 구멍을 찾고 있는 거지." 여자가 지도를 손가락을 톡톡 두드린다. "공기 구멍을 찾아서 너희들 숨통을 틀어막은 다음에 터널을 부수고 쳐들어갈 거야. 지하에 살다니 너무 멍청한 거 아냐? 일단 너희가 거기 있다는 걸 알고 나면 이보다 더 간단할 수가 없단 말이지."

그건 사실이지만, 너는 고개를 젓는다.

"그런 식으로 압박할 작정이라면 우리는 꽤 어려운 상대가 될 거야. 하지만 카스트리마는 부유하지도 않고, 다른 향보다 특별히 비축고가 훌륭하지도 않아. 그저 로가들로 넘쳐날 뿐이지." 너는 극적인 효과를 위해 잠시 말을 멈춘다. 여자는 반응하지 않지만 그 의미를 알아챈 사람들 사이에 동요가 퍼져 나간다. 좋아, 그건 이들이 생각을 하고 있다는 뜻이다. "잘 뒤져 보면 더 쉬운 상대가 있을 거야. 왜 하필 우리를 귀찮게 구는 거지?"

너는 이유를 안다. 회색 남자가 오벨리스크의 문을 열 수 있는 오로진을 찾고 있기 때문이다. 그러나 그가 이들에게 그렇게 말했을 리는 없다. 안정적이고 강력한 적도권 향이 정복자로 돌변하게 만들 수 있는 것은 무엇인가? 잠깐만, 아니야. 안정적일 리가 없지. 레나니스는 유메네스 열개와 매우 가까운 곳에 위치해 있다. 노드 관리자가 살아 있더라도 그런 향에서 살아가기란 벅찬 일이다. 매일같이 유독가스가 날아든다. 낙진은 여기보다 더 심할 테고, 늘 가리개를 쓰고 살아야 할 것이다. 비라도 온다면 더더욱 최악이다. 순수한 산성비일 테니까. 바로 옆에서 열개가 극심한 열기와 재를 내뿜고 있는 상황에서 비가 내릴 수나 있다면 말이다. 그런 환경에서 가축을 키울 수 있기나 할까 의심스럽고…… 그러니 어쩌면 이들도 단백질 부족에 시달리고 있을지도 모른다.

"우리도 살아야 하니까." 놀랍게도, 여자가 대답한다. 여자가 허리를 세우며 팔짱을 낀다. "레나니스는 인구가 너무 많아. 다른 적도권 도시에서 몰려온 난민들이 향문 앞에서 진을 치고 있거든. 어쨌든 우린 이걸 해야 해. 그렇지 않으면 향 주위에 무향민 무리가 너무 크게 늘 테니까. 무기를 쥐여 주고 알아서 먹고살라고 한 다음 남은 물자를 가져오게 하는 것도 좋은 방법이고. 이번 계절이 끝나지 않을 거라는 건 너희도 알겠지."

"계절은 끝나."

"언젠가는 말이지." 여자가 어깨를 으쓱한다. "우리 향 학자들의 계산에 따르면 버섯 같은 걸 많이 기르고 인구를 엄격하게 제한하면 계절이 끝날 때까지 어떻게든 생존할 수는 있을 거라더군. 중간에 마주치는 다른 모든 향에서 비축고를 탈취한다면 가능성은 더 높아질 테고……."

너는 더 이상 못 참고 지겹다는 듯 눈동자를 굴린다.

"겨우 비축고 갖고 1000년을 버틸 수 있을 것 같아?"

아니면 2000년. 1만 년이 될 수도 있다. 그리고 계절이 끝나면 수만 년 정도는 세상 전체가 얼음으로 뒤덮일 것이다.

여자는 네가 말을 끝낼 때까지 기다려 준다.

"그리고 다른 생존 가능한 향에서 꾸준히 공물을 받을 수 있는 보급선을 구축할 수만 있다면 말이야. 해안지방 향에선 해양자원을 생산하고, 극지방에서는 적은 일조량으로 키울 수 있는 식물을 공급받을 수 있지." 여자가 극적인 효과를 내기 위해 잠시 말을 끊는다. "하지만 너희 중위도 놈들은 너무 많이 먹어."

흠.

"그러니까 간단히 말해, 우릴 쓸어버리려 왔단 말이군." 너는 고개를 흔든다. "그럼 왜 그냥 그렇게 말하지 않았어? 왜 오로진을 쫓아내라느니 그런 바보 같은 소리를 한 거지?"

뒤쪽에서 누군가 부르는 소리가 들린다.

"다넬!" 여자가 그쪽을 돌아보며 고개를 끄덕인다. 그녀의 이름이 틀림없다. "항상 내부에서 분열할 가능성이 있으니까. 그러면 그냥 걸어 들어가서 남은 걸 주워 담으면 되거든." 여자가 고개를 젓는다. "이젠 일이 어려워지겠어."

네 보님기관을 강타하는 둔탁하고 끈덕진 웅웅거림은 날카로운 비명만큼이나 분명한 경고 신호다.

깨달았을 때는 이미 늦었다. 그건 수호자가 네 조산력을 무효화할 수 있는 범위 내에 있다는 의미이기 때문이다. 하지만 너는 그래도 몸을 돌리고, 반쯤 휘청거리면서도 이 삭아빠질 마을 전체를 단숨에 얼릴 수 있는 거대한 고리를 회전시킨다. 왜냐하면 너는 수호자가 네 힘을 무력화시킬 것이라고만 생각했지 오른쪽 팔로 짧은 단도가 날아들 것이라고는 추호도 예상치 못하고, 단단하게 압축된 고리를 둘러 네 몸을 보호하지 않았기 때문이다.

알라배스터가 그 단도가 무척 아프다고 말한 것이 기억난다. 그 칼은 아주 작고, 투척용이며, 네 이두박근 깊숙이, 뼈에 닿을 정도로 깊숙이 박혔으니 당연히 아프다. 그러나 알라배스터가 말하지 않은 것이 있다.(알라배스터가 죽은 후로 너는 그에게 엄청나게 화가 나 있다. 멍청하고 쓸모없는 녹쟁이새끼.) 그 단도는 온몸의 신경이 불타는 것처럼 고통스럽게 만든다. 그 불꽃이 가장 뜨겁고, 눈부시게 작열하는 곳은 바로 보님기관이다. 보님기관은 팔 근처에 있지도 않은데. 너무 아파서 온몸의 근육이 한꺼번에 경련을 일으키는 것 같다. 너는 옆으로 털썩 쓰러진다. 심지어 비명도 나오지 않는다. 너는 바닥에서 꿈틀거리며, 주변에 모여든 레나니스 병사들을 뚫고 뚜벅뚜벅 다가와 비릿한 웃음을 지으며 너를 내려다보는 여자를 바라본다. 여자는 놀랍도록 젊고, 아니면 적어도 그렇게 보인다. 하지만 외모는 아무 의미도 없다. 그녀는 수호자니까. 여자는 허리 위로 상체를 벌거벗고 있고, 피부는 산제인들 사이에서도 충격적일 정도로 새까맣다. 가슴이 어찌나 작은지 유륜(乳輪)이 거의 전부일 정도다. 네가 마지막으로 임신했을 때가 생각난다. 우체가 태어난 뒤에 너는 유방이 영원히 작아지지 않을 거라고 생각했었지……. 이논처럼 곤죽이 된다면 얼마나 아플지 궁금해진다.

시야가 검게 변한다. 처음에는 무슨 일이 일어났는지 혼란스럽다. 너는 죽은 걸까? 그렇게 빠르고 간단하게? 하지만 온몸은 여전히 뜨겁게 불타고 있고, 너는 지금 비명을 지르려는 중이다. 하지만 그때, 새로운 감각이 느껴진다. 움직임. 거센 밀려듦. 마치 바람 같은. 피부의 미세한 수용기에 전혀 생소한 입자가 닿는 게 느껴진다. 이건…… 이상하게도 평온하다. 너는 통증을 거의 잊어버린다.

그러다 빛이, 네가 언제 감았는지도 모르는 눈꺼풀 위를 간질인다. 너는 눈을 뜨지 않는다. 누군가 옆에서 욕설을 뇌까리며 손으로 너를 내리누른다. 너는 공황에 빠지기 직전이다. 이렇게 온몸의 신경이 폭발하고 있을 때에는 조산술을 사용할 수가 없기 때문이다. 하지만 그때 누군가 네 팔에서 단도를 뽑는다.

몸 안에서 시끄럽게 웽웽 울리던 경고음이 갑자기 멈추는 것 같다. 너는 안도감에, 순수한 육체적 고통만 남았다는 사실에 안도하며 몸을 축 늘어뜨린다. 드디어 근육을 마음대로 움직일 수 있게 되었으니 눈을 뜬다.

러나가 보인다. 너는 그의 집 바닥에 누워 있다. 눈꺼풀을 간질이던 빛은 수정 벽에서 흘러나오고 있고, 러나가 손에 단도를 든 채 너를 내려다보고 있다. 호아가 그 뒤에서 간청하는 자세로 서 있는 게 보인다. 틀림없이 러나에게 빌던 것이겠지. 호아의 눈동자가 너를 향해 움직이지만, 몸은 움직이지 않는다.

"씨발 지랄맞게 아프네." 너는 신음 섞인 한숨을 내쉰다. 그러고는 무슨 일이 있었는지 깨닫고 뒤늦게 덧붙인다. "고마워."

호아에게. 수호자가 너를 죽이기 전에 너를 땅속으로 끌어당겨 준 호아에게. 이런 걸 고마워하게 될 줄은 꿈에도 몰랐다.

러나가 단도를 떨어뜨리고는 붕대를 찾으러 간다. 피는 별로 나지 않는다. 칼날이 거의 수직으로 박혀 인대를 절단하지도 않았고 큰 동맥도 용케 피해 간 것 같다. 손이 아직도 덜덜 떨리고 있어 확신할 수는 없지만. 쇼크 때문이다. 하지만 러나가 환자의 생명이 위독할 때면 그러듯이 거의 초인적인 속도로 움직이고 있지도 않으니, 괜찮을 것 같다는 생각이 든다.

러나가 등을 돌린 채 응급 도구를 챙기며 말을 건다.

"협상이 잘 되지 않았다는 뜻이겠네요."

요즘 너와 러나는 조금 어색한 사이가 되었다. 그가 네게 관심이 있다는 사실을 분명히 밝혔는데 너는 긍정적인 대답을 하지 않았기 때문이다. 하지만 그렇다고 그를 거부하지도 않아서, 지금처럼 멋쩍은 상태다. 몇 주일 전에 알라배스터가 저 젊은 녀석이랑 빨리 뒹굴어 버리라고 투덜거린 적이 있다. 너는 욕구불만일 때 평소보다 더 까칠해진다면서 말이다. 너는 머저리처럼 굴지 말라며 화제를 바꿨지만, 정말이지…… 그 생각을 떨치지 못하는 건 다 알라배스터 때문이다.

너는 아직도 알라배스터를 생각한다. 이건 슬픔일까? 너는 그를 미워했고, 사랑했고, 오랫동안 그리워했고, 잊어버렸고, 다시 찾았고, 다시 사랑했고, 죽여 버렸다. 이 감정은 네가 우체나 코런덤, 혹은 이논에 대해 느끼는 것과는 다르다. 그들을 잃은 비통함은 너의 영혼과 피와 살 속에 깊숙이 스며 있다. 하지만 알라배스터를 잃은 기분은 마치…… 너 자신이 깎여 나간 느낌이다.

하지만 지금은 네 애정 편력의 대격변에 대해 생각할 때가 아니다.

"그래." 너는 대답한다. 어깨를 움츠려 웃옷을 벗는다. 너는 그 밑에 따뜻한 카스트리마 정동 내부에서 입기 편한 소매 없는 셔츠를 입고 있다. 러나가 돌아와 옆에 쪼그려 앉더니 부드러운 천 조각으로 피를 닦아 내기 시작한다. "네가 옳았어. 올라가지 말았어야 했는데. 수호자가 있었어."

러나의 시선이 잠깐 너와 마주쳤다가 다시 상처로 향한다.

"수호자는 조산술을 막을 수 있다면서요."

"이번엔 그럴 필요가 없었지. 저 녹병들 칼이 대신해 줬거든."

너는 이논을 떠올리며 그 이유를 알 것 같다고 생각한다. 이논을 죽인 수호자는 그의 힘을 차단하지 않았다. 어쩌면 그들이 맨살을 만질 때 하는 짓은 조산력을 쓸 수 있는 로가에게만 통하는 것인지도 모른다. 그 여자는 너를 그런 식으로 죽이고 싶었던 거다. 하지만 러나는 벌써 이를 갈고 있고, 너는 그가 그런 것까지 알 필요는 없다고 결론 내린다.

"수호자가 있을지는 몰랐어." 놀랍게도 호아가 입을 연다. "미안하다."

너는 그를 바라본다.

"스톤이터라도 모든 걸 다 알 수는 없지."

"너를 보호하겠다고 약속했는데."

이제 인간의 육신을 갖고 있지 않은 호아의 목소리는 전보다 높낮이가 없고 덤덤하다. 어쩌면 목소리 자체는 똑같은데 네가 그렇게 인식하고 있는지도 모른다. 호아는 더 이상 의미를 보태고 장식할 몸짓언어를 사용하지 않으니까. 하지만 그럼에도 불구하고…… 그는 화가 난 것 같다. 아마도 자기 자신에게.

"그래, 그랬었지." 러나가 네 팔에 붕대를 세게 감기 시작하자 너는 얼굴을 찌푸린다. 하지만 상처를 꿰매지는 않으니, 그건 좋은 소식이다. "땅속을 통과하는 걸 좋아하진 않지만, 기가 막힌 타이밍이었어."

"네가 다쳤으니까."

틀림없이 스스로에게 화가 난 거다. 어린애의 모습을 오래 하고 있긴 했지만 호아가 진짜 어린애처럼 느껴지는 건 처음인 것 같다. 혹시 그의 동족 중에서는 어린 축에 속하는 걸까? 정신적으로 어리다거나? 어쩌면 나이가 어린 만큼 쉽고 솔직하게 감정을 드러내는 것인지도 모른다.

"안 죽었잖아. 중요한 건 그거야."

호아가 조용해진다. 러나는 묵묵히 손을 놀린다. 두 사람이 말없이 풍기는 불만스러운 기색에 너는 약간 죄책감을 느낀다.

너는 러나의 집을 나와 납작마루로 올라간다. 이카는 그곳에 작전본부를 세워 두었다. 누군가 이카의 집에서 남는 침대의자를 전부 가져왔는데, 이카는 의자를 대충 반원 모양으로 배치해 뒀다. 요컨대 자문단의 존재를 공개적으로 밝히는 것이나 다름없다. 그 증거로 햐르카가 평소처럼 한쪽 손에 머리를 괸 채 의자 하나를 독차지하고 퍼질러 앉아 있고, 통키는 반원 한가운데서 초조하게 오락가락 서성이는 중이다. 다른 사람들도 많다. 따로 의자를 가져와 앉아 있거나 아니면 딱딱한 수정 바닥에서 초조해하거나 지루해하고 있는 사람들. 하지만 네가 예상한 것처럼 많은 수는 아니다. 납작마루까지 오는 길에 깨달았는데, 향 전체에서 많은 일들이 벌어지고 있다. 오다가 지나친 어떤 방에서는 사람들이 모여 화살에 깃을 붙이고 있고, 다른 곳에서는 석궁을 만드는 중이다. 바닥층에서는 검술 수업이 한창이다. 호리호리한 젊은 남자가 서른 명가량의 사람들을 모아 두고 칼을 휘두르는 법을 가르치고 있다. 위쪽 전망대 근처에서는 혁신자들이 낙석 함정처럼 보이는 것을 설치하고 있다.

러나와 네가 납작마루에 들어서자 좌중이 전부 고개를 번쩍 든다. 웃기는 일이다. 모두들 네가 지상에 올라가 레나니스인에게 카스트리마 향의 대답을 전해 주기로 자청했다는 사실을 알고 있다. 네가 그 일을 하기로 결심한 것은 네가 권력을 잡은 게 아니라는 걸 보여 주기 위해서였다. 향의 우두머리는 여전히 이카다. 모두 그것을 네가 미쳤다는 징조로 받아들이는 것 같긴 하지만, 어쨌든 너는 같은 편에 있는 미친놈이다. 아, 저들의 눈 속에 어른거리는 희망을 보라! 하지만 금세 사라진다. 네가 돌아왔고, 한쪽 팔에 피 묻은 붕대가 감겨 있다는 사실은 누구에게도 좋은 소식이 아니다.

통키가 뭔가에 대해 쉴 새 없이 떠들고 있다. 심지어 그녀조차 전투에 나설 채비를 마쳤다. 항상 입고 다니던 펑퍼짐한 치마는 통 넓은 남성용 바지로 바뀌었고, 머리카락은 정수리 꼭대기에 서툴게 말아 올렸으며 양쪽 허벅지에는 쌍둥이 유리칼을 차고 있다. 솔직히 꽤 근사해 보인다. 그러다 문득, 통키의 말이 귀에 들어온다.

"세 번째 공세가 제일 까다로워. 기압이 관건이야, 알겠지? 기온차가 생기면 바람이 일어서 기압이 충분히 떨어질 거야. 하지만 전부 거의 동시에 발생해야 해. 흔들이 있어서도 안 되고. 숲은 어떻게 하든 잃겠지만 진동이 느껴지면 놈들은 그냥 땅 밑에 파고들어 숨어 버릴 거야. 우린 그것들이 움직이게 해야 해."

"할 수 있어." 이카가 대답하지만 표정이 다소 어두워 보인다. "음, 적어도 일부는 할 수 있어."

"안 돼. 전부 동시에 해야 해." 통키가 말을 멈추고 이카를 노려본다. "그것만은 삭아빠질 타협이 불가능하다고."

그때 통키가 너를 발견하고는 입을 다문다. 그녀의 눈길이 곧장 네 팔에 감긴 붕대로 향한다.

이카도 눈을 크게 뜬다.

"젠장."

너는 힘없이 고개를 가로젓는다.

"시도할 가치는 있다고 생각했어. 덕분에 말로 설득할 수 있는 무리가 아니라는 걸 알게 됐고."

너는 의자에 앉는다. 주변이 조용해지자 지상을 방문하고 얻은 정보를 나누기 시작한다. 남아도는 인구로 구성된 군대가 지상의 주택들을 차지하고 있다는 것, 다넬이라는 이름의 장군, 적어도 한 명 이상의 수호자가 있다는 사실. 거기에 네가 이미 알고 있던 정보(스톤이터가 그들과 협력하고 있고, 적도권 어딘가에 많은 인구가 모여 살고 있는 커다란 도시가 건재하다는 것)까지 합치면 우울한 그림이 그려진다. 하지만 가장 걱정스러운 것은 네가 아직 모르는 것들이다.

"우리가 고기가 부족하다는 걸 어떻게 아는 걸까?" 회색 남자가 폭로한 사실에 대해 아무도 이카를 힐난하지는 않는 것 같다. 어쨌든 적어도 지금은 그렇다. 그녀가 그동안 중요한 정보를 숨기고 있다는 걸 알게 됐는데도. 그러나 집단의 지도자란 항상 어려운 선택을 해야 하는 법이다. "환기구는 어떻게 발견한 거지?"

"머릿수만 충분하면 별로 어렵지 않지."

네가 대꾸하지만, 이카가 네 말을 자르고 끼어든다.

"아니, 어려워. 우린 이 정동을 벌써 50년이 넘게 사용해 왔어. 요근방에 대해 속속들이 알고 있는데도 통풍 구멍을 찾는 데 몇 년이나 걸렸지. 그중 하나는 강을 따라 나 있는 빌어먹을 토탄늪지에 있는데, 악취가 하늘을 찌를 만큼 고약한 데다 가끔은 불도 난다고." 이카가 몸을 앞으로 기울이며 무릎 위에 팔꿈치를 괴고 한숨을 쉰다. "애초에 우리가 여기 있다는 걸 어떻게 안 거야? 교역상들도 지상 카스트리마밖에 본 적이 없는데."

"어쩌면 저 사람들한테도 오로진이 있을지도요." 러나가 말한다. 몇 주일 동안 하도 로가 소리만 들었더니 러나의 입에서 나오는 오로진이 어색하게 들릴 정도다. "혹시……."

"아냐." 이카가 말한다. 그러고는 너를 쳐다본다. "카스트리마는 아주 크지. 처음 이 근처에 왔을 때 지하에 이렇게 넓은 구멍이 있다는 거 알았어?"

너는 놀라서 눈을 깜박인다. 이카는 네가 대답하기도 전에 고개를 끄덕이고 있다. 네 표정이 대답을 대신하고 있기 때문이다.

"그래. 원래는 느낄 수 있어야 하지만 여긴 뭔가…… 나도 모르겠다. 조산력을 빗겨 나가게 한다고 해야 하나? 일단 안에 들어오면 완전히 정반대지만 말이야. 여긴 우리 능력으로만 작동하니까. 하지만 다음번에 지상에 올라가면, 내 말은 안 죽으면 말이야, 여길 한 번 보녀 봐. 내가 무슨 소리를 하는지 이해가 될 거야." 이카가 고개를 가로젓는다. "저쪽에 로가가 있다고 해도 우리가 여기 있다는 걸 알 수 있을 리가 없어."

하르카가 한숨을 뱉으며 의자에 털썩 드러눕더니 들리지도 않을 소리로 뭐라 투덜거린다. 통키가 이를 드러내며 짜증을 낸다. 아마 하르카에게서 배운 버릇일 테다.

"그런 건 관계없어." 통키가 신경질적으로 대꾸한다.

"네가 듣고 싶지 않은 거야, 자기." 하르카가 말한다. "하지만 내 말이 틀렸다는 뜻은 아니지. 넌 고상한 걸 좋아하잖아. 하지만 인생은 그런 게 아니거든."

"넌 지저분한 걸 좋아하고."

"그리고 이카는 설명을 좋아하지." 이카가 불쑥 끼어든다.

통키가 쭈뼛거리자 하르카가 한숨을 쉬며 말한다.

"전에도 우리 향에 첩자가 있을지도 모른다는 생각을 한 적이 있지."

아, 삭아죽을. 그 즉시 납작마루에 술렁임이 인다. 러나가 하르카를 쳐다본다.

"그건 말도 안 돼요." 그가 말한다. "누가 뭐 하러 카스트리마를 배신하겠어요. 여기서 쫓겨나면 다들 갈 곳도 없는데."

"그건 사실이 아냐." 하르카가 몸을 일으켜 앉더니 날카로운 이빨을 드러내며 히죽 웃는다. "난 어머니의 고향으로 돌아갈 수 있어. 어머니는 내 고향에 오기 전에 자기 고향에서 지도층이었거든.

향장이 되고 싶었는데, 거긴 경쟁이 너무 심했던 거지. 반대로 내가 향을 떠난 건 어머니의 뒤를 이어서 향장이 되고 싶지 않았기 때문이고. 진짜 뭣같이 형편없는 곳이었으니까. 애초부터 난 이런 땅 구멍에서 쓸데없이 허송세월할 생각이 전혀 없었고."

그녀가 이카를 빤히 쳐다본다.

이카가 지겹다는 듯이 한숨을 푹 내쉰다.

"내가 널 안 죽였다고 아직까지 화가 나 있다니 믿을 수가 없다. 말했잖아. 도움이 필요했다니까."

"그래, 나도 알아. 그냥 그렇다고. 어쨌든 그때 네가 부탁하지 않았으면 난 여기 있지 않았을 거야."

"그럼 구 산제의 후예라고 주장하는 사람들이 바글대는 적도권 향에 가서 살 겁니까?" 러나가 얼굴을 찌푸린다.

"설마." 햐르카가 어깨를 으쓱 추켜올린다. "난 여기가 좋아. 하지만 나 말고 어떤 사람은 레나니스를 더 좋아할지도 모른다고 말하는 거야. 거기 살고 싶어서 우리를 팔아넘길 정도로 말이야."

"빨리 그 첩자를 찾아야 돼!" 저편 밧줄다리에서 누군가 외친다.

"안 돼." 네가 날카롭게 쏘아붙인다. 교사로 일하던 시절의 목소리다. 모두가 흠칫 놀라며 너를 쳐다본다. "다넬은 카스트리마가 분열되길 원한다고 말했어. 우린 로가 사냥 같은 거 안 해."

그 말엔 중의적 의미가 있지만, 너는 구태여 설명하지 않는다. 너는 사람들이 노골적인 불안감을 띠며 빤히 쳐다보는 이유가 네 교사용 목소리 때문이 아니라는 사실을 안다. 네 등 뒤에는 지상에서부터 계속 따라왔던 스피넬 검이 둥둥 떠 있다.

이카가 눈가를 문지른다.

“에씨, 제발 사람들한테 겁 좀 그만 줘. 네가 펄크럼에서 자랐다는 것도 알고 다른 방법을 모른다는 것도 알지만…… 공동체에서 같이 살 거면 이건 좋은 행동이 아냐.”

너는 두 눈을 깜박인다. 약간은 얼떨떨하고 몹시 무안하지만…… 이카의 말이 맞다. 향은 신뢰와 두려움이 세심한 균형을 이룰 때에만 생존할 수 있다. 네 조급한 행동은 그 균형추를 한쪽으로 너무 치우치게 만들고 있다.

“알았어.” 이카가 너를 말로 설득할 수 있다는 사실에 모두가 안도하는 기색이 느껴진다. 몇 명은 소심하게 쿡쿡거리며 웃기도 한다. “하지만 난 지금 첩자가 있니 없니 왈가왈부하는 건 쓸데없는 짓이라고 생각해. 만약에 진짜로 첩자가 있다고 해도 레나니스가 벌써 알아 버렸으니 어쩔 거야. 이제 우리가 할 수 있는 건 놈들이 예상 못 할 계획을 세우는 것뿐이야.”

통키가 너를 가리키며 봤지?라고 말하는 듯한 표정으로 햐르카를 쏘아본다.

햐르카가 허리를 세우며 자세를 고쳐 앉더니 한 손으로 한쪽 무릎을 짚은 채 너희 모두를 노려본다. 그녀는 평소에 자기 의견을 내세우며 언쟁을 하는 편이 아니다. 그건 커터의 역할이었다. 그렇지만 너는 그녀의 턱 근육에서 완강함을 본다.

“만약에 그 첩자가 지금도 여기 있다면 삭아죽게 중요한 문제지. 그러면 어떻게 놈들의 허를 찌를 수가 있겠어? 만약에…….”

소란법석은 전망대에서 시작된다. 납작마루에서는 잘 보이지 않지만 누군가 이카를 소리쳐 부르고 있다. 이카가 벌떡 일어나 그쪽으로 달려가는데 작은 형체 하나, 전령을 맡은 어린아이가 날랜 속도로 뛰어와 이카가 납작마루와 연결된 다리를 건너기도 전에 그녀와 마주친다.

"지상 터널에서 연락이 왔어요!" 어린 사내애가 발을 멈추지도 않고 외친다. "레나니스가 대형 망치로 벽을 쳐 대고 있대요!"

이카가 통키를 휙 돌아본다. 통키가 민첩하게 고개를 끄덕인다.

"모랏이 공격 준비를 마쳤다고 했어."

"잠깐만, 뭐?" 네가 묻는다.

이카는 너를 무시한다. 그녀가 사내애에게 말한다.

"가서 후퇴하고 계획대로 하라고 해. 어서 가!"

아이가 몸을 돌려 뛰어가더니 전망대에서 분명히 내려다보이는 지점에 이르자, 한 손을 들어 올리고 주먹을 쥔 다음 다시 손가락을 활짝 펼쳐 보인다. 카스트리마 향 전체에 신호를 알리는 휘파람 소리가 연달아 울려 퍼지고, 부산스러운 움직임과 함께 이곳저곳에서 사람들이 몰려들어 밖으로 이어지는 통로로 향한다. 그중 몇 명은 너도 아는 사람들이다. 완력꾼들과 혁신자들. 대체 무슨 일이 일어나고 있는 건지 당최 알 수가 없다.

이카가 황당할 정도로 차분한 표정으로 몸을 돌려서 너를 마주 본다.

"네 도움이 필요해." 그녀가 조용하게 말한다. "놈들이 망치를 사용한다면 그건 좋은 소식이야. 로가가 없다는 뜻이니까. 하지만 터널을 무너뜨려도 놈들이 진짜로 여길 침략할 작정이라면 시간 끌기에 불과해. 땅속에 갇히는 건 상상만으로도 끔찍하고. 내가 탈출용 통로를 만들게 도와줄래?"

너는 할 말을 잃고 한 발짝 뒤로 물러선다. 터널을 무너뜨린다고? 하지만 사실 그건 유일하게 합리적인 전술이다. 카스트리마는 적들과 정면으로 맞설 수 없다. 수적으로도 열세, 무기도 형편없고 저쪽에는 수호자와 스톤이터가 있다.

"어쩔 작정인데? 도망칠 거야?"

이카가 어깨를 으쓱 추킨다. 이제야 이카가 왜 그렇게 고단해 보였는지 알 것 같다. 향에서 로가를 내치려는 향민들을 달래느라 힘들었던 게 아니라, 미래가 불안했기 때문이다.

"비상책이야. 며칠 전부터 생필품을 옆 동굴에 옮겨 놨어. 당연히 전부 다 가져갈 수는 없고, 아마 대부분을 챙기기도 힘들겠지만 만약에 우리가 다른 곳으로 피난을 간다면…… 네가 물어보기 전에 미리 대답하는데, 어디로 갈지는 생각해 뒀어. 몇 킬로미터 밖에 비축용 동굴이 있거든. 레나니스가 쳐들어온다면 남아 있는 건 컴컴하고 아무 짝에도 쓸모없는 텅 빈 향뿐일 테고 너무 오래 있다간 다 질식해 죽을 거야. 결국 놈들은 필요한 것만 챙겨 떠나겠지. 우린 그 뒤에 다시 돌아오면 돼."

그래서 이카가 향의 지도자인 것이다. 네가 혼자만의 비극에 빠져 허우적대고 있을 때, 이카는 이 모든 것을 미리 계획하고 실행하고 있었다. 다만……

"저쪽에 로가가 한 명이라도 있다면 정동이 작동할 텐데. 그러면 저들이 여길 차지하게 돼. 우린 무향민이 되고."

"그래, 그러니까 대비책으론 형편없지. 네 말이 맞아." 이카가 한숨을 푹 내쉰다. "그래서 통키의 계획대로 해 보고 싶은 거야."

햐르카는 무척 화가 난 듯 보인다.

"내가 분명히 삭아죽을 향장 같은 건 하기 싫다고 말했을 텐데, 이크."

이카가 천장을 향해 눈동자를 굴린다.

"그럼 무향민이 되고 싶어? 그 정도는 참아."

너는 통키를 쳐다봤다가 다시 이카를 본다. 도무지 이게 다 뭔지 어안이 벙벙하다.

통키가 지겹다는 듯이 한숨을 내쉬며 마지못해 설명한다.

"조산력을 이용해서 지표면을 서서히 냉각시키는 거야. 이 주변에 고리를 둘러서 고리 안쪽으로, 향을 중심으로 서서히 밀면서 얼려 가는 거지. 그러면 부글벌레들이 자극을 받아서 안쪽으로 몰려들게 돼. 몇 주일 전부터 혁신자들이 부글벌레의 행동 양식을 연구했거든." 통키가 손가락을 가볍게 흔든다. 무의식중에 그런 종류의 연구는 별것 아니라고 일축하는 듯이. "아마 분명히 효과가 있을 거야. 그렇지만 이 모든 걸 재빨리 해치울 수 있는 사람이 필요해. 솜씨가 정밀한 건 물론이고 꾸준한 지구력도 갖춰야 하고. 효과가 있을 거야. 안 그러면 벌레들이 그냥 땅속으로 파고들어 동면에 들어가 버릴 테니까."

아, 알겠다. 악랄한 방법이긴 하지만, 카스트리마를 구할 수 있을지도 모른다. 하지만. 너는 이카를 쳐다본다. 이카가 어깨를 으쓱한다. 그녀의 동작에서 팽팽한 긴장감이 묻어나는 것 같다.

너는 이카가 쓰는 조산술을 이해할 수가 없다. 이카는 야생 출신이다. 이론적으로는 네가 할 수 있는 일이라면 이카도 할 수 있다. 독학으로도 열심히 노력하면 기본 개념을 습득할 수 있고, 거기서부터 실력을 다듬으면 된다. 다만 독학으로 조산술을 익힌 대부분의 로가들은 보통…… 그렇게 하지 못한다. 그러나 너는 이카가 조산술을 쓰는 것을 보닌 적이 있다. 펄크럼에 있었다면 그녀는 반지를 받고도 남았을 것이다. 두세 개 정도에 불과했겠지만. 이카는 바윗돌을 움직일 수는 있지만, 조약돌을 움직이지는 못한다.

하지만 그럼에도. 이카는 수백 킬로미터 밖에 있는 로가들을 자연스럽게 카스트리마로 유도할 수 있다. 그리고 정확히 뭔지는 몰라도 커터에게 한 일도 있다. 더구나 그녀는 굉장히 안정적이고 견고하며, 아직 그 증거를 본 적은 없어도 몹시 강력한 힘을 지니고 있는 것 같은 분위기를 풍긴다. 그래서 너는 이카에 대한 네 펄크럼식 평가가 맞는지 의심스럽다. 두 반지나 세 반지는 그런 식으로 보닐 수 없다.

하지만 그럼에도. 조산술은 조산술이다. 보님기관은 보님기관이다. 육신에는 한계가 있다.

"레나니스 군대는 지상 카스트리마와 숲 분지 전체에 퍼져 있어." 너는 말한다. "너무 넓어서 절반을 얼리기도 전에 졸도해 버릴걸."

"아마도."

"반드시겠지!"

이카가 눈동자를 굴린다.

"내가 뭘 하려는지는 삭을 나도 안다고. 전에도 해 본 적이 있단 말이야. 일종의……."

이카가 말끝을 흐린다. 너는 결심한다. 만일 이번 고비를 넘기고 살아남는다면, 카스트리마 로가들의 조산술 방식을 정확하게 표현할 언어를 반드시 발명해 내고야 말겠다. 이카가 네 생각을 읽기라도 한 양, 자신도 답답한지 한숨을 쉰다.

"이런 것도 펄크럼에서 가르치려나? 다른 로가와 같이 뛰면서 다들 똑같은 속도로 움직이게 하는 거야. 능력이 가장 떨어지는 사람에게 맞추는 대신 가장 뛰어난 사람의 지속성을 활용해서……."

너는 눈을 깜박인다……. 일순 온몸에 전율이 인다.

"염병 삭아떨어질 대지불이여. 너 그걸…… 아는 거야?"

아주 오래전, 알라배스터가 네게 그걸 한 적이 있다. 두 번. 한 번은 열점이 분출하는 것을 막기 위해, 그리고 독살될 뻔한 위기를 넘기기 위해.

"병렬 구조를 만드는 법을 알아?"

"넌 그걸 그렇게 불러? 어쨌든 사람들을 전부 나란히 연결해서…… 어, 그물망처럼 말이야……. 예전에 커터랑 테멜이랑 해 본 적이 있거든. 하여튼 이번에도 그렇게 하면 돼. 다른 로가들을 이용하는 거야. 애들도 도움이 될 거야." 이카가 한숨을 내쉰다. 네가 추측한 대로다. "문제는, 다른 로가들을 연결하는 사람이……." 멍에. 너는 아주 아주 오래전 알라배스터와 주고받은 격앙된 대화를 떠올린다. "제일 먼저 나가떨어지게 된다는 거야. 그 어, 중간에 발생하는 마찰력을 감당해야 하거든. 그렇지 않으면 그물망을 구성하고 있는 로가들이 서로의 힘을 상쇄시켜 버릴 테니까. 그러면 아무 일도 안 일어나게 되지."

나가떨어진다. 죽는다.

"이카."

너는 이카보다 수백 배는 더 숙련되고 정밀한 솜씨를 지녔다. 너는 오벨리스크를 사용할 수 있다.

이카가 경쾌하게 고개를 젓는다.

"너는, 어, 전에 다른 사람과 맞물려 본 적이 없잖아. 아까 그랬잖아. 연습이 필요하다니까? 그리고 너한텐 다른 할 일이 있어." 이카의 눈빛이 강렬하다. "네 친구가 드디어, 음, 병원에서 나갔다고 들었어. 이제 배워야 할 건 다 배웠어?"

너는 시선을 피한다. 입안이 씁쓸하다. 오벨리스크를 마음대로 다룰 수 있게 되었다는 것이야말로 네가 그를 죽였다는 증거이기 때문이다. 하지만 너는 아직 문을 여는 방법을 알아내지 못했다. 여러 개의 오벨리스크를 어떻게 한꺼번에 다룰 수 있을지는 아직 알지 못한다.

네트워크가 먼저, 그다음이 문이다. 망치지 마라, 에쑨.

아, 대지여. 아, 이 끝내주는 못돼 처먹은 인간아. 너는 생각한다. 그건 알라배스터뿐만 아니라 너 자신을 향한 탄식이기도 하다.

"나한테 그…… 너랑 같이 그 그물망을 구축하는 방법을 가르쳐줘." 너는 불쑥 이카에게 말한다. "네트워크. 그래, 그걸 네트워크라고 부르자."

이카가 얼굴을 찡그리며 너를 쳐다본다.

"내가 아까 뭐라고……."

"그게 바로 알라배스터가 나한테 가르치려고 했던 거란 말이야! 삭아우라질." 너는 몸을 돌리고 초조하게 서성이기 시작한다. 기뻐서, 흥분해서, 겁에 질려서, 그리고 화가 나서. 모두가 너를 빤히 응시하고 있다. "조산력을 연결하는 게 아니었어……." 그는 줄곧 네게 그의 몸 안에 있는, 네 몸 안을 흐르는 마법의 줄기를 관찰하라고, 그것들이 어떻게 서로 연결되고 순환하는지 면밀히 파악하라고 말했다. "그리고 당연히 그 인간은 삭아빠질 나한테 대놓고 설명해 주지 않았지. 왜 그런 상식적이고 정상적인 짓을 하겠어?"

"에쑨." 통키가 걱정스러운 표정으로 너를 흘겨본다. "너 지금 꼭 나처럼 굴고 있는데."

너는 웃음을 터트린다. 배스터에게 그런 짓을 했을 때만 해도 다시는 웃음 짓지 못할 거라고 생각했는데.

"알라배스터. 병원에 있던 사람. 내 친구. 그 사람은 열 반지 오로진이었어. 그리고 북쪽에서 대륙을 찢어 버린 범인이었지."

그 말에 사람들 사이에 파장이 인다. 제빵사인 틀리노가 말한다.

"펄크럼 로가라고? 그자가 펄크럼 로가였고, 세상을 이렇게 만든 사람이란 말이야?"

너는 그의 말을 못 들은 척한다.

"그럴 이유가 있었어."

복수. 그리고 이제 비록 코루는 없을망정 그 아이가 앞으로 살아갈 수도 있었던 세상을 만들기 위해서. 이들이 달에 대해 알아야 할 필요가 있을까? 아니야, 시간이 없다. 그리고 그건 예전에 네가 그랬듯이 이들을 혼란스럽게 만들 것이다.

"방금 전까지만 해도 난 그가 어떻게 그런 일을 할 수 있었는지 몰랐어. 네트워크가 먼저, 그다음이 문이다. 난 지금 네가 하려는 걸 배워야 했던 거야, 이카. 그러니까 넌 나한테 가르쳐 주기 전에 죽으면 안 돼."

뭔가가 주변을 흔든다. 흔들에 비하면 규모가 작고 국지적이다. 너와 이카와 납작마루에 있는 로가들이 즉시 몸을 돌려 흔들의 진앙인 위쪽을 쳐다본다. 폭발이다. 누군가 작은 폭발물을 설치해 카스트리마와 연결된 터널 중 하나에서 터트렸다. 잠시 후 전망대에서 여러 사람이 한꺼번에 고함을 지르는 소리가 들린다. 가늘게 실눈을 뜨고 올려다보자, 네가 다넬과 레나니스인과 협상을 하러 지상에 올라갔을 때 향과 이어지는 중앙 터널을 지키고 있던 완력꾼들이 잔뜩 흥분한 얼굴로 헐레벌떡 뛰어 들어와 발을 멈춘다……. 온몸이 흙투성이다. 지키던 통로를 무너뜨리고 도망쳐 나온 것이다.

이카가 고개를 흔들며 말한다.

"그럼 일단 탈출용 터널부터 만들어 볼까. 그걸 하다가 서로를 죽이지 않기만 빌자고."

이카가 손짓하자 너는 그녀를 따라간다. 너희 둘은 뛰듯이 총총걸어 정동의 반대쪽으로 향한다. 말을 섞을 필요조차 없다. 너희는 본능적으로 정동에 구멍을 뚫기에 가장 좋은 장소가 어디인지 정확하게 파악하고 있다. 발판 두 개를 돌아, 다리 두 개를 건너, 저쪽 정동의 반대쪽 벽에, 집을 만들기엔 너무 짧고 뭉뚝한 수정기둥들 사이에 그곳이 있다. 좋아.

이카가 두 손을 들어 올려 손바닥으로 사각형을 만들자 너는 잠깐 의아해하지만, 잠시 후 이카의 날카로운 조산력이 보녀진다. 그녀의 조산력이 정동 벽의 네 개 지점을 정확하게 꿰뚫고 지나간다. 환상적이다. 전에도 이카가 조산술을 사용하는 것을 본 적은 있지만 이렇게 정밀하게 활용하는 걸 보는 건 이번이 처음이다. 그리고…… 네가 예상했던 것과는 완전히 다르다. 이카는 조약돌 하나도 움직일 수 없는 대신, 커다란 바윗돌을 마치 기계로 깎은 것처럼 정확하게 네모반듯하게 잘라 낼 수 있다. 너라도 이 정도까지 잘할 수는 없을 것이다. 그리고 불현듯 너는 깨닫는다. 어쩌면 이카가 조약돌을 움직일 수 없는 것은 삭아빠질 조약돌을 움직일 필요가 없기 때문일지도 모른다. 돌멩이를 들어 움직이는 것은 펄크럼에서 조산술의 정교함을 측정하는 기준이다. 이카의 조산술은 다른 실용적인 방식으로 정교하다. 이카가 네 시험에 실패한 것은 시험 방식이 잘못되었기 때문일지도 모른다.

이카가 잠시 멈추고, 이번에는 그녀의 "손"이 네게 뻗어 오는 것이 보녀진다. 너는 집으로 사용하기엔 너무 가늘어서 창고와 작은 공구 공방으로 사용하고 있는 수정기둥에 설치된 발판 위에 서 있다. 최근에 만든 것이라 난간은 나무로 되어 있고 정말 이런 것에 네 목숨을 맡기고 싶지는 않지만, 너는 나무 난간을 손으로 붙잡고 눈을 감는다. 그리고 네 조산력을 뻗어 이카가 내민 손을 잡는다.

이카가 너를 붙잡는다. 옛날에 알라배스터와 비슷한 경험을 하지 않았더라면 당황해서 공황을 일으켰을 테지만, 이건 정말 그때와 똑같다. 이카의 조산력이…… 말하자면 너와 결합해 네 힘을 집어삼킨다. 너는 긴장을 풀고 이카가 주도권을 쥐게 내버려 둔다. 왜냐하면 너는 네가 이카보다 훨씬 강력하며, 스스로 이 힘을 조종할 수 있고, 조종해야 한다는 것을 알 수 있기 때문이다. 하지만 지금 너는 배우는 입장이고, 가르치는 사람은 이카다. 그러니 너는 기꺼이 배우기 위해 뒷켠으로 물러난다.

그것은 마치 춤을 추는 것과 비슷하다. 이카의 조산력은 마치…… 작은 회오리를 만들며 구불구불 일정한 모양과 속도로 흘러가는 강물 같다. 네 것은 그보다 더 빠르고, 깊고, 곧고, 세차지만 이카는 이네 네 힘을 능숙하게 조절해 두 개의 흐름이 합쳐지게 만든다. 이제 너는 아까보다 더 천천히, 여유롭게 흐르기 시작한다. 이카가 네 깊이를 이용해 더 빨리, 흐름에 가속도를 붙인다. 잠깐 눈을 뜨자 이카가 고도의 집중력을 발휘하는 동안 육체에 신경을 쓸 필요가 없도록 수정기둥에 등을 기대고 바닥에 쭈그려 앉아 있는 것이 보인다. 그러다…… 다음 순간 너는 카스트리마 정동을 구성하고 있는 결정질(結晶質) 안에 있다. 바깥 껍질을 투과해 정동을 둘러싸고 있는 바위 속으로, 고대부터 존재하던 차가운 암반 속의 꼬임과 굽이를 흘러 흘러. 이카와 함께 흐르는 것이 어찌나 쉽고 편안한지, 너는 깜짝 놀란다. 알라배스터는 이보다 훨씬 거칠었다. 하지만 어쩌면 그건 알라배스터도 네가 처음이었기 때문일지도 모른다. 이카는 이미 경험이 있기 때문인지 이보다 더 나은 스승을 구할 수가 없을 만큼 섬세하다.

하지만.

하지만. 아! 이제 보인다.

마법이다. 이카의 흐름 속에 마법의 실 가닥이 서로 꼬이고 엮여 있다. 너보다 약한 그녀의 힘을 보완하고 지탱하면서, 너와 맞닿은 층면의 저항을 부드럽게 누그러뜨리고 있다. 저게 어디서 오는 거지? 이카는 그것을 바위에서 뽑아내고 있다. 생각지도 못한 발견이다. 너는 이제까지 바위 속에도 마법이 존재한다는 것을 전혀 모르고 있었다. 하지만 저기, 마법 줄기가 규석(硅石)과 방해석(方解石)의 미립자 사이를 경쾌하게 돌아다니고 있다. 마치 알라배스터의 육신을 잠식해 가던 돌 입자 사이에서 그랬던 것처럼. 잠깐만. 틀렸다. 정확하게 말하자면 규석과 방해석 사이가 아니라 방해석과 방해석 사이를 연결하고 있다. 규석에는 그저 닿아 있을 뿐이다. 마법은 방해석에서 생성되고 있고, 방해석은 석회암을 구성하고 있으며, 그 석회암은 주변의 바위층에 박혀 있다. 지금으로부터 수백만 년 전, 혹은 수십억 년 전에 아마 이 지역은 바다나 내륙해였을 것이다. 기나긴 세월 동안 해양생물들이 태어나고, 살고, 죽고, 해저 바닥에 쌓여 지층을 구성하고 단단하게 다져졌을 것이다. 지금 네가 보고 있는 것이 빙하의 흔적일까? 잘 모르겠다. 너는 지하학자가 아니니까.

그러나 이제 너는 이해한다. 마법의 근원은 생명이다. 살아 있는 것, 혹은 살아 있었던 것. 지금은 뭔가 다른 것으로 바뀌었더라도 아주 오래전, 수 세기 전에 살아 있었다면. 이 모든 사실을 깨달은 바로 그때, 네 인식의 틀이 변화한다. 그리고

그리고

그리고

마침내, 너는 볼 수 있다. 네트워크. 대지 전체에 어지러이 얽혀

흩어져 있는 거대한 은빛 실의 연결망. 바위 속은 물론 그 아래 마그마까지, 나무숲과 석화된 석유층(石油層) 사이를 오고 가며 마치 보석처럼 반짝반짝 빛나는 가느다란 가닥들. 팔짝거리는 거미새끼들이 엮어 낸 거미줄을 타고 허공을 가로질러, 구름 속에, 미세한 물방울 속에 살고 있는 눈에 보이지도 않을 만큼 자그마한 생명들을 연결하고 있는 가느다란 실 가닥들. 네 의식이 닿을 수 있는 한 저 멀리, 별들에게 닿을 정도로 높고 널리 펼쳐진 이 복잡한 줄기들.

그리고 마침내 오벨리스크에. 마법의 줄기는 거기서 뭔가 완전히 다른 것으로 변화한다. 네 의식의 지도 위에 부유하고 있는 오벨리스크들은(이제 네 머릿속 지도는 끝없이, 끝없이 넓게 확장되었고, 너는 이제 보님기관이 느낄 수 있는 것보다 훨씬 더 멀리 도달할 수 있다.) 제각기 수만, 수백만, 수억조의 마법 가닥들이 응집된 결정체다. 그것이 바로 오벨리스크가 하늘 높이 떠 있을 수 있는 비결이다. 그것들이 명멸하는 약동에 맞춰 깜박깜박 하얗게 빛을 발한다. 사악한 대지여. 이것이 바로 오벨리스크가 실체가 아닐 때의 본질이다. 그것은 하늘 위를 떠다니며, 명멸한다. 물질에서 마법으로, 그러고는 다시 물질로. 존재의 다른 차원에서, 너는 그 경이로운 광경에 탄복하며 숨을 크게 들이마신다.

그리고 가까이서 뭔가를 느낀 순간, 또다시 숨을 들이켠다.

이카의 힘이 너를 끌어당기고 있다. 그제야 너는 이 새로운 깨우침 속을 정처 없이 헤매고 있는 동안 이카가 계속해서 네 힘을 이용하고 있었다는 사실을 알아차린다. 퇴적암과 화성암과 화강암층을 관통해 비스듬히 위쪽으로 새로운 통로가 나 있다. 통로 안에는 낮고 널찍한 계단이 위로 뻗어 있고 규칙적으로 중간마다 평평한 계단참이 만들어져 있다. 이 공간을 내기 위해 흙을 팔 필요도 없었다. 이카는 바위를 변형하고 다지고 압착해 계단을 만들었고, 그 압력을 활용해 주변의 터널 벽을 안정적으로 눌러 고정했다. 하지만 이 터널은 지표면 바로 밑에서 끝나고, 그녀는 너를 네트워크(또 이 단어다.)에서 해제해 내보낸다. 너는 두 눈을 깜박이다 그 이유를 짐작하고는 이카를 바라본다.

"네가 마무리 지어도 돼."

이카가 말한다. 앉은 자리에서 일어나 엉덩이를 툭툭 턴다. 많이 지쳐 보인다. 네 감정이 널을 뛰는 동안 계속 너를 붙잡고 조율하느라 많이 힘들었을 것이다. 비록 자신의 선택이긴 하지만 이카는 이 일을 끝까지 해낼 수 없다. 계곡을 반도 빠져나가기 전에 탈진해 쓰러질 것이다.

그리고 이제 그녀는 그럴 필요가 없다.

"아냐. 내가 다 알아서 할게."

이카가 눈가를 문지른다.

"에씨."

너는 빙그레 웃는다. 처음으로 이카가 부르는 애칭이 거슬리게 느껴지지 않는다. 너는 방금 이카에게서 배운 기술을 발휘해, 언젠가 알라배스터가 그랬던 것처럼 이카를, 카스트리마에 있는 모든 로가들을 붙잡는다.(모두가 흠칫 놀라는 것이 느껴진다. 이카 덕분에 이렇게 연결되는 것에는 익숙해도 그들은 멍에가 새로 바뀌었다는 것을 느낄 수 있다. 너는 아직 이카만큼 그들의 신뢰를 얻지 못했다.) 이카가 뻣뻣하게 긴장하지만, 너는 아무 일도 하지 않는다. 그저 붙들고만 있을 뿐. 이제 너는 확신한다. 너는 할 수 있다.

너는 스피넬에 접속해 깊숙이 내리찍는다. 스피넬은 네 뒤에 있지만, 너는 그것이 즉시 깜박이는 것을 멈추고 대지 전체를 뒤흔드는 소리 없는 파동을 뿜어내는 것을 보닌다. 준비 완료. 꼭 그렇게 말하는 것 같다. 정말로 말을 할 수 있는 것처럼.

오벨리스크의 촉매 작용을 보닌 이카의 눈이 휘둥그레진다. 충전……? 아니면 각성? 그래. 로가들의 네트워크가 각성한다. 너는 지금 알라배스터가 지난 반년 동안 기를 쓰고 가르치려 했던 일을 하고 있다. 조산력과 마법을, 상호 강화하고 보완할 수 있는 방식으로 작동시켜 더욱 강력한 하나로 결합한다. 그런 다음 그 힘을 오로진으로 구성된 네트워크에 융합해 하나의 목표를 향해 돌진한다. 개별적으로 힘을 발휘할 때보다 훨씬 더 강력하게, 모두가 하나가 되어, 오벨리스크에 꽂아 접속하여 그들의 힘을 기하급수적으로 증폭시킨다. 정말 경이로운 일이다.

알라배스터가 이것을 가르치지 못한 이유는 그가 너와 비슷했기 때문이다. 펄크럼에서 펄크럼식 사고방식에만 갇혀, 너희의 힘을 에너지와 공식과 지하학적 형태로만 생각하도록 배웠기 때문이다. 알라배스터가 마법을 자유롭게 다룰 수 있었던 것은 그가 알라배스터였기 때문일 뿐, 진정으로 그 원리를 이해한 것이 아니다. 너도 그랬다. 심지어 지금도 그렇다. 이카, 틀에 박히지 않은 자유로운 야생아인 그녀야말로 줄곧 이 모든 것의 열쇠였던 것이다. 네가 그렇게 오만하지만 않았더라도……

아냐. 알라배스터가 살 수 있었을 거라고 말해서는 안 된다. 그는 오벨리스크의 문을 열어 대륙을 찢어발긴 순간 죽었다. 심한 화상 때문에 이미 죽어 가고 있었다. 네가 그의 생(生)을 끝낸 것은 자비로운 행동이었다. 언젠가는 너도 그렇게 믿을 것이다.

이카가 눈을 깜박이며 이맛살을 찌푸린다.

"너 괜찮아?"

이카는 너의 마법을 알고, 너의 애통함을 맛본다. 너는 목구멍에 뜨겁게 치미는 것을 꿀꺽 삼킨다. 조심스럽게, 네 안에 갇혀 있는 힘을 단단히 억누른다.

"그래." 너는 거짓말로 대답한다.

이카가 다 안다는 눈빛을 보낸다. 한숨을 내쉰다.

"있지…… 우리 둘 다 여기서 무사히 살아남으면, 내가 비축고에 유메네스산 세레디스를 한 병 숨겨 놨거든? 한번 취해 볼까?"

목구멍을 답답하게 틀어막고 있던 뭔가가 돌연 자취를 감추고, 너는 너털웃음을 터트린다. 세레디스는 유메네스 외곽 구릉지대에서 나는 같은 이름의 과일로 만든 증류주다. 그 나무는 다른 지역에서는 잘 자라지 않는다. 그러니 이카가 꿍쳐 놓은 세레디스는 어쩌면 이 고요 대륙 전체에 남은 마지막 한 병일 수도 있다.

"어처구니없을 만큼 엉망진창으로?"

"세상이 망할 것처럼 곤드레만드레."

이카의 미소는 가냘프지만, 진심이다.

너는 그 말이 마음에 든다.

"그래. 우리가 무사히 살아남으면."

하지만 너는 이제 네가 무사히 빠져나갈 수 있으리라고 확신한다. 오로진 네트워크와 스피넬만 있다면 충분하고도 남는다. 너는 카스트리마를, 둔치와 로가, 그리고 네 편에 선 모든 존재를 안전하게 지켜 낼 것이다. 아무도 죽지 않을 것이다. 네 적들을 제외하면.

그렇게, 너는 몸을 돌리고 두 손을 들어 올려 손가락을 넓게 벌리며 네 안에 깃든 조산력을, 그리고 마법을 널리 뻗어 펼친다.

너는 카스트리마를 느낀다. 지상과 지하. 그리고 그 사이와 위와 아래에 있는 모든 존재를 인지한다. 지금 네 앞에 있는 것은 레나니스의 군대다. 수천, 수백 개의 열기 또는 마법의 점들이 네 머릿속 지도 위에 흩어져 있다. 자신들의 것이 아닌 집 안에 옹기종기 모여 있는 점들, 나머지는 지하향으로 이어지는 세 개의 터널 입구에 무리를 지어 있다. 두 터널에서는 카스트리마의 로가가 그들을 막기 위해 쌓아 둔 바윗돌 무더기가 이미 무너졌고, 그중 하나는 방벽이 무너지면서 통로도 같이 무너졌다. 그 바람에 죽은 몇몇 병사들의 주검이 식어 가고 있다. 남은 병사들이 남은 돌덩이를 파내거나 치우는 중이다. 하지만 장애물을 말끔히 제거하려면 며칠은 족히 걸릴 것이다.

하지만 나머지 터널 하나(삭아떨어질!)에서는 폭발물을 발견해 제거하는 데 성공했다. 발파되지 않은 화학 물질의 산성기와 피에 굶주린 땀방울의 시큼함이 입안에 감돈다. 적들은 아무 방해도 받지 않고 지하 카스트리마로 돌진하고 있고, 벌써 전망대까지 절반이나 돌파했다. 잠시 후면 첫 번째 공격대가, 장검과 석궁과 새총과 창으로 무장한 수십 명의 완력꾼이 카스트리마 방어선과 충돌할 것이다. 그리고 그 뒤에는 수백 명의 병사들이 터널 안으로 줄지어 쏟아져 들어오고 있다.

너는 네가 해야 할 일을 알고 있다.

너는 눈앞에서 펼쳐지는 광경에서 멀리 물러난다. 카스트리마를 둘러싸고 있는 너른 숲이 발밑에 펼쳐져 있다. 더 넓게, 더 넓게. 이제 너는 카스트리마 고원의 가장자리를 인식하고, 그 옆에 움푹 파인 숲 분지를 느낀다. 이제는 분명히 알 수 있다. 그곳은 한때 바다였고, 그 전에는 빙하였고 그 전에는 또 다른 것이었다. 숲 전체에 흩어져 있는 저 밝은 빛점과 불꽃 들이 이 지역에 사는 생명들이라는 것 또한 분명하다. 네가 짐작했던 것보다 훨씬 많다. 대부분이 동면 중이거나, 몸을 감추고 있거나, 혹독한 계절에서 살아남기 위해 어떻게든 스스로를 보호하고 있지만. 가장 밝게 반짝이는 곳은 강이다. 부글벌레들이 강둑과 고원, 그리고 그 너머에 있는 숲 분지를 가득 뒤덮고 있다.

너는 강에서부터 시작하기로 한다. 길게 뻗은 강을 따라 토양과 공기와 바위를 교묘한 솜씨로 차갑게 식힌다. 규칙적으로 진동하는 파장을 발산해 차갑게, 한 번 더, 아까보다 더 차게 만든다. 네가 만든 냉기의 원 안쪽의 기압을 떨어뜨리자 원의 안쪽으로, 카스트리마를 향해 바람이 불기 시작한다. 그것은 부추김이자 경고다. 움직이면 살 수 있어. 거기 계속 있겠다면 너희 쪼그만 후레자식들을 전부 얼려서 멸종시켜 버릴 거야.

부글벌레가 이동하기 시작한다. 밝은 열기의 파도가 지하에 있는 둥지에서, 무수한 희생양을 토대로 건설한 수많은 흙무덤에서 흘러나온다. 수백 개의 둥지들, 수백만 마리의 벌레들. 카스트리마 숲에 그렇게 많은 부글벌레가 우글거리고 있는 줄은 미처 몰랐다. 고기 부족에 대한 통키의 경고는 쓸모없고 또 너무 늦었다. 너희는 이렇게 유능한 포식자를 절대로 이길 수 없을 테니까. 어쨌든 너희는 사람의 맛에 익숙해져야 했을 것이다.

여기도 아니고 저기도 아니다. 카스트리마를 둘러싼 냉기의 고리가 완성되고, 너는 에너지를 물결치듯 안쪽으로 밀어, 몰아간다. 벌레는 빠르다. 그리고 녹병죽을, 저것들은 날 수도 있다. 날개가 있다는 사실을 깜박하고 있었다.

그리고…… 오, 불타죽을 대지여. 너는 지상에서 벌어지는 일을 눈으로 보거나 귀로 듣는 게 아니라 오직 보닐 수만 있다는 사실이 얼마나 감사한지 모르겠다.

너는 압력과 열기와 화학 물질과 마법이 얼룩지는 것을 인식한다. 나무와 벽돌로 지어진 벽 안에서 옹기종기 모여 반짝이고 있는 레나니스 군대를 향해 눈부실 정도로 하얗게 빛나는 부글벌레 떼가 우글우글 접근하고 있다. 너는 주택의 토대와 기반을 통해 바닥을 구르는 발소리와 문이 닫히는 압력, 물컹한 살덩이들이 서로 또는 바닥에 충돌하는 것을 보닌다. 작은 흔들과도 같은 공황과 동요. 벌레 떼가 도달해 부글부글 끓기 시작하자 병사들의 형체가 주변보다 더 밝게 빛나기 시작한다.

터테이스, 카스트리마의 사냥꾼은 운이 나빴다. 부글벌레가 고작 몇 마리만 들러붙었고, 그래서 그는 죽지 않았다. 레나니스 병사들은 한 명당 수십 마리의 부글벌레가 덤벼들어 들러붙을 수 있는 모든 피부를 뒤덮고 점령한다. 그것은 도리어 자비다. 그들, 너의 적들의 몸부림은 금세 끝난다. 하나둘씩 지상 카스트리마의 집들이 조용해지고, 다시금 고요에 젖어든다.

(네 멍에에 연결된 네트워크가 부르르 전율한다. 다른 로가들은 이걸 좋아하지 않는다. 너는 그들을 다시 단단하게 잡아매어, 목표에 집중하게 만든다. 지금은 자비심이 끼어들 때가 아니다.)

벌레 떼가 지하로 이동하기 시작한다. 거기 모여 있는 병사들의 머리 위로 후두둑 떨어져, 지하 카스트리마로 이어진 숨은 통로를 찾아든다. 이제 너는 스피넬의 힘에 의지해 레나니스 병사와 카스트리마의 수비대원을 구분하려고 애쓰는 중이다. 사람들이 삼삼오오 뭉쳐 싸우고 있다. 너는 네 사람들을 도와야 한…… 아야! 삭을. 이카가 네 통제력 밖으로 빠져나가려고 잡아당기고 있다. 그녀가 뭐라고 외치고 있는지 알아듣기엔 네트워크 내에 너무 깊이 몰입해 있지만, 너는 이카가 하고 싶은 말을 이해한다.

너는 네가 해야 할 일을 알고 있다.

그래서 너는 벽에서 커다란 바윗덩어리를 떼어 내 터널을 막는다. 카스트리마 완력꾼과 혁신자들 몇몇이 부글벌레가 들끓는 쪽에 남는다. 일부 레나니스 병사들도 안전한 쪽에 있다. 원하는 것을 전부 얻을 수는 없는 법.

통로의 암반을 통해, 너는 비명 소리가 메아리치는 진동을 싫어도 보닐 수밖에 없다. 하지만 그 보님을 무시하기 전에, 또 다른 비명이 울려 퍼진다. 가까운 곳에서, 보님기관이 아니라 귀로 느껴지는 진동이다. 너는 소스라치게 놀라 네트워크를 해제하기 시작한다. 하지만 시간이 부족하다. 뭔가가 네 멍에를 홱 잡아챈다. 무너뜨린다. 너와 다른 로가들이 한꺼번에 밖으로 내동댕이쳐지고, 고리가 꺼지고 정렬은 흐트러진다. 이게 무슨 삭아죽을? 방금 뭔가가 그물망의 구성원 중 두 명을 억지로 끄집어 빼내 가 버렸다.

눈을 뜬다. 너는 나무 발판 위에 쓰러져 있다. 몸뚱이 아래 깔려 뒤틀린 한쪽 팔이 욱신거리고, 얼굴은 나무 궤짝에 짓눌려 있다. 핑핑 도는 머리를 붙잡고 신음하면서(무릎이 후달거린다. 멍에가 되는 것은 아주 힘든 일이다.) 가까스로 몸을 일으킨다.

"이카? 대체 무슨……?"

쌓여 있는 궤짝들 뒤에서 소리가 들린다. 놀란 숨을 삼키는 소리. 네 뒤에서 나무 발판이 삐걱 신음한다. 말도 안 될 정도로 무거운 뭔가가 발판을 누르고 있다. 으드득, 돌멩이가 으깨져 부서지는 소리. 너무 커다랗게 울려서 너는 전에 이 소리를 들은 적이 있다는 걸 알면서도 놀라 움찔거린다. 궤짝의 모서리와 나무 난간을 움켜잡고, 한쪽 무릎을 세우며 일어난다. 그것만으로도 눈앞의 광경을 발견하기엔 충분하다.

호아가, 네가 보자마자 속으로 전사 자세라고 이름 붙인 자세로 한쪽 팔을 밖으로 벌린 채 서 있다. 그 손 밑에는 머리 하나가 대롱대롱 흔들리고 있다. 스톤이터의 머리다. 곱슬거리는 머리카락은 자개로 만들어져 있고, 윗입술 아래쪽은 잘려 나가고 없다. 스톤이터의 나머지 몸뚱어리, 즉 아래턱부터 그 아래는 호아의 앞에서 손을 뻗은 자세로 얼어붙어 있다. 네가 있는 자리에서는 호아의 옆얼굴만 보인다. 그는 얼굴을 움직이지도, 뭔가를 씹고 있지도 않지만 섬세하게 조각된 검은 대리석 입술에 열은 돌가루가 묻어 있는 게 보인다. 스톤이터의 목에도 한입 크기의 움푹 팬 자국이 남아 있다. 역시 그건 익숙한 소리였다.

잠시 후, 스톤이터의 남은 몸뚱이가 산산조각으로 부서지고 너는 호아의 자세가 바뀌어 그의 주먹이 몸통을 꿰뚫고 있다는 것을 깨닫는다. 호아의 눈동자가 네 쪽을 향해 또르르 구른다. 그가 입속에 든 것을 삼키는 모습은 못 봤지만, 어차피 그는 말할 때조차 입을 움직이지 않는다.

"레나니스의 스톤이터들이 카스트리마의 오로진을 잡으러 오고 있어."

아, 사악한 대지여. 너는 다리를 펴며 일어선다. 머리는 어지럽고 발에 힘이 들어가지 않는다.

"몇이나?"

"충분히 많이."

눈 깜빡할 사이에 호아의 머리가 전망대를 향해 돌아가 있다. 시선을 따라 올려다보자, 치열한 전투가 벌어지고 있다. 카스트리마인들이 터널을 따라 여기까지 내려온 레나니스인들과 싸우고 있다. 너는 공격자들 사이에서 다넬을 발견한다. 두 자루의 장도(長刀)를 휘두르며 두 명의 완력꾼을 동시에 상대하고 있다. 그 옆에서는 에스니가 다른 석궁수를 고함쳐 부르고 있다. 그녀의 활은 망가졌다. 에스니가 쓸모없게 된 무기를 던져 버리고 마노 단검을 빼어들고는, 칼날을 희게 번득이며 다넬을 향해 돌진한다.

문득 너는 더 가까운 곳으로 관심을 돌린다. 펜티가 밧줄다리에 뒤엉켜 꼼짝도 못 하고 있다. 너는 그 이유를 발견한다. 펜티의 뒤쪽에 있는 금속 발판에 처음 보는 스톤이터가 서 있다. 몸은 누른 금빛이고 입술 주위만 흰색 운모로 이뤄져 있다. 한 손을 길게 뻗고, 마치 이리 오라고 부르는 듯이 손가락을 구부리고 있다. 펜티가 있는 곳은 멀다. 네가 있는 곳과 한 15미터는 떨어져 있는데도, 엉킨 밧줄 매듭에서 빠져나오려고 발버둥치는 펜티의 얼굴 위에 선명한 눈물 자국이 보인다. 아이의 한쪽 손이 힘없이 달랑거리고 있다. 부러진 것이다.

아이의 손이 부러졌다. 온몸의 털이 쭈뼛 서는 것 같다.

"호아."

호아가 적의 머리를 바닥에 떨어뜨리자 나무 디딤판 위에 부딪쳐 쿵 하는 소리가 묵직하게 울려 퍼진다.

"에쑨."

"당장 지상으로 올라가야겠어."

너는 저 높은 곳에서 불길하게 부유하고 있는 그 거대한 것을 보닐 수 있다. 내내 거기 있었건만 그동안 일부러 피하고 있었다. 필요한 것보다 너무 컸기 때문이다. 하지만 지금 필요한 건 바로 그거다.

"지상은 벌레들 천지야, 에씨. 부글벌레뿐이라고."

이카가 서 있다. 수정 벽에 기대 가까스로 몸을 지탱하는 중이다. 너는 스톤이터가 언제 그 수정에서 불쑥 튀어나올지 모른다고 경고하고 싶지만 시간이 없다. 늑장 부리다간 이카도 위험해질 것이다.

너는 고개를 젓고 절뚝거리며 호아에게 걸어간다. 그는 네게 다가오지 않는다. 그가 얼마나 무거운지 생각하면 나무 발판이 아직 무너지지 않은 게 용할 지경이다. 호아의 자세가 다시 바뀌고, 상대 스톤이터는 이제 그의 발 주위에 굴러다니는 돌덩이일 뿐이다. 호아가 수정 벽에 한쪽 손을 짚은 채 몸을 돌려 너를 바라보고 있다. 함께 가자고 청하듯이 네게 나머지 한 손을 내밀고 있다. 너는 호아가 강가에서 진창에 빠졌던 날을 떠올린다. 그때 너는 그를 도와주러 손을 내밀었다. 호아의 다이아몬드 뼈대와 아무도 모르는 고대의 전설이 얼마나 무거운지도 모른 채. 그는 비밀을 지키기 위해 네 손을 거절했고, 너는 그러지 않으려고 하면서도 마음이 상했었다.

따뜻하고 온화한 카스트리마에서, 호아의 손은 차갑고 단단하다. 네가 보닌 그는 돌과는 다르지만 너는 순간적으로 그에게 매료된다. 그의 피부는 질감이 독특하다. 네 손가락이 닿자 압력에 피부가 아주 약간 눌리는 게 느껴진다. 손가락에는 지문도 있다. 너는 다소 놀란다.

호아의 얼굴을 올려다본다. 그가 적을 파괴할 때 봤던 냉랭한 표정이 아니다. 호아의 입술에 희미한 미소가 떠올라 있다.

"당연히 널 돕고말고."

아직도 호아의 내면에는 작은 소년이 있고, 너는 하마터면 마주 웃어 줄 뻔한다.

하지만 더는 생각할 시간이 없다. 별안간 주변이 흐릿해지며 새하얘지는가 싶더니, 다음 순간 암흑이, 땅속에 묻힌 듯한 컴컴한 암흑이 찾아오기 때문이다. 하지만 너는 호아의 손을 잡고 있고, 그래서 당황하지 않는다.

다음 순간에 너는 지상 카스트리마의 파빌리온 앞에 와 있다. 죽은 자들과 죽어 가고 있는 자들 사이에. 주변의 도로와 파빌리온의 판석 위에서 레나니스 병사들이 죽어 가고 있다. 몸부림을 치느라 흉하게 뒤틀린 몸뚱이, 어떤 이들은 부글벌레 떼에 새까맣게 덮여 보이지도 않고, 드물게 몇 명은 아직도 바닥을 기며 절규한다. 다넬이 공격 계획을 세우던 탁자는 거꾸로 뒤집혀 있고, 그 표면에도 벌레들이 기어 다닌다. 또 그 냄새다. 소금물에 절인 고기 냄새. 네가 만든 낮은 기압 때문에 공기가 부글벌레 떼와 함께 소용돌이치고 있다.

벌레 한 마리가 네 쪽으로 날아오자 너는 몸을 움츠린다. 그 즉시 벌레가 있던 자리에 호아의 손이 나타나 뜨거운 물을 뚝뚝 떨어뜨린다. 짜부라진 벌레가 찻주전자처럼 쉭쉭거린다.

"고리를 두르는 게 좋겠어." 호아가 말한다. 삭아돼질, 맞아, 그렇지. 너는 안전을 위해 호아에게서 떨어지려고 하지만 네 손을 쥔 그의 손에 힘이 들어간다. 아주 약간. "조산술은 나한테 해가 되지 않아."

네 힘은 단순히 조산술만 있는 게 아니지만 그도 그건 알고 있을 테니 괜찮을 것이다. 너는 높고 팽팽한 고리를 주위에 두른다. 공기 중의 습기가 눈송이가 되어 휘날리고, 부글벌레들이 너를 피해 달아나기 시작한다. 어쩌면 부글벌레는 체온을 감지해 먹이를 찾는지도 모르겠다. 어쨌든 너와는 상관없는 일이다.

너는 고개를 든다. 하늘 위에 떠 있는 검은 형체를 향해.

오닉스는 이제껏 본 어떤 오벨리스크와도 다르다. 대부분의 오벨리스크는 파편 조각(양끝이 뾰족한 육각형이나 팔각형 기둥)이고 몇 개는 형태가 불규칙하거나 끝부분이 고르지 않은 것들도 있다. 그러나 오닉스는 알보석처럼 동그란 타원형이고, 네 부름에 호응해 몇 주일 전부터 숨어 있던 구름층을 뚫고 서서히 하강하기 시작한다. 오닉스의 크기가 얼마나 큰지는 가늠할 수 없지만, 고개를 돌려 카스트리마 분지의 상공을 바라보니 오닉스가 그 위를 거의 가득 메우고 있다. 남쪽에서 북쪽까지, 잿빛구름으로 덮인 지평선부터 밑에서 비치는 화염 때문에 불그스름한 지평선까지. 오닉스는 빛을 반사하지도 않고, 빛을 내지도 않는다. 고개를 들어 올려다보면(순간 그 거대함에 위축되지 않을 수가 없다.) 그 옆을 흘러가는 구름 떼만이 오닉스가 실제로 카스트리마 위 높은 상공에 떠 있다는 사실을 알려 줄 뿐이다. 이렇게 눈으로 보고 있으려니 훨씬 더 가까이 있는 것처럼 느껴진다. 꼭 네 머리 위에 있는 것처럼. 너는 무심코 손을 들어 올리지만…… 한구석으로는 지독히도 겁이 난다.

네 등 뒤에서 스피넬이 지층을 흔드는 텅 소리와 함께 땅바닥으로 추락한다. 마치 저 거대한 것에 탄원이라도 하듯이. 어쩌면 그저, 이제 오닉스가 여기에 있기 때문에, 너를 잡아당기고, 너를 끌어당기고, 너를 위로 끌어 올려……

……오, 대지여. 이건 너무 빨리 끌어당기고 있어서……

……다른 오벨리스크에게 명령할 힘이 없다. 아무것도 없다. 너는 위로 떨어진다. 빨려들어 가고 있지만 떠밀리지도 않은 채로, 허공 속으로 날아가고 있다. 너는 다른 오벨리스크 속에서 흐름에 몸과 마음을 맡기는 법을 배웠지만, 여기서는 그러지 않는 것이 좋겠다는 걸 깨닫는다. 맞서 저항할 수도 없다. 너는 갈가리 찢어질 것

이다.

네가 할 수 있는 최선의 선택은 일종의 불안정한 평형 상태를 유지하는 것이다. 그 힘에 대응해 함께 잡아당기되, 동시에 공간 속을 나는 것. 네 안에 그게 너무 많다. 아, 너무나도 많다. 이 힘을 사용해야 한다. 그러지 않는다면, 않는다면, 아, 아니야, 뭔가 잘못됐다. 뭔가가 평형 상태에서 흘러나가고 있다. 갑자기 주위로 밝은 빛이 쏟아져 들어오고, 다음 순간 너는 수천억, 아니 헤아릴 수 없이 무수한 마법 가닥들이 너를 에워싸고 있는 것을 본다. 너를 점점 조여 온다.

다른 차원에 존재하는 네가 비명을 지른다. 이건 실수였다. 그것이 너를 잡아먹고 있고, 이건 정말 너무 끔찍하다. 알라배스터가 틀렸다. 이렇게 죽느니 차라리 스톤이터가 카스트리마에 있는 모든 로가를 죽이고 향을 파괴하는 게 나았다. 차라리 호아가 그 아름다운 이빨로 너를 씹어 먹게 하는 게 나았다. 적어도 너는 그를 좋아하니까.

사랑하니까.

사 사 사 사 사 사 아 랑

수천, 수만 개의 방향에서 한꺼번에 마법이 휘몰아친다. 빛의 격자가, 갑자기, 암흑 속에서 하얗게 폭발한다. 너는 본다. 모든 게 평소보다 너무, 너무 빨리 지나가서 이해할 수가 없을 정도다. 너는 고요를, 고요 대륙 전체를 본다. 행성의 저 건너 반대쪽을 보고, 그 반쪽에서 불어오는 바람과 냄새를 맛본다. 이 모든 걸 어찌 다…… 아, 대지불이여. 너는 머저리였다. 알라배스터가 그랬지. 네트워크가 먼저, 그다음이 문이라고. 너는 이 일을 혼자서 할 수 없다. 네게는 이 어마어마한 힘을 중간에서 완충해 줄 더 작은 네트워크가 필요하다. 너는 재빨리 카스트리마에 있을 오로진을 찾아 더듬거리지만, 붙잡을 수가 없다. 수가 너무 적다. 그들은 네가 의식을 뻗는 동안 화르르 불타올랐다가 꺼져 버린다. 게다가 네가 붙들어 매기에는 다들 너무 공황에 빠져 있다.

하지만 여기, 바로 네 옆에, 강력한 작은 산(山)이 있다. 호아. 하지만 너는 그에게 뻗지 않는다. 그의 힘은 너무나도 이질적이고 무시무시하다. 그러나 호아가 너를 향해 뻗어 온다. 그가 너를 안정시킨다. 너를 굳게 붙들어 지탱한다.

그리하여 마침내, 너는 기억해 낸다. 오닉스가 열쇠다.

열쇠가 있으면 문을 열 수 있다.

문이 열리면 네트워크가 발동된다……

오닉스가 맥동한다. 마그마처럼 깊고, 대지처럼 육중하게, 너를 감싸 안으며.

오, 대지여. 그가 말한 건 오로진들의 네트워크가 아니었다. 그가 말한 네트워크는 바로……

스피넬이 가장 먼저다. 바로 저기. 그다음은 토파즈. 토파즈의 밝고 포근한 힘이 너무나도 쉽게 네게 굴복한다.

연수정. 티리모에서부터 꾸준히 네 뒤를 따라왔던 너의 오랜 벗, 자수정. 쿤자이트. 비취.

아.

마노. 벽옥. 오팔. 황수정.

너는 입을 열고 비명을 지르지만, 네 귀에는 아무것도 들리지 않는다.

루비 스포듀민 **아쿠아마린 페리도트** 그리고

"나한텐 너무 무리야!" 네가 머릿속으로 외치고 있는지 소리 내어 말하고 있는지조차 알 수가 없다. "무리야!"

네 옆에 서 있는 산이 말한다.

"그들에겐 네가 필요해, 에쑨."

그 순간 모든 것이 한 점으로 집중된다. 그래. 오벨리스크의 문은 오직 목적이 있을 때에만 열린다.

아래로. 정동을 둘러싼 벽. 순수한 마법으로 이뤄진 깜박깜박 명멸하는 기둥들. 그것이 바로 카스트리마다. 너는 그 안에 존재하는 오염 물질을 보니고-느끼고-안다. 오직 네 허락하에서만 그 표면을 기어 다닐 수 있는 것들.

(이카, 펜티, 모든 로가들과 카스트리마 향을 지키기 위해 안간힘을 쓰고 있는 둔치들. 그들에게는 네가 필요하다.)

그러나 이 격자 구조를 방해하는 것들이 있다. 격자를 구성하는 물질과 마법의 가닥을 따라, 정동 껍데기 주변의 바위 속에 몰래 숨어 있다 안으로 파고들 기회만을 기다리고 있는 기생충처럼. 그것들도 산이다. 그렇지만 너의 산은 아니다.

잘못된 로가를 열 받게 했거든. 호아에게 왜 거기 갇혔느냐고 물었을 때, 그는 그렇게 대답했다. 그래, 이 삭아죽을 스톤이터들이 한 짓이 바로 그거다.

너는 다시 소리 지른다. 이번에는 기합이다. 공격의 표시다. **번쩍.**

너는 격자 구조를 쪼개고 마법 가닥을 쪼개고, 새로운 구조를 설계하고 만들어 다시 봉한다. **우지직.** 너는 수정기둥을 뽑아내어 마치 창처럼 던져 적 스톤이터들을 깔아뭉갠다. 너는 회색 남자를 찾는다. 호아를 다치게 한 스톤이터. 그러나 그는 네 집을 위협하는 저 산들 중에는 없다. 저것들은 그저 그자의 졸개들일 터. 상관없다. 그렇다면 너는 그에게 전언을 보낼 것이다. 저들의 공포로 얼룩진 전언을.

일을 마쳤을 즈음, 너는 최소한 다섯 명의 적 스톤이터를 수정기둥 속에 가둔다. 별로 어려운 일도 아니었다. 얼마나 멍청한지, 놈들은 네가 보고 있는 와중에도 거기서 빠져나오려고 기를 쓴다. 그들이 투명한 몸으로 수정을 통과한다. 너는 다시 그들을 가둔다. 호박 속에 갇힌 벌레처럼. 나머지는 도주한다.

일부는 북쪽으로 도망친다. 용납할 수 없다. 더구나 지금의 네게 거리는 문제가 되지 않는다. 너는 다시 끌어올려, 자유롭게 조종해, 찔러 박는다. 저기, 레나니스가 있다. 수많은 노드들이 연결된 결정 구조 안에, 거미줄로 돌돌 감싸 쪽쪽 빨아먹은 먹잇감들 사이에 통통하게 배를 불린 거미처럼. 문은 행성 규모의 막강한 일을 하기 위한 것이다. 힘의 출력을 줄여 레나니스의 온 시민을 예전에 펜티를 때려죽이려 한 여자처럼 만드는 것은 너무나도 쉽다. 나쁜 놈들은 그저 나쁜 놈들일 뿐. 그들의 세포 사이에서 깜박이는 은빛 실들을 잡아 비틀어 세포들을 전부 조용하고 단단하게 만드는 것은 너무나도 쉽다. 전부 돌로. 끝났다. 카스트리마가 전쟁에서 승리했다. 단 한 번의 호흡이 들고 나기도 전에.

이제 그것은 위험하다. 너는 이해한다. 이 방대한 오벨리스크 네트워크의 힘을 구심점 없이 운용한다는 것은 즉 네가 그것의 구심점이 된다는 뜻이다. 죽는다는 뜻이다. 카스트리마가 안전해진 지금은 문을 닫고, 그것이 너를 파괴하기 전에 접속을 해제해야 한다.

하지만. 카스트리마를 구하는 것 외에도 네게는 하고 싶은 일이 있다.

오벨리스크의 문은 조산술과 같다. 의식적으로 제어하지 않으면 네 소원이 세상의 멸망이든 아니면 다른 것이든, 모든 것에 한결같이 반응한다. 그리고 너는 그 욕망을 통제할 수 없을 것이다. 통제할 수 없다. 이 갈망은 너의 과거나 방어적인 성격, 또는 수없이 부서진 네 마음처럼 너의 본질적인 부분이다.

나쑨.

네 의식이 휘휘 돈다. 남쪽으로. 추적한다.

나쑨.

뭔가가 너를 방해한다. 아프다. 진주와 다이아몬드와 그리고

사파이어. 사파이어가 문의 네트워크에 연결되는 것을 거부하고 있다. 지금까지 미처 모르고 있었다. 수십, 수백 개의 오벨리스크에 압도되어 있었기 때문에. 하지만 이젠 알겠다. 왜냐하면

나쑨.

그 아이다.

네 딸이다. 나쑨이다. 너는 그 아이의 복잡하고 완강한 성격을 마치 네 자신의 영혼처럼 잘 알고 있다. 네 딸이다. 저 오벨리스크는 온통 그 아이의 흔적으로 뒤덮여 있고 너는 드디어 그 아이를 찾았다. 네

딸은 살아 있다.

그것의(너의) 목적이 달성되자 문이 자동적으로 닫히기 시작한다. 오벨리스크와의 연결이 하나씩 차례대로 끊어지고, 마지막으로 널 놓아주는 것은 오닉스다. 내키지 않는다는 듯한 서늘한 기운과 함께. 다음을 기약하며.

네 몸뚱이가 힘을 잃고 축 처지며 한쪽으로 기운다. 뭔가가 몸의 균형을 무너뜨리고 있다. 손들이 나타나서 너를 받아 똑바로 일으켜 세운다. 너는 고개도 제대로 쳐들지 못한다. 네 몸이 네 것이 아닌 양 어렴풋하게 느껴진다. 너무 무겁다. 마치 돌이라도 된 것처럼. 벌써 몇 시간째 아무것도 먹지 않았는데 허기가 느껴지지도 않는다. 한계 이상으로 너 자신을 혹사시켰다는 걸 알지만, 고단한 기색도 느껴지지 않는다.

산이 너를 감싸 안고 있다.

"그만 쉬어, 에쑨." 네가 사랑하는 이가 말한다. "내가 돌봐줄게."

너는 바윗돌처럼 무거운 머리를 움직여 끄덕인다. 그때 새로이 나타난 존재가 네 관심을 사로잡고, 너는 가까스로 고개를 들어 그것을 쳐다본다.

안티모니가 네 앞에 서 있다. 평소처럼 무표정한 얼굴, 그러나 지금 그녀가 여기 있다는 사실이 어찌나 반갑고 안심이 되는지 모르겠다. 너는 그녀가 적이 아니라는 걸 본능적으로 안다.

그녀의 옆에 또 다른 스톤이터가 서 있다. 키가 크고 호리호리하고, "옷"을 걸친 모습이 왠지 어색해 보인다. 머리에서 발끝까지 새하얗지만, 얼굴 생김새는 동부해안인을 닮았다. 도톰한 입술과 길쭉한 코, 높은 광대뼈, 섬세하게 조각한 곱슬곱슬하게 부푼 머리카락. 오직 그 눈동자만이 새까맣고, 너를 알 듯 말 듯한 시선으로 바라보며 일순 어쩌면(하지만 그럴 리가 없는) 기억일지도 모를 어리둥절한 깜박임이…… 그 눈에는 어딘가 친숙한 데가 있다.

이 얼마나 얄궂은 일인가. 설화석고(알라배스터)로 빚어진 스톤이터를 본 것은 너도 처음이다.

다음 순간, 너는 사라진다.

그게 안 죽은 거면 어쩌지?

— 리도, 디바스의 혁신자가 제7대학에 보낸 서신,

가넷 오벨리스크가 발굴된 후 알리아 사향주/향에서 전령을 통해 발송,

전보를 통해 알리아의 소멸 소식이 전해진 지 석 달 뒤에 수신, 출처 미상

쉬어 가는 노래

너는 내 품에 쓰러지고, 나는 너를 안전한 곳으로 데려간다.

안전은 상대적 개념이다. 너는 나의 못된 형제들을 쫓아냈다. 너를 멋대로 조종할 수 없어 너를 죽이고자 했던 나의 동족들. 그러나 카스트리마로 하강할 때, 그 익숙하고 조용한 공간에 부상했을 때, 나는 공기 중에서 쇠 냄새를 맡는다. 똥과 퀴퀴한 숨결과 육신과 연기 냄새도. 쇠 냄새는 신선하다. 피 안에 함유된 철분의 냄새다. 길과 계단을 따라 시체가 널려 있다. 심지어 하나는 밧줄다리에 걸려 대롱거리고 있다. 하지만 전투는 거의 막바지다. 두 가지 이유 때문이다. 첫째, 침략자들은 벌레가 우글대는 지상과 적들 사이에 포위돼 갇혀 있다는 사실을 깨달았고, 침략군의 대다수가 사망한 지금 수적인 면에서도 열세다. 살고자 하는 이들은 항복을 선언했다. 고통스러운 죽음을 피하고자 하는 이들은 적들의 검이나 카스트리마의 수정기둥을 향해 몸을 던졌다.

전투가 멈춘 두 번째 이유는 카스트리마 정동이 심각한 타격을 입었다는 불가피한 사실 때문이다. 향 전체에 가득한, 한때 밝은 빛을 발하던 수정기둥들이 이제는 불규칙적으로 깜박이고 있다. 기다란 기둥 하나가 벽에서 떨어져 나와 깨졌고, 부서진 파편과 석영 가루가 바닥에 수북하다. 바닥층 공동 목욕탕으로 흐르던 온수는 그쳤지만 간혹 위험하게 울컥울컥 쏟아지기도 한다. 몇몇 수정기둥은 완전히 죽어 어둡고, 금이 가 있다. 기둥 안쪽에 어두운 그림자가 비쳐 보인다. 기둥 안에 꼼짝없이 갇혀 있는 인간의 형상.

바보들. 그것이 바로 나의 로가를 열 받게 한 대가다.

나는 너를 침대에 누이고, 손이 닿는 곳에 물과 음식을 놓아둔다. 너를 먹이는 것은 어려운 일일 것이다. 너와 가까워지고 싶어 입었던, 빨리 움직일 수 있는 껍데기를 벗어 버렸으니까. 하지만 내가 시도하기 전에 누군가 도와줄 가능성이 더 크다. 우리는 러나의 집에 와 있다. 나는 너를 그의 침대에 눕혔다. 그는 좋아할 것이다. 어쨌든 내 생각은 그렇다. 너도 그럴 것이다. 너 또한 인간의 손길을 느끼고 싶어 하니까.

나는 네가 그러한 교감을 나누는 것을 시기하지 않는다. 네게는 그들이 필요하다.

(나는 네가 그러한 교감을 나누는 것을 시기하지 않는다. 네게는 그들이 필요하다.)

하지만 나는 네 몸을 조심스럽게 움직여, 편안한 자세로 만든다. 팔은 담요를 덮지 않고 그 위에 올려 둔다. 네가 깨어나면 드디어 선택을 할 때가 왔다는 사실을 알 수 있도록.

네 오른팔은 이제 마법이 응축된, 갈색의 단단한 것이 되었다. 여기에 조야함은 없다. 너의 육신은 순수하고, 완벽하고, 완전하다.

모든 원자는 마땅한 모습을 취하고 있고 신비(神祕) 격자는 튼튼하고 정교하다. 나는 그것을 가볍게 건드려 보지만, 내 손가락에는 압력이 거의 느껴지지 않는다. 얼마 전까지 입고 있던 육신(肉身)에 대한 마지막 갈망. 금세 극복할 것이다.

돌이 된 네 오른손은 주먹을 쥐고 있다. 손등에는 손뼈와 수직을 이룬 커다란 금이 하나 나 있다. 마법이 너를 새로운 형태로 빚는 동안에도, 너는 거기에 맞서 싸웠다.(너는 싸웠다. 그것이 너의 진정한 모습이다. 너는 항상 싸워 왔다.)

아, 너무 감상적이 되고 있는 것 같다. 고작 몇 주일간 육신의 향수에 젖어, 나 자신을 잊어버렸다.

그래서 나는 기다린다. 몇 시간, 어쩌면 며칠 뒤에 러나가 다른 이들의 유혈과 그 자신의 피로에 절어 악취를 풍기며 집으로 돌아오고, 나를 보고 우뚝 멈춰 선다, 그의 거실에, 마치 파수꾼처럼 있는.

그는 한참 동안 꼼짝도 하지 않는다.

"에쑨은 어디 있지?"

그래. 그는 네 옆에 있을 자격이 있다.

"침실에."

그는 대답을 듣자마자 침실로 달려간다. 따라갈 필요는 없다. 그는 곧 돌아올 것이다.

얼마 뒤에(몇 분, 몇 시간, 단어의 뜻은 알지만 이 모든 시간은 내게 아무 의미도 없다.) 그가 내가 서 있는 거실로 돌아온다. 의자에 털썩 앉더니 손으로 얼굴을 문지른다.

"에쑨은 살 거야." 나는 공연히 말해 본다.

"그래." 그는 네가 그저 의식을 잃은 것임을 알고 있고, 네가 일어날 때까지 잘 보살펴 줄 것이다. 잠시 후에 그가 손을 떨구고 나를 바라본다. "네가 어, 그런 건 아니지?" 그가 혀로 입술을 핥는다. "에쑨의 팔 말이야."

나는 그가 무슨 말을 하는지 정확히 알고 있다.

"에쑨의 허락 없이는 안 해."

그의 얼굴이 일그러진다. 나는 얼마 전까지 나 역시 저렇게 끊김 없이, 축축한 상태로, 움직이고 있었다는 사실을 떠올리며, 어렴풋한 혐오감을 느낀다. 이젠 그럴 필요가 없어서 다행이다.

"존경스럽기도 해라."

그의 어조로 미뤄 보건대, 저건 아마 무례한 의미인 것 같다.

그가 너의 남은 팔을 먹지 않기로 작정한 것과 별반 다르지 않은 일이다. 어떤 것들은 그저 온당한 행동이다.

얼마 후, 아마 몇 년이 지나지는 않았겠지, 왜냐하면 그가 움직이지 않았으니까, 굉장히 피곤해 보이는 걸로 보아 아마 몇 시간 정도 지나서 그가 말한다.

"이제 어떻게 해야 할지 모르겠어. 카스트리마는 끝났어."

마치 그의 말을 강조라도 하듯, 주위의 수정벽들이 깜박 꺼지더니 밖에서 비쳐 들어오는 희미한 불빛만 남기고 우리를 어둠 속에 떨어뜨린다. 잠시 후에 다시 반짝 빛이 돌아온다. 러나가 숨을 내쉰다, 숨소리가 두려움에 마비된 것 같다.

"우린 이제 향이 없어."

그들의 적이 에쑨과 다른 오로진을 학살했더라도 똑같이 무향민이 되었으리라는 사실을 지적할 필요는 없으리라. 어차피 천천히, 힘든 방식으로, 결국 깨닫게 될 테니까. 그러나 그가 모르는 사실이 하나 있기에, 나는 큰 소리로 말한다.

"레나니스가 죽었다. 에쑨이 죽여 버렸지."

"뭐?"

그는 나의 말을 들었다. 단지 그 말을 믿지 못할 뿐이다.

"그러니까…… 에쑨이 도시를 얼려 버렸다는 거야? 여기에서 거기를?"

아니, 그녀는 마법을 사용했지. 하지만 중요한 건 그게 아니다.

"그 벽 안에 살던 사람들은 이제 전부 죽었어."

그는 영원토록 긴 시간 동안, 아니 어쩌면 몇 초 동안, 생각에 잠긴다.

"적도권 도시는 비축 물자를 어마어마하게 쌓아 두고 있을 거야. 우리라면 수년을 버틸 수 있을 정도로." 미간이 좁혀진다. "거기까지 갔다가 그 많은 물자를 갖고 돌아오려면 보통 힘든 일이 아닐 텐데."

그는 바보가 아니다. 나는 그가 스스로 깨달을 때까지 과거를 회상한다. 숨을 헉 들이켜는 소리가 나자 다시 그에게 관심을 돌린다.

"레나니스가 비어 있어." 그는 반짝이는 눈으로 나를 쳐다보더니, 벌떡 일어나, 방 안을 팔짝거리며 뛰어다니기 시작한다. "사악한 대지여, 호아, 네가 하려는 말이 그거지? 튼튼한 장벽, 튼튼한 집, 가득한 비축고…… 삭아죽을, 게다가 그걸 차지하려고 누구랑 싸울 필요도 없어! 제정신이라면 아무도 그렇게 북쪽까지 오지 않을 테고, 그러니까 우리가 거기서 살면 돼!"

드디어. 내가 다시 회상에 잠긴 사이, 러나는 혼자서 뭔가를 열심히 중얼거리며 방 안을 왔다 갔다 하다 마침내 큰 소리로 웃음을 터트린다. 그러더니 갑자기 우뚝 멈춰 서서, 나를 빤히 응시한다. 그의 눈이 의심스럽다는 듯이 가늘어진다.

"넌 우리를 위해선 아무 일도 안 하잖아." 그가 나지막하게 말한다. "에쑨한테만 그럴 뿐이지. 그런데 왜 나한테 그런 걸 말해 주는 거지?"

내가 입술을 휘어 올리자, 그의 턱이 혐오감에 팽팽해진다. 그러지 말걸 그랬다.

"에쑨이 나쑨을 위해 안전한 장소를 찾고 싶어 하니까."

정적, 한 시간, 아니면 아주 잠깐인지도 모른다.

"나쑨이 어디 있는지도 모르잖아."

"오벨리스크의 문은 명료한 통찰력을 제공하지."

움찔. 나는 움직임을 묘사하는 단어들을 기억한다. 움찔거리다, 숨을 들이마시다, 삼키다, 찡그리다.

"대지불이여, 그렇다면……."

그는 심각한 표정으로 침실 입구에 쳐진 가림천을 쳐다본다.

그래. 너는 깨어나면, 딸을 찾으러 가고 싶어 할 것이다. 나는 그 사실을 깨달은 러나의 얼굴이 누그러지고, 근육의 긴장이 풀리고, 자세가 느슨해지는 모습을 지켜본다. 나는 그게 무슨 뜻인지 알지 못한다.

"왜?"

러나가 혼잣말을 중얼거리는 게 아니라 내게 말을 걸고 있다는 사실을 깨닫는 데에는 1년이 걸린다. 하지만 내가 알아차렸을 즈음, 그는 벌써 질문을 끝마친다.

"넌 왜 에쑨 옆에 있는 거지? 혹시…… 배가 고픈 거야?"

나는 그의 머리를 박살내 버리고 싶은 충동을 애써 눌러 참는다.

"그녀를 사랑하니까지, 당연히."

다행히도 나는 문명인다운 어조를 유지하는 데 성공한다.

"그래, 당연히." 러나의 목소리가 다정해진다.

당연히.

그는 카스트리마 향의 다른 지도자들에게 내가 준 정보를 전하러 황급히 떠난다. 그 뒤로 한 세기, 어쩌면 일주일 동안, 카스트리마 향민들은 틀림없이 길고 고된, 그리고 어떤 이들에게는 위험한 여정이 될 것에 대비하고, 짐을 싸고, 기운과 체력을 기르느라 분주하다. 하지만 그들에겐 선택의 여지가 없다. 계절의 삶이란 그런 것이다.

푹 자렴, 내 사랑. 낫고 치유하렴. 나는 너를 지키고 보호할 것이며, 네가 다시 여행을 시작할 때에도 곁에 있을 것이다. 당연히. 죽음은 선택이다. 내가 그렇게 만들 것이다. 너를 위해서.

(하지만 너를 위해서가 아니다.)

20장

다면적인 나쑨

하지만 또한……

나는 대지를 통해 듣는다. 되돌아오는 반향을 듣는다. 새로운 열쇠가 완성되었을 때, 그녀의 날 끝이 드디어 날카롭게 갈리고 벼려져 오벨리스크에 접속해 그것들이 노래를 불렀을 때,우리 모두는 알았다. 우리…… 노래하는 자를 찾기를…… 희망하는 자들. 우리는 열쇠를 직접 돌리는 것이 영원히 금지되어 있으나 어느 방향으로 돌릴지에 영향을 끼칠 수는 있다. 오벨리스크가 공명할 때마다 우리 중 누군가가 근처에 도사리고 있다. 우리는 이야기한다. 그리하여 내가 아는 것이다.

* * *

나쑨은 한밤중에 눈을 뜬다. 막사 안은 어둡고, 고요하다. 아이는 마룻널이 삐걱거리지 않게 조심하며 신발을 신고 외투를 걸치고 밖으로 나간다. 설사 나쓴이 깬 것을 누가 눈치 챘다 할지라도 아무도 몸을 뒤척이거나 눈을 뜨지는 않는다. 화장실에 가겠거니 하고 생각할 것이다.

건물 밖은 조용하다. 동이 트면서 동쪽 하늘이 조금씩 밝아 오고 있지만 잿구름이 짙게 깔린지라 확신할 수가 없다. 나쓴은 오솔길을 따라 언덕을 오른다. 제키티 마을에는 몇몇 집에 불이 밝혀져 있다. 부지런한 농부와 어부 들이 벌써 하루를 시작하고 있다. 그러나 찾은달은, 모든 것이 고요하다.

대체 무엇이 그녀의 마음을 잡아끈 것일까? 왠지 조바심이 나고 진득한 느낌. 머리카락에 뭐가 들러붙어 빨리 떼어 내고 싶은 것과 비슷하다. 이 감각은 나쓴의 보님기관에 집중되어 있다. 아니야. 그보다 더 깊은 곳이다. 그녀의 척추에 존재하는 빛 가닥, 몸속 세포들 사이를 잇는 은색 실을 잡아당기고 있다. 그녀와 대지와 찾은달과 샤파와, 그리고 지금도 제키티를 덮고 있는 구름층 바로 위에서 부유하며 간혹 구름이 흩어질 때면 볼 수 있는 사파이어와 묶고 연결하고 있는 은빛 실을 잡아당기고 있다. 신경에 거슬리는 느낌은…… 그건…… 북쪽이다.

북쪽에서 무슨 일이 일어나고 있다.

나쓴은 그 감각을 따라, 언덕을 올라, 모자이크 도가니에 도착해 한가운데에서 발을 멈춘다. 거센 바람에 나쓴의 꼰 머리 가닥이 춤을 춘다. 여기서는 제키티를 둘러싼 숲을 끝까지 환히 내려다볼 수 있다. 마치 지도처럼. 둥그런 나무 꼭대기와 때때로 드러난 현무암의 띠. 그녀는 움직이는 힘을, 그에 따라 반향하는 선을, 연결을,

증폭을 느낄 수 있다. 하지만 저게 뭐지? 왜? 뭔가 아주 거대한 것이다.

"오벨리스크의 문이 열리는 거다."

나쑨은 스틸이 갑자기 옆에 서 있는 걸 보고도 놀라지 않는다.

"하나보다 더 많이?"

나쑨이 묻는다. 왜냐하면 그것이 지금 그녀가 보니는 것이기 때문이다. 수많은 오벨리스크.

"대륙의 반절 이상에 배치되어 있는 모든 오벨리스크다. 거대한 메커니즘을 이루고 있는 100개 이상의 기관들이 원래의 의도대로 작동하고 있는 거지."

낮고 신기할 정도로 듣기 좋은 스틸의 목소리는 마치 아쉬워하는 것처럼 들린다. 나쑨은 문득 스틸의 삶이, 그의 과거가 궁금해진다. 그도 나쑨처럼 어린애였던 적이 있을까? 상상도 안 된다.

"그토록 방대한 힘. 행성의 정수가 문을 통해 방출되는데…… 그 여자는 참으로 하찮은 목적을 위해 그걸 사용하고 있어." 희미한 한숨. "하지만 저것의 창조자들도 그러했으니까, 아마도."

이유는 모르겠지만, 나쑨은 스틸이 말하는 그 여자가 어머니라는 것을 안다. 엄마가 살아 있다. 분노하고 있다. 저토록 막대한 힘으로 충만하여.

"무슨 목적?" 나쑨은 조심스럽게 묻는다.

스틸의 눈동자가 나쑨을 향해 스르륵 움직인다. 나쑨은 누구의 목적인지 물은 게 아니다. 어머니의 목적인지 아니면 오벨리스크를 창조하고 하늘에 띄운 이들의 목적인지.

"당연히 적을 파멸시키는 거지. 그 순간에는 중요하게 느껴질지 몰라도 결국엔 사소하고 이기적인 것에 불과하다. 게다가 대가가 따르지."

나쑨은 이제까지 배운 것들을, 보닌 것들을, 그리고 샤파가 아닌 두 수호자의 섬뜩한 미소를 떠올린다.

"아버지 대지가 대항했구나."

"자신을 노예로 만들려는 이들에게 대항하는 모든 이들처럼. 너도 이해할 수 있지 않니?"

나쑨은 눈을 감는다. 그래. 이해할 수 있다. 세상의 방식은 약육강식이 아니라 약한 자들이 강한 자들을 속이고, 독을 주입하고, 귓전에 속살거리는 것이다. 강한 자들이 결국 약해질 때까지. 그러면 부러진 손과 밧줄처럼 엮인 은빛 실과 대지를 요동시켜 적들을 파멸시킬 수는 있어도 작은 소년 하나는 구하지 못하는 어머니들이 남는 것이다.

(그리고 소녀도 구하지 못하는.)

아무도 나쑨을 구해 주지 않았다. 어머니는 아무도 나쑨을 구해 주지 않을 것이라고 경고했다. 두려움에서 해방되고 싶다면 스스로 자유를 쟁취하는 것 외에는 선택의 여지가 없다.

그래서 나쑨은 천천히, 몸을 돌려, 그녀의 뒤에 조용히 서 있는 아버지를 마주 본다.

"아가야."

지자가 말한다. 평소에 나쑨을 다정하게 부를 때 사용하는 목소리지만 나쑨은 그게 가짜라는 것을 안다. 며칠 전에 나쑨이 지자의 집을 통째로 얼려 버린 뒤로 그의 눈은 얼음처럼 차갑다. 어금니를 꽉 깨문 채 몸을 약간 떨고 있다. 나쑨은 시선을 내려 지자의 주먹을 본다. 그의 주먹에는 단검이 들려 있다. 붉은 오팔로 만든 아름다운 비수. 얼마 전 그가 만든 물건들 중에서 나쑨이 좋아하는 것이다. 무지갯빛으로 은은하게 빛나는 광택이 날카롭고 예리한 칼날을 완벽하게 감춰 주고 있다.

"안녕, 아빠."

나쑨이 스틸을 힐끗 곁눈질한다. 스틸은 지자가 어떤 결심을 하고 여기 왔는지 알고 있다. 그러나 회색의 스톤이터는 동트기 직전의 풍경에서 고개를 돌리지도 않고, 수많은 경천동지할 일이 벌어지고 있는 북쪽 하늘로부터 시선을 떼지도 않는다.

그렇다면. 나쑨은 다시 아버지를 바라본다.

"엄마가 살아 있어요, 아빠."

지자에게 그 말이 어떤 의미가 있는지 몰라도, 그는 내색하지 않는다. 그저 가만히 서서 나쑨을 응시할 뿐이다. 특히 그녀의 눈을. 나쑨의 눈은 엄마를 많이 닮았다.

이제 그런 건 중요하지 않다. 나쑨은 한숨을 내쉬며 손바닥으로 얼굴을 문지른다. 영겁의 시간 동안 강렬한 증오를 불사르고 있는 아버지 대지처럼 고단하고 피곤하다. 증오는 피곤한 일이다. 차라리 허무주의는 쉽다. 나쑨은 그 단어를 모르고 앞으로 몇 년간은 알지 못하겠지만, 어쨌든 그것이 지금 나쑨이 느끼는 감정이다. 세상 모든 것이 그저 덧없다.

"아빠가 우리를 왜 미워하는지 알 것 같아요." 나쑨이 팔을 양옆으로 늘어뜨리며 아버지에게 말한다. "난 나쁜 짓을 많이 했어요, 아빠. 아빠가 생각한 것처럼요. 어떻게 해야 그런 일을 하지 않을 수 있는지 난 모르겠어요. 모든 사람들이 내가 나쁜 사람이 되길 바라는 것 같고, 그래서 나도 그렇게 될 수밖에 없는 것 같아요." 나쑨은 망설이다, 벌써 몇 달째 속에 담아 둔 말을 내뱉는다. 나쑨은 이 말을 할 기회가 생길 거라곤 생각하지 못했다. "하지만 그래도, 내가 나쁘더라도, 아빠가 날 사랑해 주면 좋겠어요."

하지만 나쑨은 이렇게 말하면서 샤파를 떠올린다. 샤파. 아비라면 응당 그래야 하듯이 무슨 일이 있어도 나쑨을 사랑해 주는 샤파.

지자는 계속 나쑨을 뚫어져라 바라볼 뿐이다. 그 고요한 정적 속에서 어디선가, 보님으로, 그리고 뭐라 불러야 하는지는 몰라도 그 은빛 실의 감각으로 인식되는 차원에서, 나쑨은 어머니가 쓰러지는 것을 느낀다. 정확히 말하자면 나쑨은 깜박거리며 끊임없이 변화하던 오벨리스크의 연결망에, 어머니가 행사하고 있던 힘이 갑자기 멈추는 것을 느낀다. 그것은 나쑨의 사파이어에 닿지 못했다.

"미안해요, 아빠." 이윽고 나쑨이 말한다. "나도 아빠를 계속 사랑하려고 해 봤지만 너무 어려웠어요."

지자는 나쑨보다 훨씬 크다. 나쑨에게는 없는 무기도 갖고 있다. 그는 마치 산처럼 높이 쌓인 통나무 더미가 무너지듯이 움직인다. 가장 먼저 어깨가, 그다음은 몸통이 돌진하더니, 점점 더 멈출 수 없을 정도로 매서운 가속도가 붙는다. 나쑨의 몸무게는 겨우 45킬로그램이 될까 말까다. 나쑨은 지자를 이길 수가 없다.

하지만 아버지의 근육이 움직이는 것을 느낀 순간 지표면과 공기 중에 작은 파동이 일고, 나쑨은 하늘을 향해 의식을 뻗어 단 한 번, 낭랑한 명령을 발한다.

그 즉시 사파이어가 변화한다. 급작스레 생겨난 진공을 메꾸기 위해 거센 바람이 충격파처럼 몰려들고, 이제껏 나쑨이 들은 그 어떤 천둥소리보다 더 크고 무시무시한 굉음이 울려 퍼진다. 나쑨을 향해 반쯤 달려들던 지자가 깜짝 놀라 멈칫거리며 하늘을 올려다본다. 잠시 후 사파이어가 나쑨의 눈앞에, 땅바닥에 내리꽂힌다. 도가니 모자이크의 중심석과 2미터 반경의 땅바닥에 둥글게 금을 가르며.

형태는 비슷하지만 그것은 지금까지 나쑨이 올려다보던 사파이어가 아니다. 나쑨이 손을 내밀어 깜박이는 푸른 돌로 만들어진 기다란 장검의 손잡이를 움켜쥔 순간, 아이는 그 안으로 떨어지고 하강한다. 위로, 일렁이는 빛과 그림자의 흐름 속으로. 안으로, 땅 밑으로. 밖으로, 저 멀리, 전체의 또 다른 일부인 문에 닿는다. 나쑨의 손에 들려 있는 것은 저것과 똑같은, 무시무시하고 가공할 위력을 지닌 은빛 힘의 발전기다. 전과 똑같은 도구지만 조금 더 다양한 용도로 사용할 수 있을 뿐이다.

지자가 검을 쳐다봤다가, 다시 나쑨에게로 시선을 돌린다. 그는 잠시 주저하고, 나쑨은 기다린다. 만일 그가 몸을 돌려 도망친다면……. 한때 그는 나쑨의 아버지였다. 지자가 그때를 기억하고 있을까? 제발 그러길 바란다. 두 사람의 사이는 결코 예전처럼 돌아갈 수 없겠지만 그래도 나쑨은 과거의 시간이 의미 있게 간직되길 바란다.

하지만. 지자가 다시 나쑨에게 달려든다. 단검을 높이 치켜들고, 괴성을 지르며.

그래서 나쑨은 사파이어 검을 지면에서 뽑아 든다. 나쑨의 키와 거의 맞먹을 정도로 기다랗지만 아무 무게도 느껴지지 않는다. 공중에 떠 있으니까 당연하겠지. 그것은 그저 거기, 나쑨의 머리 위도 아니고 바로 앞에 둥둥 떠 있다. 엄밀히 말하자면 나쑨은 실제로 검을 뽑아 들지도 않았다. 그저 의지를 발휘해 새로운 위치로 움직이라고 지시하자 그것이 복종했을 따름이다. 검은 나쑨의 앞에 멈춰 있다. 나쑨과 지자의 사이에. 그래서 지자가 몸을 내밀어 나쑨을 찌르려 한 순간, 그는 사파이어에 닿을 수밖에 없다. 덕분에 나쑨의 힘은 아주 간단히, 불가피하게, 그를 덮친다.

나쑨은 지자를 얼려 죽이지 않는다. 나쑨은 요즘 조산력보다 은빛을 더 자주 사용한다. 지자의 육신은 에이츠보다 훨씬 섬세하고 절제된 방식으로 변화한다. 이번에는 나쑨도 자신이 무엇을 하는지 알고 있고, 또 의도적으로 하고 있기 때문이다. 지자의 몸이 오벨리스크에 닿은 부위에서 시작해 돌로 변하기 시작한다.

그러나 나쑨은 가속도에 대해서는 생각하지 못했다. 지자가 사파이어에 비스듬히 부딪치고, 고개를 돌려 자신의 몸에 무슨 일이 일어나고 있는지 깨닫고, 비명을 지르려고 숨을 들이켜는 와중에도 그의 몸은 계속해서 앞으로 움직이고 있다. 지자가 숨을 다 들이켜기도 전에 그의 폐가 굳는다. 그러나 그는 균형을 잃고 넘어지면서도 계속 앞으로 돌진하고, 그건 공격을 하기보다는 쓰러지는 것에 가깝다. 하지만 그럼에도 그의 단검 끝은 변함없이 한 지점만을 겨냥하고 있으며, 결국 나쑨의 어깨에 박힌다. 실제로 그는 나쑨의 심장을 겨냥하고 있었다.

고통은 갑작스럽고, 끔찍하고, 단번에 나쑨의 집중력을 흐트러트린다. 그건 안 좋은 일이다, 왜냐하면 나쑨에게 통증이 퍼져 나갈수록 사파이어가 격렬하게 피어오르고, 깜박이며 반쯤 투명해졌다가 나쑨이 숨을 들이마시며 비틀거릴 때에야 다시 실체로 돌아오기 때문이다. 그것은 단번에 지자를 끝장내어, 흐릿한 연수정 머리카락과 둥그스름한 적갈색 얼굴, 그리고 암청색 세렌디바이트 옷을 입은 석상으로(왜냐하면 지자는 딸을 몰래 따라오려고 짙은색 옷을 입고 있었기 때문이다.) 바꿔 버린다. 석상은 한순간 공중에 얼어붙어 있는 듯 보이는데, 다음 순간 사파이어가 한 번 깜박이자 종소리가 퍼지듯이 공기 중에 파동이 울려 퍼진다. 언젠가 수호자가 이논이라는 남자에게 가했던 내향성 조산력의 충격파와 똑같다.

지자도 똑같은 방식으로 산산조각 나서 흩어진다. 그저 이논처럼 질퍽하지 않을 뿐이다. 그는 깨지기 쉽고, 약하고, 조악하다. 지자의 부서진 파편들이 나쑨의 발밑으로 굴러오고, 이내 고요해진다.

나쑨은 오랫동안 씁쓸한 마음으로 아버지의 유해를, 흩어진 잔해를 바라본다. 등 뒤에서는 찾은달에, 발아래에서는 제키티의 오두막에 불이 켜지기 시작한다. 청천벽력 같은 사파이어의 우렁찬 소리에 놀라 모두들 깨어난 참이다. 어수선한 움직임, 이곳저곳에서 외치는 목소리, 허둥지둥 대지를 더듬고 보니는 의식들.

나쑨의 옆에서 스틸이 지자를 가만히 내려다보고 있다.

"끝나는 법이 없지. 나아지지도 않고."

나쑨은 아무 말도 하지 않는다. 스틸의 말이 수면에 부딪친 돌멩이처럼 그녀의 마음에 파문을 일으키지만, 아이는 동요하지도 떨지도 않는다.

"너는 결국 네가 사랑하는 모든 것을 죽이게 될 거다. 어머니, 샤파. 찾은달의 네 친구들. 피할 길은 없다."

나쑨은 눈을 질끈 감는다.

"단 한 가지…… 방법을 제외하면 말이야." 신중하게, 의도적인 망설임. "그게 뭔지 알려 줄까?"

샤파가 달려오고 있다. 나쑨은 그를, 그가 내는 웅웅거리는 진동을, 나쑨더러 꺼내지 말라고 한 머릿속 끝없는 고통의 근원을 보닐 수 있다. 샤파. 나쑨을 사랑하는 샤파.

너는 결국 네가 사랑하는 모든 것을 죽이게 될 거다.

"그래." 나쑨은 힘겹게 대답한다. "말해 줘, 내가 어떻게……."

말끝을 얼버무린다. 나쑨은 그들을 다치게 한다는 말을 차마 소리 내어 말할 수가 없다. 왜냐하면 이미 너무나도 많은 사람들을 해쳤으니까. 나쑨은 괴물이다. 하지만 그녀의 내부에 있는 괴물을 잡아맬 방법이 분명히 있을 것이다. 한 오로진의 존재를 위협하는 것을 끝내기 위해서.

"달이 돌아오고 있다, 나쑨. 오래전에 잃어버린 것, 줄 달린 공처럼 날아가 버렸던 것이 다시 줄을 따라 끌려오고 있지. 하지만 그대로 놔두면 아무 일 없이 지나쳐 멀리 날아가 버릴 거다. 전에도 그랬고, 몇 번이나 그랬지."

나쑨은 아버지의 한쪽 눈을 볼 수 있다. 지자의 얼굴에서 떨어져

나온 파편에 박혀 있는 그것이, 돌무더기 속에서 그녀를 빤히 올려다본다. 지자의 눈은 녹색이었고 지금은 아름다운 빛을 띤 흐릿한 페리도트가 되었다.

"하지만 문을 이용하면…… 그걸 슬쩍 밀 수 있지. 아주 조금. 그래서 궤도를 바꾸는 거다." 즐거워하는 듯한 부드러운 목소리. "달이 당연히 가야 하는 길로 말이야. 그게 다시 지나쳐 길을 잃고 헤매게 하지 말고 집으로 데려오는 거야. 아버지 대지는 달을 그리워하고 있단다. 그러니 여기로 곧장 데려와 그 둘을 만나게 하자꾸나."

오. 오. 그 순간 나쑨은 이해한다. 아버지 대지가 어째서 그녀가 죽기를 바라는지.

"그건 끔찍한 일이 되겠지." 어느새 나쑨에게 닿을락 말락 가까이 다가온 스틸이 여전히 부드러운 목소리로 그녀의 귀에 속삭이듯이 말한다. "그렇게 되면 계절이 끝날 거다. 모든 계절이 영원히 끝날 거야. 그리고…… 네가 지금 느끼는 감정, 다시는 그걸 느낄 필요도 없어질 거다. 다시는 누구도 고통받지 않을 거야."

나쑨은 고개를 돌려 스틸을 바라본다. 그는 허리를 수그린 채 나쑨을 보고 있다. 그의 얼굴에는 거의 익살맞다 할 정도의 장난기가 새겨져 있다.

그때 샤파가 허겁지겁 뛰어와 그들의 앞에 멈춰 선다. 그는 지자의 잔해를 멍하니 바라보고, 나쑨은 샤파의 얼굴에 지금 보고 있는 게 뭔지 알게 된 깨달음이, 유동적인 충격파가 지나가는 순간을 본다. 그의 빙백색 시선이 나쑨에게 향하고, 아이는 뱃속이 금방이라도 터질 듯이 꽉 조이는 것을 느끼며 샤파의 얼굴을 살핀다.

샤파의 얼굴은 번민에 가득 차 있다. 나쑨에 대한 걱정, 아이를 대신해 느끼는 슬픔, 혈흔이 흥건한 나쑨의 어깨를 본 충격. 그리고 스틸을 발견한 경계심과 분노로 가득한 보호 본능까지. 그는 여전히 나쑨의 샤파다. 지자 때문에 비롯된 고통이 샤파의 염려와 배려 속에서 시들어 간다. 샤파는 나쑨이 무엇이 되든 언제나 사랑할 것이다.

그래서 나쑨은 스틸에게 몸을 돌리고, 말한다.

"달을 어떻게 집으로 데려올 수 있는지 말해 줘."

부록 I : 계절

산제 적도 동맹의 건국 전후에 발생한 다섯 번째 계절에 관한 기록
최근의 계절부터 오래된 순서대로 나열

질식(窒息)의 계절[제국력 2714년~2719년]

- 직접 원인: 화산 분출
- 발생 위치: 디버테리스 근방 남극권
- 아콕 산의 분화로 인해 800킬로미터 반경 지역이 낙진과 화산재 구름에 뒤덮이고, 사람들의 폐와 점막이 딱딱하게 굳어 호흡 장애를 일으켰다. 햇빛이 비치지 않는 기간이 5년 동안 지속되었지만 북반구의 피해는 상대적으로 적었다(2년).

산성(酸性)의 계절[제국력 2322년~2392년]

- 직접 원인: 진도10 이상의 대지진
- 발생 위치: 불명. 먼 해역(海域)
- 지각판의 급작스러운 이동으로 인해 주요 제트기류가 지나가는 길목에 일련의 화산대가 출현했다. 이에 영향을 받아 산성화된 제트기류가 서해안으로 이동하였고 결과적으로 대륙 전반으로 퍼져 나갔다. 계절 초반 대부분의 해안지방 향이 쓰나미에 휩쓸렸으며, 이후 항만 시설 및 선박들이 부식되고 물고기의 수가 줄면서 남은 향들도 다른 곳으로 이전하거나 끝내 생존하지 못했다. 화산재 구름이 7년 동안 신선한 대기의 유입을 차단하였으며, 해안지방의 ph농도는 이후 수년 동안 인간의 거주에 적합한 가능한 수준까지 회복되지 못했다.

부글의 계절[제국력 1842년~1845년]

- 직접 원인: 대형 호수 밑에 위치한 열점의 분출
- 발생 위치: 북중위지방, 테카리스 호수 사향주
- 열점이 폭발하여 수백만 갤런의 수증기와 분진이 공기 중에 분출되었으며, 이후 3년간 남반구 지역에 산성비가 내리고 극심한 대기오염이 지속되었다. 그러나 북반구의 피해는 그 절반 수준에도 미치지 못했기 때문에 이 시기를 '진정한' 계절로 분류할 수 있을지에 대해서는 아직도 고하학자들 사이에서 의견이 분분하다.

숨가쁨의 계절[제국력 1689년~1798년]

- 직접 원인: 광산 사고
- 발생 위치: 북중위지방, 사스 사향주
- 인재(人災)가 일으킨 계절로, 북중위지방 동북부 탄전(炭田)에서 일하던 광부들이 발생시킨 지중 화재로 인해 촉발됐다. 비교적 온화한 계절이었으며, 때때로 햇빛이 비치기도 했고 중심 지역을 제외하면 낙진이나 토양의 산성화도 발생하지 않았다. 계절령을 선포한 향도 거의 없었다. 처음 천연가스가 폭발한 후 화염이 지하 공간을 통해 빠른 속도로 번짐으로 인해 함몰공이 무너져 헬다인 시(市)에서 약 1400만 명이 사망했으며, 이후 제국 오로진이 화재를 진압하고 주변 지역을 봉쇄하여 사고가 확산되는 것을 막았다. 중심 지역은 격리된 뒤에도 약 120년 동안 계속해서 불탔다. 그로 인해 발생한 연기가 탁월풍을 타고 확산되어 호흡기 장애를 유발했고, 이후 수십 년에 걸쳐 때때로 해당 지역에서 대규모의 호흡 곤란 증세가 발생했다. 이 사건으로 북중위지방의 탄전이 상실돼 연료용 땔감 가격이 천정부지로 치솟았고, 그 부수적 결과로 지열 및 수력 발전을 이용한 난방이 널리 보급되었다. 지공학 자격 협회가 설립된 발단이 되었다.

이빨의 계절[제국력1553년~1566년]

- 직접 원인: 해양 지진으로 인한 초화산 분화
- 발생 위치: 북극권 결함틈
- 해양 흔들이 북극점 근방에 있던 알려지지 않은 열점을 자극하여 초화산이 폭발했다. 목격자들의 증언에 따르면 그 폭발음이 남극 지방까지 들렸다고 한다. 북극권이 가장 큰 피해를 입었지만 화산 분진이 상층 대기권까지 상승하여 빠른 속도로 행성 전체로

확산되었다. 많은 향에서 계절에 대한 대비가 미흡했던 까닭에 다른 계절보다 유독 피해가 극심했는데, 이는 그 전까지 약 900년 동안 계절이 발생하지 않았기 때문이다. 당시에는 다섯 번째 계절이 전설에 불과하다는 믿음이 널리 퍼져 있었다. 북쪽에서 시작된 식인 풍습이 널리 적도권까지 전파되었다는 기록이 발견된다. 이빨의 계절이 끝난 직후 유메네스에 펄크럼이 설립되었고, 북극 및 남극권에는 위성지부가 설치되었다.

곰팡이의 계절【제국력 602년】

- 직접 원인: 화산 분화
- 발생 위치: 적도권 서부
- 우기철에 일련의 화산이 분화하여 습도가 급증하고 6개월 동안 대륙의 약 20퍼센트 지역에 일조량이 감소했다. 비교적 온화한 계절에 속하나, 시기상 곰팡이 번식에 완벽한 조건이 형성되어 적도권을 비롯해 북부 및 남부 중위 지방에 곰팡이가 급속도로 번식하여 당시 중요 작물이었던 미로크(현재는 멸종)가 큰 피해를 입는다. 이후 4년 동안 기근이 지속되었다(곰팡이균 병충해가 지속된 2년, 이후 농업 및 식량공급 체제가 회복되기까지 걸린 2년). 이 기간 동안 곰팡이균의 피해를 입은 거의 모든 향이 생존에 성공하여 제국의 개혁안 및 계절 대비책이 효과적임을 입증했다. 그 결과 중위 지방 및 해안지역 향들이 자발적으로 제국에 편입하여 영토가 두 배 이상 확장되고 제국의 황금기가 시작되었다.

광기(狂氣)의 계절【제국력 전(前) 3년~제국력 7년】

- 직접 원인: 화산 분화
- 발생 위치: 키아시 트랩
- 노령 초화산의 분기공 지대가 폭발하여(약 1만 년 전에 발생한 쌍둥이 계절의 원인으로 추정) 감람석 및 화산쇄설물이 대기 중에 다량 분출되었다. 이후 10년간 지속된 암흑기로 인해 다른 계절처럼 자연환경이 피폐해졌고, 무엇보다 정신병 발생률이 현저하게 증가했다. 유메네스의 군 지도자 베리쉬가 심리전을 활용해 주변 향을 다수 정복함으로써(『광기병법(편저, 제6대학 출판사)』 참고) 산제 적도 동맹('산제 제국'이라고도 불림)이 탄생했다. 어둠이 물러가고 첫 햇살이 비친 날, 베리쉬가 황제로 즉위했다.

편집자의 글: 산제 제국이 건립되기 전 발생한 계절에 대한 정보는 상당수가 상호 모순되거나 정확히 증명된 바 없다. 다음은 2532년 제7대학 고하학 학회에서 인정한 계절들이다.

방랑(放浪)의 계절【제국력 전 약 800년】

- 직접 원인: 자기극점(磁氣極點)의 이동
- 발생 위치: 확인 불가
- 당대의 중요한 교역용 곡물 중 일부가 이 계절에 멸종했으며, 진북점(眞北點)의 이동으로 인해 꽃가루 매개 곤충 및 동물들이 방향 감각에 혼란을 겪어 약 20년간 긴 기근이 지속되었다.

바람의 계절【제국력 전 약 1900년】

- 직접 원인: 불명
- 발생 위치: 확인 불가
- 원인 불명의 이유로 탁월풍의 방향이 수년간 변화했다. 대기 폐색이 발생하지 않았음에도 학자들은 이 시기를 계절로 인정하는데, 이는 오로지(아마 먼 해역에서 발생했을) 대규모 지진 활동만이 이러한 현상을 유발할 수 있기 때문이다.

중금속(重金屬)의 계절【제국력 전 약 4200년】

- 직접 원인: 화산 분화
- 발생 위치: 남중위지방 동해안 근방
- 화산(이르가 산으로 추정)이 분화하여 약 10년간 대기의 흐름이 멈추고 고요 대륙의 동쪽 절반에 심각한 수은 오염이 발생했다.

누른 바다[黃海]의 계절【제국력 전 약 9200년】

- 직접 원인: 불명
- 발생 위치: 동부 및 서부 해안지방과 남극권까지 이르는 해안가
- 적도권 유적지에서 발견된 기록으로만 남아 있다. 원인 불명의 이유로 거의 모든 바다 생물이 독성 바이러스에 중독되어 해안지방이 수십 년 동안 기근에 시달렸다.

쌍둥이 계절[제국력 전 약 9800년]

- 직접 원인: 화산 분화
- 발생 위치: 남중위지방
- 당대의 구전역사 및 노래에 따르면 화산 분화로 인해 대기 폐색이 3년간 지속되었다. 낙진구름이 걷힐 즈음 다른 분화구에서 두 번째 분출이 발생해 그 뒤로 30년간 대기 폐색이 이어졌다.

부록 II : 용어

고요 대륙 전역의 사향주에서 사용되는 공용 단어 모음

결함층(缺陷層, Fault)

지각변동으로 인해 심각한 흔들이나 불광이 자주 발생하기 쉬운 곳.

계절령(季節令, Seasonal Law)

일종의 계엄령. 향장이나 사향주 지사, 지방 총독, 혹은 명망 있는 유메네스 지도자라면 누구나 선포할 수 있다. 계절령이 내려지면 사향주 및 지방 행정 업무가 중단되고 각 향이 독립적인 사회정치 단위로 기능하게 된다. 다만 제국의 정책에 따라 다른 주변 향과의 협력이 강력히 권고된다.

남극권(南極圈, Antarctics)

위도상 고요 대륙의 최남단 지역. 남극권 향 출신의 사람들을 일컬어 '남극인'이라고 부른다.

내항자(內抗者, Resistant)

일곱 가지 기본 쓰임새신분 중 하나. 기근이나 역병을 견디고 살아남는 능력을 기반으로 선발된다. 계절이 오면 병약한 이들을 돌보고 시신을 처리하는 역할을 맡는다.

노드(接續點, Node)

제국이 지진 활동을 줄이거나 가라앉히기 위해 고요 대륙 전체에 설치한 기지망(基地網). 펄크럼에서 훈련받은 오로진은 상대적으로 수가 적기 때문에 주로 적도권에 몰려 있다.

노변집(路邊-, Roadhouse)

모든 제국도로와 다른 간선도로 곳곳에 설치되어 있는 시설. 모든 노변집은 수원(水原)과 더불어 근처에 경작이 가능한 땅이나 숲, 기타 유용한 자원을 갖추고 있다. 대부분 지진 활동이 최소한으로 적은 곳에 세워진다.

녹지(綠地, Green land)

돌의 가르침에 따라 향의 장벽 안쪽 또는 바깥쪽에 마련되어 있는 휴한지. 녹지 구역은 농경지나 목축지로 사용되기도 하고, 공원으로 이용하거나 계절에 대비해 공터로 놔두기도 한다. 향과는 별개로 가정용 녹지나 정원을 갖고 있는 집들도 많다.

다섯 번째 계절(Fifth Season)

(제국의 정의에 의하면) 지진 활동이나 다른 대규모 환경 변화로 인해 겨울이 최소 6개월 이상 지속되는 현상.

둔대가리(stillhead)

오로진이 조산력을 지니고 있지 않은 사람들을 비하할 때 부르는 말. 보통 줄여서 '둔치'라고 부른다.

멜라(Mela)

중위지방에서 자라는 식물. 적도권에서 자라는 멜론과 친척이다. 땅에서 자라는 덩굴식물로, 보통 땅 위에서 열매를 맺지만 계절이 오면 덩이줄기 식물로 변해 땅속에서 열매를 맺는다. 어떤 종은 곤충을 꾀어 잡아먹는 꽃을 피운다.

무향민(無鄕民)

어떤 향에서도 받아 주지 않는 범죄자 또는 기타 부적격자.

반지(斑指, Ring)

제국 오로진의 등급을 나타내는 단위. 아직 반지가 없는 수련생은 일련의 시험을 통과해야만 첫 번째 반지를 얻을 수 있다. 열 반지는 제국 오로진이 도달할 수 있는 최상의 경지다. 열 개의 반지는 각각 준보석을 세공해 만들어진다.

번식사(繁殖使, Breeder)

일곱 가지 기본 쓰임새신분 중 하나. 보통 육체적으로 건강하고 매력적인 사람들이 번식사로 선택된다. 계절이 왔을 때 이들의 임무는 선택적인 교배를 통해 우수한 혈통을 유지하고 자신이 소속된 향이나 민족을 발전 또는 개량하는 것이다. 번식사 쓰임새신분으로 태어났으나 공동체의 번식사 기준에 미달하는 이들은 향명식 때 가까운 친척의 쓰임새신분을 사용할 수 있다.

보님(sesuna)

땅의 움직임을 인식하는 것. 이러한 기능을 담당하는 감각기관을 '보님기관(sessapinae)'이라고 부르며 뇌관에 위치해 있다. 동사는 '보니다(sess)'.

보육학교(保育學校, Creche)

부모가 향에 필요한 일을 하는 동안 아직 어려 일을 하지 못하는 어린아이들을 맡아 돌봐주는 곳. 상황에 따라 교육 시설로도 기능한다.

붕괴지대(崩壞地代, Shatterland)

최근에 발생하거나 극심한 지진 활동으로 인해 무너지거나 변형된 지역.

부글(溫泉, boil)

간헐천, 온천 또는 증기 분출구.

북극권(北極圈, Arctics)

위도상 대륙의 최북단 지역. 북극권 향 출신을 일컬어 '북극인'이라고 부른다.

불광(火山, blow)

화산. 일부 해안지방에서는 '불산'이라고도 부른다.

비상자루(Runny-sack)

흔들이나 그 외의 비상상황에 대비하여 사람들이 집에 준비해 놓는 작고 운반하기 쉬운 비축 물자.

비축품(備蓄品, cache)

저장 식량 및 물자. 고요 대륙의 향은 다섯 번째 계절에 대비해 비축고를 짓고, 항상 빗장을 걸고 경비를 세워 단단히 보호한다. 비축품을 배급받을 권리는 향의 구성원으로 인정받은 이들에게만 있지만 성인(成人)들은 아직 향명을 받지 못한 어린이나 다른 성인들에게 자신이 받은 배급 물자를 나눠 줄 수 있다. 집집마다 따로 가정용 비축고를 갖추고 있는 경우가 많지만, 이런 경우 가족 외의 외부인에게는 철저하게 비밀로 유지한다.

사향주(四鄕州, Quartent)

제국 통치 체제의 중간 단위. 지리적으로 인접한 네 개의 향으로 구성된다. 사향주에는 사향주 지사(知事)가 있어 각각의 향장으로부터 보고를 받고, 사향주 지사는 이를 다시 지방 총독에게 보고한다. 사향주에 속한 네 개의 향 중에서 가장 큰 향이 수도가 되며, 규모가 큰 사향주는 모두 제국도로를 통해 연결되어 있다.

산제(Sanze)

과거 적도권에 존재했던 국가(國家, 제국이 세워지기 전에 존재했던 옛 정치 체제 단위). 산제 족의 기원이다. 광기의 계절 말기에(제국력 7년) 산제국(國)이 없어지고 베리쉬, 유메네스의 지도층 황제의 이름하에 '산제 적도 동맹'으로 새로이 탄생했다. 산제 족이 대부분을 차지하고 있던 여섯 개의 산제 향으로 이뤄진 산제 동맹은 계절의 여파를 타고 빠른 속도로 영토를 확장해 갔고, 마침내 제국력 800년에는 고요 대륙의 모든 지방을 점령한다. 이빨의 계절이 닥쳤을 무렵에는 구(舊) 산제 제국, 또는 구 산제라고 불리게 되었다. 제국력 1850년에 쉴틴 협약이 체결됨에 따라 산제 동맹은 공식적으로 소멸한다. 이는 계절이 닥쳤을 때 각 지방이 (유메네스 지도층의 지도 아래) 자율적으로 통치하는 편이 더욱 효율적이라고 여겨졌기 때문이다. 실제로 대부분의 향이 행정, 재정, 교육 및 그 외 다른 분야에 있어 계속해서 제국식 체제를 따르고 있으며 지방 총독들 또한 대부분 여전히 유메네스에 세금을 바치고 있다.

산제어(Sanze-mat)

산제 족이 사용하는 언어. 구 산제 제국의 공식 언어이며 현재 고요 대륙의 대부분 지방에서 사용되는 공용어이다.

산제인(Sanzed)

산제 족에 속하는 사람. 유메네스의 번식사 기준에 따르면 이상적인 산제인은 구릿빛 피부와 회발, 중배엽 또는 내배엽형 체형을 갖추고 있고 키는 최소한 180센티미터 이상이어야 한다.

세박인(Cebaki)

세박 민족을 일컫는 말. 세박은 한때 남중위지방에 존재했던 국가였지만 수백 년 전 구 산제 제국에게 정복된 후 사향주로 개편되었다.

쇄공인(碎工人, Knapper)

소도구를 만드는 장인. 돌이나 유리, 뼈 등의 재료를 이용한다. 대형 향에서 일하는 쇄공인은 기계나 대량생산 기술을 활용하기도 한다. 금속을 다루거나 솜씨가 형편없는 쇄공인은 속칭 '녹장이'라고 불린다.

쇠의 가르침(金屬傳承, Metallore)

연금술이나 천측학(天測學)처럼 신빙성이 없다고 여겨져 제7대학에서 학문으로 인정하지 않는 유사과학.

수호자(守護者, Guardian)

펄크럼보다 먼저 창설되었다고 알려진 특수 단체의 구성원. 수호자는 고요 대륙에 사는 오로진을 추적하고 보호하고 견제하고 지도한다.

스톤이터(食岩人, Stone eater)

매우 드물게 목격되는 인간형 지적 생명체로 머리카락이나 피부 등이 돌과 유사하다. 이들에 관한 정보는 거의 없다.

신생향(新生鄕, Newcomm)

아직 계절을 한 번도 겪지 않은 향을 부르는 속칭. 계절을 한번 이상 버텨 낸 향은 강인함과 효율성을 입증한 셈이므로 대개 더 살기 좋은 곳으로 여겨진다.

쓰임새명(Use Name)

대부분의 주민들이 갖고 있는 두 번째 이름. 그들이 속한 쓰임새신분을 의미한다. 공식적으로 인정되는 쓰임새신분은 전부 스무 개지만, 현재 그리고 구 산제 제국에서 흔히 사용되는 기본 쓰임새신분은 일곱 개에 불과하다. 쓰임새명은 자신과 같은 성별의 부모로부터 물려받는데, 이론에 따르면 유용한 특질은 그렇게 유전되기 때문이다.

안심차(安心茶, Safe)

협상 자리, 앞으로 적대적 관계가 될 가능성이 있는 상대와 나누는 첫 만남, 또는 공식 회의 석상에서 전통적으로 대접하는 음료. 이물질이 섞이면 즉시 변색하는 식물성 유즙이 들어 있다.

완력꾼(腕力-, Strongback)

일곱 가지 기본 쓰임새신분 중 하나. 뛰어난 육체적 기량을 가진 사람들이 완력꾼으로 선발되며, 계절이 오면 중노동과 마을의 방어를 맡는다.

오로진(造山人, Orogene)

조산력을 지닌 사람들. 조산술의 훈련 여부는 상관없다. 비하적 멸칭은 '로가'.

잔모래(grits)

펄크럼에서 아직 반지를 얻지 못하고 기초 훈련을 받고 있는 어린 오로진을 가리키는 말.

적도권(赤道圈, Equatorials)

적도와 인근 위도 지역을 포함한 지역으로 해안지방은 제외된다. 적도권 향 출신의 사람들을 가리켜 적도인이라고 부른다. 적도권 향은 기후가 온화하고 대륙판 중앙에 위치해 있어 비교적 안정적이기 때문에 대개 경제적으로 부유하고 정치적으로 강력한 영향력을 지닌다. 한때 구 산제 제국의 핵심을 구성했다.

전승가(傳承家, Lorist)

돌의 가르침과 잃어버린 역사를 연구하는 사람.

제국도로(帝國道路, Imperial Road)

구 산제 제국의 가장 위대한 혁신이자 업적 중 하나인 고가도로(高架道路, 말을 타거나 걷는 사람들을 위해 지상 위로 높이 설치한 도로)는 고요 대륙의 주요 향과 대부분의 대형 사향주를 연결한다. 지공학자들과 제국 오로진의 협력을 통해 건설되었으며, 오로진이 지진 활동의 영향이 가장 적은 안전한 길을 찾아내면(안전한 길이 없을 경우에는 지진 활동을 잠재워), 지공학자들이 계절에도 쉽게 이용할 수 있도록 주변에 물길을 내거나 다른 필수 자원들을 조달했다.

제7대학(第七大學, Seventh University)

지하학과 돌의 가르침에 대한 연구로 이름 높은 대학. 현재 제국으로부터 자금 지원을 받고 있으며, 적도권에 있는 디바스 시에 자리 잡고 있다. 기존에 존재했던 대학들은 개인이 사립으로 운영하거나 또는 단체나 집단이 공동으로 운영하기도 했다. 그중에서도 앰엘랏에 있었던 제3대학(제국력 전 약 3000년)은 당시 독자적인 국가로 인식되었을 정도다. 이보다 작은 지방이나 사향주립 대학은 제7대학에 공물을 바치고 그 대가로 전문 지식이나 자원을 얻는다.

조산력(造山力, Orogeny)

열 에너지와 운동 에너지, 기타 지진 활동을 다루는 것과 관련된 에너지를 조종하는 능력.

중위지방(中緯地方, Midlats)

고요 대륙의 '중간' 위도 지방으로 적도와 남극권, 또는 적도와 북극권 사이의 지역을 가리킨다. 중위지방 출신은 중위도인, 때로는 중위인이라고 불린다. 대륙이 소비하는 식량과 물자, 기타 중요 자원의 대부분을 생산함에도 불구하고 시골이나 오지 취급을 받는다. 북중위와 남중위로 구분된다.

지공학자(地工學者, Geneer)

'대지공학자(geoneer)'에서 비롯된 명칭. 지열 에너지 장치 개발, 터널 및 지하 기반 시설 건설, 채굴 등 토공(土工) 분야를 전문으로 하는 공학자이다.

지방(地方, Region)

제국 통치체제를 구성하는 최상위 단위. 제국이 공식적으로 인정하고 있는 지방은 각각 북극권, 북중위지방, 서부 해안지방, 동부 해안지방, 적도권, 남중위지방, 그리고 남극권이다. 각 지방에는 총독이 있어 휘하에 있는 사향주에서 올라오는 보고를 받는다. 지방 총독은 공식적으로는 황제가 임명하게 되어 있으나 실질적으로는 유메네스 지도층이 그들 사이에서 선출하거나 임명한다.

지하학자(地何學者, Geomest)

돌과 자연계에서 돌의 위상을 연구하는 사람. 일반적으로 과학자를 가리킨다. 특히 암석학과 화학, 지질학을 연구하는데 고요 대륙에서는 이들 학문을 따로 구분하지 않는다. 조산술과 그 효과에 관한 조산학을 전문으로 연구하는 일부 지하학자들도 있다.

커쿠사(Kirkhusa)

중간 크기의 포유류로 애완용으로 기르거나 집이나 가축을 보호하는 데 이용한다. 평소에는 초식성이지만 계절이 오면 육식성으로 변한다.

펄크럼(中心軸, Fulcrum)

이빨의 계절 이후 구 산제 제국이 창립한 준(準) 군사 조직(제국력 1560년). 본부는 유메네스에 있지만 대륙 전체를 최대한 넓게 보호하기 위해 남극권과 북극권에도 각각 위성지부가 설치되어 있다. 펄크럼에서 훈련받은 오로진("제국 오로진"이라고도 한다)은 합법적으로 조산술을 행할 수 있는 유일한 이들로 그 외에는 모두 불법으로 간주되며, 조산술을 사용할 시에는 반드시 펄크럼의 엄격한 규칙을 준수하고 수호자들의 엄중한 감독을 받아야 한다. 펄크럼은 자율적으로 관리되며 자급자족으로 운영된다. 제국 오로진은 이른바 "검은 옷"이라고 불리는 검은색 제복을 입고 있어 쉽게 구분할 수 있다.

해안인(海岸人, Coaster)

해안지방 향 사람들을 부르는 말. 해안지방 향은 암초를 제거하거나 쓰나미 방재책을 마련하기 위해 제국 오로진을 고용할 만한 경제적 여력을 갖춘 곳이 드물다. 따라서 해안지방 도시들은 끊임없이 도시를 재건해야 하며 그 결과 만성적인 자원 부족에 시달리는 경향이 있다. 서부 해안인은 대개 피부색이 옅고 머리카락은 직모이며 종종 몽고주름이 있다. 동부 해안인은 피부색이 짙고 곱슬머리이며, 역시 때때로 몽고주름이 있다.

향(鄕, Comm)

공동체. 제국 통치 체제를 구성하는 가장 작은 사회정치 단위. 대개 도시나 마을에 해당하며 대도시는 여러 개의 향으로 구성되기도 한다. 향의 구성원으로 받아들여지면 비축품을 배급받고 신변을 보호받을 권리를 부여받는 한편, 그 대가로 세금이나 다른 방법을 통해 향의 발전에 기여해야 한다.

향명(鄕名, Comm Name)

대부분의 주민들이 갖고 있는 세 번째* 이름. 어떤 향에 소속되어 있고 어떤 권리를 보유하고 있는지를 알려 준다. 향명은 보통 사춘기 때 부여받는데, 공동체의 중요한 구성원으로서 한 몫의 성인으로 인정받는다는 의미가 담겨 있다. 외부에서 온 이주자도 입향을 신청할 수 있으며, 향민으로 받아들여질 경우 새로운 향명을 사용할 수 있다.

혁신자(革新者, Innovator)

일곱 가지 기본 쓰임새신분 중 하나. 창의력이 뛰어나고 실용 학문에 재능을 지닌 이들이

---

* 한국어판에서는 번역 어순상 향명이 중간에 위치한다. 예)라스크, 티리모의 혁신자(Rask Innovator Tirimo)

선택되며, 계절이 닥치면 기술적인 문제나 물자 보급 문제를 해결한다.

회발(灰髮, ashblow hair)

산제인 특유의 인종적 특성. 번식사 쓰임새신분에게 특히 유용하게 여겨지기 때문에 번식사를 선발할 시 선호된다. 회발은 머리카락이 유독 굵고 억세며, 처음에는 위로 넓게 퍼지듯이 자라다가 길이가 길어지면 얼굴과 어깨 위로 늘어진다. 산성에 강한 내성을 지니고 있으며, 물에 담가도 잘 젖지 않고 자연재해 등 극한 상황에서도 재를 잘 거르는 장점을 지닌다. 대부분의 향에서는 번식사를 선발할 때 회발의 질감만을 중요하게 여기지만 적도권에서는 대개 머리색이 진짜 '잿빛'인 번식사(날 때부터 선천적으로 머리카락이 흰색이나 회색)를 선호한다.

후레자식(-子息, barstard)

쓰임새신분 없이 태어난 사람. 즉 부친이 누군지 알 수 없는 남성에게만 해당된다. 자신의 유용성을 입증한 사람은 향명을 받을 때 모친의 쓰임새신분명을 사용하도록 허락받을 수도 있다.

흔들(地震, Shake)

지진 활동으로 인한 땅의 움직임.

감사의 말

「부서진 대지」 3부작 덕분에 나는 다섯 권, 일곱 권, 열 권에 달하는 수백만 단어의 대하 소설을 쓰는 작가들에게 무한한 존경심을 품게 되었다. 마음에 들든 말든, "우와!" 하게 되는 소설이건 아니면 "흐음……." 하게 되는 소설이건, 이것만은 말해 둬야겠다. 길고 긴 이야기를 들려주는 건 정말이지 엄청나게 어렵다. 장편 소설을 쓰는 분들에게 진짜 진심 어린 리스펙트!

그리고 이번에는 내 낮 직업 상사에게 무한한 감사를 보낸다. 교묘한 솜씨로 내 일정을 융통성 있게 조절해 준 덕분에 이 책을 1년 안에 마무리할 수 있었기 때문이다. 또 잊을 만할 때만 되면 전화를 걸어 "모든 게 다 완전 엉망진창이야." 하고 몇 시간이고 한탄하던 나를 언제나처럼 참고 견뎌 준 내 에이전트와 편집자에게도 감사한다. 오비트(Orbit) 출판사의 홍보 담당인 엘렌 라이트는 내가 계속, 어, 그러니까 모든 것에 대해 말해 주는 걸 까먹어도 끈기 있게 인내심을 발휘해 주었고(제발 쉬는 날에 업무용 이메일 좀 확인하지 말아요,

엘렌.), 내가 연락하면 번개 같은 속도로 원고를 읽어 준 얼터드 플루이드(Altered Fluid)의 동료들과 의료 상담가 대니얼 프리드먼에게도 감사한다. 플루이드의 동료인 크리스 다이크먼은 나만의 화산(장편 소설)을 설계하고 쌓아 올릴 수 있게 도와주었고, 브루클린에 있는 워드(WORD) 서점은 공짜로 공간을 빌려주어 덕분에 마법 지진학 런칭 파티를 열 수 있었다. 내게 진정하고 심호흡을 하라고 말해 준 아버지에게도 감사의 말을 전한다. 옥타비아 프로젝트(Octavia Project)의 여성 친구들은 내가 얼마나 많은 것을 이룩했고, 이 모든 것이 어떤 의미를 지니는지 일깨워 주었다. 아, 그리고 내 상담 치료사에게 고맙다는 말도 잊지 말아야지. 마지막으로 내가 글을 쓰려고 할 때마다 책상에서 내 무릎 위로 뛰어내리는 완벽한 기예를 익힌 내 황당하고 별난 고양이 오지만디어스 왕에게도 감사를 보낸다!

옮긴이 | 박슬라

연세대학교에서 영문학과 심리학을 전공했으며, 현재 전문 번역가로 활동 중이다. 옮긴 책으로는 『스틱!』, 『부자 아빠의 투자 가이드』, 『페이크』, 『구름 속의 죽음』, 『패딩턴발 4시 50분』, 『사라진 내일』, 『샤르부크 부인의 초상』, 『한니발 라이징』, 『아머』, 『칼리반의 전쟁』, 『몬스트러몰로지스트』 등이 있다.

오벨리스크의 문 부서진 대지 2

1판 1쇄 펴냄 2019년 12월 20일
1판 4쇄 펴냄 2022년 6월 3일

지은이 | N. K. 제미신
옮긴이 | 박슬라
발행인 | 박근섭
편집인 | 김준혁
책임 편집 | 장은진
펴낸곳 | 황금가지

출판등록 | 2009. 10. 8 (제2009-000273호)
주소 | 06027 서울 강남구 도산대로 1길 62 강남출판문화센터 5층
전화 | **영업부** 515-2000 **편집부** 3446-8774 **팩시밀리** 515-2007
홈페이지 | www.goldenbough.co.kr

도서 파본 등의 이유로 반송이 필요할 경우에는 구매처에서 교환하시고
출판사 교환이 필요할 경우에는 아래 주소로 반송 사유를 적어 도서와 함께 보내주세요.
06027 서울 강남구 도산대로 1길 62 강남출판문화센터 6층 민음인 마케팅부

ISBN 979-11-5888-483-3 04840(2권)
979-11-5888-485-7 04840(세트)

㈜민음인은 민음사 출판 그룹의 자회사입니다.
황금가지는 ㈜민음인의 픽션 전문 출간 브랜드입니다.